BASTEI
LÜBBE

ANDREW OFFUTT

Fantasy-Roman aus der Diebeswelt

DER DUNKLE HELD

Hanse Nachtschattens größtes Abenteuer

Ins Deutsche übertragen
von Winfried Czech

BASTEI LÜBBE

BASTEI-LÜBBE-TASCHENBUCH

Fantasy
Band 20 142

Erste Auflage: Juni 1990

Deutsche Lizenzausgabe 1990
Bastei-Verlag Gustav H. Lübbe GmbH & Co., Bergisch Gladbach
Originaltitel: Shadowspawn
Lektorat: Michael Schönenbröcher
Titelillustration: Richard Hescox
Umschlaggestaltung: Quadro Grafik, Bensberg
Satz: Fotosatz Schell, Bad Iburg
Druck und Verarbeitung:
Brodard & Taupin, La Flèche, Frankreich
Printed in France
ISBN 3-404-20142-6

Der Preis dieses Bandes versteht sich einschließlich
der gesetzlichen Mehrwertsteuer.

AUSSAGE VON
FURTWAN BEUTELSCHNEIDER, KAUFMANN

Das erste, was mir an ihm auffiel, also mein erster Eindruck von ihm war, daß er kein armer Mann sein konnte. Auch nicht ein Junge oder ein Halbwüchsiger. Nicht bei all den Waffen, die er trug. Von dem Chagringürtel, den er über einer scharlachroten Schärpe – einer leuchtend scharlachroten Schärpe! – trug, baumelte ein Krummdolch über seiner linken und eins dieser Ilbarsi-›Messer‹, so lang wie ein Arm, über seiner rechten Hüfte. Kein richtiges Schwert, nein. Er ist bestimmt kein Soldat. Aber das ist noch nicht alles. Ein paar von uns wissen, daß in seinen linken Halbstiefel eine Scheide eingearbeitet ist. Das dünne Ding und der Messergriff scheinen nur ein Schmuckstück zu sein. Ich habe gehört, wie er eines Nachmittags im Basar dem alten Klumpfuß erzählt hat, es sei das Geschenk einer Frau. Ich glaub's nicht.

(Irgend jemand hat mir erzählt, daß er noch ein weiteres kleines Messer in einem Band an der Innenseite seines Oberschenkels trägt, wahrscheinlich am rechten, was ziemlich unbequem sein muß. Vielleicht ist das einer der Gründe für den ihm eigenen Gang. Geschmeidig wie eine Katze und doch gleichzeitig irgendwie steifbeinig. Der Gang eines Pfaus – oder das Stolzieren eines Strichjungen.

Erzählt ihm nicht, daß ich das gesagt habe!)

Aber noch einmal zu den Waffen und meinem ersten Eindruck, daß er nicht arm sein konnte. In einem Armreifen aus Leder und Kupfer, den er um den rechten Oberarm trägt, trägt er ein Wurfmesser, und ein anderes steckt in einem breiten Armband aus schwarzem Leder am selben Arm. Beide sind kurz. Ich meine die Messer, nicht die Armbänder oder die Arme.

Schon diese ganzen Waffen genügen, um einen Menschen in einer dunklen oder sogar in einer mondhellen Nacht das Fürchten zu lehren. Stellt euch vor, ihr wärt im Labyrinth oder an einem ähnlichen Ort, und aus dem

Hanse Nachtschatten

Schatten kommt dieser junge Bandit auf euch zustolziert, mit all den scharfen Klingen bestückt! Aus dem Schatten, der ihn geboren hat, direkt auf euch zu. Das würde sogar einem dieser Höllenhunde einen Schauder über den Rükken jagen.

Das war mein Eindruck. Nachtschatten. So angenehm wie die Pest oder die Pocken.

Die Wüste

Die Wüstenvölker nördlich von Freistatt nannten die Sonne Vaspa. Das war gleichzeitig ihre Bezeichnung für Dämon. Nun kannte Hanse den Grund.

Er war noch nie zuvor durch die Wüste geritten und hoffte, es auch nie wieder tun zu müssen, er wünschte sich sogar, er hätte heute darauf verzichten können. Heute war die Sonne ein Dämon, direkt aus der Heißen Hölle entsprungen. Gestern war es genauso gewesen, und wahrscheinlich würde es auch morgen wieder so sein. Es war so heiß, daß er beinahe sehnsüchtig an die Kalte Hölle dachte, fast so heiß, daß er sich einen Hauch der Kalten Hölle wünschte. Fast.

Aber sie bekamen ja jede Nacht die Kalte Hölle zu spüren. Wie war es nur möglich, daß sich eine solche Hitze so kurz nach diesen blutroten Sonnenuntergängen der Wüste in mehr als eine Eiseskälte verwandeln konnte?

Die Pferde und der Onager schleppten sich schwitzend dahin. Die Reiter hingen schlaff in ihren Sätteln und schwitzten.

Selbst der Boden würde schwitzen, dachte Hanse, wenn er nur den Bruchteil eines Bruchteiles eines Tropfens Feuchtigkeit enthielte, den er der gleißenden, sengenden und alles austrocknenden Vaspa darbieten könnte. Er war sich ziemlich sicher, daß sich selbst dieser endlose, gelbliche Sand in der unbarmherzigen Hitze vor Schmerzen wand. Immer wieder glaubte er, dieses Sichwinden sehen zu können, eine schlängelnde, wellenartige Bewegung direkt über dem Boden (falls man dieses gelbfarbene Zeug überhaupt als Boden bezeichnen konnte). Besonders dort drüben, wo sich dieser lange, schlangenartige, zu einem rasiermesserscharfen Kamm zusammengebackene Berg Sand, den man eine Düne nannte, wie eine häßliche Mauer über den endlosen Horizont zog.

Vielleicht spielen mir auch nur meine Augen einen Streich, dachte er. *Aber wahrscheinlich wird die Sonne, die auf diese drek-*

kige ›Landschaft‹ herunterbrennt und sich uns in die Augen bohrt, uns beide sowieso erblinden lassen. Nein, uns fünf, nicht nur Mignue und mich, sondern auch die Pferde und diesen dämlichen Esel!

Dieser dämliche Esel, der genaugenommen ein Onager war und den seine Begleiterin Mignureal ständig ›Schätzchen‹ und den Hanse nur ›Blödarsch‹ nannte, suchte sich ausgerechnet diesen Moment aus, um sein grauenhaft ohrenbetäubendes Geschrei auszustoßen. Eine Serie quietschender, eingesogener Geräusche die wie »iiihhh« klangen und jeweils von einem tief ausgeatmeten »aaahhh« gefolgt wurden. Die übelsten und dämlichsten Laute, die Hanse jemals gehört hatte oder sich vorstellen konnte. Dämlicher Onagerarsch!

»Halt's Maul, Blödarsch.«

»Was ist los, Schätzchen, hast du Durst?«

Hanse warf Mignureal einen finsteren Blick zu. Im gleichen Moment sah sie ihn an, das schweißüberströmte Gesicht unter der schützenden Kapuze halb verborgen, und Hanse versuchte, einen freundlicheren, nachsichtigen Gesichtsausdruck aufzusetzen. Er kannte sie eigentlich kaum, obwohl sie ihn liebte und er zu dem Entschluß gekommen war, daß er sie ebenfalls liebte. Er hatte nie richtig erkannt, wie außerordentlich gutherzig und wie unermüdlich *nett* Mignue war.

Ich habe genug davon, dachte er, und dann wurde er schrecklich nervös und besorgt und dachte ganz schnell: *Nein, ich habe nicht genug!*

Eins der Pferde war ein Fuchs, es hatte die rötlichbraune Farbe einer Walnuß. Das andere war schwarz, eins seiner Beine war unten weiß, als trüge es einen weißen Halbstiefel. Seine lange Stirn wurde von einer silbergrauen Blesse verziert.

»Wie heißt er?« Der Mann, von dem Hanse das Pferd in Freistatt gekauft hatte, hatte die Achseln gezuckt. »Schwarzer«, hatte er gesagt, und Hanse hatte gedacht: *Oh, wie passend. Ich hätte selbst darauf kommen müssen.* Zumindest hatte er so etwas Ähnliches gedacht und das Tier daraufhin Schwarzer genannt.

Oh, wie langweilig und einfallslos, hatte Mignureal gedacht und sich sofort damit beschäftigt, sich interessantere Namen für das hübsche Tier auszudenken. Schon bald hatte sie ihrem Pferd – das Tempus ihnen zusammen mit den weißen, mit Kapuzen versehenen Gewändern geschenkt hatte – den Namen *inja* gegeben, der aus der uralten Sprache der S'danzo stammte. Das Wort bedeutete *geschwind laufender Hase.* Es war ein guter Name, fand Mignureal, obwohl sie nicht wußte, ob Inja wirklich geschwind rennen konnte. Sie wollte es auch eigentlich gar nicht herausfinden, aber sie war sich sicher, daß sie es herausfinden würde. Wenn man mit Hanse, den man Nachtschatten nannte, unterwegs war, passierten alle möglichen Dinge. Einige waren wild und anstrengend. Dazu gehörte, daß man irgendwann davonlaufen mußte.

Und obwohl sie sich auf schweißnassen Pferden dahinschleppten, rannten sie eigentlich gerade davon. Sie rannten aus Freistatt fort, wo sie zu Hause waren – zu Hause gewesen waren.

Das erinnerte Mignureal an ihre Eltern, an ihren verwundeten Vater und ihre ermordete Mutter, und ihre Augen wurden wieder feucht. Sie hielt ihren Blick starr geradeaus gerichtet, damit Hanse es nicht sehen konnte. Sie wußte, daß ihre Tränen ihn schmerzten wie eine Nadel in den Eingeweiden. Sie kämpfte, um sie zurückzuhalten. Als es ihr nicht gelang, versuchte sie, sie wenigstens vor ihm zu verbergen, vor *ihrem* Mann.

Sie wußte, daß auch ihr Geliebter Tränen über den Tod ihrer Mutter Mondblume vergossen hatte – und dann war er wie ein Wilder auf die Mörder losgegangen. Das hatte dazu geführt, daß ihn kurz darauf das Gefühl befallen hatte, die entlegene Stadt hinter sich lassen zu müssen, in der sie beide geboren waren und in der sie ihr ganzes Leben zugebracht hatten. Mondblume war für Hanse mehr als jeder andere Mensch so etwas wie eine Mutter gewesen, auch wenn er es nie zugegeben hätte. Er hatte sogar stets so getan, als würde er mit der mächtigen, übergewichtigen Frau und vielfachen Mutter flirten.

Mondblume war eine S'danzo gewesen und hatte die Gabe des Zweiten Gesichts besessen, die Fähigkeit, in die Zukunft zu sehen. Erst kürzlich war diese Gabe auch in Mignureal erwacht. Doch sie war bisher nur in Erscheinung getreten, wenn es um Gefahren ging, die Hanses unmittelbare Zukunft betrafen, der sich seit jeher in gefährliche Situationen begab und in dem Mignureal einen romantischen und strahlenden Mann von Welt gesehen hatte, seit sie zwölf Jahre alt war und zu erblühen begonnen hatte. Er war damals – wie alt war er gewesen? Sechzehn? Mignureal wußte es nicht.

Sie liebte ihn. Den Warnungen ihrer Mutter zum Trotz, die stets versucht hatte zu verhindern, daß die beiden alleine beisammen waren, liebte Mignureal ihn. Natürlich hatte Mondblume das gewußt, und sie hatte auch gewußt, daß ihre Tochter gegen ihre Gefühle machtlos war. Mignureal liebte ihn, seit sie zwölf Jahre alt war, zumindest seit ihrem dreizehnten Lebensjahr. Nun war sie sicher, daß er sie ebenfalls liebte. Es war merkwürdig, gleichzeitig die Qual des Kummers und die Freude erwiderter Liebe in seinem Herzen miteinander kämpfen zu spüren. Sie liebte ihn, und er liebte sie, und doch waren sie keine Liebhaber.

Noch nicht, dachte Mignureal voller Vorfreude, während ihr gleichzeitig Tränen der Trauer über die Wangen rannen. Die Sonne ließ sie verdunsten, bevor sie ihr Kinn erreichen konnten, und ließ kleine juckende Stellen auf ihrem Gesicht zurück.

»Mignue?« So nannte er sie, und nur er: Min-ju-ii.

»Hmm?« Sie hielt den Blick weiter nach vorne gerichtet, damit er ihre Tränen nicht sehen konnte.

»Wie alt bist du?«

»Achtzehn.«

»Also, so was! Ich dachte, du wärst siebzehn. Ich dachte, Mondblume hätte erst vor ein paar Monaten gesagt, du wärst siebzehn.«

»Nun ... ich werde in drei Monaten achtzehn. In etwas weniger als drei Monaten. Das ist genauso gut wie achtzehn«, fügte sie hinzu und dachte, daß er sich vielleicht gerade überlegte, sie heute nacht zu lieben.

Sie wußte nicht, wie es war, sie wußte nicht, was sie tun sollte, und das machte sie nervös. Sie wußte, daß Hanse in dieser Beziehung Erfahrung hatte, daß er es schon früher getan hatte. Dieser Gedanke half ihr – *Er kann mir beibringen, was ich nicht weiß,* – und verstärkte gleichzeitig ihre Unsicherheit – *Er ist ein erfahrener Mann von Welt, und was ist, wenn ich mich wie ein unfähiger Dummkopf anstelle, wenn es zum ... Klöppeln kommt?*

Wenigstens war ihre Mutter nie so grausam gewesen, sie mit Geschichten über *es* zu ängstigen. Sie wußte, daß ihre Eltern *es* sehr gerne getan hatten, diese Sache zwischen Mann und Frau, die man unter anderem mit dem Ausdruck ›klöppeln‹ umschrieb. Mignureal nahm an, daß sie selbst *es* auch mögen würde, und sie war sicher, daß Hanse *es* bereits mochte. Davon abgesehen wollte sie *es* ganz einfach tun. Zusammen mit Hanse.

»Wie alt bist du, Hanse?«

»Was?« fragte er, um ein wenig Zeit zu gewinnen. Er gab nicht gerne zu, was er auf eine solche Frage zugeben mußte, denn es verriet zu viel über ihn.

»Wie alt bist du?« fragte sie erneut.

Während sie geradeaus auf nichts Besonderes starrte, denn das war alles, worauf sie starren konnte, preßte sie ihre Augenlider ganz fest zusammen, um das herauszudrücken, was sie für ihre letzten Tränen hielt. Zumindest für jetzt.

»Ich weiß nicht.«

»O Hanse«, sagte sie, denn sie wußte, daß er aus dem falschen Ende der Stadt stammte, das Abwind genannt wurde, und daß er seine Mutter, die offensichtlich nicht allzuviel mit seinem Vater zu tun gehabt hatte, kaum gekannt hatte. »Du mußt doch irgendeine Vorstellung haben. Bist du älter als zwanzig?«

»Ungefähr so alt«, sagte er und wand sich in plötzlichem Unbehagen. »Vielleicht etwas älter. Verdammt. Das einzige, was noch schlimmer ist, als auf einem Pferd zu reiten, ist abzusteigen und zu laufen.«

Hanses Alter war ein Thema, über das Mignureal lange

geschwiegen hatte. Doch aus verständlichen Gründen mußte sie nun hartnäckig bleiben. Schließlich hatten sie sich zusammengetan. Auf ihrem Weg nach Norden waren sie völlig alleine, sie und ihr Mann. Sie wollte alles über ihn wissen. War das etwa falsch? Sollte es nicht so sein?

»Vielleicht aber auch etwas jünger?« fragte sie.

»Vielleicht. Ein wenig. Weißt du, ich habe siebzehn Jahre mitgezählt. Dieser siebzehn Jahre bin ich mir sicher, aber ich weiß nicht, wie alt ich gewesen bin, als ich die Feige gestohlen habe.«

Plötzlich drehte er sich in seinem Sattel herum, der wie eine Wiege aus Holz geformt war, über die man Leder gespannt hatte, am Sattelknauf und am hinteren Ende erhöht. Mignureal seufzte, als er seine Hand an die Brauen über seine fast schwarzen Augen legte, um besser im gleißenden Sonnenlicht sehen zu können, das vom Sand reflektiert wurde. Sie war sicher, daß er nur ihrer Frage auswich, aber natürlich mußte sie sich ebenfalls umsehen. Sie konnte nichts erkennen. Nervös ließ sie ihren Blick über Hanse gleiten.

»Hanse?«

Er zuckte die Achseln. »Ich dachte, ich hätte vorhin irgend etwas gesehen. Ich wollte nichts sagen und mich dann plötzlich in seine Richtung umsehen, um es zu überraschen, falls da irgendwas sein sollte.«

»Meinst du ... Leute? Diese Wüstenräuber, von denen uns der Viehhändler von Tempus erzählt hat?«

Er schüttelte den Kopf. »Nein, das nicht. Irgend etwas Kleines. Nur ein kleiner schwarzer Fleck, der sich bewegte. Wie ein kleines Tier, weißt du. Als ob es uns folgen würde. Aber jetzt kann ich nichts sehen. Wirklich nicht.«

Mignureal erschauderte, kniff die Augen zusammen und hob ihre Hand an die Brauen. Sie starrte ebenfalls den Weg zurück, den sie gekommen waren.

Sie erblickte Sand und abermals Sand, sonst nichts. Kein Tier, sei es klein oder groß. Keine Pflanzen, nicht einmal das verkommen aussehende Wüstengras oder die Imitation von Gras, das sie hier und da gesehen hatten. Selbst der

Onager hatte nur mäßiges Interesse an dem Zeug gezeigt. Sie erblickte nicht einmal größere Steine oder die Spitzen von Felsen. Die Felsen waren nur sanfte Erhebungen, fast unheimlich wirkende Klumpen unterschiedlicher Größe unter dem gelblichen Sand, der sich wie der Schleier eines einfallslosen Kleides um sie herum kräuselte. Der Himmel im Hintergrund hatte die Farbe geschmolzenen Kupfers, mit silbernen und orangefarbenen Tupfern durchzogen. Er hätte schön aussehen können. Aber das tat er nicht. Er sah heiß aus.

»Kannst du jetzt irgend etwas sehen?«

»Nein«, sagte Hanse, drehte sich wieder um und zog das vordere Teil der Kapuze seines Gewandes gerade. Wie bei Mignureal war sie oben nach hinten zurückgefaltet, aber sie konnte so weit nach vorne gezogen werden, bis sie das ganze Gesicht bedeckte. Wie man ihnen gesagt hatte, war das Gewand ein Sandkaftan, und wenn man in einen Sandsturm geriet, durfte man sich nicht bewegen und mußte die Kapuze ganz herunterziehen. Obwohl sie dankbar für das Pferd Inja und die Gewänder waren, die man ihnen geschenkt hatte, hatten die Ratschläge sie nicht gerade froh stimmen können. Ein Sandsturm? Ein Sturm aus *Sand*? Hanse und Mignureal hofften inbrünstig, daß das etwas war, was sie hoffentlich nicht erleben mußten.

»Wahrscheinlich habe ich vorhin gar nichts gesehen«, sagte Hanse. Er rieb seinen Oberschenkel und schnalzte seinem Pferd zu. »Tschk, tschk. Tut mir leid, daß ich dir davon erzählt habe. Wir haben jetzt lange genug zurückgeschaut. Da ist offensichtlich nichts. Nur ... Sand.« Beim letzten Wort klang seine Stimme bitter.

»Das muß dir nicht leid tun, Hanse. Versuche nicht, den Helden zu spielen und irgendwelche Dinge vor mir zu verheimlichen, ›weil das zu meinem eigenen Besten ist‹, in Ordnung? Ich bin nicht so eine Frau. Wenn dir irgend etwas Sorgen macht, dann möchte ich es auch erfahren, einverstanden? Du mußt mich nicht davor bewahren, gewisse Dinge zu wissen.«

Er nickte wortlos. Sie konnte nicht umhin, einen weiteren besorgten Blick zurückzuwerfen. Da war nichts. »Erst hast du etwas bemerkt, und jetzt können wir weit zurücksehen, und da ist nichts. Das gefällt mir nicht!«

Hanse gefiel es ebenfalls nicht, aber das wollte er ihr nicht sagen. »Ich habe gesagt, ich *dachte*, ich hätte etwas gesehen. Man hat uns erzählt, daß die Sonne und die Wüste unseren Augen Streiche spielen können, erinnerst du dich?«

»Ja. Man hat mir aber auch gesagt, daß man einige Dinge sehen und dann nicht mehr sehen kann, und dann ...«

»Hör auf!« Er warf den Kopf zurück. »O Gott, o Vater Ils! Nicht das, nur keine Zauberei. Ihr Götter, wie sehr ich Zauberei hasse!«

Ein paar Minuten lang ritten sie schweigend dahin, und Mignureal überlegte sich ein völlig anderes Thema, über das sie reden könnten. Oh, natürlich, sie erinnerte sich wieder, wo sie ihr Gespräch unterbrochen hatten.

»Hast du gesagt, ›als du eine Geige gestohlen hast‹?« fragte sie.

Sein Kopf ruckte herum, und er starrte sie mit diesen dunklen, dunklen Augen an. »*Was?* Warum sollte ich behaupten, du hättest eine Geige gestohlen?« Er hob den Kopf. »Allerdings wäre das gar nicht einmal schlecht. Hast du eine gestohlen?«

»Nein, nein, nicht ich. Du. Ich meine, äh ... da hinten. Bevor wir angehalten haben. Als wir uns unterhalten haben. Du hast gesagt, du könntest dich an siebzehn Jahre erinnern, aber dann ... Irgend etwas von wegen ... eine Geige stehlen ...?«

»Oh!« Ein Lächeln flog über sein dunkles Gesicht, wie ein kurzer Sonnenstrahl an einem bewölkten Winterhimmel. »Nein, Ffffeige«, betonte er den ersten Buchstaben, und dann wandte er den Blick von ihr ab, und seine Stimme wurde leise und träumerisch, als hinge er Erinnerungen nach. »Aber er hat mich auch dazu gebracht, sie wieder fallen zu lassen.«

Nachdem sie sich versichert hatte, daß ihre Augen und ihr Gesicht frei von Tränen waren, sah sie zu ihm hinüber.

»Wer hat dich … Ich verstehe nicht. Was hat das damit zu tun, wie alt du bist?«

Er warf ihr einen finsteren Blick zu, aber als er bemerkte, daß sie ihn ansah, wich sein verbitterter Gesichtsausdruck einem kleinen Lächeln, das beinahe entschuldigend wirkte. Das war auf keinen Fall der Hanse, den man Nachtschatten nannte.

»Weißt du, das ist das erste, woran ich mich erinnern kann. Ich war fünf oder drei oder vier oder wie alt auch immer, und seit dieser Zeit habe ich eine ganze Menge nachgedacht und die Jahre gezählt. Es sind siebzehn geworden. Ich war klein, damals. Sehr klein, meine ich, nur ein Knabe, ein Kind. Ich hatte Hunger. Ich war ziemlich lange hungrig gewesen. Es erschien mir wie eine Ewigkeit … Was bedeutet für ein Kind ›eine Ewigkeit‹? Mein Magen war nicht ein Loch in meinem Bauch, er war ein Knoten, so hart, daß es weh tat. Ich war auf dem Markt, und alle Leute um mich herum schienen elf Fuß groß zu sein.«

Hanse machte eine unbestimmte Geste, als ob ihn die Erinnerung schmerzte. »Ich lief alleine zwischen den Marktbuden und Verkaufsständen und all den Leuten herum, die mich überragten, und alle waren ununterbrochen in Bewegung. Für mich schienen es Millionen Beine zu sein, ein ganzer Wald aus Beinen. Nur Beine, keine Augen, die mich sehen konnten. Niemand schien mich zu sehen. Und wenn mich doch jemand sah, schenkte er mir keine Beachtung. Nur ein kleiner, unscheinbarer Rotzlümmel, der umherstrolchte. Wahrscheinlich dachten die Leute, ich würde nach meiner Mutter suchen. Hmp! Ich suchte irgend jemanden! Irgend jemanden, der mir etwas zu essen gab. Ein oder zwei Worte und eine freundliche Berührung wären auch schön gewesen.« Seine Stimme veränderte sich, sie klang weicher, wurde gedankenverloren und kindlich, und er wandte den Blick von ihr ab.

Mignureal biß sich auf die Lippen, bis es schmerzte.

»Wie dem auch sei«, fuhr Hanse fort, »ich gewöhnte mich daran, daß mich niemand auch nur bemerkte, also trat ich ganz dicht an diese eine Marktbude heran und hob ganz langsam meine Hand. Ich zitterte am ganzen Körper und hielt die Luft an. Und dann berührte ich mit den Fingern eine Feige und schnappte sie. Sie sah riesig und gut aus, und sie fühlte sich riesig und fleischig in meiner Hand an und ... wirklich gut. Und dann mußte ich vor dem Monster wegrennen.«

Mignureal schluckte mühsam und blinzelte heftig und brachte hervor: »Das ... Monster ...«

»Oh, es war natürlich nur ein Mann. Heute weiß ich das. Aber damals wußte ich es nicht! Damals war es ein Monster, ungefähr neunzehn Fuß groß, und es jagte mich, und ich dachte, es würde mich fressen, weil ich eine Feige von seinem Tisch genommen hatte. Nur glaube ich, daß es nicht einmal seine Marktbude oder sein Tisch gewesen ist.«

Erneut schluckte Mignureal mühsam, und wieder fühlte sie ihre Augen feucht werden.

Hanse starrte geradeaus auf nichts Besonderes, doch diesmal war es anders; sie fühlte, daß er auch dann nichts gesehen hätte, wenn da etwas gewesen wäre, das er hätte anstarren können. Nicht in diesem Augenblick.

»Ich kann mich an alles ganz genau erinnern. Willst du wissen, was er anhatte?«

»Hanse ...« Ihre Stimme war ganz schwach, sie hörte sie zittern, aber anscheinend nahm Hanse es nicht wahr. Hanse war gar nicht mehr hier, weder an diesem Ort noch in dieser Zeit.

»Unter einer großen roten Nase trug er einen großen schwarzen Bart, und seine riesigen Füße steckten in einer Art gelben Sandalen ... Es war später Frühling oder früher Sommer, da bin ich sicher, denn ich hatte nicht viel an, aber mir war nicht kalt, und außerdem gab es Früchte auf dem Markt. Er hatte große, haarige, lederartige Beine, die aus einer Tunika von der Farbe eines gekochten Kürbisses herausragten. Und seine Hände waren so groß wie Schinken. Riesige, behaarte, schinkengroße Hände, die mit Fingern wie Gurken nach mir griffen. Ich rannte und prallte gegen die Beine der Leute, wurde wieder weggeschleudert und rannte blindlings in die Richtung, in die ich gerade blickte.

Er folgte mir weiter und schrie. Eine Feige! Nur eine Feige, das war alles.

Jedenfalls stieß ich gegen die Kante eines anderen Tisches, der einem anderen Verkäufer gehörte, und dabei wurde mir die Feige aus der Hand geschleudert. Ich habe sie nicht einmal bekommen, und er wollte sie auch gar nicht! Wahrscheinlich wollte er nicht einmal mich erwischen! Der große brutale Kerl machte sich nur einen Spaß daraus, einen kleinen, verirrten Jungen zu erschrecken.«

Oder vielleicht ihn zu fangen und zu v-verkaufen, dachte Mignureal. Sie schluckte und wünschte sich, sie müßte das alles nicht erleben. Selbst seine Stimme hatte sich verändert. Er war fast wieder der kleine Junge, der vor dem Monster floh und sich so sehr fürchtete, daß er sich naß machte.

»Entweder das, oder er hoffte, mich zu erwischen und verkaufen zu können«, sagte Hanse wie ein Echo ihrer eigenen Gedanken, so daß ihr Kopf herumfuhr und sie ihn erstaunt ansah. »Seit damals habe ich mir das immer wieder überlegt. Jedenfalls flitzte ich um die Bude herum, und auf der Rückseite war es nur ein Zelt. Verblichene, alte grüne und braune Planen, die sich nach oben und unten erstreckten. Ich kroch darunter weg in die Dunkelheit und bewegte mich drei Tage lang überhaupt nicht mehr.«

»Hanse ...«

»Oh, ich weiß, daß es mir nur wie drei Tage erschien«, sagte er, weil er mißverstand, warum sie seinen Namen mit dieser leisen aber gehetzten Stimme sagte. »Es ist vielleicht eine Stunde gewesen. Ich war verängstigt. Völlig verängstigt. Ich konnte mein Herz klopfen und mein Blut rauschen hören. Ich schätze, daß ungefähr eine Stunde verging, während der ich zu verängstigt war, um mich auch nur zu rühren. Ich wußte, daß das Monster in jeder Minute, jedem Moment oder jeder Sekunde das Zelt aufreißen konnte, und dann würde ich im hellen Licht daliegen, so hilflos wie eine Eidechse ohne Beine, und er würde mich erwischen.

Aber das tat er nicht. Wahrscheinlich hatte er mich schon zwei Minuten, nachdem ich um die Ecke des Marktzeltes verschwunden war und er mich aus den Augen verloren hatte, bereits wieder vergessen. Nach einer langen Zeit nahm ich dann bewußt wahr, was ich die ganze Zeit gerochen hatte. Ich hatte es lange gar nicht bemerkt. Ich hatte nur versucht zu lauschen, aber lediglich mein Herz schlagen und das Blut durch meinen Kopf rauschen gehört. Schließlich nahm ich den Geruch wahr, den Duft, und dann sah ich es.«

Während Mignureal lautlos weinte und sich wünschte, sie könnte ihn in die Arme nehmen, versuchte sie, ihr Pferd näher zu ihm zu lenken, damit sich wenigstens ihre Beine berühren könnten, als er sie wieder überraschte.

»Dann sah ich es«, wiederholte er, und jetzt kicherte er tatsächlich in sich hinein. »Es war in einer kleinen gelben Schüssel, einer kaputten mit einem krummen Rand. Ein dunkler Streifen lief wellenförmig um sie herum, aber es war dunkel, deshalb konnte ich die Farbe nicht erkennen. Die Schüssel enthielt Essen! Ein Festmahl hatte dort die ganze Zeit auf mich gewartet! Nur ein paar Zentimeter von meiner Nase entfernt, und ich war viel zu verängstigt gewesen, um es zu sehen oder zu riechen!«

Mignureal sah, wie er den Kopf schüttelte, und der weiße Stoff bauschte und faltete sich bei jeder Bewegung. Abgesehen von seiner Nasenspitze verbarg die Kapuze sein Gesicht.

»Es war ein Festmahl«, sagte er. »Ein *Festmahl*! Ich brauchte höchstens zwei Sekunden, um alles herunterzuschlingen. Vielleicht drei. Dann zwängte ich mich unter dem Zelt hervor und ging ... ging fort. Zurück auf den Markt, zurück in den Wald aus Beinen. Ungefähr eine Minute später rief eine kleine, wirklich magere Frau nach mir. Sie hatte ein Gesicht, das wie eine verschrumpelte Dattel aussah.

›Hey, Junge!‹ rief sie. ›Hey!‹

Ich dachte, wie häßlich sie war, und wußte, daß sie mich greifen würde, weil ich eine Feige gestohlen und einem anderen sein Festmahl weggegessen hatte, und ich fing an zu rennen und prallte genau gegen eine fette Frau in langen, langen Kleidern. Kleider in ungefähr sechzehn verschiedenen Farben – natürlich eine S'danzo. Ich wurde direkt in die Hände der anderen Frau zurückgeschleudert. Sie beugte sich aus ihrer Bude heraus über den Tisch nach unten. In ihrer Hand hielt sie ein wunderbares kleines Johannisbeerplätzchen. Deshalb hatte sie nach mir gerufen, sie wollte dem Bengel eine Süßigkeit geben! Ich schlang das Plätzchen herunter, und dann fiel mir wieder ein, daß ich gedacht hatte, sie sei ein Monster oder eine Hexe, die mich verfolgte, aber wie nett sie doch war! Da fühlte ich mich schlecht, und ich begann zu weinen. Ich rannte weg. Ich habe mich nicht einmal bei ihr bedankt. Ich glaube, an diesem Tag habe ich gelernt, was Scham ist. Neben einigen anderen Dingen.«

Eine endlose Minute oder etwas länger ritten sie schweigend weiter. Die Sonne stand tief an einem Himmel, der immer röter aber nicht kühler wurde. Die Pferde trotteten dahin, und Hanse war tief in seine Gedanken versunken. Mignureal konnte kein Wort hervorbringen, und sie versuchte sich nach Kräften zu beherrschen, damit er ihr Schluchzen nicht hören konnte.

»Das ist meine erste Erinnerung, Mignue. Alleine zu sein und Hunger zu haben, großen Hunger, und nur eine Feige zu stehlen, eine kleine Feige. Dann so gejagt zu werden. Ich hatte noch nie so eine furchtbare Angst gehabt, so eine entsetzliche Angst. Und Essen zu finden und dann diese Frau. Wegen der vielen Furchen und Falten in ihrem Gesicht sah sie häßlich und bösartig aus – wahrscheinlich waren es alte Lachfältchen –, aber sie war der netteste Mensch, dem ich je begegnet war. Bis zu diesem Zeitpunkt.« Er schüttelte den Kopf, als er sich an die Ironie des Schicksals erinnerte.

»Und mein Festmahl, Mignue, weißt du, woraus mein Festmahl in dieser kleinen, verhunzten gelben Schale mit dem dunklen Streifen bestand?«

Er stieß ein schnaubendes Lachen aus, das unecht klang. »Diese Schüssel enthielt Speiseabfälle! Die Reste einer Mahlzeit, verstehst du? Ein paar Schalen, das Endstück einer Gurke, ein paar Krumen und auch ein kleines Stückchen Brot. Ein richtiges kleines Stückchen Brot, das ein wenig nach Fleisch roch. Ich hatte ein wenig Hundefutter aus einem Futternapf heruntergeschlungen, das war mein Festmahl!«

Am ganzen Körper bebend tat Mignureal so, als würde sie sich auf der Hanse abgewandten Seite zu ihrem Fuß hinabbeugen, damit sie die Tränen fortwischen konnte. Langsam streckte sie ihren Körper, und nun tat sie so, als wollte sie Injas Hals unter der Mähne streicheln, wo er am stärksten schwitzte.

Nachdem sie wieder eine Zeitlang schweigend dahingetrottet waren, sagte Hanse: »Der andere der nettesten Menschen, die ich jemals getroffen habe, war das genaue Gegenteil. Ein Kopf wie eine Melone, ein Gesicht wie ein Mond, ein Bauch wie ein Faß – da war einfach alles groß. Und ihr Gesicht war so *liebenswürdig*, von morgens bis abends, ihr ganzes Leben lang.«

»Meine … meine Mutter.«

Er nickte. »Nun weißt du, wieviel ich auf das Aussehen eines Menschen gebe, Mignue. Ich habe sehr früh gelernt, wie wichtig das Aussehen eines Menschen ist! Klauer war … Klauer war häßlich, und ich habe eine Nase im Gesicht wie ein hungriger Habicht. Das hat mir mal jemand gesagt; ich hatte gedacht, sie sähe aus wie ein Bussardschnabel. Und warum, bei allen Höllen, reite ich nun alleine mit einem unglaublich schönen Mädchen durch die Wüste? Das ist ein Geheimnis und ein Wunder.«

Endlich sah er sie an und lächelte, und trotz all ihrer Vorsätze und der Kraft, die sie aufzubringen versucht hatte, blieb Mignureal dem uralten Klischee treu und brach in Tränen aus.

»O nein!« stieß Hanse entsetzt hervor. *Sie weiß, daß ihre Tränen für mich dasselbe sind, als würde mir jemand eine Nadel in die Gedärme stoßen, aber es ist nicht ihre Schuld. Warum mußte ich auch noch Mondblume erwähnen?*

Es war merkwürdig, wie plötzlich der Sonnenuntergang in der Wüste kam, besonders für zwei Menschen, die ihr ganzes Leben in einer Küstenstadt verbracht hatten. Der Himmel nahm eine immer intensivere orangene Färbung an, und dann wurde die Sonne, die normalerweise ein weißes Gleißen war, zu einem riesigen roten Ball, der sich auf den Rand der Wüste kauerte. Blutrot verschwand sie dort eilig hinter dem Horizont. Genauso schnell brach die mit funkelnden Sternen durchsetzte Dunkelheit über die endlosen Sandflächen herein und färbte sie purpurrot.

So wie Hanse ächzte und knurrte und sich beklagte, als er vom Pferd stieg, hätte er ein alter Mann sein können.

»Ah!« stöhnte er wieder, als er sich den ersten Schritt von dem Schwarzen entfernte. »Ah! Ihr Götter meiner Vorfahren, meine *Schenkel*! Wie das Reiten meine Schenkel martert!«

Mignureal lächelte. »Ich weiß, meinen Schenkeln geht es genauso. Aber es sind nicht deine Schenkel, die du dir reibst, Liebling!«

»Das bleibt dir erspart! Hmpf. Die Götter haben euch Frauen besser ausgestattet, um in einem Sattel sitzen zu können«, knurrte er. »Ihr seid wie dafür geschaffen. Erstens könnt ihr eure Schenkel weiter spreizen. Und außerdem seid ihr Frauen besser gepolstert ... ich meine, auch eure Hintern unterscheiden sich von unseren.«

Ihr Lächeln wurde breiter. »Das habe ich ja auch gerade bemerkt!«

Hanse mußte lachen. Humpelnd und O-beinig ging er zu ihr und nahm sie in die Arme. Sie hielten einander umschlungen, bis er schluckte und sich wünschte, sie aus all diesen Kleidern zu schälen, seine Hände über ihren ganzen Körper wandern zu lassen, sie zu Boden zu werfen und ... Er löste sich aus der Umarmung, streckte die Schultern, zuckte immer noch zusammen, als er die Beine bewegte, und entledigte sich des langen Gewandes mit der Kapuze.

»Arrr! Wenn die Götter gewollt hätten, daß Männer auf Pferden reiten, hätten sie ... ich weiß es nicht. Sie hatten es ganz einfach nicht für uns vorgesehen, das ist alles!«

»Versuch dir doch einmal vorzustellen, wieviel schlechter

es dir gehen würde, wenn wir den ganzen Weg hätten laufen müssen.«

Er warf ihr einen grimmigen Blick zu. »Hör doch endlich auf, so verdammt vergnügt und praktisch zu sein! Wenn ich mich beklagen will, will ich mich beklagen. Das ist ein heiliges Recht.«

»Ay-ay, Hochwürden«, gab sie lächelnd zurück und pellte sich ebenfalls aus ihrem Gewand. Beide waren froh, aus den weiten Kleidungsstücken herauszukommen. Der Stoff war weiß, weil Weiß die Hitze der Sonne nicht speicherte, sondern sie im Gegenteil zurückstrahlte, wie der Viehhändler behauptet hatte, der sich wirklich als Wüstenexperte erwiesen hatte.

Hanses alte, ausgebleichte rostbraune Tunika hatte dreiviertel lange Ärmel und Lederriemen um den V-Ausschnitt am Hals, er trug eine dunkle Hose und gute weiche Stiefel. Natürlich trug er auch sein Messer, obwohl er das große Ilbarsi-›Messer‹, das so lang war wie Mignureals Arm, um seinen Sattelknauf geschlungen hatte. Er wirkte weder schäbig noch wohlhabend, und genauso wollte er auch aussehen. Auch Mignureal sah weder nach dem einen noch nach dem anderen aus, doch man konnte sie schwerlich übersehen. Sie war eine S'danzo, und sie war Mondblumes Tochter. Der Haufen ihrer Kleider gab ihr den Anschein, als würde sie 200 Pfund wiegen. Aber das tat sie nicht.

Sie trug jetzt drei der unzähligen Ringe ihrer Mutter, und ihre Kleider hatten fast unendlich viele Farben und Muster. Vielleicht waren es auch nur ein Dutzend. Dazu gehörten ein gestreifter Schal und ein blaues und grünes Kopftuch, das ihr tiefschwarzblaues Haar aus dem Gesicht fernhielt, das man ihr nur einmal, als Teil ihres Initiationsrituals, im Alter von zwölf Jahren geschnitten hatte. Sie trug ein Unterhemd, eine Bluse und eine Weste, drei Röcke und zwei Überkleider. Erstaunlicherweise paßte sogar einer der Röcke farblich zu ihrem Stirnband. Das war Hanse aufgefallen. Er hatte sich einen klugen Spruch dazu einfallen lassen, daß sie konservativ gekleidet herumlief, aber den wollte er sich für eine passendere Gelegenheit aufheben. Für eine bessere.

»Wie kannst du es nur in all diesen Klamotten aushalten?«

Mignureal zuckte die Achseln und errötete ein wenig.

Sie hatten an einem grünen Fleck Rast gemacht, wo sie ihr Nachtlager aufschlagen wollten. Ein kleiner Brunnen, mit Steinen ummauert und einem Schild versehen, gestattete einem schmalen Streifen struppigen Grases und zweieinhalb kümmerlichen Bäumen ein klägliches Dasein. Mignureal las die Inschrift auf dem Schild laut vor; es wies sie an, keine Gegenstände in das Wasser zu werfen und den Dung ihrer Tiere in gebührendem Abstand vom Brunnen für andere Reisende zurückzulassen.

»Ihhh«, stieß Mignureal hervor und schnitt eine Grimasse. »Wozu ist das Schild denn da? Als ob wir den Mist unserer Pferde mitnehmen würden!«

Hanse lachte leise in sich hinein. »Du bist nie arm gewesen«, stellte er fest.

Sie wirbelte mit dem beleidigten Gesichtsausdruck zu ihm herum, den so viele Leute zeigen, wenn man ihnen vorwirft, ein bequemes Leben geführt zu haben.

»Glaubst du etwa, wir wären reich gewesen? Wir waren zu neunt zu Hause!«

»Nein, aber ich meine, daß du nicht arm genug warst. Nicht richtig arm, nicht bettelarm, nicht völlig abgebrannt. Ich habe das früh genug gelernt. Ziegenmist ist der beste, und ich habe gehört, daß Kamelmist noch besser sein soll. Aber jeder Dung gibt einen guten Brennstoff her, wenn man ihn länger liegen und trocknen läßt. Er brennt, und er brennt langsam. Abwind wimmelt von Menschen, die sich nicht einmal ein Stückchen Brennholz für ihre Kochöfen leisten können, Mignue.«

Sie legte ihre Hände fast so schnell zusammen, als würde sie klatschen. »Oh. Ich schätze, du weißt eine Menge Dinge mehr als ich.«

»Wie es ist, arm zu sein, ja«, gab er zurück und wanderte auf der Suche nach ein wenig Dung, den frühere Reisende zurückgelassen hatten, in dem kleinen Fleck herum, der eine Oase sein wollte.

»Ich liebe dich, Hanse«, murmelte sie und genoß es, ihn einfach zu beobachten. Zuzusehen, wie er sich bewegte. Die Nacht brach herein, und die Nacht war Hanses Zeit. In der Nacht bewegte er sich am sichersten.

Die Straßen sind mein Zuhause, hatte er einmal einer anderen, erfahreneren und klügeren Frau gesagt, die sich als klug genug erwiesen hatte, um ihn auszunutzen. *Sie haben mich geboren und ernährt.* Gegenüber Mignureal gab er sich weniger großspurig, denn bei ihr hatte er es nicht nötig. Bei ihr konnte er entspannter und fast er selbst sein. Das fiel Hanse, genannt Nachtschatten, aus Freistatt, das man die Welt der Diebe nannte, nicht leicht.

Mignureal saß ganz ruhig neben dem Brunnen und sah zu, wie er ging und sich bewegte. Das hatte sie schon seit Jahren so unauffällig wie möglich getan. Sie liebte es, ihn so zu beobachten. Er bewegte sich so sehnig und geschmeidig, so gleichmäßig, daß es schien, als würde er dahingleiten und kaum den Boden mit den Füßen berühren.

»Hanse bewegt sich wie eine hungrige Katze«, hatte so manch einer in Freistatt gesagt und war dabei vielleicht ein wenig erschaudert. Aber eigentlich lief er gar nicht, Hanse *glitt dahin.* Bei jedem Schritt lösten sich die Sohlen seiner Halbstiefel höchstens einen Fingerbreit vom Boden. Er trat mit dem Fußballen auf, nicht mit der Ferse. Einige machten sich darüber lustig, aber nur wenn Hanse nicht da war, denn dadurch glitt er in einer wellenförmigen Bewegung dahin, die merkwürdig anzusehen war. Die Höhergeborenen beobachteten ihn mit einer ästhetischen Faszination – und einige voller Schrecken. In die Faszination von höhergeborenen Frauen und anderen, wie zum Beispiel Mignureal, mischte sich oft ein gewisses Interesse, wenn auch ein widerwilliges. Sie hatte nie das gedacht oder gesagt, was sich andere sagten: Dieser Hanse, dieser Nachtschatten, war wie ein widerwärtiges aber irgendwie sinnliches Tier.

Mignureal beobachtete ihn jetzt so gedankenverloren, daß sie zusammenzuckte, als er sprach.

»Hmh. Also, es ist so, meine Liebe«, sagte er und *glitt* zu ihr zurück. »Entweder hat niemand das Schild beachtet, oder es sind kürzlich andere Leute hiergewesen, die den ganzen Brennstoffvorrat verbraucht haben. Wir werden kein Feuer machen können. Pack also besser die Datteln, das harte Brot und diesen fürchterlichen salzigen Trockenfisch aus. Ich werde ein bißchen Bier von Blödarsch holen. Oh, Augenblick mal. Geben wir zuerst einmal ihm etwas vom Brunnenwasser zu trinken, Mignue.«

Mignureal, die einen vollen Holzeimer mit einem Seil aus dem Brunnen zog, sah ihn an. »Wieso denn?«

Er wartete, bis sich ihre Augen trafen. »Nur für alle Fälle. Er ist der Unwichtigste von uns fünf.«

»Oh!« Sie erschauderte. Sie blickte mit erwachtem Mißtrauen zuerst in den Eimer und dann auf Hanse. »Aber er trägt unser gesamtes Gepäck!«

Er nickte. »Von dem wir das meiste auf unsere Pferde packen könnten. Und es würde mir absolut nicht gefallen, auf diesem blöden Esel zu reiten. Wahrscheinlich müßte ich ihn mit seinen Ohren lenken. Bleiben also nur noch du und ich.« Er sah sie liebevoll an und breitete die Arme aus. »Aber wenn du zuerst trinken würdest und irgend etwas mit dem Wasser nicht in Ordnung wäre, an wen sollte ich mich dann kuscheln, wenn es eisig wird?«

»Oh ... du!« brachte sie lächelnd hervor. Sie zog die Kupferpfanne aus dem Gepäck des Onagers. Die lederne Tasche, die daneben hing, klimperte wohltönend. Mignureal ließ den Packesel saufen. »Es ist übrigens schon eisig geworden. Ich wette, daß *Schätzchen* auch schön warm zum Ankuscheln wäre.«

»Iiihhh – aaahhh!« rief Hanse laut und löste gleichzeitig die sorgfältig ausbalancierten und herrlich prallgefüllten Ziegenledersäcke vom Rücken des Onagers. Die großen weißgesprenkelten Ohren des Esels drehten sich nach hinten, aber er bequemte sich nicht dazu, den Kopf zu wenden.

Mignureal hatte recht. Es war bereits spürbar kalt geworden, und obwohl sie beide nicht verstanden, warum das so war, wußten sie doch, daß es bald mehr als nur eisig werden würde.

Hanse hatte es noch gar nicht gemerkt. Nachdem er dem klimpernden Beutel einen herzhaften Knuff verpaßt hatte, öffnete er den prallgefüllten Sack und zapfte etwas Bier ab. Der nasse Stoff, der um den Sack geschlungen war, war schon vor langem getrocknet und hatte das Bier nicht mehr kühlen können. Hanse war es egal.

»Ahhhh.«

»Wie ist es, Hanse?«

»Warm.«

»Ist das gut oder schlecht?«

Hanse lächelte ein wenig über ihre Ahnungslosigkeit, denn sie hatte in dieser Beziehung überhaupt keine Erfahrung, zuckte die Achseln und nahm ein paar weitere Schlucke. »Ahhh. Es könnte weniger *heiß* sein. Ich hatte mich heute nicht getraut, Wasser zu verschwenden, um das Bier zu kühlen. Morgen werden wir es tun und daran denken, den Stoff von Zeit zu Zeit zu befeuchten. Wir können ihn dann auch benutzen, um uns das Gesicht damit abzuwischen.«

»Das wäre schön, Hanse«, sagte Mignureal nachdenklich. »Angenommen, wir verschließen den Sack sorgfältig, binden ihn gut fest und lassen ihn in den Brunnen hinab. Dann müßte das Bier doch etwas kühler werden, nicht wahr?«

Über den Biersack gebeugt, weiteten sich Hanses Augen. Er ließ ihn langsam sinken und drehte den Kopf genauso langsam in Mignureals Richtung, um sie aus großen Augen anzusehen. »Erinnere mich ein anderes Mal daran, dir zu erzählen, warum es mir nicht im Traum einfallen würde, irgendeinen Sack in einen Brunnen hinunterzulassen.«

Sie blickte ihn einen Augenblick lang an, bevor ein Kichern in ihr hochstieg.

»Oh, das hast du schon, das hast du schon!« Mit einer plötzlichen Bewegung, die ihre Röcke rauschen ließ, tätschelte sie den anderen Beutel, der nicht gluckste sondern klimperte. Das Leder war mit Rissen übersät. »Wie lange, sagst du, haben all diese Silbermünzen im Brunnen beim Adlernest gelegen?«

»*Jahrelang*«, seufzte Hanse und nahm einen weiteren Schluck.

»Nachtschatten plant, den Prinz-Statthalter selbst zu berauben«, hatte ein gewisser Strolch vor einigen Jahren dem Nachtwirt der Goldenen Eidechse erzählt, der es seinerseits Gelicia weitererzählt hatte, der Madame eines beliebten Bordells von Freistatt. »Und er hat vor, dabei ein ordentliches Schnäppchen zu machen.«

Gelicia hatte diese Information an Cusharlain weitergegeben, der im Auftrag gewisser Hoher Regierungskreise geheime Nachforschungen über Hanse, genannt Nachtschatten, durchführte. (In Wirklichkeit schmiedete eine der Konkubinen des Prinz-Statthalters, die sich nebenbei auch mit einem Leibgardisten des Prinzen, einem Höllenhund, vergnügte, ihre eigenen Pläne.)

Cusharlain hatte sich ungläubig gezeigt. »Dieser junge Streithahn hat vor, in den Palast selbst einzubrechen?«

»Spotte nicht, Cusher«, hatte Gelicia erwidert und mit einer teigigen Hand gewinkt, an deren Fingern zahllose Ringe steckten. »Wenn es überhaupt möglich ist, wird Nachtschatten es tun. Hast du von der Geschichte über den Ring gehört, den er unter dem Kopfkissen von Corlas dem Kamelhändler gestohlen hat, während Corlas mit dem Kopf auf diesem Kissen schlief? Hast du gehört, wie unser Junge Hanse nur so zum Spaß auf das Dach der Drei Kasernen geklettert ist und dort den Wappenadler gestohlen hat? Ein Reicher aus Twand hat ihm dafür ein lukratives Angebot gemacht, aber glaubst du, Hanse hätte es angenommen? Er sagte, daß er das Ding gern selbst behalten wollte. Er sagt, daß er jeden Morgen bei Sonnenaufgang darauf pinkelt.«

Cusharlain grinste. »Und wenn es unmöglich ist? Den Palast auszurauben, meine ich.«

»Nun, dann wird Freistatt eine Kakerlake von Dieb weniger haben, und niemand wird ihn vermissen.« Gelicias Achselzucken ließ ein Zittern von den Ausmaßen eines Erdbebens durch ihren mächtigen Busen laufen.

Cusharlain hatte daraufhin seine behutsamen Befragungen fortgesetzt, und etwas später war Nachtschatten tatsächlich in den kaiserlichen Palast von Freistatt eingebrochen und hatte das Savankh des Hohen Rankanischen Kaiserlichen Herrschers gestohlen, das Zepter seiner Macht. Aber Hanse war nicht lange ein Werkzeug der Konkubine und ihres verräterischen Höllenhundes gewesen. Bald schon hatte er dem Prinz-Statthalter geholfen, ihrem Ränkespiel und ihrem Leben ein Ende zu setzen. Eine Zeitlang war er sogar der Vertraute des gleichaltrigen jugendlichen Prinz-Statthalters des Kaiserlichen Rankes geworden.

Die Hälfte des Lösegeldes für das Savankh in Silbermünzen klimperte wohltönend, als Hanse die große Satteltasche vom Rücken Schätzchens/Blödarschs hob. Die andere Hälfte hatte er in Freistatt zurückgelassen, um die Rebellen bei ihrem Kampf gegen die *neuen* Herrscher zu unterstützen. In dieser Nacht war er zum dritten Mal in den Palast eingedrungen und wieder mit dem Zepter der Macht entkommen, diesmal mit dem Zepter des neuen Herrschers oder der Herrscherin oder des Herrscher Dings, der Beysa. Und es war derselbe Abend gewesen, an dem er klugerweise entschieden hatte, daß es ratsam sei, aus seiner Geburtsstadt zu verschwinden.

Aus einem spontanen Entschluß heraus war die verwaiste Mignureal mit ihm gegangen. Sie war eine S'danzo, eine angehende Seherin, die gerade ihre Mutter verloren hatte. Man hatte ihre Unschuld bewahrt und sorgfältig gehütet, und manchmal war Mignureal ein Werkzeug der Götter, der gütigen Götter.

Gerade beobachtete sie Hanse und ließ ihre Augen über die kleinen Backen seines festen Hinterns wandern, die sich unter seiner Tunika abzeichneten, als er sich streckte, um einen weiteren Schluck Bier zu trinken. Sie war der einzige Mensch auf der Welt, der ihn trotz seines Aussehens und seines Gehabes liebte. Sie und eine gewisse Göttin.

Sie genoß die schwache Brise, die von Süden her aufgekommen war, der Richtung, aus der sie gekommen waren. Sie bemerkte nicht, daß die drei Tiere die Köpfe hoben, weil sie einen Geruch witterten, den der leise Luftzug mit sich trug. Sie stellten ihre Ohren nach vorne und blickten in diese Richtung in die Dunkelheit. Hanse hatte es bemerkt. Er runzelte die Stirn, preßte die Lippen zusammen und stellte das Bier mit einer entschlossenen Bewegung beiseite. Da er daran gewöhnt war, Dinge in aller Heimlichkeit zu tun, begann er unauffällig den Sitz seiner verschiedenen Messer zu überprüfen, ohne Mignureal dadurch irgendwie zu beunruhigen.

Als er ein natürliches Bedürfnis verspürte, ging er einfach auf die andere Seite der Pferde, öffnete seine Hose, ließ sie heruntergleiten und urinierte in den Sand. Er hatte überhaupt nicht daran gedacht, daß es Mignureal Probleme bereiten könnte, ihre Notdurft zu verrichten, bis ihm ihre Zappeligkeit auffiel und er eine entsprechende Bemerkung machte. Sie wandte den Blick ab.

»Mignue?« sagte er in fragendem Tonfall. Endlich sagte sie ihm, was ihr Probleme bereitete.

»Verdammt! Es tut mir leid«, sagte er. »Ich bin es nicht gewöhnt, mir Gedanken über die Frauen zu machen! Geh einfach hinter die Pferde, nur ein kleines Stückchen. Da draußen ist ein riesengroßes Klo.«

»Oh«, machte sie und sah auf eine belustigende Art verlegen aus. Daß sie versuchte, ihre Verlegenheit zu verbergen, machte das Ganze nur noch offensichtlicher. Mit rauschenden Kleidern ging sie an ihm vorbei.

»Mignue ... bleib bitte in Sichtweite«, bat Hanse.

Sie wirbelte herum. »Was?!«

»Äh, 'tschuldigung. Tut mir leid. Ich meine, äh ... geh bitte nicht zu weit, ja?«

»Natürlich nicht. Das mußt du mir nicht sagen, Hanse. Ich bin kein Kind mehr. Ich bin Mignue, weißt du das nicht mehr? Deine *Frau*.«

»Natürlich. Richtig. Ja. Es tut mir leid, Mignue.«

»Und wehe, du schaust zu!«

Hanse drehte sich um, damit sie nicht sehen konnte, daß

er den Blick ergeben zum Wohnsitz der Götter emporrichtete.

Sie aßen Datteln, Brot und den salzigen Trockenfisch. Dann saßen sie mit überkreuzten Beinen im Sand und plauderten ein wenig. Ab und zu küßten sie sich, und Hanse konnte sich nur unter großen Anstrengungen und mit bewundernswerter Beherrschung davor zurückhalten, ihren Körper mit seinen Händen zu erforschen. Er trank auch kein Bier mehr und hatte sich, um Mignureal nicht zu beunruhigen, so gesetzt, daß er sowohl den Süden wie auch den Onager und beide Pferde im Auge behalten konnte.

Er verspürte gar kein Verlangen mehr nach Bier. Er hielt Wache. Außerdem hatten Hanse und der Alkohol ohnehin nur flüchtig miteinander Bekanntschaft gemacht. Abgesehen von der Nacht, als er auf seinem Weg zu Fuchs' Schenke, wo er sich mit Zip treffen wollte, ein beysibisches Starrauge getötet hatte; in dieser Nacht hatte er mehrere Krüge Bier geleert, und zwar schnell. Doch selbst seine aufgekratzte Stimmung und das Bier hatten nicht dafür gesorgt, daß er sich von Zip hatte überzeugen lassen, sich der Volksfront zur Befreiung Freistatts von den Starraugen anzuschließen. Es hatte schon des Todes von Mondblume durch die Beysiber bedurft, Hanses Entscheidung und sein ganzes weiteres Leben zu ändern. Eine weitere Ausnahme in seiner Enthaltsamkeit hatte er gemacht, als er Tempus aus den Händen des monströsen Vivisezierers Kurd gerettet hatte. Nach dieser grauenhaften Nacht hatte sich Hanse eine Woche oder noch länger betrunken. Und *danach* hatte er eine lange, lange Zeit keinen Tropfen mehr angerührt.

Etwas mehr als eine Stunde war verstrichen, in der weder Hanse noch die Tiere irgend etwas Verdächtiges gehört hatten.

Erfreulicherweise hatten sie auch nichts gewittert, was sie beunruhigen oder auch nur ihr Interesse hätte wecken können. Da alle drei Tiere im Stehen schliefen, konnte sich Hanse entspannen und Mignureals Bitte nachkommen, ihr noch einmal zu erzählen, wie es dazu gekommen war, daß sie einen Sack voller Silbermünzen besaßen und reich waren.

Mit dem Rücken bequem gegen eins dieser kümmerlichen Gewächse gelehnt, die Bäume sein wollten, und nachdem er drei seiner Messer abgelegt hatte, erzählte er ihr die Geschichte. Er hatte seine dünnen Beine so ausgestreckt, daß sich die Fußknöchel überkreuzten. Sein rechter Arm lag um ihre Schultern, und sie hatte ihren Kopf auf ihre Hand gebettet, die auf seiner Brust ruhte. Behutsam hatte er sie auf seine rechte Seite geschoben, so daß er die linke Hand frei hatte.

Natürlich schmückte er seine Geschichte ein bißchen aus und verschwieg das eine oder andere. Ehrlicherweise gab er zu, daß er Hilfe gehabt hatte, als er zum ersten Mal in den Palast gelangt war.

Es hatte Hanse weniger Schwierigkeiten bereitet, das Savankh zu finden, an sich zu nehmen, zu entkommen und das Lösegeld auszuhandeln, das aus ein paar Gold- und jeder Menge Silbermünzen bestand, als er es in seiner Version der Geschichte darstellte. Die Übergabe sollte an einem Brunnen in den Ruinen des Adlernestes stattfinden, einem verlassenen Landhaus auf einem Hügel außerhalb von Freistatt. So geschah es auch, aber es ergaben sich Komplikationen. Die beiden schweren Satteltaschen voller glitzernder und klimpernder Münzen waren von einem Höllenhund namens Bourne gebracht worden, der seine eigenen Vorstellungen darüber gehabt hatte, wer das Lösegeld letztendlich bekommen sollte und wie die unmittelbare und weitere Zukunft des Diebes aussehen würde. Glücklicherweise war es ihm nicht gelungen, seinen Plan in die Tat umzusetzen, in dem sein Schwert und Hanses Kopf eine bedeutende Rolle spielen sollten.

»Ich warf die Satteltaschen in den alten Brunnen und hechtete hinterher«, erzählte Hanse Mignureal und schwieg einen Augenblick, um eins seiner Beine zu mustern. Das blöde Ding zuckte zur Seite, als würde es nicht zu ihm gehören, als sich ein vom Reiten verkrampfter Muskel mit einem Geräusch wie von einer schwirrenden Bogensehne urplötzlich lockerte. Er legte die Knöchel wieder übereinander.

Er hatte gerade gelogen, was sicherlich verständlich war.

In Wirklichkeit war er nämlich ganz aus Versehen in den Brunnen gestürzt. Und er hatte eine beachtliche und ziemlich ungemütliche Zeit dort unten in der nassen Dunkelheit verbracht, bevor er vom Statthalter selbst, von Prinz Kadakithis, ›gerettet‹ worden war. Ein durchnäßter und bedauernswert schmutziger Hanse, der seinen Schatz hatte zurücklassen müssen, war wieder aufgetaucht und hatte für kurze Zeit aus erster Hand erfahren, was das Wort ›Folter‹ bedeutete. Und daß er besser als Bourne davongekommen war, der die höchste Strafe hatte erleiden müssen.

»Dann stimmt es also wirklich«, sagte Mignureal und kuschelte sich an. »Du *hast* Prinz Kittycat getroffen.«

Hanse nickte, und sein Kinn berührte ihren Scheitel. »Aye. Mehr als nur getroffen. Wir haben uns unterhalten, dreimal. Ganz privat. Wir ...«

»O *Hanse*!«

»Autsch. Bleib ruhig, ja? Das Schlimmste dabei war, zu entdecken, daß ich ihn nicht länger hassen konnte. Ich habe genug Achtung vor Prinz Kadakithis, um ihn nicht ›Kittycat‹ zu nennen, und das wirst du auch nicht tun.«

»Ich werde versuchen, daran zu denken, Hanse«, sagte sie, und ihre Stimme klang immer noch ganz aufgeregt. »Es ist nur, daß ich es einfach kaum *glauben* kann! Du und Kit... *er!* Miteinander geredet! *Worüber* denn, Liebling?«

»Als wir uns zum zweiten Mal unterhalten haben, geschah das, weil er mich zu sich beordert hatte. Er brauchte meine Hilfe.«

»*Was?!*«

Er drückte fest ihre Schulter. »Weißt du, jedesmal wenn ich etwas sage und du vor Überraschung rufst, zuckst du so heftig zusammen, daß mein ganzer Körper wackelt. Der Baum hinter mir ist nicht einmal so breit wie mein Rücken, und ich schwöre dir, er beißt!«

Da küßte sie ihn auf die Brust, oder besser gesagt, auf seine Tunika, und er schwieg einen Augenblick, um ihren Kopf zu küssen, oder besser gesagt, ihr Haar.

»Wie auch immer, diesmal stahl ich mich heimlich in den Palast, denn ich wollte nicht, daß irgend jemand sah, wie man mich hinein ließ; wer aus Abwind oder dem Labyrinth hätte mir danach sonst noch über den Weg getraut? Und diesmal brachte es mich – schon wieder – in arge Schwierigkeiten, daß ich ihm half. Aber das ist eine ganz andere Geschichte. Beim ersten Mal – nachdem ich wieder aus dem Kerker und aus den Händen dieses bärengroßen Schmieds, der den Folterknecht spielte, heraus war – stellte er mir eine Urkunde aus, die mir volles Pardon für alles gewährte, was ich mir bis dahin hatte zuschulden kommen lassen. Ich meine natürlich Kadakithis, nicht den folternden Grobschmied oder dieses riesige Schwein Zalbar. Das weißt du ja, du hast die Urkunde mit seiner Unterschrift und dem Siegel darauf selbst gesehen. Ich ging damit sofort zu deiner Mutter …«

»Oh, ich erinnere mich. Das ist *Jahre* her. Ich war damals noch ein Mädchen. Du hast es zu meiner M-m-mutter gebracht … weil sie lesen konnte und du sicher sein wolltest, daß es wirklich ein Pardon war.« Ihre Stimme hatte gezittert, aber es war ihr gelungen, die Schluchzer zu unterdrücken, die wieder aus ihr hervorbrechen wollten.

»Uhmm«, machte Hanse und fragte sich plötzlich, ob Mondblume ihre Tochter lesen gelehrt hatte. Er hoffte es auf jeden Fall. Wenn sie eine Familie gründen würden, wäre es hilfreich – sogar wunderbar –, wenn einer von ihnen das Alphabet beherrschte und lesen konnte.

»Kadakithis war auch damit einverstanden, die Satteltaschen zu vergessen«, fuhr er fort, »wenn es auch mein Problem war, sie wieder hochzuholen. Es war ihm egal, er ist ein reicher Rankaner kaiserlichen Blutes, und es war ja nur Geld. Außerdem war er ja *so* entzückt und stolz darauf, daß er in dieser Nacht getötet hatte. Einen Mann, meine ich. Seinen ersten. Damals habe ich ihm gesagt, daß mein Beruf das Stehlen ist, und daß das Töten die Aufgabe von Soldaten, Prinzen und ähnlichen Leuten wäre.«

»O Hanse! Hat ihn das nicht wütend gemacht?«

»Nein. Er lachte! Ich habe dir erzählt ... ich will nicht behaupten, daß wir beide Freunde sind, Mignue, aber wir konnten nicht umhin, uns irgendwie zu mögen. Ich glaube, wir sind etwa im gleichen Alter, und das war ihm ganz deutlich bewußt. Ich erinnere mich noch, daß ich dachte, daß er schlau genug war, um selbst ein Dieb zu sein!«

»Hanse! Das hast du ihm doch nicht etwa gesagt!«

Er lachte leise in sich hinein. »Richtig. Das habe ich ihm nicht gesagt.«

»Das ist ja alles so aufregend, Liebling!« rief sie und zog sich an ihm hoch, um ihn zu küssen.

Nach einer Weile fragte sie ihn mit ganz leiser Stimme, ob er schon jemanden getötet hätte.

»Ja«, antwortete er genauso ruhig und spürte, daß sie sich verkrampfte, wie es auch sein Magen tat. »Ich habe es nie vorgehabt. Töten war nie etwas, was ich tun wollte. Ich wollte, daß die Leute *dachten*, ich könnte und würde es tun. Klauer sagte mir: ›Trage die Waffen sichtbar und versuche, böse auszusehen, Junge. Die Leute sehen die Waffen und glauben dem äußeren Schein, und du wirst sie nicht benutzen müssen.‹«

»Oh, das war ein guter Rat«, sagte sie und verstand ihn etwas besser. Warum er zum Beispiel die vielen Messer und nachts schwarze Kleidung trug – oder getragen hatte, damals in Freistatt. Und warum er immer so finster dreinschaute.

»Das war er, und ich befolgte ihn. Ich wollte niemanden umbringen. Ich wußte nicht, ob ich dazu überhaupt in der Lage war, und ich wollte es auch wirklich nicht herausfinden. Ich wollte nur Nachtschatten sein, klettern und mich verstecken, mich da hineinschleichen, wo sonst niemand hineinkam, und unbemerkt wieder verschwinden, den Kitzel spüren, wie eine Wanze herumzukriechen, Sachen stehlen und dabei nie erwischt und nicht einmal gesehen werden. Und ich wollte diese Waffen nie benutzen müssen.«

Sie unterbrach ihn mit einer Frage, die aus ihr herausplatzte und die sie beide überraschte: »Hanse? Warum sagt man, wie eine Wanze herumkriechen? Warum Nachtschatten die Wanze?«

»Hmpf! Was kriecht in der Nacht hervor und bewegt sich besser in der Dunkelheit als im Licht?«

»Oh! Das ... gefällt mir nicht gerade.«

Seine Antwort kam unverzüglich und aus vollem Herzen: »Mir auch nicht.«

»Gefällt es dir, als Nachtschatten bekannt zu sein?«

»Es stört mich nicht«, sagte er, aber sein Tonfall verriet, daß es mehr als das war. Der Name gefiel ihm.

Sie lächelte in seine Brust. Sie begann schon, sich erwachsener zu fühlen. Das gehörte dazu, eine Frau zu sein. Männer haben mehr von Jungen in sich als Frauen von Mädchen. Mignureal hatte das ein dutzendmal von ihrer Mutter gehört.

»Aber es wird albern, wenn jemand glaubt, es sei ein Teil meines vollständigen Namens und mich beides nennt: Hanse Nachtschatten. Das ist albern.«

Nach einer Weile, als sie sich schweigend an ihn gekuschelt hatte, sagte sie: »Und, aber ... oh. Ich erinnere mich, daß du gesagt hast, du hättest gleich den ersten Beysiber getötet, der dir über den Weg gelaufen ist, nachdem Mutter ... gleich nachdem Mutter ...« Sie verstummte für beinahe eine Minute und versuchte, ihre Stimme wieder unter Kontrolle zu bekommen, während er sie an sich drückte und mit seinem Kinn zärtlich über ihr Haar fuhr.

»Und daß du geglaubt hast, es wäre derjenige, der sie ermor... ich hoffe auch, daß er es war. Aber Hanse, ähm ... und davor?«

Hanse starrte geradeaus und überlegte. Er entschied, ihr nichts von dem anderen Beysiber zu erzählen. Das war sinnlos gewesen. Die arrogante Kreatur hatte sich ihm einfach in den Weg gestellt und ihn herausgefordert, und Hanse hatte versucht, den eingeschlagenen Weg weiterzugehen. Das Starrauge hatte es ihm nicht gestatten wollen, und Hanse hatte eine wunderbare Beleidigung ausgestoßen. Doch das Starrauge war nicht einmal wütend geworden, es schien vielmehr entzückt, daß es jetzt einen Vorwand hatte, ihn zu töten. Es hatte das Langschwert, das es auf dem Rücken trug, aus der Scheide ziehen wollen und ihn dabei aus Augen angestarrt, die nicht blinzelten und unmißverständlich seine Absicht verrieten. Und das Wurfmesser, das Hanse am rechten Oberarm trug, war im gleichen Augenblick in sein Auge und in sein Gehirn gedrungen.

Er hatte es wieder herausgezogen, bevor er den Weg zu seiner Verabredung in Fuchs' Schenke fortgesetzt hatte. Es war ihm nicht in den Sinn gekommen, daß Ahdio, der Besitzer der Kaschemme, und Zip ihn wie einen Helden behandeln würden, weil er einen der Eindringlinge der Besatzungstruppen getötet hatte.

Statt dessen erzählte er ihr vom ersten Mal, was mittlerweile ein paar Jahre zurücklag.

»Eines Nachts lief ich ... über die Dächer und hörte irgendwoher Lärm. Ich ging in diese Richtung, um nachzusehen. Ich hatte Tempus gerade zum erstenmal getroffen und wußte nicht, ob ich ihn mochte oder nicht. Ich weiß es immer noch nicht. Jedenfalls wurde er von mehreren Leuten gleichzeitig angegriffen. Das war, bevor ich wußte, daß er ... daß er nicht normal ist, Mignue. Ich glaube, man kann ihn gar nicht töten. Seine Wunden heilen wieder von alleine und hinterlassen keine Narben, und Kurd hat sogar ... Teile von ihm abgeschnitten.« Er schluckte schwer, und Mignureal drückte ihn und zog ihn fest an sich. »Sie wuchsen wieder nach.«

»Oh!« Ein Schauder lief durch ihren Körper. Da sie nicht an Götter glaubten, verfügten die S'danzo kaum über Flüche oder Verwünschungen oder so einfache Ausrufe des Erstaunens wie etwa »Ihr Götter!«

»Jedenfalls, in dieser Nacht dachte ich nicht einen Augenblick lang nach. Ich sah, daß Tempus angegriffen wurde, und ich reagierte. Ich mußte ganz einfach. Ich glaube, ich habe zwei von ihnen getötet; ich war mir sogar direkt hinterher nicht sicher. Es war alles undeutlich und verschwommen. Ich bewegte mich einfach schnell und tat das, was ich tun mußte, um ihm zu helfen.

Danach waren wir ziemlich gute Freunde, und er besteht immer noch darauf, daß er mir etwas schuldet. Ich weiß nicht, warum. Es stimmt, ich habe ihn vor Kurd gerettet, und ich *wollte* Kurd umbringen! Aber in dieser Nacht in der Gasse ... hätten diese Meuchelmörder Tempus überhaupt töten können? Ich weiß es nicht. Vielleicht hätten sie ihn als tot liegen lassen, in Stücke gehauen, und am nächsten Tag wäre er aufgestanden und verschwunden, um sich irgendwo zu verstecken und die fehlenden Teile nachwachsen zu lassen. Ich weiß es nicht. Ich kann immer noch nicht über das hinwegkommen, was damals bei Kurd und dann später geschehen ist. Als Tempus seine Finger und Zehen und seine Z-Zunge nachwachsen ließ.« Er schüttelte den Kopf. »Bei Ils Augen, wie ich Zauberei hasse!«

Wieder lief ein Schauder durch ihren Körper, und sie drückte ihn so fest, daß es weh tat. Dann ließ sie ihren Kopf über seine Brust zu seinem Mund hochwandern.

»Ob er wieder lebendig geworden wäre oder nicht ist nicht entscheidend«, murmelte sie, und ihre Lippen berührten fast die seinen. »Was du getan hast, war ehrenhaft, und das war *ein Grund* zu töten.«

Ihre Lippen legten sich fest auf seine. Ihr Mund war sehr warm, und auch Hanse wurde warm. Der Kuß zog sich in die Länge, und es blieb nicht nur bei diesem Kuß. Viele, die Hanse kannten oder ihn gekannt hatten, hätten es nicht geglaubt, aber er war es, der den Zärtlichkeiten ein Ende setzte. Natürlich gefiel das weder ihm noch Mignureal. Aber er war entschlossen, mit den Zärtlichkeiten aufzuhören, bevor sie sich lieben würden, und er würde sich nicht länger beherrschen können, wenn ihr Blut noch stärker in Wallung geriet und ihr Verlangen übermächtig wurde.

»Wenn wir jetzt nicht aufhören, werde ich dich besitzen wollen, und ...«

»Ich auch!«

»Aber es soll nicht hier im Freien geschehen, Mignue, nicht mitten in der Wüste. So soll es nicht sein. Irgendwo wartet ein ordentliches Bett auf dich, und dann möchte ich, daß du nackt bist, und ...«

Sie legte ihre Hand auf seinen Mund, nickte und sagte, daß sie jetzt wirklich schlafen gehen sollten. Und sie könnten ihre weißen Gewänder auch benutzen, um sich damit zuzudecken.

»Ich meine, es ist doch ungefährlich, wenn wir uns in unseren Kleidern zusammenkuscheln, nicht wahr, mein ehrenhafter Hanse?«

Sie hatte noch nie erlebt, daß er so verunsichert war und so unsicher lachte, und das war eine schöne Erfahrung.

Er hatte wieder gelogen. Die Begründung, die er ihr als Ausrede gegeben hatte, war nicht nur fadenscheinig, es war eine Lüge. Es gab andere Gründe. Der wichtigste war der, daß Hanse immer noch darüber beunruhigt war, daß dort draußen irgend jemand oder irgend etwas sein könnte, der oder das ihnen gefolgt war, und er wollte nicht hilflos sein, wenn er in Mignureals Armen lag. Er war immer noch auf Wache, aber das wollte er ihr nicht sagen. Doch das war noch nicht alles.

Es lag vor allen Dingen daran, daß er nicht länger der Nachtschatten oder auch nur der Hanse war, den seine Freunde und Bekannten – und er hatte eher mehr Bekannte als Freunde gehabt – gekannt oder zu kennen geglaubt hatten. Er hatte sich grundlegend verändert, seit einer Zeit, die noch nicht lange zurücklag. Dabei war es eine Zeit gewesen, an die er sich jetzt nicht mehr erinnern konnte. Sowohl die Götter als auch sein eigener Wunsch hatten zu diesem Vergessen geführt; zur Enttäuschung der Götter hatte er sich *gewünscht* zu vergessen.

Es waren die Götter seines Volkes gewesen, die ihm für herausragende Dienste, die er ihnen geleistet hatte, die Macht *des Wünschens* gewährt hatten. Hanse hatte sich dieser Fähigkeit zehn Tage lang ausgiebig bedient. Er brauchte sich nur etwas zu *wünschen*, und es geschah. Es war unglaublich und wunderbar gewesen. Eine Zeitlang.

Natürlich spielten bei seinen Wünschen, die er meistens aus einer Laune oder aus einem spontanen Einfall heraus äußerte, Frauen und Bettgeschichten eine besondere Rolle. Da er sich fragte, woran sich diese Frauen später erinnerten, beschloß er, einen Versuch zu machen.

Er *wünschte* sich, daß Mignureal in seinem Bett auf ihn warten würde, wenn er nach Hause zurückkehrte, in ein Zimmer, das über einer Kneipe lag.

Es war seine Absicht gewesen, ein Experiment durchzuführen: Er wollte sich mit ihr vergnügen, dann seine Fähigkeit des *Wünschens* dazu benutzen, sie alles vergessen zu lassen, und dann am nächsten Tag nachprüfen, was sie und ihre Mutter von ihrem nächtlichen Ausflug wußten oder zu wissen glaubten. Was würden sie glauben, wo sie gewesen war? Er war nach Hause geeilt, und da hatte sie in seinem Bett gelegen und war sichtlich und hörbar begierig darauf gewesen, sich mit ihm zu lieben. Weil er es sich *gewünscht* hatte.

Und das war das Problem. Sie war da, weil er und nicht weil sie es so gewollt hatte. Zumindest glaubte er das.

Das führte ihn zu der Erkenntnis, daß es eine Ebene gab, auf die er sich nicht hinabbegeben konnte, und Hanse war schockiert. Er hatte nicht gewußt, daß es so eine Ebene gab. Er konnte seinen Plan einfach nicht in die Tat umsetzen, nicht auf diese Art und Weise. Mignureal war keine dieser anderen Frauen und Mädchen. Mignureal war ... anders. Mondblumes Tochter sollte sich nicht so benehmen, wie sie sich in dieser Nacht benommen hatte. Er hatte Mignureal in ihr eigenes Heim und in ihr eigenes Bett *zurückgewünscht*; an ihren Besuch in seinem Zimmer sollte sie sich nur als an einen Traum erinnern.

Später hatte er sich *gewünscht*, sich ebenfalls nur in dieser Art daran zu erinnern, so daß sie beide einen gemeinsamen Traum teilten und keine Erinnerung mehr an die Wirklichkeit hatten, die ohnehin völlig unglaublich gewesen war. Hätte ihm jemand gesagt, daß er eine moralische Entscheidung getroffen hatte, hätte er wütend protestiert und sich viel zorniger gegeben, als er wirklich war.

Nach diesem Erlebnis hatte ihm die Macht des *Wünschens* keinen Spaß mehr gemacht, und er hatte sich aus freien Stücken von ihr getrennt.

Diese Erfahrung, diese Erkenntnis und seine Entscheidung hatten ihn für immer verändert. Er konnte sich auch nicht mehr daran erinnern, daß er mit Mignureal zusammen im Bett gelegen *hatte*, aber auf eine andere Art: Eshi, die Göttin der Liebe und der Schönheit, hatte Hanse in Mignureals Gestalt besucht und das Bett mit ihm geteilt. Denn Eshi, die Tochter des All-Sehenden Ils, mochte Hanse mehr als alles andere auf der Welt.

Der sinnlose Tod von Mondblume hatte ihn genauso oder noch mehr berührt und hatte ihn noch stärker verändert.

Er war immer noch Hanse, dieser Bastard aus Abwind (sowohl seiner Geburt als auch seinem Wesen nach, hatte man von ihm gesagt), immer noch der frühere Schützling und Lehrling von Klauer Eidschwörer, der sein Vaterersatz geworden war und dessen Ergreifung und Hinrichtung am Galgen Hanse miterlebt hatte. Er steckte immer noch voller unbefriedigter Wünsche, neigte dazu, zu übertreiben und aufzuschneiden und versuchte so böse und gefährlich und moralisch verkommen zu erscheinen, wie er nur konnte.

Und jetzt war da mehr.

Früher hatte er kaum die Verantwortung für seine eigene Person übernommen und sich keine Gedanken gemacht, die über das nächste Frühstück oder vielleicht eine Gefährtin für die Nacht hinausgingen. Nun hatte er die Verantwortung für Mignureal und sich selbst übernommen. Darüber hinaus verboten sein Charakter und seine Gefühle, daß er sich vor einer Aufgabe drückte. Alles in allem hieß das, daß Hanse ein Mann geworden war, ob er nun dazu bereit war oder nicht, ob es ihm paßte oder nicht. Es stimmte schon, er war noch ein jugendlicher Mann, wie eine Knospe, die gerade erst aufgebrochen war, erst am Anfang seiner Entwicklung.

Aber er war trotzdem nicht länger das unbedarfte Werkzeug anderer, das das Savankh gestohlen hatte, um damit ein Lösegeld zu erpressen, und das dann in einen Brunnen gefallen war, und er war bestimmt nicht länger der noch jüngere Halbstarke, der die Militärstandarte geklaut hatte, um sie als Pissbecken zu benutzen.

Deshalb sah er jetzt nach den Tieren und achtete darauf, daß sich Mignureal und er in der Nähe ihrer Ausrüstung zum Schlafen niederließen. Die Waffen behielt er heimlich griffbereit. Mignureal wollte links von ihm liegen, denn es war ihre Angewohnheit, sich beim Schlafen auf ihre rechte Seite zu drehen. Hanse dagegen mußte seine linke Hand frei haben, aber das wollte er ihr nicht sagen. Er dachte sich eine Ausrede aus, die nett klang. Es gelang ihm. Halb eingerollt und wie er in voller Kleidung, legte sich Mignureal mit dem Rücken zu seiner Rechten schlafen.

Hanse lag wachsam da und zwang sich dazu, wachzubleiben.

Nicht ein einziges Geräusch störte ihn. Nun, hin und wieder schnaubte der blöde Esel leise, aber dort, wo sie lagen, war es so still, daß Hanse sogar das leise pfeifende Geräusch hören konnte, das Mignureal verursachte, wenn sie durch die Nase atmete, die sie gegen den Oberarm gepreßt hatte.

Ich hoffe, sie tut das nicht die ganze Nacht, dachte er.

Das war sein letzter Gedanke, bevor er gegen seinen Willen in den Schlaf sank, denn ihr Verfolger war wirklich sehr leise gewesen, als er ihnen folgte und sich in ihr Lager schlich. Aber er blieb nicht mehr lange leise.

Ein lautes und unheimliches Geräusch in der Nähe seines Ohrs und ein Druck an seiner Seite, mehr als nur ein einfacher Druck, rissen Hanse schlagartig aus dem Schlaf. Da es nicht die Mignureal zugewandte Seite war, an der er die Berührung gespürt hatte, hechtete er über sie hinweg, rollte sich ab und landete mit einem automatischen Reflex auf den Füßen. Die linke Hand fuhr hoch und hinter seinen Kopf und ergriff das schmale Wurfmesser, die rechte hielt das Ilbarsimesser, bereit, sich zu verteidigen oder anzugreifen.

Er starrte immer noch mit offenem Mund in die Richtung, aus der das gespenstische Geräusch gekommen war, als sich Mignureal aufsetzte.

»O Hanse! Sieh doch! Ein Kätzchen hier draußen in der Wüste!«

Hanse nickte. »Ich sehe es. Beim Leibhaftigen Schatten, Wunder, was bei allen Höllen machst du hier?«

Sofort kam die sehr große und rote Katze ein paar Schritte näher und stieß ihren Hinterleib gegen Hanses Bein. Laut schnurrend lief sie weiter. Auch ihr Schwanz, der sich fest halb um sein Bein herumgelegt hatte, rieb sich an seiner Wade und glitt an ihr entlang. Als die Katze mit ein paar Schritten um seinen Fußknöchel herumgestrichen war, drehte sie sich um und wiederholte die Prozedur auf dem Rückweg. Außer ihrem Schnurren produzierte sie eine Reihe anderer Töne, die leise aber irgendwie eindringlich klangen.

»Ich kann es nicht glauben! Er ist uns gefolgt! Das war es, was ich hinter uns zu sehen geglaubt hatte, Mignureal. Ich habe es wirklich gesehen! Ihn, meine ich! Wunder!«

»Das ist Wunder? Aber das ist unmöglich! Die ganze Strecke von Frei... Das ist Wunder, Hanse? Die Katze, von der du mir erzählt hast?«

»Aye. Oh.« Hanse stieß das lange Messer in den Boden und ließ, noch während er sich niederkauerte, das andere in seiner Scheide verschwinden. Er legte Wunder eher versuchsweise die eine Hand auf den Rücken – sofort machte Wunder einen Buckel und rieb seinen Körper an seiner Handfläche, wobei er laut genug schnurrte, um Gläser zum klirren zu bringen – und die andere Hand auf Mignureal. »Wunder. Sieh her, Wunder. Fr... Wunder, verdammt, *sieh her! Freund*, Wunder. Meine liebe – meine liebste Freundin, Min-ju-rie-el. Mignureal, Wunder, Freund.« Aus dem Mundwinkel heraus flüsterte er leise: »Er ist wild, Mignue, ich meine das ernst. Versuch nicht, mit ihm zu schmusen.«

»Mrarr?«

»Was für eine merkwürdige Stimme er hat, Hanse! Und er sagt auch überhaupt nicht, was er eigentlich sagen sollte! Er hat nicht ein einziges Mal ›Miau‹ gesagt! Hallo, Wunder, du großer, hübscher Kerl. Ich bin Mignureal.«

Wunder richtete den Kopf auf und spitzte die Ohren. Er

setzte einen niedlichen Gesichtsausdruck auf und brachte ein gefährlich süßes »Miu?« hervor. Dann begann er wieder laut zu schnurren.

»Ohh, was für ein *niedliches* Kätzchen! Was für ein liebes, kleines ... äh, was für ein liebes Kätzchen. Hanse! Laß mein Handgelenk los, ich wollte gar nicht ... O Hanse! Er muß fast *verhungert* sein!«

»Uh. Wunder ... warum bei allen Höllen bist du mir gefolgt? Ahdio muß krank vor Sorge sein. Oder verrückt genug, um Löcher in die Wände zu schlagen!«

»*Mior!*«

»Schon gut, schon gut.« Hanse streckte plötzlich lächelnd die Hand aus.

Wunder wich zwei Schritte zurück und starrte ihn mit peitschendem Schwanz an. »MAU!«

»Schon gut, schon gut. Mignue, gib ihm doch irgendwas zu fressen, damit er dich, äh, mag. Das ist keine normale Katze, glaube mir. Wunder ist eine Wachkatze, und er ist darauf abgerichtet anzugreifen. Er ist außerdem so bösartig wie eine Schlange, aber nur wenn er jemanden nicht mag. Oder wenn jemand Ahdio angreift oder bedroht. Das heißt mich, jetzt. Er gehörte Ahdio, und ...«

»Ich erinnere mich«, sagte sie und kramte bereits in einem Packen herum. »Er ist ein Kater, der nur auf einen Menschen fixiert ist und jeden außer Ahdio haßt. Das hast du mir erzählt, und daß du Katzen immer gehaßt hast, aber Wunder hat dir sofort Respekt eingeflößt, und danach wart ihr sofort Freunde fürs ganze Leben. Und ich, ich ...«

»Ja. Du hast für mich *gesehen*. Du hast mir gesagt, ich sollte ihn mitnehmen, als ich in jener Nacht über die Mauer gestiegen und in den Palast eingedrungen bin, um für die Rebellen der VFBF das Zepter der Beysa zu stehlen. Nur hattest du gar nicht wissen können, was ich vorhatte, und du hattest von Wunder weder etwas gehört noch ihn jemals gesehen. Du hast mir nur gesagt: ›Nimm die Katze mit‹, und ich habe es getan. Und er hat mir das Leben gerettet. Wunder hat mir das Leben gerettet! Ich habe ihn trotzdem Ahdio zurückgebracht, und mir wäre nie im Traum eingefallen ... verdammt! Was, bei der heißen Hölle, *tust* du hier, Wunder? Wir haben Freistatt vor drei Nächten verlassen!«

Wunders einzige Reaktion darauf bestand aus einem Zucken seines Schwanzes, als er seinen Namen hörte. Wachsam beobachtete er Mignureal, und seine Nasenflügel vibrierten.

»Es ist geheimnisvoll, das ist alles, was man dazu sagen kann, Hanse. Da, nimm, Wunder, ein schönes ... oh! Er muß aber *wirklich* Hunger haben!«

»Schon gut, gib ihm noch ein bißchen mehr. Verdammt, Wunder! Ich bin froh, wenn der olle Ahdiovizun mich nicht verfolgt, mit ... mit gar nichts. Ahdio ist so riesig, daß er gar keine Waffen braucht. Was sollen wir nur mit dir *anfangen*?«

Wunders Schwanz schlängelte sich. Er hatte nur Augen für Mignureal. Besonders für ihre Hände, und sein Schnurren war laut genug, um Babies zu erschrecken. Er verschlang auch seine zweite Portion, während Mignureal ihn mit blinzelnden Augen musterte. Erst danach blickte er wieder Hanse an. Er gab einen fragenden Laut von sich.

»O nein, Wunder. Zu dieser nachtschlafenen Zeit? Wir müssen wieder schlafen gehen!«

Wunder wiederholte den gleichen Laut mit größerer Lautstärke. Eins der Pferde wieherte nervös und stampfte heftig auf den Boden.

»Oh«, sagte Mignureal. »Armer Kerl. Bestimmt wünscht er sich, er hätte ein bißchen leckere Milch.«

Hanse warf ihr einen Blick zu. Er seufzte und griff nach der tönernen Schüssel. Als er wieder aufstand, grunzte er, weil seine Beine vom Reiten immer noch steif waren, und ging resigniert zu einem der Ledersäcke hinüber. Nicht zu dem der klimperte, sondern zu dem der gluckste. Er stellte die rötliche Schale auf den sandigen Boden. Wunder eilte hinüber, spähte hinein, sah dann Hanse an und danach wieder die Schüssel. Er machte so laut »MRAU!«, daß Mignureal sich überrascht mit der Hand an die Stirn fuhr.

»Hanse! Du willst der Katze doch kein B...«

Noch bevor Hanse damit fertig war, das Bier in die Schüssel zu gießen, schleckte der Kater es auch schon emsig und geräuschvoll auf.

»Eine Wachkatze«, sagte Hanse. »Eine Wachkatze, die auf Angriff abgerichtet ist. Eine riesige, rote, auf Angriff gedrillte Wachkatze, die tatsächlich *mich* mag. Und erinnere dich, sie war in einer Kneipe zu Hause, in Ahdios Kneipe. Wunder liebt Bier.«

Mignureal schlug die Hände zusammen und fiel lachend in einem Durcheinander aus vielfarbigen Röcken rücklings zu Boden. Dabei bemerkte Hanse, daß sie immer noch die dunkelrote Farbe der Trauer trug.

Verdammt, ich dachte, ich hätte ihr das ausgeredet. Sie hat diesen Rock und die Bluse nur nicht über ihre anderen Sachen gezogen. Wunder leckte geräuschvoll und produzierte mittlerweile furchtbare Geräusche, als er mit offenem Maul schnurrte. Hanse riß seinen Blick von Mignureals Beinen los und starrte kopfschüttelnd auf den großen roten Kater hinab – und gähnte.

»IIIHHH-AAAHHH!«

»Oh, halt's Maul, du verdammter blöder Esel, bevor ich dir diese Dämonenkatze auf den Hals jage!«

Wunder rülpste.

Am nächsten Morgen konnten Hanse und Mignureal ein merkwürdiges Schauspiel beobachten. Mit dem selbstbewußten und beinahe hoheitsvollen Gang, den Katzen manchmal an sich haben, machte der große rote Kater den drei anderen Tieren seine Aufwartung. Eins nach dem anderen wurden alle drei ruhig. Anscheinend hatten der Kater und die Pferde sich in gegenseitigem Einvernehmen arrangiert.

»Ich glaube ... ich glaube, daß diese Katze einfach nicht natürlich ist«, sagte Mignureal nachdenklich und warf Hanse einen flüchtigen Blick zu.

»Bei Ils Augen, sag nicht so was!« stieß Hanse mit erhobener Stimme hervor und widmete sich wieder ihrem Gepäck, das er gleichmäßig ausbalanciert auf dem Rücken des Onagers festzurrte. »Oh, du bist ein braver Junge, Blödarsch! Du hast eine Menge Brennstoff für andere Reisende zurückgelassen. Und du auch, Schwarzer. Und du Inja, was hast du für Schwierigkeiten?«

Etwas später teilte er Mignureal mit, daß sie jetzt aufbrechen könnten. Er wartete neben ihrem Fuchs, um ihr beim Aufsteigen zu helfen. Nachdem sie einen Fuß in seine verschränkten Hände gestellt und in ihrem Sattel Platz genommen hatte, tätschelte er ihr ein paarmal mit der hohlen Hand liebevoll die Wade. Sie zog das Bein mit einem heftigen Ruck zurück und hätte ihn dabei fast getreten.

»Laß das!«

Hanse warf den Kopf mit dem tiefschwarzen Haar zurück und musterte sie fragend mit leicht hochgezogenen Brauen.

»Oh! Es tut mir leid, Liebling! Eine alte Angewohnheit! Es tut mir leid!« versicherte er. Und sie hielt ihm das Bein wieder hin.

Aber natürlich beschloß Hanse, das nicht zu beachten. *Sie ist verklemmt wie eine Auster,* dachte er säuerlich. *Mondblume hat sie viel zu sehr verhätschelt und beschützt.* Als er an das dachte, was ihnen noch bevorstand, wurde er wieder nervös. Er drehte ihr den Rücken zu und ließ sie absichtlich in ihren Schuldgefühlen schmoren, während er sich in den Sattel zwängte, den er verabscheute – weil er sich auf dem Rücken eines Pferdes befand.

Dabei nörgelte er herum, daß diese Biester mit Leitern ausgestattet sein sollten. »Und außerdem sollten sie so beschaffen sein, daß man vernünftig auf ihnen reiten kann, ohne daß die Beine rechts und links herunterbaumeln. So muß man die Beine immer um die dicken Bäuche der Viecher klammern.«

»Du magst keine Pferde, nicht wahr, Liebling?«

»Ich mag Pferde schon, Mignue. Ich hasse es nur, auf ihnen zu reiten.« Und plötzlich fügte er hinzu: »Wenn du mir jetzt erzählst, was ich sonst tun könnte, drehe ich dir den Hals um.«

Sie wandte den Kopf ab, damit er ihr Lächeln nicht sehen

konnte. »O nein, Hanse! Wir haben Wunder völlig vergessen. Was sollen wir mit ihm anfangen?«

»Uh. Daran habe ich gar nicht gedacht. Aber schließlich ist er uns den ganzen Weg von Freistatt gefolgt ... wieso hast du das getan, du dummer Kater?«

Wunder lief geradezu majestätisch herüber und an Hanses Pferd vorbei. Ohne stehenzubleiben sah er mit kalten und tiefgrünen Augen zu ihm hinauf. Anscheinend mühelos und ohne einen Augenblick zu zögern, kümmerte er sich selbst um das Problem; mit katzenhafter Geschmeidigkeit sprang er auf die Last, die der Esel trug. Mignureal kicherte. Hanse hielt die Luft an und den Zügel des Onagers fest. Das Tier zitterte. Dann blickte es sich um, warf den Kopf ein paarmal hoch und beruhigte sich wieder. Es hatte sich offensichtlich mit dem ungewohnten Reiter und der zusätzlichen Last abgefunden.

»Oh«, machte Hanse und erwiderte den Blick des Katers, der ihn kühl grinsend anzusehen schien. »Also habt ihr beiden euch geeinigt, was die Reise anbelangt. Na schön, lassen wir uns noch ein bißchen von der Sonne grillen.«

»Schön«, sagte Mignureal. »Jetzt sind wir zu dritt.« Und das waren sie.

Hanse schnalzte seinem Pferd zu und zog an den Zügeln. Sie verließen den kleinen Fleck, der eine Oase sein wollte, und ritten wieder auf die scheinbar endlose Sandfläche hinaus, die im gleißenden Sonnenschein kochte.

Während sie ritten, ließ Hanse noch einmal sein erstes Zusammentreffen mit Wunder vor seinem geistigen Auge Revue passieren. Kurz darauf hatte Mignureal ihn mit leeren Augen beschworen: »Nimm die rote Katze mit, wenn du für Freistatt an der Seidenschnur hinaufkletterst.

Ich wußte gar nicht, daß wir uns damals getroffen haben, bis du mir davon erzählt hast«, sagte sie. »Ich kann mich daran überhaupt nicht mehr erinnern. Ich wußte ja nicht einmal, daß du an diesem Abend in den Palast eindringen wolltest, und erst recht nicht, daß du über die Mauer klettern würdest.«

»Ich weiß. Aber du hast es getan, Mignureal. Du bist wie deine Mutter, eine echte S'danzo, du hast das Zweite Gesicht. Du hast jetzt schon dreimal für mich in die Zukunft gesehen. Und es hat sich immer als notwendig herausgestellt, das zu tun oder mitzunehmen, was du mir gesagt hast. Du hast mir dreimal das Leben gerettet, Mignue!« Und er lenkte sein Pferd neben ihres, damit sie die Arme ausstrecken und sich mit den Händen berühren und einander in die Augen sehen konnten.

Sie nickte. »Ich wollte, ich könnte mich erinnern. Aber so ist das nun einmal. Die Visionen sind einfacher und besser – sie sind klarer, sagte meine Mutter –, wenn sie jemanden betreffen, den man liebt. Aber es gibt dann auch einige Beeinträchtigungen. Es ... sieh mal! Eine Schlange!«

Sie beobachteten die Schlange, die etwa vier oder fünf Fuß lang und von gelblich-bräunlicher Farbe war und sich auf eine seltsame Weise über den Sand bewegte.

»Jetzt wissen wir, woher diese merkwürdigen Spuren kommen«, sagte Mignureal. »Sie scheint mehr Angst vor uns zu haben als ich vor ihr. Ganz ruhig, Inja, sie ist schon weg. Wahrscheinlich ist sie nicht einmal giftig wie diese widerlichen kleinen Schlangen der Beysiber. Hanse? Hast du nicht gesagt, daß Wunder dich einmal vor so einer Schlange gerettet hat, vor einer Beynit?«

»Aye. Es war gar nicht so einfach, Wunder mit in den Palast zu nehmen. Ich trug ihn in einem großen Lederbeutel, den ich mir um die Brust geschnallt hatte, denn auf dem Rücken wäre das Gewicht zu groß gewesen und hätte mich aus dem Gleichgewicht gebracht, als ich die Wände hinauf ging.«

»Ging?«

»Man hält ein Seil in beiden Händen, verstehst du, so ungefähr, und ... und geht einfach die Wände hoch. Das ist sehr viel leichter, als wenn man klettern müßte, und ohne ein Seil hätte ich es wohl auch kaum geschafft.«

Sie nickte, aber sie lächelte nicht dabei. »Ich hoffe, daß ich mir das nie ansehen muß!«

»Ich kann mir nicht vorstellen, wieso es dazu kommen

sollte«, erwiderte Hanse. »Nicht mit all den schönen rankanischen Münzen, die wir mit uns herumschleppen. Wie auch immer, sobald ich in den königlichen Gemächern war, ließ ich Wunder aus dem Beutel heraus. Das nächste, woran ich mich erinnere, war, daß ich mich Auge in Auge mit einer Beynit befand, und ich wußte, daß ich so gut wie tot war. Dann schreckte Wunder die Schlange auf und jagte sie in den Beutel hinein, in dem er zuvor gesteckt hatte, und ich sage dir, ich habe ihn so fest ich konnte zusammengeschnürt, einen Kopfkissenbezug darum gewickelt und auch den wieder festgeschnürt. Dann schnappte ich mir die Krone und ließ den Stab zurück, den mir diese häßliche Göre gegeben hatte. Nur war diese Göre in Wirklichkeit Eshi gewesen, und sie hatte etwas wirklich Seltsames gesagt. Dann also ...«

»Ich kann ganz unmöglich daran glauben, daß dir die Göttin Eshi erschienen ist, Hanse. Ich meine überhaupt, Götter und Göttinnen! Wir S'danzo *glauben* nicht einmal daran!«

»Nun, wir Ilsiger und ich schon. Streite dich also am besten gar nicht erst mit mir über das Thema, und mache vor allen Dingen keine Witze darüber. Ich *weiß* es, Mignureal. Ich habe gesehen, wie dieses häßliche, warzige, dürre Mädchen plötzlich zu leuchten begann und unglaublich schön wurde, und das weiß ich! Es war Eshi, die personifizierte Schönheit und Schutzpatronin der Liebe. Und sie sagte, uh ...« Er versuchte es mit einer kleinen Lüge: »Ich kann mich jetzt nicht mehr erinnern, was sie sagte.«

»Ich weiß, was sie sagte«, gab Mignureal mit spröder Miene zurück. »Du möchtest es mir nur nicht noch einmal erzählen. ›*Geliebter*‹, hmp! Du hast mir erzählt, daß sie sagte: ›Nimm den Stab! Hast du schon so schnell vergessen, Göttersohn ... Ge-Geliebter?‹«

»In Wirklichkeit hat sie nicht gestottert«, sagte Hanse. Wegen der blendenden Helligkeit hatte er die Augen zusammengekniffen und starrte geradeaus.

»Oh, halt den Mund!« fauchte Mignureal.

»Um«, machte Hanse.

Ungefähr vierzig Sekunden später sagte Mignureal: »Und dann verschwand sie. Und als du den Stab auf das Bett der Beysa geworfen hattest, verwandelte er sich in eine Schlange und kroch unter die Laken.«

Trotz der Hitze spürte Hanse, wie ihm eine Gänsehaut über den Rücken lief. »Genau so ist es gewesen. Ich hoffe, die Schlange hat sie gebissen. Vielleicht ist die Beysa jetzt schon tot.«

»Hmpf! Wenn die Schlange sie gebissen hat, ist sie wahrscheinlich *selbst* am Gift der Beysa gestorben«, vermutete Mignureal. »Wie geht es dir da drüben, Wunder?«

Wunder bewegte den Schwanz, als er seinen Namen vernahm, aber er bequemte sich nicht dazu herüberzusehen. Er hatte sich bequem auf dem Gepäck des Onagers zusammengerollt, so daß er sicheren Halt hatte, und schien geradeaus zu starren. Allerdings benahm er sich wie jede Katze, die in der Sonne liegt: er hatte die Augen geschlossen, und sein Fell leuchtete wie eine Flamme.

»Hübscher Bursche! Brav, Wunder«, sagte Mignureal in dem unnatürlich hohen Tonfall, den die Menschen annehmen, wenn sie mit Tieren und kleinen Kindern sprechen. »Was für ein süßes, äh, *riesiges* Kätzchen.«

»Sicher. Mignue?«

»Was denn?«

»Hör zu, ich hatte diese dürre Göre noch nie zuvor gesehen, und ich bin ganz sicher nicht ihr Geliebter gewesen. Und es ist auch nicht gerade wahrscheinlich, daß ich Eshis Göttersohn bin! Sie muß damit irgend etwas anderes gemeint haben. Eine Parabel oder so was, verstehst du? Wir wissen alle, daß sich die Götter gerne geheimnisvoll geben. Und warum auch nicht? Warum sollten sich die Götter so klar und deutlich wie wir Menschen ausdrücken?«

»*Götter*«, murmelte Mignureal ohne ihn anzusehen.

»Paß auf, ich habe dir gesagt, du sollst dich nicht über die Götter lustig machen, oder über einen Mann, der einen Gott gesehen hat. Wie würde es dir gefallen, wenn ich dich von deinem Pferd herunterziehe und dir das Hinterteil versohle?«

Ihr Kopf unter der weißen Kapuze flog herum, und sie musterte ihn aus großen, dunkelbraunen Augen. »Ich würde es auf einen Versuch ankommen lassen!«

»So, so! Hmm ... Es ist jetzt ziemlich heiß. Könntest du vielleicht noch bis zum Sonnenuntergang warten?«

Mignureal blickte fest in seine nachtschwarzen Augen, die so finster dreinschauen konnten, und ihre Lippen zuckten. Plötzlich konnte sie sich nicht mehr beherrschen, sie brach in lautes Gelächter aus, und Hanse stimmte mit ein. Das war etwas, worin er noch nicht viel Übung hatte, aber es gelang ihm trotzdem recht gut.

Die Pferde und der Onager schleppten sich schwitzend dahin. Ihre Reiter hingen schlaff in den Sätteln und schwitzten. Die Sonne war ein Dämon, der direkt aus der Heißen Hölle entsprungen war. Gestern war es genauso gewesen, und wahrscheinlich würde es auch morgen wieder so sein. So waren dieses Gelände und diese Reise: immer dasselbe. Wüste und Sonne, Himmel und Sonne. Sie hatten nicht einmal gewußt, daß sie hier diese Einöde vorfinden würden! Als sie Freistatt in nordwestlicher Richtung verlassen hatten, waren sie über eine Grassteppe geritten. Das Gras war immer struppiger und dann immer spärlicher geworden. Und dann kam die Wüste. Dieser gleichförmige, sich scheinbar endlos weit erstreckende Sand.

Die Kartenzeichner sind eben auch nicht allwissend, hatte Hanse gedacht, aber das machte es auch nicht besser.

Abgesehen von einer weiteren dieser zickzackförmigen Spuren, die, wie sie mittlerweile wußten, von einer Schlange stammte, die sich auf eine ganz charakteristische Weise bewegte, sahen sie keine weiteren Anzeichen von Leben. Nur wenn sie genau hinsahen, erkannten sie andere sehr kleine Spuren. Es waren lediglich dünne Striche auf dem gelblichen Untergrund, die vielleicht von einer Insektenart stammten, die hier im Sand lebte. Keine Fußspuren, weder von Mensch noch von Tier, waren zu sehen.

Einmal sprang Wunder von Blödarschs oder Schätzchens Rücken herunter, gab ein Geräusch von sich, das wie »brrbllr« klang, als er auf dem Boden landete, eilte wichtigtuerisch zu einem etwa daumengroßen Loch im Wüstensand und untersuchte es. Nachdem die Pferde ungefähr vierzig Schritte weitergelaufen waren, hatte er sie wieder eingeholt und trottete neben ihnen her. Er sah zu Hanse auf.

»Mrar?«

»Nein, nicht hier! Du solltest nicht einmal daran denken, hier hochzuspringen«, sagte Hanse, und Wunder tat es. Er kam mit einem leise gurgelnden Geräusch auf. Mit Leichtigkeit und unfehlbarer Sicherheit war er auf dem feuchten Tuch neben Hanses Sattel gelandet. »Verdammt«, murmelte Hanse, aber Schwarzer zuckte nur einmal kurz zusammen, sah sich mit einer Bewegung, die das Zaumzeug klingeln ließ, halb um und trottete weiter.

»Wenn er das bei mir und Inja versucht, schreie ich!« verkündete Mignureal.

»Das wird er nicht«, versicherte Hanse ihr. »Mach dir keine Sorgen. Er ist ein Kater, der nur auf einen einzigen Menschen fixiert ist.«

»Es ist trotzdem sonderbar«, sagte sie und betrachtete Wunder abschätzend. »Er ist ein bißchen wankelmütig, meinst du nicht auch? Er war ausschließlich auf Ahdio fixiert und bedeutete ihm sehr viel, denke ich mir. Dann freundete er sich mit dir an, und gleich darauf marschiert er mehr als zwei Tage und Nächte lang durch die Wüste, um bei dir zu sein! *Das* ist nun überhaupt nicht typisch für eine Katze, Hanse. Und jetzt heißt sein einziger Herr Hanse, was?«

Hanse zuckte die Achseln. Ohne hinzusehen griff er nach hinten und streichelte den Rücken der großen roten Katze. »Hast du es bequem, Wunder?«

Bei der Berührung begann Wunder sofort zu schnurren.

»Wußtest du, daß ich Katzen früher nicht leiden konnte?« fragte Hanse. »Überhaupt nicht.«

»Ja, Hanse, ich weiß.«

»Jedes Tier, das einen Menschen in Grund und Boden

starren kann, müßte verboten werden, habe ich immer gesagt.«

»Ich erinnere mich.«

Hanse seufzte und warf seinen Kopf mit einer kurzen, ruckhaften Bewegung herum. »Wunder ist anders.«

Er überlegte sich, daß der Kater offensichtlich über genug Verstand oder Rücksichtnahme verfügte, um sein natürliches, katzenhaftes Verhalten zu unterdrücken, mit ausgefahrenen Krallen aufzuspringen, denn sonst würde der Schwarze wahrscheinlich immer noch galoppieren. Nun trottete der Rappe unbekümmert dahin, obwohl er eine Katze auf dem Rücken trug, die ihm schneller ihre langen, messerscharfen Krallen in das Fell schlagen konnte, als er auch nur hätte blinzeln oder mit den Ohren zucken können.

Wunder schnurrte.

Sie trotteten an einer Stelle vorbei, an der ein paar stachlig und kümmerlich aussehende gelbliche Pflanzen wuchsen, und einen kurzen Augenblick später zerrte der Onager an seinem Seil. »Halt mal einen Moment lang an«, sagte Hanse. »Blödarsch hat Appetit auf einen kleinen Imbiß.«

Aber das stimmte gar nicht; der Onager schnüffelte nur kurz an der jämmerlichen Entschuldigung für eine richtige Pflanze und entschied, daß er sie nicht mochte. Er stieß einen seiner ohrenbetäubend lauten und schrillen Schreie aus und trabte ein paar Schritte näher, um sich zwischen die Pferde zu schieben.

Kurz darauf sagte Mignureal: »Du wirst es nicht glauben, aber Wunder und Schätzchen haben sich gerade mit den Nasen berührt.«

»Wunder? Kommt dir dein guter Geschmack abhanden?« fragte Hanse.

Wunder antwortete nicht. Nach einiger Zeit ließ sich der dämliche Esel wieder zurückfallen und folgte ihnen eine Weile zufrieden. Er und die Pferde schleppten sich schwitzend dahin. Ihre Reiter hingen schlaff in den Sätteln, schmutzig und schwitzend. Wunder döste hinter Hanses Sattel.

Als Mignureal einen bläulichen Streifen am Himmel erspähte, war das für sie und Hanse Anlaß genug, sich fünf Minuten lang darüber zu unterhalten. Zehn weitere Minuten lang schwärmte sie davon, wie sich der Himmel über Freistatt oder draußen auf der See veränderte.

Als sie ihre Pferde zusammenführten, um sich den Wassersack hin und her zu reichen und sich die Gesichter mit dem nassen Tuch abzuwischen, erhob sich Wunder. Er streckte sich, setzte sich auf die Hinterbeine, leckte sich eine Pfote, und als er gähnte, zog er eine Grimasse, wie man kaum eine fürchterlichere auf dem ganzen Planeten finden konnte. Dann sprang er mit einem leichtfüßigen kleinen Satz auf die zusammengerollte Decke und die Röcke hinter Mignureals Sattel. Inja zuckte zusammen, aber es war kaum mehr, als würde ein Pferd die Achseln zucken. Es schien vollauf zufrieden zu sein, daß es still stehen konnte.

»Mir ist vor Schreck fast das Herz stehengeblieben!« rief Mignureal aus.

Hanses gerunzelte Stirn glättete sich wieder. »Es macht ihm wohl Spaß, bei allen kurz vorbeizuschauen. Du bist als nächster an der Reihe, Blödarsch.«

»Hanse, laß uns dem Onager einen Namen geben.«

Hanse hob kurz die Schultern. Nachdem er die Wasserflasche wieder verschlossen hatte, schnalzte er seinem Pferd zu. »In Ordnung. Denk dir einen aus. Aber *Schätzchen* kommt nicht in Frage.«

Nach ein paar Minuten meldete sich Mignureal wieder zu Wort: »Wie wär's mit … Molin?«

Hanse brach in lautes Gelächter aus. Molin Fackelhalter war der rankanische Hohepriester von Freistatt. Warum nicht? Doch dann runzelte er die Stirn. Benutzte sie vielleicht nur eine List, um sich so über die Götter lustig zu machen? Er grübelte darüber nach und dachte sich während der nächsten Meile einen Gegenvorschlag aus.

»Wie wär's mit Enas, nach dem guten, alten Enas Yorl, dem Magier, oder was-immer-er-ist?«

Mignureal lachte.

Eine weitere Nacht und ein weiterer Tag in der Wüste. Die Pferde und der Onager schleppten sich schwitzend dahin. Ihre Reiter hingen schlaff in den Sätteln und schwitzten. Und die Sonne war ein Dämon, der direkt aus der Heißen Hölle entsprungen war.

Das einzig Interessante war Hanses Unterricht. Jeden Tag, mehrere Male täglich, wenn sie Rast machten, um sich ein wenig zu strecken und sich die Beine zu vertreten, übte er. An dem Tag, als sie beschlossen hatten, mit dem Unterricht zu beginnen, hatte Mignureal darauf hingewiesen, daß der Sand eine ausgezeichnete Tafel abgab. Man konnte problemlos in ihm malen oder schreiben und alles wieder wegwischen und von neuem beginnen, oder man brauchte nur ein paar Schritte weiter zu gehen und hatte wieder eine leere Tafel. Und so lernte Hanse, seinen Namen zu schreiben. Als Griffel benutzte er irgendeins seiner Messer, und der Sand war seine Tafel. Er war immer besser geworden. Er mußte nur einen geraden Strich machen, dann noch einen, und beide mit einer Linie in der Mitte verbinden. Und dann dasselbe noch einmal, nur mußte er diesmal die beiden senkrechten Linien mit den Spitzen schräg nach oben zusammenführen, bevor er sie wieder auf die gleiche Weise miteinander verband. *HANSE* ...

Er konnte es kaum erwarten, daß ihn irgend jemand aufforderte, irgend etwas zu unterschreiben! Nun würde er keinen Grund mehr haben, sich zu ärgern und zu schämen! Wie großartig das nach all den Jahren war, zeigen zu können, daß er gebildet war, daß er seinen eigenen Namen lesen und schreiben konnte!

Wunder setzte seine Streifzüge fort. Eine Zeitlang ritt er auf dem Gepäck des Onagers – Enas, obwohl er immer noch ein blöder Arsch war –, sprang von Zeit zu Zeit leichtfüßig auf den Boden, wobei er beim Aufprall ein blubberndes, kehliges Geräusch von sich gab, um dieses oder jenes zu untersuchen oder um seine Notdurft zu verrichten oder einfach nur, um in der Gegend herumzustrolchen. Irgendwann sprang er dann wieder hinter Hanse auf das Pferd zurück und produzierte dabei erneut eins dieser Geräusche, das wie ein Rülpsen klang. Einmal begab er sich auf eine längere Erkundungstour. Obwohl die Gegend eintönig war, war sie doch nicht flach oder völlig konturlos, so daß sie ihn nach einiger Zeit aus den Augen verloren. Mignureal zeigte sich besorgt. Hanse zuckte die Achseln.

»Er wird schon wieder zurückkommen.«

Und tatsächlich kam der Kater wieder, er leuchtete rot unter der gleißenden weißen Sonne. Wunder kehrte stolz zurück und brachte ein Geschenk mit. Das kleine, im Sand hausende Ding, das wie ein Erdhörnchen aussah, war noch nicht ganz tot. Mignureal war entsetzt und protestierte heftig.

»Das tun Katzen nun einmal, weil sie dafür Lob erwarten«, sagte Hanse. »Guuuter Junge, Wunder! Laß ihn damit spielen, Mignue, das ist ganz normal bei Katzen.«

»Das ist ekelig! Das ist entsetzlich! Ich kann es nicht ertragen, das arme kleine Ding schreien zu hören und so leiden zu sehen. O Hanse – *tu* doch irgendwas!«

Hanse war gereizt und zeigte es auch, als er das Pferd anhielt, aus dem Sattel glitt und zu Wunder und seiner Beute hinüberging. Wunder lag gemütlich im Sand und spielte das Schnapp-das-quietschende-Spielzeug-wenn-es-glaubt-es-könnte-entkommen-Spiel. Zisch und zack, und Hanse hatte das Geschrei und Leid des kleinen verletzten Geschöpfes beendet, indem er ihm den Kopf abschlug. Steifbeinig kehrte er zu seinem Pferd zurück, zog sich hinauf und hockte sich in den Sattel.

Mignureals Geschrei hatte sein abweisendes Verhalten nicht verdient, aber die Hitze war fürchterlich, und Hanse war einfach von allem angewidert, deshalb sagte er während der nächsten beiden Stunden kein einziges Wort.

Auch Wunder war nicht gerade sehr freundlich. Spielzeuge machten sehr viel mehr Spaß, wenn sie sich bewegen und lustige Geräusche machen konnten.

Einer weiteren Nacht folgte ein weiterer Tag der Eintönigkeit. Sie ritten weiter und versuchten, nicht über wundgerittene Schenkel und Hinterteile zu jammern.

Hanse bereitete es mittlerweile mehr als nur Unbehagen, daß Mignureal so viele Röcke, Blusen und eine Weste trug, die sie unter dem weißen Gewand, das kaum noch weiß zu nennen war, zu einer formlosen, schreiend bunten Masse werden ließ. Jetzt war es noch schlimmer als je zuvor. Die Hitze und der Schweiß des Tages hatten sie verschmutzt und übel zerzaust. Daß sie jede Nacht in ihren Kleidern schlief, hatte ein übriges dazu beigetragen. Außerdem war ihr Haar strähnig und verfilzt und klebte durch den Schweiß an ihrem Kopf, den Wangen und im Nacken fest. Hanse hing schlaff und schwitzend in seinem Sattel und fragte sich, was nur aus der lieblichen, süßen und begehrenswerten Mignureal geworden war.

Hanse hatte keinen Spiegel zur Hand.

Während der Tag voranschritt, breitete sich ein fürchterlicher Juckreiz zwischen Hanses Gesäßbacken aus. Kratzen half nicht dagegen, und außerdem war das im Sattel fast unmöglich. Er konnte lediglich die Zähne zusammenbeißen. Schweigend nahm er sich vor, an diesem Abend nur Bier zu trinken, damit er es verantworten konnte, das Wasser zu benutzen, um sich damit den juckenden, salzigen Schweiß vom Körper zu spülen. Das war das Schlimmste an einer Reise durch die Wüste, und er fragte sich, warum er keinen Menschen je darüber hatte reden hören.

Die Sonne stand hoch oben am Himmel, als Wunder von einer seiner unabhängigen Wanderungen zurückkehrte. Wieder brachte er ein Geschenk mit. Diesmal war es eine kleine Schlange, die wie ein kupferfarbener und schwarzer Schnurrbart rechts und links von seinem Maul herabhing. Wenigstens war die Schlange schon tot. Obwohl sich hier und da allmählich einige Flecken mit Pflanzen zeigten, die bereits kräftiger aussahen, und sie sicher waren, daß sie in der Ferne vor sich Bäume erkennen konnten, mußten Hanse und Mignureal eine Rast einlegen und absteigen. Während sie sich auf der anderen Seite der Pferde erleichterte, blickte Hanse entschlossen in die entgegengesetzte Richtung. Wunder suchte sich ausgerechnet diesen Moment aus, Mignureal sein Geschenk zu überreichen und näherte sich ihr von hinten. Ihr Kreischen mußte noch meilenweit zu hören gewesen sein.

Im gleichen Augenblick rannte Hanse auch schon los, ein Messer in der einen und die schwertähnliche Ilbarsiklinge in der anderen Hand. Wunder jagte in entgegengesetzter Richtung an ihm vorbei, er rannte, als wollte er einen neuen Geschwindigkeitsrekord für Katzen aufstellen. Hanse entdeckte Mignureal, die mit allen vieren ausgestreckt und hysterisch schluchzend auf einem stellenweise dunkel gefärbten Fleck Sand lag, und er erkannte sofort die Gefahr. Er hieb die Schlange in drei Stücke, bevor er bemerkte, daß sie bereits tot war.

Er half Mignureal auf die Beine und hielt sie fest, bis sie ihr Schluchzen und Schniefen langsam unter Kontrolle bekam. Dann mußte sie sich natürlich entschuldigen, und natürlich erwiderte er darauf: »Ist ja schon gut, ist ja schon gut.« Das führte nur dazu, daß sie ihm noch ausgiebiger erzählte, wie sehr sie sich erschreckt und warum sie so reagiert hatte, worauf er sie wiederum mit sanften Worten tröstete und ihr versicherte, daß er wahrscheinlich genauso reagiert hätte. Sie klammerten sich eine Zeitlang aneinander und tauschten einen Kuß, der vor Schweiß und Tränen naß war. Arm in Arm drehten sie sich um – und glotzten.

Wunder, der für sein Geschenk mit liebevollem Lob gerechnet und den Mignureals unerwartetes Kreischen zu einem eiligen Abgang veranlaßt hatte, beobachtete die beiden nachdenklich von einem gemütlichen Platz auf Enas' Gepäck aus. Er kniff seine Augen zu Schlitzen zusammen.

»Du verdammter Kater«, knurrte Hanse. »Es muß schon ein heißer Tag in der Kalten Hölle anbrechen, bevor du von mir wieder einen Schluck Bier bekommst!«

Wunder versuchte nach Kräften, so klein wie nur irgend möglich auszusehen und sagte im Tonfall eines jungen Kätzchens: »Miu.«

Mignureal konnte sich nicht mehr beherrschen, und außerdem mußte sie sich ganz einfach abreagieren; sie begann zu lachen. Angewidert blickte Hanse zuerst sie, dann den Kater und dann wieder Mignureal an. Seine

Miene wurde noch finsterer, als sie zu Wunder ging, um ihn zu streicheln. Sofort ließ Wunder seinen Schnurrmotor auf vollen Touren laufen. Dann vergaß er alle Vorsicht und reckte ihr seinen Bauch entgegen, damit sie ihn auch dort kraulte. Und da mußte auch Hanse lachen; es tat ihm wohl, als er sah, wie die schlaue Katze vom Rücken des dämlichen Esels herunterfiel.

Wunder landete sicher wie immer auf dem Boden, blinzelte ein paarmal und setzte sich wie beiläufig hin, um sich ein paar Sandkörner aus der Tatze zu entfernen.

Ohne ersichtlichen Grund durchzuckte Hanse genau in diesem Augenblick ein Gedanke.

»Weißt du – wir waren dumm! Erinnerst du dich an den Aberglauben der Fischer, daß man nicht den ganzen Fang in einem Korb aufbewahren soll? Sieh uns an! Der richtige Platz für ein hübsches, kleines Vermögen in Silbermünzen ist *nicht* eine einzige und mächtig verdächtige Satteltasche!«

»Hm! Nun, wir können es ja verteilen, wenn wir die Bäume dort drüben erreicht haben. Dann haben wir etwas zu tun, und es wird außerdem auch Spaß machen, mit den Münzen herumzuhantieren.«

»Diese Bäume können zwei oder auch fünfzig Meilen entfernt sein – und vielleicht sind es auch gar keine Bäume«, stellte er fest. »Außerdem brauchen wir sowieso eine Pause. Gönnen wir uns den Spaß also gleich.«

»In der Sonne? Hier mitten in der Wüste?«

»Wir machen es im Schatten der Pferde«, sagte Hanse und hob auch schon die Satteltasche vom Rücken des Esels.

Schon bald darauf machte Mignureal große Augen und stieß kleine spitze Schreie aus, als Hanse den glitzernden und klimpernden Inhalt der alten Satteltasche auf eine Zeltplane schüttete, die sie mit schmeichelhafter Übertreibung als Decke bezeichneten.

»Das ist nicht gerade ehrlich erworbener Lohn«, sagte Hanse und grub wie sie seine Hände in den glänzenden Haufen und ließ ihn klimpern. »Ich bin in den Palast eingebrochen und habe Prinz Kadakithis' kaiserlichen Amtsstab gestohlen, und dies ist die Hälfte des Lösegeldes. Aber andererseits habe ich auch die Verschwörung gegen ihn aufgedeckt und vereitelt, also sehe ich dieses Geld als meine Belohnung an.«

»Hanse ... äh ... es bereitet mir keine Probleme, wie du an das Geld gekommen bist. Es stammt aus Ranke. Wir haben nie darum gebeten, ein Teil seines Imperiums zu werden und uns von dem Prinz vor Augen führen zu lassen, wie reich er und seine Konkubinen gewesen sind.«

Hanse warf ihr einen versonnenen Blick zu, und sein Mund sah beinahe so aus, als wollte er lächeln. Er nickte. Spontan streckte er seinen Arm nach ihr aus und drückte ihre Hand. Ein paar Münzen fielen klimpernd zu Boden.

»Gut! Laß uns die Münzen jetzt überall in unseren Kleidern verstecken und überlegen, wo wir sie sonst noch verbergen können. Das Wichtigste ist, sie so zu verpacken, daß sie nicht hörbar gegeneinander schlagen. Wir können natürlich einige einzeln einpacken, aber wir können auch ein paar andere in einem Taschentuch oder einem Stück Stoff so fest einwickeln, daß sie keine Geräusche mehr verursachen.«

Sie blickte sich um. »Hanse? Machst du dir ... über irgend etwas Sorgen?«

»Nein, aber hier draußen sind wir alleine und werden bald, so hoffe ich wenigstens, eine Stadt erreichen. Da erscheint es mir vernünftig, das Geld zu verstecken, das ist alles. Glaubst du, daß du ohne deine Schürze auskommst und zehn Münzen ganz fest in einem Ende verschnüren kannst?«

Während sie das tat, fragte sie: »Warum gerade Silber, Hanse? Wenn du die gleiche Summe in Gold bekommen oder eingewechselt hättest, hätten wir bestimmt weniger zu schleppen.«

»Und es wäre auch um einiges auffälliger, schwerer zu wechseln und würde mich sehr schnell zu einer prächtigen Zielscheibe machen«, entgegnete Hanse. »Stell dir mich in Freistatt vor, Mignue. Was hatte Hanse, die Wanze, denn mit Gold zu schaffen? Es hätte nur überall die Aufmerksamkeit aller Leute erregt.«

Der Blick, den sie ihm zuwarf, zeigte ihm, daß sie ihn für seine Überlegungen bewunderte. Dann schlang sie einen festen Knoten in ihre Schürze.

»Fertig. Sieh her, ich kann es auch gleich hier reinschieben, und niemand wird darauf kommen, wo es steckt.« Sie schob die Hand mit dem Münzpäckchen tief zwischen ihre Brüste.

»Schluck«, sagte Hanse und sprach das Wort ganz deutlich aus. Dann fügte er hinzu: »Warum hast du mir nicht gesagt, daß du es dort haben wolltest? Ich wäre dir gerne behilflich gewesen.«

Mignureal sah ihn eine Weile an, und ihr Gesicht war todernst, während sie sich seinen halb scherzhaft gemeinten Vorschlag ausgiebig überlegte. Dann beugte sie sich zu ihm hinüber. »Hier. Bedien dich.«

Er schluckte. Er küßte sie auf die Nase und sagte: »Wenn ich meine Hand da reinstecke, werden wir hier überhaupt nicht mehr wegkommen.« Und großspurig und mit verstellter Stimme versprach er: »Später, Mädel.«

Er erhob sich und schob ein paar Münzen in die Rolle hinter seinem Sattel. »Ruhig, Schwarzer. Was ist los? Riechst du da vorne Gras oder Wasser, mein Junge? Ist es das?«

In dem kümmerlichen Schatten, den ihre Pferde ihnen spendeten, hatten sie ihre vergnügliche Tätigkeit gerade zur Hälfte hinter sich gebracht, als das Geräusch donnernder Hufe sie äußerst unsanft aus ihrem Geplauder riß. Im selben Moment war Hanse auch schon auf den Beinen und stopfte den Strumpf, in dem er gerade acht Münzen verschnürt hatte, in den Brustausschnitt seiner Tunika. In seiner anderen Hand blitzte bereits eine silberne Klinge auf. Dann erblickte er drei Pferde, die einen genau bemessenen Abstand voneinander hielten und vier Männer in schmutzigweißen oder blassen, verblichenen grünen Gewändern trugen. In einem Hagel aus Staub und Sand brachten sie ihre Pferde aus vollem Galopp zum Stehen.

Hanse blickte direkt auf drei gespannte und erhobene Armbrüste.

»Ah, dasch schieht aber nach 'ner Menge Ärger un' Arbeit für euch schwei Kleinen ausch«, sagte einer, der einen perfekten Spitzbart trug, in einem Akzent, den Hanse nie zuvor gehört hatte. »Lascht euch helfen mit diesch schönem Schilber.«

»Gansch ruhig, Junge«, warnte der Mann drei Fuß links vom ersten. »Lasch einfach fallen Wurfmescher und schieh mit deiner anderen Hand ausch Tunika, wasch du gerade huscht hineingeschteckt. Wenn schie wieder herauschkommt mit anderem alsch Päckchen ausch grünem Schtoff, wirscht du Schtahlpfeil in deinem Knie haben. Oder vielleicht im Bauch.«

»Bruscht«, korrigierte einer seiner Kameraden.

Hanses erster Gedanke war typisch für Nachtschatten, er war wütend auf sich selbst. Nur weil er sich mit Mignureal vergnügt und mit dem Geld gespielt hatte, hatte er für einen Augenblick in seiner gewohnten Wachsamkeit nachgelassen. Sein nächster Gedanke war schlimmer und jagte ihm noch mehr Angst ein. *Mignureal!*

»O Hanse!«

»Keine Angscht, schüschesch Ding«, sagte der erste Mann und glitt von seinem Pferd, wobei sein langes Gewand aus fast weißer grober Wolle flatterte. Die anderen drei blieben auf ihren Pferden sitzen, die Armbrüste auf Hanse gerichtet. »Wir wollen paar Schachen, aber du gehörscht nischt daschu. Wir Tejana schind nischt bösche schu kleinen, fetten Schtuten, b'schondersch nicht schu schwangeren!«

»Schwan...«, begann Mignureal und verstummte. Sie erkannte, daß sie tatsächlich wie eine Schwangere aussah, von ihrem Gesicht einmal abgesehen, entweder fett oder schwanger oder beides.

Ein bißchen erleichtert drehte sich Hanse herum, um nach Enas zu sehen. Wunder lag halb geduckt auf dem Gepäck und starrte die Neuankömmlinge aus Augen an, deren Pupillen für das helle Sonnenlicht viel zu riesig waren. Sein Schwanz schnellte hin und her, als wollte er jeden Augenblick losspringen.

»Nicht, Wunder«, sagte Hanse und hoffte, daß die Katze begriff, was er meinte, oder genug Verstand besaß, um nicht auf drei gespannte Armbrüste loszugehen, die mit Stahlpfeilen auf ihn zielten. Hanse drehte sich wieder herum, sah die Diebe an und sagte: »Ich hatte gehört, die Tejana wären zu stolz, um zu Dieben zu werden.«

Er hatte noch nie so etwas gehört. Alles, was er von diesen Nomaden wußte, war, daß sie gute Kämpfer waren, gut mit Pferden und schlecht mit Frauen umgingen, völlig unabhängig lebten und sich für etwas Besseres als alle anderen Menschen hielten. Oh, und daß sie wirklich bösartig sein konnten.

Einer von ihnen lachte über seine Worte.

»Dasch ischt nischt die einschige Lüge, wasch Leute erschählen über unsch, Junge. Schmeisch jetscht dasch Päckchen mit Rescht von dem Schilber herüber und geh schurück.«

Hanse tat es und sah betrübt zu, wie der Mann das Stück Zeltplane ausbreitete. Jetzt klang das Klimpern und Klirren nicht mehr so angenehm, als er die Silbermünzen zurück in die Satteltasche schüttete. Jetzt würde sich Hanse von ihnen trennen müssen. Er mußte die anderen Männer erst gar nicht ansehen oder sich ausmalen, was er sehen würde. Der gesunde Menschenverstand sagte ihm, daß die Sehnen ihrer Armbrüste immer noch gespannt waren, und daß die Tejana ihn nicht einen Augenblick lang aus den Augen ließen.

»Du hascht diesch Leder wirklich vergammeln laschen«, sagte der erste Mann. »Schieht ausch, alsch hät'scht du damit einen Monat lang Wascher ausch einem Brunnen geschöpft.« Er ließ die Zeltplane zu Boden fallen. »Wieviel Schilber hascht du da schwischen deinen Kürbischen verschteckt, Mädchen?«

Mignureal, die immer noch auf dem Boden saß und mehrere Lagen Stoffstreifen um den Leib geschlungen hatte, die mit Silbermünzen gefüllt waren, sagte: »Ich bin ein Mensch und habe einen Namen. Ich heiße Mignureal.« Sie hob eine Hand an ihren Busen. »Das gehört alles zu mir.«

Hanse stellte erfreut fest, wie gut Mignureal lügen konnte. Den Göttern sei Dank, daß es nicht klirrte, als sie sich auf den Busen klopfte.

»Juuh«, sagte eine Stimme etwa sechs Fuß rechts von Hanse. »Vielleicht schie gibt Milch, Quesh?«

Hanse wandte sich um, um den Sprecher, der ein rundes Gesicht hatte und ein braunes Armband aus Leder trug, in Augenschein zu nehmen. Der andere erwiderte den Blick eine Zeitlang und sah dann den Mann an, der offensichtlich ihr Anführer war und anscheinend Quesh hieß.

»Nashemashmachis hemoovlishezh, Quesh«, sagte er, oder etwas, das so ähnlich klang. Es folgte weiterer Wortsalat.

»Shink schagt, du hascht bösche Augen, Jüngelchen«, sagte Quesh und reichte die Satteltasche einem seiner Begleiter. »Fragt, ob'sch klug, wenn wir dich leben laschen und du laufen kannscht.«

Hanse starrte weiterhin Shink an. »Das ist meine Frau, und Shink hat ein übles Mundwerk, Quesh«, sagte er. »Aber ich bin trotzdem nicht dumm genug, um jemanden mit einer gespannten Armbrust anzugreifen.«

»Gut«, erwiderte Quesh. »He, Askar, wasch machscht du, sitscht immer noch hinter Shink, warum? Wir haben schwei neue Pferde bekommen. Du reitescht auf einsch und führscht anderesch.«

»Für mich, schie schieht ausch, dasch schie gibt Milch«, sagte Shink, den Blick hoffnungsvoll auf Hanse gerichtet und die Armbrust schußbereit.

»Halt'sch Maul, Shink. Wir nehmen von anderen Schachen, wir brauchen, und schagen nicht bösche Worte schu scheiner Frau. Hier, Askar, szhimwan.«

Askar legte seine Armbrust in Queshs ausgestreckte Hand, sprang zu Boden und ging zu den Pferden. Als sich sein wäßrig grünes Gewand bauschte, kamen gute Stiefel aus rotem Leder zum Vorschein. Hanse, der seine Hände in ohnmächtigem Zorn zu Fäusten ballte, ließ seinen Blick von Shink zu Quesh wandern und machte eine weniger bösartige Miene.

»Mit dem Geld kannst du dir Pferde kaufen, Quesh. Wenn du uns die Pferde wegnimmst, ist es dasselbe, als würdest du uns umbringen.«

Quesh schüttelte den Kopf. »Twel braucht *jetscht* Pferd.« Er deutete auf eine ausgedehnte Düne nicht weit im Osten. »Der Hügel ischt schehr nah. Schehr schöne choom ischt gleich dahinter. Du gehscht dahin, ruhscht ausch, schorgscht für Frau. Die beschte Zeit für dich, schu Bäumen schu laufen, ischt nach Schonnenuntergang. Gansch nah da hinten.« Er deutete nach Nordosten. »Wir verschuchen nicht, uh, wollen dich nischt töten – wir laschen dir Eschel-Pferd und Gepäck.« Er hob stolz das Kinn und fügte hinzu: »Tejana nehmen niemalsch jemand die Auschrüschtung weg!«

Hanse verkniff sich eine sarkastische Bemerkung. Zu seiner Überraschung meldete sich Mignureal mit ganz ruhiger Stimme zu Wort.

»Ich heiße Mignureal, Quesh, und ich bin dir für deine Großzügigkeit sehr dankbar. Was ist eine choom?«

Er schenkte ihr ein freundliches Lächeln, legte dann den Kopf schief und sah in den Himmel. »Uh …«

»Oasche«, sagte Twel, der in Injas Sattel saß. »'dammt gutesch Pferd!«

»Schtimmt«, sagte Quesh und nickte. »Bei unsch choom, bei euch Oasche. Wir nehmen anderen Weg, ich verschpreche!«

Er wandte sich ab und ging zu seinem Pferd. Hanse, der die Zähne zusammengebissen hatte und seine Hilflosigkeit verfluchte, beobachtete, wie er in den Sattel sprang. Die Leichtigkeit, mit der er das tat, verbesserte nicht gerade Hanses Gemütsverfassung.

Shink gab eine Folge weicher Silben von sich. Quesh schüttelte den Kopf.

»Shink möchte Gepäck und Frau durchschuchen. Nein. Wir haben genug! Möge Treema für euch lächeln, Reischende! Oh, hier.« Er zog einen kupfernen Reif von seinem Sattelhorn und warf ihn Hanse zu. Hanse blieb reglos stehen und ließ den Gegenstand vor seinen Füßen zu

Boden fallen. »Behalt dasch. Du triffscht andere Tejana, scheig esch ihnen. Schie nehmen nichtsch von dir!«

»Dein Ehrenwort, hm?«

Quesh nickte. »Ehrenwort. Aye. Shlamzhamalnipah!«

Bei diesem Laut, Hanse hatte keine Ahnung, ob es sich um ein oder mehrere Worte handelte, rissen Queshs drei Begleiter ihre Reittiere – und Inja – herum und schlugen ihnen die Fersen in die Flanken. Die Pferde preschten los, und Schwarzer, der mit einem Seil angebunden war, jagte hinter Inja her. Der Staub legte sich wieder, und Hanse hielt die Lippen weiter zusammengepreßt. Quesh war geblieben, seine gespannte Armbrust zielte immer noch auf Hanse, doch das wirkte jetzt eher beiläufig.

Er sagte: »Mip« oder etwas Ähnliches, und sein sehniges, graues Pferd begann rückwärts zu gehen. Quesh lächelte. »Gutesch Pferd!«

»Ich hoffe, du gibst mir auch dein Ehrenwort darauf, Tejana«, sagte Hanse, »daß du dafür sorgst, daß Shink bei dir bleibt. Sonst kommt er zurück und bringt uns beide um.«

»Einsch – Teanit, zwei – Tejana«, berichtigte Quesh, der sich schon ein paar Schritte zurückgezogen hatte. »Und Shink wird nicht. Haiya!«

Sein Pferd wirbelte herum, und Hanse ließ sich in die Hocke fallen, als es die Hinterbeine beugte, um direkt aus dem Stand loszugaloppieren. Noch bevor es den ersten Satz machte, hatte sich Hanse schon wieder aufgerichtet, und seine Hand mit dem Messer fuhr in einer ausholenden Bewegung hinter seinen Kopf. Sein Blick saugte sich am breiten Rücken des Tejanits fest. Ein leichter Wurf, etwas stärker als sonst und höher gezielt, weil sich der Mann von ihm entfernte ... Langsam und bedauernd ließ Hanse den Arm sinken. Er schob das Messer in die Scheide an seinem rechten Arm zurück.

»Wenn ich ihm das Messer in den Rücken werfe, wird sein Pferd weiterlaufen, hinter den anderen her. Dann werden sie zurückkommen, und dann sind wir tot. Nein. Aber wir können sie nicht entkommen lassen, nicht mit ... uh!«

Mignureal hatte sich gerade gegen ihn geworfen. Er wankte, denn er hatte dem davongaloppierenden Quesh nachgeblickt. Mignureal zitterte am ganzen Körper. Hanse ebenfalls, aber vor Wut. Er legte seine Arme um sie, starrte aber immer noch über ihre Schulter hinweg.

»O Hanse!«

»Wir sind nicht in Gefahr«, sagte er ruhig. »Wir sind nicht in Gefahr. Hab jetzt nur eine Minute Geduld, ich beobachte. Hm hmm. Sie sind direkt zu diesem großen Hügel links geritten, aber Quesh galoppiert genau nach Norden. Ich nehme an, daß sie auf dem kürzesten Weg in ihr Lager wollen, oder wo sie sich sonst aufhalten, und Quesh weiß, daß ich ihn beobachte. Deshalb glaubt er, mich auf eine falsche Fährte locken zu können. Er wird bald in ihre Richtung abbiegen, nach links, glaube ich. Das möchte ich sehen.«

»Hanse«, flüsterte sie gegen seine Brust.

Er drückte sie. »Eine Minute noch, Mignue. Laß mich nur noch diesen ... schäbigen ... Hundesohn ... beobachten ...«

»Hanse ...«

»Uh. Bitte, Mignue – ich muß jetzt rennen!«

Er gab sie urplötzlich frei und rannte los, raste auf die Erhebung zu, auf die Quesh gedeutet hatte. Während sich Mignureal verblüfft umdrehte, um ihm nachzuschauen, rannte er davon, als sei ihm eine ganze Horde Dämonen auf den Fersen. Mignureal wirkte einsam und verloren. Und plötzlich sprang ein roter Blitz in ihr Blickfeld und jagte hinter Hanse her. Wunder folgte ihm mit hochgerecktem Schwanz.

»Hanse«, murmelte sie mit schwacher Stimme.

Sie sah, daß es wirklich nicht weit bis zur Düne war. Kaum eine Minute später begann Hanse, sie zu erklimmen. Er rutschte und torkelte und kletterte sie schließlich in einem schrägen Winkel empor. Wunder behielt weiter den geraden und kürzesten Weg bei, und beide erreichten den Kamm gleichzeitig. Dort verharrte Hanse, um nach Norden zu spähen. Unter anderen Umständen hätte sie es komisch oder niedlich gefunden, daß Wunder genau das gleiche tat, den Schwanz steil in die Luft gestreckt. Die halbe Minute, die nun folgte, erschien Mignureal fünfzigmal so lang. Sie fühlte sich verletzt, man hatte sie des Silbers, ihrer Würde und ihres Mannes beraubt. Dann sah sie, daß Hanse wie entzückt die Hände zusammenschlug. Sofort wandte er sich zu ihr um und bedeutete ihr mit heftigen Gesten zu folgen.

Eine Oase, dachte sie und blickte sich um. Da waren nur aufgewühlter Sand und der Esel. Sie hob den Kupferreif auf, den Quesh Hanse zugeworfen hatte. Ein bißchen schwer und unförmig durch die vierzig oder fünfzig Silbermünzen, die überall in ihrer Kleidung verteilt waren, ging sie zu dem Onager und ergriff seine Leine.

»Komm mit, Enas«, sagte sie. »Wir holen uns einen schönen Schluck Wasser und vielleicht sogar ein bißchen Gras, einverstanden?«

Enas hatte seinen einsichtigen Tag – oder seine einsichtige Minute –, er folgte ihr, ohne zu bocken. Sie sah, daß sich Hanse abgewandt hatte, um wieder nach Nordwesten zu schauen. Mignureal seufzte, trottete los und wünschte sich, er würde den Anstand besitzen, sie nicht sich selbst zu überlassen. Es schien ihr einen Tag zu dauern, bis sie den Fuß der Düne erreicht hatte und sich zu Hanse hinaufkämpfte. Doch nachdem sie den Gipfel des großen Sandhügels erklommen hatte (Bedeckte der Sand vielleicht nur einen großen Felsen? Sie hatte keine Ahnung.), vergaß sie alles andere. Unterhalb der Düne erblickte sie ein richtiges kleines Wäldchen, das teilweise eine Grasfläche umgab, sich aber hauptsächlich jenseits davon weiter nach Norden erstreckte. Inmitten des Sandes, der es von allen Seiten bedrängte, wirkte es beinahe tiefgrün. Und mitten in der Grasfläche, ungefähr im Zentrum der länglichen Oase – lag ein beachtlicher Teich!

Mignureal starrte gebannt geradeaus und überhörte deshalb Hanses Worte und vergaß Enas. Zum Glück hatte sie seine Leine losgelassen, sonst wäre sie mitgeschleift worden. Der Onager trompetete glücklich und lief torkelnd den Abhang hinunter auf die *Oase*, auf die *choom* zu.

»… hatte ich also völlig recht«, sagte Hanse gerade aufgeregt. Er hatte sich erneut umgedreht, um wieder nach Nordwesten zu schauen. »Sie sind alle direkt nach … Mignue?« Er wirbelte herum. »*Mignureal!*«

»Mraur?«

Er hört sich genau wie Vater an, dachte sie und rannte dem dämlichen Esel hinterher. Nach zehn Schritten hatte sie das weiße Gewand abgestreift und ließ es hinter sich zu Boden flattern. Dann begann sie, ihre Weste aufzuknöpfen. Sie stürzte, überschlug sich, kam lachend wieder auf die Füße und ließ die Weste fallen. Im Rennen zog sie sich die grün, blau, gelb und braun gemusterte Bluse aus.

Hanse legte die Hände trichterförmig um den Mund. »Schlaang-gen!« schrie er ihr hinterher und dachte: *Sie hat den Verstand verloren!*

»Na und? Sollen sie doch zugucken!« rief Mignureal kichernd zurück. Eine weitere Bluse flatterte hinter ihr durch die Luft.

Als Hanse das Ufer des Teiches erreicht hatte und sich ein letztes Mal bückte, schleppte er ein Bündel, das aus allen Kleidungsstücken Mignureals bestand. Darunter befanden sich auch ein Unterhemd, ein Leibchen und eine Art BH. In Violett. Auf seinem Weg vom Kamm der Düne bis zum Ufer des kleinen Sees war Hanse etwas dick geworden, weil er jedes der fallengelassenen, mit Stoff umwickelten Päckchen Münzen in seine Tunika gestopft hatte.

Und jetzt konnte er nur Mignureals triefnassen Hinterkopf sehen. »Ist es so tief?«

Sie drehte sich zu ihm herum. Ihr Haar war naß und zerwühlt, sie hatte es gewaschen. Sie lächelte und spritzte mädchenhaft mit dem Wasser. »O Hanse, es ist wunderbar! Wer hätte jemals gedacht, daß so ein kleines Wasserloch so wunderbar sein könnte? Selbst das Schwimmbad im kaiserlichen Palast könnte nicht besser sein!«

Ein kurzer Blick verriet ihm, daß der Teich ungefähr zwanzig Fuß breit und dreißig Fuß lang war. Vielleicht ein bißchen größer. »Klein, ja, aber – verdammt, Mignue, das ist gefährlich! Du stehst bis zum Kinn im Wasser.«

»Oh. Nein, ich sitze. Ich meine, du stehst da vorne, und …« Sie verstummte. Sie musterte ihn eindringlich. Sie schluckte. Das Beben ihrer Nasenflügel zeigte ihm, daß sie tief durchatmete. Sie dachte nach, sie überlegte, und dann traf sie eine Entscheidung. Langsam, den Blick auf ihn gerichtet, stand sie auf.

Das Wasser war knietief. Hanse nahm den Blick von ihrem Gesicht. Er schluckte schwer und ließ ihre Kleider fallen.

»O Mignue«, brachte er hervor und begann sich auszuziehen.

»So ist *das* also! Und es *hat* weh getan, aber nur einen kurzen Moment lang! Mmmm!« Sie küßte ihn auf die Brust.

»Es ist sonst nicht genauso«, widersprach er. »Einen Haufen Kleider als Bett zu nehmen, ist nicht genau das, was ich …«

»Ein Haufen Kleider, in dem dicke, harte Päckchen mit Silbermünzen stecken«, sagte sie. Sie lachte und küßte ihn auf die Schulter. »Aber wie auch immer, ich bin froh, daß es vorbei ist.«

Seine Stimme war ein heiseres Krächzen. »*Was?!*«

»Oh! Ich meine, ich bin froh, daß … ich meine, ich bin froh, daß wir endlich … uh, was ich meine, ist, ich muß mir jetzt keine Gedanken und Sorgen mehr darüber machen, Liebling. Und ich liebe es. Ich liebe diiich«, sagte sie und schmiegte sich an ihn.

Hanse seufzte und streichelte ihren Rücken, der jetzt fast wieder so naß war wie vorhin, als sie aus dem Wasser gestiegen war. Er war genauso naß wie sie. Er küßte ihr klatschnasses Haar. »Ich liebe dich, Mignue. Und ich glaube, ich verstehe, was du sagen willst. Ich hoffe es. Aber trotzdem, das war immer noch nicht so, ›wie es ist‹. Normalerweise.«

Sie stützte sich auf die Ellbogen und blickte ihm in die Augen. »So? Sag es mir.«

»Nun, normalerweise ist es, äh … es dauert länger. Weißt du, ich war so aufgeregt, daß …«

»*Wirklich*?« unterbrach sie ihn entzückt, und ihre Augen glänzten. »Länger?«

»Uh-huh. Das nächste Mal.«

Sie küßte ihn auf die Nase, und ihre Augen glänzten immer noch. »Jetzt?«

»Uhh ...«

»Hanse, sehe ich in meinen Sachen wirklich fett und schwanger aus?«

»Sicher.«

»Ohh ... du könntest wenigstens ein bißchen galant sein.«

Er lachte in sich hinein. »Was? Ich? Nachtschatten?«

Sie schlug nach ihm. Er packte ihr Handgelenk und küßte ihre Hand.

»Hmpf. Wir werden ... ich, ich schätze ... ich meine, es kommt mir nicht richtig vor, wenn ich jetzt wieder meine T-T-Trauerkleider anziehe, nicht wahr, nachdem, nachdem ...«

»Du kommst wahrscheinlich auch ohne sie aus.« Er zog sich bereits wieder an. »Wir werden den Ratschlag der Tejana nicht befolgen. Wir haben uns schon ausgeruht. Wir werden heute nacht nicht hier bleiben – wir werden weiter zu diesen Bäumen da drüben gehen. Und ich muß dir noch etwas sagen. Wenn du auch nur ein bißchen so ausgesehen hättest wie jetzt, hätten sich diese Hundesöhne mehr als nur das Silber und die Pferde genommen! Sie hätten etwas sehr viel Wertvolleres geraubt.«

»O Liebling«, sagte sie und wußte, was er meinte. Sie hatte genauso liebevolle und zärtliche Gefühle wie er; wahrscheinlich noch mehr, denn sie war eine Frau. Da er sich gerade seine enge Hose anzog, warf ihn ihr ungestümer Kuß fast um.

»In Ordnung«, sagte sie nach kurzem Überlegen. »Ich werde die roten Sachen jetzt nicht mehr tragen.«

»Aber alles andere«, entgegnete er. Plötzlich lachte er verhalten. »Und das Geld!«

Als sie beide angezogen waren, wurde es ihr klar. »Wir werden laufen müssen.« Es war eine Feststellung. Er konnte nicht die geringste Klage aus ihrer Stimme heraushören, und dafür liebte er sie.

»Genau. Jeder geht auf einer Seite von Enas, einverstanden?«

»In … in Ordnung. Bist du sicher, daß du heute nacht nicht lieber hierbleiben und morgen weitergehen möchtest?«

»Wir müssen wirklich weiter, Mignue.«

»Gut, wenn du sagst … müssen? Warum *müssen* wir?«

»Laß uns aufbrechen, Liebling. Ich erkläre es dir unterwegs.«

»Es ist das erste Mal, daß du mich so genannt hast!« Und da er sich gerade vorbeugte, um nach dem Halfter des grasenden Enas zu greifen, warf ihn ihre ungestüme Umarmung beinahe zu Boden. Schon wieder.

Etwa eine halbe Stunde später, als sie mit dem Onager auf die Bäume zugingen, die schon beinahe grün auszusehen begannen, erzählte ihr Hanse, was er vorhatte. Er drückte sich nicht so aus, er nannte es, was er tun mußte.

Sie beschwor ihn und argumentierte, weinte und beschwor ihn, beschimpfte ihn und weinte und beschwor ihn wieder. Dann wurde sie still und trotzig, sie wollte nicht begreifen und konnte ihn nicht verstehen. Bis sie sich ein neues Argument ausgedacht hatte und ihn wieder davon zu überzeugen versuchte. Alle Versuche schlugen fehl, und sie hatte Angst. Sie konnte es nicht begreifen. Hanse war ein Mann, und seine Männlichkeit war in Frage gestellt worden. Nicht von ihr, nein. Das war nicht das Problem. Das Problem war sehr viel schwerwiegender. Er war immer noch dabei, sich zu einem Mann zu entwickeln, und er fühlte sich in seiner Männlichkeit verletzt.

Für dieses Geld hatte er alles gewagt, er hatte sich abgemüht und war dem Tod nur knapp entkommen. Er war sogar dafür gefoltert worden. Und er hatte jahrelang darauf warten müssen, es aus dem Brunnen herauszubekommen. Nun hatten es diese Hundesöhne, die nicht einmal vernünftige Sätze bilden und kein S richtig aussprechen konnten, und das lag nur daran, daß sie Armbrüste gehabt hatten.

Was noch schlimmer war: Sie hatten Leuten in der Wüste ihre Pferde weggenommen. Nachtschatten war ein Dieb mit Berufsehre. Kein anständiger Dieb hätte so etwas getan, kein richtiger Dieb.

»Aber wir haben doch immer noch mehr als die Hälfte des Geldes, Hanse! Das ist immer noch mehr Reichtum, als wir beide jemals besessen haben!«

»Das ist nicht der springende Punkt. Sie haben Pferde gestohlen. Ich muß es versuchen.«

»Hanse, sie könnten dich *töööten*!« rief sie und begann wieder zu schluchzen.

Sie gingen weiter, einer rechts und einer links von Enas, und sie sprachen über seinen Rücken hinweg. Sie gingen nicht in die Richtung, die Quesh ihnen gezeigt hatte oder in die, in die er geritten war. Nein, sie gingen in die Richtung, die alle vier Tejana letztendlich eingeschlagen hatten, wie Hanse mit Sicherheit zu wissen glaubte. Zu der Baumreihe, zu ihrem hübschen, gemütlichen Lager zwischen den Bäumen, das nach Hanses Überzeugung dort liegen mußte.

»Nein, das werden sie nicht. Sie werden mich nicht töten, Mignue, und es wird auch keiner von ihnen sterben müssen. Ich werde warten, bis es dunkel wird. Und sogar noch länger, Mignue. Sie werden mich weder hören noch sehen – bis ich es geschafft habe.«

»*Und dann werden sie dich töööten!*«

»Würdest du endlich damit aufhören? Außerdem wird Wunder mich begleiten. Wunder, kommst du mit mir?«

Wunder döste auf dem Gepäck des Onagers. Sein Schwanz zuckte, und ein Auge öffnete sich beinahe.

»Siehst du? Siehst du? Sogar diese Katze weiß, daß du verrückt bist, Hanse! *Tu Es Nicht!*«

»Nenn … mich … nicht … verrückt, Frau!«

»Ich hab' es nicht so gemeint. Was du vorhast, ist verrückt!« Und sie schluchzte schon wieder oder immer noch.

»O Mignue, Mignue – bitte hör auf. Ich muß. Du mußt einen Mann tun lassen, was er tun muß, und ich muß es tun.«

Ihre Antwort klang hitzig und wie ein Vortrag. »S'danzofrauen lassen ihre Männer nicht gehen, damit sie sich aus unwichtigen Gründen umbringen lassen.«

»Woa!« rief Hanse dem Onager zu und zog an seinem Halfter.

Enas war froh, stehenbleiben zu können. Er blickte zurück, als ob er sich wünschte, er hätte sich noch ein oder zwei Mäuler voll des appetitlichen Grases einverleibt. Hanse trat vor ihn, die Hände an Kopf und Halfter des Tieres, damit er Mignureal ansehen konnte.

»Hör zu«, sagte er in einem ruhigen Tonfall, der sie aufhorchen ließ, und mit einem Gesichtsausdruck, der sie daran erinnerte, warum so viele Leute ihn, Nachtschatten, fürchteten. »Hör zu. Es tut mir leid, daß ich das ausgerechnet jetzt sagen muß, nachdem …«

Er unterbrach sich und holte tief Luft, um einen neuen Anlauf zu nehmen. »Erst einmal, meine erwählte S'danzofrau, bin ich kein S'danzomann. Ich bin ein Ilsiger aus dem Volke Ils, des Tausendäugigen. Ich tue, was ich will, was ich tun muß. Niemand sonst kann für Hanse entscheiden, was Hanse tun muß. Wenn ich mich entscheide, Mignureal, dann sage mir nicht, daß es dafür keinen vernünftigen Grund gibt. Für mich ist es ein vernünftiger Grund, und das reicht aus. Ich liebe dich, und ich möchte dich bei mir haben. Du mußt nur damit aufhören, dich über mich und meine Götter lustig zu machen.«

Ihre Augen, die die Farbe von Mahagoni hatten, waren riesig und traurig, und die dunklen Ränder stammten jetzt nicht von Lidschatten. »Hanse – o Hanse, ich mache mich nicht lustig über dich. Ich würde mich nie über dich lustig machen. Ich liebe dich.«

Der Blick seiner Augen und sein Gesichtsausdruck veränderten sich, bis er genauso schmerzerfüllt wirkte wie sie.

»Ich habe nicht vor, loszugehen und mich umbringen zu lassen, wie du gesagt hast. Ich habe vor, loszugehen und mir mein Geld, meine Pferde und meine Selbstachtung zurückzuholen. Wenn für dich nichts davon ein *vernünftiger Grund* ist, dann tut es mir wirklich leid. Es tut mir wirklich leid, o ihr Götter meiner Vorfahren, es ist der falsche Zeitpunkt, das zu sagen – aber du hast einen Fehler gemacht, als du mit mir gekommen bist, und ich entschuldige mich dafür, dich mitgenommen zu haben.«

Sie blickte für eine lange Minute zu Boden. Als sie den Blick wieder hob, um ihn anzusehen, waren ihre Augen klar. Sie sprach sehr deutlich und langsam in einer Sprache, die er nicht verstehen konnte. Ihr Tonfall und der Rhythmus ließen ihn vermuten, daß es nicht nur die Sprache ihres Volkes war, sondern daß es sich dabei um ein Ritual aus ihrer langen Geschichte handelte. Er fühlte, daß diese Worte schon von anderen gesprochen, wahrscheinlich rezitiert worden waren.

Er sah sie an und wartete. Wie er vermutet hatte, sprach sie jetzt wieder in seiner Sprache, die ihre Eltern zu ihrer Muttersprache gemacht hatten. Er war sicher, daß sie nun wiederholte, was sie zuvor in der anderen Sprache gesagt hatte, die niemand außer den S'danzo beherrschte.

»Ich bin eine S'danzo. Du bist mein Mann. Ich bin deine Frau. Eine Frau tut, was eine Frau tun muß. Ein ... ein M-mann muß tun, was ei-ein Mann tun muß.«

Hanse nickte und schluckte. »Ist es das, was du gerade in der Sprache deiner Väter gesagt hast?«

Sie nickte. »Und meiner Mütter«, fügte sie hinzu.

Er griff nach ihr und drückte ihre Hand. »Ich habe dich verstanden. Ich liebe dich, Frau.«

Er hielt ihre Hand fest, damit sie sich nicht gegen ihn pressen konnte. Sie verstand. Sie sahen einander lange an, und dann ließ er ihre Hand los, drehte sich um und schnalzte dem Onager zu.

Der Wald

Allmählich ging der sandige Wüstenboden in einen immer festeren Untergrund über. Das struppige, verkümmerte Gras, das auf ihm wuchs, wurde schon sehr bald zu einem Gras, das diese Bezeichnung auch verdiente. Weiter voraus im Norden konnten sie Büsche und vereinzelte Bäume erkennen. Dahinter hob sich, vom klaren Mondlicht beschienen, ein Wald von der Dunkelheit ab. Sie hatten keine Ahnung, wie tief dieser Wald war, aber sie hatten schon von der Düne aus gesehen, daß er sich weit ausbreitete und die nördliche Grenze der Wüste bildete. Enas wurde etwas störrisch und mußte mit fester Hand am Halfter geführt werden; er wollte etwas von dem leckeren Gras probieren.

»Bald, Enas, verdammt noch mal!« fluchte Hanse. »Hör jetzt endlich damit auf, den Kopf zur Seite zu reißen, sonst verpassen wir dir Wunder als Führer!«

Eine Zeitlang konnten sie nicht ein Anzeichen von menschlichem Leben entdecken. Dann stießen sie auf die Straße, die Hanse hier vermutet hatte.

»Jetzt, da wir wissen, wo sie ist, sollten wir die Straße verlassen. Es ist besser, wenn wir uns näher bei den Bäumen halten.« *Nur für alle Fälle*, fügte er in Gedanken hinzu.

Mignureal betrachtete den dunklen Wald voller Besorgnis. »Glaubst du, es gibt da drinnen Tiere? – Wilde Tiere, meine ich.«

»Das bezweifle ich. Ich dachte an Menschen auf der Straße, nicht an Tiere in den Wäldern. Das hier ist der äußerste Rand des Waldes. Raubtiere folgen den Weidetieren, und diese dünnen Grashalme bilden nicht gerade eine Savanne, die Weidetiere anlockt. Sieh mal, Enas ist nicht im geringsten nervös. Er scheint auch nichts zu wittern, was ihm nicht gefällt.«

»Das klingt gut«, sagte Mignureal zweifelnd. »Äh ... sind Elefanten Grasfresser?«

Hanse schnaubte. »Aye. Aber auf *die* werden wir hier

nicht stoßen. Sie brauchen eine viel größere Weidefläche, als sie hier an der äußersten Grenze zur Wüste finden können. Ich kann dich ja auf einen Baum verfrachten, wenn du dich dann besser fühlst.«

»Ich mache mir Sorgen um Enas, Hanse, nicht um mich! Wenn irgend etwas ihn erwischt, stehen wir ohne Tiere da, und wir können nicht sein ganzes Gepäck schleppen. Jedenfalls nicht, wenn wir schnell vorankommen wollen.«

»Wir werden Tiere bekommen«, versprach Hanse finster.

Da sie sich notgedrungen mit seiner geplanten Expedition abgefunden hatte, antwortete sie nicht darauf.

»Sieh her, Mignue. Diese Büsche schirmen den Wald von der Straße ab. Warum bleiben wir nicht gleich hier, anstatt in den Wald zu gehen? Da drinnen ist es stockdunkel.«

Sie hielten an, befestigten ein langes Seil an einem von Enas' Hinterbeinen und ließen ihn grasen, während sie das Gepäck von seinem Rücken luden. Hanse schnürte einen der Ballen auf, und Mignureal streifte inzwischen durch die Büsche und stieß auf eine freie Fläche, die nicht vollständig von den Sträuchern umgeben war.

»Hanse! Beeren! Richtige Beeren! O Hanse – richtige *Beeren*! Wir sind *wirklich* aus der Wüste heraus!«

Immer noch in seiner Vaterrolle gefangen, die ihm völlig ungewohnt war und die ihn außerdem regelrecht krank machte, warnte er sie davor, unbekannte Beeren zu essen. Ungefähr zur gleichen Zeit rief sie: »Au!«, und Hanse spürte dieses plötzliche leere Gefühl im Magen, das ein Vorbote dessen war, was er Besorgnis und was andere Angst nannten.

Sie beruhigte ihn gleich wieder. »Es ist alles in Ordnung – es sind Brombeeren! Ich habe sie bisher nur in Körben auf dem Markt gesehen. Ich habe nicht gewußt, daß Brombeersträucher Dornen haben.«

»Dornen«, wiederholte er und fuhr mit seiner Beschäftigung fort.

»Nun ... Stacheln. Au! Es ist mir egal, sie schmecken so *gut*!« Ihre Stimme kam näher. »Hier, Hanse, nimm ein paar Bee... oh!«

Sie hatte nicht gewußt, daß er seine alte Kleidung ablegte und eine neue anzog. Der Dieb, den man Nachtschatten nannte, war in seine Arbeitskleidung geschlüpft.

Der hagere und dünne junge Mann, der von mittlerer Größe war, wirkte in seiner schwarzen Arbeitskleidung größer. Die tiefschwarze Tunika und Hose betonten seine finstere Erscheinung und unterstützten seine Fähigkeit, schnell und geschickt mit den Schatten zu verschmelzen, daß es schien, als würde er sich in ihnen auflösen. Einige Leute vermuteten natürlich, daß dabei Zauberei im Spiel sein könnte. Nachtschatten wußte es besser, er war einfach sehr geschickt. Den Spitznamen hatte er sich nicht selbst gegeben. Vor Jahren hatte einmal jemand gesagt, daß Hanse so leicht in den Schatten untertauchen und wieder daraus hervorkommen könnte, als hätte ihn die Nacht geboren, und ein Kamerad hatte geknurrt: »Nachtschatten!«, und so war der Name entstanden.

»Danke, Mignue. Hmmm. Gut!«

Sie seufzte, biß sich auf die Lippen und fand sich erneut mit dem ab, was er ihr als unvermeidlich erklärt hatte. »Möchtest du etwas von meiner schwarzen Schminke, um dir damit das Gesicht dunkler zu färben?« fragte sie.

»Ich bin dunkel auf die Welt gekommen«, wehrte er ab. »Niemand kann mich in der Dunkelheit sehen, wenn ich nicht lächele. Und ich werde nicht lächeln.«

Sie nickte und sah ihn in der Finsternis an, die nicht vollkommen undurchdringlich war, weil der Mond irgendwo weiter hinten über dem Wald stand. Hanse war dunkelhäutig, und die Wüste hatte sein Gesicht und seine Hände sogar noch dunkler werden lassen. Sein Haar war noch schwärzer als schwarz. Es fiel ihm gekräuselt bis über die Ohren, war aber nicht so lang, daß es ihm bis an die Schultern gereicht hätte. Unter schwarzen, glänzenden Augenbrauen, die fast über seiner kräftigen, beinahe sichelförmig gebogenen Nase zusammenwuchsen, lagen Augen wie aus schwarzem Onyx tief in ihren Höhlen.

Mignureal konnte vier Messer erkennen, wußte aber, daß er noch mehr trug. Über seiner linken Hüfte hing ein

Krummdolch und das lange Ilbarsimesser über seiner rechten. Die schlanken, flachen Wurfmesser steckten in Scheiden an seinem linken Oberarm und über dem Handgelenk. Sie wußte, daß er ein weiteres in einer Scheide trug, die in einen seiner Halbstiefel eingearbeitet war und dessen stumpfes Ende wie eine Verzierung aussah. Außerdem führte er noch ein paar dieser bösartigen, sechszackigen Wurfsterne mit sich.

»Kann ich dich begleiten, oder muß ich dir folgen?«

»Mignue, verdammt noch mal – bleib hier! Du weißt, daß die Dunkelheit mein Zuhause ist. Ich kann mich auch lautlos bewegen, und diese Stiefel sind dafür gemacht. Sieh dich doch an, in all diesen Kleidern! Wie könntest du darin richtig rennen – *oder* schleichen?«

Ohne eine Antwort zu geben begann sie, ihre Kleider auszuziehen.

Hanse machte einen Schritt auf sie zu und ergriff sie an beiden Schultern. »Mignue, denk doch einmal nach, bitte. Ohne dich ist es für mich viel sicherer.«

Sie wirkte verletzt, aber das lag nicht daran, daß sie sich beleidigt fühlte; sie hatte gerade eine unbestreitbare Tatsache gehört, und das wußte sie auch, ob es ihr nun gefiel oder nicht.

»Es ... es ist nur, weil ich mir solche Sorgen mache, Liebling. Ich habe solche Angst um dich!«

»Fällt dir irgend etwas ein, das ich mitnehmen sollte, hmmm?«

Sie schüttelte den Kopf. »Nein, ich ... oh, du denkst an das Hellsehen, nicht wahr? Ich soll für dich *sehen*. Nein, da ist nichts. Vielleicht bedeutet das, daß es überhaupt keine Gefahr gi... *Hanse, reite auf Enas und folge Wunder. Du wirst Enas brauchen, Hanse.*«

Er starrte sie in der Dunkelheit an, die hier, nahe der Bäume, fast vollkommen war.

»Was? Wunder folgen? Wieso glaubst du, daß Wunder ... Mignue?«

»Hmmm?«

»Wieso glaubst du, daß Wunder weiß, wo es langgeht?«

Sie legte den Kopf auf die Seite. »Warum ich glaube, daß Wunder – was weiß? Wovon redest du überhaupt?«

»Mignue, hör auf! Du hast gesagt … oh. Es ist passiert!«

Hanse fühlte einen nur allzu bekannten Schauder über seinen Rücken laufen und spürte, wie sich die Härchen auf seinen Armen aufrichteten. Doch diesmal war er über das Gefühl genauso froh wie über ihre Worte. Es war gerade wieder geschehen. Wenn er ihre Augen hätte sehen können, hätte er sofort Bescheid gewußt. Er hätte beobachten können, wie sie plötzlich diesen unheimlich leeren Ausdruck annahmen und ins Nichts zu starren schienen, denn sie hatte für ihn *gesehen*. Er erzählte ihr, was sie gesagt hatte, und natürlich war Mignureal überrascht.

Sie waren sich darin einig, daß eine Wachkatze mehr als eine Eigenschaft eines Hundes besitzen und vielleicht ebenfalls Fährten verfolgen könnte. Natürlich war jede Katze, wie groß sie auch sein mochte, von Geburt aus fähig, eine Beute zu verfolgen und zu reißen; alle Katzen besaßen die dazu nötige Kraft und Gewandtheit, Zähne und Krallen. Und außerdem zeigte Wunder eine merkwürdige Vorliebe für größere Tiere. Andererseits konnten sich weder Mignureal noch ihr Geliebter vorstellen, wozu der Onager gut sein sollte, abgesehen davon, daß er Hanse schneller und bequemer an sein Ziel bringen würde. Wo immer das auch lag. Es war kaum vorstellbar, daß Enas Kriegspferd spielen und die Gegner angreifen und niedertrampeln würde. Genausowenig war damit zu rechnen, daß er sich den Tejana rückwärts näherte, um ihnen einen dieser gewaltigen Tritte zu verpassen, für die Onager zu Recht berüchtigt waren.

Während sie sich darüber unterhielten, wandelten sie Enas' Zugleine zu einem Zügel um. Sie legten ihm eine Decke und ein Polster auf den Rücken, das zuvor seinen Rücken vor dem Gepäck geschützt hatte und ziemlich faulig roch. Trotzdem bestand Nachtschatten auf beiden Unterlagen, die Decke über dem Polster. Er stemmte sich mit einem Bein gegen die Seite des Onagers und zog die Bänder fest, die seine Reitunterlage hielten.

Enas gefiel es überhaupt nicht, daß jemand auf ihm reiten wollte. Er versuchte sogar, kurz zu bocken, reagierte dann aber auf Hanses feste Hand und einen kleinen Ruck am Zügel. Hanse blickte Wunder fragend an. Wunder saß auf dem Boden, beobachtete Hanse und gähnte. Hanse runzelte ärgerlich die Stirn und warf Mignureal einen kurzen Blick zu. Sie zuckte die Achseln. Sie konnte sich überhaupt nicht an ihre Worte über den Kater erinnern und hatte erst recht keine Erklärung dafür.

»Soviel zum Thema Spürkatze«, sagte Hanse. »Bis später«, fügte er dann noch hinzu. Sie hatten schon mehr als genug Worte über sein Vorhaben verloren. Er schnalzte mit der Zunge und drückte dem Esel die Fersen in die Seiten. Enas setzte sich in westlicher Richtung entlang des Waldrandes in Bewegung. Hanse vermied es sorgfältig, zurückzuschauen. Er konnte Mignureals Augen auf seinem Rücken fühlen.

Als er einige Minuten später auf den Boden sah, entdeckte er den großen roten Kater, der neben Enas lief.

»Wunder! Möchtest du reiten?« Hanse klopfte auf den schwarzen Stoff auf seinem Oberschenkel.

Einen Augenblick später unterdrückte er mit zusammengebissenen Zähnen einen Aufschrei und stöhnte. Ja, Wunder wollte reiten, aber er hätte beinahe sein Ziel verfehlt und mußte seine Krallen in Hanses Bein schlagen, als er nach seinem Satz dort landete. Hanse mußte sich zusammenreißen, um nicht nach ihm zu schlagen.

»Au! Verdammt! Diese Kratzer werden noch stundenlang jucken. He – willst du nicht lieber hinter mir reiten?«

Nein, Wunder suchte sich einen Platz vor ihm, kuschelte sich zwischen seinen Schenkeln zusammen, wo es schön warm war, und hielt ein kleines Nickerchen.

»Verdammter Kater. Erinnerst du dich noch, daß wir uns damals im Nebenzimmer von Fuchs' Kneipe auf Anhieb unsympathisch waren?«

Wunders Schwanz zuckte zustimmend, seine Augen blieben geschlossen. Hanse seufzte und versuchte, den Onager zu einer etwas schnelleren Gangart anzutreiben. Und dabei kratzte er seinen juckenden Oberschenkel.

Ungefähr eine Stunde später, eine sehr *eintönige* Stunde später, erhob sich Wunder. Während er einen Katzenbuckel machte und unsicher die Balance hielt, sah er sich aufmerksam um. Hanse tätschelte ihn zärtlich, und Wunder preßte sich gegen seine Hand. Dann sprang er zu Boden. Hanse zog am Zügel und beobachte, wie sich Wunder nach allen Richtungen umsah, während sein Schwanz in ständiger Bewegung war. Er hob den Kopf, gab eins seiner Geräusche von sich, die nach allem anderen als nach einem ordentlichen »Miau« klangen, und verschwand zwischen den Bäumen.

»Was für eine großartige Hilfe«, murrte Hanse. »Ihm fällt auch nichts Besseres ein, als sich zu strecken und zwischen der erstbesten Lücke in den Bäumen zu verschwinden.«

Er wollte gerade weiterreiten, als Wunder wieder auftauchte und ihn anstarrte. Hanses starrte blinzelnd zurück. Er sah, wie Wunder den Schwanz steil in die Höhe reckte, sich umdrehte, einen Blick zurück warf und wieder zwischen den Bäumen verschwand.

»Ich komme mir wie ein richtiger Blödarsch vor, Enas«, murmelte Hanse, »aber los, folgen wir ihm.«

Da der Esel nicht genügend Verstand besaß, den tiefhängenden Ästen auszuweichen – vielleicht schlug er auch aus purer Hinterlist absichtlich diesen Weg ein –, peitschten die Zweige Nachtschatten immer wieder ins Gesicht, und bald stieg er ab. Daraufhin fühlten sich sowohl er als auch Enas ziemlich erleichtert. Nun hatte Hanse nur noch mit den Büschen und Bäumen zu kämpfen, gegen die ihn Enas mit voller Absicht zu drücken schien. Sie folgten Wunder weiter durch die Finsternis.

Schon lange bevor sie ihr Ziel erreicht hatten, hörte Hanse Stimmen und das leise Wiehern eines Pferdes. Wunder hatte ihn mit unfehlbarer Sicherheit zum Lager der Tejana geführt.

Die einzigen Geräusche im Wald stammten von Insekten. Manchmal war auch das leise Rascheln einer Schlange auf

Beutejagd zu vernehmen. Hin und wieder verstummten die Insekten in bestimmten Bereichen, und ein lautloser Schatten huschte vorbei. Kurz darauf ertönten wieder ihre Rufe, mit denen sie ihr Revier für sich beanspruchten oder einen Partner zu Paarung aufforderten. Der lautlos durch die Dunkelheit des Waldes huschende Schatten verharrte, um sich niederzukauern und wieder in das Lager der Tejana zu spähen, das von ihrem Kochfeuer gut erleuchtet wurde. Seit der stumme Schatten zwischen den Bäumen es zum letzten Mal beobachtet hatte, war Twel erschlafft. Er befand sich immer noch halb sitzend, halb liegend an der gleichen Stelle nahe des Feuers, aber jetzt war ihm das Kinn auf die Brust gesunken. Er war nicht länger an seinem Becher interessiert.

Gut, dachte der Schatten, die Ausgeburt der Finsternis. *Er hat sich in den Schlaf getrunken. Und so, wie er vorhin gelallt hat, wird er nicht mehr vor dem Morgengrauen aufwachen. Glück für Twel – und Glück für mich! Zu schade, daß sich die anderen nicht auch über Kopfschmerzen beklagt und sich in den Schlaf getrunken haben!*

Er hörte ein kaum wahrnehmbares Geräusch und erstarrte, die Hand fest um den Griff des Krummdolches gelegt. Dann spürte er eine federleichte Berührung und wußte, daß es Wunder war, ein anderer Schatten, der sich geräuschlos durch den Wald bewegte. In der Finsternis war er überhaupt nicht mehr rot.

Nachdem Hanse Enas locker an einen jungen Schößling gebunden hatte, damit der dämliche Esel glaubte, er könne nun nicht mehr fort, waren Mann und Katze beinahe halb um die Lichtung herum gekrochen, die das Lager der Tejana beherbergte. Ein einzelnes kurzes und verhaltenes Wiehern hatte ihm verraten, wo sich die Pferde befanden, und er wußte, daß er jetzt ganz nahe bei ihnen war. Natürlich trugen diese nomadisierenden Diebe, die ihre Frauen verlassen hatten, das Silber mit sich. Er hatte es klimpern hören, während sie sich darüber unterhielten und lachten – und er hatte sie belauscht und dabei vor Wut gekocht. Er hatte es auch aufblitzen sehen, als Shink die Münzen genüßlich und beinahe geifernd zählte. Die Satteltasche war nirgendwo zu sehen. Vielleicht hatten sie sie weggeworfen. Durch die Jahre im Brunnen und die anschließende Trockenheit der Wüste war sie ziemlich rissig geworden.

Während der langen Zeit, die er durch den Wald gegeistert war, hatte er Muße gehabt, ausgiebig nachzudenken und sich sein weiteres Vorgehen vernünftig zu überlegen. Seine Erfahrung, alleine und gleichzeitig gegen vier Männer zu kämpfen, war gleich Null. Er schätzte seine Chancen, bei einem solchen Unternehmen zu entkommen, alles andere als hoch ein. Deshalb war er zu folgender Entscheidung gelangt: Da sich ihm die nicht eingeplante und günstige Gelegenheit bot, wollte er die Pferde stehlen und die Schweine das Geld behalten lassen. Wie Mignue gesagt hatte, hatten sie und er immer noch eine ganze Menge. Und außerdem waren Pferde genauso gut wie bares Geld.

Er wollte die Pferde. Er wollte die *gesattelten* Pferde. Die anderen würde er fortjagen. Sollten die Tejana zu Fuß gehen. Zumindest steckten sie nicht mitten im von der Sonne ausgedörrten Sand fest!

Mit zusammengekniffenen Augen verharrte der geräuschlose Schatten in vollkommener Bewegungslosigkeit, während seine nachtschwarzen Augen das Lager nach den anderen Männern absuchten. Ah, ja. Twel schien zu schlafen, sehr gut. Da hinten waren Aksar und Quesh, da drüben in der Dunkelheit, weit vom Feuer entfernt, und sie saßen wirklich sehr dicht beieinander und tuschelten.

So ist das also, dachte er, aber er unterdrückte schon im Ansatz den Impuls, den Kopf zu schütteln.

Nachtschatten hatte gelernt, solche automatischen Reflexe zu unterdrücken, wenn er sich auf der Jagd oder auf einer Diebestour befand. Er kontrollierte die Reflexe, anstatt sich von ihnen kontrollieren zu lassen. Klauer hatte ihm das beigebracht, er hatte sie Gegen-Flexe genannt. Es hatte seinen Schüler eine Menge blauer Flecke gekostet – selbst als der Schüler schon besser als der Meister gewesen war.

So ist das also! Deshalb können die Tejana so lange Zeit von ihren Frauen getrennt verbringen und das anscheinend auch noch genießen – sie genießen es tatsächlich. Denn sie lieben einander.

Nun, das sollte die beiden noch eine Zeitlang beschäftigen. Sehr gut!

Das Problem war, daß er Shink nicht länger sehen konnte. Er hatte gehört, wie Quesh Shink befohlen hatte, nach den Pferden zu sehen, nachdem eins von ihnen einen leisen Laut von sich gegeben hatte. Er hatte Shinks Einwände und den anschließenden Streit gehört. *Wahrscheinlich hat eins der Pferde Enas gewittert*, hatte Nachtschatten gedacht und war etwas schneller um den äußeren Rand des Lagers herum gehuscht, während sich die beiden Männer lautstark gestritten hatten.

War Shink also jetzt bei den Pferden?

Queshs und Aksars Ersatzbefriedigung ist der jeweils andere, Twels Ersatzbefriedigung steckte in seinem Becher. Und Shink? Vielleicht waren es bei ihm die Pferde!

Er unterdrückte den Impuls zu lächeln und dachte: Arme Pferde!

Lautlos wie ein Schatten inmitten der Finsternis und anderen Schatten näherte sich Nachtschatten den Pferden.

Als er auf den glatten Stamm eines jungen Baumes stieß, der in halber Höhe eine waagerechte Absperrung bildete, wurde ihm klar, daß die Tejana dieses Lager öfters wenn nicht gar ständig benutzten. Sie hatten sich die Mühe gemacht, einen richtigen Pferch für ihre Pferde zu bauen. Dann hörte er, wie sich eins bewegte und erkannte die Silhouette des Pferdes auf der anderen Seite des Balkens. Nachtschatten bewegte sich am Balken entlang, bis er, wie er vermutet hatte, auf einen senkrechten Pfosten stieß. Er nickte befriedigt und ging zuversichtlich weiter.

Seine Vermutung erwies sich als richtig, er fand die Sättel und das Zaumzeug. Mit einem verkniffenen Lächeln schlüpfte er unter dem Querbalken in den Pferch. Er richtete sich wieder auf, ergriff einen Zügel und machte leise *tschk – tschk*.

Er hatte sich richtig und kaltschnäuzig verhalten, aber er war doch erstaunt, als ein Pferd zu ihm hinübertrottete.

Hanse strich ihm über das Fell, erhielt einen zärtlichen Stubs mit den Nüstern des Tieres und streichelte es. Das Pferd trug einen Halfter. Kurz darauf trug es ebenfalls einen Zügel und dann einen Sattel. Grinsend zäumte der huschende Schatten das nächste auf und sattelte es ebenfalls. Dann ein drittes. Die Pferde bewegten sich gemächlich, nicht im mindesten beunruhigt. Wunder, dem Himmel sei Dank, war nicht mit in den Pferch gekommen. Allerdings hätten diese Tiere wohl auch kaum Angst vor einer einfachen Katze gehabt, auch wenn sie ungewöhnlich groß war.

Ich muß diese Angelegenheit nur zügig und ruhig über die Bühne bringen, dachte Hanse. *Ich kann nicht wissen, ob nicht zehn oder zwanzig andere Tejana eine Meile entfernt lagern oder gerade unterwegs sind, um sich den Schweinen hier anzuschließen!*

Hanse zäumte ein viertes Pferd auf, erkannte den Schwarzen an der Blesse und flüsterte ihm zärtliche aber sinnlose Worte in ein großes haariges Ohr. Der Schwarze schien sich geradezu begeistert zu den Sätteln hinüberführen zu lassen. Warum sollte Hanse die Sättel auch zu den Tieren schleppen, wenn die Pferde so folgsam waren? Die ganze Aktion erwies sich als so einfach wie das Pflücken von Brombeeren. Nur gab es hier nicht einmal Stacheln! Er griff nach dem nächsten schweren und hölzernen, mit Leder bespannten Sattel.

Das herabsausende Schwert verfehlte seine Finger nur um einen Zoll. Mit einem Geräusch, das in der Stille der Finsternis um ein Vielfaches lauter klang, grub sich die Klinge zu zwei Dritteln in den Sattel. Hinter dem Schlag blitzten hell Zähne in einem Mund auf, den der Tejanit voller Entzücken aufgerissen hatte. Hanses Hand zuckte zurück, und der Zügel des Schwarzen fiel mit einem leisen Geräusch zu Boden.

»Bist du das, Shink?« flüsterte Hanse. Sein linker Arm lag über seinem Oberkörper, der Daumen berührte den rechten Oberarm.

»Aye«, gab Shink zurück. Er zeigte immer noch grinsend die Zähne, während er sein Schwert freizerrte und es zurück riß, um zu einem weiteren Schlag auszuholen. »Und ich weisch auch, wer du bischt, Junge. Rat mal, wer tröschtet deine schwangere Schau von Frau, wenn du bischt Hundefutter!«

»Du nicht, Shink«, stieß Nachtschatten zwischen zusammengebissenen Zähnen hervor und ließ seinen linken Arm mit all seiner Kraft und Schnelligkeit nach links schnellen.

Genau am richtigen Punkt des Bogens, den seine Hand beschrieb, öffnete er die Finger. Die schlanke, blattförmige Klinge bohrte sich mehrere Zoll tief in die obere Hälfte von Shinks Brust. Da das Schwert bereits herabsauste, warf sich Hanse zu Boden, rollte sich ab und trat eher zufällig aber gekonnt so heftig seitlich gegen Shinks Knie, daß ihm der Fuß durch die weichen Sohlen seiner Stiefel hindurch weh tat. Shinks Knie gab im gleichen Augenblick nach.

Unglücklicherweise war es fürchterlich dunkel, und Hanse hatte fast einen Zoll unter dem anvisierten Ziel getroffen. Das Messer war zur Hälfte in der Grube zwischen Shinks Schlüsselbeinen verschwunden, doch es konnte nicht verhindern, daß er einen qualvollen lauten Schrei ausstieß. Wahrscheinlich konnte selbst Mignureal in mehr als einer Meile Entfernung diesen Schrei noch hören.

Doch zur gleichen Zeit kreischte auch Wunder. Es war ein unglaublich gräßliches Kreischen, und von der gegenüberliegenden Seite der Lichtung und des Lagers stimmte Enas mit seinem Trompeten in den Lärm ein. Auch er schrie ununterbrochen und mit höchster Lautstärke. Ischade, dieses Ungeheuer aus Freistatt, das Leichen wieder zum Leben erweckte, wäre begeistert gewesen. Das Trompeten des dämlichen Esels war laut genug, um die Toten im Umkreis von einigen Meilen aufzuwecken.

Das war mehr als Shink zustande brachte. Er schrie nur einmal. Dann stürzte er zu Boden und zuckte im Todeskampf mit den Beinen.

Enas schrie sein iiihhh-aaahhh weiter hinaus. Noch während er sein Messer wieder aus dem Körper des Tejanit herauszog und es an Shinks Tunika abwischte, verzerrte ein plötzlicher Gedanke Hanses Lippen zu einem grimmigen Grinsen.

»Tut mir leid, Wunder«, flüsterte er seinem Katzenkampfgefährten zu und piekste ihn mit voller Absicht mit dem Messer.

Wie erwartet reagierte Wunder augenblicklich und stieß einen weiteren seiner erstaunlich tiefen, kehligen und unglaublich lauten Schreie aus. Hanse wirbelte herum und machte sich wieder daran, die unruhigen Pferde zu satteln und aufzuzäumen, während er sanft und beruhigend auf sie einsprach.

»Du hattest recht, Mignue«, überlegte er laut. »Enas hat seinen Beitrag zu diesem Spiel geleistet. Wo die beiden anderen Tejana auch immer hinrennen – oder die drei, wenn Twel mit noch übleren Kopfschmerzen als zuvor aufgewacht ist –, es kann nicht diese Richtung sein. Sie müssen glauben, von Dämonen umzingelt zu sein, von denen einer mit Sicherheit schon Shink erwischt hat! Der arme Shink!«

Als er das nächste Pferd satteln wollte, konnte er keinen Sattel mehr für das sanftmütige Tier finden.

Oh, ein Packpferd, dachte er und rannte durch den Pferch, um einen Querbalken herunterzutreten. Alles, was er jetzt noch tun mußte, war, alle sieben Pferde aus der Umzäunung herauszutreiben oder zu führen!

Er lief zurück, um in einen Sattel, in irgendeinen Sattel, zu steigen, als er die beiden Männer erblickte. Verdammt! Warum mußten diese verfluchten Blödmänner auch ausgerechnet in die entgegengesetzte Richtung laufen, aus der der Onager blökte? Genau Shinks Todesschrei und Wunders Kreischen entgegen!

Das war nicht eingeplant, dachte Hanse, wenn er überhaupt noch in vollständigen Sätzen dachte. Er schleuderte Quesh ein Messer entgegen, verfehlte ihn, und das Messer verschwand auf Nimmerwiedersehen zwischen den dunklen Bäumen hinter dem heranstürmenden Tejanit mit dem riesigen Schwert.

Aus irgendeinem unerfindlichen Grund riß Hanse das beinahe schwertlange Ilbarsimesser aus der Scheide, anstatt ein weiteres Wurfmesser oder einen Wurfstern zu schleudern.

Was mache ich denn nur? dachte er und duckte sich ab, um Queshs Schlag zu parieren. Kreischend glitten die Stahlklingen aneinander ab. Ganz instinktiv tänzelte er zur Seite und wirbelte halb herum, als hätte er sein ganzes Leben nichts anderes getan. Seine Überraschung war sogar noch größer, als er dem anderen Mann seine Klinge in den Oberschenkel grub.

Im gleichen Augenblick zerriß ein weiterer grauenvoller Schrei die Nacht. Kurz darauf ertönte auch das Kreischen des bedauernswerten Aksar, als eine überschwere wildgewordene Katze durch die Luft schoß und mit allen vier Tatzen und ungefähr achtzig Krallen auf seiner Brust aufprallte. Wunder huschte sofort weiter am Körper des Mannes empor und schlug seine Zähne gierig in Aksars Kinn, während er gleichzeitig versuchte, eine seiner Hinterpfoten freizubekommen, deren Krallen sich im Stoff verfangen hatten. Aufheulend ließ Aksar sein Schwert fallen und drosch wie wild auf den Kater ein. Im gleichen Atemzug wirbelte er herum und rannte davon. Wunder blieb, wo er war, er nagte weiter und strafte jeden Gelehrten Lügen, der behauptete, eine ›Haus‹-Katze könne nicht knurren. Der Kater klammerte sich weiter an Aksar fest, bis dieser gegen einen der waagerechten Balken des Pferches prallte, mit einem beinahe perfekten Salto über ihn hinwegflog und so wuchtig auf der anderen Seite auf den Boden schlug, daß es ihm die Luft aus den Lungen preßte.

Wunder löste sich von ihm, kam wieder auf die Beine und sprang auf den Rücken des Mannes. Erbarmungslos verpaßte er dem um Atem ringenden Tejanit einen weiteren Denkzettel.

»Tut mir leid, Quesh«, sagte Hanse zu dem sich qualvoll am Boden windenden Mann. »Ob du es mir glaubst oder nicht, ich hatte wirklich nicht vorgehabt, dich zu verletzen. Wenn du dir mit meinem Silber ein Holzbein und ein neues Pferd kaufst, kannst du darüber nachdenken, ob es das wert war, Nachtschatten zu bestehlen.

Wunder! Komm her und laß uns auf der Stelle verschwinden. Wir haben keine Garantie, daß hier nicht mehr als nur vier Tejana stecken!«

Durch all den Lärm immer noch beunruhigt, trabten die Pferde ziellos hin und her. Hanse achtete darauf, daß er Queshs Grauen bestieg. Quesh war der Führer der Tejana, und die anderen Pferde würden wahrscheinlich seinem Tier folgen. Pferde neigten von Natur aus sowieso dazu, einem Leittier zu folgen. Wie ein zielloses und hirnloses Volk warteten sie nur darauf, jemanden zu finden, der ihnen sagte, wo es langging, und der so tat, als wüßte er auch, wovon er redete.

Hanse hüpfte im Sattel hin und her, schlug dem Pferd die Fersen in die Flanken, schnalzte mit der Zunge und pfiff. Der Graue zeigte nicht die geringste Bereitschaft, sich auf die Lücke zuzubewegen, die Hanse im Pferch geschaffen hatte. Dann fiel Hanse wieder das letzte Wort ein, das er draußen in der Wüste von Quesh gehört hatte.

»*Haiya!*« rief er laut.

Nur der hohe Sattel verhinderte, daß er rückwärts vom Pferd stürzte, als das sehnige Tier in den Hinterbeinen einknickte, um wie der Blitz loszupreschen. Wie vom Katapult geschleudert, oder als wäre es von einem Dutzend Hornissen gleichzeitig ins Hinterteil gestochen worden, schnellte es auf die Öffnung in der Umzäunung zu. Hanse klammerte sich fest.

Das Pferd raste aus dem Pferch und folgte einem Pfad. Er schlängelte sich in vielen Windungen durch den Wald, doch Hanse war viel zu sehr damit beschäftigt, sich festzuhalten, als daß er einen Gedanken an die klugen Vorkehrungen der Tejana verschwendet hätte. Durch die vielen Windungen zwischen den Bäumen ließ der Pfad vom anderen Ende keinen Rückschluß darauf zu, wohin er führen würde. Hanse war sicher, hinter sich das Trommeln von Hufen zu hören, aber er wagte es nicht, sich umzudrehen. Er war vollauf damit beschäftigt, sich im Sattel zu halten. Er hoffte inbrünstig, daß Wunder nicht auf dem Pfad herumlief oder sich zumindest nicht in der unmittelbaren Nähe der vierundzwanzig hämmernden Hufe befand.

Aus vollem Lauf brach der Graue zwischen den Bäumen hervor und galoppierte auf die Grasebene hinaus, die sich zwischen der Wüste und dem Streifen mit dem verkümmerten Gras erstreckte. Als Nachtschatten heftig an den Zügeln zerrte, wandte sich das Tier nach links und rannte nach Osten.

»Du kannst jetzt langsamer werden, Pferd, verdammt noch mal!«

Diese Worte kannte der Graue nicht, und anscheinend verfügte er über ein Eisenmaul und einen eisernen Willen. Er rannte einfach weiter, als wollte er es mit dem Wind aufnehmen. Nachdem er sich versichert hatte, daß er die Zügel fest in der Hand hielt und einen guten Halt am Sattelknopf hatte, drehte sich Hanse halb herum. Er lächelte. Die anderen Pferde folgten. Gesattelt und gezäumt, mit im Wind fliegenden Mähnen und Schweifen rasten sie dahin, als befänden sie sich auf einer Jagd.

Er konnte den Mann vor der Baumreihe zu seiner Linken nicht erkennen, aber er hörte nur zu deutlich, wie er etwas in der Sprache der Tejana rief. Es mußte ein anderer Befehl gewesen sein, denn im gleichen Moment änderte der Graue schlagartig die Richtung und trug Hanse mit voller Geschwindigkeit auf den neben den Bäumen knienden Mann zu. Twel hob seine Armbrust und visierte am Pfeil entlang, als hätte er alle Zeit der Welt. Anscheinend hatte der Schreck über den entsetzlichen Lärm den vierten Tejanit nicht nur aufgeweckt, sondern ihn auch schlagartig wieder nüchtern werden lassen.

Hanse zerrte an den Zügeln und versuchte, sich auf dem Rücken des Pferdes, das ihn geradewegs der Katastrophe entgegentrug, so klein wie möglich zu machen. »Nach rechts, verdammt, lauf nach rechts! Mach schon, Pferd! Er kann mich gar nicht verfehlen!«

Das war eine Tatsache. Twel konnte ihn nicht verfehlen. Hanse war schon tot. Doch dann erkannte er den wahren Grund, warum Enas für den Erfolg dieses Unternehmens und für Hanses Überleben notwendig gewesen war. Der Onager brach im blinden Galopp aus den Bäumen und Büschen hervor und rannte Twel direkt über den Haufen. Enas schien es gar nicht zu bemerken, und er blökte dabei ohne Unterlaß. Twels Schrei ging in diesem Lärm unter.

Die Armbrust endlud sich. Hanse hörte das helle Zischen des Bolzens und biß die Zähne zusammen. Doch weder sah noch fühlte er das Geschoß, es schoß ungezielt davon, als Twel zu Boden gerissen wurde. Im gleichen Moment entschied sich das graue Pferd unter Hanse auch wieder, dem Zug an seinem rechten Zügel Beachtung zu schenken. Es wandte sich wieder vom Wald ab und eilte genau nach Osten.

»Enas! Guter, alter Enas! Braver Junge, Blödarsch! Hier entlang!« Hanse warf einen kurzen Blick zurück. »Paß auf, daß du nicht von meiner Pferdeherde überrannt wirst!«

Mit zurückgelegten Ohren und fliegendem Schweif reihte sich Enas in die wilde Jagd ein. Wie die sechs anderen Pferde. Und wie Wunder. Die Geschwindigkeit des Katers war unglaublich. Links von Hanse raste er dicht neben Enas in langen Sätzen dahin und wirkte dabei wie eine Wildkatze auf Beutejagd. Und dann sprang er auch aus vollem Lauf mit einem weiten Satz auf den Rücken des Pflanzenfressers, doch nicht als Jäger.

Wunder gab nicht einen einzigen Laut von sich, er war viel zu sehr damit beschäftigt sich festzukrallen. Hanse konnte nur hoffen, daß es nicht Enas' Fell sondern die Decke und das Polster waren, in die Wunder seine Krallen geschlagen hatte.

Nachtschatten hatte das Gefühl, als würde er jetzt einfach in das Lager der Tejana hineinspazieren und sein gestohlenes Eigentum und wer weiß was sonst noch wieder einsammeln können. Doch das wäre wahrscheinlich unvernünftig gewesen. Twel könnte mittlerweile wieder in der Lage sein, seine Armbrust für einen weiteren Schuß zu spannen, und Aksar hatte es vielleicht bereits getan. Außerdem war es durchaus möglich, daß Quesh das ganze Silber bei sich trug. Es war sehr unwahrscheinlich, daß er sich freiwillig davon trennen würde, und Hanse konnte sich nicht vorstellen, den Verwundeten deswegen zu töten.

Aber natürlich waren diese Überlegungen dasselbe, als würde man gegen den Wind pissen, wie man sich im Labyrinth ausdrückte, wo er zu Hause gewesen war.

Zwar triumphierte Nachtschatten und hatte auch eine gewisse Kontrolle über die Richtung gewonnen, in die sein Pferd lief, nicht aber über dessen Geschwindigkeit. Das alte Eisenmaul schien auch gar nicht vorzuhaben, an diesem Ende der Welt wieder anzuhalten. Mehrere Minuten vergingen, und das Tejanapferd reagierte immer noch nicht auf die heftigen Rucke an seinen Zügeln.

»Ich wünschte, ich hätte das tejanische Wort für ›anhalten‹ oder ›langsamer werden‹ gehört«, murmelte Hanse, der immer verbitterter wurde. »Wenn dieser Idiot einfach immer weiter galoppiert, bis er müde wird, bin ich vielleicht schon hundert Meilen an Mignue vorbei! Ich schätze, ich sollte lieber nicht ›mip‹ sagen, und es ist wahrscheinlich auch nicht so was Einfaches wie ›whoa!‹«

Der Graue stemmte alle vier Hufe in den Boden. Das beendete seine Vorwärtsbewegung sehr gründlich und beinahe augenblicklich; das Pferd schlitterte buchstäblich in den Stand. Doch nichts hielt die Vorwärtsbewegung seines Reiters auf, bis Hanse etwa sechs Fuß vor dem schlitternden Tier auf dem Boden aufschlug.

»Hanse? Hanse? Bist du das, Liebling? *Hanse!*«

Hanse krümmte sich, drehte sich halb herum und blickte direkt zu einer großen, grauen Pferdebrust auf. »Prima Halt«, schimpfte er. »Und jetzt mip, verdammt noch mal. Mignue? Ich ... ich bin in Ordnung, glaube ich. Ich, äh, habe einen kleinen Pferdehandel abgewickelt.« Er setzte sich auf und stöhnte, als ein oder zwei Rückenwirbel widerwillig an den Platz zurückrutschten, wo Rückenwirbel hingehören. Er stieß den Atem aus und fragte dann: »Mignue? Was tust du denn hier? Zur Hölle, Frau – bist du mir doch noch gefolgt?«

Sie eilte aus dem Gestrüpp der Brombeersträucher in das fahle Mondlicht auf ihn zu. »Das habe ich nicht getan! Das ist genau die Stelle, wo du mich erst vor ein paar Stunden zurückgelassen hast! Ich bin vor Sorge ganz krank geworden. Ich *wollte* dir folgen, glaub mir. Du ... oh! *Sieh* doch, so viele *Pferde*!«

Die restlichen Tiere kamen gerade an. Sechs Pferde und ein Onager, der einen Kater auf dem Rücken trug.

Hanse dachte darüber nach und über das, was Mignureal gerade gesagt hatte.

»Mignue, wir haben gerade unser Silber gegen einige Pferde eingetauscht. Und eins davon ist schneller, als ein Straßenmädchen im Labyrinth einen Freier abschleppen kann.«

Enas der Onager war der Held des Tages. Er würde sie nun einfach begleiten können und keine Last mehr tragen müssen. Hanse verstaute ihr Gepäck auf dem breiteren Rücken eines Tejanapferdes. Während Mignureal dem heldenhaften Wunder voller Begeisterung eine Schüssel Bier einschenkte, stellte Hanse ein paar Überlegungen an.

Er war gleichzeitig stolz auf das, was er erreicht und beunruhigt über das, was er getan hatte. Noch mehr beunruhigte ihn die Möglichkeit, daß andere Tejana ihm auf die Schliche kommen könnten. Die Hauptgruppe oder der Stamm der vier zum Beispiel, oder was es da sonst noch geben mochte.

Angenommen sie entdeckten, daß das Lager überfallen, ein Tejanit getötet, drei verwundet und die Pferde verschwunden waren, von einem Fremden oder Ungläubigen gestohlen, oder wie auch immer sie einen Nicht-Tejanit nennen mochten. Ein Trupp von ihnen konnte gerade einen vor Schmerzen keuchenden Quesh befragen, bereit, die Pferde nach Osten zu lenken, die Schwerter in sonnengebräunten Händen ...

Da er durch das Adrenalin in seinem Körper immer noch aufgedreht und durch seinen Triumph bester Laune war, fühlte sich Hanse überhaupt nicht müde. Wenn Mignureal müde war, zeigte sie es jedenfalls nicht, als Hanse ihr sagte, daß sie besser auf der Stelle weiterziehen sollten.

»Wohin?«

Die Straße entlang, die durch den Wald führte, sagte er, während er die Zügel aufknotete und die Pferde mit den dadurch entstandenen Bändern anleinte. Zur Hölle mit dem Schwarzen. Hanse wollte lieber auf dem schnelleren

Grauen reiten. Er wußte, wie er ihn in Gang setzen mußte, das Pferd reagierte auf den Zug an seinen Zügeln, und jetzt hatte Hanse auch bewiesen, daß er das Pferd zum Stehen bringen konnte.

Mignureal fand ihre alte Satteltasche wieder. Sie hing an einem der mit Perlen verzierten Tejanasättel. In der Dunkelheit und in seiner Eile hatte Hanse das gar nicht bemerkt.

»Hanse! Sie hat sich bewegt!«

»Geh davon weg!« stieß er hervor und eilte mit dem Ilbarsimesser in der Hand zu ihr. Dann erkannte er, daß die Satteltasche fest verschlossen war. Er stellte sich bereit. »In Ordnung, nimm sie vom Sattel und laß sie zu Boden fallen. Bleib dann davon weg, Mignue. Ich werde mit der Klinge hineinstechen.«

Sie löste die rissige alte Tasche vom Sattel eines drahtigen braunen Pferdes. Sie hielt sie so lange in den Händen, bis sie Hanse überredet hatte, sie die Tasche mit äußerster Vorsicht öffnen zu lassen, während er sich bereithielt. Widerwillig und voller böser Vorahnungen gab er nach. Dann sah er, wie die Tasche sich bewegte.

»Zauberei«, murmelte er unsicher und finster zugleich. »Oder vielleicht nur eine tödliche Schlange«, fügte er hoffnungsvoll hinzu. Er hatte die lange Klinge erhoben, bereit zuzuschlagen. »Mignue! Sei vorsichtig. Geh ein Stückchen nach links. So. In Ordnung. Und jetzt ganz langsam ...«

Als Mignureal die Tasche öffnete, sagte ein winziges Stimmchen klar und deutlich: »Miau.« Dann hatte Mignureal die Lasche zurückgeklappt und lachte.

»O Hanse, sieh doch! Keine Zauberei – nur ein süßes, kleines, schmutziges Kätzchen.« Mit diesen Worten zog sie es hervor. Es war wirklich nur eine einfache, schmutzige und dürre Katze, deren Fell nicht weniger als sechs Farben und Farbtöne enthielt. »Ein S'danzo-Kätzchen!« lachte Mignureal belustigt, hielt die kleine Katze mit beiden Händen hoch und rieb ihre Wange zärtlich an ihr.

Beschämt ließ Hanse, der schwarzgekleidete Held, das Messer in die Scheide zurückgleiten. Als er Wunder bemerkte, runzelte er die Brauen. Der rote Kater hockte zu

Mignureals Füßen und starrte ihren Findling fasziniert an. Diesmal zuckte sein Schwanz nicht, sondern malte mit langsamen Bewegungen Zeichen in die Luft.

Hanse schüttelte verständnislos den Kopf und bückte sich, um die Satteltasche aufzuheben und in die Brombeerbüsche zu schleudern. Als er das Klingen von Silber auf Silber hörte, hielt er mitten in der Bewegung inne. Neugierig lugte er in die Tasche. »Hmp. Das ist nicht gerade ein fairer Tausch. Die Tejana sind mit fünfzig oder achtzig Silberstücken verschwunden und haben uns dafür diese erbärmliche Möchtegernkatze und elf Münzen überlassen.«

»Das ist besser als gar nichts, und wir haben unsere Pferde wieder und ihre auch, mein Held! Aber Hanse, sprich nicht schlecht über sie, du weißt doch, daß Kätzchen empfindlich sind!«

»Katzen?« Er starrte sie an. »Empfindlich?«

»*Mraurrr.*«

»Oh. Richtig. Stimmt, Wunder, alter Freund, aber du bist etwas anderes. Das da ist nur ein räudig aussehendes, kleines Vieh mit einem zerzausten Fell.«

»Hanse!« rief Mignureal anklagend. »Die Tejana haben sie nur nicht vernünftig gefüttert! Du wirst sehen, wie hübsch sie werden wird, wenn wir sie füttern und …«

»Oh, bei Ils Bart, nein! Du willst das räudige Vieh doch nicht etwa mitnehmen? Mignue … wir sehen langsam aus wie fahrende Schausteller!«

Sie sah ihn mit großen und unschuldigen Augen an. »Also, das finde ich nicht, aber selbst wenn es so wäre, was ist falsch daran? Wir können sie einfach nicht *zurücklassen*, Hanse. Sie würde … sie würde *sterben*! Ganz allein in diesem Wald, der von Ungeheuern und wer weiß was für wilden Tieren wimmelt!«

Hanse spähte zwischen die dunklen Bäume. »Hörst du jetzt bitte damit auf? Wir werden gleich durch diesen Wald reiten! Und da wir gerade davon sprechen, wir sollten uns jetzt besser auf den Weg machen. Steig auf dein Pferd, Mignue. Schon gut, schon gut, ich werde es so lange halten. Aber klettere jetzt in den Sattel!«

»Sie.« Sie setzte die Katze auf den Boden und stellte den Fuß in Hanses verschränkte Hände. »Sie, Liebling. Sie, nicht es.«

»Nenn mich nicht Liebling, wenn du mir widersprichst und mich überredest, etwas zu tun, das ich gar nicht will. So. Und was sollen wir jetzt mit ihm tun? ... mit ihr, mit ihr. Sie wieder in die Satteltasche stecken?«

»Ich kann sie tragen, wenn ich reite ...«

»Nein.«

Mignureal war sein Tonfall nicht entgangen. Außerdem war ihr auch schon klar geworden, daß ihr Vorschlag keine gute Idee war. »Ja. Dann also zurück in diese häßliche alte Tasche, und gib sie her. Ich werde sie hier vor meinem Körper verstauen.«

Hanse nahm vier Münzen aus der Tasche und steckte sie in seine Gürteltasche. Er reichte Mignureal vier andere. »Hier, schieb sie unter deine Bluse.«

Ihre Stimme klang unwillig. »Ich bin da schon mit Münzen überladen, Hanse!«

Mit finsterem Gesicht hielt er ihr die vier Silberstücke weiter entgegen. Mignureal seufzte und verstaute sie in der Schatzkammer zwischen ihren Brüsten. Hanse ging zu dem Packpferd und stopfte die restlichen drei Münzen in den erstbesten Packen, den er fand. Nachdem er ihn verschnürt hatte, schob er die bemitleidenswerte scheckige Möchtegernkatze in den Lederbeutel zurück. Als er sie Mignureal reichte, drang ein kaum hörbares »Miau« daraus hervor, als steckte ein noch ganz junges Kätzchen in der Tasche.

Irgend etwas ist faul mit diesen elf Münzen, dachte Hanse, als er sich in den Sattel des großen Grauen zog.

»Alles klar, Pferd, auf geht's.« Er ließ die Zügel locker, zupfte daran und stieß dem Tier gleichzeitig die Fersen in die schlanken Flanken.

Das alte Eisenmaul rührte sich nicht.

Oh, verdammt! Wenn ich ›Haiya‹ sage, schießen wir los wie ein Pfeil von einer gespannten Bogensehne. Wie kann ich dieses verfluchte Vieh nur dazu bringen, im Schrittempo *zu gehen?*

Mit hoch erhobenem Schwanz kam Wunder um das Pferd herum und starrte es an. Im Vergleich zu ihm wirkte der rote Kater ziemlich klein. Das Pferd blickte zu ihm hinab. Es zog an den Zügeln. Hanse schluckte nervös und lockerte seinen Griff. Der Graue senkte den Kopf. Er und Wunder starrten sich an, dann stubsten sie ihre Nasen aneinander. Das Pferd hob den Kopf wieder. Wunder schritt gemächlich einher, blickte zu Hanse empor und duckte sich.

O nein. »Wunder, nein, tu das ni...«

Im gleichen Augenblick war Wunder hinter Hanse gelandet, und *ihr gemeinsames* Reittier setzte sich im ruhigen Schrittempo in Bewegung und hielt auf die Straße zu, die in den Wald führte.

Dieser Kater hat etwas Seltsames an sich, dachte Hanse, als er einen kurzen Blick über die Schulter warf, um sicherzugehen, daß ihm Mignureal und die Pferdekarawane folgten. Sie folgten ihm wirklich. Der kleine Zug verschwand im Wald.

Während sie zwischen den Bäumen dahinritten, versuchte Hanse, aufmerksam und wach zu bleiben, aber er wurde immer müder. Die Sonne war schon vor Stunden untergegangen. Mitternacht war bereits vorüber. Er hatte einen anstrengenden Tag und eine noch anstrengendere Nacht hinter sich. Nun griff die Müdigkeit nach ihm, obwohl er sich bemühte, wachsam auf weitere Tejana und auf alle möglichen Tiere zu achten, die in dem tintenschwarzen Wald hausen mochten. Die Aufregung und das Adrenalin in seinen Adern waren verflogen und ließen ihn langsam zusammensinken.

Doch gleichzeitig fiel es ihm schwer, an etwas anderes als an diese wirklich merkwürdige alte Satteltasche und ihren neuen Inhalt zu denken. Eine winzige, erbarmungswürdig aussehende Katze und elf Münzen! Eine kleine scheckige Katze und elf Silberstücke.

Wozu?

Warum?

Stimmte vielleicht etwas mit den Münzen nicht, die mit dem Kopf des Kaisers von Ranke geprägt waren?

Und überhaupt, wie konnte er, selbst in seiner Hast, die Satteltasche übersehen haben, als er den Sattel aufgehoben, geschleppt, dem Pferd auf den Rücken geworfen und festgezurrt hatte?

Offensichtlich gab es dafür keine Erklärung, und deshalb lohnte es sich auch nicht darüber nachzugrübeln. Aber natürlich dachten er und Mignureal kaum an etwas anderes. Schweigend ritten sie die ›Straße‹ entlang, einen breiten Pfad, auf dem gerade einmal zwei Pferde bequem nebeneinander gehen konnten. Die anderen Tiere folgten ihnen in einer Reihe hintereinander.

Mehrere Stunden vergingen, und sie konnten keine verdächtigen Geräusche vernehmen. Um sie herum waren nur Bäume, Büsche und Schatten, alles schwarz und grau. Es widersprach zwar Hanses Wesen, aber schließlich konnte er nicht mehr umhin zu sagen:

»Mignue ... ich kann nicht mehr weiterreiten. Ich habe gehört, daß man im Sattel schlafen kann, und das hört sich gut an. Aber ich werde immer wieder ruckartig wach, kurz bevor ich vom Pferd falle! Wir sollten lieber Rast machen und eine kleine Pause einlegen. Wir können dafür sorgen, daß uns die Pferde aufwecken – wenn die Notwendigkeit bestehen sollte, daß wir aufwachen müssen.«

»Wir sind gerade an einer Lichtung rechts von uns vorbeigeritten«, sagte sie, weil sie glaubte, er hätte gedöst und die Lichtung deshalb nicht gesehen. »Nur ein paar Schritte hinter uns. Laß uns dort für den Rest der Nacht unser Lager aufschlagen.« *Und für den Tag*, fügte sie in Gedanken hinzu.

Das taten sie auch. Irgendwie schleppte sich Hanse über die halbkreisförmige Lichtung und hielt sich lange genug wach, um zu erledigen, was getan werden mußte. Sie luden ihr Gepäck vom Packpferd und banden es und die anderen Tiere so an, daß sie noch genügend Bewegungsfreiheit hatten. Als das erledigt war, erkundigte sich Mignureal, ob Hanse noch etwas essen wollte. Als sie keine Antwort bekam, drehte sie sich um, um nachzusehen, was los sei. Sie mußte nicht zweimal hinsehen, um festzustellen, daß er bereits eingeschlafen war.

Lächelnd betrachtete sie Nachtschatten, der, immer noch in seiner Arbeitskleidung, mit ausgestreckten Armen und Beinen auf dem Boden lag. Sie wollte irgend etwas für ihn tun, doch sie wußte, daß er nicht einmal mehr eine Decke brauchte. Schließlich legte sie sich in voller Kleidung neben ihm ins Gras.

Eine Hand auf seinen Körper gelegt, lag sie neben ihm und schaute in den Himmel, der immer heller wurde. So schlief sie endlich ein.

Mignureal wachte noch vor Hanse auf. Eine Zeitlang lag sie so da und freute sich über die Muster, die die Sonne in das Laubwerk zauberte, und über die Zweige, die hübsche Formen und Figuren gegen den Himmel bildeten. Da sie der Meinung war, daß ihr heldenhafter Nachtschatten nach den Unternehmungen der letzten Nacht seinen Schlaf brauchte, setzte sie sich vorsichtig auf, um keinen Lärm zu machen. Sie war gerade rechtzeitig aufgewacht, um Wunder aus dem Wald zurückkommen zu sehen. Er blieb stehen, um die kleine gefleckte Katze zu beobachten. Sie schnüffelte herum und erforschte nur die unmittelbare Umgebung, während Wunder den Wald durchstreift haben mußte. Wahrscheinlich hatte er sich an Vögel herangepirscht, und anscheinend hatte er damit keinen Erfolg gehabt.

Plötzlich verharrte die kleine Katze mitten in der Bewegung, eine Pfote immer noch erhoben, und drehte den Kopf, um den Blick des größeren Katers zu erwidern.

Da sie Ärger und Lärm befürchtete, der Hanse aufwekken könnte, erhob sich Mignureal so leise wie möglich und ging zu den Katzen. Dabei bemerkte sie, daß die Pferde schon seit geraumer Zeit frühstückten. Das Gras um sie herum war ziemlich abgefressen, und etlichen Zweigen fehlten mehrere Blätter. Inja wieherte. Im Vorbeigehen täschelte Mignureal die weichen Nüstern des Pferdes und hob die farbenfrohe Katze auf. Sie streichelte das kleine Tier und ging so weit in den Wald hinein, bis sie einen großen Baum zwischen sich und das behelfsmäßige Lager gebracht hatte. Dort verrichtete sie ein wichtiges natürliches Bedürfnis. Sie ließ die gescheckte Katze zurück, die immer noch eifrig und voller Begeisterung auf dem weichen Moosboden herumscharrte.

Als Mignureal ins Lager zurückkehrte, setzte sich Hanse gerade auf und gähnte. Sie eilte zu ihm und kniete sich neben ihm hin, um ihn zu umarmen.

»Einer von uns ist gerade am verhungern«, sagte er und gähnte wieder.

»Zwei von uns«, sagte sie lachend und fügte hinzu, »und wahrscheinlich noch einige mehr. Wir haben eine ganze Tierherde, vergiß das nicht.«

»Einen Zoo«, grunzte er. Er blickte sich um. »Wo ist das S'danzo-Kätzchen?«

Das ließ sie wieder kichern. »Im Wald. Es scharrt herum, nachdem es ein wichtiges Morgengeschäft erledigt hat.«

»Gute Idee«, sagte Hanse und erhob sich. Er streckte sich geschmeidig und verschwand aus den gleichen Gründen wie Mignureal zwischen den Bäumen.

Als er zurückkehrte, erwartete ihn nicht gerade ein Festmahl. Es gab wieder Brot, Datteln und kalten Trockenfisch, der beim Trocknen viel zu salzig geworden war. Nun, wenigstens gab es etwas zu essen. Die Menge und die Qualität der Nahrung hatten für ihn nie eine besondere Rolle gespielt, solange er überhaupt etwas zu essen gehabt hatte. Und selbst das war etliche Jahre lang ein Problem für ihn gewesen – und auch noch einige Male später. Trotzdem freute er sich schon auf ein saftiges, fettes Stück Fleisch und auf warmes Brot, ein paar Zwiebeln und Knoblauch und ein paar Süßigkeiten, sobald sie … irgendwo angekommen waren.

Er betrachtete die neue Katze genau. Was für einen winzigen, zierlichen Kopf sie hatte! Er beobachtete, wie sie kaute und einen weiteren Bissen aus dem in Salzwasser gepökelten Fisch zerrte. Sie schüttelte den Kopf, weil er viel zu salzig war, aber sie fraß trotzdem weiter. Hanse konnte sie verstehen. Richtiger Hunger hatte nichts mit Feinschmeckerei zu tun; ein leerer Magen war nicht wählerisch.

Als er Münzen klirren hörte, drehte er sich um, um nachzusehen, was Mignureal gerade tat. Er begegnete ihrem Blick. Ihre Augen waren groß. Sie hielt die Satteltasche in der Hand.

»Ich kann's nicht glauben! Wie hast du das gemacht, Hanse? Ich habe gedacht, du wärst so müde gewesen. Trotz aller Geschichten, die ich über dich gehört habe, habe ich nie gewußt, daß Nachtschatten *so* gut ist.«

Er legte den Kopf schief. »Was? Was gemacht?«

»Ach, hör doch auf.« Sie schüttelte die Tasche. Es klingelte und klimperte. »Sind das elf andere Münzen, oder hast du wirklich die erwischt, die ich in meine ...« Sie unterbrach sich und fuhr sich mit der Hand zwischen ihren Busen. »Du hast es tatsächlich geschafft! Sie sind weg!«

Hanse starrte sie an. »Jetzt hör du aber auf. Ich habe nur geschlafen und sonst nichts, und als ich aufgewacht bin, warst du schon aufgestanden. Wenn ich meine Hand da hineingesteckt hätte, würdest du es wissen, das kannst du mir glauben!« Nun sah er bei sich nach. »Verdammt! Du hast mir die vier Münzen weggenommen, die ich hier versteckt hatte, Mignue! Du könntest auf der Stelle als Diebin anfangen!«

Sein Lächeln löste sich in Nichts auf, als er sah, wie sie ihn anstarrte. Oder besser gesagt, wie sie ihn anglotzte.

Jeder bestand darauf, die Wahrheit gesagt zu haben, sie wurden immer lauter, bis sie fast in einen handfesten Streit gerieten. Beide blieben sie unerbittlich bei ihrer Darstellung: weder Hanse noch Mignureal hätten den anderen spaßeshalber ›bestohlen‹, und keiner hätte die elf Silbermünzen in die Ledertasche gesteckt. Als ihre gegenseitigen Anschuldigungen und ihre Wut auszuufern drohten, hielten sie plötzlich den Mund.

Hanse zog verdrossen die Sachen aus, die er als seine Arbeitskleidung bezeichnete, und glaubte immer noch, daß Mignureal ihn irgendwie ausgetrickst hatte. Die schwarzen Sachen faltete er sorgfältig zusammen und verstaute sie in einem der Ballen. Sie sah zu, wie er sich die Messerscheiden wieder umschnallte, und erkannte, daß er in der letzten Nacht ein Messer verloren hatte. Als er wieder seine rostbraune Tunika und seine lederne Hose trug, zog er eine rote Schärpe aus einem der Ballen hervor, der Kleidungsstücke enthielt. Sie beobachtete ihn, wie er die Schärpe auf dem Boden ausbreitete und fünf Silberstücke genau in der Mitte des scharlachroten Stoffes aneinanderreihte. Dann hielt er ihr vier weitere Silberstücke in der offenen Hand entgegen.

»Nein«, sagte sie. »Ich schleppe schon genug Silber mit mir herum, Hanse. Steck du sie ein. Leg sie zu den anderen in die Schärpe.«

Sie konnte sehen, wie er sich überlegte, ob er ihr die Münzen in die warme Wölbung zwischen ihren Brüsten stecken sollte und sich dann dagegen entschied. Ohne ein Wort zu verlieren und immer noch mit dem Gefühl, ausgetrickst und überrumpelt worden zu sein, legte er die vier Silberstücke zu den fünf anderen. Gegen den roten Stoff der Schärpe blitzten sie hell auf. Er zog etwa zwanzig andere Silberstücke hier und da hervor und legte sie zu den anderen. Die Münzen hatten ungefähr die Größe eines Daumenabdrucks. Alle trugen auf der Vorderseite das Abbild des rankanischen Herrschers und darunter einen stilisierten Blitz und ein paar Buchstaben, das Kürzel für irgend etwas, dem in Ranke zweifellos eine größere Bedeutung zukam. Die Rückseite zeigte ein kleines Bild des nationalen Gottes, der streng und majestätisch aussah, und seiner Gemahlin.

Hanse faltete die Schärpe sorgfältig zusammen und rollte sie ein, und genauso sorgfältig schlang er sie um seine Taille. Er verknotete sie. Dabei würdigte er Mignureal nicht eines einzigen Blickes.

Sie sah ihm zu, fühlte sich ebenfalls ausgetrickst und überrumpelt und fand, daß er diesen Spaß zu weit trieb, daß es kein Spaß mehr war, so zu tun, als hätte sie ihm irgendwie die vier Münzen entwendet, die er letzte Nacht in seinen Kleidern versteckt hatte. Fast ohne ein Wort zu wechseln packten sie ihre Sachen zusammen und ritten wieder die schmale Straße entlang durch den Wald. Das Leben machte wieder einmal überhaupt keinen Spaß mehr.

Obwohl beide verdrossen waren und ihren eigenen Gedanken nachhingen, ritten sie doch wachsam. Es konnten durchaus weitere Tejana in der Nähe sein, auch wenn sie dadurch nicht gerade ihrem Ruf als Wüstenbewohner gerecht wurden. Der Wald konnte mannigfaltige Gefahren bergen, auf zwei oder auf vier Beinen. Es konnte ihnen jederzeit irgendwer aus der anderen Richtung entgegenkommen, und der oder die Leute konnten ihnen freundlich gesonnen sein oder auch nicht. Diebe mochten ihnen überall auflauern, bereit, ihnen alles zu nehmen, auch ihr Leben. Als sie daran dachten, beobachteten sie aufmerksam die großen Bäume und die stärkeren Äste, die über die Straße ragten.

Außer Vögeln sahen und hörten sie nichts. Keiner beschwerte sich darüber.

Die gestreifte Katze fand es überhaupt nicht so bequem wie Wunder, auf dem Onager zu reiten, auch nicht nachdem Mignureal ihr eine Art Nest gebaut hatte. Nach ein paar »Mius« und sogar ein paar passablen »Miaus«, und nachdem sie eine Zeitlang mit großen Augen um sich gesehen und gezögert hatte, war die Katze schließlich zu Boden gesprungen. Sie landete mit der katzenhaften Eleganz und Leichtigkeit, die jeden Menschen beschämen mußte. Danach lief sie zufrieden neben Mignureals Pferd daher. Heute war es auch Wunder einmal genehm zu laufen.

Die Kühle und der Schatten waren für alle eine willkommene Abwechslung, und eigentlich hätte die Stimmung viel besser sein müssen. Unglücklicherweise aber waren die beiden Menschen viel zu sehr damit beschäftigt, zu schmollen und sich in düsteren Gedanken zu ergehen.

Ungefähr zwei Stunden später platzte Hanse schließlich damit heraus: »Du hast diese Münzen also wirklich nicht in die Tasche gelegt.«

»Ich habe dir schon gesagt, daß ich es nicht getan habe«, sagte sie mit sanfter aber fester Stimme.

»Ich weiß, daß du mir das gesagt hast, und ich habe dir gesagt, daß ich es auch nicht getan habe, oder? Es war einfach unmöglich, daß wir uns glauben konnten.« Er seufzte, und seine Lippen wurden schmal. »Wer würde schon gerne an irgendeine andere Erklärung denken? Du weißt, daß ich Zauberei hasse, aber ...«

»Hanse, willst du tatsächlich behaupten, daß du es wirklich nicht gewesen bist? Daß du keinen Spaß gemacht hast und es dir hinterher peinlich war, und du ... äh, dann versucht hast, zu ...« Sie verlor den Faden.

»Oh, Scheiße!« stieß Hanse hervor und zeigte, daß er verletzt war. Danach blickte er wieder starr geradeaus.

Ungefähr eine weitere Stunde verstrich nach diesem gescheiterten Versuch, sich wieder zu versöhnen. Zumindest die Vögel klangen fröhlich.

Etwas später hörten sie irgendwo links von sich Wasser fließen, und kurz darauf gelangten sie an einen schmalen aber gut ausgetretenen Pfad, der links von der Straße in den Wald führte. Die Pferde bekundeten großes Interesse. Mignureal und Hanse ging es natürlich nicht anders. Beide sprachen kein Wort. Hanse lenkte sein Tejanapferd einfach in die entsprechende Richtung und überließ dem Grauen den Rest. Mignureal und die ›Herde‹ folgten. Wunder beschloß vorauszulaufen. Nach kurzem Zögern folgte ihm die gescheckte Katze.

»Bleib ein Stückchen zurück«, sagte Hanse zu Mignureal, »damit dir die Äste nicht ins Gesicht schnellen, wenn ich sie zurückbiege.« Während er das sagte, bog er auch schon einen zur Seite und ließ ihn vorsichtig wieder los, damit er sie nicht traf.

Mignureal antwortete nicht. Das Geräusch des Wassers wurde lauter. Sie konnten jetzt hören, wie es über Felsen rauschte und gluckerte, und wußten, daß sie einen richtigen kleinen Fluß vorfinden würden. Der Pfad schlängelte sich. Die Bäume und Zweige rückten dicht an ihn heran. Zuerst schien der Wald noch dichter zu werden, so daß es immer dämmriger und kühler wurde. Doch bald schon konnten sie helles Sonnenlicht voraus erkennen, und dann stießen sie auf einen schmalen, grasbewachsenen Streifen, der zum Bach führte.

An dieser Stelle war das klare Wasser nicht tief, es

strömte über Steine, die es im Laufe der Jahre glattgeschliffen hatte. Das gegenüberliegende Ufer war nur etwa ein Dutzend Fuß entfernt und stieg steiler an als das Ufer auf dieser Seite. Da die Bäume nicht bis an die Ufer wuchsen, erreichte die Sonne hier den Boden, sprenkelte das Gras und ließ das Wasser wie Silber glänzen. Nahe am Wasser ragten ein paar knorrige Wurzeln aus der Erde.

Für die beiden Stadtmenschen wurde eins der Standardklischees der Geschichtenerzähler wahr: Sie befanden sich auf einer idyllischen Waldlichtung am Ufer eines gluckernden und plätschernden Baches, der durch einen tiefen Wald floß. Selbst hier im Sonnenschein kühlte er die Luft.

Hanse war noch nicht ganz vom Pferd gestiegen, als er bereits Fische, so groß wie seine Hand, sah, die über ihren eigenen Schatten im Wasser dahinhuschten. Sofort kam ihm ein wunderbarer Gedanke. Er schloß die Hand fester um den Zügel und zerrte das alte Eisenmaul vom Wasser zurück, obwohl es heftig mit dem Kopf auf und ab nickte. Er sah stromaufwärts, wo er einen tieferen Teich im Bachlauf erblickte. Seine Lippen verzogen sich zu der Andeutung eines Lächelns, und das war mehr, als die meisten Leute bei ihm, den man Nachtschatten nannte, gesehen hatten, bevor er zusammen mit Mignureal fortgegangen war.

»Wie entzückend!« klang ihre Stimme auf, und er wandte sich nach ihr um.

Sie lächelte strahlend mit einem mädchenhaft erstaunten Gesichtsausdruck. Hanse fand, daß sie einfach wunderschön aussah. Er ließ die Zügel des Grauen los und ging zu ihr, um ihr seine Hände entgegenzustrecken. Diese Geste und die Schönheit der Umgebung beendeten ihre Feindseligkeit. Glücklich gestattete Mignureal ihm, ihr vom Pferd zu helfen, und preßte sich mit schwingenden und rauschenden Röcken an ihn.

»Ich habe Fische gesehen«, sagte Hanse. »Wahrscheinlich lauern auch noch ein paar saftige Flußkrebse zwischen den Felsen im Wasser. Mit etwas Glück können wir vielleicht zur Abwechslung eine richtige Fischmahlzeit haben.«

»Oh!« Sie schaute entzückt ins Wasser. Dann wurde sie wieder ein wenig ernster. »Hanse? Weißt du denn, wie man Fische und Flußkrebse fängt?«

Hanse zuckte die Achseln. »Ich schätze, ich bin schnell genug, um Flußkrebse zu fangen. Und was die Fische betrifft, wenn ich mich hinkauere und ganz ruhig warte, müßte ich einen mit dem Messer aufspießen können, wenn er an mir vorbei schwimmt.«

»Warte mal, ich habe gehört, daß man dazu eher einen Speer benutzt. Vielleicht einen spitzen Stock?«

»Hmm. Vielleicht einen Stock mit einem Messer an der Spitze, das gut festgebunden wird. Gute Idee.«

Sie ließen die Pferde und den Onager saufen, sahen zu, wie die Katzen wieder erschienen und in der Gegend herumschnüffelten und hielten die Pferde von dem stromaufwärts gelegenen Teich fern. Hanse fand genau den langen, geraden, etwa zwei Finger dicken Ast, den er für den Speer brauchte, und hackte ihn ab. Während er sich damit abmühte, eins der flachen Wurfmesser an einem Ende zu befestigen, gab Mignureal, die barfuß und mit gerafften Röcken im Wasser herumwatete, Laute des Entzückens von sich. Die Katzen warfen ihr von Zeit zu Zeit einen verständnislosen Blick zu, als wollten sie sagen, Mignureal müßte völlig den Verstand verloren haben.

Daran dachte Hanse überhaupt nicht. Die Blicke, die er ihr zuwarf, galten ihren nackten Beinen.

Und dann erwischte Mignureal den Flußkrebs.

Es war ganz einfach. Der Flußkrebs erwischte sie. Die Miniaturausgabe eines Hummers hatte ihre bloße Zehe gesehen, sie wahrscheinlich für eine Bedrohung oder eine Schlange gehalten und mit einer überdimensionalen Schere zugezwickt. Mignureal quietschte und schleuderte den Fuß so heftig aus dem Wasser, daß es spritzte, und der Krebs ließ im falschen Augenblick los. Er flog Hanse gegen das Bein und fiel triefend und mit einem klatschenden Geräusch auf den Boden. Hanse fing ihn schnell ein.

»Das ist wunderbar, Mignue!« rief er. »Fang gleich noch ein paar!«

Nach einem kurzen bösen Blick begann sie zu lachen. Die gereizte Stimmung, die zwischen ihnen geherrscht hatte, löste sich endgültig und war verschwunden.

Zwei Stunden später hatte Mignureal drei winzige wildwachsende Zwiebeln und einen schönen Vorrat an Brennholz zusammengesammelt. Sie legte das Holz an einer Stelle ab, an der offensichtlich schon andere vor ihnen Feuer gemacht hatten. Außerdem hatte sie mehrere Kleidungsstücke gewaschen und sie überall herum zum Trocknen aufgehängt. Die Pferde standen mittlerweile schläfrig beisammen, Wunder döste vor sich hin, und die gescheckte Katze lag da und musterte Wunder. Hanse war schon zweimal von Krebsen gezwickt worden, einmal seitlich an der Hand und einmal in den Finger, und er hatte sich einen Zeh blutig gestoßen. Es gelang ihm, einen weiteren Flußkrebs mit einer schaufelnden Bewegung auf das Gras zu schleudern. Außerdem prellte er sich noch den großen Zeh und verletzte sich leicht mit einer Hand an den stachligen Flossen der Fische. Drei Fische hatte er mit seinem Speer verfehlt.

Mignureal war das wirklich egal, sie genoß es zuzusehen, wie er mit nackten Beinen und nur mit seinem Lendenschurz bekleidet durch das Wasser watete. In seiner Kleidung wirkte er dünn und hager, doch ohne sie war er erstaunlich muskulös. Sein Bizeps und seine Wadenmuskeln waren gut entwickelt, sie hatten diese Kompaktheit, die sich alle Männer wünschen.

Und dann spießte er einen Fisch auf. Nachdem er die Erfahrung gemacht hatte, wie schwer es war, war er unglaublich stolz. Unglücklicherweise erschien Mignureal dieser weißbäuchige Vertreter seiner Art mit dem rotbraunen Rücken nur so lang wie eine Hand.

Hanses stolzer Gesichtsausdruck war langsam einer Miene der Ernüchterung gewichen, als sich ein weißlicher Schemen direkt über seinen Füßen wand. Er stieß einen aufgeregten Schrei aus. Mit einer Bewegung, die so schnell war, daß Mignureal sie kaum mitverfolgen konnte, bückte er sich, riß den Fisch inmitten einer spritzenden Fontäne aus dem Wasser und schleuderte ihn an Land. Alles mit einer einzigen Bewegung.

Mignureal blinzelte immer noch fassungslos über die unglaubliche Schnelligkeit ihres Geliebten.

Da der Fisch groß genug war, um der Großvater des anderen zu sein, wie Mignureal sich ausdrückte, war Hanse noch stolzer als zuvor.

»Vielleicht sollte ich einfach hier stehen bleiben und darauf warten, daß noch einer vorbeiflitzt«, sagte er und versuchte, ein Grinsen zu unterdrücken. So wie Mignureal jetzt aussah, gefiel sie ihm wesentlich besser; mit weniger Kleidern wirkte sie beinahe zierlich.

Mignureal sprach nicht laut aus, was sie sich dachte: *Du könntest da auch stehen bleiben und warten, bis du verhungert bist*. Laut sagte sie: »Nachtschatten! Schneller als der schnellste Fisch!«

»Das bin ich!«

Sie lachten beide laut auf und waren wirklich froh, hier zu sein und einander zu haben.

»Uh – weißt du, wie man Fische ausnimmt und schuppt, Mignue?«

»Ganz zufällig weiß ich das wirklich. Geh sofort von dem Fisch weg, gefleckte Katze!«

»Aye«, sagte Hanse, der immer noch frohlockte, und watete zum Ufer. »Fang dir dein eigenes Mittagessen, Katze.«

Wunder öffnete träge ein Auge, um Hanse anzusehen, als verstünde er die Bedeutung des Wortes ›Mittagessen‹.

»Ich weiß aber nicht, was man mit lebendigen Fischen anfängt«, sagte Mignureal.

»Oh, ganz einfach. Ab mit ihren Köpfen. Komm her, Fisch … au!«

»Oh«, machte Mignureal, rümpfte die Nase und verzog den Mund. »Iiihhh! Uuuhhh!«

Einen kurzen Augenblick später hatten die Fische keine Köpfe mehr. Die Katzen bekamen ihr Mittagessen, zumindest einen schönen Imbiß. Hanse, der glorreiche Fischer, reichte seiner Frau die kopflosen Leiber mit einer blutenden Hand, weil er da wieder von den spitzen Flossen gestochen worden war. Dann trat er auch noch auf einen der Flußkrebse, der sofort mit der Schere zupackte. Trotz aller Mühe, ernst zu bleiben, mußte Mignureal einfach lachen, als Hanse in einem grotesken Tanz herumsprang. Der Krebs wollte einfach nicht loslassen. Plötzlich setzte sich Hanse auf das Hinterteil und versuchte, das Ding wegzuziehen.

»Au-au-au-au-au!« Er hielt kurz inne, um nachzudenken, und piekste das kleine Krustentier dann mit dem Messer. Es ließ seinen Zeh los. Hanse unterdrückte den Impuls, auf dem Tier herumzutrampeln und eilte statt dessen ans Bachufer, um den Fuß ins Wasser zu stecken und ihn eifrig darin hin- und herzubewegen. Dabei warf er Mignureal einen finsteren Blick zu. Es gelang ihr, ihr Lachen zu unterdrücken und angemessen besorgt auszusehen.

»Es tut mir leid, Liebling. Aber wie du herumgetanzt bist, das war ein Anblick … Blutet es?«

Hanse sah nach. Nein, es blutete nicht einmal, und das war peinlich, also bespritzte er sie mit Wasser. Mignureal quietschte und hob einen der Steine auf, die sie zum Trocknen in die Sonne gelegt hatten. Sie warf ihn einen Fuß entfernt neben Hanse ins Wasser und spritzte ihn damit ordentlich naß. Er schrie auf und versuchte, es ihr heimzuzahlen, indem er mit dem Fuß Wasser nach ihr treten wollte, und rutschte dabei aus. Es spritzte ganz gewaltig.

Mignureal nahm die Fische aus. Hanse versuchte unermüdlich, noch ein paar zu fangen und die Katzen fernzuhalten. Es gelang ihm nur, sich die Katzen vom Leib zu halten und Mignureal davon zu überzeugen, daß ein wenig Bier in der Pfanne für das Aroma, den Geschmack und die Festigkeit des Fischfleisches gut wäre. Weder er noch sie wußten genau, wie man die Krebse zubereiten sollte, Hanse war sich nur sicher, daß man sie bei lebendigem

Leibe kochen mußte. Das entlockte Mignureal ein weiteres »Uuuhh!«, und so wartete Hanse, bis die Fische über dem Feuer brutzelten und wunderbar dufteten.

»Sieh mal!« rief er und deutete über das Flüßchen.

Mignureal sah hinüber – und sah nichts –, und Hanse warf die beiden Flußkrebse in die Bratpfanne. Sie zuckten kurz und hörten dann auf sich zu bewegen. Mignureals Blick löste sich vom anderen Ufer, und sie sah in die Pfanne. Erst verzog sie das Gesicht, dann warf sie Hanse einen Blick zu, aus dem Abscheu und Anklage sprachen. Er legte den Kopf schief und breitete die Arme aus.

»Ich möchte es so sagen«, sagte er etwas später und untersuchte den blauen Fleck auf der Rückseite seines Oberschenkels. Er hatte sich die Prellung zugezogen, als er ins Wasser gefallen war. Die Stellen, an denen ihn die Flossen der Fische gestochen hatten, juckten mittlerweile, und der große Zeh, den er sich an einem Felsen gestoßen hatte, hatte sich purpur verfärbt. »Nach dieser Aktion sind die Fischer in meiner Achtung ganz gewaltig gestiegen. Was für eine Plackerei! Was für eine gefährliche Arbeit! Sieh mich an – ich habe am ganzen Körper blaue Flecke, Schnitte und Quetschungen!«

»Wir können jederzeit ein paar Tage hierbleiben, während ich dich wieder gesund pflege«, sagte Mignureal ohne aufzublicken, und Hanse beugte sich zu ihr hinüber und zwickte sie in die Wade. Dadurch wäre ihr Mittagessen beinahe im Feuer gelandet. Nachdem Mignureal dafür gesorgt hatte, daß die Pfanne sicher stand, stand sie auf und stürzte sich auf ihn, als wollte sie ihn erwürgen.

»Oh, oh, Hiiilfe!« kreischte Hanse mit lächerlich hoher Stimme und ließ sich rücklings ins Gras fallen.

Mignureal verhielt plötzlich und ruckhaft mitten in der Bewegung und starrte auf den großen roten Kater hinab, der wie aus dem Nichts zwischen ihr und dem ausgestreckt daliegenden Hanse aufgetaucht zu sein schien. Wunders lautes Heulen hallte immer noch über die Lichtung, und jedes einzelne Haar des Tieres schien gesträubt. Alle Pferde stierten ihn an, und Hanse machte es ihnen nach.

»Also, ich will doch ... Wunder! Ruhig, Wunder. *Freund*, Wunder. Ein Spaß, verdammt! Das ist nur ein *Spiel*, Wunder, ein Spaß! Nein, nein, Mignue, versuch jetzt nicht, ihn zu streicheln!«

Dann stierte er schon wieder, diesmal auf die winzige vielfarbige Katze, die neben Mignureals Füßen stand und mit Katzenbuckel, zurückgelegten Ohren und entblößten Zähnen die Augen starr auf Wunder gerichtet hielt. Sie fauchte.

»Das glaube ich einfach nicht!« jammerte Hanse. Er fiel wieder nach hinten und schlug auf dem Boden auf.

»Ich ... ich auch nicht«, sagte Mignureal. »Das ist das erste Mal, daß ich ihn ... so gesehen habe. Beängstigend! Ich bin sicher, wenn ich noch einen Schritt näher gekommen wäre, hätte er ... angegriffen. Mich!«

»Entschuldige«, entgegnete Hanse, »aber ich habe die kleine Gescheckte gemeint. Sieh sie dir an! Sie macht ein gehöriges Spektakel, um zu zeigen, daß sie bereit ist, dich gegen Wunder zu verteidigen.« Er schüttelte den Kopf. »Beim Namenlosen ... ich frage mich, ob sie auch Bier mag!«

»Bestimmt nicht«, sagte Mignureal und ging in die Hocke, um die kleinere Katze zu streicheln. Das Tier zuckte bei der Berührung zusammen und starrte weiterhin in die riesigen Pupillen von Wunders Augen. »Sie ist eine Dame.«

»Eine Dame«, sagte Hanse, »die bereit ist, für ihre Herrin zu kämpfen. Sie hat dich in ihre Familie aufgenommen, Mignue. Dich persönlich, meine ich, so wie Wunder mich in seine Familie aufgenommen hat. So was! Sie wird also auch eine Wachkatze sein. Ich schätze, es ist an der Zeit, ihr einen Namen zu geben.«

»Auf jeden Fall«, gab Mignureal zurück und erinnerte sich wieder an die Bratpfanne. Sie wendete den Fisch wieder mit dem Messer, das Hanse ihr gegeben hatte.

»Mignue ... Meinst du, wir könnten sie Mondblume nennen?«

Sie warf ihm einen schnellen Blick zu, und sofort begannen ihre Tränen zu fließen. »Wie kannst du ... meine Mutter ... oh, wie kannst du nur?«

Hanse war überrascht und entschuldigte sich auf der Stelle, aber diesmal schmolz er nicht dahin und wandte sich auch nicht angesichts der größten Ursache für Schuldgefühle ab, die die Welt kannte: die Tränen einer Frau.

»Wie kann ich nur?« echote er. »In Achtung und in Erinnerung an Mo...« Seine Stimme brach. Er versuchte erst gar nicht, gleich weiterzusprechen, und wandte den Blick ab.

»O Hanse«, hauchte sie, als sie begriff, was in ihm vorging. Sie blinzelte und sah ihn aus tränennassen Augen zärtlich an.

»Aber natürlich werden wir sie nicht so nennen, weil du das nicht möchtest«, sagte er. Er musterte das kleine Tier. »Ich würde dich gerne Mondblume nennen, schmutziges Kätzchen, und ich bin sicher, das würde dir auch gefallen. Aber ... ich glaube, dein Name ist jetzt Regenbogen.«

»Das ist hübsch, Hanse! Regenbogen! Wir lieben dich, Regenbogen.«

Und dann vergaßen sie alles um sich herum außer Regenbogen und dem Gefühl, daß sich etwas Unheimliches auf die Waldlichtung stahl. Die Veränderung, die mit der Katze vor sich ging, war genauso sichtbar, wie man einem Baby beim Wachsen zusehen konnte, es *geschah,* und es geschah schnell, und doch konnten weder Hanse noch Mignureal die Bewegung richtig erkennen.

Regenbogen *veränderte sich.* Die dürre Katze wurde vor ihren Augen fülliger, das Fell über ihrem offensichtlich unterernährten Körper bekam Glanz und wurde eindeutig glatter. Innerhalb einer Minute schien sie ein oder zwei Pfund zugenommen zu haben – gerade so viel, daß sie nicht dick wirkte –, und dabei erweckte sie den Eindruck, als hätte sie die richtige Nahrung zu sich genommen, die ihrem Pelz Geschmeidigkeit und Glanz gab.

Dann ging Regenbogen zu Wunder hinüber und stubste seine Nase mit ihrer an. Wunder setzte sich.

»Götter«, sagte Hanse mit zitternder Stimme. »*Zauberei!*«

»Bitte sag jetzt nicht wieder: ›Ich hasse Zauberei‹, Hanse. Schau sie dir an! *Unsere* Regenbogen mag ihren Namen offensichtlich. Und sie mag ihre beiden Menschenfreunde. Und Wunder.«

Nachdem er eine halbe Minute vor sich hin gebrütet hatte, zuckte Hanse zusammen. »Hoy! Aber diesen Fisch wird sie wahrscheinlich nicht mögen, und wir auch nicht, wenn wir die Pfanne nicht vom Feuer nehmen!«

»Oh!« schrie Mignureal auf und riß die Pfanne aus den Flammen. Dabei flog einer der dampfenden, appetitlich duftenden Fische ins Gras. Nur weil er wirklich sehr heiß war, verloren sie diesen Teil ihres ohnehin schon mageren Essens nicht an Wunder, der sich sehr für den Fisch interessierte.

»Es ist nun mal passiert«, sagte Mignureal und nagte an ihren Lippen, während Hanse den Fisch anstarrte, der im Gras dampfte. »Und das Gras macht ihm bestimmt nichts aus.«

Er schüttelte den Kopf. »Nein«, sagte er, »ich denke an etwas ganz anderes. Und solange ich mir das Essen ansehe, muß ich nicht Regenbogen ansehen.«

Regenbogen, die Wunder betrachtete, der wiederum den heruntergefallenen Fisch betrachtete, schnurrte.

Mignureal zog diesen Teil ihres Essens unter der Nase des großen roten Katers weg. »Laß das, du. Du hast schon einen ganzen Fischkopf gefressen, mit den Augen und allem anderen. Ohhh! Ich wollte, ich hätte das nicht erwähnt!«

»Der Gedanke daran kann mir den Appetit nicht verderben«, versicherte Hanse und sog den aromatischen Duft tief ein. »Meine Dame, laßt uns speisen.«

Sie lachte. Sie saßen mit überkreuzten Beinen einander gegenüber im Gras und scheuchten ab und zu die Fliegen oder die Katzen weg. Der Fisch war gut, und nach der langen Zeit, in der sie keine frisch zubereitete Nahrung gegessen hatten, schmeckte er doppelt so gut. Die gebratenen Krebse waren geradezu unglaublich. Während des Essens kamen sie kaum zum Reden. Sie tauschten einige Vermutungen über das Geheimnis aus, das über Regenbogen und den elf Münzen lag, aber Hanse gefiel keine davon.

»Sehr gut«, meinte er schließlich, tätschelte zufrieden seinen Bauch, und Mignureal verneigte sich. Da sie ihm gegenüber saß, war der Anblick beeindruckend.

Sie beendeten ihre kleine Mahlzeit mit ein paar getrockneten Datteln, die sie noch in Freistatt gekauft hatten, und als Hanse Wunder eine Schüssel Bier gab, beschloß er, auch etwas zu trinken. Er machte auch den Versuch, Regenbogen etwas anzubieten, aber Regenbogen zeigte überhaupt kein Interesse. Das war beruhigend. Mignureal, die er lange geneckt, überredet und herausgefordert hatte, probierte ein wenig.

»Iiihhh!« machte sie. Es sei bitter, behauptete sie, und damit war das Thema Bier für sie erledigt. Wunder leckte sein Bier ungerührt weiter, während Mignureal und Regenbogen feine Damen spielten.

»Jetzt wird es Zeit, unser Silber zu zählen, Mignue«, sagte Hanse schließlich, »und ich habe fast schon Angst davor, in meiner Schärpe nachzusehen.«

Sie nickte, zögerte einen Moment lang und begann dann, die Münzen hervorzuholen, die sie überall an ihrem Körper trug. Kurz darauf stieß Hanse einen erleichterten Seufzer aus; seine auseinandergefaltete Schärpe enthielt neunundzwanzig Silberstücke, die gleiche Menge, die er dort vor einigen Stunden eingewickelt hatte. Wenn er auch nicht schreiben und lesen konnte, konnte er doch zählen und rechnen. Es war ihm leichtgefallen, das zu lernen. Als Anreiz hatte ihm die Erkenntnis geholfen, daß zählen zu können, was man besaß, ausgab oder bekam, wichtiger als Schreiben und Lesen war.

Er zählte ihre Münzen, indem er sie zu ordentlichen Häufchen von jeweils zehn Stück auftürmte. Als er damit fertig war, warf er die Häufchen mit einer schnellen Handbewegung wieder um. Jetzt war Mignureal an der Reihe. Sie kam auf die gleiche Zahl; ihr gemeinsames Vermögen belief sich auf neunundachtzig silbernen Kaisermünzen. Hanse zählte zwanzig Münzen ab und steckte sie in die rissige alte Satteltasche. Aber damit war er immer noch nicht zufrieden, zusammen zählten sie noch einmal die restlichen Münzen. Mignureal verbarg wieder drei Häufchen zu zehn und zwei zu fünf Münzen an ihrem Körper. Hanse versteckte neun in seiner Unterwäsche und wickelte die übrigen dreißig gewissenhaft in seine Schärpe ein.

Sie waren reich. Ein gutes Pferd brachte sechs bis sieben silberne Kaisermünzen, zumindest in Freistatt. Fünf Pferde und der Gegenwert von zwanzig oder mehr, behauptete Hanse, bedeuteten Reichtum.

»Ganz gleich, wo wir auch hingehen«, sagte er, »können wir von dem, was wir haben, lange Zeit leben, auch wenn wir nichts tun, um mehr zu verdienen.«

Sie schmiegte sich an ihn. »Ich bin in guten Händen«, sagte sie und lächelte, als eine dieser guten Hände in ihr Mieder glitt. »Aber ich werde nicht einfach nichts tun können, um mehr Geld dazuzuverdienen, Hanse.«

Hanse nahm sich einige Zeit, um diesen Worten einen Sinn zu entnehmen und beschloß, sich nicht mit ihr darüber zu streiten. »Es dauert nicht mehr lange, bis die Sonne untergeht«, sagte er. »Wenn du nicht lieber in der Nacht weiterreiten möchtest, können wir genausogut hier unser Lager aufschlagen. Ich kann dann gleich noch ein paarmal ›HANSE‹ in den Lehm neben dem Fluß schreiben.«

»Gut!« rief sie und umarmte ihn. »Das ist eine ausgezeichnete Gelegenheit. Laß uns den Rest unserer Sachen ausziehen, und ich wasche sie. Sie werden bis zum Morgen getrocknet sein.«

Hanse rollte mit den Augen. »Du hast dich ganz schön verändert«, murmelte er schließlich.

Sie lächelte glücklich. »Ohhh ... bring mich nicht in Verlegenheit, Hanse. Wir hätten uns doch sowieso ausgezogen, nicht wahr?«

Sie erwachten hungrig und standen bei Sonnenaufgang auf. Er bemerkte, daß Mignureal sichtlich befangen war, bis sie sich ein paar Kleidungsstücke übergestreift hatte. Alle Sachen waren sauber aber noch nicht völlig trocken. Hanse stellte fest, daß sich seine Schärpe genau wie gestern anfühlte und war erleichtert, als er in der Satteltasche eine Menge Münzen vorfand. Sehr gut. Das beendete seine Furcht, was den Zauber betraf, der über den Münzen lag.

Doch schon bald entdeckte er, daß er sich geirrt hatte, und das war mehr als nur erschreckend. Irgend etwas zwang ihn, die Silbermünzen in der Tasche zu zählen. Und dann sah er sich natürlich genötigt, sie mit zusammengebissenen Zähnen und finsterer Miene noch einmal zu zählen.

Er hatte sich beim ersten Mal nicht getäuscht. Aus zwanzig waren zweiundzwanzig geworden.

Bevor sie daran denken konnten, ihren Weg fortzusetzen, entfaltete Hanse eilig seine purpurrote Schärpe und stand abwartend da, während Mignureal ihren Inhalt zählte. Zweimal. Sie hatte sich beim ersten Mal nicht geirrt. Während der Nacht waren aus dreißig Münzen neunundzwanzig geworden. Sie begann die Päckchen zu untersuchen, die sie unter ihren Kleidern versteckt hatte. Dem zweiten Bündel, das sie hervorholte und überprüfte, fehlte ebenfalls eine Kaisermünze.

Hanse ließ sich mit einem langen Seufzer gleichgültig und teilnahmslos auf den Boden sinken und machte ein mürrisches Gesicht. Er blickte auf den Boden und sprach mit tonloser Stimme.

»Während der Nacht hat *irgend etwas* eine Münze aus dem Bündel in deinem Mieder und eine Münze aus meiner Schärpe in die Satteltasche getan. Das ist zwar unmöglich, aber es ist passiert.«

»Es gibt noch eine andere Möglichkeit«, sagte sie ruhig, und Hanse blickte in hoffnungsvoller Erwartung zu ihr auf.

»Die beiden Münzen ... sind von selbst ... in die Sattelt tasche hineingelangt.«

Hanse warf seine Hände in die Luft und zog eine schmerzverzerrte Grimasse. »Arrrggg!«

»Tut mir leid«, sagte Mignureal. »Mir fällt sonst keine andere Erklärung ein, und mir gefallen beide nicht.«

»Erst war es eine unheimliche Katze, dann kam eine offensichtlich noch unnatürlichere dazu«, sagte Hanse und blickte von Wunder zu Regenbogen, »und jetzt sogar noch unnatürliche Münzen! Ihr Götter meiner Vorfahren, warum können uns diese verhexten Dinge nicht erspart bleiben? Ich hasse Zau…« Er verschluckte den Rest des Satzes, brütete lange Zeit vor sich hin und starrte auf den Boden zwischen seinen Füßen.

Schließlich stand er wieder auf. »Auch wenn ich das hasse, ich stecke nun einmal in dieser Sache drin«, sagte er und machte eine resignierte Geste. Sie luden ihr Gepäck auf das Tejanapferd, das ihnen als Lasttier diente.

»Hanse, letztendlich ist Zauberei nun einmal ein unbestreitbarer Bestandteil des Lebens«, sagte Mignureal. »Überleg mal, ist meine Fähigkeit des Hellsehens nicht eine Form der Zauberei, der … Magie?«

»In gewisser Weise, aber das ist nicht dasselbe. Es ist eine *natürliche* übernatürliche Fähigkeit, die bei einem Geschlecht eines Volkes ganz normal ist, bei den S'danzofrauen. Es ist nicht so, als läge ein Fluch auf dir. Aber ein Fluch muß auf diesen Katzen liegen – auf jeden Fall auf Regenbogen – und auf den Münzen, die ich vor so langer Zeit als Lösegeld bekommen habe.«

»Auf einigen der Münzen«, widersprach Mignureal bedeutsam. »Überleg dir mal folgendes, Liebling. Zuerst war die Tasche voller Münzen und wurde von den Tejana gestohlen. Nehmen wir einmal an, sie hätten alle Münzen rausgenommen, und das haben sie wahrscheinlich auch getan, nicht wahr? Klingt das nicht vernünftig? Was dagegen keinen Sinn ergibt, ist, elf silberne Kaisermünzen in der Tasche zu lassen. Aber als du dir die Tasche zurückgeholt hast, enthielt sie elf Münzen.«

Hanse nagte an seinen Lippen, überlegte und nickte. »Stimmt.«

»Dann haben wir sie herausgenommen, alle. Und am nächsten Morgen waren in der Tasche wieder elf Münzen.«

Hanse hörte auf, die Riemen zu überprüfen, die ihr Gepäck hielten, stützte sich mit einem Arm am Pferd ab und sah Mignureal nachdenklich an. Wieder nickte er. »Stimmt.«

»So war es letzte Nacht. Dann haben wir alle Münzen

zusammengeworfen und sie gezählt. Du hattest beschlossen, zwanzig in die Tasche zu stecken.« Sie machte eine Pause und blickte ihn erwartungsvoll an, bis er nickte, damit sie weitersprach. »Aber an diesem Morgen sind daraus zweiundzwanzig geworden.«

»Es geschieht … während der Nacht«, murmelte Hanse und starrte aus zusammengekniffenen Augen auf nichts im besonderen.

Sie nickte einige Male schnell und zustimmend. »Ich wollte gerade sagen, daß ich prophezeie, daß diese zweiundzwanzig Münzen in einer oder in zehn Stunden immer noch in dieser Tasche sein werden.«

Sie trat nach ihr, was ihr und Hanse gut tat. Das fröhliche Klimpern der zweiundzwanzig Münzen dagegen trug nicht gerade zur Verbesserung der Stimmung bei.

»Aber … elf ist doch …« Er schluckte, bevor er den ihm verhaßten Satz aussprach: »… die magische Zahl. Oh! Und zweiundzwanzig ist zwei mal elf!«

»Ja, aber ich glaube nicht, daß das etwas zu besagen hat.«

Zuerst schien Hanse ein wenig zusammenzusinken. Dann überkreuzte er die Füße, lehnte sich gegen das Packpferd und musterte Mignureal erwartungsvoll und herausfordernd. »Das glaubst du also nicht. Und warum nicht?«

»Jetzt warte doch, Liebling, sei nicht gleich eingeschnappt. Ich spreche von Logik und Verstand, nicht vom Hellsehen, und ich könnte mit meinen Vermutungen völlig daneben liegen. Wahrscheinlich tue ich das auch.«

»Aha. Würdest du mir deine logischen und vernünftigen Überlegungen mitteilen?«

Sie nickte und hob die linke Hand. »Erstens: Ich glaube, wenn wir jetzt alle Münzen herausnehmen, wird die Tasche heute abend noch leer sein.« Sie bog mit der anderen Hand einen Finger um. »Zweitens«, sagte sie und berührte den nächsten Finger, »glaube ich, daß morgen wieder elf Münzen in der Tasche sein werden.« Sie bog auch diesen Finger nach unten.

»Hmm. War es das?«

»Das war's, Hanse.«

»Und wenn wir alles so lassen, wie es jetzt ist?«

»Ich *denke* – und bitte vergiß nicht, daß das bisher nur eine Vermutung ist –, ich denke, wenn wir alles so wie jetzt lassen, werden in der Tasche morgen zweiundzwanzig Münzen sein, und übermorgen auch ... und auch nächste Woche.«

Plötzlich schlug er sich mit einer Hand an die Stirn, entfernte sich unsicher vom Pferd und schlug klatschend die Hände zusammen. »Ah, langsam, Hanse, langsam. Ich verstehe! Du meinst, wir haben neunundachtzig Münzen, und elf davon sind ... irgendwas. Verhext«, sagte er, und er sprach das Wort so aus, als bereitete es ihm Schmerzen. »Und neun der Münzen, die wir in die Tasche gesteckt haben, gehörten dazu. Die anderen beiden übernatürlichen Münzen haben wir an unseren Körpern verborgen, in unserer Kleidung, und während der Nacht ... *wanderten* sie in die Tasche.«

Mignureal nickte. »*Falls* ich recht habe, müssen diese elf Münzen jeden Morgen in der Tasche sein. Dabei spielt es keine Rolle, wie viele andere schon drin sind, aber diese elf sind auf jeden Fall dabei.«

»Den Göttern sei Dank, daß Regenbogen nicht auch immer wieder in der Tasche sein muß!«

Sie warf einen kurzen Blick auf die gescheckte Katze. »Ich habe überhaupt keine Ahnung, was Regenbogen betrifft.«

»Laß uns verschwinden und weiterziehen, Mignue. Wir werden die Tasche heute abend untersuchen und ausleeren. Wir könnten auch versuchen, diese zweiundzwanzig Münzen zu vergraben, auf einen Baum zu legen oder irgend etwas anderes damit anstellen.« Er sah auf das Flüßchen. »Ich hätte direkt Lust, die Tasche jetzt in den tiefen Teich zu werfen!«

»Das würde das Problem wahrscheinlich lösen«, sagte sie, doch dann runzelte sie die Stirn. »Es sei denn ... es sei denn, diese Silbermünzen haben direkt mit *uns* zu tun.«

Ich glaube, das haben sie, dachte Hanse, aber er wollte es nicht laut aussprechen. *Ich glaube, die Tasche hing nicht am*

Sattel, als ich ihn auf das Pferd legte! O ihr Götter, was denke ich da nur? O nein, verdammt, *nein – Götter! O Ils, wie ich Zauberei hasse!*

An diesem Tag drängte Mignureal Hanse mehrmals, den Armreif der Tejana anzulegen. Hanse gab nach, hauptsächlich deshalb, damit sie endlich Ruhe gab. Da er aus Gewohnheit einen Armschutz aus schwarzem Leder um das linke Handgelenk trug, streifte er den Reif über das rechte und drückte ihn zusammen, bis er eng genug anlag. Nichts geschah. Nichts änderte sich. Er trug den dämlichen Armreif aus Kupfer nur ihr zuliebe.

Die Sonne stand ungefähr im Zenit, doch zwischen den hohen Bäumen, die noch dichter zusammenzurücken schienen, um eine angenehme Kühle zu spenden, brannte sie nicht mit dämonischer Kraft auf den Waldboden herab, als sie dem anderen Reisenden begegneten. Als er noch zu weit entfernt war, um gedämpfte Stimmen verstehen zu können, wies Hanse Mignureal an, ihre Namen nicht zu erwähnen. Sie mußten jedem, den sie trafen, mit Vorsicht begegnen.

Der große Kerl ritt auf einem Falben und führte ein weiteres Pferd mit sich, das mit Gepäck beladen war. Er war kein junger Mann, wie Hanse bemerkte. Die Falten in seinem Gesicht und um die Augen verrieten, daß er dreißig bis vierzig Jahre alt sein mochte. Seine merkwürdige Mütze, die die Ohren bedeckte, bestand aus ungefärbtem und kahlem Leder. Er war genauso wachsam und vorsichtig wie Hanse und nannte deshalb keinen Namen. Nachtschatten fragte erst gar nicht.

Der Fremde sagte ihnen, daß er auf dem Weg nach Freistatt sei.

»Oh«, sagte Hanse kühl. »Ich bin dort gewesen. Keine schlechte Stadt.«

»Aber auch keine besonders gute, wie ich gehört habe«, antwortete der andere mit ruhiger und ungewöhnlich sachlicher Stimme. Er war ein großer, rotgesichtiger Bursche mit einem mächtigen, rötlichen Schnurrbart, einem ziemlich buschigen von ungewöhnlich bronzebrauner Farbe. Seine Tunika war sehr grob und schlicht und besaß einen ungewöhnlich großen Kragen und Ärmel, die kurz genug waren, um kräftige Arme zu entblößen.

»Hast du vor, die Wüste alleine zu durchqueren?« fragte Mignureal ungläubig.

Er zuckte die Achseln. »Ich werd's schon schaffen.«

»Sei vor den Tejana auf der Hut«, sagte Hanse.

»Habe von ihnen gehört.« Der große Mann zuckte erneut die Achseln und tätschelte den Griff eines großen Sattelschwertes. Er trug ein weiteres in einer Scheide an der Hüfte, wie Hanse bemerkte. Und an dem alten, abgewetzten Sattel hing auch ein Schild, rund, hölzern und mit Eisen besetzt. Es hatte keine bestimmte Farbe und trug keine Insignien. »Ich kann schon auf mich aufpassen.«

Hanse schenkte ihm einen grimmigen Blick. »Ich auch. Aber ein Mann ist trotzdem machtlos, wenn vier Armbrüste auf ihn gerichtet sind.«

»Oh. Ein kluger Mann ist es wohl, aye. Aber trotzdem führst du Pferde mit dir.«

»Aber sie haben uns trotzdem beraubt. Haben uns den Onager und unser Gepäck zurückgelassen. Ich bin ihnen gefolgt. Einer ist tot, einer braucht ein neues Bein, und einer hat mehrere Wunden. Was mit dem vierten los ist, kann ich nicht sagen. Der Onager hat ihn niedergetrampelt.« Hanse hob den Daumen. »Das sind ... waren ihre Pferde. Dies hier ist ihr Leitpferd.« Er tätschelte den Hals des Grauen.

Der andere Wanderer blickte ihn aus merkwürdig blauen Augen an. »Du bist ein gefährlicher Mann.«

Hanse antwortete nicht darauf.

»Hast du irgend etwas in den Wäldern bemerkt?« erkundigte sich der Fremde.

Hanse schüttelte den Kopf. »Vögel. Heute morgen haben die Katzen eine Schlange aufgestöbert und eine Zeitlang mit ihr gespielt. Sie schien mir nicht giftig zu sein. In einigen Stunden wirst du Wasser fließen hören und einen Pfad sehen. Wir können dir den Platz empfehlen. Haben dort letzte Nacht gelagert.«

Der andere nickte. »Vier also, hmmm?«

Der abrupte Themenwechsel ließ Hanse blinzeln. »Vier Männer, vier Armbrüste, drei Pferde. Und ein Lager, das zumindest häufiger benutzt wird; sie haben einen Pferch für ihre Pferde errichtet. Sehr üble Kerle, aber ich hatte nie vorgehabt, einen von ihnen zu töten.«

Wieder nickte der andere. »Töten ist nicht dein Geschäft?«

»Nein«, sagte Hanse und verzichtete darauf, die nächste Frage zu stellen. »Wir sind auf dem Weg nach ... wie heißt diese Stadt?«

»Firaqa liegt zwei Tagesreisen weiter nördlich.«

»Das ist es«, gab Hanse zurück und nickte, als würde er sich wieder an den Namen erinnern. Er sah fast so aus, als wollte er lächeln. Aber er wollte nicht aus Freude darüber lächeln, daß er durch diesen kleinen Trick eine Auskunft erhalten hatte. Er hatte noch nie von Firaqa gehört.

»Ihr werdet den Wald vor Sonnenuntergang durchquert haben«, sagte der andere Mann mit einem Blick auf den Himmel. »Folgt einfach weiter dieser Straße. Oh ... ich habe gestern ein paar mächtig nette Bauern getroffen. Gastfreundliche Leute. Ein rotes und gelbes Haus – es war ursprünglich einmal gelb, meine ich. Ein gelber Hund und mehrere Katzen. Es sind nette Leute, und sie haben einen guten Brunnen. Der Mann heißt Imrys.«

Mignureal spürte, daß die vorsichtige Knappheit des Gespräches allmählich in einen etwas freundlicheren Informationsaustausch überging.

»Bist du sicher, daß du genug Wasser für die Wüste hast?« erkundigte sie sich.

Der Fremde warf ihr einen kurzen Blick zu und musterte dann wieder Hanse. »Du hast gesagt, weiter vorne gäbe es Wasser.«

»Ein guter, klarer Bach. Es schwimmen sogar ein paar Fische im Wasser herum.«

Der andere nickte. »Dann werde ich jede Menge Wasser

haben«, sagte er an Mignureal gewandt und sah wieder Hanse an. »Du wirfst, nicht wahr?«

»Was?«

»Du trägst Wurfmesser. Bist Linkshänder und kannst gut mit Wurfmessern umgehen.«

Es war keine Frage, aber es berührte ihre persönlichen Angelegenheiten, und sie hatten es bisher vermieden, darüber zu sprechen. Hanse sagte nichts.

»Entschuldigung«, sagte der große Mann. »Ist mir aufgefallen. Wollte nicht neugierig sein. Ich wünschte, ihr würdet in meine Richtung reiten.«

»Zu schade, daß du nicht in unsere gehst.«

»Nun dann.« Der große Mann hob eine Hand. »Gehabt euch wohl.« Er zog an den Zügeln seines Pferdes. »Laß uns den Bach suchen, Jaunt.«

Als er an ihnen vorbei ritt, sagte Hanse: »Warte«, und die Hand des anderen lag auf dem Griff seines Schwertes, bevor er den Kopf drehte und Hanse ansah.

»Entschuldige«, sagte Hanse. »Ich wollte dich nicht erschrecken. Der Anführer dieser Tejana hat mir das zugeworfen, bevor er mit unseren Pferden davongaloppierte.« Er zuckte die Achseln und streifte den Armreif von seinem Handgelenk. »Wir besaßen nichts mehr, was sich zu holen gelohnt hätte. Er sagte mir, ich sollte dieses Ding tragen. Er behauptete, wenn uns andere Tejana aufhalten sollten, bräuchte ich es ihnen nur zeigen, und sie würden dann wieder ihrer eigenen Wege gehen.«

Während er ihm den Kupferarmreif entgegenhielt, runzelte er die Stirn. »Er scheint nicht besonders gekennzeichnet zu sein, und ich *glaube*, daß alle einen getragen haben. Er nützt mir jetzt nichts mehr, aber du könntest ihn vielleicht gebrauchen. Könnte dir einigen Ärger ersparen. Du könntest behaupten, daß du vorher mehr Pferde, Geld oder irgend etwas anderes gehabt hättest, und andere es dir weggenommen und dir dafür das gegeben hätten. Andererseits aber habe ich einen getötet, zwei zumindest verletzt und ihrem Anführer das Bein halb abgehackt. Vielleicht solltest du vorsichtig sein, nur für den Fall, daß man den

Reif irgendwie wiedererkennen kann.« Er hielt ihm den fast geschlossenen Kupferreif hin. Mit der rechten Hand.

Der andere saß locker in seinem Sattel, die blauen Augen auf Hanses fast schwarze gerichtet. Schließlich nickte er und streckte die Hand nach dem Reif aus. Die linke Hand.

»Danke. Bist du dir sicher? Es ist sauberes Kupfer.«

Hanse hob die Schultern. »Ich trage kein Kupfer, und ich habe nicht vor, diese Wüste noch einmal zu durchqueren. Ich würde es auch nicht empfehlen.«

Der Mann streifte den Armreif über seinen Sattelknauf, der die Form eines Schildkrötenkopfes hatte, und drückte ihn zusammen, damit er festsaß. Er tat es mit einer Hand, und es bereitete ihm sichtlich nicht die geringsten Schwierigkeiten. Er berührte seine Stirn mit den Fingern. »Ich danke dir, Wanderer.«

»Äh, Ha...« Im letzten Augenblick verschluckte Mignureal Hanses Namen. »Wir brauchen die Wüstengewänder jetzt nicht mehr ...«

Der Schnurrbart des Fremden bewegte sich im Anflug eines Lächelns. »Ich glaube nicht, daß sie mir passen würden, kleines Mädchen. Außerdem habe ich ein helles Gewand auf meinem Packpferd.« Plötzlich nickte er, als hätte er eine Entscheidung getroffen. »Gute Leute«, sagte er in diesem unglaublich ruhigen Tonfall. »Ich schätze, ich werde jetzt doch an diesem Bach Rast machen.«

Hanse legte den Kopf schief, dann begriff er. »Wir wagen es nicht richtig, einander zu vertrauen, nicht wahr?«

Die mächtigen Schultern seines Gegenübers hoben sich. »Ihr habt mir ein Geschenk gegeben. Jetzt müßt ihr eins von mir annehmen.«

»Du solltest nicht einmal so was denken«, widersprach Mignureal. »Du hast uns gute Informationen gegeben.«

»Du könntest mir sagen, ob es in Firaqa einen Kaufmann oder einen Pferdehändler gibt, dem wir trauen können«, schlug Hanse vor.

Der große Mann hatte die Hand schon lange von seinem Schwert genommen, nun hob er sie in einer symbolischen Geste, während er mit der anderen in den weiten Ausschnitt seiner Tunika griff. Hanse verstand die Geste. Deshalb versuchte er nicht zu zeigen, daß sich sein Körper spannte, bereit, ein Wurfmesser zu ziehen und zu schleudern.

»Ihr könntet vielleicht in der Grünen Gans Halt machen«, sagte der andere, »und – vertraulich – nach Anorislas fragen. Sagt ihm, ein Mann hätte euch geraten, ihn Häschen zu nennen. Ich werdet feststellen, daß er euch dann gar nicht betrügen kann.« Er richtete den Blick seiner blauen Augen auf Mignureal. »Und zeig ihm dies.«

»Ich ... ich kann das nicht annehmen!« protestierte Mignureal und betrachtete das Medaillon oder Amulett, das er ihr entgegenhielt. Es war dreieckig und aus den vielfarbigen Segmenten eines Schildkrötenpanzers zusammengesetzt. Seine Ränder schienen aus Gold zu sein. Es baumelte an einem Band aus Rohleder.

»Du mußt«, beharrte er und hielt es ihr weiter entgegen. »Wie könntest du es Anorislas zeigen, wenn du es nicht annimmst? Außerdem würdest du mich beschämen, wenn du von mir kein Geschenk für das annehmen würdest, was ihr mir aus freiem Willen gegeben habt. Das verlangt der Glaube meines Volkes. Siehst du? Du mußt.« Einen Augenblick später fügte er hinzu: »Ich verspreche euch, daß es nichts enthält und sich nicht plötzlich öffnet. Und ich bin auch kein Schwarzer Magier.«

»Aber ...«

»Bitte. Willst du mich beschämen, nachdem ihr so freundlich gewesen seid?«

Mignureal nahm das Medaillon entgegen. Der große Mann nickte ihr zu, sah Hanse an, nickte wieder und setzte seinen Weg fort. Hanse blickte ihm eine Zeitlang nach. Der andere wandte sich nicht mehr um.

»Yo!« rief Hanse.

Der große Mann zog an den Zügeln, drehte sich um und blickte zurück, die Augenbrauen fragend hochgezogen.

»Wenn du in Freistatt einen gewissen Ahdio treffen solltest, Ahh-dii-ohh ...«

»Ahdio. Ja?«

»Äh ... sag ihm, daß du den großen roten Kater gesehen hast und daß das Pärchen, das mit ihm unterwegs war, schwört, ihn nicht gestohlen zu haben. Er ist ihnen gefolgt. Durch die Wüste, aye.«

»Ich sage Ahdio, daß ihr schwört, daß der große rote Kater euch von selbst gefolgt ist und ihr ihn auf keinen Fall gestohlen habt.«

Hanse nickte. »Richtig. Vielen Dank.«

Der andere Reisende nickte zurück, wandte sich ab und ritt auf dem Waldweg weiter. Hanse tat dasselbe. Dann klang wieder ein Ruf auf.

»Yo!«

Hanse drehte sich um und blickte zurück, die Augenbrauen fragend hochgezogen.

Der andere Mann sah mit einem halben Lächeln zu ihm herüber. »Ich heiße Strick.«

»Strick?«

»Richtig«, bestätigte der andere, hob lässig die Hand zum Gruß und drehte sich zum letzten Mal um, um seinen Weg entlang der Straße durch den Wald fortzusetzen.

»Ich glaube, wir haben einen guten und ehrlichen Mann getroffen«, sagte Mignureal ruhig. Sie hielt das Medaillon in der Hand. »Was soll ich damit machen, Hanse?«

»Trage es«, schlug er vor, während sie weiterritten. »Ich glaube auch, daß wir einen guten Mann getroffen haben. Weil wir ihm nicht in die Quere gekommen sind«, fügte er hinzu.

»Er ist ein großer Kerl, nicht wahr?«

»Mehr als nur das«, sagte Hanse. »Dieser Strick ist ein Mann der Waffen. Vielleicht ein Soldat. Auf jeden Fall aber ein Ex-Soldat.«

Sie ritten weiter durch den Wald und unterhielten sich über den großen Mann, über die Schlichtheit seiner Kleidung und sogar seines Pferdes. Und über diese blauen Augen unter den Brauen, die dunkler gewesen waren als sein großer herabhängender Schnurrbart, der die Farbe alter Bronze besessen hatte.

Ein paar Stunden später kamen wie aus dem Wald heraus. Vor ihnen lag ganz offensichtlich bäuerliches Land. Eine breite Straße führte nach Norden und nach Osten. Sie war nicht gepflastert, und das hielt Hanse für ein gutes Zeichen. Militärstraßen waren gepflastert.

Imrys und seine Frau Tenny waren wirklich nette und gastfreundliche Leute. Selbst ihre Katzen verhielten sich ruhig, als zwei weitere dazu kamen, was ziemlich ungewöhnlich war, wie zumindest Mignureal wußte. Der gelbe Hund, der sich längst daran gewöhnt hatte, mit Katzen zusammenzuleben, schenkte Wunder und Regenbogen kaum Beachtung, aber er bellte die beiden Menschen pflichtbewußt an, bis sein Herr ihm befahl, ruhig zu sein. Nachdem er seiner Pflicht so nachgekommen war, schwänzelte der Hund herum und erwartete ein paar Streicheleinheiten als Belohnung.

Hanse und Mignureal wollten nur ein wenig Wasser und eine Dachkammer für die Nacht. Imrys bestand darauf, die Pferde und den Onager mit etwas Hafer zu versorgen. Er führte auch sein eigenes großhufiges Arbeitspferd und eine einjährige Färse aus dem Pferch heraus und in eine alte baufällige Scheune hinein, damit die Reisenden den Pferch für ihre eigenen Tiere benutzen konnten. Das war nur vernünftig, denn auch wenn die Pferde Wallache waren, konnte kein Gott dafür garantieren, daß sich alle Pferde vertrugen.

Tenny bestand darauf, daß die ›Gäste‹ das warme Essen mit ihnen teilten, das sie gleich zubereitete. Das war nicht bloß ein rituelles Angebot, wie die Besucher erfuhren, als sie dem Ritual gemäß ablehnten. Bald schon war Mignureal der knochigen, streng riechenden Frau behilflich, während Hanse ihrem knochigen und ebenfalls streng riechenden Mann in und bei der Scheune half. Weder Hanse noch Mignureal erwähnten, daß sie gerne baden würden. Für Imrys und Tenny erfüllte Wasser offensichtlich andere Zwecke.

Nachdem Imrys keine Einwände erhob, spielte Hanse

eine Weile mit dem neunjährigen Klein-Imrys. Sie benutzten eine Seitenwand der Scheune als Zielscheibe für die Wurfmesser. Ein großes Astloch bildete das eigentliche Ziel, aber Klein-Imrys – eigentlich hieß er Rys – traf nicht einmal in die Nähe. Seine Schwester Rose, die ein Jahr älter war, kam dem Ziel schon etwas näher.

Der Rindfleischeintopf schmeckte wunderbar, und Tennys Brot, mit fester Kruste und weichem Inneren, verdiente Lob. Das gleiche galt für die Pfirsiche. Alle vier Mitglieder ihrer Gastgeberfamilie stellten unablässig Fragen und wollten alles über ferne und romantische Länder wissen. Rys interessierte sich für Hanses Messer, Rose für Mignureals Kleider. Hanse und Mignureal beantworteten alle Fragen, auf die eine oder andere Weise. Sie behaupteten, sie kämen aus Klarfeld – Mignureal hatte sich das einfallen lassen – und versicherten ihren Gastgebern, daß sie keine fernen und romantischen Länder kennen würden. Sie hatten sich entschieden, weder die Tejana noch die Silbermünzen zu erwähnen.

Als sie erzählten, daß sie unterwegs nach Firaqa waren, wurden sie bedrängt, nicht in diese stinkende Stadt zu ziehen, sondern sich lieber auf einem Bauernhof niederzulassen, wo die Luft frisch und die Tiere und Nachbarn hilfsbereit und vertrauenswürdig waren.

Als sie ihn nach seinem Beruf fragten, sagte Hanse, daß ihre beiden Väter Ladenbesitzer gewesen seien und daß sie sich in diesem Beruf auskennen würden. Das stimmte zumindest in Mignureals Fall. Mit all ihren Pferden, bemerkte Imrys, sollten sie durchaus in der Lage sein, die Anzahlung für einen Laden in Firaqa zu leisten und sich über den Rest mit dem Besitzer oder einem Geldverleiher zu einigen, aber »... ihr wärt sehr viel besser beraten, wenn ihr diese guten Tiere zur Arbeit auf gutem Farmland benutzen würdet.«

Sie erfuhren wenig über Firaqa, da ihre Gastgeber kaum etwas über die Stadt wußten. Tenny und die Kinder waren noch nie in ›Der Stadt‹ gewesen, wie sie sie nannten, Imrys nur einmal, weil es sich nicht vermeiden ließ. Er verspürte auch kein Verlangen, noch einmal dorthin zurückzukehren. Als Rose eine entsprechende Bemerkung machte und Rys ihn heimlich ins Vertrauen zog, erfuhr Hanse, daß der Rindfleischeintopf etwas ganz Besonderes war, Fleisch war eine seltene Kost in dieser Gegend.

Sie erfuhren auch, daß die Steuern und ihre Eintreiber gar nichts Schlechtes waren. Sehr merkwürdig!

Nachdem sie das Essen beendet hatten, bot ihnen Imrys Bier an. Es überraschte ihn und Tenny, daß keiner ihrer Gäste davon Gebrauch machen wollte, aber die beiden Gastgeber leerten jeweils einen Krug. Nach Sonnenuntergang saßen sie alle noch eine Zeitlang zusammen im Freien, und Imrys und Tenny deuteten auf diesen oder jenen Baum, in die eine oder andere Richtung, redeten über Bauernhöfe und erwähnten die Namen von ungefähr zwanzig Leuten, die ebenfalls in der Gegend wohnten. Gute, ehrliche Leute, wie Imrys immer wieder versicherte.

»Ich muß mir hinter der Scheune einmal etwas anschauen«, sagte Hanse, als das Zwielicht verdämmerte und die Nacht hereinbrach.

Imrys gestattete ihm, sich umzusehen. Rys bettelte darum, mitkommen zu dürfen, aber das wurde ihm nicht erlaubt. Hanse fügte hinzu, daß er mit Mignureal etwas zu besprechen hatte, und sie ging mit ihm neben die Scheune. Sie war sofort mit seinem Vorschlag einverstanden. Ihre Gastgeber sahen erfreut zu, wie sich die beiden umarmten.

»Es tut immer gut, nach einem Essen und ein wenig Bier seinen Auffangbehälter zu entleeren«, sagte Imrys ein paar Minuten später und rühmte sein selbstgebrautes Gerstenbier, während er ›seinen Auffangbehälter‹ an einer riesigen Eiche hinter der Rückwand der Scheune entleerte. »Du hältst wohl nichts vom Trinken, Hanse?«

»Ich habe es eine Zeitlang zu ausgiebig betrieben, Imrys. Habe dann für immer damit Schluß gemacht.« Seine Behauptung entsprach zumindest teilweise der Wahrheit. Nachdem er seinen eigenen Auffangbehälter entleert hatte, knöpfte Hanse seine Hose und seine Tunika wieder zu. »Imrys, Mignureal möchte Rose den Wollrock schenken, von dem das Mädchen so begeistert ist, und ich würde Klein-Imrys gerne meine Schärpe geben. Wenn du nichts dagegen hast.«

»Ein Rock! Aber das ist viel zuviel, Hanse. Und was deine schöne rote Schärpe betrifft, du hängst doch bestimmt sehr daran. Es besteht kein Grund, sie an den Jungen zu verschwenden.«

»Imrys, die beiden Sachen sind nicht einmal mehr neu, und wir würden sie den Kindern gerne geben. Oder hast du irgendwelche Einwände?«

Imrys schüttelte nur einmal den Kopf. »Du hast sie gerade gehört. Es ist nur nicht nötig, das ist alles!«

»Dann ist alles klar.«

»Ihr seid wirklich feine Leute, Hanse. Meine Kinder werden glauben, der Mond sei vom Himmel gefallen und hätte sie mit Sternen überschüttet! Und ich würde mich wirklich freuen, wenn ihr es euch noch mal überlegt, ob ihr euch wirklich in Firaqa niederlassen wollt.«

»Imrys, ich habe dich ein bißchen belogen. Ich ...«

»Wir haben alle unsere Geheimnisse, und die Leute hier in der Gegend respektieren die Privatsphäre der anderen, Hanse. Du brauchst nichts mehr zu sagen.«

In der tiefen Dunkelheit, die mittlerweile herrschte, ging Hanse über diesen Einwand hinweg. »Ich habe meinen Vater nie kennengelernt. Ich bin ohne Elternhaus und ohne Erziehung aufgewachsen. Ich war ein Dieb, Imrys. Ein wirklich guter Dieb. Dann habe ich Mignureal kennengelernt, und ... nun, dann bin ich ein wenig in politische Angelegenheiten verwickelt worden. Mein letzter Diebstahl bestand darin, in das Haus des Herrschers einzubrechen und etwas zu stehlen, das die Rebellen brauchten. Dann haben sich Mignue und ich Hals über Kopf aus dem Staub gemacht. Oh ... wir haben diese Pferde nicht gestohlen. Nun sind wir unterwegs nach Firaqa, um noch einmal ganz von vorne anzufangen. Zusammen.«

Hanse schwieg. Der größte Teil seines Berichtes entsprach der Wahrheit, wenigstens zum Teil, und er fühlte sich erleichtert, Imrys davon erzählt zu haben. Er beschloß, sich später darüber Gedanken zu machen, warum das so war.

»Eine gute Frau kann aus den meisten von uns einen anständigen Mann machen, Hanse«, sagte Imrys. Er war zu dem augenscheinlichen Schluß gekommen, daß Hanse sich geändert hatte, und daß Mignureal dafür verantwortlich war. »Du hättest mir das alles wirklich nicht zu erzählen brauchen, aber ich danke dir für dein Vertrauen, und ich freue mich für dich – über deine Pläne, ein neues Leben zu beginnen, meine ich. Aber trotz allem, ich habe nichts gehört.«

Hanse stieß ein verhaltenes Lachen aus. »Schön, aber denke daran, daß du jetzt in Firaqa einen Freund hast oder demnächst haben wirst. Einen, der sich hervorragend darauf versteht, in der Nacht herumzuschleichen.«

Sie hatten wieder kehrtgemacht, um zum Bauernhof zurückzuschlendern. Imrys, Lachen klang ein wenig nervös. »Ich wüßte keinen Grund, warum ich die Hilfe eines solchen Burschens brauchen sollte, falls ich einen kennen würde. Natürlich kenne ich auch keinen. Aber ich werde mich an deine Worte erinnern. Ich kann euch nur alles Gute für eure Zukunft wünschen und ... äh, natürlich, auch viel Glück mit eurem Laden.«

Gegen seinen Willen mußte Hanse lachen. Was für ein Mann! Er akzeptierte mit völliger Selbstverständlichkeit alles, was Hanse ihm erzählt hatte, behauptete gleichzeitig, nichts gehört zu haben und versprach im gleichen Atemzug, sich daran gegebenenfalls zu erinnern.

Was für Leute sie doch in den letzten Tagen getroffen hatten! Einen Bauern und einen vorsichtigen Reisenden, der nur widerwillig seinen Namen preisgegeben hatte. Hanse hatte ein gutes Gefühl, was dieses Land und seine Reise nach Firaqa betraf. *Es leben anständige Menschen in dieser Gegend. Soll Freistatt doch unten an der Küste im Süden bleiben und verrotten.*

»Oh«, sagte er plötzlich. »Ich habe ein paar Kupferstücke in der Schärpe. Ich gehe nur mal eben in die Scheune und verstaue sie in unserem Gepäck.«

»Ich werde in der Zwischenzeit warten und mir den einen oder anderen Stern anschauen«, sagte Imrys.

Wieder war Hanse verwundert. Was für ein rücksichtsvoller Mann dieser Imrys doch war! Mit welcher Behutsamkeit er die Privatsphäre anderer respektierte! In der dunklen Scheune, die nur spärlich vom Mond- und Sternenlicht erhellt wurde, das durch die Ritzen zwischen den Brettern fiel, legte Hanse seine schwere Schärpe ab. Er achtete darauf, daß es nicht klimperte, als er die gute Handvoll Silbermünzen herausnahm und sie vorübergehend versteckte. Dann verließ er die Scheune wieder, die Schärpe um die Hüfte geschlungen. Er ging zusammen mit Imrys zum Haus zurück.

»Ich wollte die Kinder ins Bett schicken, Vater«, sagte Tenny zu ihrem Mann, »aber Mignue sagte, Hanse wollte sie erst noch einmal sehen.«

»Das wollen wir beide«, sagte Hanse und nahm seine leuchtend rote Schärpe zum zweiten Mal innerhalb weniger Minuten ab.

Mignureal stand sofort auf. Als sie den Wollrock auszog, rief sie sehr viel mehr Aufmerksamkeit hervor als Hanse mit seiner Schärpe, aber sie trug natürlich noch mehrere Röcke unter dem ersten. Tenny protestierte sofort, daß sie das Geschenk nicht annehmen könnten, während ihre Tochter unverständliche Worte murmelte und schluchzte und Rys so tat, als würde er nicht weinen, als Hanse dem Jungen die Schärpe um die Hüfte schlang und sie verknotete.

»Aber ich kann nicht ... du sollst doch nicht ... noch niemand hat mir ...«, stammelte Rose und weinte noch lauter.

Mignureal umarmte sie und danach Tenny. Als sie nach einem kurzen Blick auf Rys erkannte, daß der nichts von einer solchen Geste hielt, ging sie nicht weiter auf ihn zu. Und dann war es Zeit, ins Bett zu gehen.

»Aber ich werde stundenlang nicht einschlafen können!« protestierte Rys und fingerte an seinem Prachtstück herum.

»Ich schätze, das solltest du aber besser tun«, ermahnte

ihn sein Vater. »Du mußt nämlich morgen eine ganze Menge Unkraut jäten.«

»Rys«, sagte Hanse streng und drehte sich noch einmal um, als er und Mignureal schon mit einer Lampe, die Tenny ihnen gegeben hatte, auf dem Weg zur Scheune waren. Er hob den Finger. »Geh jetzt schlafen. Dann kannst du morgen um so früher aufstehen und dich bei Sonnenlicht bewundern!«

»Ja, Herr!«

Ungefähr eine Minute später öffnete Hanse die Scheunentür. »Verdammt«, murmelte er. »Herr! *So* hat mich noch nie jemand genannt!«

Mignureal lachte und umarmte ihn. »Ich fühle mich so wunderbar, daß wir die Kinder beschenkt haben!«

»Ich mich auch«, gab Hanse zurück. »Und was wir gleich tun werden, wird auch dazu beitragen, daß du dich wunderbar fühlen wirst! *Nachdem* wir die Satteltasche geleert haben.«

»Oh, Mist«, sagte sie, als sie sich an eine Verwünschung erinnerte, die sie sich angewöhnen und ganz automatisch benutzen wollte.

Sie entleerten die Satteltasche, sammelten auch die Münzen aus Hanses Schärpe zusammen und kletterten auf den Scheunenboden. Den Docht der Lampe, die in einem mit vielen Löchern durchsetzten Eisenkästchen steckte, löschten sie mit äußerster Vorsicht.

Es war eine wunderbare Nacht. Und es wurde auch eine geruhsame und ereignislose Nacht, von dem Rausch ihrer Gefühle abgesehen, als sie sich vor dem Schlafen einander hingaben. Hanse hatte recht gehabt, hinterher fühlte sich Mignureal einfach wunderbar. Und ihrem Mann ging es nicht anders.

An diesem Morgen enthielt die Satteltasche wieder elf rankanische Kaisermünzen. Hanse und Mignureal ließen sie dort liegen.

Als er sagte, daß er vorhätte, eine weitere Münze hier in

der Scheune zu *verlieren*, rannen Mignureal die Tränen über die Wangen. Wer in Freistatt hätte das von Hanse, den man Nachtschatten nannte, geglaubt! Aber sie überredete ihn, die Münze in das Gras hinter der Scheune zu werfen. Dort würde sie mit Sicherheit gefunden werden, doch hier auf dem Dachboden könnte sie unter Umständen unentdeckt bleiben, da Imrys und Tenny niemals das ganze Heu ausräumen würden. Und was noch schlimmer gewesen wäre, die Münze könnte auch in den Mist der drei Kühe, der Färse oder des Pferdes fallen.

Dann gab Mignureal Hanse ein großes blaues Tuch, in das er achtundzwanzig Münzen einrollte, bevor er eine Schärpe daraus machte.

Als sie aus der Scheune kamen, fanden sie die beiden Kinder vor, die fröhlich ihre neuen prächtigen Kleidungsstücke trugen. Ihre Wohltäter lehnten zwar ein Frühstück ab, wurden aber trotzdem ›gezwungen‹, wenigstens etwas Milch und Brot anzunehmen. Als Hanse an die silberne Kaisermünze dachte, die er so hatte liegen lassen, daß Imrys sie finden mußte (und dann mußte er noch herausfinden, was für ein Geldstück das war, denn er hatte höchstwahrscheinlich noch nie so eins gesehen), akzeptierte er gnädig einen kleinen Laib des guten, knusprigen, dunklen Brotes. Nach einer längeren familiären Abschiedszeremonie, die sie verlegen machte, zogen die Reisenden wieder weiter, um eine Münze ärmer und doch sehr viel reicher.

»*Milch*«, murrte Hanse, als sie in nordöstlicher Richtung durch das bäuerliche Land ritten. »Ich werde heute bestimmt Durchfall bekommen!«

»O Liebling, du solltest nicht einmal daran denken!« Mignureals Stimme war genauso warm wie ihr Lächeln. Sie saß in ihrem Sattel, ohne sich Sorgen wegen ihrer bloßen Waden zu machen, und schlang sich die Arme um den Leib. »Ich fühle mich so herrlich! Was für wunderbare Leute!«

»Aye«, sagte Hanse und fügte verwundert hinzu: »Und es ist sehr merkwürdig, wenn einem bewußt wird, daß sie dasselbe über uns sagen. Über mich!«

Es war ein wunderschöner Tag, und er blieb so wunderschön, bis sie dem Rat eines anderen netten Mannes folgten und eine Abkürzung durch einen kleinen Laubwald nahmen und überfallen wurden.

Es war ein netter Bursche, und er war gut gekleidet, seinem farbenfrohen Aussehen nach zu urteilen. Sein schmaler Hut hatte eine gewagte gelbe Farbe, seine mit grünen Stikkereien verzierte Tunika war leuchtend blau, und seine lederne Hose hatte die gelbliche Farbe ungegerbten Rehleders. Über einem breiten, gepflegten, schwarzen Schnurrbart blickten seine klaren Augen liebenswürdig Mignureal direkt an und richteten sich dann auf Hanse. Er trug ein Schwert mit einem schönen Griff und einem schönen Granatknauf, das in einer schönen Scheide aus mit schwarzem Leder überzogenem Holz steckte, und die mit sich in X-Form kreuzenden Bändern aus naturgelbem Leder verziert und mit zwei – waren es Granatsteine? – versetzt war. Sein Pferd war ein geschmeidiger schöner Rappe mit zwei weißen Fesseln. Die schön gearbeiteten Schnörkelverzierungen seines hellen Sattels waren schwarz gefärbt, um den Kontrast hervorzuheben. Er erzählte ihnen, daß sein Name Sinajhal und er Unterhaltungskünstler sei, unterwegs von Firaqa nach ... nun, wohin auch immer sein Pferd und die Göttin Fortuna ihn führen mochten.

Hanse fiel es schwer, den farbenfroh gekleideten Burschen nicht zu mögen, und er wußte, daß Mignureal von ihm entzückt war. Sinajhal berichtete ihnen dann noch auf seine liebenswürdige Art von einem Problem, das hinter ihm, aber noch vor ihnen lag; dieses Problem sei ein äußerst hartnäckiger Steuereintreiber. Es sei klüger, wenn sie die Abkürzung durch den kleinen Wald rechts von ihnen nehmen würden.

Sie bedankten sich für den Rat. Der Fremde vollführte in seinem Sattel eine prächtige Verbeugung, winkte ihnen liebenswürdig zu, wünschte ihnen liebenswürdig eine gute Reise und ritt liebenswürdig seines Weges.

Nachdem er verschwunden war, lachten Hanse und Mignureal ein wenig über ihn. Von dem Charme des Burschen beeindruckt, wollte Hanse gerade seine Meinung über ihn ändern und ihn unsympathisch finden, als Mignureal ihn ›dieser ulkige Kerl‹ nannte.

Sie nahmen die Abkürzung durch den hübschen, kleinen Wald, die Sinajhal ihnen gezeigt hatte, und folgten einem gewundenen Pfad, der so schmal war, daß er nur von einem Pferd gleichzeitig passiert werden konnte.

Eine gute Stunde später, als Wunder und Regenbogen zu einer kleinen Erkundungstour zwischen den umstehenden Bäumen verschwunden waren, drehte Hanse sich in seinem Sattel um, um Mignureal zuzurufen: »Ich glaube, wir reiten im Kreis«, als er sah, wie sie mit weit aufgerissenen Augen auf irgend etwas hinter seinem Rücken starrte.

Er drehte sich wieder um und schaute in die gleiche Richtung. Wieder einmal blickte er auf einen Stahlpfeil, der in eine gespannte Armbrust eingelegt war. Die Waffe befand sich in der Hand eines dickbäuchigen Burschen mittleren Alters, der völlig in dunkles Braun gekleidet war. Auch sein Schnurrbart, Kinnbart und Gesicht waren dunkelbraun.

Nicht schon wieder, dachte Hanse unglücklich.

»Steht auf und bleibt stehen«, sagte der dickbäuchige Mann. »Das heißt, steigt von den Pferden und haltet euch von ihnen fern, während ich sie mitnehme. Ihr könnt mir glauben, ich will sie lieber haben als ihr.«

Hanse starrte ihn an und biß sich auf die Lippen, während er überlegte. »Wollen«, sagte er, »ist nicht brauchen.«

»Steig vom Pferd, Klugscheißer.«

Nein, dachte Hanse, *nicht schon wieder*. Und mit absichtlich schriller Stimme schrie er: »Hilfe! O Hiiilfe!«

»Das wird dir auch nicht helfen, Junge«, versicherte der Räuber. Die Armbrust bewegte sich drohend. »Aber du hältst trotzdem besser den Mund. Und jetzt steig vom Pferd. Du auch, Mädchen. Oh – und halte die Hände von den scharfen Klingen fern, Junge.«

Hanse stieß einen tiefen Seufzer aus, dachte: *verdammter Kater*, und begann abzusteigen.

In diesem Augenblick bewies Wunder, daß sich der Räuber geirrt hatte. Der Kater schoß aus dem Wald hervor, schrie: »Yaaauurrr!« oder etwas, das so ähnlich klang, und katapultierte sich in die Luft. Er landete mit sämtlichen ausgefahrenen Krallen auf dem Arm des Räubers, der die Armbrust hielt, und begann sofort zuzubeißen. Der Mann kreischte. Sein Finger krümmte sich um den Abzug. Während der Bolzen über Hanses namenloses graues Pferd hinwegsummte, ragte aus der Brust des Räubers schon der schmale Griff eines Wurfmessers. Seine Augen rollten unkontrolliert hin und her, und er wankte, während sich Wunder weiterhin so gebärdete, als wollte er seinen Arm auffressen.

Wäre Hanse nicht mit dem Fuß ausgerutscht, hätte er den Bolzen der anderen Armbrust genau zwischen die Schulterblätter bekommen. Doch da er ausrutschte, verfehlte der Bolzen ihn um sechs und Wunder um einen Zoll. Er fuhr direkt in die Stirn des dickbäuchigen Mannes, dessen Augen daraufhin aufhörten zu rollen. Wunder ließ von ihm ab und heulte noch einmal im selben Tonfall wie vorhin, während sein Opfer wie ein gefällter Baum zu Boden fiel.

»Scheiße!« knurrte eine Stimme hinter Hanse.

Er wirbelte herum und erblickte den liebenswürdigen Sinajhal, der sein Pferd hinter Mignureal drängte. Sein Blick war starr auf Hanse gerichtet. Da er entschieden hatte, daß es zu riskant sei, sich die Zeit zu nehmen, die Distanzwaffe noch einmal zu spannen, ließ er sie fallen und griff nach einer anderen. Das Schwert mit dem hübschen Knauf in der Hand, raste er Hanse entgegen.

Hanse versuchte, das Pferd mit den Zügeln auf dem schmalen Pfad herumzureißen, während er gleichzeitig die längste Klinge zog, die er besaß, das Messer aus den Ilbarsibergen. Das erstere gelang ihm nicht ganz, das graue Pferd stand quer zu dem des angreifenden Sinajhal, als dieses sie erreichte. Hanse besaß nicht die geringste Erfahrung, aus einem Sattel heraus zu kämpfen. Als er sah, wie das Schwert seines Gegners mit Wucht herab und auf ihn zusauste, duckte er sich verzweifelt. Und dabei fiel er vom Pferd.

Das rettete sein Bein vor Sinajhals Pferd und seinen Kopf vor dessen Schwert. Aber es gelang Sinajhal trotzdem nicht mehr, seinen mörderischen Schlag aufzuhalten, und so grub sich seine Klinge in Hanses Sattel.

Ungefähr im selben Augenblick prallte Sinajhals schwarzes Pferd gegen den Grauen. Sein Wiehern war ein schrilles Kreischen. Es bäumte sich auf und trat um sich. Seine Hinterhufe flogen haarscharf über Hanse hinweg, der sich gerade unter seinem eigenen Pferd abrollte. Seine Faust hielt das unglaublich lange Messer umklammert, das aber immer noch einen Fuß kürzer als Sinajhals Schwert war. Unglücklicherweise hatte der heimtückische Teufel seine Klinge schon wieder aus dem Sattel herausgerissen, als Hanse unter das schwarze Pferd hechtete.

Als er auf der anderen Seite des Rappen wieder auf die Füße kam, konnte er gerade noch sehen, wie Sinajhal ihn wieder wild anstarrte und zu einem weiteren Schlag ausholte.

Da geschah irgend etwas mit Hanses Arm. Während Hanse noch glaubte, die einzige vernünftige Reaktion bestünde darin, zur Seite zu springen, bewegte sich sein linker Arm so schnell, daß die Klinge des Ilbarsimessers nur noch ein verschwommener Schemen war. Sie fing den rasenden Schlag des anderen Mannes mit einem fürchterlichen Aufprall und mit einem lauten Klirren ab. Gleich darauf ertönte ein ohrenbetäubendes, schrilles Kreischen, als die aus der Bahn gelenkte Klinge auf Hanses Hand zuglitt. Obwohl seine Zähne aufeinanderschlugen und sich sein Arm anfühlte, als sei ein Pferd aus vollem Galopp dagegen geprallt, ließ Hanse zuerst sein Handgelenk und dann seinen Körper herumwirbeln und schlug seine Klinge wieder gegen Sinajhals Schwert, diesmal als Angreifer.

Der liebenswürdige Räuber grunzte und stieß einen Fluch aus. Da er sich Hanse entgegengelehnt hatte, mußte er in seinem Sattel um sein Gleichgewicht kämpfen. Nur sein Überblick aus seiner erhöhten Position bewahrte ihn vor dem heransausenden roten Strich, der Wunder war. Der Kater flog mit ausgefahrenen Krallen und mit im weit aufgerissenen Maul entblößten Fängen genau auf Sinajhals Gesicht zu. Sein Opfer neigte sich Hanse entgegen, duckte sich, während der Kater über ihn hinwegschoß, und klammerte sich mit den Beinen fest, um nicht vom Pferd zu fallen.

Hanse nutzte die günstige Gelegenheit und hieb seine Klinge durch das gelbe Leder in eins von Sinajhals Beinen.

Der schrie laut auf, geriet ins Taumeln und stürzte direkt auf Hanse zu. Dadurch flog der hartnäckige Wunder unglücklicherweise wieder über einen leeren Sattel, diesmal in die entgegengesetzte Richtung. Er landete auf dem grauen Tejanapferd, das sofort schrill aufschrie und unablässig zu bocken und um sich zu treten begann.

Hanse war es in der Zwischenzeit nicht gelungen, auszuweichen und schnell genug zurückzuspringen, und so prallte Sinajhal gegen seine Schienbeine. Hanse stürzte auf den Rücken und rollte sich verzweifelt ab. Er kam gerade noch rechtzeitig auf die Füße um zu sehen, wie der Verwundete ihn anstierte und sich mit einer Hand vom Boden hochstützte. Mit der anderen Hand holte er zu einem horizontalen Schlag gegen Hanses Beine aus.

»Hanse!« kreischte Mignureal, aber er sprang schon so hoch er konnte und zog dabei die Beine ein.

Das Schwert des Räubers sauste durch die Stelle, an der sich vor einem Augenblick noch die Fußknöchel seines vermeindlichen Opfers befunden hatten. Dann tauchten die Fußknöchel seines Gegners wieder in seinem Blickfeld auf, und Hanses Füße streichelten beinahe den Boden, als er federnd landete. Sinajhal lag ausgestreckt auf dem Boden und starrte in die bösartigen dunklen Augen Hanses hinauf, der sich gerade in die Hocke sinken ließ. Er nahm diesen Anblick nur noch flüchtig wahr. Fast gleichzeitig mit seinem vermeindlichen Opfer sauste auch dessen zwanzig Zoll lange Klinge herab. Sie fuhr durch Sinajhals farbenprächtigen Hut und sein Haar und grub sich in seinen Schädel.

Sinajhal riß die Augen unglaublich weit auf und begann, am ganzen Körper zu zucken, während sein Blut spritzte.

Obwohl er sein Schwert hatte fallen lassen, krümmten sich seine Finger immer noch.

Hanse brauchte beide Hände, um das Schwert aus dem Schädel des anderen ziehen zu können. Er verschwendete keinen Gedanken daran, das Blut und den häßlichen grauen Brei von der Klinge zu wischen oder zurückzuweichen, um festzustellen, ob der Raubmörder starb oder noch einmal zu sich kam. Er stieß das Ilbarsimesser in Sinajhals Kehle und riß es mit einer gleichzeitigen Drehung wieder heraus. Ein Schwall sprudelnden roten Blutes besudelte augenblicklich die Tunika des Räubers. Kurz darauf versiegte der heftige Blutstrom auch schon wieder.

Hanse trat von dem Leichnam zurück. Er blinzelte, als eine fliegende Katze mit ausgefahrenen Krallen auf dem leblosen Körper landete.

»Laß es gut sein, Wunder«, sagte Hanse mit einer Stimme, die genauso grimmig klang wie sein Gesicht aussah, und er bemerkte, daß er nicht einmal schwer atmete.

»Hanse!«

»Ich bin in Ordnung, Mignue. Bleib bei den Pferden!«

»Die sind damit beschäftigt, die Blätter von den Bäumen zu fressen. Wird Sinajhal ...?«

»Wenn du fragen wolltest, ob er noch einmal zu sich kommt«, sagte Hanse mit ruhiger aber dennoch gefährlicher Stimme, »heißt die Antwort nein. Das heimtückische Schwein hat seine letzten Wanderer in die Falle gelockt.«

»O *Hanse!*«

»Bitte, spring mich diesmal nicht an, Mignue. Ich würde umfallen!«

Aber sie war schon unterwegs und warf sich gegen ihn, und Hanse fiel zu Boden.

Als sie nach einer Minute immer noch auf dem Boden lagen, sagte sie: »O Liebling, du hast uns beiden das Leben gerettet! Jeder weiß, wie gut Nachtschatten mit Messern umgehen kann, aber ich hatte keine Ahnung, daß du gegen ein *Schwert* kämpfen und gewinnen könntest! Ich habe geglaubt ... ich war sicher, er würde dich ... o Hanse!«

Das habe ich auch geglaubt, dachte Hanse, und erst jetzt ließ er seine Waffe los, damit er beide Arme um die zitternde Frau legen konnte, die sich so heftig gegen ihn preßte.

Sinajhals Komplize hatte offenbar kein Pferd besessen, oder er hatte das arme Tier tiefer im Wald angebunden, als Hanse suchte. Sie hatten jetzt nicht nur den Sattel des grauen Pferdes durch das Schwert des Möchtegernräubers verloren, sondern auch das Pferd selbst, das während des Kampfgetümmels geflohen war. Nachtschatten fluchte noch über den Verlust von Pferd, Sattel und Gepäck, als Mignureal ihn fragte, wo sie die beiden Männer begraben sollten.

»*Begraben*!« wiederholte er, und seine Stimme klang anklagend und wütend zugleich. »Diese beiden Raubmörder? Sollen sie verfaulen, wo sie liegen. Die Vögel werden ihnen schon sehr bald die Augen aushacken!«

Mignureals Stimme und Gesicht zeigten deutlich, daß sie schockiert war. »Hanse!«

»Ich werde keine schweißtreibende Arbeit für diese beiden Männer verrichten, Mignue. Sie haben versucht, uns umzubringen, und Wunder und ich haben sie getötet. Ich werde nicht die nächsten Stunden damit verschwenden, zwei Löcher zu graben und sie hineinzuwerfen. Allerdings werde ich ...« Er brach mitten im Satz ab, als er sich nach dem Schwert bückte, das Sinajhal fallengelassen hatte, und hob es auf. Er ließ es so schnell durch die Luft wirbeln, daß es pfiff, und kauerte sich nieder, um die Gürtelschnalle des Toten zu öffnen.

»Allerdings werde ich nach dieser Erfahrung ein Schwert tragen, und wir beide werden die Armbrüste mitnehmen. Heb die andere auf, ja?«

»Nein.«

Noch immer in der Hocke, wandte Hanse langsam den Kopf und musterte Mignureal. Sie hatte die Arme um ihren Leib geschlungen und schüttelte den Kopf. Er beschloß, das, was er ihr gerade hatte sagen wollen, für sich zu behalten. Er richtete seine Aufmerksamkeit wieder auf Sinajhals Gürtelschnalle, nahm ihm den Gürtel ab und stand auf. Kurz darauf hatte er ihn sich selbst umgelegt.

»Die Beute des Siegers, ist es das?« fragte Mignureal.

»Genau das, Mignureal. Noch vor ein paar Minuten hast du mich mit Freuden einen Held genannt. Wenn dir das hier nicht gefällt, hältst du besser den Mund darüber. Und auch darüber, die beiden zu begraben.«

Sie preßte die Lippen zusammen, während er die beiden Armbrüste aufsammelte. Als er sein Messer aus der Brust des dicken Mannes zog und es sorgfältig an dessen Ärmel abwischte, wandte sie sich ab. Nachdem er es eingehend untersucht hatte, wischte er es noch einmal ab, bevor er es wieder in seine Scheide schob. Er hatte schon ein gutes Wurfmesser im Kampf gegen die Tejana verloren. Auch wenn er genügend silberne Kaisermünzen besaß, dachte er nicht daran, ein weiteres gutes Messer zu verschwenden, wenn es sich vermeiden ließ. Damals in Freistatt hatte er sein erstes Geld für sein erstes Messer ausgegeben, und dabei spielte es keine Rolle, woher er das Geld hatte. Nun hatte er es verloren, denn er hatte es in der Dunkelheit überhastet auf einen Tejanit geschleudert und sein Ziel dabei verfehlt.

Was dieses Messer betraf, nun, es war ein Geschenk von Klauer, dem armen Klauer Eidschwörer, den man gehängt hatte und der für Hanse Lehrmeister, Freund und Vaterersatz gewesen war. Auch wenn der Dieb, den man Nachtschatten nannte, so tat, als sei er gefühlskalt – weil er glaubte, daß er es sein sollte –, waren Schein und Wirklichkeit doch zwei verschiedene Paar Schuhe.

Wunder strolchte unterdessen herum und sah ganz so aus, als bestünde das wahre Vergnügen für ihn darin, wenn eine weitere Bedrohung auftauchen würde. Regenbogen saß ruhig da und beobachtete ihn. Der Onager, die Pferde und auch der schwarze Wallach mit den weißen Fesseln, der dem verstorbenen Sinajhal gehört hatte, mampften zufrieden ein wenig Gras und ein paar Blätter, die sie hier und da von Bäumen und Büschen rupften.

»Sein Sattel gefällt mir, aber ich wette, sein Klepper ist nicht einmal halb so gut wie das alte Eisenmaul«, nörgelte Hanse vor sich hin.

»Er wird uns bestimmt wieder ganz leicht einholen«, sagte Mignureal in einem Tonfall, den schlechte Geschichtenerzähler ›verschnupft‹ genannt hätten.

Hanse machte sich nicht die Mühe, ihr einen Blick zu gönnen. Er beschloß, den Inhalt der Satteltaschen oder der Rolle, die hinter dem Sattel des Rappen festgezurrt war, nicht zu untersuchen. Nicht gleich jetzt. Mignureal wäre nur noch verstimmter gewesen, und wahrscheinlich hätte sie irgend etwas gesagt. Sinajhals Habseligkeiten, sofern er welche besaß, konnten warten. Hanse hatte kein schlechtes Gewissen, er fühlte sich im Recht. Wie kam es nur, daß seine erwählte Frau es wunderbar fand, daß er zwei Menschen getötet hatte, und sich doch bei diesem Anblick beinahe übergeben mußte? Und wie konnte sie erst recht etwas dagegen haben, daß er sich ihr Pferd und ihre Waffen nahm?

»Hanse, hör doch! Nein, sieh!«

Sie hatte das Hufgetrappel gehört, kurz bevor das reiterlose graue Pferd hinter einer Biegung des Pfades auftauchte. Es kaute auf etwas herum, das ihm aus dem Maul hing und trug immer noch den kaputten Sattel. Hanse lachte glücklich und streichelte den Kopf und den Hals des Tieres. Dabei flüsterte er ihm zärtliche Worte zu.

»Also …«, begann er, doch im letzten Moment hielt er es für besser, den Rest des Satzes nicht auszusprechen. *Jetzt haben wir doch noch ein Pferd dazubekommen!* Es hatte keinen Sinn, wenn Mignureal ihm wieder einen dieser anklagenden Blicke zuwerfen würde. Außerdem zog sie sowieso schon einen Schmollmund. »Also … bist du zurückgekommen, um zu sehen, ob wir dich noch mögen, hmm? Nun, ich glaube, ich würde auch rennen, wenn Wunder mit zwanzig oder dreißig Klauen auf meinem Rücken landen würde.«

»Miewrgll?«

»Aye, Wunder, dich meine ich. Du bist ein guter Kater,

Wunder. Ich weiß gar nicht, wie ich diese ganzen Jahre ohne dich zurechtgekommen bin! Ja, sprich nur weiter, Junge. Ein Mann mag Gesellschaft, besonders die eines Waffenkameraden, der ihm geholfen hat, Frauenzimmer zu retten. Rede noch ein bißchen mehr mit mir.«

Verdau das, sagte er in Gedanken zu Mignureal und bemerkte, daß sie schon dabei war und es ihr überhaupt nicht gefiel. Er untersuchte den Sattel des Grauen. Falls er noch zu reparieren war, wußte Hanse jedenfalls nicht wie. Er beschloß, den Sattel vorerst auf dem Rücken des Tieres zu lassen und wieder einmal das Pferd zu wechseln. Er würde vorerst Sinajhals Rappen reiten.

»Heißt du Schwarzer?« fragte er und stellte fest, daß das Pferd nicht darauf reagierte. Andererseits reagierte auch das andere Tier, das er ursprünglich geritten und das er Schwarzer genannt hatte, nicht auf den Namen. Der Onager dagegen hob den Kopf und peitschte mit dem Schwanz. »Nein, Blödarsch, du heißt Enas, erinnerst du dich nicht mehr?«

Der Onager, Ils sei Dank, antwortete nicht.

»Hanse ...?«

»Hmmm?« machte er und untersuchte betont geschäftig die Sattelgurte, Halfter und das Gepäck, während er es sorgfältig vermied, Mignureal anzusehen.

»Wenn ich dir dabei helfe, können wir dann, äh, diese Männer irgendwie auf die Pferde hieven und sie ... irgendwo anders hinbringen?«

Er richtete sich auf und drehte sich zu ihr um, einen Daumen in seinen neuen Schwertgurt gehakt. »Ich will dir sagen, wovor ich Angst habe, ich meine, was mir Sorgen macht, Mignue. Nehmen wir an, es weiß nicht jeder, daß diese beiden Kerle Diebe waren, oder es glaubt sogar irgend jemand, sie seien nette, anständige Bürger gewesen. Dann kommen wir auf Sinajhals Pferd dahergeritten und schleppen seine Leiche auf einem anderen Pferd mit. Kannst du dir vorstellen, daß dann etwas Unangenehmes passieren könnte?«

Sie dachte darüber nach und sah ihm dabei mittlerweile auch wieder direkt in die Augen.

»Hanse, ich glaube nicht, daß sich irgend jemand ausführlich mit dem Mann unterhalten wird, der ... der die Karriere dieser beiden beendet hat und Sinajhals Schwert trägt. Und nebenbei, was ragt denn da aus der Stirn des anderen Mannes? Es ist doch offensichtlich, daß Sinajhal seinen Partner getötet hat, auch wenn es nur ein Unfall gewesen ist. Wie wäre es, wenn wir auf *unseren eigenen* Pferden von hier fortreiten und die Armbrüste hier zurücklassen würden? Oder wenn wir die eine Armbrust Sinajhal wieder in die Hand drückten?«

Hanse blickte sie an und wußte, daß sie recht hatte. Er war beeindruckt, und es war mehr als das. »Mignureal, ich liebe dich.«

Sie blinzelte, schenkte ihm ein warmes Lächeln und eilte zu ihm. Beide schlangen die Arme umeinander, und es war eine ausgiebige und herrliche Umarmung.

»Ich liebe dich, Hanse, oh, ich liebe dich.«

Nachdem ungefähr eine Minute verstrichen war, fragte er: »Äh ... könntest du mir dabei helfen, Sinajhal diesen Gurt und die Scheide wieder umzuschnallen?«

Natürlich half sie ihm. Als er die Gurtschnalle wieder über der Hüfte des Toten schloß, sagte sie: »Es gehört dir, natürlich, du hast es ehrlich im Kampf gegen einen Mann verdient, der versucht hat, dich mit einer Armbrust in den Rücken zu schießen. Hanse ... ich habe mein ganzes Leben zu Hause mit meiner Familie verbracht. Ich dachte, ich wäre schon erwachsen, weil ich immer für meine Geschwister gesorgt habe. Aber das hat mich nicht auf all das hier vorbereitet. Es tut mir leid, daß ich so überempfindlich und so dumm war. Mein Magen hat sich immer wieder umgedreht, und ich dachte, ich müßte mich jeden Augenblick übergeben.«

Hanses Schnauben hatte eigentlich ein Lachen werden sollen. »Ich auch. Und ich bin mir nicht einmal sicher, ob ich mich nicht in der nächsten Minute übergeben muß.«

»Ich hatte so eine furchtbare Angst! Ich habe noch nie in meinem Leben eine so fürchterliche Angst ausgestanden. Um dich, Liebling. Ich war ganz einfach sicher, daß ich dich sterben sehen würde, und ich versuchte mir die ganze Zeit einzureden, daß das alles nicht wirklich geschah. Und dann hat er … dann hast du … aber dann hast du *ihn* einfach angegriffen, als ob du ein Schwert gehabt hättest und er nicht auf einem Pferd sitzen würde!«

Ich kann das selbst noch gar nicht richtig glauben, dachte er, aber das sprach er nicht aus. *Und ich kann es erst recht nicht begreifen. Mir ist gar nicht bewußt geworden, daß das ganze Training und die Übungen mit Niko mich so gut gemacht haben! Ganz abgesehen davon, daß ich so verrückt war* anzugreifen, *anstatt mich zu ducken oder zu versuchen, ein Messer oder einen Wurfstern zu schleudern! Ich kann anscheinend noch besser mit Waffen umgehen oder ihnen besser ausweichen, als ich dachte.*

»Mein Wunsch besteht aus drei Teilen«, hatte Hanse an jenem Abend in den Ruinen gesagt, die eine Nacht lang zu einem funkelnden Audienzsaal geworden waren. Seine Stimme zitterte, denn er sprach zu den Göttern.

Er sprach zu dem mächtigen Glühen, das Ils der Allvater war, Ils der Tausendäugige, zu Ihm, dem Gott von Hanse dem Ilsiger und seinem Volk; und er sprach zu der Finsternis, die Shalpa der Namenlose war, Shalpa von den Schatten, der Gestalt gewordene Schatten, Schutzpatron der Nacht und der Diebe, Sohn von Ils und Vater von Hanse, dessen Mutter eine Sterbliche gewesen war, so daß Hanse wirklich und wahrhaftig von den Schatten gezeugt worden war; und er sprach zu Eshi, Ils' Tochter, Göttin der Schönheit und der Liebe, die ihn, den Halbgott, wirklich sehr gerne mochte.

Und sie schenkten ihm Gehör, denn sie waren die Götter der Ilsiger und Freistatts, und Vashanka war ein Gott des kaiserlichen Rankes und dessen Imperiums. Und doch hatte Hanse als Beauftragter dieses Trios etwas vollbracht, was sie ohne seine Hilfe nicht hätten tun können: Der Halbgott hatte Vashanka vernichtet und dessen Macht gebrochen und so den Zusammenbruch des Imperiums eingeleitet.

Und dann trug er ihnen sein Begehren vor, seine Wünsche für sein weiteres Leben, die zu erfüllen sie ihm versprochen hatten.

»Als erstes wünsche ich mir, daß weder ich noch sonst irgend jemand, der mir nahe steht und mir wichtig ist, jemals den genauen Zeitpunkt meines *unumstößlichen* Todes erfährt.«

Er hatte seinen Wunsch sorgfältig formuliert, und sie verstanden. Sie wußten von Mignureal und ihrer angeborenen Fähigkeit des Hellsehens, denn sie waren Götter.

»Als zweites wünsche ich mir die bestmöglichen Fähigkeiten im Umgang mit Waffen sowie Glück und Gesundheit.«

Dies war ein guter Wunsch und klug vorgetragen, und die Götter waren erfreut.

Über seinen dritten Wunsch hingegen waren sie überhaupt nicht erfreut. Der Jüngling, den man Nachtschatten nannte, hatte ihn sich gründlich überlegt, nachdem zehn Tage lang jeder seiner Wünsche in Erfüllung gegangen war. Er hatte seine Entscheidung getroffen, auch wenn es für ihn eine große geistige Qual gewesen war.

»Als drittes«, sagte er mit fester Stimme, »wünsche ich mir, alles zu vergessen, was geschehen ist. Alles, was ich seit jenem Tag getan, gedacht und mir gewünscht habe, als Ihr mich zum ersten Mal in der Vashanka betreffenden Angelegenheit aufgesucht habt. Alles mit Ausnahme eines Traumes, den ich mit Mignureal, der Tochter der S'danzo, teile.«

Shalpa, der Gestalt gewordene Schatten, war beleidigt, daß sein Sohn nichts mehr von ihrer Verwandtschaft wissen wollte. Und er sagte und zeigte es auch, denn er war ein leidenschaftlicher und eifersüchtiger Gott.

Auch Eshi erhob Einwände, denn sie hatte sich gewisse Hoffnungen gemacht, daß dieser Halbsterbliche und damit Halbgott in ihre Mitte aufgenommen werden würde, und sich schon überlegt, was er und sie dann tun würden. O ja, sie mochte ihn wirklich gern, diesen Hanse, diesen Göttersohn.

Sie versuchten, ihn umzustimmen, Shalpa voller Wut, bis

Hanse auf die Knie fiel und ihnen mit zitternder Stimme zurief, was er wollte: *»Laßt mich Hanse sein!«*

Da wurde es still in diesem übernatürlichen Audienzsaal der Götter, bis Eshi wieder sprach. Auf ihrem Gesicht lag ein wunderbares Lächeln, die reine Schönheit, denn sie war die personifizierte Liebe.

»Es ist die verdammte ewige Wahrheit«, sagte Eshi. »Dein reizender Bastard ist ein verdammtes Genie, Shalpa!«

»Und doch ist er verdammt«, antwortete ihr Bruder mit seiner rauhen Stimme, wie ein zu Klang gewordener Schatten. »Verdammt durch seine eigene Zunge und seinen eigenen Wunsch. Der Vollstrecker eines Gottes, Retter seiner Stadt und Zerstörer eines Imperiums, der Sohn eines Gottes und Liebhaber einer Göttin – und er wird auch von dieser Göttin geliebt, eh?« fügte er mit einem Seitenblick auf seine Schwester hinzu. »Verdammt zur Sterblichkeit, zur Menschlichkeit, durch seinen eigenen selbstmörderischen Wunsch!«

Und voller Wut und Enttäuschung verschwand der Schatten aller Schatten.

»Sagt meinem Vater«, bat Hanse ruhig, »daß ich darunter gelitten habe, meinen Vater nicht zu kennen, und daß ich nun darunter leide, ihn zu kennen. Sagt ihm, daß ... daß sein Sohn stark ist.«

»Es ist wahr«, sagte Ils, »und ich hätte nie daran gezweifelt. So sei es!«

Als Hanse erwachte, fand er sich in den Ruinen des Adlernestes oberhalb von Freistatt wieder, und er fragte sich, was, bei allen Höllen, er dort tat. Er wußte nicht mehr, daß er *gewählt* hatte. Er erinnerte sich nicht mehr an seine Herkunft, an seine Dienste für die Götter oder an sein Verlangen und seine Wünsche. Er hatte keine Ahnung, daß er außergewöhnlich tüchtig mit Waffen sein würde, das würde er selbst herausfinden müssen, wenn er sie einsetzte.*

* Siehe: ›Rebellen werden nicht in Palästen geboren‹ in *Sturm über Freistatt*, Geschichten aus der Diebeswelt, Bastei Lübbe

Er war nur noch Hanse – oder immer noch –, ein uneheliches Waisenkind und ein begnadeter Dieb.

Und immer noch voller Bedürfnisse und Selbstzweifel, die er mit aller Macht zu verbergen suchte.

Und doch hatte er sich verändert, und er veränderte sich immer noch. Auch wenn er sich vielleicht noch dagegen wehrte und bestimmt noch nicht auf dem richtigen Weg war, wurde aus dem streitsüchtigen Jüngling ein Mann.

»Ah, ho!« rief der Bauer, nachdem er Hanse und Mignureal, die ihre Unsicherheit zu verbergen suchten, zum ersten Mal angesprochen hatte. »Und wen haben wir denn hier? Das ist doch Sinajhal, nicht wahr?«

»So nannte er sich«, antwortete Hanse, der beschlossen hatte, nicht einfach zu behaupten, daß sie Sinajhal schon tot vorgefunden hätten.

»Ah, ho! Dann hat er endlich das Ende gefunden, das er verdient hat, endlich! Und du hast es getan, Bursche?«

Hanses Gesicht entspannte sich ein wenig, und er schluckte erleichtert. Trotzdem setzte er eine grimmige Miene auf und benutzte seine beste Nachtschattenstimme, als er sagte: »Aye. Diesmal hat er die falschen Leute überfallen. Und es macht mich nicht gerade glücklich, wenn man mich Bursche nennt.«

Der unglaublich dürre Mann machte eine entschuldigende und respektvolle Geste. »Ah, ah! Glaub mir, diese Bezeichnung war nicht abfällig gemeint. Aber es freut uns alle, daß dieser Vampir nicht von einem alten erfahrenen Mann der Waffen, sondern von einem wirklich jungen Mann zur Strecke gebracht worden ist. Und von einem Fremden, deinem Akzent nach, genau die Art von Leuten, die er am liebsten ausgeplündert hat, das hat er.«

»Was er diesmal nicht getan hat!« sagte Hanse in freudiger Erregung. *Und ich hatte befürchtet, man würde uns des Mordes bezichtigen!*

»Vampir?« wiederholte Mignureal beunruhigt, und der lächelnde Bauer versicherte ihr, daß das nur eine Redewendung gewesen sei, nur eine Redewendung.

»Und wer könnte dieser andere Mann sein?« Der Bauer aus dem Umland von Firaqa trat näher an die andere Leiche heran, die schlaff vom Pferd herabhing, und bückte sich, um ihr ins Gesicht zu sehen. »Uh! Armer Teufel, hat Sinajhals Bolzen in der Stirn, armer Mann! Ah, bei der Flamme – nicht dein Vater, hoffe ich, junger Herr?«

»M-m-m ... mein Onkel«, stammelte Mignureal.

Sie wischte sich gerade eine Träne von den Wangen, als Hanse sich mit großen Augen zu ihr umdrehte. *Ah*, dachte er und verspürte erneut freudige Erregung, *was für erstaunliche Qualitäten mein liebes Mädel doch besitzt!*

»O meine Liebe, meine arme Liebe, es tut mir so leid, so leid tut es mir! Und ich bin so froh, wirklich so froh, daß dein starker Beschützer Sina... du warst es doch, der ihm den Tod gebracht hast, junger Herr aus der Fremde?«

Mit hoch erhobenem Kopf sagte Hanse: »Ich war's.«

Diesmal ließ er seinen Blick kurz zu Wunder hinüberschweifen, der auf Enas' Rücken saß. Irgendwie mußte er Regenbogen überredet haben, ihm dort Gesellschaft zu leisten. Der Kater malte mit seinem buschigen, roten Schwanz Zeichen in die Luft, während er nach Katzenart blinzelte. Hanse winkte ihm zu.

»Ha ha und ho ho!« Der Bauer schlug mit beiden Händen auf den Saum seiner Tunika, unter der er keine Hose und keinerlei Schuhzeug trug, daß der Schmutz von guter, ehrlicher Arbeit aufstaubte. »Heute abend werden einige Leute feiern, das werden sie, denn welch schlechten Ruf hat dieser Schurke über uns alle gebracht, als er unschuldige Reisende beraubte!«

Er drehte sich halb herum und hob den Finger. »Dort drüben steht mein Haus, seht ihr den Rauch des Küchenfeuers? Und dort wohnt mein Nachbar Gleenis, er besitzt seinen eigenen Bauernhof, das tut Gleenis, und dort drüben ist der Hof meiner Schwester und ihres Mannes. Jeder und alle wären glücklich, euch heute nacht Essen und Unterkunft zu geben, Sinajhal-Töter, glücklich wären sie. Aye, und auch euren Tieren. Was sagst du? Werdet ihr bleiben? Was sagst du?«

»Meine Frau«, sagte Hanse mit, wie er hoffte, trauriger Stimme, »ist aus verständlichen Gründen nicht in der Stimmung zu feiern, nachdem ihr Onkel diesem Schurken zum Opfer gefallen ist, den ich im Schwertkampf besiegt habe, als er angriff. Wir möchten nur, daß beide begraben werden, und dann …«

»Wir werden das erledigen, wir werden das erledigen«, sagte der Mann und nickte dabei ununterbrochen. Er wirkte geradezu ungehörig fröhlich angesichts des Todes eines Mannes, der der Onkel einer hübschen jungen Frau gewesen war.

»Wie weit ist es noch bis Firaqa?« fragte Hanse mit einem weiteren Blick auf Mignureal, die sich immer noch bemühte, den leidenden Gesichtsausdruck zu zeigen, der einem Trauerfall angemessen war.

»Ungefähr einen halben Tagesritt. Aber ihr wollt doch sicher nicht nach Einbruch der Dunkelheit dort ankommen, nicht wahr, das wollt ihr doch sicher nicht? Und das würdet ihr, es sei denn, ihr würdet die ganze Strecke im Galopp reiten und in diesem Augenblick aufbrechen, genau in diesem Augenblick.«

Während Hanse darüber nachdachte und noch zögerte, sagte Mignureal ergeben:

»Laß uns hier verweilen und an dem Begräbnis unseres ehrenhaften und ihrem unwürdigen Toten teilnehmen.« Ihre Stimme stockte ein wenig, als sie von dem Toten sprach. »Und dann laß uns mit ihnen feiern. Du weißt, daß Onkel Kadakithis es so gewollt hätte.«

»Onkel … Kadakithis«, brachte Hanse hervor und zog ein Gesicht, als hätte er eine Stecknadel verschluckt.

»Du weißt, wie gerne er Feste gefeiert hat«, sagte Mignureal, »und wie stolz er auf dich gewesen ist, Liebling.«

Und so blieben sie, und sie wurden gut bewirtet, gelobt und gefeiert, während die anderen die Arbeit übernahmen, Sinajhal und den namenlosen Wegelagerer zu begraben, der Sinajhals Komplize gewesen war, doch den die Leute hier nur als Onkel Kadakithis kannten, als einen Fremden. Und am nächsten Morgen ritten sie nach einem endlosen Abschied und mit Geschenken – Essen und Milch und Wein aus eigenem Anbau und sogar dunklem Starkbier – beladen weiter und staunten darüber, daß sie zu geliebten Helden geworden waren, weil sie getötet hatten. Sie hatten die Armbrüste mitgenommen, und Hanse trug das Schwert des verstorbenen Sinajhal, den niemand beklagte, und saß in dessen Sattel. Und sie waren froh und glücklich.

Doch nur so lange, bis Mignureal die Satteltasche überprüfte und feststellte, daß sie nicht elf, sondern nur zehn Münzen enthielt. Danach wurden sie still, und als sie weiter Firaqa entgegenritten, hatte sich der Schatten der Zauberei wie ein grauer Mantel über sie gelegt.

Die Stadt

Sie mußten ihre Pferde, die sie keinen Moment lang aus den Augen lassen durften, durch eine lärmende Mischung aus einem Lager und einem Markt zwängen, wie man sie vor den Haupttoren der meisten Städte finden konnte. Der Platz wimmelte von Zelten und Menschen, es war ein vielfarbiges Durcheinander, und die Luft war von den unterschiedlichsten Gerüchen und Düften geschwängert. Die Katzen hatten sich schon bald zu ihren Herren auf die Pferde gesellt, um der lauten und oftmals stinkenden Menge zu entgehen. Wunder hatte sich in Hanses und Regenbogen in Mignureals Schoß verkrochen, und beide hatten beruhigend eine Hand auf die Körper der Tiere gelegt.

Zahllose Menschen wollten ihnen alles mögliche verkaufen, während eine Menge anderer nichts anzubieten hatte aber ebenfalls Geld von ihnen wollte. Hanse hätte nicht übel Lust gehabt, einem von ihnen eine Münze aus der Satteltasche zuzuwerfen, nur um zu sehen, was dann geschah. Aber kaum hatte er den Gedanken gefaßt, da wurde ihm auch schon klar, daß der Lärm und das Gedränge um ihre Pferde zunehmen und unerträglich werden würde, wenn er hier eine Silbermünze weggab, sei es als Almosen oder als Bezahlung für eine dieser dicken gestreiften Melonen, die er nur zu gerne gekauft hätte. In diesem Fall hätten Mignureal und er noch Stunden gebraucht, um die große gelbliche Steinmauer zu erreichen. Vielleicht wären sie dann auch überhaupt nicht mehr dort angekommen. Es war jetzt schon schlimm genug, daß sie ununterbrochen auf der Hut sein mußten, damit nicht irgend jemand versuchte, den Strick des letzten Pferdes durchzuschneiden und sich mit dem Tier aus dem Staube zu machen. Außerdem bestand die Gefahr, daß Wunder, der sehr unruhig war, irgend jemanden anspringen könnte.

Also tat Hanse weiterhin so, als würde er den Hausierern und Bettlern, die ihn gleichermaßen belästigten, überhaupt keine Beachtung schenken.

Hatte dieser Junge mit dem schmierigen Gesicht tatsächlich gerade das gesagt, was Hanse glaubte – hatte er seine Schwester verkaufen oder eher zeitweilig vermieten wollen?

Und hatte diese alte Frau gerade die Katzen mit einem liebevollen Blick bedacht, oder war es nicht eher der Hunger gewesen, der aus ihren Augen sprach?

Die eisenbeschlagenen Tore von Firaqa waren mit eingekerbten und aufgesetzten Flammenemblemen verziert. Beide Torflügel standen weit offen und ließen einen Eingang frei, durch den bequem fünf Reiter nebeneinander gepaßt hätten. Hanse konnte die Wache und eine Armbrust auf dem Turm auf einer Seite des Tores erkennen. Auf einem gelben Wimpel prangte in einem weißen Kreis das Zeichen der roten Flamme.

Im Tor standen weitere Wächter, wahrscheinlich Angehörige der Stadtwache oder Polizisten, die zum Wachdienst abkommandiert worden waren. Sie machten sich kaum die

Mühe strammzustehen und erweckten keinen besonders militärischen oder bedrohlichen Eindruck.

Der Teil von ihm, der Nachtschatten war, grollte verärgert, aber dann rief Hanse sich in Erinnerung, daß er hier in mehrfacher Hinsicht ein Neuankömmling war. Er war noch nie hiergewesen, und niemand kannte ihn hier. Auf Mignureals vernünftigen Vorschlag hin hatte er seine Wurfmesser und die Scheiden verborgen und trug nur den Dolch und das Schwert offen sichtbar. Das Ilbarsimesser hatten sie an Mignureals Sattel befestigt. In Freistatt hatte sich Hanse nach Kräften bemüht, gefährlich auszusehen. Das würde er hier vielleicht ebenfalls versuchen, aber nicht heute, nicht bei seiner Ankunft.

Die Wachen trugen glänzende Helme, die wie umgestülpte Bronzetöpfe aussahen. Sie unterschieden sich durch eingekerbte braunlackierte Formen voneinander, und über die Oberseite zog sich ein Kamm, der an eine Fischflosse erinnerte. Über einer Tunika, die von einer ähnlich gelbbraunen Farbe wie die Steinquader der Stadtmauer war, trug jeder Wächter einen enganliegenden ledernen Brustharnisch, unter dem ihm ganz schön heiß sein mußte. Nur einer der drei Wächter hielt seine Lanze in der Hand, die beiden anderen Lanzen lehnten an den Torrahmen. Alle Wächter trugen ein Schwert und einen Dolch, und ihre nackten Beine steckten bis kurz unter die Knie in guten braunen Schnürstiefeln, deren Schäfte kurz umgeschlagen waren. Die Stiefel, Brustharnische und Waffengürtel waren mit einer Anzahl kleiner rechteckiger schimmernder Plättchen besetzt, die aus einem matt glänzenden Metall bestanden, das eher nach Eisen als nach Stahl oder irgendeinem anderen Metall aussah.

Hanse ritt auf Sinajhals schwarzem Pferd auf das offene Tor zu, auf der einen Seite von einem schreienden Kind und auf der anderen von einem dürren, zerlumpten Mann begleitet, der an Hanses Bein herumfingerte. Ein Posten, der am linken Torflügel lehnte, beobachtete die Szene. Er stieß sich mit dem Schaft seiner Lanze vom Portal ab und kam näher. Sofort zog sich Hanses Magen zusammen, und er fühlte ein Prickeln unter den Achseln.

»Es reicht, es reicht, laßt den Mann jetzt zufrieden, ihr beiden! Das ist ein Reisender, der unsere schöne Stadt zweifellos besucht, um ein paar Pferde zu verkaufen, und der es bestimmt nicht nötig hat, von Strolchen wie euch belästigt zu werden.«

Die lärmenden Kerle fielen zurück, während Hanse bemüht war, entspannt zu wirken. Der Wächter lächelte ihm und Mignureal zu, und sie ritten mit ihren Pferden weiter und durch das Tor hindurch. Gleich im Inneren der Stadtmauer saß rechts des Weges hinter einem Tisch ein Mann, der die gleiche Uniform und dazu einen dunkelblauen Umhang trug. Neben ihm saß ein älterer Mann, zweifellos ein Beamter. Der Helm des Uniformierten lag vor ihm auf dem Tisch. Auf seiner Stirnseite erblickte Hanse das Emblem der stilisierten Flamme.

»Seid gegrüßt, und willkommen in Firaqa. Darf ich fragen, woher ihr kommt?«

Obwohl es ihm gegen den Strich ging, erschien es Hanse diesmal sinnvoller, bei der Wahrheit zu bleiben.

»Wir beide kommen aus Freistatt und wollen hier ...«

»Von so weit her! Und nicht einmal mit einer Karawane, und mit all den guten Pfer... hmm. Und dann sogar gesattelt und gezäumt, äh? Ihr habt sie den ganzen Weg von Freistatt bis hierher gebracht, mein Junge?«

»Nur drei Pferde. Wir waren so leichtsinnig, den Weg durch die Wüste zu nehmen, und wurden von den Tejana überfallen. Sie ... Kennst du die Tejana?«

Der Mann, der offensichtlich der diensthabende Offizier dieser Wache war, nickte und hob die Hand. »O ja. Leider kennen wir sie nur zu gut. Haben sie eure Weggefährten getötet, und nur ihr beide konntet entkommen?«

Fast hätte Hanse es damit bewenden lassen, was wohl vernünftiger gewesen wäre, aber sein Stolz ließ das nicht zu. »Nicht ganz. Sie stahlen unsere Pferde und die wenigen Münzen, die wir bei uns hatten. Es waren vier, und da sie mit Armbrüsten bewaffnet waren, hatten wir nicht die geringste Chance. Sie ließen uns mit nichts als dem Blödar... dem Onager in der Wüste zurück.«

Der Offizier und ein paar andere Wachen hörten ihm mittlerweile gebannt zu. Ebenso der Beamte, der aufgehört hatte zu schreiben und Hanse anstarrte. Er war nicht mehr der Jüngste, und sein Unterkiefer hing genauso schlaff herab wie sein linkes Auge.

»Mein Mann hat sie verfolgt«, sagte Mignureal stolz. »Er konnte es nicht ertragen, sie ungestraft entkommen zu lassen. Natürlich war er wütend, weil sie uns ausgeraubt hatten. Aber ich glaube, es machte ihn genauso wütend, daß Leute, die die Wüste so gut kennen, uns hilflos zurückgelassen hatten.« Sie deutete auf die Tiere. »Das da sind unsere Pferde – *und* ihre.«

»Ihre?« Der Wachtposten, der bisher gemütlich entspannt dagesessen hatte, wirkte auf einmal aufmerksamer.

Das machte Hanse nervös, und es lag nicht daran, daß er glaubte, diese Leute würden freundliche Gefühle für die Tejana hegen. Aber er war nicht scharf darauf, sich als Kämpfer oder Dieb zu präsentieren – auch wenn es seine eigenen Pferde waren, die er gestohlen hatte.

»Ich erkenne 'janapferde sofort, wenn ich welche sehe, Sergeant«, sagte der beleibte ältere Wachtposten und nickte.

»Ich bin den Tejana bis zum Rand des Waldes gefolgt«, berichtete Hanse. »Sie feierten mit hochprozentigen Getränken. Sie waren betrunken oder schliefen, und die Pferde waren ein Stückchen von der Lichtung entfernt eingepfercht.« Er zuckte die Achseln. »Es war spät in der Nacht und dunkel in diesen Wäldern.« Er ließ seinen Worten ein weiteres verlegenes und jungenhaftes Achselzucken folgen, das er gut einzusetzen wußte. »Ich habe unsere Pferde zurückbekommen. Und da ich gerade dabei war, habe ich mir eine kleine Entschädigung genommen. Ihre Pferde.«

Als der Sergeant und ein anderer Wächter offen grinsten, fühlte sich Hanse ermutigt hinzuzufügen: »Die Münzen haben sie behalten können.«

»Keine schlechte Leistung«, sagte der Sergeant. »Die Tejana haben ihre Pferde tatsächlich gesattelt und aufgezäumt stehen lassen?«

Verdammt, dachte Hanse und schüttelte den Kopf. »Sie waren angebunden, und die Leinen waren an den Zügeln befestigt. Da die Räuber betrunken waren oder schliefen oder vor sich hin dösten, nahm ich mir die Zeit, alle Pferde bis auf eins zu satteln und aufzuzäumen.« Er brachte ein jungenhaftes Lächeln und ein ebensolches Achselzucken hervor. »Keine weiteren Sättel.«

Der alte Schreiberbeamte grinste breit und entblößte dabei unerwartet gute Zähne. Zwei Wächter lachten. Der Sergeant schmunzelte.

»Keine Probleme?«

»Das Problem war, das erste Pferd in Bewegung zu setzen«, erzählte Hanse kleinlaut. »Diese Tejana lenken ihre Pferde mit Befehlen in ihrer eigenen Sprache. Als ich das richtige Wort aussprach, galoppierten alle los. Alles, was ich tun konnte, war, mich festzuklammern. Ich war mit diesem dämlichen Esel bis kurz vor ihr Lager geritten und hatte ihn im Wald zurückgelassen. Und diesen Teil der Geschichte werdet ihr mir nicht glauben.«

»Es ist jetzt schon eine gute Geschichte«, versicherte der Sergeant und lehnte sich in seinem Stuhl zurück. »Ich heiße übrigens Gaise, Sergeant der Stadtwache, Abteilung Stadttor. Mal sehen, ob ich dir den Rest der Geschichte auch noch abnehme.«

»Wir galoppierten so dahin«, berichtete Hanse weiter, »als ich einen Blick zur Seite warf und sah, daß einer der Tejana mit einer Armbrust aus dem Lager gekommen war. Er kniete auf der Erde und zielte auf mich. Ich muß zugeben, daß ich mein Pferd nicht dazu bewegen konnte, die Richtung zu ändern. Dann muß der Onager gehört haben, wie die Pferde vorbei rasten. Er brach aus dem Wald hervor, blökte sein ›Iiihh-aaahhh‹ und rannte genau über den Mann hinweg, der mich gerade erschießen wollte.«

Als das allgemeine laute Gelächter abgeebbt war, fügte Hanse hinzu: »Deshalb muß er jetzt auch nicht mehr die schwere Last schleppen. Er hat es sich verdient, leichteres Gepäck zu tragen.«

»Das würde ich auch sagen. Du warst aber auch nicht schlecht. Keine weiteren Schwierigkeiten?«

Hanse hob die Schultern und spreizte die Hände. »Wie ich dir gesagt habe, Sergeant Gaise.«

»Dürfte ich eure Namen erfahren?«

»Hanse. Das ist Mignureal.«

»Hons. Und Minjuroal.«

Hanse hatte schon bemerkt, daß die Leute hier das A weiter in die Länge zogen, als er es gewöhnt war. »Hantz«, sagte er mit übertriebener Betonung.

»Min-ju-rie-el«, korrigierte Mignureal.

Der Sergeant lachte. »Gäi-sss«, wiederholte auch er seinen Namen, und seine Männer lachten.

»Pflicht einmal beiseite, Hanse«, sagte Gaise, erhob sich träge und streckte sich ein wenig. »Ich wüßte gerne, wieso ihr hierher gekommen seid. Das ist jetzt rein persönliche Neugier, keine offizielle Frage.«

»Würde ich dir später gerne erzählen, Gaise«, gab Hanse zurück. »Jetzt würden wir lieber erst mal einen Platz finden, wo wir die Pferde unterbringen können, bis wir ein paar verkauft haben. Und noch wichtiger wäre ein Platz, wo wir unsere Beine ausstrecken und auf etwas anderem als in Sätteln sitzen können.«

»Und wo wir zur Abwechslung wieder mal ein gutes Essen bekommen können«, warf Mignureal ein. Es bestand schließlich keine Notwendigkeit, darauf hinzuweisen, daß sie in den beiden letzten Nächten schon gutes Essen bekommen hatten.

»Wie auch immer«, sagte Hanse nach kurzem Nachdenken, »habt ihr in der letzten Zeit Neuigkeiten von Freistatt gehört? Ist hier irgend jemand aus Freistatt vorbeigekommen?«

Gaise schüttelte den Kopf.

Gut, dachte Hanse. Laut sagte er: »Die Stadt ist noch nie besonders interessant gewesen, und wir haben die Rankaner und den Statthalter, den ihr Kaiser uns geschickt hat, nie sonderlich gemocht. Vor kurzem sind bei uns menschenähnliche Wesen eingedrungen, die Beysiber heißen.« Er beschrieb die starräugigen Invasoren, die von jenseits der See gekommen waren. »Sie ... haben die Macht übernommen. Haben sich zu Herrschern über alle Menschen aufgeschwungen. Ihr Anführer ist eine Frau, oder sie ist zumindest weiblichen Geschlechts. Hat sofort den Palast bezogen, in dem immer der Statthalter residiert hat. Die Beysiber sind ein arrogantes Volk. Führen sich so auf, als wären wir und nicht sie die Nichtmenschlichen. Es herrschen keine Gesetze mehr in Freistatt. Ein Beysiber hat aus einem nichtigen Anlaß heraus mitten auf der Straße Mignureals Mutter umgebracht. Da haben wir den Entschluß gefaßt, das zu tun, was wir schon lange hätten tun sollen, und hier sind wir also.« Es gab keinen Grund zu erwähnen, daß er den Mörder getötet hatte, schon gar nicht, wenn er sich mit einem Polizisten unterhielt, dem es vielleicht einfallen könnte, ihn wieder fortzuschicken!

»Wir haben Freistatt mit zwei Pferden, einem Onager und einigen Münzen verlassen«, fuhr Hanse fort, »und den wenigen Habseligkeiten in unserem Gepäck. Oh, und mit meinem Kater hier, mit Wunder. Und wir sind hier mit einem Onager, sechs Pferden und einer weiteren Katze angekommen. Genaugenommen haben uns die Tejana sogar noch geholfen! Wir hoffen, daß wir hierbleiben können.« Er zeigte Gaise ein unschuldiges jugendliches Lächeln. »Falls ich nicht schon zu steif bin, um vom Pferd zu steigen.«

Gaise lächelte zurück und öffnete den Mund, aber der Beamte mit dem faserigen weißgrauen Haar und der Ponyfrisur kam ihm zuvor.

»Was weißt du über Ranke?«

»Bin noch nie dort gewesen.« Hanse faßte seine Antwort absichtlich kurz. Er hatte genug davon, hier zu warten und Fragen beantworten zu müssen. Der Nachmittag war schon zu mehr als der Hälfte vergangen, und außerdem war in der Zwischenzeit ein anderer Reisender angekommen und direkt an ihnen vorbeigeritten, ohne Fragen beantworten zu müssen.

»Nein, ich meine das Rankanische Imperium«, sagte der Schreiber. »Wir haben da ein paar Gerüchte gehört.«

»Ich auch«, bestätigte Hanse. »Alles, was ich mit Sicherheit weiß, ist, daß sie nichts gegen die Invasion der Starraugen in Freistatt unternommen haben, das die Rankaner für sich beanspruchen. Aber soweit ich weiß, ist einen Tag nach unserer Abreise eine ganze Armee dort eingetroffen und hat die Beysiber hinweggefegt. Hört mal, äh, ich würde morgen gerne noch einmal vorbeikommen und mich noch länger mit euch unterhalten, aber wir müssen jetzt wirklich eine Unterkunft und noch ein paar andere Dinge finden.«

Dann fiel es ihm wieder ein. »Oh ... Sergeant. Kennst du oder einer deiner Leute einen Gasthof, der Grüne Gans heißt?«

Gaise wollte gerade antworten, schwieg dann aber, als eine Truppe von fünf Wächtern heranmarschiert kam. Ihr Anführer trug den gleichen Umhang wie Gaise. Er meldete:

»Sergeant Gaise, ich löse dich und deine Männer ab.«

Gaise nickte ihm zu und blickte zum Turm hinauf. »Ock! Kannst du irgend etwas Bedrohliches erkennen?«

»Nein, Sergeant!«

»Dann komm runter. Sergeant Rimizin, du hast das Kommando.« Damit war das Formelle erledigt, und Gaise gähnte demonstrativ. »Wieder mal ein schön langweiliger Tag, Rim. Hoffe, dein Abend bleibt genauso ruhig. Ich werde dieses nette Pärchen jetzt nur noch zur Grünen Gans bringen. Sie haben den ganzen Weg von Freistatt hinter sich und haben unterwegs ein bißchen Ärger mit den Tejana gehabt.«

»Sieht so aus, als hätten sie's gut überstanden«, sagte Rim. »Tejanapferde, nicht wahr?«

»Aye. Wir haben sie hier auch schon viel zu lange aufgehalten. Sie möchten jetzt unbedingt aus den Sätteln heraus, und das kann ich gut verstehen. Du kannst dir ihre Geschichte ein anderesmal anhören.«

»Verdammt!« knurrte Rim und sah an Hanse vorbei. »Sieht so aus, als hättest du das Pferd zu lange hier stehen lassen, Gaise!«

Hanse drehte sich in seinem Sattel herum und sah, daß

das graue Pferd den Schwanz gehoben hatte. Er konnte gerade noch das plumpsende Geräusch hinter dem Grauen hören. *Gut,* dachte er. *Das haben sie nun davon, daß sie uns so lange in den Sätteln sitzen lassen und uns vollgequatscht haben! Jetzt müssen sie eine schöne Sauerei beseitigen. Schade nur, daß es nicht Gaise und seinen alten Beamten trifft!*

Gaise lachte. »Mein Fehler. Tut mir leid, Rim. Meine Jungs und ich sind gerade nicht mehr im Dienst.«

»Wenn wir das nächste Mal zusammen in eine Schenke gehen, wirst du die Zeche bezahlen«, erwiderte Rimizin trocken. »Taff, schnapp dir den nächstbesten Bettler und sag ihm, daß wir Brennmaterial für ihn haben, das er verschachern kann. Wenn's sein muß, schleif ihn mit Gewalt her.« Er blickte zu Hanse auf. »Hast du in Freistatt mal einen Mann namens Ratsiraka getroffen?«

»Nie.«

»Gut für dich. Willkommen in Firaqa.« Rim winkte nachlässig. »Such die Grüne Gans, bevor ein anderes Pferd das gleiche Bedürfnis wie das graue verspürt.«

»Ja, Sergeant. War mir ein Vergnügen, Sergeant. Sergeant Gaise, möchtest du reiten?«

Gaise schmunzelte und stieß den Turmwächter in die Seite, als dieser unten angekommen war und ein anderer die Leiter hinaufstieg. »Ich kenne die Worte, mit denen die Tejana ihre Pferde lenken, auch nicht, Hanse.«

Mignureal und einer von Gaises Leuten lachten laut auf. Hanse zuckte die Achseln. »Steig auf den anderen Rappen. Er hat nicht den Tejana gehört – abgesehen von ein paar Stunden.«

Gaise wollte gerade zu dem Schwarzen gehen, als Rim irgend etwas bemerkte. Die beiden Sergeanten zogen sich ein paar Schritte zurück. Die Männer, die Gaises Kommando angehörten und jetzt außer Dienst waren und anscheinend den Rest des Tages frei hatten, zerstreuten sich.

Hanse tat so, als würde er nicht bemerken, daß Rim seinem Kameraden mit ein oder zwei schnellen Blicken auf Hanse etwas zuflüsterte. Nachtschattens Rücken begann zu prickeln. Er sah kurz zu Mignureal hinüber. Jetzt nickte Gaise, zuckte die Achseln und gab Rimizin einen freundschaftlichen Klapps auf den Oberarm.

»Später«, sagte er und ging zum Schwarzen, um ihn von den anderen Pferden loszumachen. Er schwang sich schnell und gekonnt in den Sattel und lenkte das Tier neben Hanse. »Hanse, Min-ju-riel ... in diese Richtung.«

»Min-ju-rie-el«, sagte Mignureal.

Der rotgesichtige Besitzer des Gasthauses Grüne Gans war beeindruckt, daß er Gäste bekam, die von einem Sergeanten der Stadtwache begleitet wurden. Er und Gaise verkehrten offensichtlich freundschaftlich miteinander. Das beeindruckte Hanse. Daß er und Mignureal mit sechs Pferden – den Onager nicht zu vergessen – ankamen, beeindruckte wiederum Khulna, den Wirt mit dem kräftigen Kinn.

»Aye«, sagte der große, kahlköpfige Mann mit einem kaum wahrnehmbaren Nicken, er könnte die Tiere unterbringen. Um die Katzen aber müßten sich Hanse und Mignureal leider selbst kümmern. Ja, er hätte ein hübsches Zimmer, im ersten Stock und nach hinten gelegen. »Aye«, versicherte er mit einem kaum wahrnehmbaren Lächeln, das Zimmer hätte auch ein gutes Schloß von innen.

»Dann laß uns über die Bezahlung reden«, sagte Hanse, und Khulna fragte, wie lange sie bleiben wollten und was mit den Pferden geschehen sollte.

»Eine Weile«, sagte Hanse. »Ein paar Tage. Vielleicht eine Woche oder länger. Sobald wir können, werden wir ein paar Tiere verkaufen, aber nicht so eilig, daß wir einfach jeden Preis akzeptieren.«

»Dann laß uns über eine Wochenrate reden«, schlug der Wirt vor. »Essen?«

»Äh, in Ordnung. Aber nur zweimal am Tag, und ich will dir gleich sagen, daß wir beide nicht viel essen.«

»Anh-huh«, machte Khulna und richtete demonstrativ den Blick nach oben, damit sie sehen konnten, daß er alles zusammenrechnete.

Er nannte einen Preis in Kupfermünzen. Die Kupfermünzen nannte er Funken. Hanse fragte ihn, wie viele Kupfermünzen man für ein Laib gutes Brot und wie viele man für ein Pferd zahlen müßte. Dann wollte er wissen, wie viele Funken man für Silber bekäme, und sowohl Khulna als auch Gaise hoben die Augenbrauen. Khulna nannte ihm den Preis in Gramm, und Hanse erkundigte sich, wie es bei Münzen aussähe.

»Was für Münzen?« wollte der Wirt wissen.

»Rankanische«, sagte Hanse.

»Du meinst Kaisermünzen?«

Hanse nickte.

»Jede rankanische Kaisermünze, die ich bisher gesehen habe, bestand aus gutem Silber«, sagte Khulna aufrichtig. »Und nicht nur das, ich muß zugeben, daß mir die Dinger gefallen. Wenn du eine hast, reicht das für eine Monatsmiete, vorausgesetzt, du kannst ein paar Pferde verkaufen.«

»Ich möchte nicht über einen Monat reden, jedenfalls jetzt noch nicht«, wandte Hanse ein.

Khulna zuckte die Achseln. »Dann bekommst du von mir Wechselgeld heraus. Dann hättest du auch ein paar Funken, die du hier in Firaqa ausgeben kannst.«

Hanse fand, daß er zu unvorsichtig gewesen war. Er würde später anderswo überprüfen, was eine Silbermünze hier wirklich wert war. »Erschrick bitte nicht, wenn ich jetzt ein Messer in einer Scheide aus meiner Tunika ziehe«, sagte er.

»Wenn Gaise hinter dir steht?« Khulnas Gesicht verzog sich zur Andeutung eines Lächelns.

Hanse schob eine Hand in den Brustausschnitt seiner Tunika und zog das Wurfmesser hervor, das in seiner Scheide steckte. Er hielt es dem Besitzer der Gaststätte mit der stumpfen und flachen Seite entgegen. Der Wirt nahm die Einladung an und zog es heraus. Er wirkte beeindruckt, als die Klinge zum Vorschein kam.

»Wirfst du damit?«

»Ich versuche es«, gab Hanse zurück und schlug die

Scheide gegen seine Hand, bis die Münze herausfiel. Er legte sie auf den Tresen vor Khulna.

Khulna hob sie auf, gab Hanse das Messer zurück, untersuchte die Münze, drückte sie zwischen den Fingern, musterte sie sorgfältig, ging zum Fenster hinüber und überprüfte sie dort noch einmal. Er kehrte zurück.

»Ich schulde dir etwas Wechselgeld«, sagte er. »Funken, einverstanden? Kupfermünzen aus Firaqa?«

Hanse zuckte die Achseln, und Khulna griff unter den Tresen. Er zählte eine größere Anzahl rechteckiger Kupfermünzen ab, die ein rundes Loch in der Mitte hatten. »Meinst du, das ist in Ordnung, Gaise?«

»Was weiß ich schon über Geld, Khulna?« fragte der Sergeant. »Schließlich arbeite ich für die Stadt.«

Beide Männer lachten über den Spaß, den Hanse für ein Ritual hielt. »Erscheint dir das ausreichend?« fragte Khulna.

Hanse blickte dem großen Mann direkt in die Augen. »Ich habe keine Ahnung. Morgen um die gleiche Zeit werde ich es wissen.«

»Anh-huh, das glaube ich auch. Hast du, äh ... noch mehr davon?«

Hanse musterte ihn kühl. Khulna breitete die Hände aus. »Entschuldige. Ich dachte nur an die Gefahr für euch. Ich könnte die Münzen an einem sicheren Ort für euch verwahren. Wenn ihr mehr davon habt, wäre das sicherer, als sie mit euch herumzutragen.«

Hanse wandte sich an Gaise. »Was sehen die Gesetze von Firaqa für den Fall vor, daß man einen Angreifer oder Möchtegernräuber verletzt, Sergeant? Und angenommen, er kommt dabei zu Tode?«

Gaise hob die Augenbrauen und beide Hände. »Wer weiß? Wenn dich jemand auf der Straße anfällt und du dich wehrst, kann das bestimmt nicht gegen irgendein Gesetz auf der Welt verstoßen! Kannst du gut mit diesem Schwert umgehen?«

»Ja.« Hanses Stimme entsprach genau seinem Gesichtsausdruck, beide waren ausdruckslos.

»Besser als der Mann, von dem du es bekommen hast?«

Hanses Magen zog sich zusammen. Nachtschatten blinzelte nicht einmal. »Aye.«

Gaise wirkte weiterhin entspannt und freundlich. »Letzte Nacht kam ein Bauernbursche ans Tor und erzählte, daß ein gewisser Gauner, Hochstapler und Steh-Mann bei seinem letzten Überfall in den Olula Wäldern getötet wurde. Bist du dafür verantwortlich?«

»Was ist ein Steh-Mann?«

»Ein Kerl, der dir ein Schwert oder ein Messer in den Rücken drückt oder mit einem Pfeil auf dich zielt und sagt: ›Steh auf und bleib stehen.‹ Das bedeutet, steig vom Pferd und gib mir alles, was du hast. Wir hatten einen gesucht. Er konnte sich uns entziehen, und wir glauben, daß er vor ein paar Tagen aus der Stadt verschwunden ist. Rimizin glaubt, daß du das Pferd dieses Burschen reitest.«

»Er hieß Sinajhal«, sagte Hanse, »zumindest erzählte er mir das. Farbfroh gekleidet und vor Charme übersprühend. Traf uns auf der Straße und erzählte uns eine kleine Lüge, damit wir eine ›Abkürzung‹ durch die Wälder nahmen. Ein paar Bauern, denen wir später begegneten, waren begeistert. Sie haben uns wie Helden behandelt und ihn letzte Nacht beerdigt, ein paar Stundenritte von hier entfernt.«

»Das ist dein erster Dienst, den du Firaqa und seinen Bürgern geleistet hast«, sagte Gaise. »War er allein?«

»Nein. Die Bauern haben seinen Partner nicht erkannt. Deshalb sagten wir, nur für alle Fälle, es sei Mignureals Onkel. Er ist jetzt auch unter der Erde. Hatte einen von Sinajhals Armbrustbolzen in der Stirn.«

»In der *Stirn*!«

»Sein Partner stand vor und Sinajhal hinter mir. Ich habe mich geduckt.«

Gaise und Khulna lachten lauthals. Als sie sich wieder beruhigt hatten, bat Hanse sie mit Nachdruck, niemandem etwas von der Sache mit Sinajhal und auch nichts von der Silbermünze zu erzählen. »Ich möchte nicht, daß irgend jemand weiß, daß wir Geld haben, oder daß ich gefährlich bin.«

Die beiden Männer, die jetzt wieder ernsthaft geworden waren und ihn nachdenklich betrachteten, versprachen es ihm.

Dann fragte Gaise: »Kannst du auch gut mit Wurfmessern umgehen, Hanse?«

»Ja.«

»Hmm ... Muß ich mir Sorgen machen, weil du in meiner Stadt bist, Hanse aus Freistatt?«

»Ich bin hinter niemandem her, und ich suche keinen Ärger. Mignue und ich haben ja offensichtlich das nötige Geld. Wenn sich hier jemand Sorgen machen muß, dann bin ich es. Ich werde vorsichtig sein, damit ich in deiner Stadt niemandem zum Opfer falle, Gaise.«

»Ich werde arbeiten«, sagte Mignureal. »Ich bin Hellseherin.«

»Was?« Das war von Gaise gekommen, aber alle drei Männer waren bei ihren Worten zusammengezuckt, denn sie war sehr lange still gewesen.

»Gibt es keine S'danzo in Firaqa? Das Hellsehen ist der Beruf von vielen von uns S'danzofrauen.«

Khulna schlug auf den Tresen, und Hanse erschrak. Und dann erschrak Khulna, als er sich einem halb geduckten Mann gegenübersah, der plötzlich einen sehr gefährlichen Eindruck machte. »Entschuldige! Aber ich habe mich gerade erinnert. S'danzo, ja! Ich kenne zwei und aye, für eine Münze sagen sie dir die Zukunft voraus.«

»Ich hatte nicht vorgesehen, daß du arbeitest, Mignue«, sagte Hanse.

»Ich werde arbeiten. Eine Frau aus dem Volk der S'danzo kann nicht nicht arbeiten.«

Sie starrten einander an.

»Ich werde mir einen Krug einschenken«, sagte Khulna in die plötzlich entstandene Spannung hinein. »Gaise?«

»Zapf zwei«, sagte Gaise und betrachtete das junge Pärchen unbehaglich.

»Äh, Hanse? Ist das richtig, ›Hanse‹?«

»Aye«, gab Hanse zurück, ohne den Blick von Mignureal abzuwenden. »Nein, ich möchte ni... Doch, bitte, zapf drei. Wunder, halt dich bereit.«

»Du hast mir nie gesagt, daß du vorhattest, wie deine Mutter zu arbeiten«, sagte Hanse etwas später anklagend.

Die Pferde und der Onager waren untergebracht, und ihre Besitzer richteten sich in einem einigermaßen gemütlichen Zimmer ein, das im ersten Stock auf der Rückseite der Grünen Gans gelegen war. Wunder hatte sofort hinaus gewollt und damit gezeigt, daß er stubenrein war. Er und Hanse hatten auch gleich festgestellt, daß das kleine Dach direkt neben dem Fenster wie geschaffen für die Bedürfnisse des großen roten Katers war. Er war auch gleich draußen geblieben und hatte sich auf dem grünen Dach über dem Lagerraum der Grünen Gans zusammengerollt. Gaise und Khulna hatten begeistert zugesehen, wie er sich auf das Bier gestürzt hatte, und jetzt brauchte er ein kleines Nickerchen.

Regenbogen hatte alles untersucht, und Hanse und Mignureal hofften inbrünstig, daß die gescheckte Katze ebenfalls stubenrein war oder zumindest schnell lernte.

»Doch, ich habe es dir erzählt«, erwiderte Mignureal gerade leichthin, während sie damit beschäftigt war, das Gepäck auszupacken und hier und da bunte Sachen hinzulegen. »Damals im Wald. Du erinnerst dich bestimmt. Möchtest du …?«

»Nein«, widersprach Hanse. »Daran kann ich mich überhaupt nicht erinnern.«

Sie hielt inne, um ihn anzusehen. »Du hattest gesagt, daß wir mit dem Geld und den Pferden genug hätten, um lange Zeit davon leben zu können. Und ich habe dir gesagt, daß ich nicht einfach nichts tun könnte, um mehr Geld dazuzuverdienen. Du hast damals nicht darauf geantwortet.«

Hanses Mund formte sich zu einem stummen ›oh‹. Er erinnerte sich wieder. Es stimmte, er hatte ihr nicht widersprochen. Zum einen, weil er viel zu beschäftigt damit gewesen war, den Sinn ihres merkwürdig formulierten Satzes zu begreifen.

»Möchtest du deine schwarzen Sachen irgendwo verstekken, oder willst du sie eingepackt lassen?« fragte sie.

Hanse blinzelte, weil er immer noch über dieses ›nicht einfach nichts tun können‹ nachdachte und Schwierigkeiten hatte, ihren Worten zu folgen. Sie hatte abrupt das Thema gewechselt, das sie offensichtlich für erledigt zu halten schien.

»Äh, ich werde sie unter die Matratze legen. Aber ...«

»Das mach' ich schon. Hmm, das ist übrigens eine gute Matratze, Liebling. Sie ist mit Lieschen prall vollgestopft, so daß sie fest aber gleichzeitig weich ist.«

Über das Bett gebeugt und beide Hände auf die Matratze gestützt, sah sie zu ihm auf, und Hanse schluckte. Das lag nicht nur daran, daß sie den unschuldigen Gesichtsausdruck aufgesetzt hatte, den sie von ihm abgeguckt haben mußte. Er blickte direkt in den Ausschnitt ihrer Tunika und unter ihre Bluse, und was er dort sah, waren keine Münzen.

»All das Gerede und die Träumereien über ein richtiges Bett«, murmelte er. »Und was tun wir jetzt, da wir eins haben? Ich meckere schon wieder mit dir.«

»O Hanse, du *meckerst* doch gar nicht. Du hast einfach nur ver...«

»Halt den Mund, Frau«, knurrte er mit absichtlich verstellter Stimme, »und zieh die Klamotten aus. Dieses Bett muß getestet werden.«

»Jawohl, mein Gebieter.«

Die Matratze erwies sich als genau richtig.

Khulnas Frau Chondey stieß ihren Mann heimlich an, als das neu angekommene Pärchen die Treppe hinunterstieg, um im Schankraum der Grünen Gans zu essen. Die beiden glühten geradezu. Den Kopf auf die Seite gelegt, beobachtete die ziemlich übergewichtige Frau ihre neuen Gäste aus sanften Augen. Man hätte sich darüber streiten können, ob sie strahlte, einfältig lächelte oder versonnen und sehnsüchtig dreinschaute.

Hanse und Mignureal bekamen Khulnas Frau und seine mollige Tochter Chiri, die bediente, zum ersten Mal zu

Gesicht. Sieben der anderen Gäste, die aßen oder tranken, waren Männer. Die einzigen beiden Frauen waren noch molliger als Chiri. Die meisten Männer schäkerten mit ihr, faßten sie aber nicht an. Schließlich war ihr Vater da, und der war nicht gerade ein Zwerg.

Hanse fiel auf, daß die Leute hier nicht so laut wie die Gäste in den Kneipen waren, die er von Zuhause her kannte. Das erwähnte er Mignureal gegenüber allerdings nicht, denn seine bisherigen Erfahrungen hatte er fast ausschließlich mit heruntergekommenen Kaschemmen gemacht.

Obwohl ihnen immer noch heiß gewesen war, als sie wieder aufgestanden waren, hatte Hanse darauf bestanden, daß sie die ›guten‹ Münzen wieder unter ihrer Kleidung verbergen sollten, bevor sie in den Schankraum hinuntergingen. Die Satteltasche und die Katzen würden in ihrem Zimmer sicher sein, hatte er gesagt. Sollte doch nur irgendwer versuchen, sich hier reinzuschleichen, solange Wunder auf dem Posten war!

Dann mußte er warten, während Mignureal ihr Haar hochsteckte. Sie betrachtete sich dabei in einem Metallspiegel, der an der Wand hing. Zuerst war Hanse ungeduldig gewesen, doch schon bald hatte er sich darüber gefreut, denn ihm gefielen ihre Ohren und die hübschen Ohrringe, die von ihnen herabbaumelten. Er fand, daß sie sehr schön aussah, als sie ihm jetzt gegenüber an dem kleinen Tischchen saß.

Mignureal hätte lieber auf seinem Platz auf der Bank vor der Wand als in ihrem Stuhl gesessen. Sie konnte nicht wissen, daß es Nachtschatten praktisch unmöglich war, mit dem Rücken zum offenen Raum zu sitzen. Auf ihrem Stuhl hätte er sich unbehaglich und unzufrieden gefühlt.

Chondeys Essen war vielleicht nicht großartig, aber es kam ihnen wenigstens so vor. Ihr Brot, das eine schöne dunkle Farbe hatte und winzige Nuß- und Dattelstückchen enthielt, war ohne Zweifel wunderbar. Hanse bestellte sich zu seinem gebratenen Hühnchen ein dunkles Starkbier, das man Ale nannte, und stellte zu seiner Überraschung fest, daß es auch nicht besser als normales Bier schmeckte. Er hatte immer das Gegenteil gehört, und außerdem klang Ale auch besser. Mignureal wollte nichts davon probieren, trank aber etwas von Khulnas leichtestem Wein zu ihrem Essen. Morgen würden sie sich erkundigen, wie es mit Firaqas Wasser bestellt war.

Hanse erläuterte Mignureal seine weiteren Pläne.

Er würde zwei Geldbeutel bei einem und zwei bei einem anderen Verkäufer kaufen. Warum? Oh, ganz einfach aus Vorsicht. Jeder Verkäufer würde sich fragen, warum ein Kunde gleich vier Geldbeutel auf einmal kaufte.

»Vorsicht«, sagte Mignureal, nickte und seufzte.

Den größten Teil ihres Vermögens würden sie in ihrer Kleidung verborgen tragen, fuhr Hanse fort, doch außerdem würde jeder von ihnen zusätzlich noch einen Geldbeutel mit einem Silberstück und ein paar der hiesigen Kupfermünzen in einem Geldbeutel auf die gewöhnliche Art und Weise mit sich führen. Dann würden sie wenigstens nicht alles verlieren, falls sie einem Beutelschneider oder Taschendieb zum Opfer fielen. Außerdem wollte er versuchen, den Wert verschiedener Metalle und Währungen in Erfahrung zu bringen und herausfinden, ob es in Firaqa einen ehrlichen Bankier oder Geldwechsler gab. Den wahren Wert ihrer Pferde würde er am einfachsten feststellen können, wenn er zwei oder drei Pferdehändler aufsuchte und so tat, als sei er ein potentieller Käufer. Darüber hinaus würde er Nachforschungen nach Anorislas anstellen.

»Warum fragst du nicht Khulna, Hanse? Wenn er ihn nicht kennt, könnte er die anderen Leute hier fragen. Schließlich ist das eine riesige Stadt.«

Hanse blickte sie nur längere Zeit ausdruckslos an.

»Oh«, sagte sie. »Vorsicht.«

»Richtig. Mignue, ich bin wachsam und vorsichtig. Außerdem hat Strick gesagt, wir sollten *vertraulich* fragen. Er muß einen Grund dafür gehabt haben. Nehmen wir einmal an, Anorislas ist als zwielichtiger Charakter bekannt. Du verstehst schon, wie dieser Nachtschatten, von dem wir zu Hause gehört haben. Khulna würde sich fragen, warum ich so einen Burschen treffen will. Und Khulna ist ein Freund von Gaise. Gaise gehört zur Stadtwache. Das heißt Polizei – er ist ein Greifer. Die beiden wissen jetzt schon mehr als genug, weil ich müde und nicht vorsichtig genug war.«

»Ich schätze, ich bin nie vorsichtig«, sagte sie seufzend.

Hanse sah sie sehr ernst an. »Nein, Mignue, das bist du nicht. Deshalb mache ich mir Sorgen wegen dir.«

»Ich verspreche, mir Mühe zu geben, anderen Leuten gegenüber mißtrauischer zu sein.« Unvermittelt beugte sie sich zu ihm über den kleinen Tisch hinüber. »Psst! Schau dir Chiri an. Meinst du, sie könnte ein verkleidetes Starrauge sein, das aus Freistatt gekommen ist, um dich zu schnappen?«

Hanse rollte die Augen. »Ah«, sagte er theatralisch, »ich bin gleich in zweifacher Hinsicht vom Schicksal gestraft worden! Mit einem Onager, der ein Blödarsch, und mit einer Frau, die eine Klugscheißerin ist!«

Mignureal lachte. »Nun, ich werde mir wirklich Mühe geben. Und du könntest wahrscheinlich auch ein bißchen weniger mißtrauisch sein. Ich glaube, ich werde dich Vorsicht nennen. Das könnte dein ... wie nennt man das? Es könnte dein Kriegsname werden. Welche Pferde wollen wir verkaufen?«

»Warum lassen wir das nicht die potentiellen Käufer entscheiden, sobald ich erst einmal weiß, was die Tiere überhaupt wert sind? Das erste, das sich jemand aussucht, wird auch das erste sein, das wir verkaufen, und so weiter. Was Enas betrifft – wir brauchen ihn nicht, aber er könnte für die Abschlußverhandlung wertvoll sein. So in der Art wie: ›Einverstanden, du gibst mir eine Million Kupferstücke für den Schwarzen und bekommst diesen hübschen, intelligenten Onager, der mir einmal das Leben gerettet hat, als Dreingabe.‹«

Sie lächelte, wurde aber sofort wieder ernst. Sie griff nach seiner Hand. »Ich habe eine besondere Bitte. Laß uns Inja behalten. Ich mag ihn, und er hat einen Namen. Außerdem war er ein Geschenk von Tempus, und das ist etwas Besonderes. Ich möchte, daß er mein Pferd bleibt.«

Das Problem dabei war, überlegte Hanse, daß Tempus und seine Bande sich mit Pferden auskannte und keine schlechten besaß, wenn er ihnen natürlich auch kein *Tros*-pferd gegeben hatte. Außerdem hatte der eine Tejanit, der kein Pferd besessen hatte, Inja dem Schwarzen vorgezogen. Inja mochte durchaus ihr wertvollstes Tier sein! Zu wertvoll, um es zu verkaufen? *Und wenn schon.* Es hatte keinen Sinn, jetzt darüber zu reden oder gar zu streiten, solange alles noch reine Spekulation war. Außerdem war das Pferd *wirklich* ein Geschenk gewesen. Vielleicht sollten sie es behalten, weil es mehr als nur ein gutes Streitroß war.

Hanse nickte wortlos.

»Ich liebe dich, Hanse«, sagte Mignureal. »Du bist auch ein guter Lieberhaber!«

»Bei dir«, gab er galant zurück, während seine Brust vor Stolz schwoll, und er versteckte sich schnell hinter seinem Becher.

Chiri kam mit ihrem Krug vorbei und wollte ihm nachschenken, aber er versicherte ihr, daß er genug hätte. Chiri wandte sich schwerfällig ab, um den Krug eines anderen Mannes wieder zu füllen, der auch schon genug gehabt hatte, aber nicht dieser Meinung war.

»Ich möchte auch herausfinden, wie es hier mit anderen S'danzo aussieht«, sagte Mignureal.

Er nickte, ohne ein Wort zu sagen. Er war nicht gerade begeistert von ihrer Idee, einen Tisch und ein Schild aufzustellen, das sie als Wahrsagerin anpries, aber er hatte beschlossen, zu diesem Thema besser den Mund zu halten.

Schließlich sagte er: »Das können wir auch machen.«

»Ich bin froh, daß du ›wir‹ gesagt hast, Liebling. Was die Geldbeutel, die Pferde und alles andere betrifft, hast du immer gesagt, du würdest es tun, aber ich möchte, daß wir uns gemeinsam darum kümmern. Schließlich habe ich sonst nichts zu tun, wenn ich hier auf dich warte, es sei denn, ich versuche, Chiri und ihrer Mutter beim Saubermachen oder in der Küche zu helfen.«

Hanse sah sie an und kaute auf seiner Unterlippe. Der Einzelgänger Hanse hatte nicht daran gedacht, sie mitzunehmen. Das war ihm überhaupt nicht in den Sinn gekommen. Er kam besser alleine zurecht. Wenigstens war es bisher immer so gewesen, denn das hatte er gelernt, bevor er Klauer getroffen hatte und dann wieder nach Klauers Hinrichtung. Zusammenzuarbeiten, ein Paar zu bilden und die Verantwortung für zwei zu übernehmen, bereitete mehr Umstände, als er gedacht hatte. Und Mignureal hatte recht damit; wenn sie hier blieb, würde sie nichts zu tun haben. Und er wollte nicht, daß sie ohne ihn durch eine fremde Stadt lief und nach S'danzo oder anderen Dingen suchte.

»Wir sollten uns nach einer anderen Bleibe umsehen«, sagte er. »Nach einem oder drei Zimmern, meine ich. Letztendlich ist das hier nur eine Gaststätte und der erste Platz überhaupt, den wir uns angesehen haben. Vielleicht eine Villa in einem aristokratischen Stadtviertel?«

»Aber ja, und am besten auch gleich mit Dienern!« antwortete sie mit einem strahlenden Lächeln und probierte noch einen kleinen Schluck von dem hellgelben Wein. »Aber mir gefällt der Gedanke, daß wir eine eigene Wohnung haben könnten.«

Gut, dachte er. *Dann wirst du damit beschäftigt sein, sie für uns einzurichten, sauber zu halten und für uns zu kochen, und wirst nicht auf den Gedanken kommen, mit mir in geschäftlichen Angelegenheiten unterwegs zu sein!*

»Du wirst etwas anzuziehen brauchen, Hanse. Und alles, was wir anhaben, muß gereinigt werden.«

»Da kann ich dir nicht widersprechen. Es muß mindestens dreimal gewaschen werden! Ich könnte schwören, immer noch Wüstensand in meiner Hose zu spüren!«

»Wir haben doch eine Menge Silber, Hanse. Du könntest dir überlegen, neue Hosen zu kaufen.«

Hanse runzelte bei diesem Vorschlag die Stirn, als er sah, daß Khulna zu ihnen kam. Sie sahen zu dem rotgesichtigen Firaqaner auf, dessen Schürze sich vor seinem Bauch wölbte. Wenn es überhaupt jemals einen dünnen Wirt gegeben hatte, überlegte Hanse, hätte er extra dafür kassieren können, sich den Leuten zu zeigen. Khulna war nicht beeindruckend, was die Breite seiner Schultern anging, aber er war groß und hatte einen dicken Wanst. Seine Frau war regelrecht fett, und ihre dralle und kichernde Tochter war auf dem besten Wege, genauso fett zu werden. Jetzt stand Khulna neben ihrem Tisch und lächelte.

»Was halten meine Lieblingsgäste von der firaqanischen Küche?« fragte er.

»Ich kenne die firaqanische Küche nicht«, antwortete Hanse, »aber die deiner Frau ist wunderbar, Khulna!«

Mignureal nickte. »Dieses Brot ist so gut, daß sie mich in kürzester Zeit fett machen wird!«

»Das ist uns dreien ja auch passiert«, sagte Khulna strahlend und klopfte sich auf die gewölbte Schürze. »Freut mich, daß ihr es mögt. Was können wir tun, um euch gleich noch glücklicher zu machen?«

»Du könntest uns erzählen, was für eine Art von Stadtteil das hier ist und uns vor den üblen Gegenden warnen.«

Ihr Gastgeber stützte sich mit einer geröteten Hand auf ihren Tisch. »Die Leute nennen diesen südlichen Teil der Stadt meistens Die Tore«, sagte er. »Hier leben anständige Leute, und wir sorgen dafür, daß die Straßen gut beleuchtet sind. Der Haupttempel der Flamme ist ganz in der Nähe. Die Roten – das ist die Polizei – passen hier auch gerne auf uns auf. Weil hier nie irgend etwas passiert!« Er lachte, und nachdem Hanse und Mignureal pflichtschuldig mit eingestimmt hatten, fuhr er fort:

»Die Villen liegen hauptsächlich im Norden, auf dem Stadthügel. So heißt dieses Viertel auch: Stadthügel. Je höher das Haus liegt, desto reicher ist sein Besitzer. Du«, sagte er an Mignureal gerichtet, »solltest nie weiter westlich als bis zu einer Straße gehen, die Karawanenweg heißt, und du, Hanse, solltest dort besser nicht nachts hingehen. Und tagsüber nicht unbewaffnet. Diese Gegend heißt ganz einfach Westende. Tiefer in ihrem Inneren gibt es eine Gegend, die ein wahres Labyrinth ist. Und das, meine Freunde, ist *rauh*.«

»Wirklich?! Das *Labyrinth*?!«

»Ja, wirklich, ein Labyrinth ... Augenblick mal. Warum fragst du in diesem Tonfall, und warum seht ihr euch dabei so an, hmm?«

»Du solltest uns nicht wie deine Kinder behandeln, Khulna«, sagte Hanse freundlich. »Ich habe so reagiert, weil da, wo wir herkommen, die übelste Gegend der Stadt genauso heißt: das Labyrinth!«

»Die Flamme bewahre! Wirklich? Vielleicht gibt es überall ein Labyrinth«, vermutete Khulna. »Jedenfalls heißt es hier die Rote Zeile. Ich bin vor mehr als zehn Jahren von einem Bauernhof in die Stadt gezogen, und ich bin noch nie irgendwo anders gewesen. Ich werde euch Weltreisende nie verstehen. Aber ihr gefallt mir!«

Hanse, den man kaum als Weltreisenden bezeichnen konnte, nickte selbstbewußt.

»Wie sieht es mit Pferdehändlern aus?« fragte er. »Und mit ehrlichen Geldhändlern?«

»›Niemand empfiehlt seinen eigenen Geldhändler weiter, oder aber er wird es später bereuen‹«, zitierte Khulna. »Weißt du, ich verstehe nicht viel von Pferden oder Pferdehändlern. Für mich sind Pferde vorne und hinten gefährlich und in der Mitte unbequem.«

Hanse überraschte alle drei, sich selbst eingeschlossen, als er aufstand und Khulna auf die Schulter klopfte. »Ganz meiner Meinung! Ganz meiner Meinung!«

»Hoy, sorg da drüben mal für Ruhe, Khulna!« rief jemand. »Ein paar von uns versuchen, etwas zu trinken!«

Hanse wollte schon aus alter Gewohnheit hochfahren, aber Khulna drehte sich halb herum und lächelte dem grinsenden Gast zu. »Schnell, Lallias, nenn mir zwei Männer in Firaqa, die sich mit Pferden auskennen und ehrlich sind!«

»Puh!« machte der Mann mit dem großen braunen Bart, der Lallias genannt worden war. »Zwei! Und sogar noch *ehrliche*! Da ist natürlich einmal mein Bruder und dann Veldiomer, der Sumianer ... äh ...«

»Vergiß nicht Anorislas!« rief ein rotbärtiger Bursche dazwischen.

Lallias nickte. »O ja, Anorislas. Aye, er versteht etwas

von Pferden. Aber für seine Ehrlichkeit kann ich nicht garantieren ...«

»Ich schon!«

Hanse fragte nach und erhielt brauchbare Auskünfte. Beide Männer waren in Dem Viertel zu finden, wo immer das auch sein mochte. Er vergewisserte sich auch, daß Khulna keinen der beiden genannten Männer kannte. Inzwischen wollte Lallias wissen, ob Hanse ein gutes Pferd kaufen wollte.

Bevor Khulna etwas darauf erwidern konnte, sagte Hanse schnell: »Aye, könnte sein«, und stieß dem Besitzer der Gaststätte einen Finger in die Seite, damit er den Mund hielt.

Sofort schlug Lallias seinen Bruder Horse vor und fragte, wo Hanse am Morgen sein würde. Hanse konterte, indem er fragte, wo er Horse finden könnte, und Lallias entgegnete darauf, daß er morgen hier sein würde, »um dich zu ihm zu führen«. Hanse warf Khulna einen fragenden Blick zu. Khulna zuckte die Achseln. Seiner Miene konnte man entnehmen, daß Lallias in Ordnung war, soweit er das beurteilen konnte.

»Am Mittag«, sagte Hanse zu Lallias und nannte ihm seinen Namen.

»Du bist neu hier in Firaqa, was?« Das kam von dem Mann, der Anorislas vorgeschlagen hatte.

»Aye, er ist neu hier, aber er ist ein alter Freund von mir«, sagte Khulna, und Hanse war gleichzeitig überrascht und dankbar. Das gab er Khulna auch gleich durch einen Blick zu verstehen.

»Du wirst Anorislas kennenlernen wollen«, sagte der rotbärtige Mann.

Hanse fragte ihn nach seinem Namen und erfuhr, daß er Bronze hieß. Dann rief irgend jemand nach Chiri, und Chondey kreischte etwas über ein kleines Ölfeuer, Khulna eilte zu ihr, und Hanse und Mignureal folgten ihm. Nachdem das wirklich sehr unbedeutende Feuer gelöscht war und sie etwas Futter für die Katzen besorgt hatten, stiegen sie die Treppen hinauf.

»Ein guter Anfang«, sagte Hanse, als er die Tür geschlossen und sorgfältig verriegelt hatte. Mignureal machte sich währenddessen bei den Katzen beliebt. »Ein paar Namen, immerhin.«

»Ich finde es herrlich«, sagte Mignureal, die vor Begeisterung glühte. »Wußtest du, daß ich noch nie vorher in einer Gaststätte gewesen bin, geschweige denn in einem Schankraum? Was für ein Spaß! Alle sind so freundlich!«

»Kann schon sein«, erwiderte Hanse und umarmte und küßte sie.

Sie wedelte mit einem Finger. »Du wolltest weniger mißtrauisch sein, Vorsicht.«

»Und du wolltest mißtrauischer sein«, gab er zurück und wedelte ebenfalls mit einem Finger, den er zuvor auf eine intime Stelle gedrückt hatte.

Mignureals Augen wurden weich. »Ist es schon Zeit, ins Bett zu gehen?«

Hanse drückte sie und küßte sie wieder. »Laß es uns noch einmal machen – in der Satteltasche nachsehen, meine ich«, fügte er hinzu, als er ihren Gesichtsausdruck bemerkte. »Und kannst du dich noch daran erinnern, daß wir uns Sinajhals Gepäck ansehen wollten, sobald wir alleine wären und Zeit dazu hätten, und daß wir es trotzdem immer noch nicht getan haben?«

»Ich glaube, ich möchte gar nicht mehr in diese Satteltasche gucken«, sagte Mignureal, und ihr Gesicht wirkte plötzlich gar nicht mehr erfreut.

»Ich auch nicht«, bestätigte Hanse und hob die Satteltasche prüfend hoch. Er öffnete sie und drehte sie über dem zerwühlten Bett um.

Es bedurfte keines Genies, um festzustellen, daß es nicht elf sondern nur zehn Münzen waren.

»Zuerst hatten wir elf und konnten sie nicht loswerden«, sagte er und starrte die glitzernden Silberstücke an. »Und dann ist eine plötzlich ... verschwunden.« Hanse seufzte und schüttelte den Kopf. »*Zauberei*. Meinst du, es hat etwas mit der Münze zu tun, die ich für Imrys und seine Familie zurückgelassen habe? Vielleicht verschwindet jedesmal eine von diesen Münzen, wenn ich eine andere verschenke?«

»Wir könnten es ja ausprobieren und sehen, was dann passiert.«

»Huh. Das geht ein bißchen zu weit.«

Mignureal kicherte. »Ich wußte, daß du das sagen würdest. Aber ich schätze, es ist durchaus möglich. Die Münzen sind uns irgendwie gesandt worden, als eine Art Test, um herauszufinden, ob wir mildtätig sind oder nicht.«

»Nun, ich habe nicht die geringste Lust, mich dem Test zu unterziehen. Wenn wir eine verschenken und keine von den anderen verschwindet, haben wir eine Münze weniger. Ich bin nicht gerade sehr mildtätig, Mignue.«

»Das bin ich auch nicht, wirklich nicht. Ich kann mir nur keine andere Erklärung vorstellen. Ich verabscheue den Gedanken, es könnte etwas mit Sinajhal zu tun haben.«

Als er sah, wie sie plötzlich die Arme um ihren Körper schlang, legte Hanse den Kopf auf die Seite. »Sinajhal? Was meinst du damit?«

»Nun … mir ist der bloße Gedanke so zuwider, daß ich es gar nicht aussprechen will. Ich möchte gar nicht daran denken, daß die einzige Möglichkeit, die zehn Münzen loszuwerden, darin bestehen könnte, daß du zehn Männer töten mußt.«

Hanse wandte sich ab und schüttelte den Kopf. Dann drehte er sich wieder zu ihr um und blickte sie sehr ernst an. »Mir geht es genauso. Laß uns nicht mehr über diese Möglichkeit nachdenken.«

Sie nickte voller Nachdruck. »Damit bin ich einverstanden. Können wir das Thema jetzt gleich ganz fallen lassen?«

»Ich möchte vorher noch etwas anderes ansprechen. Wie wäre es, wenn wir diese Münzen ausgeben würden?«

»So wie es bisher aussieht, würden sie hier wieder auftauchen.«

»Uh-huh …«

»O *Hanse*! Das können wir doch nicht machen! Wir haben genug. Wir haben es nicht nötig, die Leute zu betrügen!«

»Nun ... wir werden es so machen: Wir stecken eine dieser Münzen in einen Geldbeutel, den wir offen tragen, und dann kann es uns egal sein, wenn sie gestohlen wird!«

Diese Idee gefiel ihnen beiden. Während sie noch kicherte, bückte sich Hanse und klaubte die zehn Kaisermünzen auf, um sie wieder in der alten Satteltasche zu verstauen. Danach ließ er die Rolle, die hinter dem Sattel des kürzlich verstorbenen reizenden Sinajhal befestigt gewesen war, auf das Bett fallen. Er rollte sie auseinander.

In die recht hübsche gestreifte Decke waren mehrere Gegenstände eingewickelt. Hanse schüttelte einen flachen Weinschlauch und gab bekannt, daß er fast leer war. Als nächstes hob er eine zusammengefaltete rote Schärpe auf und bemerkte lächelnd, daß sie auf einer grünen Tunika lag, die genauso hell wie das Tuch leuchtete.

»Möchtest du sie ausbreiten, während ich eben mal die Tunika ausprobiere?« fragte er und reichte ihr die zu einem Päckchen gefaltete Schärpe. Mignureal nahm sie entgegen und mußte kurz darauf über Hanses mürrisches Gesicht und über das pfefferminzfarbene Kleidungsstück lachen, das er sich vor die Brust hielt. Die Tunika war zu groß für Sinajhal, zu groß für Hanse, und sie wäre wahrscheinlich nicht einmal für Khulna zu eng gewesen.

»Verdammt!« stieß er ehrlich enttäuscht hervor. »Verdammter dämlicher Steh-Mann! Er war älter als ich und auf keinen Fall neu in diesem Geschäft, aber er hatte es immer noch nicht gelernt, wählerisch in dem zu sein, was er stahl.«

Sie lachte. »O Hanse, entschuldige – aber was für ein Ausdruck! Der unwählerische Dieb!«

Sie duckte sich unter seinem Blick und bemühte sich um eine ernsthafte Miene, während sie die Schärpe ausbreitete. Sie fand sechs firaqanische Kupfer- und zwei Silbermünzen, die alle das Flammensymbol trugen. Das war ein erfreulicher Fund, und sie hatte natürlich auch recht damit, daß sie die Tunika gut als Geschenk benützen könnten, zum Beispiel für Khulna. Sie zu verkaufen, hätte problematisch werden können, denn sie war zweifellos gestohlen worden. Würde es nicht einfach köstlich sein, wenn sie versuchten, die Tunika einem großen Mann zu verkaufen und dabei feststellen müßten, daß sie ihm früher gehört hatte?

Hanse hatte währenddessen ohne große Begeisterung den Dolch, den er gefunden hatte, beiseite gelegt. Er schien ganz ordentlich gearbeitet zu sein, aber man mußte ihn untersuchen und ausprobieren, bevor man wußte, ob er auch etwas taugte. Die ›Juwelen‹ in seinem Griff, da war er sicher, bestanden aus Glas.

»Nicht gerade ein Schatz, den wir da gefunden haben«, nörgelte er und untersuchte das letzte Stück. Es war ein hölzernes Rechteck aus mit Scharnieren versehenen und zusammengeklappten Tafeln. Er entfernte das Band, das sie zusammenhielt, und öffnete die zweiteilige, mit Bienenwachs beschichtete Tafel. Eine Oberfläche war glatt und leer. In die andere waren mehrere Worte hineingeritzt worden, die untereinander standen. Hanse betrachtete die Liste, konnte aber nur Buchstaben und nicht deren Sinn erkennen. Schnörkel, die in den Ton oder das Wachs graviert waren.

»Was ist das?« fragte Mignureal.

»Worte«, sagte er und reichte ihr die Tafel, damit sie ihm die Zeichen übersetzte.

Sie las die Liste vor:

ELTURAS
ESTANE
LALLIAS
PERIAS

THUVARANDIS

Als sie damit fertig war, blickte sie fragend auf. Hanse zog die Stirn in Falten und spitzte nachdenklich die Lippen. »Ist das alles?« murmelte er beunruhigt.

»Das ist alles.«

»Du hast den Namen Lallias vorgelesen«, sagte er langsam. »Der ist dort aufgeschrieben? Na gut. Dann muß es eine Namensliste sein. Einer von ihnen ist der Mann unten, derjenige, der mich zu seinem pferdekundigen Bruder führen will. Oder ... der es zumindest behauptet.« Er verstummte, um etwas länger über die merkwürdige Liste nachzudenken und sich über ihre Bedeutung, wenn nicht gar ihren Sinn, klar zu werden.

»Hier ist ein Freiraum«, bemerkte Mignureal. »Es scheint, als hätte ein weiterer Name zwischen Perias und Thuvarandis geschrieben werden sollen. Aber das Wachs ist an dieser Stelle glatt.«

Hanse schwieg noch ein paar Sekunden lang. Dann sagte er: »Wir wollen uns nicht den Kopf darüber zerbrechen, warum Lallias einer der fünf Namen ist, die dieser Steh-Mann und Dieb auf seiner Wachstafel aufgeführt hat, einverstanden?«

Mignureal musterte die Liste stirnrunzelnd, und ihr »Einverstanden« klang nicht gerade überzeugend. »Aber etwas anderes, Hanse. Die Liste wurde in alphabetischer Reihenfolge geschrieben, und ...«

»Habe ich nicht ein L beim ersten Namen gehört?« unterbrach er sie. »Ich meine, ich kenne mich da ja auch ein bißchen aus, Mignureal. Ich kann meinen Namen schreiben, ich erkenne ein H, wenn ich eins sehe und ein L, wenn ich eins höre.«

»Nein, Hanse, es ist ein E. Erst ein E, dann ein L. Das klingt genauso. Jedenfalls ist die Reihenfolge der Namen E, E, L, P, Freiraum, Th.« Sie sprach das Th lispelnd aus, wie in think.

»Ergibt das irgendein Wort?«

»Nicht daß ich wü... nein. Nein, das kann nicht sein. Es gibt keinen Vokal zwischen P und T. Aber ich werde dir trotzdem sagen, welcher Buchstabe unter anderem dazwischen liegt. Das S.« Sie sagte das mit bedeutungsvollem Tonfall und blickte bedeutungsvoll auf.

Er musterte sie. »Ssss«, sagte er und bewies ihr damit, daß er wußte, wie ein S klang, wenn er eins hörte. »In Ordnung. Ist das wichtig?«

»Ich hoffe nicht«, gab Mignureal zurück und wirkte

dabei unglücklich. »Es ist der erste Buchstabe von Sinajhal.«

Hanse wirkte einen Augenblick lang betroffen, aber dann warf er den Kopf in den Nacken und machte eine abwinkende Geste. »Warum sollte er eine Liste mit sich herumschleppen, auf der sein eigener Name steht – und dann auch noch an einer Stelle in der Reihenfolge des Alphabets? Für mich sah er wie ein Kerl aus, der seinen Namen an die erste Stelle setzen würde!«

»O Mist! Du fragst *warum*?, findest keine vernünftige Antwort darauf und tust dann so, als sei die Angelegenheit damit erledigt. So können wir nicht denken – wir stehen vor einem *Warum*, was die Münzen angeht, einem *Warum* wegen Regenbogen und einem *Warum* wegen dieser Liste, und ...« Sie ließ den Rest des Satzes offen, schüttelte den Kopf und breitete die Hände aus. »Siehst du? Überall steht ein großes *Warum*!«

Sie blickten sich eine Weile trübselig an. Sie waren in etwas verwickelt, das sie sich nicht erklären konnten, und darüber waren sie nicht gerade glücklich. Hanse begann resigniert, die Fundsachen vom Bett zu räumen.

»Findest du, es ist Zeit, ins Bett zu gehen?« wechselte er das Thema.

»Ganz bestimmt.«

Wie die Neuankömmlinge bemerkten, war Firaqa anders als Freistatt, als sie am nächsten Tag dem erfreulich leichten Weg zum Basar folgten.

Aus der Bauweise der Gebäude und ihrer Dächer konnte man gut auf das Klima und die Niederschlagsmenge, die Temperatur und die Luftfeuchtigkeit schließen. Andererseits konnten solche logischen Schlußfolgerungen auch durch so einfache Tatsachen wie die Beschaffenheit der Umgebung und das dadurch vorhandene Baumaterial verfälscht werden.

Wie in Freistatt hatten auch die Dächer in Firaqa ein starkes Gefälle. Das deutete auf einen reichlichen Niederschlag hin. Doch die Dächer hier unterschieden sich von denen in Freistatt dadurch, daß sie meistens grün, blau oder gelb gestrichen waren. Schon bald erfuhren Hanse und Mignureal, daß damit die farbigen Dachziegel nachgeahmt werden sollten, die die wohlhabenderen Firaqaner verwendeten und die die Dächer einiger Häuser in diesem Stadtviertel zierten, die reichen Bürgern gehörten. Das waren meistens große Wohn- oder Mietshäuser.

Die Dächer ragten über die Häuser hinaus und waren ringsherum mit Regenrinnen versehen. Diese hatten ein klug durchdachtes Gefälle, und unter den tiefsten Enden der meisten standen Fässer, in denen das Regenwasser aufgefangen wurde. Andere Regenrinnen mündeten in Schläuchen oder Röhren, die in die Gebäude hinein führten. Auch das schien vom Wohlstand der Besitzer oder in einigen Fällen von dem der Mieter abzuhängen.

Auf jeden Fall standen in diesem Stadtviertel, das Die Tore hieß, größere Gebäude und Häuser mit fließendem Wasser einträchtig neben solchen, die nur über eine Regentonne verfügten.

Hanse und Mignureal erfuhren, daß der Wald, durch den sie gekommen waren, aus einem Grund, den heute niemand mehr wußte, der Mädchenkopfwald genannt wurde. Er lag relativ nahe an der Stadt und hatte früher noch viel näher gelegen. Doch durch die fortwährende Rodung hatte sich das Farmland von Jahr zu Jahr weiter nach Süden ausgebreitet. Viele der Gebäude, die die beiden sahen, waren aus Holz erbaut und mit einer Art Mörtel oder Stuck überzogen. Eine Menge bestanden aber auch aus Stein, da nicht weit von hier im Nordosten ein großer Steinbruch lag, der Rotstein hieß. Die Forstwirtschaft und der Steinbruch, Zimmerei und Holzfällerei waren die hauptsächlichen Erwerbszweige in der Umgebung.

Der Stein war allerdings nicht röter als Rotklee. Er war rosa, und rosa waren auch die Steinhäuser. Da der Stuck meistens gefärbt oder in einem gelblichbraunen Farbton getüncht war und die Türen der Häuser oft blau, grün oder rotbraun waren, bot Firaqa einen hübschen Anblick.

Zumindest dieser Teil der Stadt, rief sich Hanse ins Gedächtnis zurück, der Die Tore genannt wurde.

Sie machten sich nicht die Mühe, den sehenswerten Weg einzuschlagen, den Khulna ihnen empfohlen hatte. Statt dessen gingen sie zu der Straße, die durch das Tor führte, durch das sie gekommen waren, und bogen nördlich auf die gepflasterte Hauptverkehrsstraße ein. Sie hatte einen bezeichnenden Namen: Torstraße. Khulna hatte ihnen erklärt, nach dem Tempel der Flamme drei Querstraßen weiter zu gehen und dann links abzubiegen. Das war dann der Kamelspurweg, und der führte genau auf den offenen Markt. Als Alternative zum Basar hatte er die Straße der Kaufleute vorgeschlagen.

»Bei uns zu Hause sind die Sachen im Basar meistens weniger teuer«, hatte Hanse gesagt. »Ist das hier auch der Fall?«

»Aye«, hatte Khulna geantwortet. »Ich dachte ...« Aber dann hatte er den Rest offengelassen, weil er nicht sagen wollte, daß er angenommen hatte, ein Pärchen mit rankanischem Silber wäre bereit, für seine Einkäufe mehr Geld auszugeben.

Sie schlenderten die Torstraße entlang. Wie sie wußten, lag irgendwo westlich von ihnen eine breite Straße, die Karawanenweg hieß. Er durchzog die ganze Stadt zur Länge und führte weiter durch das Neustadtviertel, das außerhalb der Stadttore im Nordwesten entstanden war. Aus unterschiedlichen Gründen und mit unterschiedlichen Reaktionen fiel Mignureal und Hanse sofort ins Auge, daß es in diesem Jahr unter den firaqanischen Frauen Mode war, tief ausgeschnittene Kleider zu tragen, die den Busen betonten. Im Gegensatz dazu waren die Röcke fast lang genug, um die Füße ihrer Trägerinnen zu verbergen. Bei reichen oder gesellschaftlich höhergestellten Frauen – oder solchen, auf die beides zutraf – bedeckten sie die Füße sogar völlig und schleiften über den Boden. Nur wenige trugen ihr Haar lose. Meistens war es hochgesteckt und überreich verziert und mit Nadeln, Kämmen und Ringellocken geschmückt.

Mignureal fiel auf, daß bei sieben von zehn Frauen die Farbe der Tuniken, die als Blusen über eng um die Taillen geschnürten Röcken getragen wurden, alle Gelbschattierungen umfaßte. Von den restlichen drei waren zwei weiß oder fleischfarben.

Es verblüffte Hanse und Mignureal nicht, daß sie so häufig Menschen mit rotem Haar sahen, aber das lag nur daran, daß Chondey sie an diesem Morgen darauf vorbereitet hatte. Sie würden viele gefärbte Köpfe sehen, hatte sie gesagt. Während der letzten Jahre waren scharlachrote Haarlocken der letzte Schrei gewesen, seit der Einsegnung der letzten Herdwächterin, die zufällig ein Rotschopf war. Sie hatten nur dazu genickt, und Mignureal hatte sich für die Auskunft bedankt. Sie hofften, selbst herausfinden zu können, was eine Herdwächterin war, ohne nachfragen zu müssen.

Viele Passanten, die sie auf oder neben der Torstraße sahen, trugen eine Kette der viereckigen Kupfermünzen, die man Funken nannte, auf Lederketten oder Draht aufgefädelt um den Hals, so daß viele Leute beiderlei Geschlechts die gleichen Halsketten zu tragen schienen. Allerdings variierte bei jedem Träger die Menge der so aufgefädelten Münzen.

Es überraschte sie, daß so viele Männer Hüte trugen, meistens graue, kastanienbraune oder dunkelblaue mit Krempen, die im Nacken und an einer Seite hochgebogen waren. Die wenigen, auf deren Hüten Federn steckten oder von ihnen herabhingen, mußten reiche Leute sein. Diese Männer trugen auch meistens leuchtend bunte Hosen – oft sogar ganz erstaunlich leuchtend und bunt, selbst für Hanses Geschmack – und Stiefel mit hohen Absätzen. Ihre Tuniken, die von großen, breiten Gürteln zusammengehalten wurden, hingen meistens blusenartig unterhalb des Gürtels herunter oder standen sogar wellenförmig ab. Hanse bemerkte, daß er Tuniken in allen Farben außer rot erblickte; einige waren zitronenfarben, scharlachrot oder zimtfarben gestreift, andere hatten Streifen von einem himbeerfarbenen Rosa, das er überhaupt nicht mochte. Selbst die meisten der völlig weißen oder fleischfarbenen Tuniken waren an den Ärmeln und Säumen gestreift, manchmal sogar mehrfarbig. Muster waren sehr selten.

Einige ältere Bürger trugen Roben. Einmal sah Hanse zwei Frauen in gelbgoldenen Roben, die etwas steif und doch irgendwie bescheiden und unaufdringlich wirkten. Die Frauen gingen hoch aufgerichtet, orangerote Schleier fielen ihnen über den Rücken hinab. Sie blickten unverwandt geradeaus und sprachen mit niemandem. Das Paar wurde von drei Männern der Stadtwache eskortiert. Die Bürger begegneten ihnen mit offensichtlicher Ehrerbietung, sie neigten sogar die Köpfe, wenn sie an den beiden hochmütigen Frauen in den flammenfarbenen Roben und ihrer Eskorte vorbeigingen. Die drei Stadtwachen verhielten sich steif, sie trugen Uniformen, und ihre Gesichter wirkten wie versteinert.

Hanse nahm an, daß diese Frauen bedeutend waren, aber er beschloß, sich nicht danach zu erkundigen. Er hoffte, daß sie die Ursache für all diese respektvolle Aufmerksamkeit waren; es hätte ihm überhaupt nicht gefallen, wenn seine Reise ihn in eine Stadt geführt hätte, in der man jedesmal den Kopf neigen mußte, wenn ein Greifer in Helm und Rüstung vorbeikam.

Die ärmeren Bürger und die unteren sozialen Schichten trugen die Kleidung, die sie überall trugen: was immer sie finden und sich leisten konnten.

Während einige Männer Waffen trugen, wie er bemerkte, gingen relativ viele unbewaffnet. Es war erstaunlich, so viele zu sehen, die nicht einmal so etwas wie ein Brotmesser zur Abschreckung bei sich hatten. Stöcke und Stäbe mit sich zu führen, schien in Firaqa in Mode zu sein. Nachtschatten war sich wohl bewußt, daß sie gute Waffen abgaben, solange einem niemand zu schnell zu nahe kam. Natürlich hatte er sich entschieden, einen Dolch offen sichtbar und einen verborgen zu tragen. Nun, eigentlich zwei, aber einer gehörte schließlich ohnehin zur Dekoration eines seiner Halbstiefel. Er hatte davon abgesehen, Sinajhals Schwert zu tragen, bis er wußte, wie die Dinge hier in Firaqa liefen.

Mehrmals hörte er das Wort Flamme, wenn er hier und da einen Gesprächsfetzen aufschnappte. Mehrere Männer der Wache waren unübersehbar präsent, alle so uniformiert wie die am Tor. Während sie keine Kutschen bemerkten, kamen einige beladene Karren vorbei, die sich langsam in der Mitte der Straße bewegten. Alle waren mit klingelnden Glöckchen versehen, die die Leute sehr wirkungsvoll warnten, den Weg freizumachen. Ein paar Passanten waren zu Pferd unterwegs. Alle hielten ihre Pferde in einem gemäßigten Schrittempo, nur einer ließ sein Pferd traben. Aber es war bemerkenswert, daß auch er sein Pferd peinlich genau in der Mitte der Straße hielt.

»Ich würde sagen, es gibt hier ein Gesetz gegen Kutschen innerhalb der Stadt«, sagte Hanse, »und eins, das festschreibt, wie schnell ein Pferd laufen darf, selbst auf dieser breiten Straße. Das gefällt mir.«

»Stadtherrscher, die sich um die Sicherheit der Bürger sorgen? Wie wunderbar!«

Und wie merkwürdig, überlegte Hanse.

Zweimal konnten sie beobachten, wie verschleierte Sänften vorbeigetragen wurden, die auf den Schultern von Trägern mit knotigen Wadenmuskeln schwankten. Diener oder Sklaven, die ihre reichen oder adligen Herren oder Herrinnen zu irgendeinem wichtigen Ziel brachten. Beide Male waren die Träger in die gleichen Tuniken gekleidet – »Wie ein Gespann gleicher Pferde«, murmelte Hanse –, und die zweite Sänfte wurde von einem Bewaffneten begleitet, der dicht nebem dem vor seinem Auftraggeber herabgelassenen Vorhang einherschritt.

Auch Hanse und Mignureal wurden beobachtet.

Sie seufzte. »Wir sind unverkennbar Fremde, nicht wahr?«

»Mhm. Was hältst du davon, mehr Titten zu zeigen?«

»Es würde mich nervös machen.« Ein paar Schritte später fügte sie hinzu. »Was hältst du davon, einen von diesen merkwürdigen Hüten zu tragen?«

»Oh, ich weiß nicht«, antwortete Hanse mit einem kleinen Lächeln. »Vielleicht würde es mir gefallen.«

»Ich wette, die *S'danzo* hier stellen ihre Brüste nicht in der Öffentlichkeit zur Schau«, sagte Mignureal geziert und benutzte das schicklichere Wort für ›Titten‹.

»Mhm«, machte Hanse.

Sie sahen keine S'danzo. Schon lange bevor sie ihn erreicht hatten, wußten sie, daß sie sich dem Tempel der Flamme näherten. Er ragte hoch empor und erstreckte sich weit nach allen Seiten.

Der Tempel hatte die Ausmaße mehrerer großer Wohnhäuser, und die golden leuchtende zwiebelförmige Kuppel überragte alle anderen Gebäude. Dieser Haupttempel der Flamme war aus Granulith erbaut und sehr gut gepflegt. Zwei neunstufige Podeste hoben ihn deutlich über die Straßenebene hinaus, so daß jedermann zur Front der Säulenhalle aufsehen mußte. Die Säulen waren goldgelb oder orangegelb, oder wie immer man den Farbton bezeichnen mochte, sie waren so gemeißelt, daß sie dem Feuer nachempfunden waren, dessen Farbe sie widerspiegelten. Mignureal konnte dort oben keine einzige Statue erkennen, und sie machte Hanse darauf aufmerksam.

Hanse sah noch einmal hin. Sie hatte recht. »Nun, wie soll man einer Flamme eine Statue bauen?«

»Hmm«, machte sie, und sie gingen weiter. Ab und zu blickten sie zu dem hohen und mehr als nur beeindruckenden Bauwerk zurück, das höchstwahrscheinlich der Wohnsitz des Schutzgottes von Firaqa war.

»Hanse«, sagte Mignureal mit dem Tonfall in der Stimme, dem normalerweise ein »Rate mal«, oder »Hast du jemals darüber nachgedacht« oder »Oh, sieh doch« folgte. »Schau dir jetzt noch einmal dem Tempel an – schau über ihn.«

Er tat ihr den Gefallen. Er sah Rauch. Es war zwar nur ein dünner Dunstfaden, der dort aufstieg, aber er war schwärzlich. Hanse nickte. »Mhm. Rauch. Ich schätze, das ist genau das, was wir über einem Ort sehen sollten, der der Tempel der Flamme heißt: Rauch. Was sollte sich auch in seinem Inneren befinden, wenn nicht ein großes Feuer? Keine Statuen, darauf würde ich wetten. Nur eine Flamme, die immer in Gang gehalten wird. Eine Flamme, die nie ausgeht, würde ich wetten. Und wenn sie doch einmal erlöschen sollte, könnte Firaqa dasselbe Schicksal bevorstehen.«

»Ihhh. Das ist ... ihhh.«

»Vorsicht. Wir befinden uns in einer fremden Stadt. In einem anderen Teil der Welt mit anderen Göttern und einer anderen Religion. Ich habe nicht behauptet, daß ich daran glaube, Mignue. Aber dies ist nicht der Einflußbereich von Ils und Shipri und dem Namenlosen Schatten. In ihrem eigenen Einflußbereich sind die Götter stark, aber mit zunehmender Entfernung werden sie schwächer. Wenn man in ein anderes Land kommt, werden dessen Götter beherrschend, und die eigenen werden schwach.«

»Oh. Aber wie kommt es dann, daß die Götter von Ranke zu Hau... in Freistatt so stark sind?«

Hanse zuckte die Achseln, als sie ihren Weg fortsetzten. »Wahrscheinlich, weil einige Leute das so wollten und sich keine Gedanken machten oder sich nicht um die Tatsachen kümmerten, die jeder über die Götter weiß. Und ganz davon abgesehen ist doch irgend etwas mit Vashanka passiert!« Hanse lächelte. Als Verbündeter der Götter hatte er auf einer anderen Daseinsebene diesen Gott des imperialistischen Kaiserreichs von Ranke in der einzigen Art und Weise getötet, in der ein Unsterblicher getötet werden konnte, und er erinnerte sich nicht mehr daran, weil er es so gewollt hatte.

»In jener Nacht hat der Allsehende Allvater seine Allmacht bewiesen!« Nachdenklich fügte er hinzu: »In einer fremden Stadt mit uns fremdartigen Göttern sollten wir lieber ein paar Dinge herausfinden, Mignue. Und wir sollten besser vorsichtig sein mit dem, was wir sagen. Das schließt solche Kommentare wie ›ihhh‹ mit ein.«

»Es ist fremdartig, das stimmt!«

Wie Khulna gesagt hatte, führte der Kamelspurweg direkt in den Basar. Und dort endete er oder wurde zum Basar.

Vielleicht hatte der Kamelspurweg einmal die Torstraße und den Karawanenweg miteinander verbunden, und der Basar war erst hinterher hier entstanden, ganz natürlich entlang der Karawanenroute, die durch Firaqa führte, und jetzt wuchs er noch weiter. Der weiträumige offene Markt war größer als der von Freistatt, aber er sah genauso oder fast genauso aus. Lärmend und voller Leute, die kauften und feilschten, ununterbrochen in Bewegung, leuchtend bunt wegen der verschiedenfarbigen Kleidungen und Waren und der gestreiften Markisen über den Ständen der Händler, von den unterschiedlichsten Gerüchen durchzogen, von Leder, Pferden, Parfümen, Schweiß, Zimt, Knoblauch, Öl und den gekochten Leckereien, die überall verkauft wurden, weil überall immer irgend jemand Hunger hatte.

Hanse und Mignureal verbrachten fast eine Stunde damit, durch den Basar zu schlendern und sich alles anzusehen, den Kopf zu schütteln, wenn sie von eifrigen Hausierern angesprochen wurden, und in möglichst gerader Linie das andere Ende des Marktes zu erreichen, das auf der anderen Seite des Stadtviertels Die Tore lag. Sie sahen sowohl mehrere Polizisten als auch private Wachleute, und sie waren darüber nicht unglücklich. Nachtschatten war ein Einbrecher, der sich heimlich in ein Haus schlich – oder er war es gewesen –, aber kein Beutelschneider, Taschendieb oder Straßenräuber. Schließlich bemerkten sie, daß erst kürzlich irgendeine Karawane vorbeigekommen sein mußte. Ein halbes Dutzend Halbwüchsiger entfernte den Tiermist von der breiten Straße.

»Das ist also die Gegend, in die wir lieber nicht gehen sollten«, sagte Hanse und blickte auf die andere Straßenseite, wo sich Ledergerber und andere Handwerker niedergelassen hatten, die dort Geschäfte mit Durchreisenden machen wollten. »Dahinter liegt das verrufene Westende und das Labyrinth namens Rote Zeile.« Er ließ seine Stimme finster und doch zittrig klingen. »Meinst du, es gibt da hinten ein Wildes Einhorn?«

»Es gibt bestimmt nur ein Wildes Einhorn auf der ganzen

Welt und nur einmal Fuchs' Kneipe. Aber ich wette, es gibt dort die gleichen Kaschemmen, in denen es genauso zugeht. Ich möchte es nicht herausfinden!«

Ich schon, dachte Hanse und drehte sich um. »Laß uns nach ein paar Geldbeuteln Ausschau halten. Bleib dicht bei mir, hörst du?«

Sie kauften zwei Geldbeutel für eine Kupfermünze und verbargen sie unter ihrer Kleidung und vor den Augen des Hausierers, dem sie zwei weitere aus dickerem Leder abkauften. Ganz heimlich steckten sie ein paar Kupfermünzen und jeweils eine der Silbermünzen, die Hanse ›Bumerang-Kaisermünzen‹ nannte, in die Geldbeutel, die sie offen sichtbar trugen.

Dann wanderte Hanse ein wenig umher und holte höflich ein paar Auskünfte ein. Er erzählte einigen Leuten, daß ein Mann ihm eine rankanische Silbermünze angeboten hätte, eine Kaisermünze, und er wollte nun wissen, ob er zugreifen sollte. War sie etwas wert? War sie so viel wert wie eine firaqanische?

Drei Männer sagten ja und versicherten ihm, daß eine Kaisermünze sechzig Kupferstücke wert sei – zehn mehr als eine firaqanische; eine Frau fauchte: »Ranke!« und spuckte aus; zwei Frauen und ein anderer Mann sagten übereinstimmend, eine Kaisermünze sei zweiundsechzig Kupferstücke wert und deuteten auf einen Geldwechsler. Als dieser ihm sagte, er würde eine Flamme und neun Funken für eine Kaisermünze geben, war Hanse sicher, daß ihr Geld in Wirklichkeit eine Flamme und zwölf wert war, eine firaqanische Silbermünze und ein Dutzend Funken. Es war befriedigend, einen Eindruck vom Wert des hiesigen Geldes und seines eigenen zu haben.

»Ich glaube, dieser Bursche ist der Meinung, was er besitzt, ist zweiundsechzig Funken wert«, sagte Hanse. »Und er möchte Kupfermünzen, kein Silber.«

»Oh. Das mag schon richtig sein, aber ich muß natürlich dafür sorgen, daß bei mir Essen auf den Tisch kommt«, antwortete der Wechsler. Er machte den Eindruck, als sei er gerade noch in der Lage, das Resultat seiner Eßgewohnheiten in die grüne Tunika aus Sinajhals Packen zu quetschen. »Wenn er dafür Kupfermünzen haben will, könnte ich vielleicht bis sechzig gehen.«

»Angenommen, es wären zwei Kaisermünzen, und er wollte dafür zweimal sechzig und drei?«

Der Mann betrachtete Hanse mit einem wunderlichen Gesichtsausdruck, der verriet, daß er – zu seiner Überraschung – begriffen hatte, daß er mit dem Besitzer von zwei rankanischen Silbermünzen sprach. »Dein Akzent ... seid ihr beiden, du und deine Frau, gerade aus Ranke hierher gekommen?«

Hanse schüttelte den Kopf. »Nein, nein, aus Mrsevada. Weißt du, wir haben gerade ein Pferd verkauft, und ...«

»Ein Pferd für hundertzwanzig Funken? Oh, bei der Flamme, die ewig brennt, ich wünschte, ihr wärt zu mir gekommen! Das war kein fairer Preis, junger Mann. Man hat dich übers Ohr gehauen.«

»Handelst du denn mit Pferden?« erkundigte sich Hanse.

Der Wechsler lächelte, und seine Augen blitzten selbstsicher. »Oh, ich handle so ziemlich mit allem, mein Freund aus Mrsevada. Fast mit allem. Also, bei einem guten Wallach mit gutem Gebiß, jung und kräftig für die Arbeit, hätten wir beide uns über sieben oder acht Flammen unterhalten.«

»Eigentlich«, sagte Hanse, um weitere Informationen zu bekommen, »war es ein Onager.«

»Ah. Nun, in diesem Fall ... Je nach seinem Alter und Zustand wäre ich vielleicht bis zweihundertfünfzig gegangen, fünf Flammen also. Wie schade. Ich wünschte, du wärst zuerst zu mir gekommen!«

Also, überlegte Hanse, *ist ein gutes Pferd wahrscheinlich zwölf Silberstücke wert, und Blödarsch müßte demnach sieben oder acht einbringen. Wie gut, daß ich hier nachgefragt habe!* »Hör zu. Die Münzen befinden sich in meiner Messerscheide, die unter meiner Tunika steckt. Ich sage dir das, damit du nicht erschrickst, wenn ich sie herausziehe.«

Der Wechsler verdrehte die Augen und nahm eine Hand wie beiläufig von seinem Ladentisch. Hanse war sicher, daß er gerade nachgesehen hatte, wo ein Wächter stand, und die Hand auf eine Waffe gelegt hatte. Hanse hob eine Hand, spreizte die Finger und lächelte.

»Langsam«, sagte er. »Und auch mit der linken Hand, siehst du?«

Mignureal drehte den Kopf zur Seite, um ihr Lächeln zu verbergen. Als sie sich wieder umwandte, zog der erleichterte Wechsler gerade behutsam den Dolch aus der Scheide, die Hanse ihm reichte. Beide sahen zu, wie Hanse die Scheide umdrehte und damit auf seine Handfläche klopfte. Er hielt dem Wechsler die beiden Kaisermünzen entgegen.

»Ich würde dafür hundertdreiundzwanzig nehmen«, sagte er.

Der Wechsler musterte die Silberstücke, musterte Hanse. »Darf ich?« Er untersuchte die eine Münze, dann die andere. Und wieder musterte er Hanse. »Mein Gefühl sagt mir, daß wir uns handelseinig geworden sind. Deshalb werde ich dir jetzt hundertzweiundzwanzig firaqanische Kupfermünzen in die Hand zählen.« Bei seinen Worten holte er eine Metallkassette hervor und lächelte. Er knallte die Kassette mit einem ziemlich heftigen Schwung auf den Ladentisch. »Tut mir leid, daß ich keine mrsevadanischen Münzen habe.«

Hanse war klar, daß der Mann den Handel als abgeschlossen betrachtete. Er war ebenfalls damit einverstanden. Er blickte kurz nach rechts und nach links und lächelte.

»Ein gutes Signal. Als du die Geldkassette hervorgeholt hast, hast du sie auf den Tisch geknallt, und der Schwertträger dort drüben wurde sofort so wachsam wie eine Katze, die in einem Mäuseloch ein Geräusch gehört hat.«

»Du bist ein Mann mit scharfen Augen und einem scharfen Verstand«, erwiderte der Wechsler anerkennend. »Mein Name ist Tethras. Achtet jetzt darauf, wie ich zähle, so bleibe ich ehrlich.«

Hanse und Mignureal befolgten seinen Rat und nahmen ihre Augen nicht einen Moment lang von den dicken und haarlosen Händen des Wechslers und den viereckigen gelochten Münzen, die ungefähr die gleiche Farbe wie die Finger hatten, die sie mit leise klickenden Geräuschen aufstapelten. Aus sechs Zehnerstapeln wurden drei zu zwanzig. Dann das Ganze noch einmal. Und eine Münze legte er noch dazu.

»Hier.«

»Und eine, mein Freund Tethras, und eine. Ich heiße Hansis, und das ist Min.«

»Min-ju-r...«, begann Mignureal und brach mitten im Wort ab. Oh, Vorsicht. Dann waren sie diesmal also Hansis und Min. Sie hoffte, daß er sich nicht noch mehr Namen und noch mehr Orte einfallen ließ, aus denen sie angeblich kamen. Sonst würde sie sich eine Liste anfertigen müssen.

Gerade fragte Hanse: »Arbeitest du für irgend jemanden, der woanders ein Geschäft hat, Wechsler, oder bist du selbständig?«

»Du scharfäugiger Teufel«, sagte Tethras mit einem leisen Lachen und einem weiteren anerkennenden Aufblitzen seiner merkwürdig hellbraunen Augen und legte den hundertzweiundzwanzigsten Funken zu den anderen. »Ich habe Geschäftspartner, aber ich arbeite nicht für eine richtige Bank. Mein Haus liegt in Bitterwald.«

»Ist das im Ortsteil Stadthügel?«

Tethras lachte laut. »Nicht direkt! Nordtore. Das ist gleich nordöstlich vom Haupttempel. Du hast dich über unsere Stadt erkundigt.«

»Ich gebe mir Mühe«, sagte Hanse. »Und wir haben wirklich ein paar Pferde.«

»Ich und einer meiner Geschäftspartner würden sie uns sehr gerne einmal ansehen, Hansis. Und dürfte ich vorschlagen, daß ihr euch irgendwoher ein Stück Draht besorgt ... oh, hier. Nehmt dieses. Meine Liebe, warum hängst du dir nicht ein paar von den Funken um den Hals, und du auch, Hansis, damit ihr nicht eure ganze Milch in einem Eimer habt, wie man so sagt. In einem Geldbeutel sind die Münzen nicht so sicher wie an einem Draht um den Hals.«

»Solange nicht jemand in einer dunklen Nacht von hinten kommt und zupackt«, murmelte Hanse. »Aber das ist ja Kupferdraht!«

»Aye. Ich fürchte, diese beiden Stücke kosten euch die Extramünze, aber andererseits möchte ich gerne diese Pferde sehen. Und was die Gefahr in einer dunklen Nacht betrifft ... das könnte schon stimmen, Hansis aus Mrsevada. Aber ich denke mir, wenn ein Mann ein sehr gutes Wurfmesser unter seiner Tunika verborgen trägt, wird er es in dunklen Nächten griffbereit haben und wissen, wie man damit umgeht.« Er richtete seinen Blick wohlgefällig auf Mignureal. »Du, Min, du solltest wirklich vorsichtig in einer dunklen Nacht sein und aufpassen, wohin du gehst!«

»Sie trägt drei Wurfsterne über ihrem Busen«, versicherte Hanse, fädelte Münzen auf und zwang sich, nicht in Mignureals und Tethras' Lachen einzustimmen.

»Du kannst jederzeit kommen, Hansis«, sagte Tethras ein paar Minuten später. »Du weißt, wo du mich finden kannst, und ich werde mit dir verhandeln.«

Hanse und Mignureal nickten und verließen den Wechsler. Sie hielten sich an den Händen und genossen das Gewicht der Kupfermünzen auf ihren Schultern. Mignureals Münzen klimperten, wenn das Amulett, das Strick ihr gegeben hatte, gegen sie schlug.

Auf ihr Drängen gab Hanse schließlich nach und probierte eine fertiggeschneiderte Tunika an. Sie war weiß, und ein blauer Streifen lief um jede Schulter herum. Sie sei zu lang, behauptete er, und sofort wurde ihm versichert, daß sie nach seinen Vorstellungen gekürzt werden könnte, bevor er auch nur zweimal geniest hätte. Er glaube nicht, daß ihm die weiße gefiele, sagte er und zog sie vor dem Stand wieder aus, er hätte ja seine eigene. Der kleine gebückte Mann mit dem Glatzkopf und der großen Nase drängte ihm eine grüne Tunika auf. Sie war zu eng in den Schultern.

»Schaut euch meine Stoffe an, seht diesen! Und den! Ich kann dir bis zum Sonnenuntergang eine Tunika genau nach Maß schneidern. Ihr könnt dann bieder herkommen, oder am nächsten Morgen. Bürde dieses schöne Orange ihm nicht sehr gut stehen, hmm?« Er hielt den Stoff hoch und strahlte Mignureal an.

»Nein, aber dafür das Rostbraun.«

»Rostbraun, rostbraun, oh, aye, und bas für ein schönes Stück das ist. Schau es dir an – nicht eine unregelmäßige Masche, nicht der kleinste Makel, und nicht zbei Pferde könnten es zerreißen.« Er ergriff es an zwei Enden und riß die Arme auseinander, so daß der Stoff scharfe knallende Geräusche machte. »Aye, du bürdest sehr gut darin aussehen, und du hättest auch lange deine Freude daran, junger Herr!«

»Was würdest du für eine Tunika aus diesem Stoff verlangen?« fragte Hanse, als sei er kaum interessiert. Er hielt seine neue rote Schärpe gegen das Tuch und legte den Kopf schief, während er den Kontrast betrachtete.

Der Stoff- und Kleidungsverkäufer musterte Hanses neue Halskette. »Tja, du mußt dabei berücksichtigen, daß es ein sehr guter Stoff ist, der von einer Frau aus Suma geboben burde, die seit dreißig Jahren mit ihrem Bebstuhl arbeitet, und dann mußte er den ganzen Beg bis hierher gebracht berden, mußte die Schrecken der Büste und des Mädchenkopfbaldes überstehen, damit ich ihn mit meinen meisterlichen Schneiderkünsten für dich zur schönsten Tunika der ganzen Stadt machen kann, von ganz Firaqa, möchte ich sagen, junger Herr. Nun, ich müßte zbanzig Kupfermünzen dafür verlangen. Es sei denn, du betreibst irgendeinen Handel oder bist Bauer, bir können immer Milch gebrauchen, und Fleisch ...«

Hanse hatte nicht die leiseste Ahnung, ob das ein anständiger Preis war oder nicht. Ganz bestimmt nicht, schließlich war es der erste, der genannt worden war. Er blinzelte, setzte gekonnt eine bestürzt aussehende Miene auf und trat einen Schritt zurück. »Ich bin wirklich äußerst erstaunt, mein Herr! Ich hatte mit der Hälfte gerechnet.«

»Die Hälfte! Ah, arrgh! Die Hälfte, sagt er! Zehn Kupfermünzen für eine schöne Tunika, mit liebeboller Arbeit aus einem schönen Stoff gefertigt! Du bürdest noch mehr

Reichtümer anhäufen und mich und die meinen der Armut preisgeben! Die Hälfte! O junger Herr! Jetzt sag mir, hast du an einen schönen runden Kragen gedacht, oder ...«

»Nein, so wie meine«, sagte Hanse und legte die Hand auf die Tunika, die er noch nicht wieder angezogen hatte. Nur ein oder zwei Frauen beachteten den dunklen jungen Mann, der dort mit bloßem Oberkörper und sehnigen Muskeln in seiner fleckigen ledernen Hose stand. »Mit Schnürbändern.«

»Ah, der Bau-Ausschnitt und auch mit Schnürbändern.«

»Nein, nein«, widersprach Hanse und hielt seine Tunika hoch. »Ein V-Ausschnitt.«

»Das sage ich ja, ein Bau-Ausschnitt. Noch mehr Arbeit für mich! Nein, nein, ich müßte benigstens – oh, ihr Wächter, helft mir! Ich schätze, ich könnte bierzehn Tage lang auf Fleisch berzichten und das Kleidungsstück für sechzehn Kupfermünzen machen.«

»Vielleicht war ich ein bißchen zu voreilig«, sagte Hanse und blickte sich kurz um. »Mignue, glaubst du, die Frau da drüben, die mit den hinter ihr aufgestapelten Stoffen, glaubst du, sie macht den Eindruck, als würde sie einen vernünftigen Preis verlangen?«

»Das könnte sein. Aber du solltest vielleicht auch an all die Menschen denken, die dieser nette Mann versorgen muß, und dich mit ihm einigen und ihm das Dutzend Kupfermünzen geben, das er haben will.«

Der Verkäufer, der vielleicht auch Schneider war, vielleicht aber auch nicht, hatte es schwer, alles richtig mitzubekommen. Zuerst setzte er an, ihnen etwas über die schludrige Arbeit zu erzählen, die sie von der Frau erwarten könnten, auf die Hanse gezeigt hatte, dann hörte er Mignureals freundliche Worte über ihn.

»Ja, ja, höre auf dieses bunderschöne Geschöpf, junger Herr, und überlege ... bas?! Ein Dutzend!« Er warf beide Hände in die Luft und blickte hoch, als wollte er auch seine Augen zusammen mit ihnen in die Himmel schicken. »Zbölf!«

Nachdem sie noch ein wenig mehr gefeilscht hatten,

einigten sie sich schließlich auf fünfzehn, denn der Mann schien offensichtlich nicht bereit zu sein, noch weiter mit dem Preis herunterzugehen. Hanse gab ihm eine Anzahlung von fünf Funken und sagte dem Burschen – er hieß Kuse –, daß er die Tunika am nächsten Morgen abholen würde. Zehn Minuten später kaufte Hanse eine völlig schlichte und fleischfarbene fertige Tunika bei der Frau nebenan für dreizehn Kupferstücke. Er kehrte noch einmal zu Kuse zurück.

»Hier«, sagte er und reichte ihm seine alte Tunika. »Mach die neue genau wie diese. Ich werde sie morgen abholen, beide.«

»O nein! Du hast sie von *ihr* gekauft!«

Hanse ließ die Augenlider ein Stückchen heruntersinken, starrte in Kuses Augen und sprach mit einer leisen Stimme, die Aufmerksamkeit verlangte: »Kuse, wir sind uns einig geworden, und du hast mein Geld. Versuch jetzt besser nicht, dir das Geschäft zu verderben und dir ein paar Beulen am Kopf einzufangen.«

Die Ohrringe, die Hanse für Mignureal kaufte, sahen ungewöhnlich aus und waren ungewöhnlich schön, und Mignureal versuchte, nicht zu weinen.

»Noch nie hat mir irgend jemand Ohrringe geschenkt außer meiner Mutter, noch nie in meinem ganzen Leben!«

»Nun«, sagte Hanse unbehaglich, den ihre Überschwenglichkeit wegen einer solchen Kleinigkeit und ihre Umarmung in aller Öffentlichkeit verlegen machte, »es ist ja nicht gerade so, daß sie aus purem Gold oder sonst etwas Besonderes sind. Außerdem ist es auch das erste Mal, daß ich überhaupt irgendeinen Schmuck gekauft habe.«

Er erzählte ihr nicht, daß er früher in seiner Zeit als Dieb ein paar Stücke gestohlen hatte. Ein paar besonders schöne. Um Geld für die Miete und das Essen zu bekommen, hatte er sie meistens zu einem Mann namen Shive gebracht, einem besonderen Wechsler in Freistatt, der wenig Fragen stellte und als Nebenbeschäftigung Schmuck auseinandernahm. Wenige Leute erkannten ihre eigenen Steine in anderen Fassungen wieder, und niemand konnte sein eigenes Gold oder Silber erkennen, wenn es umgeformt oder zur völligen Formlosigkeit eingeschmolzen worden war.

»Ich liebe sie!« sagte Mignureal. »Ich liebe dich, Hanse! Ummmm!« Sie griff mit beiden Händen nach seinem Arm – seinem rechten – und drückte ihn fest.

Sie durchstreiften den Basar, und Hanse fühlte sich immer noch unbehaglich, weil Mignureal ihn umschlungen hielt, sich eng an ihn drückte und ihn verliebt ansah. Sie mußte zu ihm aufsehen, weil sie gerade fünf Fuß groß war. Während ihres Spaziergangs bemerkten sie die Bude unter der Markise, die bunter als alle anderen gestreift war, aber sie sahen keinen Anlaß, direkt auf sie zuzustürmen. Etwa eine halbe Stunde später führte ihre ziellose Wanderung sie dorthin, und Mignureal keuchte, während sich ihre Nägel in Hanses Arm gruben.

Das Mädchen auf der anderen Seite des Ladentisches mochte dreizehn oder vierzehn Jahre alt sein, auch wenn seine Augen mit schwarzem Lidschatten und seine Lippen rot geschminkt waren. Sie trug riesige Ohrringe und einen in vier Farben gestreiften Büstenhalter unter einem dünnen Unterhemd oder Leibchen, das leuchtend orangefarben war. Sie legte müßig Karten. Kaum zwei Fuß hinter ihr hingen in einem Türrahmen Vorhänge mit einem Karomuster. Der größte Teil der Marktbude bestand aus einem abgeschlossenen Raum, der von außen nicht eingesehen werden konnte.

Mignureals Hände lösten sich von Hanses Arm, als hätte sie völlig vergessen, daß er auch noch da war. Sie trat an den Marktstand heran.

»Können die Karten den wahren Aufenthaltsort der Lebenssteine unseres Volkes enthüllen, Cousine?«

Das Mädchen blickte ziemlich überrascht auf. »Ich ... ich kenne dich nicht!«

»Ich bin Mignureal, Tochter von Thegunsaneal und Mondblume, Wahre Seherin aus Freistatt. Wir sind von der Sippe der Bajandir.«

»Wahre Seherin?«

»Aye. Ist deine Mutter mit einem *suvesh* in dem Raum dort hinten?«

Das Mädchen nickte, lächelte bei dem S'danzowort und wirkte jetzt sehr interessiert. »Ich bin Zrena, Tochter von Tiquillanshal und Sholopixa, die man Türkis nennt. Wir gehören zu den Milbehar. Bist du gerade angekommen? Wir sind so wenige hier!« Ihre Augen wanderten nach oben und blickten an Mignureal vorbei auf Hanse. »Oh. Ist er ...«

»Mein Mann, aber keiner von uns. Er heißt Hanse.«

»Oh.«

Hanse, der immer noch ein paar Schritte im Hintergrund stand, erblickte eine gutgekleidete Frau, die durch eine Seitentür der Marktbude ins Freie trat. Sie lächelte und eilte davon. Wahrscheinlich hatte sie bei ihrer Sitzung mit dieser Türkis erfahren, daß das Schicksal ihr wohlgesonnen war, vermutete Hanse.

Der Vorhang wurde zur Seite gezogen, und eine weitere Frau kam zum Vorschein. Sie war nicht so massig, wie Mondblume es gewesen war, aber ihr Gesicht war genauso rund, ihr Haar hatte den gleichen schwarzblauen Glanz, und sie war genauso schreiend bunt gekleidet. Abgesehen von der unteren Körperhälfte entsprach ihre Kleidung ganz und gar nicht der firaqanischen Mode. In den Hüften war Türkis genauso füllig und beweglich, wie es Mignureals ermordete Mutter gewesen war. Sie blieb dicht vor Mignureal stehen und ließ ihren Blick auf ihr ruhen. Sie erweckte einen vollkommen freundlichen Eindruck, und ihre Augen hießen Mignureal willkommen, während sie eine Reihe von Worten sprach, die Hanse noch nie zuvor gehört hatte. Oder falls er sie doch einmal gehört haben sollte, von Mondblume, Mignue oder ihrem Vater, hätte er sie sowieso nicht wiedererkannt.

Mignureal antwortete in der gleichen Sprache, die nur

die S'danzo verstanden. Hanse konnte ihren Namen und das Wort Mondblume verstehen. Die Frau lächelte breit. Hanse spürte, wie ihm ganz warm wurde, ein schönes Gefühl. Wie gut, daß wir sie getroffen haben, dachte er. Diese Menschen waren ihre Freunde, da war er sicher. So waren die S'danzo, alle waren Cousinen, überall auf der Welt. Mehr als einmal hatte er sich überlegt, daß es schön sein müßte, einer von ihnen zu sein, zu so einer großen Familie zu gehören. Zu irgendeiner Familie.

Ein Uniformierter trat aus dem Hintergrund und ging an ihm vorbei, die Hand am Schwert, und blieb in einer herausfordernden Haltung neben Mignureal stehen.

»Ihr da! Ihr wißt, daß es euch verboten ist, diese fremde Sprache in dieser Stadt zu sprechen! Wollt ihr, daß ich euch festnehme?«

Hinter dem breiten Rücken des Mannes mit der arroganten Stimme wurde Hanses Blick finster, seine Augen verengten sich zu Schlitzen, und seine Finger zuckten.

Als sich Mignureal verwirrt dem Roten oder der Stadtwache zuwandte, setzte Türkis eine verlegene, reumütige und fast schon verzweifelte Miene auf und gab mit honigsüßer Stimme eine Lüge zum besten: »Ah, ich bin untröstlich, Herr. Dies ist die Tochter meiner Schwester, die von weit her gekommen ist, und ich habe sie so lange nicht mehr gesehen! In meiner Aufregung bin ich in die Sprache unseres ... Stammes verfallen.«

»Von weit her, hm? Woher, Mädchen?«

Hinter ihm klang eine ruhige, ausdruckslose und sehr männliche Stimme auf: »Warum fragst du das nicht Sergeant Gaise, Wachmann.« Die Stimme ließ nicht den geringsten Zweifel daran, daß es sich nicht um eine Frage gehandelt hatte.

Der Rote wirbelte herum, und seine Hand fuhr wieder zu seiner Schwertscheide. »Was hast du gesagt?«

Hanse blickte ihm direkt in die Augen und wiederholte jedes einzelne Wort, etwas langsamer und mit übertrieben deutlicher Aussprache.

»Ich habe verstanden, ich habe verstanden! Was willst du damit sagen?«

»Ich meine, daß unser Freund Gaise weiß, woher sie kommt, und wenn du ihn fragst, könnte er es dir erzählen, wenn er Lust dazu hat. Und Rim weiß auch Bescheid, fällt mir da gerade wieder ein.«

»Rim?«

»Oh, entschuldige. Schätze, ich kenn' ihn wohl etwas besser als du. Sergeant Riminzin.«

»Wer bist ...? Was geht dich das überhaupt ...?« Die Wache wandte sich wieder den Frauen zu, die ihn nicht so vernichtend anstarrten und sich nicht auflehnten. »Versuch in Zukunft ein bißchen vorsichtiger zu sein, Türkis, verdammt noch mal«, sagte er mit jetzt gänzlich veränderter Stimme. »Du weißt, daß ich nicht jedesmal beide Augen zudrücken kann, auch wenn ich ein netter Bursche bin.«

Ohne Hanse anzusehen verschwand er wieder.

Die drei S'danzo und der Mann vom Nachbarstand blickten Hanse bewundernd an.

Mignureal sagte: »Das ist ...«

»Hansis«, sagte er schnell, trat vor und setzte sein bestes, bezauberndstes Jungenlächeln auf. Seine Tunika war völlig schlicht, aber da sie neu war, fühlte er sich sehr elegant darin. »Ich grüße euch, Türkis, Zrena. Und seid versichert, daß ich Mignureals Mutter sehr viel besser kannte als diese beiden Angehörigen der Stadtwache, die zufällig gerade an den Toren waren, als wir gestern nachmittag hier ankamen.«

Sie starrten ihn noch einen Moment länger an, bevor sie wie er in Gelächter ausbrachen.

Nachdem er ungefähr eine Stunde lang ihrem Geschnatter zugehört hatte, an dem er sich kaum beteiligte – und er war sich nur zu deutlich bewußt, daß Zrenas große dunkle Augen die ganze Zeit über auf ihn gerichtet waren, es sei denn, er sah sie kurz an –, ging Hanse zu dem Burschen hinter dem Nachbarstand hinüber. Er verkaufte Früchte, unter anderem ein paar wunderbare Pfirsiche.

»Ich komme von weit her und bin mir über den Stand der Sonne hier nicht sicher«, sagte Hanse. »Ist es schon so kurz vor Mittag, wie ich annehme?«

»Wahrscheinlich. Sehr kurz davor. Woher kommst ...? Vergiß es! Nachdem ich gehört hab', wie du mit dem großkotzigen Roten umgesprungen bist, würde ich es nicht wagen, dich zu fragen, wo du herkommst. Nimm dir einen Pfirsich. Das geht auf Yashuars Rechnung.« Bei dem Namen klopfte er sich gegen die Brust. »Ich finde es herrlich, wenn sich einmal jemand gegen einen kleinen Wachmann zur Wehr setzt, der den großen Mann herauskehrt. Kennst du wirklich Sergeant Gaise und diesen anderen, wie immer er auch hieß?«

Hanse zeigte ihm ein winziges Lächeln, ohne den Mund dabei zu öffnen. »Danke, Yashuar«, sagte er und nahm sich einen Pfirsich. »Ich heiße Hansis. Kannst du mir eine Frage beantworten? Die Polizisten von Firaqa tragen gelbliche Tuniken, bronzefarbene Helme und Ledersachen – Stiefel, Gürtel, Brustharnische und Armschützer. Sergeanten tragen dunkelblaue Umhänge, und ihre Helme haben keine Kämme. Ihre Kleidung und Ausrüstung enthält nicht ein Fleckchen Rot. Warum also nennt man sie die Roten? Doch wohl nicht wegen dem Blut an ihren Händen, hoffe ich.«

Yashuar stützte sich auf seinen Ladentisch, ein breites, mit einem gestreiften Tuch bespanntes Brett, das von den Flecken der verschiedensten Früchte gezeichnet war. Er zerquetschte eine Fruchtfliege zwischen den Fingern und betrachtete Hanse. Er lächelte.

»O nein, Hansis, nicht vom Blut an ihren Händen. Die meisten sind ganz in Ordnung, wirklich. Nein, bis vor ungefähr fünfzig Jahren trugen sie rote Brustharnische und orangefarbene Helmkämme. Die Flamme, verstehst du. Deshalb nannte sie jeder die Roten. Die Uniformen haben sich geändert, aber der Name ist geblieben.«

Hanse schüttelte den Kopf. »Bei den lächelnden Göttern, was für ein wunderbarer Pfirsich! So saftig wie ... aber Yashuar, du kannst noch nicht so alt sein, um dich noch daran zu erinnern!«

»Mein Vater hat's mir erzählt. Alte Gebräuche und Namen sterben nur langsam, Hansis. Aber hör zu, ich weis' dich besser mal auf eine Angewohnheit hin, die du hier in Firaqa ändern solltest. Versuch immer daran zu denken, daß du auf die Flamme schwörst, oder auf den Herd, das Ewige Feuer, sogar auf den Rauch oder den Feuerrost, verstehst du? Sogar auf die Ewige Jungfräulichkeit der Herdwächterin, das geht in Ordnung, obwohl du das vielleicht besser in gemischter Gesellschaft unterlassen solltest. Gibt es da, wo du herkommst, viele Götter, Hansis?«

»Eine Menge. Hier nicht, hmm?«

»Hier nicht«, antwortete Yashuar und schüttelte sehr feierlich den Kopf. »Die Flamme und Ihre Kinder, Aber Sie Haben Keine Namen, Denn Sie Sind Wie Rauch. Ja, Wahrhaftig, Der Allerheiligste Rauch.«

»Das klingt wie etwas, das du vor langer Zeit auswendig gelernt hast.«

»Richtig. Alle Firaqaner haben das gelernt. Und man hat uns beigebracht, daß alle anderen Götter und Religionen falsch sind. Viele glauben sogar daran, und die, die nicht daran glauben, tun zumindest so, besonders dann, wenn es angebracht ist. In Gegenwart der Roten!«

»Ich danke dir am besten gleich zweimal, Yashuar, und beeile mich. Muß mich mit jemandem am anderen Ende der Stadt treffen.« Hanse lief schnell die wenigen Schritte zum Nachbarstand. »Mignue, ich habe diese Verabredung um Mittag, und nach dem Stand der Sonne scheint es mir fast soweit zu sein. Türkis, wenn du mir versprichst, daß du Mignue hierbehältst, komme ich später wieder, wenn ich das Geschäftliche erledigt habe.«

»Oh. Liebling, wie lieb von di...«, begann Mignureal, aber da sah sie auch schon nur noch seinen Rücken, als er sich durch die Menge schob. Sie bemerkte, daß er nicht so ging, wie sie zuvor gemeinsam gegangen waren. Er schien fast zu rennen, aber trotzdem konnte sie nicht erkennen, daß er einen anderen Menschen auch nur berührte. *Geschmeidig und wendig wie eine Katze*, dachte sie und wandte sich wieder der interessanten Unterhaltung zu.

Obwohl Hanse kaum zu spät kam, wartete Lallias bereits in der Grünen Gans. *Er kann es kaum abwarten*, dachte Hanse. Wahrscheinlich hatte er sich schon mit seinem Bruder Horse besprochen. Sie machten sich auf den Weg in Das Viertel, Hanse und der Mann mit dem buschigen graubraunen Bart, der schon von vielen silbernen Strähnen durchzogen war.

»Hübscher Wärmer«, bemerkte Lallias.

»Was?« Hanse sah sich schnell um. »Was ist ein Wärmer?«

»Oh, 'tschuldige. Habe vergessen, daß du hier neu bist. Deine Halskette aus Münzen. Wir nennen sie Brustwärmer. Aber meistens sagt man nur Wärmer.«

»Oh.«

Auf ihrem Weg stellte Hanse eine Reihe von Fragen, die er zuvor schon anderen gestellt hatte. Es beeindruckte ihn, daß er im wesentlichen die gleichen Antworten bekam. Ihm fiel wieder ein, daß er nach der Bedeutung der Herdwächterinnen fragen wollte.

»Die Herdwächterinnen«, sagte Lallias respektvoll. »Die reinsten Jungfrauen von ganz Firaqa, egal wie alt sie auch sein mögen. Ihr Geist und Körper, ihre Leben und Seelen sind der Ewigen Flamme geweiht. Eh, du da, hau ab. Wir haben kein Geld für Kerle wie dich!«

»Oh«, sagte Hanse und tat so, als würde er den Bettler gar nicht bemerken. »Und ihre Kleidung ist der Flamme nachempfunden?«

»Aye. Die zuletzt geweihte Herdwächterin ist gleich in zweifacher Hinsicht auserwählt, denn die Farbe ihres Haares – ihre *natürliche* Farbe – ist die der Flamme. Sie ist ein gutes Omen für uns alle, ohne Zweifel.«

»Hm-*mhm*. Dann habe ich also heute morgen zwei gesehen. Und was machen die Herdwächterinnen, Lallias?«

Lallias wedelte mit einer großen haarigen Hand. »Sie werden *sehr* verehrt, Hanse. Niemand redet schlecht über die Herdwächterinnen. Sie sind ... sie sind die Herdwächterinnen.«

»Oh«, sagte Hanse. Ein paar Schritte später fragte er: »Und was machen sie, Lallias?«

»Hier, um diese Ecke. Sie leiten viele Feiern und öffentliche Veranstaltungen. Sie wachen über den Heiligen Herd der Flamme und sorgen dafür, daß sie nie erlischt. Sie haben gelobt, ihr Leben dafür herzugeben, daß das nie geschieht.«

Das schien sicher genug zu sein, überlegte Hanse. Ein heftiger Windstoß oder ein paar Eimer Wasser konnten ein Feuer löschen, aber sie würden niemals einen Menschen umbringen können! Es erschien auch sehr unwahrscheinlich, daß in einer Stadt, in der die Flamme *das* verehrte Göttersymbol war, irgend jemand in den Tempel stürmen könnte, um sie zu löschen! Er vermied es, irgend etwas dazu zu sagen, überquerte nur neben Lallias die Straße und bog in eine andere ein.

Eine attraktive junge Frau mit einem endlos tiefen Dekolleté schenkte ihm ein bezauberndes Lächeln. Aber wahrscheinlich lag das nur daran, daß sie Süßigkeiten verkaufen wollte und er einen Wärmer voller Kupferfunken um den Hals trug.

»In gewisser Weise haben die Herdwächterinnen mehr Macht als irgendwer sonst in Firaqa«, sagte Lallias. »Sie repräsentieren das Oberste Gericht und sind die letzte Berufungsinstanz in Fragen um Leben und Tod.«

»Hm. Lallias ... du hast gesagt, ›in gewisser Weise‹. Die Herdwächterinnen regieren nicht, und ich schätze, der Hohepriester regiert auch nicht. Vorausgesetzt es gibt einen, meine ich. Es spielt für Leute wie dich und mich zwar keine große Rolle, aber ich weiß überhaupt nichts über die Machtverhältnisse in Firaqa. Wer regiert denn?«

Lallias stieß ein Schnauben aus. »Aye, es gibt eine Menge geistliche Würdenträger – Priester – und auch einen Hohepriester. Es gibt auch den Obersten Magistrat, aber der regiert nicht. Er urteilt und trifft Entscheidungen. Dann gibt es die Ratsversammlung, aber die *regieren* auch nicht. Die Ratsmitglieder halten Versammlungen ab und führen sich wichtig auf und beschließen über Straßenarbeiten und Verordnungen, legen Bezirksgrenzen fest und dergleichen. Die wirkliche Macht in Firaqa, ich sage *Macht*, Hanse, ist geteilt zwischen Zau... Was ist denn das für ein Lärm?«

Der ratternde Lärm stammte von einem führerlosen Karren, der hinter einem durchgegangenen Pferd mit riesigen wahnsinnigen Augen durch eine Seitenstraße hin- und herschwankte. Pferd und Wagen tauchten mit trommelnden Hufen und ratternden Rädern hinter einer Straßenecke auf. Der Wagen kippte fast um und verstreute schöne frische Melonen über die Straße, als das Pferd plötzlich seitlich ausbrach. Es raste jetzt direkt auf die beiden Männer zu, die gerade die Straße überquerten.

Hanse bewegte sich schneller, als er es jemals zuvor in seinem Leben getan hatte.

Lallias war nicht so schnell und wurde niedergetrampelt.

Das Pferd schien überhaupt nichts davon bemerkt zu haben. Es floh weiter, Beine und Hufe mit hellem Blut besudelt.

Nachdem er sich in Sicherheit gebracht hatte, wirbelte Hanse wieder herum und unterdrückte den Reflex, hinter dem Wagen herzujagen. Er hielt nicht viel davon, ohne direkten Anlaß den Helden zu spielen, und er sah keinen besonderen Grund, warum er auf den steuerlosen Karren aufspringen sollte, um in die Zügel zu greifen. Es war ja nicht gerade so, daß auf ihm ein kreischendes Fräulein in Bedrängnis saß! Er verschwendete nur einen kurzen Blick auf den schreienden Mann, der mit rudernden Armen angelaufen kam, von zwei Roten verfolgt. Wahrscheinlich der Fahrer, dachte Hanse und ging neben seinem Führer in die Hocke. Lallias lag in einer fürchterlich verrenkten Haltung auf dem Boden, zwei seiner Gliedmaßen und sein Kopf zeigten in die falsche Richtung. Er würde nicht länger Hanses Führer sein, denn er war tot.

Als Hanse sich wieder erhob, zitterte er am ganzen Körper. Er machte einen Schritt, und plötzlich war er schweißgebadet, und sein Kopf fühlte sich merkwürdig leicht an. Einen Augenblick später mußte er sich sofort wieder hinsetzen. Er hockte mitten auf der Straße neben dem Leichnam seines Führers, er stand unter Schock. Verschwommen hörte er die Rufe der aufgeregten Leute, ohne darauf zu reagieren oder zu antworten. »Bist du in Ordnung?« »Bist du verletzt?« »Sind sie verletzt? Was ist passiert?« »Arrgh, Rauch und glühende Asche! Seht euch nur den Hals dieses Mannes an!«

Teilnahmslos sah Hanse, wie ein Bursche einen Straßenblock weiter über die Straße rannte und von hinten auf den Karren sprang. Er war dem rennenden Fahrer und den Wächtern noch weit voraus. Seine bellenden Schreie »woa!« drangen deutlich an Hanses Ohren.

»Wie heldenhaft!« »Hast du das gesehen?« »Ist er verletzt? Warum sitzt er denn hier?«

Genau was die Welt braucht, dachte Hanse dumpf. *Noch mehr Helden*.

»Bist du in Ordnung?« »Ist er verletzt?« »Bist du verletzt?« »Er muß unter Schock stehen. Der andere ist tot, zertrampelt. Was ist passiert?« »Asche und Rauch, was ist hier *passiert*?«

Ein bißchen später begann Hanses Kopf klarer zu werden, und seine Gedanken liefen wieder in vernünftigen Bahnen. Der Held hatte den Lastkarren mittlerweile zum Stehen gebracht. Schon bald würden er, der Besitzer des Wagens und die beiden Roten hierher zurückkommen, und sie würden Hanse mit schwachsinnigen Fragen bedrängen. Das konnte zu allen möglichen Verwicklungen führen, besonders für einen Fremden.

»Er heißt Lallias«, sagte Hanse an niemanden in der umherwimmelnden und durcheinanderredenden Menge direkt gerichtet. »Mein Cousin.« Er richtete sich auf. »Oh! Oh, Heilige Flamme! Meine *Frau!* Ich muß nachsehen, ob meiner Frau nichts passiert ist!«

Die letzten Worte schrie er so verängstigt wie nur möglich. Seine List erfüllte ihren Zweck, in der Menge tat sich eine Gasse auf, und Hanse konnte davonrasen. Er schlug keine bestimmte Richtung ein, er *rannte* einfach vier Häuserblöcke weiter und wechselte dabei dreimal die Richtung. Als er zwei Herdwächterinnen in ihren flammenfarbenen Roben erblickte, schlug er einen weiten Bogen, um ihnen nicht über den Weg zu laufen. Hanse wollte sich weder verneigen, noch wollte er die Frauen brüskieren.

Lallias Auskünfte über die Herd-Jungfrauen waren nützlich, zumindest um Leib und Leben nicht in Gefahr zu bringen, überlegte Hanse. *Man darf auf keinen Fall etwas Schlechtes über sie sagen! Die wirkliche Macht in Firaqa war dagegen aufgeteilt zwischen Zau...* zwischen wem?

Diese Überlegungen überzeugten Hanse davon, daß er sich mittlerweile völlig von seinem Schock erholt hatte und wieder vernünftig nachdenken konnte. *Schätze, dann werde ich mich jetzt doch an Anorislas wenden müssen.* Er blickte prüfend zum Himmel empor. *Jede Menge Zeit*, dachte er und betrat einen Weinladen, um sich zu erkundigen, in welcher Richtung der Stadtteil von Firaqa lag, den man Das Viertel nannte. Drei Leute wollten ihm unbedingt gleichzeitig den Weg erklären, und zwei von ihnen versicherten ihm, daß er es gar nicht verfehlen könnte.

Hanse fragte sich, wie uralt diese altweiberhaften Phrasen wohl sein mochten und machte sich auf den Weg zum Viertel, um Anorislas zu suchen.

»Ich heiße Hanse. Ich komme aus dem Süden ...«

»Aus der Gegend um Freistatt?«

»Aye«, antwortete Hanse wachsam, aber der lange und dünne Anorislas nickte nur. »Ich habe ein paar Pferde. Im Mädchenkopfwald haben mein Begleiter und ich einen großen Mann mit einem riesigen bronzefarbenen Schnurrbart und einer merkwürdigen Lederkappe getroffen. Er sah wie ein Soldat aus.«

Er machte eine kurze Pause. Der andere starrte ihn bloß aus rätselhaften hellbraunen Augen an, die irgendwie geschwollen wirkten, weil die Augenlider weit herabhingen. Er zeigte keine Reaktion.

Hanse verstand. Er lächelte ein wenig. »Er war genauso vorsichtig wie du jetzt«, fuhr er fort, »und ich war natürlich auch auf der Hut. Wir sind uns ganz langsam etwas nähergekommen, und ich fragte ihn, wen ich hier aufsuchen könnte, wenn ich die Pferde verkaufen wollte. Er empfahl mir, zu Anorislas zu gehen.«

»Hm-mhm. Was hat er sonst noch gesagt? Kennst du seinen Namen?«

»So ziemlich das letzte, was er tat, bevor wir uns trennten, war, mir etwas zuzurufen. Er rief ›Yo!‹ Als ich anhielt und mich im Sattel umdrehte, sagte er, sein Name sei Strick. Das schien mir ein Freundschaftsbeweis zu sein, und ich nannte ihm ebenfalls meinen Namen. Er sagte mir, ich sollte dich Häschen nennen.«

Endlich lächelte Anorislas, entblößte einen angebrochenen linken Schneidezahn und nickte etwas lebhafter. Er war ein großer dürrer Mann, obwohl er um die Hüften herum etwas füllig war. Seine großen Hände schienen von den breiten Handgelenken mit den hervorstehenden Knochen herabzubaumeln. Er trug langes braunes Haar, das sehr lockig war und einen Stich ins Graue hatte. Die Locken fielen ihm in die Stirn über einer dieser kleinen Nasen, mit denen die Götter manche Männer ausstatten, so daß sie jungenhaft und irgendwie noch nicht ganz fertig aussehen.

»Das war Strick, in Ordnung. Wir können uns jetzt entspannen, Hanse. Aber nenn mich *nicht* Häschen. Das ist ein Scherz von diesem verfluchten Strick!«

Hanse nickte und wartete.

»Wie viele Pferde, Hanse? Oh, möchtest du einen Tropfen Wein?«

»Nein, danke. Wir haben vier Pferde und einen Onager zu verkaufen. Ich habe Freistatt mit einem Pferd und dem Onager verlassen. Ein Stückchen weiter im Norden habe ich von einem Freund ein zweites Pferd bekommen.«

»Das muß wirklich ein Freund gewesen sein!«

»Na ja, er hat eine ganze Menge Pferde, und er war der Meinung, mir noch etwas schuldig zu sein. In der Wüste wurden wir dann von Tejana angegriffen, es waren vier. Sie nahmen uns die Tiere weg und ritten davon. Ich habe sie mir wieder zurückgeholt.«

»Waaas?!«

Hanse zuckte die Achseln. »Ich habe mir meine Pferde zurückgeholt, und ihre auch gleich. Dieser Onager hat mir das Leben gerettet!« fügte er hinzu, als er eine günstige Gelegenheit sah, Enas' Wert zu steigern.

»Die Tejana, äh, hatten bestimmt etwas dagegen.«

»Aye.«

Anorislas' Kopf hüpfte ein wenig, während er leise durch die Nase lachte. »In Ordnung, ich will nicht nachfragen. Du bist jedenfalls mit sechs Pferden in Firaqa angekommen und möchtest sie verkaufen. Ein sauberer Verdienst für dich, was?«

»Wohl kaum. Wir hatten etwas Silber dabei. *Das* habe ich von diesen Hundesöhnen nicht zurückgekriegt.«

»Oh. Tut mir leid. Ich hatte den Eindruck, du hättest sie alle getötet.« Anorislas lächelte beinahe, wie über einen müden Scherz.

Hanse blickte unverwandt in diese hellbraunen Augen unter den schweren Augenlidern und sagte: »Nicht alle.«

Anorislas starrte ihn eine Zeitlang an, die Lippen ein wenig gespitzt, und er sah wirklich sehr nachdenklich aus. »Ich werde mir eine Notiz machen, daß ich nicht einmal daran denken darf, so einem gefährlichen Mann gegenüber nicht völlig ehrlich zu sein, Hanse aus Freistatt.« Er hob eine Hand, um Hanses Einwand zuvorzukommen. »Nein, nein, ich würde dich sowieso nicht betrügen. Erstens mache ich keine Geschäfte auf diese Art. Kann ich gar nicht. Ich habe einen Fehler; eigentlich ist's ein Fluch. Das ist die Ehrlichkeit. Kann einfach nicht anders. Dieser verdammte Strick ...! Nun, ja, wie dem auch sei. Du hast drei Tejanapferde zu verkaufen und ein weiteres, dein Packpferd, nehme ich an, und einen Onager. Wir sind im Geschäft. Wo sind sie, Hanse aus Freistatt?«

»Im Augenblick wohnen wir in der Grünen Gans, weil Strick uns das Gasthaus empfohlen hat. Die Pferde sind dort untergebracht.«

»Dann wird's einfacher sein, sie sich dort anzusehen. Um wieviel Uhr, morgen?«

Hanse zuckte die Achseln. »Früh.«

»Ich könnte zur zweiten Stunde da sein, oder ein bißchen später.«

»Einverstanden, Anorislas. Bis dann.«

Anorislas wartete und blickte dem schlanken, geschmeidigen Burschen hinterher, bis Hanse hinter einer Straßenecke aus seinem Blickfeld verschwunden war. Es war kaum vorstellbar, daß so ein junger Kerl vier Tejanas die Pferde gestohlen und einige der Männer getötet haben sollte. Andererseits war er ohne Zweifel ein vorsichtiger, wachsamer junger Mann, und ihn umgab wirklich eine gefährliche Ausstrahlung.

Und trotzdem, dieser starre, fast bösartige Blick ... und dieser stolzierende Gang ...

Die Sonne neigte sich dem Horizont entgegen, und die Ostseiten der Häuser wurden schon dunkler, als Hanse den Basar erreichte. Er war jetzt nicht mehr so überfüllt. Hanse fand Mignureal im Inneren der Bude in einem angeregten Gespräch mit Zrena und deren Mutter. Wie hieß sie doch gleich noch ... oh, Amethyst. Nein, nein, Türkis. Er stellte fest, daß es ihn nicht allzu sehr störte, als er herausfand, daß man ihn überhaupt nicht vermißt hatte ...

Sie wurden zum Essen eingeladen. Hanse hatte eine ganze Menge Jahre verlebt, in denen er alles andere als ein Gesellschaftslöwe gewesen war, und er war verständlicherweise nervös. Andererseits wollte er gerne einmal die Kochkünste von Türkis ausprobieren. Wie sich jedoch herausstellte, war es ihr spindeldürrer Ehemann Tiquillanshal, der für das Kochen zuständig war. Die S'danzofamilie lebte im hinteren Teil ihrer Bude, die groß genug war, um Platz für drei getrennte Räume zu bieten.

»Ich habe bis jetzt noch nie einen schlanken Koch gesehen«, sagte Hanse, und das schien 'Ouill zu gefallen.

Sein Grinsen ließ einen Goldzahn aufblitzen, und er sagte: »Das könnte deinen Gaumen und Magen Schlimmes befürchten lassen, Hanse! Vielleicht sind meine Kochkünste so schlecht, daß nicht einmal ich mein eigenes Essen herunterbringe.« Er warf einen knusprigen Pfannkuchen hoch in die Luft, fing den dünnen flachen Teig geschickt mit einem Holzspatel auf und ließ ihn wieder in der Bratpfanne landen.

Hanse lachte verhalten. »Ich werde es riskieren, Quill. Deine Frau und deine Tochter sehen gut genug genährt aus.«

Er hatte wieder genau das Richtige gesagt. »Ah ja«, erwiderte Tiquillanshal. »Trotzdem hoffe ich, daß ich ein wenig mehr Fleisch auf Zrenas Rippen bekomme. Sie ist ja kaum mollig. Und auch dir wünsche ich Glück, mein Freund; deiner Mignureal könnte etwas mehr Essen auch nicht schaden.«

Hanse, dem dazu nicht die passende Antwort einfiel, dachte an Mignureals dicke Mutter und ihren sehr dünnen Vater, und er begriff, daß er wieder etwas Neues gelernt hatte. Manche Männer liebten dicke Frauen, so wie andere flachbrüstige liebten. Er selbst gehörte weder zu den einen noch zu den anderen. So nickte er nur, lächelte schwach und nahm das Bier, das Quill ihm reichte, und etwas später verbrannte er sich die Finger an den wunderbaren Pastetchen.

Das Essen war fettig und ganz in Ordnung, ihre Gastgeber waren warmherzig und sehr freundlich. Die Unterhaltung verlief in angenehmen Bahnen, obwohl sich Hanse sehr deutlich bewußt war, daß er der einzige Nicht-S'danzo der Runde war. Er erfuhr, daß die Seherbegabung von Türkis nur schwach entwickelt und wechselhaft war, und anscheinend griff sie auf eine gehörige Portion Scharlatanerie zurück. Es überraschte ihn, daß viele S'danzo das taten. Zrena hatte bisher noch überhaupt keine Seherbegabung erkennen lassen. Ihre drei Gastgeber waren alle beeindruckt, daß Mignureal das wahre Talent besaß. Hanse war der Beweis dafür. Er mußte die Geschichten erzählen, wie sie für ihn bei mehreren Anlässen *gesehen* hatte. Das erwies sich als ein bißchen schwierig. Es schien ihm angebracht, die eine oder andere Einzelheit auszulassen und die Geschichten ein wenig zurechtzubiegen und zu verdrehen, um nichts über seinen Broterwerb und sein bisheriges Leben zu verraten, in dem es manchmal recht rauh zugegangen war.

Mignureal wurde eingeladen, nicht nur so oft und so

lange sie wollte vorbeizuschauen, sondern sich den drei S'danzo in ihrem Basarstand anzuschließen. Das machte einen mächtigen Eindruck auf Hanse. Sie versicherte ihnen, daß sie wiederkommen würde, aber sie äußerte sich nicht zu dem zweiten Vorschlag. Die Einladung, die Nacht bei ihnen zu verbringen, sollte – Ils sei Dank – offensichtlich nur der Form Genüge tun.

Auf ihrem Rückweg zur Grünen Gans versuchte Hanse, mit Mignureal über die Angebote der S'danzo und über ihr Versprechen zu reden. Dabei lernte er eine andere Seite von Mignureal kennen, die ihm bisher verborgen geblieben war: Wenn sie über ein bestimmtes Thema nicht reden wollte, konnte er es gleich vergessen oder sich in Raserei reden. Hanse ließ diesen Punkt fallen. Statt dessen erzählte er ihr, was ein Wärmer war, und was er über die Herdwächterinnen in Erfahrung gebracht hatte. Nachdem er so ihre Laune wieder verbessert hatte, berichtete er von seinem Abenteuer.

Wie vorauszusehen gewesen war, war Mignureal über Lallias' Tod entsetzt und drückte fest Hanses Hand, als sie durch Firaqa wanderten, über das sich lange Schatten gesenkt hatten. Und sie war erfreut, daß er Anorislas getroffen und mit ihm die ersten Verhandlungen aufgenommen hatte.

Sie bemerkten niemanden, der den Eindruck machte, als wollte er sie berauben oder ihnen gar etwas Schlimmeres antun, dafür aber drei Rote, die einzeln unterwegs waren, was auf Ruhe und Ordnung schließen ließ. Hanse grüßte sie alle freundlich.

In der Grünen Gans ging es lebhaft zu, sie war voller Gäste, die aßen und tranken. Die Wirtin und der Wirt waren erstaunt, daß Hanse und Mignureal nichts essen wollten. Hanse hielt ihr Bedauern für vorgetäuscht, schließlich hatten Khulna und Chondey so die Kosten für zwei Mahlzeiten gespart. Er nahm aber einen halben Liter Bier und Fressen für die Katzen mit. Chondey bemerkte seine neue

Tunika und machte ihm Komplimente. Von Lallias wurde überhaupt nicht gesprochen.

Wunder und Regenbogen waren sichtlich eingeschnappt, weil sie so lange in einem Zimmer alleingelassen worden waren, aber sie vergaßen ihre schechte Laune sofort und waren begeistert, als sie ihr Fressen sahen. Chondey war nicht geizig gewesen und hatte auch keine Abfälle eingepackt. Der große rote Kater und die kleinere gescheckte Katze schnurrten aus vollem Hals, reckten die Schwänze steil in die Höhe und stürzten sich auf ihr Futter. Über ihren Köpfen gaben sich ihre Herren und Freunde einer längeren Umarmung hin, die sie so lange hatten aufschieben müssen, bis sie sich um die Bedürfnisse der Katzen gekümmert hatten.

Als sie sich voneinander lösten, sahen sich Hanse und Mignureal an. Sie wirkten beide ziemlich besorgt.

Schließlich sagte Hanse: »Wir müssen nachsehen, Mignue.«

»Ich ... ich möchte nicht. Können wir nicht gleich ins Bett gehen? Ich bin wirklich müde, und nach dieser Umarmung fühle ich mich ganz ...«

Sie führte den Satz nicht zu Ende, denn Hanse starrte sie nur an. Als sie einen tiefen Seufzer ausstieß, betrachtete Hanse sie mit sichtlichem Interesse und dachte ebenfalls ans Bett. Anders als Tiquillanshal zog Hanse Frauen vor, die nur an einer Stelle füllig waren. Nun, vielleicht an zwei Stellen. Aber er blieb trotzdem standhaft und schüttelte verbissen den Kopf.

»Wir müssen nachsehen.«

Mit einem resignierten Nicken hob sie die verfluchte Satteltasche auf, blickte dann hoch und sah überrascht, daß Hanse die mit Bienenwachs überzogene Tafel genommen und aufgeklappt hatte. Er hielt sie ihr entgegen. Mignureal schluckte und sah hin.

Sie setzte sich sehr plötzlich. Sie starrte Hanse an. Er erwiderte ihren Blick. Vor ihm auf dem kleinen ovalen Vorleger glitzerten Münzen, und seinen neuen Geldbeutel hielt er in der Hand.

»Die Silbermünze ist aus meinem neuen Geldbeutel verschwunden«, sagte er mit belegter Stimme. »Anscheinend bleiben sie nicht einmal als Köder für Diebe dort. Wenn wir davon ausgehen, daß deine Münze ebenfalls in die Tasche zurückgekehrt ist, sind wir nicht mehr mit zehn verfluchten Münzen geschlagen; wir haben eine Kaisermünze weniger. In der Satteltasche waren neun Münzen.«

Mignureal drehte sich sichtlich bleich um und ließ sich mit dem Gesicht voraus auf das Bett fallen. Sie sagte kein Wort, verharrte aber in dieser Haltung. Es hätte aufregend und verführerisch auf Hanse wirken müssen, aber unter diesen Umständen tat es das nicht. Als er den Geldbeutel und die dreimal verfluchte Satteltasche ausgeleert hatte, waren sämtliche Gedanken an Sex und Erotik aus seinem Kopf verschwunden. Mignureal sah einfach elend aus. Er setzte sich zu ihr auf das Bett und streichelte seiner Geliebten über den Rücken. Ihr Körper zuckte. Hanse begriff, daß sie weinte.

Nach einer Weile zeigte sie ihm die Tafel und die *verkürzte* Liste der Namen:

ELTURAS
ESTANE

PERIAS

THUVARANDIS

Mit einer zitternden Hand zeigte sie, daß Lallias' Name von der Liste verschwunden war. Aber der Zwischenraum, den er eingenommen hatte, war immer noch da.

Schwitzend und mit einer Gänsehaut am ganzen Körper riß Hanse ihren Geldbeutel auf. Er enthielt lediglich zwei Kupfermünzen.

Er seufzte und starrte die Wand an, während er abwesend Mignureals Rücken tätschelte.

Diesmal gab es keine Frage. Beide hatten sie eine *dieser* Münzen in die Geldbeutel gesteckt, die sie erst heute gekauft hatten, um sie offen sichtbar zu tragen. Eine dieser Münzen – wahrscheinlich sogar beide – war in die Satteltasche zurückgekehrt, wo sie aus irgendeinem Grund sein ›wollten‹, offensichtlich sein *mußten*. Lallias' Name hatte auf der zusammenklappbaren Tafel gestanden, bis er gestorben war. Da war sein Name auf unerklärliche Weise verschwunden, und das gleiche war mit einer der Münzen geschehen.

Eine der Münzen war für Lallias, dachte Hanse. *Oder sie repräsentierte Lallias. Sie ist verschwunden, wie sein Name auf Sinajhals Liste. Dann mußte auch eine Münze für Sinajhal dabeigewesen sein. Er war gestorben, und eine war verschwunden. Und Mignureal mußte recht gehabt haben, auch sein Name war von der Tafel verschwunden.*

Das war eine Erklärung, und es war immer gut, eine Erklärung zu haben, wie es gut war, wenn man die Dinge benennen konnte. Doch andererseits ließ diese Erklärung noch eine Menge Fragen offen und trug nicht dazu bei, die Besorgnis, die Unruhe und die schlichte Angst zu beseitigen.

Es wurde keine gute Nacht für Liebende. Sie hatten zu viele Sorgen, und so redeten sie zuviel und taten zuwenig. Was noch schlimmer war, während Hanse sich noch laut sorgte und über seine Überlegungen sprach, sank Mignureal in den Schlaf. Die Spannung, die er sich von der Seele hatte reden wollen, kehrte noch schlimmer zurück. Und nun gesellte sich auch noch Ärger dazu, und Hanse fühlte sich verletzt.

Er war nicht gerade guter Laune, als er kurz nach Sonnenaufgang erwachte. Er stand sofort auf und saß bereits auf der Bettkante und zog sich die Stiefel an, als Mignureal schlaftrunken süße Geräusche von sich gab und sich regte. Ihre Hand berührte seinen Rücken. Hanse zog sich weiter an.

»Oh!« machte sie und setzte sich schnell auf. Da sie nackt war, war das ein Anblick, den Hanse gerade jetzt nicht sehen wollte. »Der Mann, der wegen der Pferde kommt – Anorislas«, fügte sie hinzu und sprang eilig aus dem Bett.

Auch Hanse stand auf. »Paß auf die Katzen auf, ja?« sagte er beiläufig. »Ich werde so schnell ich kann mit guten Nachrichten und einem Eimer voll Silber zurückkommen.«

»Oh«, sagte sie mit leiser, enttäuschter Stimme. »Ich ... aber ich ... du meinst, du willst einfach ...«

Sie verstummte, denn Hanse hatte das Zimmer bereits verlassen. Und er hatte sie nicht einmal angesehen. Es war nicht das erstemal, daß er sie zum Weinen brachte, aber es war das erstemal, daß er es mit absichtlicher Grausamkeit getan hatte.

Natürlich fand Hanse Khulna und Chondey bereits auf den Beinen vor, und sie reagierten nicht im mindesten überrascht, daß er auch schon auf war. Er aß abwechselnd einen Bissen Würstchen und Pfirsich, als Anorislas hereinkam. Hanse tat so, als sei er bei normaler Laune, und kurze Zeit später gingen sie zu Khulnas Stall. Blödarsch begrüßte sie mit seinem üblichen Geschrei in voller Lautstärke. Merkwürdigerweise war es der große Graue, der wieherte und Hanse seine Nüstern entgegenstreckte.

Hanse verlor kein Wort darüber, welche Pferde er behalten wollte, während Anorislas sie untersuchte, und so trennte der Mann, der sich mit Pferden auskannte, natürlich sofort Inja von den anderen. Das verbesserte Hanses Stimmung nicht gerade und besänftigte natürlich auch nicht die Wut, die er auf Mignureal hatte.

»Dieses werden wir behalten«, sagte er, und sein Tonfall ließ Anorislas ihm einen schnellen Blick zuwerfen.

»Was für ein Pech für mich«, sagte der Pferdehändler. »Er ist der Beste von allen, dieser Bursche. Warum sagst du mir nicht, welches von den anderen Pferden du behalten willst, bevor ich mir meine Gedanken mache?«

Hanse zuckte die Achseln. »Du bist der Pferdeexperte. Welches sollte ich für mich behalten?«

Anorislas entblößte seinen abgebrochenen Zahn, als er lächelte. »Das Pferd, das du schon behalten willst.«

Hanse erwiderte das Lächeln nicht. »Und welches außer ihm?«

»Vertraust du auf meinen Rat? Ich könnte das wertloseste Tier auswählen.«

»Wohl kaum«, entgegnete Hanse mit demselben ausdruckslosen und unfreundlichen Tonfall und dem gleichen unfreundlichen Gesichtsausdruck. »Strick ist groß und ich werde bösartig, wenn man mich betrügt.«

Anorislas musterte ihn eine Weile, dann nickte er und schlug sich ein paarmal in die Hände, als müßte er sich den Staub abklopfen.

»Irgend etwas ist geschehen, seit du mich gestern aufgesucht hast, und du verhältst dich feindselig. Das erschwert die Angelegenheit. Du bist ein Mann mit Stolz, Hanse. Du weißt, daß das auch auf andere zutrifft.«

Hanse blinzelte. »Auf dich, beispielsweise.«

Anorislas nickte und sah ihn weiterhin an.

Bevor er etwas sagen konnte, was die Prüfung der Tiere und damit ihre geschäftlichen Verhandlungen beendet hätte – er verspürte den beinahe unwiderstehlichen Drang, seinem Ärger freien Lauf zu lassen –, entrang sich Hanse ein weiteres kleines Zugeständnis.

»Du hast recht«, sagte er, ohne daß sich seine Miene veränderte. »Seit gestern und heute ist etwas geschehen, und heute morgen bin ich sauer. Aber das hat nichts mit dir zu tun. Ist das genug zwischen Männern mit Stolz?«

Anorislas konnte sich ein Lächeln nicht verkneifen. Er verstand, was Hanse zwischen den Worten gesagt hatte. Dieser junge Heißsporn hatte zugegeben, daß der ältere recht hatte, und er hatte ihm zu verstehen gegeben, daß seine Antwort das äußerste war, was Anorislas als Entschuldigung erwarten konnte. Anorislas wußte, daß er ihre geschäftlichen Beziehungen beenden würde, wenn er die Sache damit nicht auf sich beruhen ließ. Anorislas aus Firaqa war Geschäftsmann und Pferdehändler. Er wußte, daß nur dumme Menschen – und hoffnungslos streitlustige, was wahrscheinlich dasselbe war – selbst dann noch auf einer ausführlichen Entschuldigung bestehen würden, wenn sie schon eine taktische erhalten hatten. Das Geschäft war etwas wichtiger als der Stolz. Ein bißchen wichtiger, solange ein Mann nicht alles widerspruchslos herunterschlucken mußte.

Er vergab sich nichts, als er sagte: »Es ist genug zwischen Männern mit Stolz. Ich mußte mich heute morgen zwingen, hierherzukommen. Hatte gestern abend ein bißchen Ärger wegen einer Frau, zur Hölle.«

Die Augen des Südländers verrieten ihm, daß er gerade ein Band zwischen ihnen geschmiedet hatte, und Anorislas lächelte innerlich. Obwohl er bereits gesehen hatte, daß es sich bei den Pferden um gesunde und gute Tiere handelte, untersuchte er sie noch einmal mit großem Aufwand. Diese tejanischen Teufel besaßen einfach keine schlechten Pferde.

»Wir haben bereits festgestellt, welches Tier das beste ist«, sagte Anorislas. »Als nächstbestes würde ich den Grauen bezeichnen. Das Tejanapferd.«

»Was ist mit dem Rappen?«

»Ein recht gutes Tier. Ganz guter Körperbau. Gute Beine, würde ich sagen. Aber du hast nach den beiden besten Pferden gefragt.«

»Der Graue gehörte dem Anführer der Tejana. Ich werde ihn behalten.«

Anorislas nickte. »Es ist deine Entscheidung. Du hast von allen die beiden ausgesucht, die das meiste Geld bringen würden.«

Hanse antwortete darauf nicht.

»Ich werde die Pferde noch einzeln testen müssen«, fuhr Anorislas fort. »Ich würde jedoch jetzt schon sagen, falls sich nicht einer der Burschen schlecht unter dem Sattel benimmt, daß ich dir dafür vierzig Flammen geben könnte. Oh, entschuldige, das sind firaqanische Silbermünzen.«

»Ich weiß, was Flammen sind, Anorislas. Ich weiß auch, daß das für vier Pferde und einen Onager gar nicht einmal ein *so* schlechtes Angebot ist. Ich würde sagen, daß sie ungefähr ... sechsundfünfzig wert sind.«

Anorislas sah ihn offen an und lehnte sich gegen eine Pferdebox. Enas stieß ihm mit der Schnauze in der Hoffnung gegen den Arm, eine Kleinigkeit zu fressen zu bekommen.

Der Händler beachtete ihn nicht.

»Hanse, das mag durchaus richtig sein, wenn sie alle so gut sind, wie sie aussehen, und wenn sie sich gut reiten lassen. Du könntest sie durchaus zu diesem Preis verkaufen. Aber natürlich nicht an einen Händler. Ein Händler muß Profit dabei machen. Ich bin Händler, Hanse. Du könntest vielleicht alle vier Pferde an einem Tag, in einem oder in drei Monaten verkaufen, und ich könnte das auch.« Anorislas zuckte die Achseln und schwieg eine Zeitlang, um diesem groben Südländer Zeit zu geben, das zu bedenken. Dann fuhr er fort: »Wenn alle Tiere in Ordnung sind, könnte ich bis fünfundvierzig gehen.«

Hanse sah aus, als würde er jeden Augenblick lächeln. Er tat es nicht. »Teste meine Pferde, Händler. Dann reden wir weiter. Später am Vormittag oder heute nachmittag?«

Der andere erwiderte das Lächeln und ging zur Stalltür. »Den Grauen würde ich gerne selbst haben. Ich habe heute morgen noch ein anderes Geschäft zu erledigen. Wir könnten jetzt zurück in die Grüne Gans gehen und einen Vorvertrag unterschreiben, bei dem dein Wirt Zeuge ist. Ich bin hier kein Unbekannter. Dann könnte ich dich hier wieder treffen, sagen wir … gegen Sonnenuntergang?«

»Ich treffe dich hier wieder, wie du gesagt hast. Und *wir* werden tun, was du vorgeschlagen hast.«

»Gut für dich. Weißt du, ich bin fast erstaunt, daß du und Strick euch eure Namen verraten habt. Er ist ein vorsichtiger Mann, und ich würde sagen, daß du in deinem ganzen Leben noch nie jemandem vertraut hast.«

Hanse blickte ihn nur starr und wortlos an. Seine Miene spiegelte seine Gedanken deutlich wider. *Diesmal hast du mich tief getroffen, Stricks Freund. Wenn du jetzt noch einmal nachfaßt, muß ich dich bitten zu verschwinden.*

Anorislas war Geschäftsmann und Pferdehändler. Er konnte in den Augen und der Haltung anderer lesen, und er wußte, wenn er getroffen hatte, absichtlich oder unabsichtlich. Er wußte ebenfalls, daß er nicht mehr nachbohren durfte. »Ich könnte gegen Mittag oder etwas später wieder zurück sein, Hanse.«

Hanse nickte, und sie verließen den Stall.

Hanse kehrte in die Gaststätte zurück und überlegte sich, wie er Mignureal klarmachen sollte, daß sie einfach eingeschlafen war, während er noch redete. Er würde auf ihre Entschuldigung warten und ihr dann ein paar nette Dinge sagen. Dann würde wieder alles in Ordnung sein, und sie könnten durch die Stadt laufen und sich eine Bleibe für längere Zeit suchen.

Khulna begrüßte ihn und richtete ihm von Mignureal aus, daß sie in den Basar gegangen sei, um ihre neuen Freunde zu besuchen. Khulna konnte deutlich erkennen, daß heftige Gemütsregungen wie ein Blitzgewitter über Hanses Gesicht zuckten.

Der Wirt schien etwas sagen oder fragen zu wollen, aber dann ließ er es bleiben.

»O ja«, sagte Hanse, der sich schnell wieder im Griff hatte. »Sie wollte sich ja ganz früh mit ihnen treffen. Das hätte ich fast vergessen. Ich werde mich gegen Mittag wieder mit Anorislas hier treffen. Gibst du mir bitte etwas Futter für die Katzen?« Während er wartete, überlegte er. *Sie muß sich ganz schön beeilt haben, um so schnell verschwinden zu können. Sie wollte auf keinen Fall hier sein, wenn ich zurückkäme. Verdammt! Ich schätze, wir haben gerade einen handfesten Krach.*

Jetzt stand er vor dem Problem, daß er absolut nicht wußte, was er mit sich anfangen sollte. Alles was er mit Sicherheit wußte, war, was er auf keinen Fall tun würde: Er würde bestimmt nicht in den Basar gehen, ob da nun eine neue Tunika auf ihn wartete oder nicht. Eine Zeitlang kümmerte er sich um die Katzen.

»Ich werde wohl einen kleinen Spaziergang machen. Verdammt, Wunder, manchmal wünschte ich, du wärst ein Hund. Ein Hund könnte mit mir spazieren gehen. Aber wer hat je gehört, daß man mit einer Katze spazieren gehen könnte, die bei Fuß oder an der Leine geht? Besonders mit einem großen roten Kater.«

Wunder, der seine Pfoten leckte, als sei der Zwischenraum seiner Zehen über Nacht schmutzig geworden, hielt inne, eine Pfote erhoben, und blickte Hanse aufmerksam an. »Miu«, machte er in dem furchtbar unschuldigen Tonfall, den er manchmal am Leibe hatte.

»Du versuchst mir mal wieder zu beweisen, wie unglaublich lieb du bist, du großer Betrüger, was? Ich liebe dich, Wunder, das schwöre ich, aber ich kann dich nicht einfach mitnehmen.«

Wunder setzte die Pfote auf den Boden, musterte Hanse eindringlich und wandte sich dann ab, um auf das Fensterbrett zu hüpfen. Dort blieb er stehen und starrte demonstrativ hinaus, bis Hanse das Fenster öffnete und den Kater auf das Dach ließ. *Ich sollte ihm wohl besser einen Waschzuber oder ein anderes Gefäß mit Sand besorgen*, dachte Hanse und tat so, als würde er den Kater nicht beobachten.

Die nächsten zwanzig Minuten verbrachte er damit, das dämliche sture Vieh wieder ins Zimmer zu locken.

Da er sowieso nichts anderes zu tun hatte, machte er sich anschließend auf seinen Spaziergang. Ohne darüber auch nur nachzudenken, begann er sich umzusehen, und ganz automatisch richtete er den Blick nach oben. Er schätzte die Entfernung zwischen diesem und jenem Dach ab, überprüfte das Gefälle und die Begehbarkeit der Dächer. Konnte man diesen Vorsprung benutzen, um sich daran hochzuziehen oder sich mit dem Fuß abzustützen? War dieses oder jenes Fenster erreichbar?

Was sollte ein Mann tun, der seine Jugend mit solchen Überlegungen und Betrachtungen verbracht hatte, der sich jetzt aber nicht mehr um die Dinge sorgen mußte, die ihn früher beschäftigt hatten: das Abendessen, das nächste Frühstück, eine kleine Gespielin für die Nacht zu finden?

Jedenfalls war es interessant, sich mit einem geschulten Auge auf diese Weise umzublicken, und es half ihm, die Zeit totzuschlagen.

Irgendwie verging die Zeit, und dann verbrachte er drei

Stunden mit Anorislas und einem Freund des Händlers. Sie ritten mit den Pferden zum Haupttor und aus der Stadt hinaus. Hanse sah die meiste Zeit zu, wie die beiden Männer die Pferde auf Herz und Nieren testeten. Dann machte er seine Erfahrung mit Anorislas' Ehrlichkeit.

»Das sind gute Tiere, Hanse, auch der Onager. Der wird Firaqa wahrscheinlich mit der nächsten Karawane verlassen. Du hast in Erfahrung gebracht oder bist von selbst darauf gekommen, daß ein gutes Pferd etwa zwölf Flammen wert ist, nicht wahr?« Der Firaqaner schwieg lange genug, um ein kleines bestätigendes Lächeln in Hanses Gesicht zu erkennen. »Das stimmt. Aber weißt du, Tejanapferde sind begehrt, und ich kann wahrscheinlich fünfzehn Flammen pro Tier bekommen, Hanse. Es wäre einfach nicht recht, dir nichts davon zu sagen. Ich habe versucht, es dir zu verschweigen, aber ich kann einfach nicht anders, ich muß völlig ehrlich sein.«

Hanse war tief beeindruckt, obwohl Anorislas' letzter Satz wahrscheinlich überflüssiges Geschwätz war. Nur wenige Dinge machten ihn so mißtrauisch wie ein Mann, der seine absolute Ehrlichkeit *öffentlich verkündete*.

»Aber ich werde nicht einfach das erstbeste Angebot für gute Tiere akzeptieren«, fuhr Anorislas fort, »und ich bin nicht reich. Ich würde dir gerne fünfzig Flammen geben und die fünf Tiere mitnehmen. Dann würde ich gerne in einem ÖN-Büro vorbeischauen und einen Vertrag aufsetzen lassen, der besagt, daß ich dir mehr zahle, wenn ich die Tiere verkaufe. Ich garantiere dir zwölf Flammen für jedes Pferd und sieben für den Onager. Das wären dann fünfundfünfzig, genau die Zahl, die du genannt hast, weißt du noch? Und ich bin bereit, dir die Hälfte von allem zu zahlen, was die Pferde über fünfzehn Flammen einbringen.«

Hanse starrte ihn an, es verschlug ihm fast die Sprache. »Ich weiß nicht, was ich sagen soll. ›Da gibt es wohl keinen Grund mehr zu feilschen.‹ oder ›Warum sollte ich dir vertrauen?‹ Was ist ein ÖN?«

»Ein Öffentlicher Notar. Wir einigen uns beide auf einen offiziellen Vertrag, und er ist Zeuge. Wenn ich den Vertrag breche, muß ich ins Gefängnis. Weißt du, in gewisser Weise leihst du mir zinslos Geld. Auf der anderen Seite muß ich jetzt die Pferde füttern und unterbringen. Deine Zinsen werden die Differenz zwischen fünfzehn Flammen und allem sein, was ich mehr für die Pferde bekomme. Und ich denke, ich kann mehr herausschlagen.«

Hanse wünschte, Anorislas hätte nicht so einen Handel vorgeschlagen. Für einen verwaisten Straßenbengel, der schon vor langem gelernt hatte, niemandem zu vertrauen, war das wirklich eine denkbar schwierige Entscheidung. Und trotzdem, und trotzdem ...

Im Büro des Öffentlichen Notars sah er zu, wie der Mann genau das aufschrieb, was Anorislas gesagt hatte. Der kleine Mann hatte das Dokument mit Puder bestreut und war gerade dabei, es mit seinem Siegel zu versehen, als sich einer seiner Klienten plötzlich abwandte und das Büro verließ. Anorislas und der ÖN glotzten sich verständnislos an. Kaum eine Minute später kam Hanse in Begleitung eines gutangezogenen Mannes zurück, der unsicher schien, ob er sich fürchten, beleidigt sein oder sich geschmeichelt fühlen sollte.

»Ich habe den Mann gefunden, der von allen Menschen aus Firaqa den ehrlichsten Eindruck macht«, verkündete Hanse überschwenglich. In Wirklichkeit hatte er einfach den ersten ordentlich aussehenden Passanten angesprochen, der ihm über den Weg gelaufen war. »Mein Herr, ich möchte dich bitten, dieses Dokument laut vorzulesen, das der ÖN gerade aufgesetzt hat.«

Obwohl er immer noch ziemlich verwirrt wirkte, fühlte sich der Mann viel zu sehr geschmeichelt, als daß er hätte ablehnen können. Er las vor, und Hanse hörte dieselben Worte, die Anorislas gesprochen hatte. Es waren nur einige kleine Absätze dazugefügt worden, die offensichtlich den Verkäufer schützen sollten. Hanse dankte dem Mann wortreich und wartete, bis er gegangen war. Dann verbeugte er sich vor dem Pferdehändler, dem der Unterkiefer herabgefallen war, und dem ÖN. Langsam aber stolz schrieb Hanse seinen Namen unten auf das Dokument.

Anorislas lachte. »Das war einer der besten Einfälle, den ich jemals miterlebt habe«, sagte er und beugte sich über das Papier. »Und ich bin froh darüber. Sei jetzt bitte nicht beleidigt, Blomis, aber du weißt ja, daß ich auch nicht lesen kann!«

Hanse mußte einfach lachen. Blomis, der Öffentliche Notar, lachte dagegen überhaupt nicht.

Anorislas' Geldhändler war ein stattlicher Mann mit sehr dünnem nebelgrauen Haar und einem großen, völlig weißen Schnurrbart. Er war in Schwarz, Hellviolett und Rostbraun gekleidet und hieß Perias. Hanse sah zu, wie er mit einer fleischigen Hand, an der mehrere Ringe glitzerten, fünfzig Silbermünzen vor Anorislas auf den Tisch zählte. Anorislas trat einen Schritt zurück und deutete lächelnd auf Hanse.

Hanse schluckte, als er vortrat, um die Stapel der mit dem Flammensymbol geprägten Münzen entgegenzunehmen. *Ich bin reich!*

»Mit welchem Bankier arbeitest du zusammen?« erkundigte sich Perias, und dann führte eins zum anderen.

Hanse erfuhr, daß Perias geschäftliche Beziehungen zu mehreren Leuten unterhielt, aber der Name, mit dem er Eindruck machen wollte, war zweifellos Arcala. Wieder einmal hinderte sein unangebrachter Stolz Hanse daran, weitere Informationen zu bekommen. Er würde von irgend jemand anderem mehr über Arcala erfahren. Auch über Perias' Partner, eine wohlhabende Witwe » ... und gar nicht mal so alt!«

Hanse bekam ein neues Dokument und vier Silbermünzen, die er einsteckte. Die restlichen sechsundvierzig würden bei diesem Geldhändler bleiben, was in Firaqa die sicherste Aufbewahrungsform war, wie man ihm versicherte. Er erfuhr ebenfalls, wie sich Geld von selbst vermehrte. Aye, er hatte begriffen, daß seine sechsundvierzig Münzen 2300 Kupferfunken wert waren. Perias erklärte ihm, daß sie innerhalb eines Jahres auf 2346 Funken oder fast siebenundvierzig Flammen anwachsen würden, wenn er von seinem Guthaben nichts abhob. Das klang aufregend, obwohl sich Hanse nicht vorstellen konnte, wie er eine so lange Zeit verbringen sollte, ohne etwas von dem Geld anzurühren, auch wenn er noch mit Einkünften durch Anorislas rechnete. Er wollte wissen, ob sich das Geld auch dann vermehren würde, wenn er etwas abheben müßte. Perias brachte es fertig, nicht verwirrt dreinzuschauen oder über Hanses Unwissenheit zu lächeln. Er versicherte ihm ernsthaft, daß das restliche Geld auch dann weiter anwachsen würde. Obwohl Anorislas offensichtlich gehen wollte, verweilte Hanse noch eine Zeitlang, um sich über die Mieten in Firaqa zu erkundigen. Ah, Perias kannte da ein paar Wohnungen ...

Schließlich verließen Käufer und Verkäufer Perias' Geschäftsräume. Hanse hatte bemerkt, wie tief die Sonne bereits gesunken war. Anorislas beauftragte seinen Freund oder Gehilfen, die Tiere wegzubringen, und schlug Hanse vor, auf einen Becher in einem Starkbierhaus einzukehren. Hanse sagte dem Händler, daß er jemanden auf dem offenen Markt treffen müßte. Ein paar Straßenblocks später trennten sie sich, und Hanse eilte zu dem Geldhändler zurück.

Perias zeigte sich von Hanses Frage überrascht. Er versicherte, daß ›wir‹ den Wert einer silbernen Kaisermünze auf eine firaqanische Silbermünze und elf Funken schätzen würden, bei größeren Mengen auch mehr.

»Was ist eine größere Menge?« wollte Hanse wissen.

»Nun, wenn du zehn oder mehr bringen würdest, könnten wir uns auf zweiundsechzig unserer Kupfermünzen pro Kaisermünze einigen.«

Hanse bedankte sich und ging, was Perias noch mehr erstaunte. Zum Abschied sagte der Bankier: »Und vergiß nicht die hübsche Wohnung in der Corianderstraße!«

Hanse fand den Weg zurück zum Öffentlichen Notar. Dieser bestätigte ihm, daß in Perias' Dokument genau das stand, was der Bankier gesagt hatte. Hanse eilte weiter zum Basar. Unterwegs rechnete er sein Geld zusammen. Zog man *diese* elf Kaisermünzen von den insgesamt fünfundachtzig ab, blieben vierundsiebzig übrig. Also, bei zweiundsechzig Kupfermünzen pro Stück ... Er kam durcheinander. Es war unmöglich, das im Kopf auszurechnen. Aber es blieb spannend. Er verschwendete keinen Gedanken an seine neue Tunika, die wahrscheinlich schon auf ihn wartete, und es lag auch nicht daran, daß Mignureal auf dem offenen Markt war, daß seine Schritte schneller wurden. In seiner Aufregung über sein neuerworbenes Wissen in Geldangelegenheiten wollte sich Hanse noch einmal mit Tethras unterhalten, dem Geldhändler vom Basar.

Tethras wollte gerade gehen, aber er hörte lange genug zu, um seine Eile zu vergessen. Er sprach sehr ruhig.

»Ich hatte nicht die leiseste Ahnung, Hansis. Du bist keiner von denen, die ihren Reichtum öffentlich zur Schau stellen. Laß mich das jetzt alles noch einmal zusammenfassen. Du besitzt fünfzig firaqanische Silbermünzen und *siebzig* Kaisermünzen, und du hast zusätzlich noch ein Einkommen. War es das, was du mir erzählt hast?«

»Ja. Und natürlich noch ein paar Pferde und diesen ... Wärmer.« Er schnippte mit dem Finger gegen seine Münzenhalskette und sah zu, wie sich Tethras eilig Notizen machte. »Ich möchte wissen, was du mir für die Kaisermünzen bieten würdest, und was aus ... sagen wir, sechsundvierzig Flammen werden würde, wenn du sie ein Jahr lang behältst.«

Tethras legte den Kopf schief. »Sechsundvierzig. Dürfte ich fragen, warum du gerade diese Zahl nennst?«

»Weil ich weiß, was Perias mir dafür geben würde«, sagte Hanse und behielt den anderen im Auge.

»Ah, Perias. Ja. Hmm ... Weißt du, daß *Arcala* der Hauptpartner in dieser Geschäftsverbindung ist?«

»Aye«, antwortete Hanse beiläufig und schwor sich, daß er herausfinden *mußte*, wer Arcala war. »Aber ich weiß nicht, wer hinter dir steht, oder wer deine Partner sind.«

Er bekam drei Namen zu hören, und wieder sollte er offensichtlich vom ersten der drei beeindruckt sein: Corstic.

»Wer ist Corstic?«

Tethras war wirklich überrascht, doch dann murmelte er: »Oh, ich habe vergessen, daß du erst vor kurzem hier angekommen bist, Hansis. Corstic ist Arcalas Erzrivale! Die beiden sind mit Sicherheit die mächtigsten Männer in Firaqa!«

»Oh.«

»Hansis, ich werde die Sache besprechen müssen. Kann ich dich morgen hier erwarten?«

»An einem etwas vertraulicheren Ort.«

»Natürlich. Such mich hier auf, und wir gehen irgendwoanders hin, einverstanden?«

Hanse nickte. Ohne ein weiteres Wort wandte er sich ab und war sicher, daß Tethras hinter ihm herblickte. Mit dem Funkeln von Silber in den Augen.

Als Hanse die Marktbude der S'danzo erreichte, trug er seine neue rostbraune Tunika am Leib und die einen Tag alte unter dem Arm. Türkis und ihre Tochter teilten ihm voller Bedauern mit, daß Mignureal gerade gegangen sei, erst vor ein paar Minuten. Vielleicht, wenn er rannte ...

Hanse bedankte sich und schlenderte im orangefarbenen Licht der untergehenden Sonne zurück zur Grünen Gans.

»Hanse! Oh, die neue Tunika steht dir *wunderbar*! Was hast du denn den ganzen Tag *gemacht*?«

Trotz ihres Lächelns und ihrer begeisterten Begrüßung behielt Hanse seinen teilnahmslosen Gesichtsausdruck bei. »Ich habe die Pferde verkauft«, sagte er kühl.

Ihr Lächeln konnte die frostige Atmosphäre nicht vertreiben. »Gut. Ich ... ich habe gedacht, du würdest zum Ba... oh! Die neue Tunika ... du bist auf dem Basar gewesen.«

»Als ich bei Türkis' Marktbude angekommen bin, hat sie mir gesagt, du wärst gerade vor ein paar Minuten gegangen.« Er hatte sich gekauert, um Wunder und Regenbogen zu streicheln und ihr dadurch nicht die Möglichkeit zu geben, ihn zu umarmen. »Hast du dort noch gegessen, bevor du gegangen bist?« fragte er, den Blick auf Wunder gerichtet, weil er Mignureal nicht ansehen wollte.

»Nein, Liebling! Ich bin früh genug gegangen, um dich hier zum Essen zu treffen. Hanse?«

Er wartete einfach, aber sie schwieg so lange, bis er zu ihr aufsah.

»O Hanse, bitte ... was *stimmt denn nicht*?«

»Du weißt, worum es geht.« Er erhob sich, und er sah genauso streng aus, wie seine Stimme klang.

»Ich weiß es nicht, wirklich, ich weiß es nicht!«

Wunder rieb sich mit Begeisterung an seinem Bein, und Hanse sah zu ihm hinab. »Ich kann mir nicht vorstellen, wie dir das nicht klar sein kann.«

»Hanse, Liebling, ich ...« Sie konnte nicht weiterreden und mußte tief durchatmen, um das Zittern ihrer Stimme unter Kontrolle zu bekommen. »Ich weiß es nicht, Hanse, ich schwöre, ich weiß nicht, was nicht stimmt. Was habe ich *getan*?«

Er stieß die Luft durch die Nase aus. »In wessen Namen schwören S'danzo?«

»O *Hanse*!«

Nach diesem kläglichen Ausruf sah er sie wieder an und dachte kurz darüber nach, wie schwer es war, eisig und wütend zu bleiben, wenn es um *sie* ging und er es eigentlich nicht bleiben wollte. Und doch verschaffte es ihm eine gewisse Befriedigung, eine Art Vergnügen, daß er sich verletzt fühlte und es ihr heimzahlte. *O Mist*, dachte er und machte sich durch diesen Ausdruck in Gedanken über sie lustig.

Eigentlich sollte ich Mignureal eine große Freude machen, überlegte er weiter, *indem ich ihr von den Pferden, von meiner Schlauheit und dem erzähle, was ich über Geld gelernt habe! Statt dessen muß ich auf dieser Geschichte herumreiten. Wie kann ich damit aufhören?* Er schwieg und betrachtete ihr betroffenes Gesicht. Selbst ihr hübscher lieblicher Körper wirkte plötzlich kleiner, kraftlos. Hilflos.

»Während der letzten Nacht war ich wirklich wegen der Münzen und der Namen verängstigt, Mignureal. So mit

Zauberei leben zu müssen und nicht zu wissen, was passiert oder demnächst passieren wird, und warum ...! Ich konnte nicht schlafen und mußte mich unterhalten. Du hast mir gezeigt, daß du dich mit mir lieben wolltest, aber ich war da noch nicht bereit dazu. Ich mußte mich ... mußte mich erst einmal beruhigen. Und während ich redete, bist du eingeschlafen. Ich hatte es nicht einmal gemerkt, bis ich dich etwas fragte. Ich hätte dich am liebsten aus dem Bett auf den Boden geschmissen. Aber ich lag nur so da, wieder völlig verkrampft, und starrte gegen die Decke. Ich habe sie nicht einmal gesehen! Wenn ich einen ganzen Schlauch voller ... voller Wein gehabt hätte, hätte ich ihn völlig leergetrunken, das schwöre ich. Nur um mich entspannen und schlafen zu können.«

»O Hanse!« Sie sank auf das Bett und weinte. »O Hanse, ich war nur so ... ich habe ja gar nicht gewußt ... oh, es tut mir so leid! Es tut mir so leid!«

Er starrte sie eine Weile an, und sie sah so winzig, so traurig und so liebenswert aus. Dann ging er zu ihr, weil er nicht anders konnte. Danach führte eins zum anderen, und die unerfreuliche Geschichte war vergessen. Es war schließlich viel zu spät, als sie die Treppe hinunterstiegen, und ihr Abendessen bestand aus den Resten, die Chondey noch übrig hatte.

Am nächsten Morgen schliefen sie lange, und als sie in den Gästeraum kamen, wartete dort ein Mann auf sie. Gaise, der Sergeant der Stadtwache von Firaqa. Obwohl er vollkommen freundlich war, war er doch in offizieller Mission hier. Gaise hatte Fragen.

War Hanse mit einem gewissen Lallias unterwegs gewesen, als dieser arme Kerl von einem durchgegangenen Zugpferd über den Haufen gerannt worden war? Hm-hmm; und warum war Hanse davongerannt? Ah ja, das könnte zu diesem Zeitpunkt vernünftig erschienen sein, und Gaise konnte die Panik verstehen, aber Fremde hatten in Firaqa schon allein deshalb nichts zu befürchten, weil sie eben

Fremde waren! Zum Glück hatte es mehrere andere Zeugen gegeben, und auf Hanse fiel nicht der leiseste Verdacht. Und was hatte er mit dem Verstorbenen zu tun gehabt? Ah, und war es ihm dann gelungen, diesen Horse zu finden? Oh, gut. Anorislas war als ein fast schon krankhaft ehrlicher Mann bekannt.

Perias und Tethras? Natürlich, ein jeder kannte sie und die Einrichtungen ihrer Geschäftspartner. Seine Meinung? Nun, sie waren Bankiers; alle, die mit Bankiers geschäftlich zu tun hatten, hatten ihre Meinung dazu, meistens widersprüchliche. »Niemand empfiehlt seinen eigenen Geldhändler weiter, oder aber er wird es später bereuen.« Nein, keine weiteren Fragen. Gaise äußerte nur den Wunsch, Hanse hätte die Sachlage richtig eingeschätzt, um zu bleiben und zu erzählen, was er beobachtet hatte. Aber natürlich, er würde jetzt gerne ein paar Fragen beantworten. Niemand sollte behaupten können, die Polizei von Firaqa sei Bürgern und Durchreisenden gegenüber nicht hilfsbereit, Neuankömmlingen gegenüber ebenso wie alteingesessenen Bürgern!

Ja, in Firaqa gäbe es Gesetze gegen Kutschen innerhalb der Stadt und Gesetze, die Wägen und Pferde beträfen, wie schnell und wo sie sich bewegen dürften. In der Mitte der Straße, aye. Ah, der Lenker des Wagens!

Nun, man hatte den armen Burschen ins Gefängnis gesteckt. Es lag wirklich nicht daran, daß er irgend etwas getan oder sich fahrlässig verhalten hätte. Der Mann namens Lallias war tot, und irgend jemand mußte verantwortlich gemacht werden. Ein durchgedrehtes Pferd kam dafür nicht in Frage, obwohl man es getötet hatte, nur für alle Fälle.

Auch das nicht mehr auffindbare Kind käme in Frage, das das ruhig dastehende und friedlich dösende Pferd mit einer Drahthalskette, an der ein paar Kupferstücke gehangen hatten, in die Seite geschlagen hatte.

»Oh, das ist *schrecklich*!« stieß Mignureal hervor.

»Ich kann dir nicht widersprechen, Min-uh …«

Gaise lächelte und machte eine hilflose Geste, während

Hanse nur mit Blick gegen die Wand murmelte: »Getötet ... das ... *Pferd*?!«

Wieder einmal wiederholte Mignureal ihren Namen mit der richtigen Aussprache. Dann erkundigte sie sich nach dem Wagenlenker. Sie erfuhr, daß es sich um einen Bauern handelte, der in die Stadt gekommen war, um seine Melonen zu verkaufen. Und was würde mit ihm geschehen? Tja, antwortete Gaise, eine Geldstrafe sei festgesetzt worden, und der Bursche könnte sie nicht zahlen. Der Sergeant zuckte die Achseln, als sei damit alles erklärt.

»Wieviel?«

»Drei Flamm..., entschuldigt. Drei Silbermünzen.«

»Wir wissen, was Flammen sind«, stellte Hanse klar.

Mignureal warf ihm einen kurzen Blick zu. Das war nun wirklich nicht wichtig! Ein armer Mann saß im *Gefängnis*, weil ein Kind sein Pferd erschreckt hatte, so daß es in Panik durchgegangen war und einen Mann zu Tode getrampelt hatte. Das war wichtig; ein Bauer saß im Gefängnis, nur weil er keine drei Silbermünzen besaß. Gesetze, die darauf beruhten, daß für *alles* irgend jemand verantwortlich zu machen war, dachte sie wütend, deuteten auf eine verdorbene Gesellschaft hin.

Und was war mit den Melonen? fragte sie weiter. Ah, die verbreiteten bereits einen üblen Gestank, weil sie vergammelten. Aber ... aber wenn der Bauer nicht eingesperrt wäre, stellte Mignureal vernünftig fest, könnte er seine Melonen verkaufen, und aus diesem Grund sei er ja hauptsächlich in die Stadt gekommen. Dann würde er das Geld haben, um die Strafe zu bezahlen!

Ah, das war richtig, bedauerlicherweise war das richtig, aber Gesetz war Gesetz, und das war es, was zwischen der Zivilisation und dem Chaos der Barbarei stand. Und davon abgesehen hätte der Bauer nun kein Pferd mehr, das seine Wagenladung voll Melonen hätte ziehen können, nicht wahr?

Mignureal sah zu Hanse hinüber und dachte an all die Silbermünzen, die sie für den Verkauf von ein paar Pferden bekommen hatten ...

Hanse erkundigte sich nach den Machtverhältnissen in Firaqa. Er hätte gehört, daß die Herdwächterinnen über die größte Macht in Firaqa verfügten. Dann hätte man ihm gesagt, daß zwei Männer namens Arcala und Corstic die meiste Macht in Firaqa ausübten. Kurz vor seinem Tod hätte Lallias gesagt, die Macht in Firaqa würde von Zau... irgendwas ausgeübt.

Was war das?

Alle hätten recht gehabt, erwiderte Gaise, aber der Bankier und Lallias seien der Wahrheit näher gewesen. Die Herdwächterinnen seien eine öffentliche Institution und stellten tatsächlich die Oberste Gerichtsbarkeit dar. Selbst der Oberste Mag müßte sich ihnen beugen. Der ... was? Der Stadtherrscher oder so ähnlich; der Oberste Magistrat, der hier offiziell gewählt wurde; so eine Art Stadtfürst oder Bürgermeister. Aye, es gäbe auch eine Ratsversammlung. Schließlich umfaßte Firaqa nicht alleine die Stadt, sondern auch ein weites Gebiet rundherum. Aber was hatte es dann mit diesem Corstic und Arcala auf sich?

Sie seien die beiden mächtigsten Männer der Ratsversammlung, erklärte Gaise. Das machte sie zu den mächtigsten Männern Firaqas. Die Leute redeten schlecht von ihnen oder fluchten in ihren Namen. Wenn beide einen Kandidaten als Ratsmitglied oder Obersten Mag ablehnten, könnte der Mann seine Wahl gleich abschreiben. War einer gegen ihn, der andere aber für ihn – das sei nur zu oft der Fall, was verständlicherweise nicht verwunderte, da die beiden Rivalen seien, sagte Gaise und machte eine hilflose Geste –, würde die Angelegenheit wirklich aufregend. Solche Situationen seien das Salz in der Suppe eines eintönigen Lebens in einer Stadt mit einer gutfunktionierenden Polizei und Gesetzen, die praktisch alle Belange regelten. Firaqa sei schon immer von Männern beschützt worden, die die Magie und ...

»Was? Du meinst von *Zauberern*?« Hanse riß die Augen weit auf.

»Aye. So ist es hier schon immer gewesen. So stehen die Dinge nun einmal, mußt du wissen. Es ist nicht so, daß wir unter einer dunklen Wolke oder so etwas leben. Alle Magier von Firaqa helfen den Bürgern.«

›Beschützt‹ bedeutet ›beherrscht‹, dachte Hanse. »Ah, ihr Götter! *Ist das immer so*, Gaise? *Helfen* diese *beschützenden* Zauberer immer?«

»Ähm, nein, Hanse. Ich meine, das Gesetz schützt uns, aber gerade jetzt hilft es diesem Melonenverkäufer und Bauern offensichtlich nicht. Würde es zwischen dir und mir zu einer Fehde kommen, ich meine, gäbe es wirklich böses Blut, dann ... Aber das ist kein gutes Beispiel. Uns von der Wache ist es verboten, uns persönlich der Dienste eines Magiers zu bedienen, und wir haben geschworen, es nicht zu tun. Das betrifft jeden Bediensteten der Stadt, einschließlich der Ratsmitglieder. Nehmen wir aber einmal an, du hättest Khulna wirklich betrogen, du wärst meinetwegen verschwunden und würdest ihm noch Geld schulden, und die Gesetze könnten ihm aus irgendeinem Grund nicht helfen. Sollte sich Khulna dann der Dienste eines Magiers versichern und seinen Preis zahlen, wäre das Ergebnis für dich bestimmt nicht gerade erfreulich. Man könnte nicht behaupten, daß es *dir* dann helfen würde. Du könntest in diesem Fall natürlich zu einem anderen Magier gehen und einen Gegenzauber bewirken lassen oder einen anderen Bann, der schlimm genug ist, daß Khulna sich einverstanden erklärt, den Fluch seines Anwaltes zurückzuziehen.«

»Anwalt?« fragte Mignureal.

»Wenn du der Klient eines Magiers bist, ist er dein Anwalt«, erklärte Gaise.

»Ah, ihr Götter«, grollte Hanse. »Was ich da höre, ist das Chaos. Alles ist so festgelegt, damit die Magier etwas zu tun haben und dabei wahrscheinlich reich werden!«

»Oh, nicht so voreilig, so ist das wirklich nicht! Eine zivilisierte Gesellschaft mit einer Gesetzgebung *braucht* ihre Zaubermeister!« sagte Gaise, dem man ansah, daß er sich verletzt fühlte. »Sie sind im allgemeinen wohlhabend, das stimmt. Aber *ohne* sie würde bei uns das Chaos herrschen, nicht durch sie!«

»Angenommen, Hanse würde zu Khulnas ›Anwalt‹ gehen und ihm mehr Geld bieten, damit er den Fluch aufhebt oder Khulna etwas antut?« erkundigte sich Mignureal. »Oder sogar beides?«

»Oh, niemals!« versicherte ihr Gaise. »Das wäre unmoralisch! Schließlich haben auch die Magier ihren Moralkodex, und außerdem sind auch sie den Gesetzen unterworfen. Khulnas Anwalt würde das ganz einfach nicht machen. Darüber hinaus wäre er durch das eigene Gesetz der Magier verpflichtet, über deinen Versuch, ihn zu bestechen, Bericht zu erstatten. Sie haben ihre eigene Vereinigung oder Gilde. Alle praktizierenden Magier in Firaqa sind darin Mitglied.«

Wahrscheinlich nennen sie es die Gilde der Schmarotzer, dachte Hanse finster. *Die Zauberer saugen diese Menschen aus, und Gaise ist zu dämlich, um es zu erkennen. Ich schätze, das geht hier allen so. Sie akzeptieren es einfach.*

»Wenn die Magier eins ihrer Mitglieder vor die Moralkommission ihres eigenen VZF bringen, greifen wir vorläufig nicht ein«, fuhr Gaise fort. »Wird der Magier aber für schuldig befunden, einen moralischen Fehltritt oder gar ein Verbrechen begangen zu haben, kommt er vor Gericht. Wird er nur wegen einer kleinen moralischen Entgleisung verwarnt, werden wir nicht tätig. Wenn es allerdings nochmals passiert, bekommt er eine Menge Ärger.«

»VZF«, wiederholte Hanse. »Vereinigung der Zauberer von Firaqa?«

»Verband der Zaubermeister«, korrigierte Gaise.

»Hm-*hmm*. Nun, im Endeffekt läuft das dann darauf hinaus, daß der VZF dem Gericht sagt, was es tun soll!«

»Das trifft nicht zu«, widersprach Gaise mit Nachdruck. »Im Fall des durchgegangenen Pferdes und des Wagens, durch die dieser Lallias gestorben ist, hat beispielsweise niemand auch nur daran gedacht, den VZF anzurufen.« Er schmunzelte bei der bloßen Vorstellung.

»Nehmen wir einmal an, auf dem Bauer lag ein Fluch«, sagte Mignureal. »Oder auf seinem Pferd.«

»Ah, aber das war nicht der Fall. Man hat gesehen, wie

ein Kind das Pferd geschlagen hat. Und außerdem ist kein Magier zu uns gekommen. Das würden sie in solchen Fällen tun. Wenn auch nur der geringste Verdacht besteht, daß ein Fluch im Spiel ist und sich kein Magier gemeldet hat, schiebt der Magistrat das Urteil so lange auf, bis mit dem VZF Verbindung aufgenommen werden kann. Das ist eine der Aufgaben des Rates und des Obersten Mags.«

»Äh, bedeutet Oberster Mag Magier, Gaise, oder Oberster Magistrat?«

»Ja«, sagte Gaise. »Das heißt …«

»Ist es immer ein Magier?« unterbrach Mignureal, runzelte die Stirn und betastete ihr Amulett.

»Nein. Manchmal ist er ein Magier, manchmal nicht. In früheren Zeiten war er immer ein Magier. Über die Jahre haben sich die Magier ein wenig zurückgezogen. Es ist nicht so, daß sie in der Stadt nicht vorherrschend sind, aber der Oberste Mag muß nicht länger ein Mitglied des VZF sein. Das war auch schon vor meiner Geburt so. Ihr müßt wissen, daß die Magier hier vor langer Zeit die fremden Hexer vertrieben haben. Das waren die Nisi … irgendwas. Das ist heute nur noch Geschichte. Aber vor den Zeiten der Magier und des VZF war Firaqa eine von Hexern beherrschte Hölle.«

»Und jetzt ist es ein von Magiern beherrschter … Himmel?« fragte Hanse.

»Unser derzeitiger Oberster Mag ist kein Zaubermeister – und ich muß weiter.«

»Ich wollte, du könntest noch bleiben«, sagte Mignureal. »Es gibt noch so furchtbar viele Dinge, die wir nicht wissen.«

»Nun, ihr beiden netten und anständigen Leute braucht euch bestimmt über nichts Sorgen zu machen!« sagte Sergeant Gaise jovial und ging.

Hanse und Mignureal blieben sitzen und starrten auf die Tür, dann sahen sie sich an.

»*Zauberei*«, murrte Hanse.

Da sie nichts wirklich Verabscheuungswürdiges in dieser Stadt gesehen hatte und sowieso nicht Hanses extreme

Abneigung gegen Magie und deren Gebrauch teilte, störte sich Mignureal längst nicht so sehr daran wie an der Ungerechtigkeit, daß ein Bauer im Gefängnis schmachten mußte, nur weil er nicht die Geldstrafe für etwas bezahlen konnte, das außerhalb seiner Macht gelegen hatte. Es stimmte schon, sie hatte eine Reihe von ungewöhnlichen Dingen bis hin zur Widersprüchlichkeit und unerklärliche Kleinigkeiten gehört. Aber war das nicht ohnehin immer so mit Dingen, die die Regierung oder die Gesetze betrafen?

»Es mag nicht ein Himmel sein, aber alles, was wir hier gesehen haben, ist eine friedliche Stadt voller netter Leute, Liebling«, sagte sie. »Das System muß funktionieren, und das Gesetz tut es. Das einzig Schlechte, das ich gehört habe, betrifft diesen armen Bauern. Aber das ist die zivile Gerichtsbarkeit, es hat nichts mit den Magiern zu tun. Denk doch nur an die schrecklichen Zustände, die wir in Freistatt hinter uns gelassen haben!«

Hanse musterte sie. Nach einer Weile sagte er: »Merkwürdig ist, daß kein Mensch, mit dem wir gesprochen haben, jemals Zauberei oder Zauberer auch nur erwähnt hat. Genausowenig Magier oder ›Zaubermeister‹.«

»Weil sie es ganz einfach akzeptieren, Hanse. So ist das Leben, und so ist die Regierung in Firaqa nun einmal«, sagte sie mit einem leichten Achselzucken.

Hanse teilte ihre Arglosigkeit nicht. Er konnte sich eigentlich überhaupt nicht damit anfreunden, daß andere Menschen einfach alles mögliche widerspruchslos hinnahmen. Aber er hatte sich etwas einfallen lassen, das ihre Sorglosigkeit zerstreuen würde, und er rüttelte sie damit auf.

»Aye. Nun, vielleicht denkst du einmal darüber nach, warum es in einer Stadt, die von Magiern *beschützt* wird, so wenige S'danzo gibt, und warum die wenigen, die wir getroffen haben, nicht die alte Sprache benutzen dürfen!«

Tethras, der durch sein Gewicht mächtige Wadenmuskeln entwickelt hatte, verließ mit Hanse den Basar und führte ihn in eine hübsche Gaststätte, wo er seinen schönen Federhut ablegte und zwei Portionen Pudding bestellte. Für Hanse war das ein neues Gericht, und es schmeckte ihm. Zu schade, daß sich Mignureal entschieden hatte, in der Grünen Gans zu bleiben. Er hatte sich gefragt, warum sie nicht einmal mitkommen wollte, um die S'danzo auf dem Basar zu besuchen, aber sie hatte gesagt, daß sie später gehen würde, und er hatte sich nicht die Mühe gemacht, sie nach dem Grund zu fragen.

An ihrem Ecktisch erklärte Tethras ruhig, daß Corstic, Tethras und Partner für Hanses siebzig Kaisermünzen insgesamt sechsundachtzig firaqanische Silberflammen zahlen würden. Das wären mehr als elf Kupfermünzen Differenzzahlung oder ›Prämie‹ für jede rankanische Silbermünze. Tethras machte klar, daß Hanse darüber hinaus von Perias etwas, das ›Zinsen‹ hieß, in Höhe von zwei Prozent erhalten würde. Corstic, Tethras und Partner würden ihm zweieinviertel zahlen. Das ergab auf die sechsundvierzig Flammen umgerechnet, die Hanse erwähnt hatte, sechs Kupferstücke pro Jahr zusätzlich.

»Für diesen Hut, den du so bewunderst, habe ich fünf gezahlt«, sagte Tethras, um sein Angebot in eine anschaulichere Form zu bringen.

Hanse hielt das Kinn gesenkt, damit Tethras nicht sehen konnte, wie er schluckte. Was für glückliche Zeiten waren das doch vor mehreren Jahren gewesen, als er das Zepter des Statthalters gestohlen und gegen Lösegeld zurückgegeben hatte! Wie herrlich war es doch, wie ein wohlhabender Mann behandelt zu werden, mit dem man sich bemühte, ins Geschäft zu kommen!

Tethras war noch nicht fertig. Wenn Hanse sich bereiterklärte, mindestens die Hälfte des Geldes, das er für die Kaisermünzen bekam, für ein ganzes Jahr in Tethras' Unternehmen festzulegen, änderten sich alle Berechnungen. Das ließ Hanse den Kopf heben.

»Wir würden die Kaisermünzen, die mehr Silber als unsere enthalten, gerne haben«, erklärte Tethras. »Wenn wir dir nicht sofort den vollen Betrag dafür geben müßten, würden wir dich für das Entgegenkommen bezahlen. Es würde uns nicht so gut gefallen, wenn wir dir die Kaisermünzen abkaufen und du uns dann verläßt, um das Geld bei Perias und Partnern anzulegen! Aber schließlich brauchst du irgendeine Bank. Deshalb würden wir dir eine ganze Flamme und zwölf Funken für jede deiner Münzen bieten und dir einen Zins von zweieinhalb Prozent pro Jahr zahlen. Nenne mir eine Gesamtsumme, und ich zeige dir, was du dabei in einem Jahr verdienen wirst.«

Hanse nannte eine Zahl und dann eine andere, und der Gewinn war einfach wunderbar.

Er, der begriffen hatte, daß er reich war, traf ein Abkommen mit Tethras. Der Bankier hatte nichts gegen Hanses Bedingung einzuwenden, den Öffentlichen Notar Blomis aufzusuchen. Tethras ergriff seinen dunkelblauen Hut, dessen Krempe hinten und an einer Seite hochgebogen war, und sie machten sich auf den Weg. Blomis war wirklich sehr beeindruckt. Tethras war danach auch bereit, Hanse zu Perias' Geschäft zu begleiten, aber natürlich wollte er ein paar Türen entfernt warten.

Perias war verständlicherweise abweisend und dann beleidigt, zumindest verhielt er sich so. Hanse beharrte auf seiner Forderung und verließ ihn mit seinem firaqanischen Silbergeld. Tethras wartete tatsächlich noch auf ihn. Er stand bequem auf seinen Beinen mit diesen riesigen Waden an eine Wand gelehnt, und Hanse fand, daß er unter seinem prächtigen Hut beinahe malerisch wirkte.

»Tethras«, sagte er nachdenklich, »du wirst mir zweieinhalb Prozent Zinsen zahlen. Wie sähe es aus, wenn ich mir von dir Geld leihen würde?«

»Die Zinsrate würde fünfzehn Prozent im Jahr betragen«, sagte Tethras nüchtern.

»Ah«, machte Hanse. Er ließ nicht erkennen, daß er zum erstenmal in seinem Leben begriffen hatte, wie Bankleute Geld verdienten. Er fand, daß sie ruhig etwas mehr hätten zahlen können …

»Und wie steht es jetzt mit den Kaisermünzen?« fragte Tethras. Er lachte leise. »Je früher sie sich in meinem Besitz befinden, mein Freund, desto früher wirst du an den Zinsen verdienen!«

»Hmmm. Laß uns nachsehen, ob Mignureal auf dem Basar ist. Wo könnte ich so einen Hut kaufen?«

Mignureal war zusammen mit Türkis im Inneren der Marktbude, wo die ältere Frau eine Sitzung mit einem Kunden hatte. Hanse wartete ungeduldig, während eine zappelige Zrena seinen neuen Hut bewunderte. Auch Yashuar aus dem Nachbarstand bewunderte ihn. Dasselbe taten Mignureal und Türkis, als sie aus dem abgegrenzten Raum kamen, der für Türkis' Arbeit reserviert war. Hanse nahm Mignureal beiseite und fragte sie, ob sie noch ihren Anteil ihres gemeinsamen Vermögens bei sich trug.

Sie machte einen merkwürdigen Eindruck, fand Hanse, aber sie nickte. »Natürlich! Warum fragst du?«

»Gestern habe ich mit einem Wechsler ein Geschäft gemacht«, erklärte Hanse, »aber nachdem ich heute mit einem anderen gesprochen habe, habe ich meine Entscheidung geändert. Wir tauschen unsere Kaisermünzen mit einem hübschen Verdienst in Flammen um, Mignue, und die werden uns sogar noch mehr Geld bringen! Wir können uns später zusammen die Einzelheiten ansehen. Inzwischen können wir uns von dieser Last befreien und unser Geld für uns mehr Geld verdienen lassen.«

»Das klingt wunderbar, Liebling! Aber Hanse ... *hier*, in der Öffentlichkeit?«

Er schüttelte den Kopf und ging zur Marktbude der S'danzo zurück, um Türkis um einen Gefallen zu bitten. Bald darauf befanden sich Mignureal und er in der Hütte hinter dem Stand und entledigten sich ihres Vermögens. Sie hatten viel Spaß dabei, als sie sich gegenseitig die Münzen aus ihrer Unterwäsche zogen. Die Kaisermünzen, die er zurückbehielt, erwähnte Hanse nicht, weil er eben Hanse war. Er zählte siebzig Münzen mit dem Abbild des Kaisers von Ranke, die wohltönend klimperten, in ein glasiertes Tongefäß, verschloß es sorgfältig mit einem azurblauen Deckel und nahm das Gefäß mit hinaus. Es war erstaunlich, wieviel es nun wert und wie leicht es doch gleichzeitig war.

»Ich fühle mich gleich um ein paar Pfunde leichter!« sagte Mignureal, die fast kicherte. Hanses Aufregung und Freude wirkten ansteckend.

»Mir geht es genauso«, erwiderte er grinsend. »Dem Allvater sei Dank, daß du jetzt um die Brust herum nicht leichter aussiehst! O Türkis, wir leihen uns das Gefäß nur für ein paar Minuten aus, nicht mehr. Wir werden es gleich zurückbringen.«

Diesmal war es Mignureal, die den neuen Vertrag laut vorlas, während Hanse und Tethras einander anstrahlten. Tethras' großer und gutbewaffneter Leibwächter, der »den Laden gehütet hatte«, wie Tethras sich ausdrückte, zeigte sich unbeeindruckt. Wahrscheinlich war er an das Klimpern von einer Menge Münzen gewöhnt, nahm Hanse an.

Mignureal und er brachten Türkis das Gefäß zurück, sagten ihr und Zrena, daß sie geschäftlich zu tun hätten und sich beeilen müßten, und verließen den offenen Markt praktisch im Laufschritt. Diesmal erfuhren sie von Blomis, daß die Stadt für das Kopieren und Hinterlegen von Dokumenten eine Gebühr erhob. Hanse bezahlte mit Freuden. Nun war er im Besitz aller Originale, die jeweils Blomis' ÖN-Siegel trugen, während Blomis die Kopien in seinen Unterlagen behielt.

Mignureal und Hanse, die sich zusammenreißen mußten, um nicht herumzuspringen und statt dessen nur ein wenig rannten, kehrten auf dem kürzesten Weg zur Grünen Gans zurück und gingen ins Bett.

Hanse hatte die getroffenen Vereinbarungen und ihr Vermögen anhand von Zahlen erklärt. Sie kümmerten sich gerade um die Katzen und überlegten, ob sie zum Essen hinuntergehen sollten, als es Hanse ohne besonderen Grund überkam; er öffnete die verfluchte Satteltasche. Einmal mehr drehte er sie über dem zerwühlten Bett um.

Mignureals Magen verkrampfte sich, als sie sah, wie alle Farbe aus Hanses Gesicht wich, als er auf den glänzenden Inhalt der Tasche starrte.

»Sechs! O Gott, o Vater Ils, was ist *geschehen*? *Drei* Münzen sind allein heute verschwunden!«

Mignureal, die noch nackt war und sich gerade wieder anzog, biß sich auf die Lippen, als sie seinem betroffenen Blick begegnete. »Hanse, äh ... ich ...«

»Was? Was hast du? Sag's mir!« Seine Furcht drohte in Wut umzuschlagen.

»Ich konnte den Gedanken nicht ertragen, daß dieser arme Bauer im Gefängnis sitzen muß und nur die Götter allein wissen, was aus seiner Familie wird. Deshalb bin ich heute morgen hiergeblieben. Ich ... ich bin noch einmal in unser Zimmer gegangen und habe drei *dieser* Münzen genommen. Daß ich seine Geldstrafe bezahlt habe, hat zwar sein Pferd nicht wieder lebendig gemacht, aber zumindest ist er ...«

Hanse brach in Gelächter aus. »Gut! Gut! Soll sich doch die Stadt Firaqa den Kopf über diese gräßlichen Münzen zerbrechen!« Er schlug die Hände mit einem lauten Klatschen zusammen. »Gut, Mignue, gut!«

Hanses Begeisterung ließ die Anspannung von ihr abfallen. Sie hatte Angst davor gehabt, wie er darauf reagieren würde, aber sie hatte es trotzdem einfach tun müssen. Sie besaßen so viel, und dieser arme Mann ... Und es hatte einen Grund gegeben, warum sie drei von *den* Münzen genommen hatte, anstatt unter ihre Unterwäsche nach den anderen zu greifen. Es war ungerecht, den Mann einzusperren, deshalb verdiente es die Stadt nicht, durch so eine Grausamkeit auch noch Geld zu verdienen. Sie erzählte Hanse allerdings nicht, warum sie sich entschieden hatte, drei der verhexten Silberstücke zu nehmen.

Und ihre Vermutung war richtig gewesen. Am nächsten Morgen war Hanses Freude über das geschickte Spiel, das sie mit der Stadt getrieben hatte, größer als sein Entsetzen darüber, daß die Satteltasche wieder neun Kaisermünzen enthielt.

Am nächsten Tag sahen sie sich Wohnungen an. Gegen Ende desselben Nachmittags entdeckten sie die wunderschöne Wohnung in der Nähe des Basars. Ein geräumiges und schön tapeziertes Zimmer, ausreichend möbliert, bei dem nicht der Putz von den Wänden bröckelte; eine kleine Kochnische mit einem Küchenschrank und einem kleinen Ofen; ein recht hübsches Schlafzimmer mit Bett, einem Kleiderschrank und zwei Nachttischschränkchen. Doch das Beste war, daß sie fließendes Wasser hatten! Es gefiel ihnen, daß die Wohnung im zweiten Stock lag und ein Fenster zur Koschenillenstraße und ein anderes auf ein Gäßchen hatte. Beide Fensterscheiben bestanden aus richtigem Glas! Haustiere waren gestattet, »solange sie keinen Dreck oder lauten Lärm machen, denn alle anderen Bewohner hier sind ältere Leute!«

Hanse überredete Mignureal, die Entscheidung auf den nächsten Tag zu verschieben. Ein paar Stunden später stieg er trotz ihrer Vorhaltungen in seiner Arbeitskleidung aus dem Fenster ihres Zimmers in der Grünen Gans. Kurz darauf schlüpfte er leise durch das Fenster zum Gäßchen in die Wohnung in der Koschenillenstraße und legte sich ins Bett. Da er erst nach Sonnenaufgang wieder erwachte, nahm er an, daß es hier und in der Nachbarschaft keinen störenden Lärm gab. Und daß er keine Bisse oder Stiche am Körper hatte, zeigte ihm, daß außer ihm kein weiteres Lebewesen im Bett gewesen war. Schnell zog er sich die grüne Tunika an, rollte seine schwarzen Sachen zusammen und stieg aus dem Fenster.

Er betrat die Grüne Gans auf dem normalen Weg und überraschte Khulna und dessen Familie. Er habe in der Frühe einen Spaziergang gemacht, erzählte er ihnen, und kurz darauf frühstückten Mignureal und er voller Aufregung.

An diesem Tag nahmen sie die Wohnung in der Koschenillenstraße und zahlten die Miete für einen Monat. Wie übernatürlich ihre beiden Katzen auch sein mochten, sie *waren* Katzen und nicht gerade glücklich darüber, daß sie umziehen und sich an ein neues Revier gewöhnen mußten.

Stundenlang streiften sie steifbeinig durch ihr neues Zuhause, schnupperten überall herum, schraken bei jedem Geräusch und jeder Bewegung zusammen und zeigten ganz allgemein ihr Unbehagen. Ein paar Stunden später ging Hanse zurück zur Grünen Gans, während Mignureal mit den Katzen in der Wohnung blieb.

Khulna gab Hanse unglücklich mehrere Kupfermünzen als Rückzahlung für das nicht mehr benutzte Zimmer und nicht in Anspruch genommenes Essen. Wie er sagte, bedauerte er es sogar noch mehr, so nette Kinder als das Geld zu verlieren.

Hanse verblüffte ihn, als er ihm die meisten Funken wieder zurückschob.

»Du bist ein guter Mann, Khulna; ihr seid gute Leute. Wir werden hin und wieder zurückkommen, um zu essen und euch zu besuchen. Du mußt mir aber Bescheid sagen, wenn wir das Geld für das Essen aufgebraucht haben.«

Dann mußte er Chondeys Umarmung über sich ergehen lassen. Er kehrte in die Wohnung zurück, um Mignureal von den immer noch nervösen Katzen zu ›erlösen‹. Sie hatte mit zwanghaftem Fleiß geputzt. Nun kehrte sie in die Gaststätte zurück, um ihr früheres Zimmer sauberzumachen. Chondey und Khulna überlebten den Schock. Regenbogen und Wunder ebenfalls.

Sie entdeckten, wieviel Spaß es machte, im Fenster zu sitzen, die Passanten unter ihnen zu beobachten und in der Nachmittagssonne zu dösen. Die Fensterbank wurde ihr Platz. Nach ein paar Tagen beschlossen Hanse und Mignureal, sie zu einem größeren Sims zu verbreitern. Die Katzen fühlten sich bemüßigt, wieder steif und eingeschnappt zu reagieren. Sie schnüffelten an der Erweiterung der Fensterbank herum und spielten das ›Oh-ihr-gefühllosen-Menschen-habt-alles-verdorben‹-Spiel. Dann beschloß Wunder, es trotzdem einmal auszuprobieren, und bald darauf waren er und die gescheckte Katze froh über den zusätzlichen Platz am Fenster.

Hanse war freudig über Mignureals Kochkünste und die des alten Ehepaars aus dem Speisesaal überrascht, das die beiden am liebsten als seine Kinder angenommen hätte. Die Katzen profitierten von beiden Kochkünsten.

Ein neuer Streit entwickelte sich, als Mignureal am vierten Tag die Zeit vergaß; sie blieb bis Sonnenuntergang bei ihren S'danzokollegen. Was die Angelegenheit noch schlimmer machte, war, daß Hanse ihr gerade an diesem Tag eine neue Tunika gekauft hatte, in dem gelben Farbton, der in Firaqa so beliebt war. Daß sie so spät zurückkam, verdarb ihm die Überraschung und die Laune. Der Streit wurde ziemlich heftig, und Hanse verzog sich an diesem vierten Abend wütend und lief alleine verstimmt herum.

Stunden später versöhnten sie sich wie üblich und zerwühlten wieder einmal das Bett. Hanse war sowohl froh wie auch stolz, daß er eine eindeutige Einladung im Westviertel des Basars abgelehnt hatte. Die kurvenreiche Frau hatte zu einer durchziehenden Karawane gehört und wahrscheinlich sowieso nur gedacht, daß es ein nettes Abenteuer werden könnte, mit einem Stadtjungen ein wenig zu ›klöppeln‹.

Zwei Tage später verkündete Mignureal behutsam, nachdem sie ein gutes Essen zu sich genommen hatten, das sie selbst zubereitet hatte, daß sie sich mit Türkis zusammentun wollte. Sie würde bei ihr arbeiten. Sie zog eine Kupfermünze aus ihrer Schärpe hervor und hielt sie Hanse entgegen. Gestern nachmittag, erklärte sie, hätte Türkis für eine *suvesh gesehen* und dabei wie üblich geschwindelt, während Mignureal schweigend daneben gesessen hatte, als sei sie ein Lehrmädchen. Plötzlich hatte sie zu sprechen begonnen und alles umgestoßen. Nur hatte sie ganz deutlich für die Kundin *gesehen*. In Kürze hatten sich ihre Worte als absolut wahr erwiesen: Die Kundin hatte ihre verlorene Brosche genau an der unwahrscheinlichen Stelle wiedergefunden, die Mignureal bezeichnet hatte. Die Kundin war zurückgekehrt, um eine zusätzliche Kupfermünze zu zahlen und hatte Türkis versichert, daß sie einfach jedem von ihr und ihrem wunderbaren Lehrmädchen erzählt hatte. Es war diese Münze, die Mignureal nun so stolz ihrem Geliebten entgegenhielt.

»Das ist das erste Geld, das ich jemals verdient habe! Nachdem das jetzt passiert ist, habe ich ›die Schranke des zufälligen Hellsehens für Bekannte‹, wie meine Mutter das nannte, in meinem Geist und meinen Fähigkeiten durchbrochen, und ich weiß, daß ich es wieder tun kann. Und immer wieder. Ich habe jetzt eine Beschäftigung, Hanse – eine Beschäftigung, wie sie sich für eine S'danzo gehört!«

Hanse ermunterte sie und versuchte nach Kräften so zu tun, als teilte er ihre Begeisterung und Freude. Einerseits war das auch so, andererseits aber nicht.

Ein Teil seiner Schwierigkeiten bestand darin, daß er keine Arbeit hatte und nicht wußte, was er tun sollte. Er war in einem bestimmten Beruf sehr geübt, und seine natürliche Begabung machte ihn in dieser des Nachts ausgeübten Tätigkeit unschlagbar. Nun, da keine Notwendigkeit mehr bestand, dieser Beschäftigung nachzugehen, hatte er keine Ahnung, womit er es versuchen sollte. Er hatte immer nach günstigen Gelegenheiten und nach Beute Ausschau gehalten statt nach Arbeit oder dem, was andere Leute als Arbeit bezeichneten. Deshalb dachte er sich drei Nächte später, nachdem Mignureal vier weitere Erfolge bei ihr völlig Unbekannten erzielt hatte, eine Ausrede aus, warum er verärgert war und ihre Wohnung verlassen wollte.

In dieser Nacht schlug Nachtschatten in Firaqa zu.

Wie eine geschmeidige schwarze Katze, die eine Maus anschleppt, kehrte er stolz mit einem schönen silbernen Armband, das mit Granatsteinen besetzt war, und einer gestreiften Schärpe aus kostbarer Seide zurück. Mignureal war schockiert. Sie zeigte keine Freude, Verständnis oder Zuspruch.

Hanse stürmte wieder hinaus. Er stieg wieder eine Mauer hinauf und kletterte über zwei Dächer, bevor er das Armband mit einem nahezu perfekten Wurf in ein offenes Fenster schleuderte. Es war dasselbe Fenster, durch das er in ein Zimmer einer hübschen Wohnung im zweiten Stock gestiegen war und das er mit der Schärpe und dem Armband wieder verlassen hatte. Diesmal stand das Fenster offen, denn der Mann der Bestohlenen und ihr Bruder warteten mit Armbrüsten im Zimmer.

Ein Bolzen flog bösartig summend etwa einen Fuß über dem schwarzgekleideten Dieb durch die Luft. Da Hanse ihnen das Armband ja zurückgebracht hatte, war er über ihre Reaktion natürlich erbost.

Er verschwand, während sie einen gehörigen Lärm veranstalteten und einen weiteren Stahlpfeil abschossen, obwohl sie ihn nicht sehen konnten. Nachtschatten sprang rückwärts von einem Firstbalken, glitt das Dach zur Hälfte hinab, sprang leichtfüßig auf ein anderes und verschmolz mit den Schatten der Nacht.

Kaum eine Stunde später schenkte er die Schärpe einer entsetzlich jungen Hure, die er in einer Kaschemme traf, die den Namen Entenzitze trug, wahrscheinlich weil sie im Entenweg auf der verrufenen Seite des Karawanenwegs lag. Es stellte sich nicht nur heraus, daß es sich nicht gelohnt hatte, mit ihr zu ›klöppeln‹, er mußte sich die nächsten drei Tage und Nächte auch ununterbrochen kratzen. Schließlich biß er die Zähne zusammen und tauchte fast vollständig in einem Kübel voller Wasser unter, das so heiß war, daß er es kaum aushalten konnte, und zwang sich, so lange darin sitzen zu bleiben, bis das quälende Ungeziefer tot war.

Darüber hinaus war Mignureal mehr als nur verstimmt und verbrachte zwei dieser Tage und Nächte bei Türkis und ihrer Familie. Erst als sie ihre Regel bekam, kehrte sie in die Wohnung in der Koschenillenstraße zurück.

Am Ende entschuldigten sich beide, und jeder behauptete, es sei seine Schuld gewesen, obwohl Hanse nicht zugeben konnte, daß es ihm Probleme bereitete, daß Mignureal arbeitete und er nicht. Es kam zu einigen Tränen, was die Katzen ziemlich interessant fanden, zu heftigen Umarmungen und Beteuerungen ihrer Liebe. Dann war alles wieder gut, und mit Sinajhals Liste und den neun Münzen in der verhaßten alten Satteltasche hatte sich seit vielen Tagen auch nichts mehr verändert. An diesem Abend erfuhr er, was körperlich mit ihr los war, und es dauerte sehr lange, bis sie einschliefen.

Am nächsten Tag enthielt die Satteltasche acht silberne Kaisermünzen.

Hanse hatte etwas zu tun. Wie viele energische aber arbeitslose stolze Menschen stürzte er sich in seine selbstgestellte Aufgabe, sobald sich Mignureal auf den Weg zur Marktbude auf dem Basar gemacht hatte. Es war eigentlich sehr wenig, was er beweisen konnte, da sich mit den Namen auf der Liste nichts getan hatte. Trotzdem erkundigte er sich. Er fragte am Tor nach, entdeckte das Hauptquartier der Wache und fragte auch dort und bekam Unterstützung von Gaise. Aber Gaise hatte keine Informationen für ihn. Hanse verbrachte den Tag mit seiner Suche und erfuhr nichts. Unruhig ging er sogar zum Haupttempel und fragte einen Priester. Anscheinend war gestern in ganz Firaqa kein Mensch gestorben.

An diesem Abend war er nicht gut zu sprechen. Die Katzen und Mignureal machten vorsichtigerweise einen Bogen um ihn, so daß es wenigstens zu keinem Streit zwischen ihnen kam.

Am nächsten Morgen war er wieder unterwegs und fragte sich durch den ganzen Basar und vor und in den Bierstuben und Imbißstuben. Nein, niemand wußte etwas von einem Todesfall vorgestern. Nein, keine Beerdigungsprozessionen.

Er spürte es wie Nadeln im Rücken, als er auf der Wetterstraße einen Zuruf vernahm. Er drehte sich um und erblickte einen Roten, der ihn mit seinem Namen angerufen hatte. Hanse kannte den Mann nicht und näherte sich ihm voller Besorgnis.

»Du bist es doch, oder?« fragte der Rote. »Der Sergeant möchte dich sehen. Sagte, er hätte was für dich, wegen der Fragen, die du gestern gestellt hast. Sergeant Gaise.«

»Ja! Danke!«

Heute hatte Gaise am Tor Dienst, und Hanse fand ihn dort gelangweilt sitzend vor.

»O Hanse! Die Sache schien dich gestern so zu beschäftigen, daß ich dachte, ich müßte dir Bescheid sagen. Kennst du einen Kneipenbesitzer namens Jumnis?«

»Jumnis? Nein. Was für eine Kneipe?«

»Äh ... der Bodenlose Krug am Olivenwall.«

»Olivenwall. Ist das eine Straße?«

»Richtig.«

Hanse schüttelte den Kopf. »Ich habe noch nie von dieser Straße gehört, erst recht nicht vom Bodenlosen Krug oder von Jumnis. Warum, Gaise?«

»Jumnis. Man hatte ihn gestern vermißt. Er hatte die Kneipe nicht geöffnet. Keine Familie. Spät gestern am Nachmittag half einer unserer Jungs einem von Jumnis' zwei Angestellten, die Kneipe aufzubrechen; er kannte den Burschen. Sie fanden Jumnis tot auf dem Fußboden zwischen Schanktisch und Tür. Hatte seinen Mantel an, als ob er gerade gekommen war oder gehen wollte. Der arme Angestellte fing sofort voller Angst an zu stottern, daß er nichts damit zu tun hätte. Unser Mann fand sofort heraus, daß das stimmte, als er die Leiche berührte. Jumnis war steif und kalt. Wir konnten keine Wunde an ihm entdekken. Wir nehmen an, daß er am Abend zuvor gerade die Kneipe geschlossen hatte. Seine Tageseinnahmen lagen direkt neben ihm in einem verschlossenen Kasten auf dem Boden.«

Gaise zuckte die Achseln. »Wir nennen es Herzversagen. Das sagen wir und die Kurpfuscher immer, wenn niemand weiß, warum ein Mensch plötzlich tot umfällt. Du verstehst, wenn du tot bist, hat dein Herz offensichtlich versagt! Also ist anscheinend wirklich vorgestern jemand gestorben. Aber er ist es nicht, nach dem du gefragt hast, hmm?«

Hanse schüttelte den Kopf und gab schnell eine halbwahre Geschichte zum besten. »Wer weiß? Mignureal ist eine S'danzo. Sie hat *das Gesicht*, weißt du, und sie ... sie hatte so eine Ahnung. Ich werde sie fragen. Sie ist in dem S'danzostand auf dem Basar, und vielleicht ist Jumnis dagewesen. Um sich die Zukunft voraussagen zu lassen, verstehst du? Wie alt war der Bursche?«

»Oh, fünfunddreißig, sechsunddreißig. Gebürtiger Firaqaner. Verdiente auch gut mit seiner Kneipe. Reich, ein fettes Konto bei Tethras. Jetzt müssen wir einen seiner Verwandten finden.«

Hanse brachte ein Lächeln zustande. »Gut, sag mir Bescheid, wenn ihr keinen findet, und ich werde versuchen, euch davon zu überzeugen, daß ich sein lange verschollener jüngerer Bruder bin.«

Gaise lachte und erzählte ihm einen Witz, der ihm gerade einfiel, und das war dann alles. Hanse berichtete Mignureal, was er erfahren hatte. Es bewies nichts. Ein Mann war gestorben, und eine Münze fehlte. Das waren kaum Ursache und Wirkung, und soweit sie wußten, hatten weder Hanse noch Mignureal Jumnis auch nur einmal gesehen.

Doch zwei Tage später erfuhr Hanse von Tethras, daß Jumnis und Lallias seit langer Zeit befreundet gewesen waren. Soweit es Hanse betraf, hatte er seinen Beweis: Auch Jumnis' Leben war mit den merkwürdigen Münzen verknüpft. Wie Lallias gab es auch Jumnis nicht mehr, und dasselbe galt für seine Münze.

»Ich würde sagen, das steht damit fest«, sagte Hanse zu Mignureal.

Sie hatten in der Grünen Gans gegessen, weil sie es in ihrer Wohnung nicht aushielten. Hanse trank einen zweiten Krug Bier, was ungewöhnlich war. Mignureal nippte wieder an dem gleichen Wein, den sie damals bestellt hatte, als sie angekommen waren. Chiri hatte ihn ihr stolz in einem hübschen Pokal aus blauem Glas gebracht. Chondey hatte Mignureals entzückten Blick mit einem Lächeln und Winken erwidert.

»Wir hatten früher schon angenommen, daß die Münzen etwas mit Menschenleben zu tun hätten, Mignue«, fuhr Hanse fort. »Mit Firaqanern. Wir hatten Angst, sie könnten auch etwas mit mir zu tun haben. Weißt du noch, daß du befürchtet hast, es würde jedesmal eine Münze verschwinden, wenn ich jemanden tötete? Nun, ich hatte nichts mit

Lallias' Tod zu tun, wenn wir auch zusammen waren, als es geschah. Man könnte allerdings einwenden, daß er erst gar nicht an diesem Ort gewesen wäre und nicht einem durchgehenden Pferd im Wege gestanden hätte, wenn er mich nicht zu Horse hätte bringen wollen. Oh, ich weiß, daß du nie davon gesprochen hast, Mignue, aber ich habe trotzdem daran gedacht. Aber dann dieser Jumnis! Wir haben beide weder von ihm, noch von seiner Bierstube und nicht einmal von dieser Straße gewußt. Aber er stand mit Lallias in Verbindung, und er ist gestorben, und eine Münze ist verschwunden.«

Er lehnte sich zurück und wirkte beinahe stolz. Fast, denn eigentlich war das überhaupt keine Erklärung, und sie wußten es beide.

»Es gibt da einen anderen Aspekt, der mir gefällt«, sagte Mignureal und blickte in ihr dunkelblaues Glas. »Es muß kein gewaltsamer Tod sein. Du hast gesagt, Jumnis hätte keine Verletzung gehabt. Er ist einen natürlichen Tod gestorben.« Sie schluckte, und ihre Miene wirkte etwas gespannter. »Nur ... der Tod. Das ist die Verbindung. Der Tod.«

Der Schatten der Zauberei schwebte immer noch dunkel und bedrohlich über ihnen. Er beeinflußte ihre Gedanken, ihr Benehmen und so auch ihre Beziehung und den Schlaf. Es war ein erdrückendes Gewicht, das auf ihren Leben lastete.

Am nächsten Tag beschwerten sich einige Leute aus Neustadt, und ein paar Rote trafen ein und stellten ein paar Nachforschungen an. Die Anwohner hatten recht, was den Geruch und das Wasser betraf. Die Leiche schien schon seit drei Tagen unten im Brunnen zu liegen, und da ihr Kopf bis zur Unkenntlichkeit zerschmettert war, war der Mann mit Sicherheit eines gewaltsamen Todes gestorben.

Also hätte die Münze auch für ihn und nicht für Jumnis stehen können.

Das einzige, was man an diesem Vorfall als befriedigend

für Hanse und Mignureal hätte bezeichnen können, war, daß sie zumindest sicher sein konnten, daß Hanse überhaupt nichts mit dem Tod des Mannes – eines gewaltsamen Todes – zu tun gehabt hatte. Der Schatten der Zauberei schien dunkler und noch erdrückender zu werden. Er beeinträchtigte ihre Gemütsverfassung und ihre Denkfähigkeit, ihren Schlaf und ihr tägliches Leben und so auch ihre Beziehung.

Drei Tage später kam Mignureal völlig verschreckt nach Hause. Sie war sicher, bei einem Kunden einen gewaltsamen Tod *gesehen* zu haben, was kein angenehmes Erlebnis gewesen war. Nachdem Hanse sie eine Zeitlang getröstet und lange gestreichelt hatte, fragte er sie nach dem Namen des Mannes.

Sie wußte sofort, warum er gefragt hatte. »Es ist keiner von den Namen auf der Liste«, sagte sie gereizt. »Er heißt Ganther.«

»Ganther«, wiederholte Hanse und drehte die Satteltasche auf den Kopf.

Acht silberne Münzen fielen klimpernd heraus. Er legte sie ordentlich in eine Reihe, tröstete Mignureal noch ein bißchen und schlug vor, der Grünen Gans einen Besuch abzustatten. Mignureal wurde wieder munter, blinzelte aus feuchten Augen und zeigte ihm das tapferste Lächeln, das sie zustande brachte. Nachdem sie die Münzen wieder in die Tasche geworfen hatten, verließen sie die Wohnung und die Katzen, die so taten, als seien sie junge Kätzchen, und Herumpurzeln spielten.

Erst als Mignureal am nächsten Morgen gegangen war, öffnete Hanse die Tasche. Sie enthielt sieben Kaisermünzen. Das war genug für ihn, um sich sofort hinsetzen zu müssen.

Er saß lange Zeit da und dachte nach, bevor er eine dieser Münzen in seinem Geldbeutel verstaute. Dann griff er nach seinem Hut und ging.

Er war schon auf dem Weg, als ihm der Gedanke kam,

daß er wahrscheinlich nicht wieder zu Gaise gehen sollte. In seinem Kopf lief ein imaginäres Gespräch ab.

»Ein Mann namens Ganther? Aye, er wurde letzte Nacht erwürgt, vergiftet, gehängt und in kleine Stückchen gehauen. Was weißt du darüber, Hanse?«

»Nichts.«

»Wie kommt es dann, daß du hier erscheinst und fragst, ob gestern jemand gestorben ist, der Ganther heißt?«

»Äh, nun ja, Mignureal hat ihm gestern die Zukunft gelesen, und ... äh, sie glaubte, einen gewaltsamen Tod in seiner, äh, Zukunft gesehen zu haben.«

»Hmm. Das ist jetzt schon das zweite Mal, daß so etwas passiert. Hanse, es tut mir leid, aber ich denke, wir sollten jetzt besser zu Mignureal gehen und ihr ein paar genaue Fragen stellen. Und vielleicht will auch der VZF mit ihr sprechen.«

»Warum?«

»Nun, da ist einmal das Lesen der Zukunft und dann sind da Ursache und Wirkung. Ich bin sicher, daß das nette Mädchen völlig unschuldig ist, aber ...«

Nein. Er würde nicht zu Gaise gehen. *Der Druck, der auf Mignureal und mir lastet, ist jetzt schon schlimm genug, ohne daß Gaise auch noch mißtrauisch wird und vielleicht Mignureal verantwortlich macht. Nein. Ich werde mir einfach etwas anderes überlegen.*

Es war die falsche Tageszeit und auch nicht Hanses Art, aber er betrat die nächste Bierstube. Er bestellte die kleinste Menge Bier, die ausgeschenkt wurde, und hatte sie noch nicht ausgetrunken, als er aufgab und ging. Niemand in der Bierstube hatte geredet. Er betrat eine andere, und das einzige, was er dabei in Erfahrung brachte, war, daß er es sich wohl nie angewöhnen würde, morgens Bier zu trinken. Vor der dritten Kneipe blieb er eine Weile stehen, um seinen energischsten Gesichtsausdruck aufzusetzen, bevor er hineinwankte und Tee bestellte.

Niemand verlor ein Wort darüber. Die vier Männer am Tisch in der Nähe der Tür unterhielten sich über den Burschen, der letzte Nacht aus dem Fenster seiner Wohnung im dritten Stock gefallen war und sein Gehirn mehrere Fuß die Mauer hoch verspritzt hatte. Unheimlich. Wahrscheinlich betrunken, sagte einer und schüttelte tief über den Tisch gebeugt den Kopf.

»Die Leute sollten Regeln beim Trinken beachten. Niemals alleine und niemals nachts!«

»Das ist der dämlichste flammende Vorschlag, den ich jemals gehört habe, Stumpy. Was ein Mann nicht tun sollte, ist tagsüber trinken! Das würde ich auch nicht tun, wenn ich nur nicht so ein schwacher Haufen Pferdemist wäre!«

»Meine Regel ist es, nie vor dem Frühstück zu trinken«, sagte der dritte in der Runde. »Nie!«

Bei Ils' Augäpfeln, dachte Hanse, *ich habe überhaupt noch nichts gegessen!*

Er hatte fast schon die Geduld verloren und wollte sich gerade umdrehen, um nach dem Namen des Toten zu fragen, als Stumpy genau das tat.

»Wer weiß?« sagte einer der anderen.

Der Besitzer der Kneipe sah von den Krügen auf, die er ordnete, und rief: »Ganther! Er hieß Ganther. Und er wurde gestoßen, darauf verwette ich mein letztes Faß!«

Hanse schluckte schwer und dann noch einmal. Er versuchte, sich mit dem Tee den Mund zu verbrennen, und fand heraus, daß er dazu nicht heiß genug war. *Ganther.*

»Weshalb sagst du das?« wollte er wissen.

»Also, hier haben wir einen richtigen Schlaumeier«, sagte der Wirt lautstark. »Er sieht ganz so aus, als könnte er euch alle vier fertig machen, ohne sich dabei anstrengen zu müssen, und was trinkt er an einem schönen sonnigen Morgen? Tee! Tee, bei der Flamme!« Er richtete seinen Blick auf Hanse. »Weil Leute nicht einfach aus den Fenstern fallen, deshalb! Jemand hat ihn geschubst, denk an meine Worte.«

»Ich bin mal aus einem Fenster gefallen«, murmelte Stumpy undeutlich.

»Wenn wir alle herkämen und Tee bestellen würden, Bim, würdest du verhungern! Man kann kein Geld nich' verdienen, wenn man Tee ausschenkt!«

»Verhungern, meine Güte!« sagte Bim. »Ich würde einen

Herzschlag bekommen und tot umfallen, wenn du hereinkommen und Tee bestellen würdest! Soll ich nachschenken? Oh, äh, komm zurück, Mann ... habe ich dich etwa beleidigt?«

Aber Hanse war schon zur Tür hinaus.

Er marschierte und überlegte. *Ganther.* Er kam nicht dazu, etwas zu essen. Er marschierte. Er wanderte durch Firaqa und grübelte und grübelte und nahm nichts und niemanden wahr. Er marschierte stundenlang und überlegte, und als er das nördliche Tor erreichte, ging er hindurch und wanderte noch weiter. *Ganther.* Er stieß gegen zwei Leute, von denen einer ihm immer noch drohte, als Hanse sich längst schon entschuldigt hatte. Hanse zeigte ihm seine einstudierte finstere Miene und duckte sich halb, und der Kerl kam zu dem Entschluß, daß die Entschuldigung doch ausreichend war. Beide gingen weiter ihrer Wege. Irgendwann bemerkte Hanse, daß er in der Gegend war, die Neustadt hieß, und er dachte, was für eine Schande es doch war, daß er nicht aufgepaßt hatte. Dann überkamen ihn wieder die anderen Gedanken und das Gefühl der Hilflosigkeit, und als er auf dem Rückweg zum Tor war, wurde ihm bewußt, daß der Nachmittag schon zur Hälfte vergangen war und er immer noch nichts von Neustadt gesehen hatte. Sein Magen knurrte und erinnerte ihn an etwas anderes, das er auch noch nicht getan hatte.

Das Wortgefecht, das sich das Pärchen vor ihm lieferte, ließ ihn aufmerksam werden; die beiden schienen *übergeschnappt*.

Plötzlich sprang die rothaarige Frau den dürren Mann an, vermutlich ihr Ehemann oder zumindest ihr Geliebter, und begann, mit beiden Fäusten auf ihn einzuschlagen. Er schlug zurück, hart und genau in ihr Gesicht, und Hanse blieb bewegungslos stehen, weil ihn sein Weg genau auf die beiden zuführte. Die Frau stieß ein Heulen aus und flog nach hinten, wirbelte ein wenig Staub auf und zeigte eine Menge Bein, und Hanse sah das Aufblitzen von Stahl in der Hand des Mannes, als dieser etwas wirklich Gemeines schrie und einen Schritt auf sie zutrat. Vom Tor her näherte sich eine Wache im Laufschritt. Der dürre Mann trat einen weiteren Schritt vor, die Stahlklinge in der Hand, und beugte sich über sie, als der Rote etwas rief. Die Frau kreischte.

Der dürre Mann sah die Wache an, dann die Frau und wieder den Uniformierten, als der Wächter ihn gerade erreicht hatte und beide Hände nach ihm ausstreckte.

Der dürre Mann stach die Torwache in den Hals, und die Frau stieß einen schrillen Schrei aus, als sei die Klinge in sie hineingefahren.

»Aufhören! Bleib stehen, wo du bist, und laß das Messer fallen!«

Der Befehl ertönte vom Wachturm neben dem Tor. Hanse blickte auf und sah, daß der Rote dort oben seine Armbrust gespannt hatte. Ein zweiter kurzer Blick zeigte ihm, daß der Sergeant am Tor mit seinem Schwert auf den Dürren deutete, während ein anderer Roter kniete und mit seiner Armbrust zielte. Hanse erkannte, daß es vernünftig war, ein weniger gutes Ziel zu bieten. Er ließ sich flach auf den Boden fallen. Mittlerweile kreischte die Frau laut genug, um Enas zu beschämen, und der dünne Mann stach erneut auf die zusammensackendene Wache ein, bevor er sich wieder der Frau zuwandte, als hätte er überhaupt nichts gehört und würde die Gefahr, in der er sich befand, gar nicht wahrnehmen.

Als Hanse zwischen seinen Händen aufsah, mit denen er seinen Kopf geschützt hatte, taumelte der dürre Mann. Ein Armbrustbolzen ragte aus seinem Oberschenkel, ein zweiter aus seinem Leib direkt oberhalb des Gürtels. Trotzdem hielt er sich noch auf den Beinen, drehte sich wieder zu der kreischenden und kriechenden Frau um und hob erneut den Dolch.

Verdammt gute Schüsse, dachte Hanse beeindruckt, und gleich darauf verfehlte ein weiterer Schütze sein Ziel, und inmitten einer Blutfontäne wurde ein Armburstgeschoß sichtbar, das dem Verrückten quer durch die Wangen und den Mund gefahren war. Nun heulte er, und Blut strömte ihm aus dem Mund. Der vierte Schuß saß perfekt, der

Mann fiel sofort zu Boden und strampelte mit den Beinen wie ein Huhn, dem man den Kopf umgedreht hatte.

Das hat das Problem gelöst, Kameraden, dachte Hanse beschwörend, *hört jetzt auf zu schießen, verstanden? Er steht jetzt nicht mehr zwischen euch und mir – da steht überhaupt nichts mehr!*

Er hatte sich gerade auf ein Knie gestemmt und wollte aufstehen, als die Frau den Dolch des zusammengebrochenen Mannes ergriff und mit Kreischen und Schluchzen auf die Wachen losging.

Sie hat ihn geliebt, dachte Hanse. *Das tun sie immer.* Und vorsichtshalber ließ er sich wieder flach zu Boden fallen.

Als er ein paar Sekunden später wieder aufblickte, sackte die Frau gerade zusammen und stöhnte anstatt zu kreischen. Der Dolch lag zu ihren Füßen, und ihre Hand baumelte häßlich von einem gebrochenen Handgelenk herab. Sie hatte Glück gehabt, wurde Hanse klar; der Armbrustschütze hatte seine Waffe benutzt, um sie ihr auf die Hand zu schlagen, die das Messer gehalten hatte. In wenigen Sekunden hatten er und der Sergeant ein Seil um ihre andere Hand geschlungen und fesselten sie mit dem Rest des Seiles.

Hanse kam wieder auf die Beine und ging ein paar Schritte weiter, um nach den beiden am Boden liegenden Männern zu sehen.

Sie lagen dicht nebeneinander. Er ging zwischen ihnen in die Hocke.

»Du bist nicht zufällig ein Kurpfuscher, oder?« fragte der Sergeant, der eine halbe Minute später angelaufen kam.

Hanse sah auf. »Nein, aber das wäre auch egal. Sie sind beide tot.«

»Tot! Ock ist tot … er hat Ock umgebracht! Dieser schäbige Bastard!«

Hanse nickte und stand auf. »Wußte überhaupt nicht, was er tat. Betrunken oder einfach nur durchgedreht. Ich schätze, wenn dein Kamerad das Schwert gezogen hätte, würde er jetzt noch leben.« Er sagte nicht, daß Ock von allen guten Geistern verlassen gewesen sein mußte, zu einem messerschwingenden Berserker zu laufen und mit den bloßen Händen nach ihm zu greifen.

Der Sergeant kauerte neben der toten Wache. Sein Kopf ruckte empor. »Ich kenne dich doch. Du bist mit mehreren Pferden aus dem Süden gekommen, nicht wahr?«

»Ich heiße Hanse«, sagte Hanse und nickte. »O Sergeant Rimizin, bist du es?«

»Was machst du hier draußen, Hanse? Wo sind deine Pferde?«

»Hab' sie verkauft«, erklärte ihm Hanse. »Deshalb bin ich unterwegs gewesen. Ich bin nach Neustadt hinausgegangen, hatte gehofft, dort einen Mann wegen einer Arbeit zu treffen. Ich war gerade auf dem Rückweg, als ich gesehen habe, wie sich diese beiden anschrien. Als die Frau den Mann ansprang, bin ich stehengeblieben. Ich wäre auf keinen Fall weitergegangen, solange sich diese beiden zwischen mir und dem Tor befanden, so verrückt, wie sie sich benahmen.«

»Hm-hmm, das war klug. Und wieso hast du dich auf den Boden geworfen?«

Hanse zeigte ihm ein winziges Lächeln. »Ich habe zwei Armbrüste gesehen, und ich befand mich in ihrer Schußbahn. Ich hatte deine Männer vorher noch nicht schießen gesehen, Sergeant, und wußte nicht, daß sie so gut sind.«

Rimizin nickte und wirkte jetzt freundlicher, aber er konnte nicht lächeln, da sein Kamerad tot zu seinen Füßen lag. »Das war wahrscheinlich ebenfalls klug. Diese beiden Jungs können besser als ich mit einer Armbrust umgehen.«

Hanse schüttelte den Kopf und stieß einen Seufzer aus. »Habe nie eine benutzt. Kann ich irgend etwas tun, um dir zu helfen, Rimizin, oder willst du mich gleich wegschicken?«

»Wir werden uns schon darum kümmern, Hanse. Geh du nur weiter. Wir brauchen keinen Zeugen für diesen Vorfall. Drei Männer der Wache haben alles gesehen.«

Hanse nickte, ging weiter und hoffte, daß die Roten oder irgendein Ratsmitglied nicht so wütend über Ocks Ermordung waren, daß sie die Frau alles ausbaden ließen. Sie hatte ihren Kopf in einem idiotischen Streit verloren, sie konnte eine Hand nicht mehr benutzen und hatte ihren Mann und dazu auch noch ihre Freiheit verloren, zumindest für eine Weile.

Er war schon lange durch das Tor hindurch und ging die Torstraße entlang, als der Gedanke in seinem Kopf aufblitzte und sein Magen abzusacken schien. Er rannte den ganzen Weg zurück nach Hause und nahm immer gleich zwei oder drei Stufen der Wohnungstreppe auf einmal. Die Katzen brachten sich schleunigst in Sicherheit, Wunder nahm im letzten Moment von einem Angriff Abstand, als er erkannte, daß es sein Herr war, der da durch die Tür stürmte und die Satteltasche hochriß.

Sie enthielt sechs Silbermünzen. Hanses Magen drehte sich, er hatte am ganzen Körper eine Gänsehaut, und ihm brach der kalte Schweiß aus, als ihm wieder einfiel, daß er eine Münze in seinen Geldbeutel gesteckt hatte. Er schaute nach. Sie war immer noch da.

Am nächsten Morgen waren alle sieben immer noch da.

»Ich weiß nicht, ob ich froh oder traurig sein sollte«, gestand Hanse. Sie betrachteten die Kaisermünzen, die er gerade auf das Bett gekippt hatte, und er spürte, wie Mignureal seine Hand drückte. Er zog seine Hand weg, um ihr einen Arm um die Schultern legen und sie an sich drükken zu können. »Wir wissen, daß nicht *alle* gewaltsamen Todesfälle etwas mit den Münzen zu tun haben, und die Münzen müssen nichts mit mir zu tun haben, denn ich war *nahe* bei diesen beiden, und hier sind die Münzen. Wenn es nicht so wäre, hätten wir jetzt wieder eine weniger ...«

Die drückende Last wegen der Silbermünzen und der Liste blieb. Zwei junge Menschen waren verliebt und fern von zu hause, und doch war ihr Verhältnis zueinander gestört und belastet. Es war der Druck, das Wissen, daß sie mit einem Fluch leben mußten und so hilflos waren; sie warteten auf den nächsten Todesfall und darauf, daß eine weitere Münze verschwand. Sie überlegten, ob sie zu einem firaqanischen Magier gehen sollten, um sich dort Rat oder einen Gegenzauber zu holen, aber es kam erst wieder zu einem Streit, bevor sie einsahen, daß sie Angst vor diesem Schritt hatten.

Hanse war überrascht und begeistert, als er herausfand, daß Wunder ihn auch ohne Leine bei Tag oder Nacht begleitete und näher als ein Hund bei ihm blieb. Anorislas hatte zwei Tejanapferde für insgesamt neununddreißig Flammen verkauft, und Hanse, der Mignureal während eines erneuten Streites in der letzten Nacht beinahe geschlagen hätte, gab alle vier firaqanischen Silbermünzen aus. Er kaufte dafür einen schönen versilberten Kamm und einen Satz Bürsten, zwei mit Edelsteinen besetzte Haarspangen, einen Mantel für sich und einen sehr viel besseren für Mignureal, zwei hervorragende Gänsefederkopfkissen und das dünnste und aufregendste ›Nachtkleid‹, das er finden konnte. Mignureal *sah* Gutes und Schlechtes und brachte Geld in die Kasse.

Sie *sah* nichts, was sie oder Hanse betraf. Sie hatte auch keine neuen plötzlichen Erkenntnisse oder auch nur Ahnungen über die Tasche, die Münzen und die Liste.

Hanse fand ein Wurfmesser, das ihm etwas zu taugen schien und zumindest einen Ersatz für das Messer bot, das er im Kampf gegen die Tejana verloren hatte. Er probierte es auf dem Übungsplatz für die Armbrustschützen hinter dem Hauptquartier der Wache aus, und als er wieder ging, hatte er ein Stellenangebot von Gaises Vorgesetztem abgelehnt. Zwei Tage verbrachte er damit, ihrem Vermieter beim Streichen und beim Ausbessern des undichten Daches zu helfen. »Du kommst gut auf Dächern zurecht«, bekam er zu hören, und als er dazu wortlos nickte, war sein Lächeln echt. Er wollte kein Geld für die Arbeit annehmen, aber Mignureal und er – und die Katzen – waren für das Essen dankbar, das auf so mysteriöse Weise vor ihrer Wohnungstür auftauchte.

Mignureal beobachtete, wie ein Mann auf dem Basar starb. Er wurde von einem gemieteten Wächter getötet, als er Yashuar ausrauben wollte, aber keine Münze verschwand. Grund zur Freude? Hanse arbeitete drei Tage lang für Anorislas und stellte fest, daß er immer noch keine Pferde mochte. Als er eines Nachts alleine in einer Kneipe, die Das Starkbierfaß hieß, Bier trank, leistete ihm eine hübsche Frau von ungefähr sechsundzwanzig Jahren mit der besten Figur, die er jemals gesehen hatte, Gesellschaft. Nachdem sie sich etwa eine Stunde lang unterhalten hatten, fand Hanse heraus, daß sie keine Professionelle war, obwohl sie ihn mit zu sich nach Hause nehmen wollte. Er versuchte sich einzureden, daß er das Recht hatte, ihrer Einladung zu folgen, weil er hier alleine saß, nachdem er die Wohnung nach einem weiteren Streit fluchtartig verlassen hatte. Das Problem dabei war nur, daß er sich nicht davon überzeugen konnte, daß Mignureal im Unrecht gewesen war, und so trieben ihn seine Schuldgefühle von der erstaunten und enttäuschten Frau davon.

Auf dem Heimweg versuchte irgendso ein Idiot doch tatsächlich, ihn zu überfallen. Einen Moment später glotzte der erbärmliche Wicht mit offenem Mund auf das Wurfmesser, das sein vermeintliches Opfer in der hocherhobenen linken Hand und den Dolch, den Hanse zum Stoß bereit tief in der rechten hielt. Der Wegelagerer rannte davon, und als Hanse in die Wohnung zurückkehrte, war er sehr viel besser gelaunt. Dort führten weitere Entschuldigungen und gegenseitige Schuldbekenntnisse wieder einmal zu zerwühlten Decken.

Am nächsten Tag erstand er eine hübsche, blau und cremefarbene, herrlich glasierte Vase und einen schönen Seidenwandteppich, der mit dem Bild einer schönen gescheckten Katze verziert war. Mignureal weinte vor Glück über so viel Luxus; überflüssiger Schnickschnack! Gleich am nächsten Tag griff sich die Basarwache direkt neben dem S'danzostand plötzlich an die Brust und fiel tot um, und Mignureal kam verängstigt nach Hause zurück. Sie hatte den Mann als Tink gekannt und seinen richtigen Namen erst nach seinem Tod erfahren. Es war Estane. Ja, dieser Name war von Sinajhals Liste verschwunden und hatte einen leeren Raum zurückgelassen, und es fehlte wieder eine Münze. Aus keinem anderen einsichtigen Grund als aus Angst und Bedrückung gerieten Hanse und Mignureal in Streit. Hanse holte die verbliebenen sechs Münzen aus der verfluchten Tasche und warf sie fort. Dann fiel er in sein natürliches Verhalten zurück: In seiner schwarzen Kleidung verließ er die Wohnung, kletterte eine Mauer empor, über ein Dach hinweg, ein anderes halb hinab, stieg in ein Fenster und schlüpfte einen kurzen Augenblick später wieder mit einem juwelenbesetzten Dolch und zwei Goldstükken ins Freie, während der beraubte Mann und seine Frau ruhig in ihrem Bett neben dem Fenster schliefen. Als Hanse mit seiner unrechtmäßig erworbenen Beute wieder zu Hause eintraf, fühlte er sich sehr viel besser – abgesehen davon, daß Mignureal mit Regenbogen unter der Decke im Bett lag, den Rücken Hanse zugewandt, und sich weder umdrehen noch ein Wort mit ihm sprechen wollte. Und am nächten Morgen waren die sechs Kaisermünzen wieder in der rissigen alten Satteltasche.

Das half ihm und Mignureal, sich wieder zu versöhnen, sie waren beide Opfer eines Fluches, mit dem sie leben mußten.

»Es ist die Anspannung, die Anspannung, Liebling«, sagte sie und drückte ihn an sich.

Als sie eine halbe Stunde später auf seinen Diebstahl zu sprechen kam, war Hanse noch nicht bereit, vernünftig darauf zu reagieren. »Quatsch«, murmelte er unwillig und verließ die Wohnung, um einen Spaziergang zu machen. Wunder und Regenbogen wollten ihn unbedingt begleiten und widerstanden allen seinen Versuchen, sie zurückzuschicken. Sechs Häuserblocks weiter wurden sie Zeuge eines schnellen und gewaltsamen gräßlichen Todes. Hanse rannte den ganzen Weg zurück und riß die alte lederne Tasche auf. Sie enthielt sechs Münzen. Hanse verlor die Nerven und schrie laut auf. Er schleuderte die Münzen gegen das Fenster und durch die geschlossene Scheibe. Das Glas zerbrach, und Hanse trampelte auf der Satteltasche herum, während Mignureal ihn voller Entsetzen anstarrte und Tränen aus ihren weit aufgerissenen Augen zu fließen begannen. Erst als er die Schreie von Straßengören und anderen Leuten draußen hörte, die die Münzen aufklaubten, die bestimmt ein Geschenk der Flamme an die Armen sein mußten, hörte er auf, auf der Tasche herumzustampfen. Er lächelte.

»Warum habe ich nicht schon früher daran gedacht? Sollen sich doch die anderen mit dieser merkwürdigen Angelegenheit und dem täglichen Entsetzen und Streß herumschlagen! Sollen *sie* den Fluch auf sich nehmen, den wir nicht verdient haben!«

Danach setzten sie sich auf den Fußboden, hielten einander fest und versuchten, ruhig über das Unbegreifliche zu sprechen, das man kaum in Worte fassen konnte. Endlich waren sie die verfluchten Münzen ein für allemal losgeworden!

Hanse versprach, das Fenster gleich wieder zu reparieren.

Es war reines Wunschdenken, und sie hätten es besser wissen sollen. Der Fluch des Unnatürlichen und Übernatürlichen lastete auf ihnen persönlich. Am nächsten Morgen waren die Münzen wieder in der Satteltasche, glänzend, als seien sie frisch geprägt. Hanse und Mignureal würden noch Tage brauchen, um sich wieder von dem Schock zu erholen, falls ihnen das überhaupt gelingen sollte.

Als Hanse am nächsten Tag an dem weitflächigen Tempel vorbeiging, heckte er eine neue Idee aus. Diesmal war es wirklich ein Plan, um einiges vernünftiger, als Münzen durch ein geschlossenes Fenster zu werfen und auf ihrem Behälter herumzuhüpfen. Er eilte zurück zur Wohnung und vergaß dabei völlig, sich großspurig zu bewegen und einen gefährlichen Eindruck zu erwecken. Es spielte auch keine Rolle, er bewegte sich zu schnell, als daß ihm jemand in den Weg hätte treten können.

Er verließ die Wohnung wieder mit seinem Mantel, dem

firaqanischen Hut mit der neuen grünen Feder, der rostbraunen Tunika und schönen neuen Stiefeln, deren Schäfte umgeschlagen waren. Er gab eine gute Figur ab, als er bedächtig die Straße entlangschritt. Das einzig Ungewöhnliche war, daß dieser Geck eine brüchige alte Satteltasche mit sich trug, die so aussah, als hätte sie die letzte Überschwemmung nicht überstanden und hätte schon vor Jahren weggeworfen werden sollen.

Hanse hatte vor, die verfluchte Tasche mehr als nur wegzuwerfen. Mit den gleichen bedächtigen Schritten und flatterndem Mantel stieg er die vielen breiten und weißen Stufen zum Tempel der Flamme empor. Als er eine Herdwächterin mittleren Alters in ihrer flammend roten Robe erblickte, verbeugte er sich nicht nur, sondern riß sich auch den Hut vom Kopf, daß die Feder in der Luft flatterte. Die Herdwächterin sah ihm wohlgefällig nach. Sie war von dem jungen Burschen entzückt, der anscheinend ein Sohn reicher Eltern und so erzogen worden war, daß er die Flamme und die Hüterinnen ihres Heiligen Herdes verehrte.

Hanse schritt ohne Hast durch die weiträumige Haupthalle, das Klicken seiner Stiefelabsätze auf dem Marmor hallte als Echo zurück. Er fühlte sich herrlich und frohlockte innerlich, als er sich dem anderen Ende der Halle näherte. Dort erhob sich eine brennende Flamme aus ihrer Pfanne auf einem treppenförmigen Podium; Die Ewige Flamme, die der Segen und das Leben von Firaqa war.

Als er den streng blickenden Priester sah, den Hüter der Flamme, der auf den Stufen über den Andächtigen stand, die sich auf den Boden geworfen hatten, beschloß Hanse, es ihnen besser gleichzutun. Er warf sich mit wunderschönem Schwung zu Boden, verharrte dort hundert Herzschläge lang – wobei er merkte, daß sich sein Pulsschlag immer mehr beschleunigte – und erhob sich langsam. Er hielt die Tasche ausgestreckt vor seinem Körper und stieg die Stufen zu dem aus dickem Stein gemauerten und mit Eisenbändern umgebenen Flammenherd empor. Die Flammen zuckten gelb und weiß und orangefarben in die Höhe. Hanse spürte die Hitze, während er näherkam.

Der Priester mit dem starren Blick in der gelben Robe hob gebieterisch eine Hand. Er war hochgewachsen, hatte strähniges Haar, war etwa vierzig Jahre alt und sah so aus, als würde er nur alle drei Tage eine kärgliche Mahlzeit zu sich nehmen.

»Was willst du, junger Herr, daß du der Flamme so nahe kommst?«

»Ich will es dir zeigen«, sagte Hanse und öffnete die Tasche. »Sechs Silbermünzen mit dem Abbild des verabscheuungswürdigen Kaisers von Ranke, dem Anbeter von falschen Göttern, die er in fremde Länder bringt! Die Münzen und die Tasche, in der sie sich befinden, sind meine Gabe für Die Flamme zum Ruhme von ganz Firaqa. Die reinigende Flamme wird diese rankanische Tasche verbrennen und die ketzerischen Münzen in ihr Schmelzen!«

Eine gute Rede, dachte er, *klingt unsinnig genug, um einen Priester zu beeindrucken!*

Er hob die Tasche höher und schleuderte sie in die riesige Flammenschüssel. Er hörte ein Keuchen vom Hüter der Flamme. Hanse blieb einen Moment lang stehen und hoffte, eine neue und heißere Flamme zu sehen, als die Tasche Feuer fing. Plötzlich erschauderte er, als ihn ein unheimliches Gefühl durchzuckte, das mehr als nur unangenehm war. Trotz der Hitze zitterte er, eilte die Stufen hinunter und aus dem Tempel.

Im Freien fühlte sich Hanse unglaublich gut. Einmal mehr spazierte er durch Firaqa. Seine dunklen Augen wanderten von ganz allein hin und her und untersuchten dieses und jenes Gebäude mit dem Blick eines Diebes nach einem Zugang für einen möglichen Einbruch …

Er schenkte sogar einem stummen Bettler eine Kupfermünze.

Schließlich kehrte er nur kurz, bevor auch Mignureal eintraf, in die Wohnung in der Koschenillenstraße zurück. Er nahm sie in die Arme und drückte sie fest. So verharrten sie lange eng umschlungen, bis er sich wieder beruhigte. Aber er ließ sie nicht ganz los, als er ihr erzählte, was er getan hatte. Er sah, wie ein Lächeln über ihr Gesicht huschte, wie die Strahlen der aufgehenden Sonne über ein Blumenfeld.

»O Hanse! Das ist wunderbar!« Sie lachte befreit auf. »Dem Gott von Firaqa geopfert! Wie schlau von dir!«

»Diesmal können wir sicher sein, daß wir endgültig von dem Fluch befreit sind«, sagte er genauso frohlockend. »Zumindest können wir sicher sein, daß wir diese verfluchten Dinger nie wieder sehen wer... he, was ist das?«

»Hm? Oh.« Sie hielt ihr Päckchen hoch. »Eine neue Fensterscheibe. Es ist gewachstes Pergament. Du hast keine Ahnung, wie teuer *Glas* hier ist!«

»Vielleicht hätten wir ein bißchen Wüstensand mitbringen sollen, von dem wir noch vor einem Monat viel zuviel hatten«, meinte Hanse. »Nun, wir werden eine Glasscheibe einsetzen, bevor wir ausziehen – du weißt ja, wenn wir unsere Villa kaufen, meine Gnädigste! Ich werde das Pergament gleich einsetzen.« Er warf einen kurzen Blick auf das Fenster. »Aber nicht jetzt. Laß uns ausgehen und feiern – und damit meine ich auch ein besseres Gasthaus als die Grüne Gans!«

Sie verlebten eine rauschende Nacht und gaben fast eine ganze Silbermünze aus, und zum ersten Mal seit mindestens einer Woche schliefen sie gut.

Als sie erwachten, tollten die Katzen herum und spielten mit fünf silbernen Kaisermünzen, die sie irgendwo auf dem Fußboden gefunden hatten.

Mignureal brach zusammen und weinte.

Der Fluch

ELTURAS

PERIAS
THUVARANDIS

»Na ja«, sagte Hanse, »zumindest sind wir die verdammte *Tasche* losgeworden!«

Keiner lachte. Jetzt wußten sie es; jetzt waren sie sicher. Es war ihnen nicht gelungen, die Münzen länger als einen Tag aus der Tasche zu entfernen. Und doch gab es *irgend etwas*, irgendeine Kraft, die sie nach dem Tod des einen oder anderen Firaqaners verschwinden ließ; irgendein Fluch, der eine Münze zusammen mit dem Leben eines Mannes auslöschte. Von der alten Satteltasche, die einst das Eigentum des Statthalters von Freistatt gewesen war, hatten sie sich tatsächlich befreien können. Die Münzen waren eine andere Sache. Das wußten Mignureal und Hanse jetzt; jetzt hatten sie die Gewißheit. Es lag nicht in ihrer Macht, sich der Münzen zu entledigen. Sie würden immer wieder zurückkehren, bis fünf weitere Menschen tot waren.

Eine neue Angst schlich sich in ihr Leben, setzte sich fest und begann zu nagen. Angenommen, die letzten zwei Silbermünzen standen für … Hanse und Mignureal?

Hanse hatte die Neuigkeiten schon erfahren, bevor er Mignureal auf dem Basar traf. Ein Priester der Heiligen Flamme war gestern gestorben. Er war in das Tempelfeuer gefallen, dessen Wächter er war, ein Unfall, der in der Geschichte Firaqas seinesgleichen suchte.

»Dieser dürre, habsüchtige Hund hat versucht, die Münzen, die ich in das Feuer geworfen habe, wieder herauszuholen«, sagte Hanse, als sie heimwärts gingen. »Und außerdem hat eine Münze ihn repräsentiert, deshalb sind sie jetzt auf fünf zusammengeschrumpft. Er ist das einzige

Opfer, das *direkt* mit diesen verfluchten Kaisermünzen *in Berührung* gekommen ist! Die Frage ist jetzt, habe ich seinen Tod verursacht, oder waren es die Münzen? Oder was auch immer hinter ihnen steht. Angenommen, sie ... es ... wollte, daß er stirbt? Bin ich dorthin *geführt* worden? Sind wir frei, Mignue? Können diese Münzen uns irgendwie *beherrschen*, uns kontrollieren?«

»Es gibt keine Antworten auf diese Fragen, Hanse. Laß uns nicht ...«

»Es gibt Antworten!« fiel er ihr ins Wort. »Es gibt eine Antwort auf jede dieser Fragen! Wir wissen bloß nicht, wie oder wem wir sie stellen sollen. Irgend jemand kennt die Antwort, die Antworten. Irgend ... etwas, sei es eine Macht, eine Person, ein Dämon oder ... oder ein Gott.«

»Aber wir wissen nicht, wer oder was oder wie, Hanse. Wir können es nicht wissen. Laß uns nicht ... laß uns nicht darüber sprechen.«

»Bei allen Höllen, Mignue – worüber sollen wir denn sonst sprechen?«

Er stieß diesen gequälten Aufschrei so laut hervor, daß sich die anderen Passanten zu ihm umwandten. Hanse bemerkte es gar nicht. Niedergeschlagen starrte er vor sich hin. Auch wenn er sein eigenes Gewicht in Stein auf dem Rücken hätte schleppen müssen, hätte er die Last nicht als drückender empfunden. Mignureal hielt wohlweislich den Mund. Sie wußte, wie sehr er Zauberei haßte; sie raubte ihm die Kontrolle über sein Leben, und diese Kontrolle war etwas, das er unbedingt brauchte.

Ihr jungenhafter Geliebter brauchte Trost, Entspannung und liebevolle Behandlung. In ihrer Wohnung, die nur zu häufig eher ein Spannungsherd als ein Liebesnest war, gab sich Mignureal große Mühe.

Hanse verschloß sich ihren Bemühungen, und so biß sie sich nur heftig auf die Lippe, als er in seiner schwarzen, enganliegenden Kleidung aus dem Fenster stieg und in der Nacht untertauchte.

Manchmal wird mir klar, was für ein unreifes Mädchen ich bin, dachte Mignureal und nahm die gescheckte Katze auf den

Arm. *Es tut weh zu erkennen, daß er so ein erfahrener Mann von Welt ist, während ich so ein dummes* Mädchen *bin. Ich mache ihn wütend, weil ich nicht weiß, wie ich mich verhalten soll, und deshalb benehme ich mich wie eine Mischung aus meiner Mutter, mir und einem ... dummen Mädchen. Und doch ist er auf der anderen Seite so ein* Junge! *Manchmal bringt er mich dazu, daß ich mir* alt *vorkomme, mehr wie seine Mutter, als wie seine ... seine ... Geliebte.*

O Hanse, Hanse, warum mußt du nur mit solchen tiefen Bedürfnissen gestraft sein?

Warum können wir nicht mehr Mann und Frau sein?!

In seiner nachtschwarzen Kleidung durchstreifte Nachtschatten Firaqa, und niemand wußte es. Nachtschatten schlüpfte sogar in den Tempel, den Haupttempel der Flamme, und niemand wußte es. Er und seine mädchenhafte Frau brauchten kein Geld, aber das war auch nicht der Grund, warum Nachtschatten fortging und stahl. Es war sein Trost, seine Entspannung und Therapie. Das war es, was er brauchte. Er konzentrierte sich völlig auf das, was er tat, und das war seine Flucht und ein Zipfel des Glückes, die Therapie, die er nötig hatte. Seine Konzentration ließ keinen Augenblick lang nach. Er dachte nicht für eine Sekunde an irgend etwas anderes, und darin lag die Therapie: in der totalen Flucht.

Nachtschatten verschmolz mit den Schatten von Firaqa und tauchte wieder daraus hervor, und niemand sah ihn. Außer dem Mann, der in der Straße hinter der Springenden Ziege seine Blase entleerte.

Als er diesmal zurückkam, lag Mignureal nicht im Bett und hatte ihm nicht den Rücken zugekehrt. Sie war wach und saß in einem Stuhl mit Blick auf das Fenster. In der kleinen, wie zwei hohle Frauenhände geformten Messinglampe, die er gekauft hatte, brannte flackernd kostbares Öl. Regenbogen lag zusammengerollt in Mignureals Schoß und döste, während sie der Katze geistesabwesend unablässig über das weiche, vielfarbige Fell streichelte und aus dem Fenster starrte. Von Zeit zu Zeit, wenn sie spürte, daß der Schlaf sie zu übermannen drohte, hatte sie die Nägel tief in ihr Fleisch gegraben.

Aus der Finsternis der Nacht schlüpfte Nachtschatten durch das Fenster, leiser als ein Wispern, so daß nicht einmal Wunder aufwachte, und sah in Mignureals Augen, die ihn nicht nur verletzt, sondern auch anklagend anblickten.

Er konnte damit fertig werden, wenn sie ihm den Rücken zuwandte und nicht mit ihm sprechen wollte. Daß sie wach blieb, weil sie auf ihn gewartet hatte und ihn jetzt nur stumm anstarrte, konnte er nicht ertragen. Ihm fehlten die Worte. Er schämte sich und haßte sich dafür, als er den einarmigen, goldenen Kerzenhalter aus dem Tempel der Flamme auf den Boden stellte. Es war ein Triumph gewesen, auf den er stolz war. Der Tempel selbst! Rein und wieder raus mit seiner Beute, und niemand hatte ihn gesehen oder gehört, niemand hatte Alarm geschlagen! Und doch konnte er nicht stolz sein, jetzt nicht. Er schämte sich, und er haßte sich dafür. Er fühlte sich wie ein kleiner Junge unter dem strengen Blick seiner Eltern, und das gefiel ihm nicht. Noch weniger konnte er es ertragen.

Er konnte nur Hanse sein. Er mußte sich verstellen, und er tat es, indem er vorgab, wütend zu sein. Er ging steifbeinig zur Tür, wo er sich noch einmal umdrehte, um Mignureal einen kurzen Blick zuzuwerfen, bevor er die Wohnung verließ.

Eine sehr lange Zeit hatte er als Einzelgänger gelebt, von seinem Stolz und seinen Bedürfnissen getrieben. Er trank auch nicht, und er war stolz darauf. Allerdings hatte er hin und wieder doch getrunken, wenn er einem großen Druck ausgesetzt gewesen war. Heute nacht würde er wieder trinken. Heute nacht ging er, ohne einen Gedanken an seine Kleidung zu verschwenden, in eine Kaschemme, und er trank. Niemand sprach ihn an oder näherte sich dem stillen, dunkel gekleideten und finsteren jungen Mann am Ecktisch in der Springenden Ziege. Nur eine spärlich bekleidete junge Frau sah ihn lange aus hellen Augen an, aber er blickte nie zurück, und ein Gefühl, das der Angst sehr nahe kam, hielt sie davon ab, zu ihm zu gehen. Irgend jemand sprach sie an und verließ die Kneipe mit ihr, die Hand unter ihren Rock geschoben. An der Tür blickte sie noch einmal zurück.

Der finstere aber doch irgendwie anziehende dunkle Mann stierte weiter in sein Bierglas und sagte kein Wort, winkte ab und zu nach der Bedienung, wenn er Nachschub brauchte, und niemand redete mit ihm oder trat an seinen Tisch.

Bis die vier Männer kamen.

Einer von ihnen, der Malingasa hieß, war erst kürzlich nach draußen gegangen, um sich zu erleichtern, und hatte dieses schlanke, geschmeidige und dunkel gekleidete junge Gespenst an einer Stelle gesehen, an der die Nacht vom bleichen Licht einer Straßenlampe erhellt wurde. Man hatte Hanse entdeckt, Nachtschatten war beobachtet worden. Diese vier Männer kannten ihn als einen nächtlichen Herumtreiber, einen jugendlichen Mann, der körperlich mit den Schatten der Nacht verschmelzen zu können schien. Er war allein, einsam und verlassen, und diese vier Männer wollten etwas von ihm, wollten seine Dienste.

Trotzdem tat er so, als sei er nicht der, den sie suchten, lehnte ihr Angebot ab.

Sie bedrängten ihn. Sie sprachen ruhig aber ziemlich offen, denn sie wußten, was er war. Sie hatten einen Einbruch und einen Diebstahl vor. Es ging um eine Aufgabe, die nach mehr als einem Mann als Rückendeckung und Unterstützung verlangte, aber es mußte unbedingt ein Spezialist sein. Eine menschliche Katze. Das fehlte ihnen noch zu ihrem Vorhaben. Sie wollten Hanse; nein, sie wollten Nachtschatten. Er lehnte ab, und sie faßten nach. Sie schmeichelten und drohten ihm und füllten seinen Krug nach, sie feilschten und schmierten ihm Honig ums Maul. Das Wichtigste dabei war aber wahrscheinlich, daß sie ihm sagten, es sei schwierig, was sie vorhätten, und sie wüßten, daß niemand so ein Kunststück vollbringen könnte, es sei denn …

Er war Hanse und hatte seine Bedürfnisse, wurde von

verhexten Münzen geplagt, hatte Ärger mit seiner Frau, war ohne Beschäftigung, und heute abend hatte man ihm sogar das Gefühl vermittelt, sich schämen zu müssen und nutzlos zu sein, nach einem triumphalen Beweis seines beruflichen Könnens und seiner Geschicklichkeit. Und nun wollten und brauchten ihn diese vier. Als Fachmann; als Nachtschatten.

Er erklärte sich einverstanden, und sie erfuhren seinen Namen und er die ihren. Malingasa und der glasäugige Marll, Thuvarandis – *das* war nun wirklich ein bekannter Name! – und Clur, genannt Kurzer. Ja, Hanse würde sich morgen zur Abenddämmerung mit Kurzer hier in der Straße treffen. Sie hatten sich geeinigt.

Die vier Männer verschwanden unauffällig, sie gingen nicht gemeinsam, wie Nachtschatten, dessen Sinne jetzt wieder wach und aufmerksam waren, bemerkte. Er winkte ab, als man ihm nachschenken wollte, wartete noch eine Weile, zahlte und ging heim zu Mignureal – die schlief, den Rücken unter der Decke ihm zugewandt.

Am nächsten Morgen wachte er erst auf, nachdem Mignureal schon aufgestanden war. Während sie sich zum Weggehen fertig machte, blieb er unter der Decke liegen und tat so, als schliefe er noch. Er merkte, daß sie zur Tür zum nächsten Zimmer ging und dort verharrte, um ihn anzusehen, aber er blieb bewegungslos liegen und hielt die Augen geschlossen. Er hörte sie fortgehen und registrierte mit einigen Schuldgefühlen, wie leise sie sich verhielt, als sie die Wohnungstür hinter sich wieder schloß. Hanse wußte, daß er sich an ihrer Stelle nicht so rücksichtsvoll verhalten hätte.

Aber ich bin nicht die sanfte Mignue, dachte er. *Wäre ich wie sie, hätte sie mich wahrscheinlich nie beachtet. Dann wären wir – ach, das ist albern. Wenn und aber – das hilft niemandem weiter. Ich bin nun mal Hanse, und sie ist Mignureal. Und vor allen Dingen bin ich Nachtschatten.*

Und Nachtschattens Fähigkeiten wurden gebraucht.

Hanse blieb mit widerstreitenden Gefühlen unter der Decke liegen und überlegte. *Sie haben mich sogar regelrecht angefleht*, dachte er mit freudigem Stolz. Und obwohl er nicht wußte, wer das Ziel des geplanten Einbruches war oder wo es lag, würde er es tun. Natürlich war während des gestrigen Gespräches auch nebenbei erwähnt worden, daß er ein Fremder sei, der als das, was er zu sein vorgab, geachtet in Firaqa lebte, und daß sich unter Umständen das Gerücht verbreiten könnte, er sei ein berufsmäßiger Dieb, der sich wahrscheinlich nur deshalb in dieser Stadt aufhielte, weil man ihn aus seiner Heimatstadt gejagt hätte.

Er grübelte und versuchte, sich trotz der wenigen Informationen, über die er verfügte, einen Plan zurechtzulegen. Dann entschied Wunder, daß Hanse lange genug dort gelegen hätte. Er kletterte auf das Bett. Hanse ließ den Kater über seinen Körper laufen und öffnete die Augen erst, als die Tatzen über der Decke seine Brust berührten. Riesige grüne Augen starrten auf ihn hinab.

»Ah, du verdammter Kater. Auf dich kann ich mich verlassen, Wunder. Du liebst mich, nicht wahr?«

»Miroa.«

Hanse richtete sich auf, um den großen roten Kater zu streicheln, der sich gegen seine Hand drückte, bis sein Herr ihn zur Seite schob. Hanse stand auf. Bei den Göttern, in seinem Inneren schienen mehrere Gallonen Bier herumzuschwappen, die hinaus wollten! *Du kannst dich glücklich schätzen, daß du keine Kopfschmerzen hast*, dachte er. Er streifte seinen Mantel über und eilte hinunter zu der Toilette in der Eingangshalle. Als er zurückschlenderte, fühlte er sich sehr viel besser. Er fütterte die Katzen, indem er mit den Zähnen Krumen aus dem hartkrustigen Brot herausriß. Er spähte aus dem Fenster zum Gäßchen hinaus und ließ seinen Blick nach oben wandern.

»Kein Problem«, murmelte er und nickte.

Er packte ein provisorisches Päckchen mit seiner Arbeitskleidung und Waffen zusammen. Danach zog er sich die farblose Tunika an, setzte den Hut auf, steckte ein paar Messer ein und schnallte sich zum ersten Mal Sinajhals

Schwert mit der reich verzierten Scheide um. Dann verließ er die Wohnung.

Auf dem Basar herrschte bereits dichtes Gedränge. In sicherer Entfernung von der Marktbude der S'danzo fand er ein Pärchen, bei dem man praktisch alles kaufen konnte. Er überraschte die beiden, als er sich nach dem größten Stück Darm erkundigte, das sie auf Lager hätten.

»Hast du so ein großes Fenster?«

Hanse schüttelte den Kopf. »Ich möchte ein Päckchen wasserdicht verpacken.«

»Oh. Dann wird ein Schweinedarm ein bißchen zu klein sein. Schatz, haben wir noch den Pferdedarm? Wir haben ihn doch nie zerschnitten, oder?«

»Der nimmt nur Platz weg«, antwortete die Frau des Verkäufers erfreut, suchte und fand ihn.

Hanse vergewisserte sich, daß das große Darmstück nicht stank, und kaufte es. In seine Wohnung zurückgekehrt, verpackte er darin eine sorgfältig zusammengerollte Garnitur schwarzer Kleidung, zwei Messer, drei Wurfsterne und das Ilbarsimesser. *Wenn irgend jemand fragt, was ich da mache*, dachte er, *behaupte ich einfach, ich würde die Ausbesserungen überprüfen, die wir kürzlich auf dem Dach vorgenommen haben!* Er stieg aus dem Fenster und kletterte auf das Dach. Dann versteckte er das Päckchen und kletterte wieder zum Fenster hinein. Niemand war durch das Gäßchen gekommen, und außer ihm würde auch niemand auf das Dach steigen. Niemand hatte ihn gesehen, und niemand außer ihm kannte das Versteck seiner Arbeitskleidung.

Da er keine Ahnung hatte, wo der beabsichtigte Diebstahl stattfinden sollte, beschloß er, das Viertel der wohlhabenden Leute zu erkunden, das Die Nordtore hieß.

Es war nicht so, daß das Stadtviertel in der Nähe irgendwelcher Tore lag, aber Stadtteile hatten sowieso die Angewohnheit, Namen zu tragen, die jeder Logik widersprachen. Hanse konnte keine Geschäfte entdecken, nur große Häuser auf großen Grundstücken. Die meisten Grundstücke waren gut bepflanzt und mit schattenspendenden

Bäumen bestanden. Er sah die kleineren Häuser des Dienstpersonals und Stallungen und Hühnerställe. Hier und da erhoben sich prächtige Statuen, und natürlich entdeckte er auch Hunde. Die hohen Zäune und Mauern, an denen er entlangging, waren kaum so hoch wie die des Statthalterpalastes in Freistatt. Und keins der Häuser war so groß wie der Palast.

Nachtschatten, der dreimal in den Palast von Freistatt eingebrochen und wieder herausgekommen war, konnte hier nichts entdecken, was übermäßig schwierig zu werden versprach.

Allerdings befinde ich mich hier in einer Stadt der Magier, rief er sich ins Gedächtnis zurück und erinnerte sich sofort wieder daran, wie man ihn damals mit Zaubermitteln angegriffen hatte, als er in Kurds Haus eingedrungen war, um Tempus zu retten. Es war das erste Mal gewesen, daß Mignureal für ihn *gesehen* und ihn beschworen hatte, einen vergessenen Topf mitzunehmen. Er hatte ungelöschten Kalk enthalten. Wenn er nicht auf sie gehört und wenn es nicht geregnet hätte, hätte man Hanse am nächsten Tag vor der gräßlichen Behausung des Vivisezierers tot aufgefunden; von angreifenden Weinranken erwürgt.

Hanse notierte sich in Gedanken, für alle Fälle ungelöschten Kalk mitzunehmen.

Er erreichte die nördliche Stadtmauer und bemerkte, daß sie hier verstärkt worden war. Von den reichen Bürgern, die in diesen Gehöften wohnten, nahm er an und blickte über die Mauer. Dahinter erhob sich der Ortsteil Stadthügel. Hanse wurde sich bewußt, daß er noch nie dort gewesen war, und daß sein Ziel durchaus eine dieser ländlichen Villen auf dem mit Büschen bewachsenen und mit Bäumen bestandenen Hügel sein mochte. Nun, er würde es früh genug herausfinden. Jetzt war es zu spät, sich sein Pferd zu holen, dorthin zu reiten und den Spaziergänger oder Boten zu spielen.

Den Boten!

Dieser Gedanke ließ ihn schnell über die gewundene Straße namens Bitterwald und zu zwei Herrenhäusern laufen. An der Tür des ersten erschien niemand, und Hanse lächelte. Er umging den Platz mit der Mauer und den drei Hunden und näherte sich einer anderen Tür. Wieder antwortete ihm niemand auf sein Klopfen, und er beschloß, es bei einem kleineren Haus seitlich hinter dem großen Gebäude zu versuchen. Er war überrascht, als die Tür von einer drallen, attraktiven jungen Frau geöffnet wurde, die eine rote Tunika trug. Sie hatte einen glänzenden schwarzen Pony, und ihr Dekolleté mußte selbst für firaqanische Verhältnisse als gewagt bezeichnet werden. Sie sah ihn unter langen Wimpern an. Genaugenommen musterte sie ihn sogar von Kopf bis Fuß.

»Entschuldige bitte«, sagte er und nahm den Hut ab, unter dem ebenso pechschwarzes Haar wie das ihre zum Vorschein kam. »Ich suche das Haus von Tethras dem Wechsler. Könntest du mir helfen?«

»Warum?« Sie stand in der Tür, eine Hand auf ihre breite Hüfte gestemmt, mit der anderen an den Türrahmen gelehnt, und betrachtete ihn.

»Wa... oh, ich habe eine Nachricht für ihn. Wahrscheinlich muß ich sie ihm ausrichten lassen, da er bestimmt auf dem Basar ist.«

»Wie heißt du?«

Hanse legte den Kopf schief. »Warum?«

»Weil ich Janith heiße und dich vor einer Weile schon einmal vorbeigehen sah, und weil ich alleine und wirklich einsam bin, und weil du das Süßeste bist, das mir seit Monaten unter die Augen gekommen ist.«

»Ich glaube das einfach nicht«, murmelte Hanse, der beinahe zu stottern begann.

»Aber das glaubst du, nicht wahr?« fragte sie und beugte sich weit vor, um ihm einen vielversprechenden Blick in ihre unglaublich tief ausgeschnittene rote Tunika zu gönnen. Sie schien zwei große geschälte Birnen zu enthalten, zwischen denen sich eine dunkle, schattige Schlucht erstreckte. Die Frau wackelte mit den Schultern, so daß die Birnen in Bewegung gerieten und die Schlucht zwischen ihnen eine andere Form annahm. Nachdem sie ihm eine

Weile Zeit zum Glotzen gelassen hatte, sah sie unter langen schwarzen Wimpern auf und ihm in die Augen.

»Komm rein und sieh dir an, was ich sonst noch zu bieten habe, das du nicht glauben würdest.«

Hanse erschien etwas zu spät zu seiner Verabredung mit Kurzer, und er würde bestimmt nie den Namen Heiliger Hanse tragen.

Clur, den sie Kurzer nannten, führte ihn zu einem gewissen Ort westlich des Basars und westlich von der Karawanenstraße, und nun war Hanse tatsächlich in Firaqas Labyrinth gelandet, in der Roten Zeile. Zumindest mußte er den Raum nicht mit verbundenen Augen betreten oder einen ähnlichen Blödsinn über sich ergehen lassen. Die anderen drei warteten bereits in diesem merkwürdigen Raum, der früher vermutlich ein Stall und dann ein Wohnhaus gewesen und nun verlassen war. Das einzige Fenster war mit Brettern vernagelt. Der Boden hatte keine Bretter, er bestand aus der nackten Erde. Auf einer Tischplatte standen neben einer Öllampe eine große dickbauchige Weinflasche und fünf nicht zueinander passende Becher. Es gab vier Stühle und einen Schemel, auf dem der grauhaarige Thuvarandis mit dem Rücken gegen die Wand gelehnt saß, die ewig langen Beine ausgestreckt.

Der blonde Marll schenkte Wein ein, und sie redeten. Hanse forderte sie auf, ihn Nachtschatten zu nennen und nur diesen Namen zu benutzen, wenn sie von ihm sprachen. Sie waren einverstanden, ohne eine Bemerkung dazu zu machen oder eine Frage zu stellen, was einen Anflug von Mißtrauen in Hanse hervorrief. Sie beratschlagten.

Sie erwähnten es zwar nicht, aber Hanse begann zu ahnen, daß er nur ein Bestandteil eines weitaus umfangreicheren Planes war. Vielleicht einer politischen Verschwörung. Ein Teil dieses Planes beinhaltete einen Diebstahl in einem palastartigen Haus in Stadthügel, das einem gewissen Corstic gehörte. Aye, Corstic der Magier, Corstic der Bankteilhaber, der Corstic, der einer der beiden mächtigsten Männer von Firaqa war. Eigentlich sogar der mächtigere von beiden, wie Hanse mittlerweile in Erfahrung gebracht hatte. Corstic bewahrte in seinem Haus eine bestimmte Statuette auf, und diese Männer wollten sie haben.

»Gold?« fragte Hanse und schüttelte erneut den Kopf, als ihm wortlos Wein angeboten wurde.

»Nein. Die Figur stellt eine Katze dar, und sie besteht aus perlmuttfarbenem Porzellan.«

Hanse nickte. Das Ding besaß also anscheinend keinen direkten materiellen Wert und war aus anderen Gründen für diese Männer von Bedeutung.

Sie wußten, wo sich die Statuette befand, oder zumindest, wo sie sich noch vor drei Tagen befunden hatte. Sie stand auf einem Tisch, überhaupt nicht irgendwie versteckt. Sie mochte zwischen einem und zwei Pfund schwer sein.

»Ihr wollt, daß ich in das Landhaus eines mächtigen und wohlhabenden Magiers einbreche, und alles, was ihr von mir verlangt, ist, die kleine Porzellanstatue einer Katze mitzubringen. Das ist alles, was ihr aus dem Haus eines reichen Mannes haben wollt?«

»Richtig«, bestätigte Thuvarandis in seinem tiefen Baß.

Marll mit dem Glasauge sagte: »Wir wollen nicht einmal die Statue haben. Wir wollen nur, daß sie sich nicht mehr in Corstics Besitz befindet. Solange er sie besitzt, schweben wir, du und alle anderen Menschen in Firaqa in Gefahr, denn wir würden ihm jederzeit hilflos ausgeliefert sein, sobald er es möchte.«

»Paß auf, daß du nicht zuviel erzählst, Marll.«

Hanses ausgestreckter Zeigefinger schoß auf Malingasa zu, der gerade gesprochen hatte. »Hör zu, ich möchte nichts mehr in dieser Richtung hören, ist das klar? Wenn ihr mich und meine Dienste in dieser Angelegenheit haben wollt, erzählt ihr mir, was ihr wißt, was ich wissen muß und dann noch einiges mehr. Denn ich bin der einzige, der beurteilen kann, was ich vielleicht wissen *müßte*. Wenn ihr euch eine Hilfe besorgen wollt, die nicht wissen soll, was vor sich geht, dann verschwindet ihr besser auf der Stelle und sucht euch eine, und ich kann nach Hause gehen.«

Stille folgte diesem Ausbruch, wenn man ihn überhaupt so bezeichnen konnte; Hanse hatte die Stimme nicht erhoben und ohne erkennbare Wut gesprochen. Malingasa starrte ihn mit großen Augen an, während Kurzer und Thuvarandis Malingasa ansahen. Thuvarandis lächelte. Marll leerte seinen Becher und wischte sich Wein aus dem blonden Schnurrbart.

»Weißt du«, sagte Thuvarandis ruhig, »unter diesen Umständen hätte ich dasselbe gesagt.«

Malingasas Kopf ruckte hoch, und er blickte ihn wild an, doch dann hielt er mit sichtlicher Anstrengung den Mund. Mit einem Nicken sah er ihrem katzenhaften Dieb wieder in die nachtdunklen Augen.

»Du hast recht, Nachtschatten. So werden wir es machen. Und ja, die Porzellankatze ist alles, was wir wollen. Was wir mit ihr vorhaben, ist, sie zu zerstören. Das muß auf eine besondere Art und Weise und unter besonderen Umständen geschehen. Die Statuette steht in Corstics Privaträumen und seiner Werkstatt, die sich im zweiten Stock befinden.«

Hanse blickte in die Runde. »Und wo, glaubt ihr, wird Corstic sein?«

»In der Ratsversammlung. Der Rat tritt Gantag nacht zu einer Sitzung zusammen.«

»Das ist heute in zwei Tagen.«

»Stimmt.«

Hanse seufzte. »Die firaqanische Politik interessiert mich nicht, ich habe mir noch nie etwas aus Katzen gemacht, und ich hasse Zauberei. Was ihr bei der Sache gewinnt, ist nicht dasselbe für mich. Die Frage ist: Was springt für mich dabei heraus?«

Marll lächelte. Thuvarandis lachte leise. Er setzte sich in seinem Schemel auf, die Knie in den braunen Hosen hochgezogen.

»Zwei Dinge, Meister. Erstens – alles, was du außer der Porzellankatze mit herausschleppst! Wir wollen sonst nichts. Wir werden dich nicht einmal fragen, was du mitgenommen hast. Vielleicht willst du einen oder zwei leere Säcke mit dir nehmen …«

Hanse lächelte beinahe, als er nickte. Er sah die anderen flüchtig an. »Bist du damit einverstanden, Kurzer? Du, Malingasa? Marll?« Es war schwer, den letzteren anzusehen, Hanse wußte nie, in welches Auge er blicken sollte.

Sie waren alle damit einverstanden. Sie wollten sonst nichts, sie würden nur die Katze nehmen und nicht fragen, was er sonst mitgenommen hatte. Sie könnten ihm sogar mindestens zwei Hehler … äh, Wechsler empfehlen, die nur wenige oder überhaupt keine Fragen stellten.

»Warum ist die Statuette so wichtig?« wollte Hanse wissen.

»Sie ist eine Zauberhilfe, eine bestimmte Form von Magie«, erklärte Marll. »Du brauchst dir deswegen keine Sorgen zu machen. Ich habe sie selbst schon berührt, auch Thuvarandis hat sie angefaßt. Dasselbe gilt für ihren früheren Besitzer; das war Arcala. Sie ist für sich genommen nicht gefährlich, Nachtschatten.«

»Wer von euch ist der Magier?«

Thuvarandis' Baß dröhnte, als er herzhaft lachte. »Eine hervorragende Frage!«

»Ich«, sagte Marll.

»Das habe ich mir gedacht. Wieviel Hilfe kannst du mir geben?«

»Einige. Aber ich habe nicht die Kraft, irgendwelche Schutzzauber aufzuheben, die Corstic über sein Haus gelegt hat. Er ist sehr viel mächtiger und verfügt über ein größeres Wissen als ich.«

Hanse setzte sich in seinem Stuhl gerade auf. »Du hast gerade gesagt, daß ich gegen Schutzzauber antreten muß, mit denen er sein Haus sichert.«

»Das nehmen wir wenigstens an. Würdest du es nicht tun, wenn du seine Fähigkeiten hättest?«

»Das ist keine Antwort, und es beweist überhaupt nichts«, gab Hanse zurück. »Aber ja, natürlich würde ich es tun. Oh, wie steht es mit Hunden?«

Kurzer schlug sich auf die Schenkel. »Wir werden uns um die Hunde kümmern! Sie haben nichts mit Zauberei zu tun.«

»Sag mir wie, Kurzer.«

»Für ihn ist ein Bogen das, was für dich ... Nachtarbeit ist, Nachtschatten«, erklärte Marll.

Hanse nickte. »Wer von euch kann Porzellan bearbeiten?«

»*Was?*«

»Gantag nachmittags möchte ich eine Statuette haben«, sagte Hanse. »Eine Katze, die der von Corstic so ähnlich wie nur möglich ist. Die Leute sehen das, was sie zu sehen erwarten. Wenn Corstic sich daran gewöhnt hat, das Ding an einer bestimmten Stelle zu sehen, wird er es dort sehen, oder er wird es glauben. Wenn ich dort eins zurücklasse, das dem Original einigermaßen ähnlich sieht, könnten Tage oder sogar Wochen und Monate vergehen, bevor er merkt, daß seine Katze nicht mehr da ist. Ich werde eine Katzenstatuette mitnehmen und mit einer zurückkommen.«

Sie saßen still auf ihren Stühlen und starrten ihn an, bis sich Thuvarandis zu Wort meldete:

»Sehr gut, Meister. Meine lieben Freunde, das ist *einer* der Gründe, warum wir den besten Mann für diese Aufgabe gefunden haben!«

Marll nickte. »Du wirst sie bekommen, Nachtschatten. Da es keine allzu detailliert gearbeitete Figur ist und ich sie schon öfters gesehen habe, werde ich mich darum kümmern. Ich kann sogar ... in Ordnung. Sie wird dem Original mehr als nur einigermaßen ähnlich sehen.«

Hanse blickte Thuvarandis an. »Ich hatte gefragt, was für mich dabei herausspringt, und du hast gesagt, es wären zwei Dinge, Thuvarandis. Was ist das andere?«

»Die Tatsache, daß bereits mehrere Leute versucht haben, in das Haus von Corstic, dem größten Zaubermeister, einzubrechen, Meister. Aber nur einem ist es gelungen.«

Hanse hob die Brauen, die fast zusammenwuchsen.

»Und warum seid ihr dann zu mir anstatt zu ihm gegangen?«

»Ich habe gesagt, es ist ihm gelungen, *hinein*zukommen«, erklärte Thuvarandis. »Er ist nicht wieder *heraus*gekommen.«

Das Gefühl, sich einer Herausforderung gegenüberzusehen, wuchs in Nachtschatten und vermischte sich mit seinem Stolz, ganz so, wie Thuvarandis es erwartet hatte.

Das Labyrinth, das man Rote Zeile nannte, war ein Ort der Finsternis und der Schatten, als Malingasa und Kurzer es mit Hanse durchquerten und wieder verließen. Da er auf ihre Fragen nicht antwortete oder von sich aus sprach, schwiegen auch die beiden anderen. Von Zeit zu Zeit schlugen sie auf den gewundenen und plötzlich endenden Straßen immer wieder eine andere Richtung ein. Während ihres Weges wurden sie von drei Bettlern und vier Schlampen angesprochen. Sie kamen auf dem Karawanenweg heraus, etwas südlich vom offenen Markt. Hanse sah nach links und rechts, dann drehte er sich um und blickte zurück in die Richtung, aus der sie gekommen waren.

»Glaubst du, du könntest wieder zurückfinden?« erkundigte sich Kurzer.

Hanse sah ihm in die Augen. »Ja.«

»Thuvarandis wird dich morgen nachmittag auf dem Basar treffen«, sagte Malingasa.

Hanse sah auch ihm in die Augen. »Das hat er gesagt.« Und er marschierte los und ging den Karawanenweg in nördlicher Richtung entlang. Die beiden Männer sahen ihm nach.

»Ein netter Kerl«, sagte Malingasa.

»Ein richtiger Profi, Malin. Sieh nur, wie er geht.«

»Wie eine Katze«, sagte Malingasa.

Kurzer lachte.

Hanse versuchte erst einmal, einen freundlicheren Gesichtsausdruck aufzusetzen, bevor er klopfte. Zrena wirkte etwas verkrampft, als sie ihm die Tür öffnete, und er wußte, daß er Glück gehabt hatte. Mignureal war bei den S'danzo geblieben und konnte deshalb nicht ahnen, daß auch er nicht zu Hause gewesen war. Obwohl sich Quill und Türkis freundlich verhielten, warfen sie immer wieder Mignureal einen schnellen Blick zu, was Hanse bewies, daß sie ihnen zumindest irgend etwas erzählt hatte. Mignureal wußte offensichtlich nicht, was sie tun und wie sie sich verhalten sollte. Sie saß da und fummelte nervös an ihrem Medaillon herum, das Strick ihr geschenkt hatte.

»Nachdem wir uns jetzt wirklich alle unbehaglich fühlen«, sagte Hanse, »möchte ich, daß du mit nach Hause kommst, Mignue.«

Was auch immer sie den S'danzo erzählt haben mochte, sie zeigte, daß sie hier keine Szene machen und niemanden das Gesicht verlieren lassen wollte; sie stand sofort auf.

Türkis lächelte strahlend. »Ah, junge Leute und ihre Probleme! Wir hatten auch unsere Schwierigkeiten, Hanse, Quill und ich, ganz sicher! Hast du schon was gegessen?«

»Nein, aber das macht nichts. Mignue und ich müssen uns aussprechen.«

Quill stand auf, hob einen Finger und wedelte damit. »Betrachte dies als einen Befehl, Hanse! Bleib, wo du bist, und warte sechs Schläge eines Schlangenschwanzes lang.«

Hanse tat so, als würde er ein Lächeln unterdrücken. Was er wirklich wollte, war hier herauszukommen. »Jawohl.«

Quill nickte und verließ das Zimmer. Mignureal sah ihm hinterher und warf dann Türkis einen verständnislosen Blick zu.

»Sechs … Schläge eines … *Schlangenschwanzes?*«

Türkis lachte und gab eine Geschichte zum besten, wie Tiquillanshal vor Jahren nach diesem und jenem Erlebnis damit angefangen hätte, und … Quill war gnädigerweise schnell wieder zurück. Er trug eine verschlossene Schüssel, die er Hanse reichte.

»Quill, ich muß doch kein Essen von euch nehmen«, protestierte Hanse. »Wir …«

»Na gut, dann nimm es als Geschenk an eure Katzen mit, du undankbarer Lümmel mit deinem verschlossenen Gesicht, und jetzt hau ab, bevor es kalt wird!«

Hanse schluckte, legte einen Arm um die Schüssel und drückte mit der freien Hand Quills Oberarm. »Danke, Quill.«

Quill begegnete diesen dunklen Augen, und er setzte ein nicht ganz echtes Lächeln auf. »Und jetzt mach, daß du verschwindest!«

Zehn Schritte, nachdem sich die Tür hinter ihnen geschlossen hatte, sagte Hanse: »Es tut mir leid, Mignue.«

»Es tut mir auch leid, Liebling. Ich … ich mache mir immer solche Sorgen um dich, wenn du weg bist. Und du brauchst doch nicht zu … zu st-stehlen.«

Sie gingen eine Weile schweigend weiter, während er versuchte, die richtigen Worte zu finden.

»Ich stehle, Mignue. Das ist meine Arbeit, und ich bin gut darin. Es ist der einzige Beruf, den ich jemals hatte, und darin bin ich so ziemlich der Beste. Wenn ich meine schwarzen Sachen trage und arbeite, vergesse ich alle meine Sorgen. Den Ärger zwischen uns, die Münzen, einfach alles. Ich konzentriere mich einfach auf das, was ich gerade mache. Ich liebe es. Dann geht es mir gut. *Gut!*«

Er schüttelte den Kopf.

»Wie kann ich das erklären? Wie das gute Gefühl, das du hast, wenn du weißt, daß du für irgend jemanden *gesehen* und damit etwas geleistet hast? Wie das erhebende Gefühl, wenn wir uns lieben? Ich weiß es nicht. Es ist nur so, daß ich mich dann so wohl fühle. Ich bin … ich bin dann der König der Nacht, werde von den Schatten eingehüllt, bin *Teil* der Schatten! Ich bin da und dann wieder nicht, und niemand weiß es.«

»O Mist, ich … o *verdammt!*«

»*Mignue!*«

»Was ist mit der *Gefahr*, Hanse?«

»Ich …« Und in diesem Moment erkannte er die Wahrheit, und er sagte mit lauter Stimme: »Ich liebe die Gefahr. Ich glaube, ich brauche sie einfach.«

»O Hanse! Ich brauche sie nicht! Ich mache mir solche Sorgen! Wenn du weggehst, wenn du nicht da bist und ich weiß, daß du ... daß du ...« Sie schüttelte heftig den Kopf und gab einen Laut von sich, der eher verzweifelt als verbittert klang. »Dann bin ich wütend. Genauso wütend auf mich wie auf dich. Als nächstes moralisiere ich und denke: Er treibt sich da draußen rum und *stiehlt!* Und sofort habe ich einen Grund dafür, warum ich wütend bin, und möchte, daß du dich schuldig und schlecht fühlst und ich nicht zugeben muß, daß ich nur deshalb so wütend bin, weil ich mir solche Sorgen um dich mache.«

Ihre Worte waren wie eine Offenbarung für ihn, obwohl er ehrlicherweise zugeben mußte, daß er ihr nicht ganz folgen konnte. Er respektierte ihre Sicht der Dinge, und trotzdem sagte er: »Davon einmal abgesehen, es *ist* schlecht zu stehlen.«

Sie schnaubte. »Das stimmt, aber du weißt, daß das weder mich noch meine Mutter jemals gestört hat. Ich fand es aufregend. Es hat mir Spaß gemacht, dir zuzusehen, wie du dich bewegst, darüber nachzudenken, daß du mit der Gefahr lebst und es dir nichts ausmacht, weil du zu tapfer bist, dir darüber Sorgen zu machen. Es hat mir gefallen, wie du durch die Nacht gehuscht bist, die Wände hinauf und über die Dächer hinweg, völlig lautlos und romantisch und ... wie du gesagt hast. Der König der Schatten. Und ich wußte, daß du nie die Armen bestohlen hast.«

Jetzt schnaubte er. »Siehst du? Das ist meine Form der Moral. Ich bin ein *moralischer* Dieb, Mignue!«

»Ich habe einfach nie darüber nachgedacht, wie es sein würde, nicht im Hintergrund zu bleiben und dir zuzusehen, sondern mit dir zusammenzusein, ein Teil von dir zu sein. Mir ist nie bewußt geworden, wie viele Sorgen ich mir machen würde. Ich habe dich einfach geliebt, und ich wollte dich.«

Hanse antwortete nicht, weil er nichts sagen konnte. Sie blieben still, während sie sich einem Roten näherten, der ihnen entgegenkam, seine Runde durch die Nacht machte. Sie grüßten sich freundlich. Kurz darauf stieß Mignureal hervor:

»Du hast sogar Tempus das Leben gerettet, zweimal, und, und du ... du bist dem Bey-Ding hinterhergelaufen, das Mutter umgebracht hat, und du ... du hast es getötet! Für Mutter. Für mich!«

»Ich ... mußte es einfach tun. Ich habe nie jemanden töten wollen. Wenn mich jemand erwischt hat ... gesehen hat, meine ich ... daß ich Nachtschatten bin, bin ich davongerannt. Ich habe nie daran gedacht, jemanden anzugreifen, der mich beim Stehlen beobachtet hat. Das schwöre ich. Aber trotzdem, Mignue, wenn ich nicht *ich* gewesen wäre, wenn ich nicht Nachtschatten gewesen wäre, hätte ich Tempus nie helfen können, als er in dieser Nacht überfallen wurde, oder ihn aus Kurds blutigen Klauen befreien und auch nicht hinter dem Starrauge herrennen können, das deine Mutter umgebracht hat. Ich habe nicht einmal nachgedacht, als ich es tat. Aber du siehst, *ich konnte es*. Weil ich bin, was ich bin.«

Sie stieß einen langen Seufzer aus. »Ich weiß. Es ist nur ... o Hanse, wir sind an unserer Tür vorbeigelaufen!«

Er lachte leise und umarmte sie mitten auf der Straße, so gut er das mit der warmen braunen Schüssel im Arm konnte. Dann kehrten sie um und stiegen zu ihrer Wohnung hinauf. Die Katzen begrüßten sie lautstark.

»Habe vergessen, sie zu füttern«, murmelte Hanse. »Heute abend, meine ich. Am Morgen habe ich ihnen was zu fressen gegeben.«

Er nahm den Deckel von der Schüssel, und ein wunderbarer Duft stieg daraus hervor. Wie die meisten Eintöpfe sah auch dieser Eintopf weniger einladend aus, als er roch und schmecken würde.

»Er wird dir herrlich schmecken, Hanse. Den Katzen auch. Ich habe schon eine Menge davon gegessen.« Sie ging ins Schlafzimmer.

Hanse löffelte zwei Portionen in die Näpfe der Katzen und schüttelte lächelnd den Kopf, als er sah, wie beide die

Köpfe der herrlich duftenden Masse entgegenstreckten, zurückzuckten, die Köpfe schüttelten und ihn bösartig anblickten. Trotzdem schlichen beide weiter um die Näpfe herum und versuchten es immer wieder. Er hatte das früher schon erlebt und wußte, daß sie nicht einfach warten würden, bis sich ihr Fressen abgekühlt hatte, denn dieser Gedanke überstieg ihr Vorstellungsvermögen. Vielleicht wußten sie, daß irgendeine Magie dieses furchtbare Zeug eßbar machen würde, vielleicht aber auch nicht. Aber Katzen entfernten sich nie von zu heißem Fressen, um sich mit etwas anderem zu beschäftigen. Sie versuchten es immer wieder.

Vielleicht können Katzen nicht begreifen, daß heiße Sachen zuerst warm und dann kalt werden, überlegte er. *Vielleicht glauben Katzen an Wunder.*

Vielleicht glaube ich auch daran.

Das brachte ihn ohne eigenes Zutun auf einen Gedanken, der ihm überhaupt nicht gefiel: *Gleichzeitig Nachtschatten und Mignureals Mann zu sein, könnte sich als unmöglich erweisen.*

Er seufzte, zapfte etwas Bier aus dem kleinen Fäßchen und war wieder einmal dankbar, daß die kleine aber unglaublich dicke alte Frau aus dem ersten Stock eine wahre Meisterbrauerin war. Mit einem Krug voll Bier und einem Löffel ließ er sich vor der Schüssel nieder.

»Weißt du, der Unterschied zwischen Hunden und Katzen besteht darin, daß ein Hund seine Schnauze sofort in das heiße Fressen stecken und sie sich dabei verbrennen würde!« rief er. »Katzen aber sehen es sich vorher an und schnüffeln daran herum. Hmmm! Das schmeckt gut! Guter alter Quill!«

Einmal vernahm er Stimmen, aber er begriff, daß sie von draußen durch das zerbrochene Fenster in dem anderen Zimmer kamen. *Ich muß dieses verdammte Fenster reparieren*, überlegte er.

Mignureal kam in dem langen, bunt bestickten Gewand zurück, das ihr eine dankbare Kundin geschenkt hatte. Sie hatte ganz plötzlich die Tasche mit dem Gold *gesehen*, die der Sohn der Frau im Hinterhof vergraben hatte, bevor er umgebracht worden war, und sie hatte ihrer Kundin genau beschrieben, wo sie graben sollte. Mignureal hatte keine Ahnung, wie das hatte geschehen können. Es hatte bedeutet, in die Vergangenheit zu *sehen*, und der einzige, der wissen konnte, wo das Gold war, war ein toter Mann. »Hexe!« hatte Hanse damals ausgerufen und so getan, als würde er sich in Furcht vor ihr ducken. Das war eine schöne Nacht gewesen. Davon hatte es viel zu wenige gegeben.

Er widmete sich seinem Krug und der Schüssel, um die Aussprache hinauszuzögern, die ihnen bevorstand.

»Kann ich dir noch irgend etwas bringen, Liebling?« fragte Mignureal. »Oh! Ich … ich habe … ich habe heute überhaupt noch nicht für dich gekocht!«

»Nein, ich habe alles, was ich brauche. Eigentlich bin ich auch schon voll und sollte lieber aufhören.«

Er stand auf und verschloß die Schüssel wieder mit ihrem Deckel, da er nicht alles hatte essen können, was Tiquillanshal ihnen mitgegeben hatte. Gegen die Wand gelehnt blickte er Mignureal an.

»Nachtschatten ist nicht ganz unsichtbar. Nicht immer. Letzte Nacht hat ein Mann in einer Gasse gepinkelt, über die ich gesprungen bin, und er hat mich gesehen. Ich hatte ihn nicht bemerkt. Als ich zurückkam und du noch wach warst und mich angestarrt hast, habe ich mich verunsichert gefühlt. Ich wußte nicht, was ich tun sollte, und mir fiel nichts ein, was ich hätte sagen können. Ich habe nie eine Mutter gehabt, eine richtige, meine ich, aber du warst wie eine Mama, die mich vorwurfsvoll anstarrte, und da habe ich mich wie ein kleiner Junge gefühlt. Also bin ich … weggerannt. Nein, warte. Laß mich erzählen. Ich bin in eine Kneipe gegangen, die Springende Ziege heißt, und habe getrunken. Aus diesem Grund bin ich in diese Kaschemme gegangen, um zu trinken und alleine zu sein. Das ist es doch, was man sich selbst einredet, wenn man sich in Wirklichkeit danach sehnt, daß jemand da ist, der einen braucht. Aber dieser Mann war da, und er hat mich wiedererkannt. Vier Männer kamen zu mir. Vier Männer, die mich *brauchten*.«

»O Hanse!«

Er wandte den Blick ab, denn sie sah so aus, als müßte sie gegen eine Kette ankämpfen, die sie festhielt, und als wollte sie die wenigen Schritte zu ihm rennen. Nachdem sie sich die Augen gewischt hatte, sah er sie wieder an. Zum erstenmal wünschte er sich, ihr Gewand würde nicht diesen firaqanischen ›Hals‹ausschnitt besitzen.

Dann erzählte er ihr auch den Rest der Geschichte, während er in der Küche stand, gegen die Wand gelehnt, und sie in der Schlafzimmertür, in ihrem hübschen langen Gewand, die Augen starr auf ihn gerichtet. Er erzählte ihr alles, außer der Sache mit Janith. In ihren Augen glänzten Tränen, bevor er zum Schluß kam:

»Deshalb bin ich auch überhaupt nicht mehr hiergewesen, bevor ich in den Basar gegangen bin, um dich abzuholen. Und übermorgen nacht werde ich in Corstics Haus einsteigen.«

»Du ... wirst es tun.«

»Aye. Sie sind zu mir gekommen, als ich das brauchte. Ich habe mein Wort gegeben. Ich werde gehen.«

Ihr tiefer Seufzer ließ ihn die Augen schließen, weil ihr Gewand so tief ausgeschnitten war. Sie wandte den Blick ab und blinzelte.

»Und jetzt keine weiteren Geheimnisse mehr«, sagte er. »Ich habe heute eine wasserdichte Hülle gekauft und meine schwarzen Sachen auf dem Dach versteckt. So hätte ich hinaufklettern und mich umziehen können, ohne daß du etwas bemerkt hättest. Ich hatte befürchtet, daß du versuchen würdest, die Sachen zu verbrennen. Mir kam es so vor, als hätten wir uns so weit auseinandergelebt, Mignue.«

Sie starrte verstört gegen die Wand, ohne irgend etwas wahrzunehmen, und flüsterte mit kaum hörbarer Stimme: »Oh.«

»Ich nehme an, das ist der Zeitpunkt«, fuhr er fort, »an dem wir ... an dem du dich entscheiden mußt, ob du hierbleiben willst oder zu den ... nein. Ob du willst, daß ich woanders hinziehe. Ich und Wunder.«

»Mraur?«

Wunder hatte sich genau im passenden Moment zu Wort gemeldet; um irgend etwas zu tun, zapfte Hanse ihm etwas Bier. Regenbogen musterte ihn, eine Pfote erhoben, während Wunder sich sofort hinkauerte und sich schützend über seine Schüssel beugte. Er legte den Schwanz um seinen Körper und schleckte das Bier auf. Hanse wandte sich wieder Mignureal zu.

Sie schüttelte den Kopf und sah ihn mit einem betroffenen Gesichtsausdruck an.

»O Hanse. So darf es nicht enden. Wie könnte ich dich verlassen oder zulassen, daß du gehst?«

»Wenn wir einander nur immer wieder unglücklich machen, sollten wir uns besser trennen.«

Sie machte einen Schritt und ließ sich in einen Stuhl sinken, als hätte alle Kraft sie verlassen. »Wir haben nicht viel Zeit füreinander gehabt, Hanse, und wir mußten mit diesen schrecklichen Münzen und dieser Liste leben. Wir haben nicht einen unbeschwerten Augenblick zusammen verbringen können, seit wir aus dem Wald gekommen sind.« Sie machte eine hilflose Geste, die kläglich wirkte.

»Streß und Druck, jeden Tag, jede Nacht«, sagte sie und starrte auf die Tischplatte. »Immer mit den Gedanken bei den Münzen. Immer Angst vor diesen Münzen und der Liste. Und unfähig, irgend etwas dagegen zu unternehmen. Als wir nach Hause gegangen sind, habe ich dir erzählt, wie ich dich früher gesehen, wie ich über dich gedacht habe. Während ich mir gerade im Schlafzimmer viel Zeit zum Umziehen gelassen habe, habe ich darüber nachgedacht. Dadurch habe ich erkannt, daß ich ungerecht gewesen bin. Was ist aus den Gefühlen geworden, die ich für dich und deine Art zu leben empfunden habe? Weil ich dich liebe, mache ich mir Sorgen, und weil ich mir Sorgen mache, möchte ich, daß du dich änderst? Aber wer würdest du dann sein? Du wärst irgendein anderer Mensch!«

Nein, dachte er, *denn ich werde nicht aufhören, ich selbst zu sein, und ein Teil von mir ist es, Nachtschatten zu sein.* Aber als sie aufsah, nickte er und erwiderte ihren Blick.

»Ich bin auch nicht gerecht gewesen, Mignue. Wir sind so verschieden. Ich bin immer ein Einzelgänger gewesen. Der einzige, um den ich mich kümmern mußte, war Hanse. Und dann wollte ich derselbe bleiben und dich noch dazu haben. Alles gleichzeitig.«

»Nein, das stimmt nicht! Du bist so gut zu mir gewesen, so beschützend und verständnisvoll! Sag nicht so etwas von dir!«

»Laß uns darüber streiten.«

Da riß sie die Augen auf, und dann brachen sie beide in Gelächter aus, was die Spannung schwinden ließ und zu einer Umarmung führte, die sich in die Länge zog. Er zog sie in das andere Zimmer und ins Bett, und dort fiel die Anspannung vollständig von ihnen ab.

»Weißt du«, sagte er später, als er auf dem Rücken lag und die Hände im Nacken gefaltet hatte, »Perias ist ein Wechsler, mit dem wir fast Geschäfte gemacht hätten – oder eigentlich waren wir ja für kurze Zeit im Geschäft –, und sein Name steht auf dieser Liste. Jetzt habe ich diese vier Langgesichter kennengelernt. Ich glaube, daß Kurzer höchstwahrscheinlich ein angeheuerter Helfer ist, und Malingasa ist vermutlich eher ein Draufgänger als ein Geistesriese. Ich denke, daß Marll wahrscheinlich der Anführer ist, aber Thuvarandis könnte der eigentliche Kopf sein, der Marll die Anweisungen gibt. Wahrscheinlich. Außerdem ist er der freundlichste und verständnisvollste der vier – und *sein* Name steht auf der Liste.«

»Ah ... nun gut.«

»Das ist alles, glaube ich. Aber ich muß mit dir über etwas anderes reden. Ich möchte, daß du mir zuhörst und dir für mich ein paar Gedanken machst. Ich nehme an, daß diese vier zu einer Intrige gehören, die mit Politik und Magie zu tun hat. Diese beiden Dinge gehören in dieser Stadt natürlich zusammen. Vielleicht *sind* die vier Langgesichter die Intriganten. Vielleicht arbeiten sie aber auch für irgend jemanden, der völlig im Hintergrund bleibt. Arcala zum Beispiel. Du weißt, der andere Meistermagier.«

»Ich weiß.«

»Nun, dann ... Ich wollte, du würdest Bier trinken!«

»Ich kann einen Schluck nehmen; ich werde dir einen Krug holen«, sagte sie und schlüpfte aus dem Bett.

Er beobachtete sie, wie sie nackt in die Küche ging. Bei den Göttern, er liebte diesen Anblick! Dann kam sie zurück, und dieser Anblick gefiel ihm genauso gut. *Janith*, dachte er reumütig. *Was bist du doch für ein Trottel, Hanse!*

Er setzte sich so auf, daß er mit einer Hand den Krug halten und den anderen Arm um Mignureal legen konnte.

»Sei vorsichtig mit deinen Liebkosungen, Liebling«, sagte sie. »Ich soll mir doch noch ein paar wichtige Dinge anhören.«

»Oh. Da sind zum Beispiel meine ›Spielregeln‹, wie sie mich nennen und welchen Namen sie benutzen sollen, wenn sie von mir reden und ich nicht da bin. Ich finde, sie haben das viel zu schnell akzeptiert. Und mein Wutausbruch, als ich ihnen vorgeworfen habe, mich wie einen gemieteten Handlanger zu behandeln – das haben sie auf die gleiche Weise hingenommen. Nicht ein Einwand von Marll und Kurzer. Thuvarandis hat Malingasa, der wütend war, dazu gebracht, zuzustimmen. Und dann hat auch er es ruhig akzeptiert. Du weißt ... damals in Freistatt haben mich ein paar Leute in eine Intrige verwickelt, und was sie wirklich vorhatten, war, mich hereinzulegen. Ich war ihr *Werkzeug*. Deine Mutter hatte mich gewarnt, auch wenn sie mir nicht so genau sagen konnte, welche Gefahr mir drohte.« Er machte eine kurze Pause, um einen Schluck Bier zu trinken.

»Ein Werkzeug ist etwas, das man so lange benutzt, bis man seine Arbeit erledigt hat, oder bis es kaputt geht, und dann wirft man es fort.«

Er wartete. Mignureal sagte kein Wort.

»Wenn du schläfst, werde ich dich erwürgen und an die Katzen verfüttern.«

»Ich schlafe nicht. Ich denke nach. Du hast so viel erlebt, Hanse! So viele Erfahrungen gesammelt! Du bist vorsichtig und wachsam, weil du *gelernt* hast, dich so zu verhalten. Ich hatte das nie nötig. Damals hat man dich hereingelegt. Diesmal werden sie es wieder tun oder auch nicht, aber du hast genug Erfahrung, um mißtrauisch zu sein. Das wird dich vorsichtig machen, und das ist gut. Ich verstehe und respektiere deine Vorsicht und Wachsamkeit jetzt sehr viel besser, Liebling, als vor einem Monat, als wir hier ankamen.«

Er drückte sie kurz fester an sich. »Vor fünf Wochen«, sagte er.

Sie wand sich in seinen Armen. »Du hast recht. Wir sind praktisch schon Eingeborene!«

Sie wartete. Hanse sagte kein Wort.

»Wenn du schläfst«, warnte sie ihn, »schütte ich dir Bier ins Ohr und rufe Wunder.«

Hanse zuckte zusammen, als er gerade einen Schluck trank. Er lachte und verschluckte sich. Er begann zu husten und fiel aus dem Bett.

Am Morgen lagen immer noch fünf Kaisermünzen in der Schublade, und die Liste war unverändert. Hanse erzählte Mignureal, was er an diesem Tag vorhatte. Er wollte sein Pferd aus dem Stall der Grünen Gans holen, nach Stadthügel reiten und sich diesen Ortsteil genau ansehen.

Sie blickte ihn beunruhigt an. »Ich wünschte mir …«, begann sie und ließ den Satz offen. »Bitte, sei vorsichtig, Liebling. Ich liebe dich.«

Er nickte und umarmte sie. »Ich liebe dich auch, Mignue.«

Eine Stunde später hatte er die eigentliche Stadt hinter sich gelassen, ohne Hut und ohne Mantel, und führte das große graue Pferd die Straße entlang, die sich den schönen Hügel hinaufwand. Der Hügel war so steil, daß man die Straße in Kehren hatte anlegen müssen.

Da das Pferd so lange im Stall gestanden hatte, sprühte

es vor Energie, und Hanse mußte es am kurzen Zügel halten. Er fand das gesuchte Haus, ein richtiger Herrensitz inmitten eines großen Grundstückes. Er betrachtete es eingehend, die Bäume und Büsche, Blumenbeete und Kräutergärten – und Hunde –, die Vorsprünge und Fenster des Hauses, so gut er konnte, ohne ihm zu nahe zu kommen. Er spähte zwei Nebengebäude aus und merkte sich die Lage der Fenster. Die schöne Steinmauer, die das Grundstück umgab, bedurfte keiner eingehenderen Untersuchung. Sie war neun Fuß hoch und oben mit Spitzen versehen. Von seinem immer noch namenlosen Pferd aus streckte er die Hand hoch und berührte ihr oberes Ende. Kein Problem. Viele der Bäume waren groß und alt, und etliche von ihnen wuchsen dicht an der Innenseite der Mauer. Einfach. Wie zum schnellen und leichten Hinüberschlüpfen geschaffen.

Er entdeckte ein Gebiet, in dem das Gras eine andere als die gewöhnliche Farbe hatte, und merkte sich die Stelle anhand eines Baumes und eines immergrünen Busches. Er würde diese Stelle umgehen, da sie möglicherweise eine Falle darstellen könnte.

Ich werde mich für alle Fälle auch von diesem Kräutergarten fernhalten, dachte er. *Verdammt! Ich weiß wirklich nicht genug über Corstic.*

Er ritt so lange auf dem Hügel herum, wie er glaubte, es wagen zu dürfen, und dann wieder hinunter. Nachdem er das Pferd eine halbe Stunde hatte rennen lassen, zügelte er es wieder und näherte sich einem Tor. Aus einer Laune heraus lenkte er es nach links und ritt in den Stadtteil Nordtore hinein. Vor einem bestimmten Landsitz und seinem Gesindehaus blieb er eine Zeitlang stehen und überlegte. Nach einer Weile verzog er die Lippen zu einem angedeuteten Lächeln und ritt weiter. *Ich brauche Janith nicht.* Bei der Grünen Gans übergab er das Pferd dem Laufburschen, den Khulna beschäftigte, und brachte die Augen des Jungen zum Leuchten, als er ihm eine Kupfermünze gab. Nachdem er sicher war, daß das Tejanapferd gut versorgt wurde, schlenderte Hanse durch Firaqa zum offenen Markt. Er erblickte Thuvarandis fast augenblicklich. Hanse ging zu ihm.

»Entschuldige, mein Herr, aber weißt du, ob es hier auf dem Basar einen guten Schneider gibt?«

»Ah ... da drüben, glaube ich. Warte, ich werde dich hinführen.«

»Wir müssen uns heute nacht treffen«, murmelte Hanse.

Thuvarandis war einverstanden. »Drei von uns können kommen. Ich bin nicht sicher, was Malingasa betrifft.«

»Sag ihm, daß es wichtiger als alles andere ist, das er vorhat. Ich werde eine Karte anfertigen und mitbringen. Wir müssen Pläne machen. Sag mir, wo ich ein langes Seidenseil bekommen kann. Ja, es ist teuer, aber ich brauche es, und zwar eine Menge davon. Kann ich einen von euch in der Springenden Ziege treffen, so um die dreizehnte Stunde?«

»Das ist ... ziemlich spät.«

»Letzte Nacht habe ich das Essen mit meiner Frau ausfallen lassen, und morgen nacht werde ich nicht essen. Ich esse nie vor einer größeren Sache. Es ist *wichtig*, daß wir uns treffen, aber die dreizehnte Stunde ist der früheste Zeitpunkt, an dem ich kommen kann.«

»In Ordnung. Und ich werde das Seil mitbringen.«

»Gut«, entgegnete Hanse und wandte sich ab, um sich auf den Weg zu Mignureals Marktstand zu machen. Er wußte nicht, ob Thuvarandis ihm hinterhersah. Hanse blickte sich nicht mehr um.

Er hatte ihr bereits gesagt, daß er sie am Marktstand abholen und zum Essen mit ihr nach Hause gehen würde, weil er danach fort mußte. Er versicherte ihr, daß er sich freuen würde, wenn sie wach bliebe und auf ihn wartete, und er wiederholte es noch einmal, bevor er sich auf den Weg zum Treffen mit den Männern machte, die er die vier Langgesichter nannte. Er hatte Mignureal auch erzählt, daß er die Burschen einem Test unterziehen würde.

Hanse hatte den Hut nicht aufgesetzt und den einfachen

schwarzen Mantel, den er kurz zuvor gekauft hatte, übergezogen. Unter ihm trug er Sinajhals Schwert und fünf Messer offen sichtbar. Er schritt eilig aus, aber doch nicht so schnell, daß seine Fersen den Boden berührt hätten. Er blickte starr geradeaus, hatte seinen drohenden Gesichtsausdruck aufgesetzt und schien dahinzugleiten. Der lange, nachtschwarze Mantel ließ ihn deutlich größer aussehen. Ein junges Pärchen, das ihm Arm in Arm entgegen kam, verließ den Bürgersteig und trat auf die Straße, als er an ihm vorbei ging. Er beachtete die beiden überhaupt nicht.

In der nur äußerst spärlich erleuchteten Springenden Ziege mußte er die Augen zusammenkneifen, konnte aber niemanden entdecken, den er kannte.

»Du siehst aus wie 'n Bursche, auf den 'ne Gesellschaft im Hinterzimmer wartet«, sagte der Schankwirt; er hatte zwei Daumen, neun Finger und schmierig aussehende schwarze Locken, die ihm weit ins Gesicht fielen. »Heißte Schatten?«

»Aye. Weißt du, was ein großartiger Name für diese Kneipe wäre? Die Wilde Ziege!«

»Springende tut's auch. Durch diesen Vorhang. Möcht'st de was?«

»Ein Krug gutes Bier«, sagte Hanse und sah sich um. Er erblickte dieselbe bemerkenswert schöne Frau mit der guten Figur, die er hier schon einmal gesehen hatte, und als sich ihre Blicke trafen, kam sie sofort auf ihn zu. Er nahm den grauen Bierkrug entgegen, sagte: »Das zahlt die Gesellschaft im Hinterzimmer«, und wollte durch den Vorhang treten. Die Frau kam um einen Tisch herum, streckte eine Hand nach Hanse aus und hielt ihn fest.

»Auf dem Weg ins Hinterzimmer?«

Er nickte.

»Soll ich auf dich warten?«

Er schüttelte den Kopf.

»Das Interesse ist wohl einseitig, was?«

Das entlockte Hanse beinahe ein Lächeln. »Nein. Du weißt, wie du aussiehst. Aber es wird sich einfach nichts abspielen.« Er drehte sich halb herum und rief: »Die Gesellschaft aus dem Hinterzimmer spendiert auch ihr einen Krug!« Dann ließ er sie stehen und trat durch den alten waldgrünen Vorhang. Sie waren da, alle vier, und saßen um einen Tisch herum, auf dem vier Krüge und eine Kerze standen.

Hanse schlug den Mantel zurück. »Erkennt jemand von euch diese Schwertscheide?«

»Asche und Funken!« fluchte Kurzer. »Das ist Sinajhals Schwert!«

Nachdem sie auch die Messer bemerkt hatten, erzählte Hanse den Männern von Sinajhal und dessen Partner.

»Kennt jemand seinen Namen?« Er beschrieb den zweiten Mann.

Kurzer seufzte und nickte. »Ravas«, antwortete er ruhig.

»R-r-ravas?« *Das beginnt mit R,* dachte Hanse, als Kurzer nickte.

»Du bist ein ziemlich übler Bursche, hmm?« meldete sich diesmal Marll zu Wort. »Warum erzählst du uns das? Wozu diese theatralische Zurschaustellung eines Schwertes, das einem toten Steh-Mann gehört hat?«

Hanse ließ die Frage unbeantwortet. »Ich habe heute von meinem Pferd aus ziemlich lange Corstics Haus ausgespäht. Die Mauer wird keine Schwierigkeiten bereiten. Hier, ich habe später noch eine Karte gezeichnet. Seht sie euch jetzt an und prägt sie euch ein. Kurzer, wir werden hier drüben, auf dieser Seite, einen ziemlichen Lärm veranstalten müssen, um die Hunde und eine oder zwei Wachen fortzulocken. Ich habe drei Hunde und einen Welpen gesehen. Der Welpe könnte den meisten Krach machen, denk daran. Kannst du das erledigen?«

Kurzer warf ihm einen Blick zu und nickte.

»Ich werde genau hier, an dieser Stelle, von einem Pferd aus über die Mauer steigen. Wer kommt noch mit?«

Thuvarandis stand auf und streckte sich. »Wir alle. Und noch zwei andere. Schatten, ich muß mich bei dir entschuldigen. Es gibt zwei Dinge, die wir dir nicht erzählt haben. Wir haben diese Sache nicht erst gestern oder vorige Woche geplant. Kurzer ist Hilfskoch bei Corstic. Das gehört zu unserem Langzeitplan. Corstic wird nicht da sein, und *niemand* im Haus wird wach sein. Das schließt die Diener und die Hunde ein. Andererseits werden wir trotzdem nicht das Eingangstor benutzen.«

»Über die Mauer«, warf Malingasa ein.

»Ich werde morgen nacht eine gute Stellung verlieren«, sagte Kurzer in gespielter Verzweiflung.

»Das habt ihr mir nicht erzählt und mich planen, nachdenken und alles ausarbeiten lassen«, knurrte Nachtschatten. »Was weiß ich sonst noch nicht, ihr verfluchten Kerle?«

»Hör auf, mich zu verfluchen, Südländer«, sagte Malingasa mit leiser, gefährlicher Stimme.

»O entschuldige«, entgegnete Nachtschatten noch leiser. »Würdet ihr euch bitte mal die Wurfpfeilzielscheibe da drüben an der Wand ansehen?«

Ganz automatisch wandten sie die Köpfe, um nachzusehen, und innerhalb von zehn oder elf Sekunden hatte Hanse drei Messer in das Ziel geworfen. Alle steckten so eng nebeneinander, daß sie sich beinahe berührten. Acht Augen richteten sich wieder auf Hanse und starrten ihn an. Malingasa sah richtig bösartig aus. Hanse ging an ihnen vorbei, um die Messer wieder aus der Zielscheibe zu ziehen und die Männer zusehen zu lassen, wie er die Messer wieder in ihre Scheiden schob.

»Nun?« fragte er.

»Sehr ... beeindruckend«, sagte Marll.

»Das meine ich. Ein Mann muß sich irgendwie abreagieren, wenn man ihn wütend macht; oder erwartet ihr, daß ich mir die Hände verletze, indem ich auf eine Wand einschlage? Letzte Nacht wart ihr euch also noch nicht sicher genug, was mich betrifft, um mir von Kurzers Stellung bei Corstic zu erzählen, obwohl ich euch gefragt hatte. Was gibt es also sonst noch, das ich nicht weiß? Wartet, beantwortet mir lieber diese Frage: Corstic wird auf jeden Fall auf der Versammlung des Stadtrates sein, und die Hunde und seine Diener werden schlafen. Ist das richtig?«

Sie nickten und blickten Kurzer an. Der sagte: »Ich werde mich um ihr Essen kümmern. Corstic wird das nie herausfinden, denn ich weiß, daß er sich immun gegen alle Drogen gemacht hat. Er wird zu dem Treffen in die Stadt gehen. Etwas später werden alle anderen in seinem Haus umfallen.« Kurzer zuckte lächelnd die Achseln und spreizte die Hände.

»He!« rief Hanse. »Wozu braucht ihr dann einen Fassadenkletterer, wenn du uns durch die Vordertür hereinlassen könntest?«

»Weil Corstic das gesamte obere Stockwerk abschließt, sobald er herunterkommt, und ich weiß, daß die Türen mit Schutzvorrichtungen versehen sind. Es muß von außen geschehen.«

»Huh!« Hanse wandte sich ab und drehte sich dann wieder zu ihnen um, wobei er seinen schwarzen Mantel theatralisch flattern ließ. »*Noch* etwas, das sich niemand die Mühe gemacht hat, mir mitzuteilen! Ich denke, wir sollten vielleicht bis zum nächsten Gantag warten, damit wir sehen, ob euch nicht noch etwas einfällt, wovon dieser arme *Südländer* immer noch nichts weiß.«

Sie sahen einander an. Schließlich meldete sich Thuvarandis zu Wort.

»Das ist die ganze Geschichte, Nachtschatten. Ich schwöre es. Und du hast recht. Letzte Nacht waren wir uns über dich noch nicht sicher genug. Jetzt ist es offensichtlich, daß du den ganzen Tag für uns und dieses Projekt gearbeitet hast. Ich will mich gerne noch einmal entschuldigen, aber du bist ein vorsichtiger Mann und wirst unsere Vorsicht verstehen. Würdest du bitte fortfahren?«

»Kurzer«, sagte Hanse, nachdem er alle mit einem Blick bedacht hatte, »alles, was ich von dir will, ist, daß du einen Pfeil mit einem langen Seidenseil über einen Giebel oder einen anderen Vorsprung über einem bestimmten Fenster schießt. Thuvarandis hat das Seil.«

Hanse hielt inne und blickte den großen Mann an. Thuvarandis bückte sich, grunzte und kam wieder mit einem langen, aufgerollten Seil hoch.

»Sehr schön«, sagte Hanse. »Kurzer, schaffst du das? Ich bin kein Experte im Bogenschießen, aber mit einem Pfeil kann man sehr gut ein Kletterseil in große Höhe befördern. Das habe ich selbst schon gemacht.«

»Das kann ich machen, Nachtschatten.«

»Was bedeuten diese Markierungen auf der Karte, Meister?« wollte Thuvarandis wissen.

»Dieser große, gezackte Kreis bezeichnet eine Stelle, an der das Gras anders als der Rest aussieht. Das macht mich mißtrauisch, und ich habe vor, dieser Stelle fernzubleiben. Dieses X ist ein Kräutergarten.«

»Warum hast du den Kräutergarten markiert?« fragte Malingasa.

Hanse hatte ihnen alles erzählen wollen, was er gesehen, sich überlegt und welche Schlußfolgerungen er daraus gezogen hatte. Jetzt dachte er: *Zu den sechs Höllen mit ihnen.* Laut sagte er lediglich: »Wer weiß, welche interessanten Kräuter ein Meistermagier anbauen könnte, hmm?«

Thuvarandis hatte sich gegen die Wand gelehnt, die langen Beine überkreuzt. »Du gehörst wirklich zu der vorsichtigen Sorte, Meister.«

»Ich bin genau das, was du mich nennst, Thuvarandis. Ich werde euch eine Geschichte erzählen, und ich werde mich kurzfassen. Ein Freund von mir geriet einmal in die Hände eines wahren Monsters. In die Hände eines Schweines, dem es Spaß machte, Menschen zu fesseln und ihnen dann bei lebendigem Leibe kleine Teile abzuschneiden. Einen Daumen hier und eine Scheibe dort, einen Hautstreifen hier, eine Nase oder ein paar Zehen dort. Ich stieg in sein Haus, um meinen Freund zu befreien. Gerade als ich dachte, es sei die einfachste Sache der Welt, und durch ein paar zarte Ranken schlüpfte, um zu einem Fenster hinaufzusteigen, wurden diese Ranken lebendig. Die zarten Zweige schlangen sich um mich wie eine ganze Horde Schlangen. Würgeschlangen. Also, Kurzer, beschäftigt sich Corstic mit seinem Grundstück? Arbeitet er ein bißchen im Garten?«

»J-jaaa«, sagte Kurzer mit leiser und beinahe zitternder Stimme.

Hanse zuckte die Achseln. »Das klingt ja nicht gerade

ermutigend. Wenn ich fliegen könnte, würde ich nicht einen Fuß auf diesen Boden setzen. Jetzt habe ich eine andere Frage. Ich bin lange Jahre ein Einzelgänger gewesen, und man hat mich nie erwischt. Der Mann, auf den wir es abgesehen haben, wird nicht zu Hause sein, und alle seine Hunde und Diener werden schlafen. Die Aufgabe ist es, in den zweiten Stock zu gelangen, eine kleine Statue herauszuholen und mich wieder aus dem Grundstück zu bringen. So wie ich das sehe, könnten Kurzer und ich alles alleine erledigen. Warum also werden sich noch *fünf andere* dort herumtreiben? Um Kurzer und mich zu beobachten? Oder als Henker, um das Werkzeug zur Seite zu schaffen, nachdem es benutzt worden ist?«

Malingasa fuhr so schnell in die Höhe, daß sein Stuhl umkippte. Die Hand über den Bauch und an den Schwertgriff gelegt, starrte er in Hanses nachtschwarze Augen. Hanse starrte zurück.

»Setz … dich … hin … Malin!«

Zu Hanses Überraschung kam das nicht von Thuvarandis sondern von Marll. Hanse beugte sich links neben Kurzer halb über den Tisch.

»Partner, würdest du bitte die Hände zurückziehen?« fragte er höflich.

Als Kurzer der Aufforderung nachkam, huschte ein verschwommener Schemen an seinem Gesicht vorbei. Alle vier starrten Hanse an, der den schmucklosen grünen Krug in der Hand hielt, der rechts neben Kurzer gestanden hatte.

»Feuer und Asche!« murmelte Marll.

Hanse sagte: »Ich bin einfach unglaublich schnell, Malingasa.«

Marll musterte den kahlköpfigen Mann. »Malin, ich habe gesagt, *setz dich hin*.«

Das klang nicht unfreundlich. Malingasa nahm wieder Platz. Er sah nicht gerade glücklich aus.

Hanse setzte sich gerade hin, blickte in Kurzers Krug und stellte ihn wieder vor seinem Besitzer ab. Er griff nach seinem eigenen und trank. »Verdammt. Ich hatte gutes Bier bestellt. Marll, was ist mit der Statuette?«

»Sie ist fertig. Sie mußte nur noch einmal glasiert werden, sonst hätte ich sie heute abend mitgebracht. Du kannst sie haben, wann und wo du willst, Nachtschatten.«

»In eine gute Tasche eingepackt, die ich in Corstics Haus mitnehme. Hinterleg sie im Stand des Obstverkäufers neben der S'danzobude auf dem Basar. Sag ihm, daß sie für Hansis ist. Han-sis. Ich muß euch sagen, daß ich beunruhigt bin. Einer von euch haßt mich wie die Pest, und eigentlich kenne ich keinen von euch richtig. Wir wollen uns auf folgendes einigen: Ich möchte morgen nacht keine Bögen oder Armbrüste sehen. Und jetzt sagt mir, wann es losgeht.«

»Wie wäre es, wenn wir auch auf Schwerter verzichten?« fragte Malingasa. »Oder möchtest du vielleicht, daß wir mit gefesselten Händen erscheinen?«

»Verdammt, Malin …«, sagte Thuvarandis.

Hanse seufzte. »Warum tust du das, Malingasa? Wir müssen zusammenarbeiten, und mir gefällt deine Alle-Südländer-sind-meine-Feinde-Einstellung nicht im geringsten, und deine Provokationen schon gar nicht. Was soll ich dazu sagen? Schwerter stören mich nicht, Malingasa. Messer auch nicht. Ich habe keinen Grund, mich über Wurfmesser zu beschweren, das wißt ihr. Aber es würde mich fürchterlich nervös machen, wenn Distanzwaffen dabei sind.«

»Es wird keine Armbrüste oder Bögen geben, von Kurzers Bogen abgesehen«, versprach Thuvarandis. »Kurzer, bring nur zwei Pfeile mit, in Ordnung? Ich kann Schattens Nervosität verstehen. Und aus diesem Grund wird Malingasa auch nicht mitkommen.«

»Was?«

»Um auf die Zeit zurückzukommen …«, sagte Hanse.

»Jetzt warte mal einen Augenblick!« protestierte Malingasa.

»Zur vierzehnten Stunde«, sagte Marll. »Corstic wird dann seit einer Stunde fort und frühestens in zwei Stunden zurück sein.«

Hanse nickte. »Ich denke, wir haben alles besprochen. Wir können von einem Pferderücken leicht über die Mauer steigen. Ich werde alleine ins Haus gehen. Ich werde mich nur auf mich selbst, auf Kurzer und auf die Aufgabe konzentrieren. Was passiert, wenn ich wieder mit der Statuette zurückkomme? Ich schätze, ich soll sie nicht auf den Boden schmeißen.«

»Auf keinen Fall«, bestätigte Marll.

»In Ordnung«, sagte Hanse. »Ich werde sie dir geben, nachdem wir wieder über die Mauer gestiegen sind, denn sobald meine Füße den Boden berühren, werde ich mich schleunigst aus dem Staub machen. Oh, irgend jemand muß vor der Mauer warten, um auf die Pferde aufzupassen. Falls irgend etwas Unvorhergesehenes passieren sollte, wird die Statue hier sein. Wie heißt der Wirt?«

Sie nannten ihm den Namen. Hanse sah in die Runde und registrierte Malingasas wütenden Blick. »Morgen nacht um die fünfzehnte Stunde«, sagte er, »dürftet ihr haben, was ihr wollt, und ich will doch hoffen, daß ich irgend etwas Wertvolles erwische!«

Er wandte sich um und verschwand.

Mignureal sah auf, als Hanse die Wohnung betrat. Er trug ein in Darmhaut eingewickeltes Päckchen. Sie blickte ihn in ihrem bezaubernden Nacht›gewand‹, das Hanse ihr gekauft hatte, fragend an. Doppelt so sexy wie irgendeine Frau in irgendeiner Kaschemme ging sie zu ihm und gab ihm einen Kuß. Er konnte nicht umhin, sie zärtlich ein wenig zu streicheln.

»Wir machen weiter«, sagte er und fügte hinzu: »Es wird gefährlich.«

»Oh! Wieso sagst du mir *das*?« Sie trat einen Schritt zurück.

»Weil ich hoffe, daß du für mich *sehen* kannst.«

Sie seufzte. »Hanse, ich habe es dir doch schon erklärt. Ich kann das nicht einfach *erzwingen*, auch nicht für dich. Entweder es geht, oder es geht nicht. Manchmal kann ich für einen zahlenden Kunden überhaupt nichts *sehen*, glaube mir.«

»Dann wird der Kunde also zum *suvesh*, und du denkst dir irgend etwas aus?«

»Äh … tja..«

»Ts-ts«, machte er und erinnerte sie daran, daß das Stehlen viele Gesichter hatte. Er hielt ihr das Päckchen entgegen. »Weißt du, was das ist?«

»Ich habe keine Ah… nein! Hanse! Bist du auf dem *Dach* gewesen?«

»Direkt neben dem Fenster.«

»Hanse! Ich habe überhaupt *nichts* gehört!«

»Er kommt, er geht, und du weißt nicht, daß er da war, bis er verschwunden ist, und mit ihm deine – *Nase*!« sagte er, und seine Hand schoß auf ihr Gesicht zu.

Sie sprang kichernd und gackernd zurück. »O Hanse! Ich bin wirklich froh, daß du mir deine Nasensammlung nicht gezeigt hast, Liebling.«

»Das war ein großer Verlust«, sagte er, warf den Mantel beiseite und setzte das Päckchen ab, um es zu öffnen. »Weißt du, Wunder hat meine Sammlung entdeckt. Er hat alle neununddreißig Nasen aufgefressen.«

»Iiihhh!«

»Mraurr-rr«, bemerkte Wunder schläfrig, als er seinen Namen hörte.

»Hörst du? Er hat gerade gesagt: ›Natürlich habe ich sie gefressen.‹«

»Iiihhh!«

»Was? Ich ziehe meine Tunika aus, und du sagst ›iiihhh‹? Ich dachte, du liebst meine mächtigen Muskeln. Was immer das heißen soll.«

»Du hast wirklich gute Laune. Ist alles so gelaufen, wie du wolltest? Du hast gesagt, daß du die Leute prüfen wolltest … du liebe Güte, ich mag diese Beine.«

»Du sitzt da, zeigst mir Beine, die bis zur Hüfte reichen, und redest über meine?«

»Hmpf! Ich dachte, du hättest sie gar nicht mal bemerkt. Aber du zeigst Beine, die dir bis zum Kinn reichen, Liebling. Oh, Mist … ziehst du dich schon wieder *an*?«

»Aye, und das wirst du auch tun«, sagte er und schlüpfte

in seine enge schwarze Hose. »Aber es müßte genügen, wenn du dir den Mantel überziehst. Es wird Zeit, daß ich dir etwas zeige.«

»Hör zu, Han... Nachtschatten, wenn du glaubst, daß ich mit dir die Mauer hoch und über die Dächer gehe, solltest du diesen Gedanken gleich wieder vergessen!«

Er lachte leise. »Nein, nein. Ich habe gesagt, ich will, daß du dir etwas ansiehst, Mignue. Aber du mußt trotzdem mit mir rausgehen.«

»Oh ... ich habe gebadet und mir diesen unanständigen Fetzen angezogen, den *du* mir gekauft hast, und *du* willst, daß ich mich mit einem Mantel *bedecke* und *raus*gehe? *Wozu*?«

Er streifte die schwarze Tunika über. »Damit du in der Gasse vergewaltigt wirst«, sagte er und sprang auf sie zu.

Ihr Kreischen ging in ein Lachen über, als sie in das andere Zimmer eilte. Er grinste ihr hinterher und schnallte seine Messer um. Er liebte ihren Anblick in diesem dünnen Spitzengewebe, dessen kaum vorhandener Stoff mitternachtschwarz war.

Sie kam zurück und knöpfte sich den Mantel zu. »Oh, es gefällt mir, wie du aussiehst, Nachtschatten. Du hast doch nicht etwa vor, alle diese Messer zu benutzen?«

Er schüttelte den Kopf und spannte die mit den Scheiden versehenen Arme. »Nein. Du hast schon gesehen, wie ich sie werfe.«

Sie nickte. »Ich erinnere mich noch, wie du mir in der Wüste gesagt hast, daß niemand mit diesen Wurfsternen sein Zeil verfehlen könnte. Und dann haben wir eine Stunde damit verbracht, nach dem zu suchen, den ich geworfen habe!«

»Das darfst du nie zugeben. Jeder glaubt, daß niemand damit daneben werfen kann. Und ich habe einfach jedem in Firaqa erzählt, daß du ein paar davon über deinem Busen trägst. Ich habe sogar Schilder aufgestellt.«

»Ah-ha. Hast du die selbst beschrieben?«

»Huch. Na ja, hin und wieder lüge ich ein bißchen. Komm, laß uns rausgehen. Ahh! In Ordnung, Wunder, du auch. Hast du das gesehen? Er versteht bestimmt das Wort ›raus‹! Komm her, Regenbogen.«

Regenbogen zeigte nicht die geringste Lust, sich stören zu lassen, deshalb nahm Mignureal sie auf den Arm. Wunder schoß im selben Augenblick durch die Tür, als Hanse sie öffnete, und raste mit der Geschwindigkeit eines Rennpferdes die Stufen hinab. Er wartete schon unten an der Haustür, als Hanse und Mignureal gerade den Fuß auf die erste Stufe setzten.

Ein paar Minuten später stand Mignureal in der Gasse und beobachtete mit offenem Mund, wie Hanse die Mauer hinaufstieg. Regenbogen in ihren Armen hatte sie völlig vergessen.

Sie sah, wie er das Dach erreichte, ein lebendiger Schatten im Mondlicht. Sie keuchte und wirbelte herum, als er lossprang und direkt über ihrem Kopf über die Gasse auf das gegenüberliegende Dach schoß. Während sie nach oben spähte, wunderte sie sich, daß sie nicht einmal den Aufprall gehört hatte. Er war bestimmt schnell genug gewesen, als er gesprungen war, aber er schien gelandet zu sein, als wäre er durch die Luft geschwommen. Sie starrte weiter nach oben, konnte aber nichts erkennen.

»He, kleines Mädchen«, klang plötzlich eine leise Stimme auf. Mignureal sprang zur Seite. »Willst du da auf der Gasse vergewaltigt werden?«

Sie starrte in die Richtung, aus der die Stimme gekommen war, und da *tauchte* er aus der Finsternis auf und kam auf sie zu.

»Wie hast du … du warst doch … oh!«

Er war gerade seitlich in einen tiefen Schatten gesprungen und von ihm verschluckt worden. Nachtschatten war verschwunden. Mignureal lief eine Gänsehaut über die Arme, und Regenbogen rührte sich verängstigt.

»Hanse? Das ist unheimlich. Bist … bist du noch da?«

»Aye.«

Seine Stimme schien jetzt direkt aus dem Boden zu kommen. Hatte er sich gekauert? Mignureal konnte überhaupt nichts erkennen. Da war nur ein Schatten. Mit einer

Stimme. Sie erschauderte. »Ich kann dich nicht einmal *sehen*.«

Ein Schritt, und er war wieder da, sichtbar. »Ich wollte, daß du das siehst, Mignue. Oder besser gesagt, nicht siehst. Ich wollte, daß du das weißt. Ich schwöre dir, es ist keine Zauberei, aber einige Leute halten es dafür.«

»Es ist, als wärst du Shalpas Inkarnation!«

»Sch... Sein Name darf nicht laut ausgesprochen werden ... und außerdem glaubst du doch nicht an die Götter, weißt du das nicht mehr?«

Sie streckte ihm die Zunge heraus und machte ein unanständiges Geräusch.

»Würdest du jetzt die Katzen wieder zurück in die Wohnung bringen? Ich werde dann schon oben sein.«

»Hanse ...«

»Ich meine es ernst. Ich werde schon oben sein.«

Sie mußte Wunder lange überreden, wieder zurückzugehen. Wie eine alte Frau stieg sie die Stufen hinauf und dachte über die mehr als nur beunruhigende Fähigkeit ihres Geliebten nach, einfach zu verschwinden und eins mit den Schatten zu werden. Als sie die Wohnung betrat, war er schon da und goß aus einem Krug Bier in Wunders Napf.

»Puh«, sagte Nachtschatten. »Ich warte schon seit einer *Ewigkeit*. Hast du jemanden getroffen, den du kennst, und ein kleines Schwätzchen gehalten?«

Sie ließ sich niedersinken und bemerkte gar nicht, wie ihr Regenbogen aus den Armen sprang.

»Du ... das Fenster?«

Er nickte, prostete ihr mit dem Krug zu und trank.

»Ich wollte nur, daß du Bescheid weißt, Mignue. Ich habe mir das während der letzten Nacht überlegt. Ich meine, du kannst ja schließlich nicht einfach mitkommen und mir bei der Arbeit zusehen.«

Sie blickte ihn aus starren Augen an und nickte immer wieder. Schließlich schien sie wieder aus einer Art Trance zu erwachen und stand auf.

»Ich bin ... froh, daß ich jetzt Bescheid weiß, Liebling. Es ist beängstigend, und es ist wunderbar. Ich kann mir nicht vorstellen, daß da nicht irgendein Zauber oder ein Gott mit im Spiel ist. Und ich habe mich fast zu Tode geängstigt. Ich gehe ins Bett.«

Er grinste. »Nimm dir besser nicht vor, sofort einzuschlafen!«

Es erschien unwichtig und völlig alltäglich, als Anorislas ihm am nächsten Tag mitteilte, daß er ein weiteres Pferd verkauft hatte, und Hanse elf Flammen und fünfundzwanzig Funken auszahlte. Als er wieder ging, war es ihm unverständlich, warum Hanse keine Freude oder große Dankbarkeit oder überhaupt irgendwelche Gefühlsregungen gezeigt hatte.

Hanse war die ganze Nacht über zappelig gewesen, Mignureal merkwürdig still. Nein, er wollte nichts essen, nicht bevor er ... fort ging. Mignureal stellte fest, daß sie überhaupt keinen Appetit hatte. Hanse konnte sich nicht entscheiden, ob er im Bett bleiben oder aufstehen und üben wollte.

Als die Dunkelheit über Firaqa hereinbrach, schien sie sich auch auf Mignureals Gemüt zu legen.

»Wirst du Wunder mitnehmen?«

Er blickte sie an und hoffte, daß sie irgendeinen Vorschlag hätte. *Vielleicht gab es überhaupt keine Gefahr,* dachte er. Er nickte.

»Aye, ich glaube, das werde ich tun.« Er wälzte sich aus dem Bett und stand wieder auf. »Es wird langsam Zeit, daß ich das Pferd hole.«

»Willst du in diesen Sachen gehen?«

»Ich werde mich umziehen, wenn ich das Pferd geholt habe.«

»Oh.«

Er knöpfte seinen guten Mantel zu und wandte sich um. Mignureal preßte sich sofort gegen ihn. Aber sie hatte ihm immer noch nichts zu sagen; sie hatte keine Vision gehabt. Mit dem begeisterten Wunder, dem einen Päckchen mit der

Kleidung und dem anderen, das die nachgemachte Statuette enthielt, trat Hanse aus der Tür. Er hatte gewartet und gewartet und gehofft, daß Mignureal irgend etwas *sehen* würde; nun würde er etwas zu spät kommen.

Nun, sie werden schon auf den Meister warten!

»Hanse!«

Als Hanse diese merkwürdige Stimme hörte, verspürte er ein Gefühl, als würden auf seinem Rücken Spinnen einen Staffellauf veranstalten. Er drehte sich um.

»Wirst du Handschuhe benutzen, Hanse?«

Er nickte und starrte ihr in die großen, runden Augen. Mignureal schien gar nicht richtig da zu sein, hinter diesen starren Augen. Er hatte das natürlich früher schon erlebt und erkannte, was mit ihr los war. Das bedeutete nicht, daß er sich jemals daran würde gewöhnen können, daß dieses unerklärliche, unheimliche Phänomen ihm jemals behagen würde: Sie hatte gerade eine Vision.

Dann wurde ihm klar, daß sehen und *sehen* nicht dasselbe war. »Aye«, antwortete er.

»Gut. Berühre die Spitzen auf der Mauer nicht mit den bloßen Händen, und die perlmuttfarbene Katze auch nicht. Oh – wie interessant! Perias der Wechsler ist heute nacht bei Corstic zum Abendessen.«

Hanse stand weiter reglos da und erkannte, daß es jetzt wieder Mignureal war, die durch ihre eigenen Augen blickte. Ihre Stimme klang völlig natürlich.

»Hast du etwas vergessen, Liebling?«

Er beschloß, ihr später zu erzählen, was gerade geschehen war. Hinterher. Er schüttelte den Kopf und drehte sich wieder um.

»Sei vorsichtig, Liebling!«

»Das werde ich. Das werde ich, Mignue.«

Wunder blieb dicht bei ihm, als sie durch das nächtliche Firaqa zur Grünen Gans gingen. Hanse konnte nichts Bemerkenswertes daran finden, daß Perias bei Corstic zum Abendessen war; nachdem sie gegessen hatten, würden beide ohnehin zur Ratsversammlung gehen. Würden schon gegangen sein, genaugenommen. Das andere, was Mignureal ihm gesagt hatte, war klar: Die Spitzen auf der Mauer und die Statuette mußten mit einem Kontaktgift überzogen sein. Jetzt mußte er sich beeilen, um Thuvarandis und die anderen zu warnen. Er verfiel in einen Laufschritt, was Wunder nichts ausmachte.

Tip, der Laufbursche von Khulna, döste im Stall, aber er stand schnell auf, um Hanse dabei zu helfen, den großen Grauschimmel zu satteln und aufzuzäumen. Hanse schickte den Jungen in die Gaststätte, um ein Stück Obst zu holen, irgendeins. Als der Bursche von seinem Botengang zurückkehrte, der nur eine List gewesen war, hatte sich Hanse im Pferdestall bereits umgezogen und den Mantel wieder übergestreift. Damit verbarg er seine Arbeitskleidung. Hanse drückte Tip eine Kupfermünze in die eifrig ausgestreckte Hand. Mit Wunder, der an ihn geschmiegt auf dem Päckchen saß, das die Kleidung enthielt, ritt Hanse davon.

Zwei Häuserblöcke später ertönte der schrille Schrei, und er stammte nicht von Tip: »*Hanse!*«

Sein Magen und sein Herz zogen sich zusammen, fast gleichzeitig und ziemlich heftig. Er brachte das Pferd zum Stehen und wartete zitternd, während Mignureal angerannt kam. Er sah, daß sie Regenbogen in den Armen trug. Als sie ihn erreicht hatte, hätte er es auch in schwächerem Mondlicht erkannt: ihre Augen. Es war wieder geschehen.

Hanse erschauderte, als diese runden, glasigen Augen zu ihm emporstarrten.

»*Hanse, irgend etwas ist passiert! Geh nicht hinein! Bleib ... außerhalb ... der ... Mauer.*« Und dann, einen Moment später: »Hanse? Was mache ich denn hier draußen auf der Straße – oh! Ist es *geschehen*?«

Er nickte und fuhr mit seinen Fingern in ihr Haar. Er schluckte. »Aye. Du hast mir gesagt, ich solle Wunder bei mir behalten und meine Handschuhe tragen. Bitte geh jetzt in die Grüne Gans und warte dort auf mich, ja? Das ist nur zwei Häuserblöcke weit, und bis zu unserer Wohnung ist es ein langer Weg.«

»In ... in Ordnung, Liebling. Das mache ich. Oh!«

Als hätte sie völlig den Verstand verloren, war Regenbogen aus Mignureals Armen auf das breite Hinterteil des Pferdes hinter den Sattel gesprungen. Das Tier machte einen Satz, und Hanse mußte sich mit beiden Beinen festklammern und mit aller Kraft an den Zügeln ziehen. Das Pferd richtete sich halb auf den Hinterläufen auf, beruhigte sich dann wieder und stand still. Es schüttelte den Kopf, und das Metall an seinem Zaumzeug klirrte.

»Regenbogen! Du böses …«, begann Mignureal.

»Schimpf nicht mit ihr, Mignue«, unterbrach Hanse. »Wir wissen beide, daß sie genausowenig wie Wunder eine normale Katze ist. Aber nein, ich fürchte, du kannst nicht mitkommen, Regenbogen.« Hanse drehte sich im Sattel um und hob die gescheckte Katze auf, die sich nicht weigerte, auf Mignureals Arme zurückzukehren.

»Sei … sei vorsichtig, Liebling.«

»Das werde ich. Bis später.«

Er wartete so lange auf seinem Pferd und blickte ihr hinterher, bis sie das Ende der Häuserzeile erreicht hatte. Dann bog sie in Richtung der Gaststätte um die Ecke, und Hanse atmete tief auf. Mit einem kurzen Blick zum Mond schlug er dem Pferd die Fersen in die Seite. Trotz Mignureals Warnung mußte er weiter. Er mußte versuchen, die anderen zu warnen.

Der erste Teil der Strecke war der schwierigste: Er mußte sich an die gesetzlichen Bestimmungen halten und bis zum Tor in einer langsamen Gangart in der Mitte der Straße reiten. Seinem Pferd behagte das genausowenig wie Hanse. Es erschien ihm wie eine Ewigkeit, bis er das Nordtor erreicht hatte.

»Werde den Burschen mal so richtig rennen lassen«, sagte er so beiläufig er konnte zu den gelangweilten Torwächtern.

»Wird ihm bestimmt gut tun. Sieht prächtig aus, das Tier. Ich wette, er läuft so schnell wie der Wind.«

Hanse beugte sich vor, schlug dem Pferd die Hacken in die Flanken und rief: »Haiya!« Der Grauschimmel schoß los wie ein Pfeil von einer Bogensehne, und Hanse wurde fast von seinem Mantel erwürgt. Er hielt ihn am Kragen fest, machte aber keine Anstalten, die Geschwindigkeit des Tieres zu verringern, bis er Stadthügel erreicht hatte. Auch dann hielt er nur so lange an, bis er den Mantel zusammengerollt und am Sattel befestigt hatte. Danach schlug er dem Pferd wieder die Fersen in die Seite.

»Willst du bergauf rennen, großer Junge? Haiya!«

Das Pferd raste die Hügelstraße hinauf, als sei sie eben.

Mitten auf dem Weg kamen ihnen vier reiterlose Pferde entgegengaloppiert. Sie jagten mit unverminderter Geschwindigkeit an Hanse und seinem Tier vorbei; sie befanden sich offensichtlich auf einer kopflosen Flucht. Da wußte er, daß sich Mignureals Vision wieder einmal als wahr erwiesen hatte und daß er nicht rechtzeitig ankommen würde. Er brauchte eine Strecke von mehreren hundert Fuß, um sein Pferd bis zu einem Trab abzubremsen.

Hanse sah und hörte das prasselnde, knallende und tanzende Grauen bereits, bevor er sein Ziel erreicht hatte.

Eine große Fackel loderte auf der Mauer empor, die Corstics Anwesen umgab, und die Flammen einer anderen Fackel auf dem Rasen direkt vor dem Herrenhaus zuckten hoch in den Himmel. Und es waren, wie Hanse erkannte, keine natürlichen Fackeln ...

»Oh ... o ihr Götter, ihr Götter ...«, flüsterte er, und er hätte seine Stimme auch dann nicht erheben können, wenn es sein eigener Körper gewesen wäre, der da auf der Mauerkrone aufloderte, und nicht die sich windende und brennende Gestalt von Marll.

Und die riesige Fackel, die auf dem Rasen kurz vor dem großen Haus brannte und es so hell erleuchtete – das war Corstics *ehemaliger* Hilfskoch. Kurzer war sehr viel größer, eine Säule aus gelben und weißen Flammen. Sie ließ das Haus von Corstic dem Magier viel heller erstrahlen, als sie es eigentlich hätte tun dürfen, und das große Gebäude schien in diesem unnatürlichen Licht zu tanzen.

Corstic hatte Bescheid gewußt. Corstic war zu Hause, und er forderte einen grauenhaften Preis von den Verschwörern.

Irgendwo auf dem weiten, grünen Grundstück kreischte irgend jemand unablässig und laut genug, daß Hanse am liebsten aufgeschluchzt hätte. Es war ein Mann, den er da so erbärmlich kreischen hörte, immer wieder, und er schrie mit der Stimme einer Frau. Corstic forderte von ihm den Preis ein, den er dafür zu zahlen hatte, daß er sich gegen ihn verschworen und seinen Grund und Boden betreten hatte. Corstic, dessen sämtliche Diener und Hunde eigentlich schlafen sollten. Corstic, Meistermagier von Firaqa. Gemessen an ihm und seinen Kräften waren die Eindringlinge hilflose Kinder. In seinen Augen waren sie gerade so lästig wie Grillen in der Nacht für Nachtschatten.

Das herzzerreißend schrille Kreischen aus einer Männerkehle übertönte sogar das Prasseln und Knallen der menschlichen Fackeln und das unablässige Brüllen derjenigen, die Hanse am nächsten war.

Und, Götter, ihr Götter, o Allvater Ils, nun konnte Hanse es auch riechen, wie er das Platzen von Fettblasen hören konnte: brennendes Menschenfleisch.

Über seinem Kopf stieß eine grausige Stimme schwach keuchend die Worte hervor: »*Renn … weg … Mei…ster …*«

Nachtschatten blickte nach oben, als ein Ast von der Stärke eines Oberschenkels mit einem lauten Krachen brach, das von einem Rauschen begleitet wurde, als führe ein heftiger Wind durch das Laub. Ein kurzer Blick hatte genügt, und irgendwie brachte Hanse es fertig, »haiya!« zu krächzen, als der Ast vollständig abbrach und mit rauschenden Blättern auf ihn zuschoß. Von dem herabfallenden Ast aufgespießt, pendelte Thuvarandis hin und her, durchbohrt von dem riesigsten Speer, den man sich vorstellen konnte. Und aus irgendeinem entsetzlichen, monströsen Grund war Thuvarandis doch nicht tot. Seine Wunde sah grauenhaft aus, die Augen noch schlimmer.

Das große graue Pferd sprang auf Hanses Zuruf augenblicklich los. Hanse konnte sich nur noch am Sattel festklammern, während Wunder sich fauchend in seinem Schenkel verkrallte, aber Hanse nahm die in sein Fleisch dringenden Krallen überhaupt nicht wahr.

Die menschlichen Flammensäulen loderten weiter hoch empor und beleuchteten den größten Teil des Grundstückes. Sie prasselten unablässig, und der Gestank nahm weiter zu, während Hanses leerer Magen sich umdrehte. Er spuckte und würgte hilflos.

Es gelang ihm, das Pferd wieder zum Stehen zu bringen. Er war immer noch dicht neben der Mauer, aber jetzt weiter südlich. Schon bald wünschte er sich, er hätte den Grauschimmel hier nicht angehalten, denn nur ein paar Schritte entfernt hing ein weiterer Mann schlaff über der Mauer, die von alten Bäumen überragt wurde. Bei Ils Atem, konnte irgendein Gift so schnell wirken, daß es ihn noch beim Hinüberklettern lähmte und tötete? Kaum vier Fuß von Nachtschatten entfernt schien der Körper zu erzittern, und dann ging der Tote mit einem dumpf fauchenden Geräusch und einem Windstoß, der die Mähne des Pferdes fliegen ließ, in Flammen auf.

Einen Moment lang sah Hanse, wie sich die Leiche aufblähte, wie sich Blasen bildeten, und dann hörte er sie aufplatzen – *pop-pop-pop* – und das Knistern der öligen Flamme. Kurz darauf loderte das Feuer zwanzig Fuß in die Höhe, weiße und gelbe Zungen tanzten flackernd, und Hanse riß das Pferd herum und raste zurück zu Thuvarandis. Ein Seitenblick zeigte ihm die Umrisse eines Mannes, die sich in einem hell erleuchteten Fenster im oberen Stockwerk abzeichneten; das Fenster neben dem, durch das er ins Haus hatte gelangen wollen. Der Mann hob die Hände, breitete die Arme aus …

Überall begannen Äste laut krachend zu brechen, als sie sich von den Bäumen losrissen und durch die Luft flogen. Sie schossen so schnell an ihm vorbei, daß er das gedämpfte Heulen des Windes hören konnte. Blätter, die hinter den losgerissenen Ästen herjagten, peitschten ihm ins Gesicht.

Hanse vergaß Thuvarandis; dem armen, beklagenswerten Mann konnte sowieso nicht mehr geholfen werden, aber Hanse hatte gedacht, daß er ihn vielleicht töten könnte, um ihn von seinem unnatürlichen Leid zu erlösen, das Corstic über ihn brachte. Er vergaß den kreischenden Mann, die Porzellankatze und die Beute, von der er geträumt hatte. Hanse zerrte das Pferd herum und galoppierte blindlings die sich windende Straße den Hügel hinunter. Irgendwie verfehlten ihn die durch die Luft fliegenden Äste. Er zügelte das graue Pferd nicht, bis er die Stadttore erblickte. Die Fackeln, die dort brannten, jagten ihm eine Gänsehaut über den Rücken, aber es waren dieselben natürlichen Fackeln, die er schon auf seinem Hinweg bemerkt hatte. Sie brannten geruchlos in der Nachtluft, und doch glaubte er, immer noch den Gestank von brennendem Menschenfleisch riechen zu können.

Irgendwie erinnerte er sich wieder daran, den Mantel über seine schwarzen Sachen zu ziehen. Wunder, der zusammengerollt zitternd zwischen seinen Schenkeln lag, war es völlig egal, daß er unter dem Mantel verborgen wurde.

Die Wachen machten gönnerhaft ihre Sprüche darüber, daß das Pferd offensichtlich ausgiebig bewegt worden war, und ermahnten seinen Reiter vorsorglich, es bei dieser kühlen Nachtluft besser trockenzureiben, sobald er ihm den Sattel abgenommen hatte. Hanse nickte und ritt weiter, unfähig zu sprechen, obwohl ihm der Mund offen stand. Sein Magen war immer noch in Bewegung.

Tip kümmerte sich um den Grauschimmel, erhielt mehr Kupferstücke, als er wahrscheinlich jemals auf einem Haufen gesehen hatte, und irgendwie gelangten Mignureal und der zitternde, blicklos vor sich hin starrende Hanse nach Hause. Die Katzen krochen ganz dicht zusammen.

Erst nachdem Mignureal Hanse aus seinen Sachen herausgeholfen hatte, bemerkten sie das Blut, das Hanses Unterschenkel hinabgelaufen war. Doch er dachte nicht einen Augenblick daran, Wunder dafür zu bestrafen; wenn Nachtschatten Krallen besessen hätte, wäre das graue Pferd wahrscheinlich halb skalpiert gewesen, nachdem es ihm gelungen war, den Hügel des Grauens hinter sich zu lassen.

Hanse schlief schlecht, zusammengerollt und zitternd,

und von Zeit zu Zeit murmelte er vor sich hin, während Mignureal ihn festhielt und die Bettlaken mit ihren Tränen tränkte. Einen Arm ließ er aus dem Bett hängen. Seine Hand lag auf dem roten Fell des großen Katers, der sich ebenfalls zusammengerollt hatte und ebenfalls zitterte, selbst im Schlaf. Mignureal bemühte sich lange, konnte Hanses Hand aber nicht von dem Kater lösen. Sie gab den Versuch auf und hielt ihren Geliebten umschlungen.

Am nächsten Tag erfuhr Hanse, der immer noch wie betäubt war, daß Perias der Wechsler bei Corstic zu Abend gegessen hätte, vom Schlag getroffen worden und auf der Stelle tot umgefallen sei. Corstic hätte eine Verschwörung aufgedeckt, in die ein Hilfskoch und mehrere andere Leute verwickelt gewesen seien. Nun beschuldigten sich Corstic und Arcala gegenseitig; Perias war Arcalas Geschäftspartner gewesen. Corstic sei nicht zur Ratsversammlung gegangen, erfuhr Hanse, sondern heldenhaft bei seiner Dienerschaft, die auf unnatürliche Weise eingeschlafen sei, zu Hause geblieben, um sich mit großem Erfolg gegen die Verschwörung und die auf sein Grundstück eingedrungenen Verschwörer zur Wehr zu setzen.

Worauf sie es abgesehen hätten? Nun, natürlich auf sein Leben, worauf sonst?

Stimmt nicht, dachte Hanse. *Sie ... wir hatten lediglich vor, eine Porzellankatze zu stehlen, du Ungeheuer!* Und er eilte nach Hause, nur um dort einen neuen Schrecken zu erleben.

Aye, Perias' Name war von der Liste verschwunden, und wieder fehlte eine rankanische Silbermünze.

Doch es fehlte nur Perias' Name, und nur eine Münze war verschwunden.

Die Namen, die noch auf der Liste verblieben, waren Elturas und Thuvarandis.

Nein, o Ils, mein Vater, nein, nein! Der Mann hat an einem Ast gebaumelt, der seinen Körper vollständig durchbohrt hatte; ein Ast, so dick wie mein Oberschenkel! Er kann gar nicht *mehr am Leben sein!*

Und doch mußte der lange dünne Mann mit dem weißen Haar noch leben – oder zumindest noch nicht tot sein. Nicht ganz. Sein Name stand noch auf der Liste. Nur eine Münze war verschwunden. Sie stand für den Namen, das Leben und den Tod von Perias. Auf irgendeine verhexte und schreckliche Art und Weise mußte Corstic *Thuvarandis am Leben erhalten.*

Und nicht, um den armen Burschen wieder gesund zu pflegen, dachte Hanse. Er taumelte und verspürte den Drang, sich zu übergeben. *Denn das ist völlig unmöglich! Das Monstrum hält ihn am Leben, um ihn zu foltern …*

… und zweifellos, um ihn auszufragen. Wie lange würde es dauern, bis der lebende Tote den Namen Nachtschatten röchelte und den Mann beschrieb, der diesen Namen trug? Wie lange, bis Corstic herausfand, daß dieser Mann ein Fremder war, ein Fremder aus dem Süden, der Hanse hieß?

Welch ein Glück Malingasa doch gehabt hatte, als man ihn am letzten Tag vor diesem Überfall von der Teilnehmerliste gestrichen hatte!

In dieser Nacht beendete Hanse sein dreißigstündiges Fasten mit Brot, Hühnchen, Obst und Bier. Er war sich sicher, daß er nie wieder würde schlafen können. Er zerbrach sich gerade den Kopf darüber und malte sich eine Zukunft ohne Schlaf aus, als er einnickte. Er schlief, schlief so fest, als würde er nie wieder erwachen, könnte von niemandem jemals wieder aufgeweckt werden – bis die Nacht und sein Schlummer von einem schrillen Geräusch zerrissen wurden, das laut genug war, um die Freiwillige Feuerwehr von Firaqa mehrere Häuserzeilen entfernt zu alarmieren.

Hanse kam wie immer zu sich: hellwach und bereit, Dämonen gegenüberzutreten. Als er diesmal erwachte, gellte Wunders Heulen noch immer in seinen Ohren. Hanses erste Reaktion mochte für Nachtschatten, den Einzelgänger, seltsam anmuten; er stieß Mignureal mit solcher Gewalt zur Seite, daß sie aus dem Bett fiel. Sofort rollte er sich auf der anderen Seite vom Bett und kam eine Sekunde später mit zwei Messern in den Händen wieder auf die Beine.

Im selben Augenblick schrie jemand auf. Hanse konnte die Gestalt nur undeutlich erkennen, die dunklen Umrisse eines Mannes, der durch das Zimmer stolperte und die Arme wie Dreschflügel kreisen ließ, als würde er gegen ein Gespenst kämpfen.

»Hanse!«

Dieser Schrei stammte von Mignureal, und Hanse antwortete ihr mit einem unartikulierten Laut. Der Eindringling kämpfte nicht mit einem Gespenst, falls er nicht ein Buckliger war, der sich aufgerichtet hatte; bei dem nicht zu erkennenden Klumpen auf dem Rücken des nur undeutlich sichtbaren Einbrechers mußte es sich um eine biertrinkende, auf Angriff gedrillte Wachkatze handeln.

Hanse ließ beide Messer fallen. Nackt, wie er war, stürzte er sich auf die umherstolpernde männliche Gestalt. Sie hatte beide Hände zu den Schultern erhoben, um den großen roten Kater wegzureißen, der ihr Löcher in den Rücken zu nagen versuchte. Hanse trat auf flachen, kalten Stahl und erschauderte. Er wußte, worum es sich dabei handelte. Er streckte eine Hand aus, und seine Finger berührten ein Gesicht. Mit der geballten Faust schlug er mit aller Kraft zu. Eine Schmerzwelle raste von seiner Hand seinen Arm entlang.

Hanse fluchte.

Der Eindringling, die schattenhafte Gestalt, grunzte und fiel in sich zusammen wie ein Mehlsack.

»Hanse?«

»Zünde eine Lampe an, Mignue. Wunder hat uns gerade vor einem Einbrecher mit einem Schwert gerettet, der uns umbringen wollte.«

»Einbrecher?« Ihre Stimme klang immer noch von der Stelle auf, auf die er sie so heftig geschleudert hatte, um sie in Sicherheit zu bringen.

»Attentäter, meinetwegen. Bezahlter Meuchelmörder. *Zünde die Lampe an, Mignue!* Wunder? Es ist vorbei. Guter, wunderbarer Junge. Laß den Kerl jetzt in Ruhe, solange er uns noch etwas erzählen kann.«

Wunder mußte den Griff seiner nadelscharfen Zähne gelöst haben, denn er war in der Lage, ein Geräusch von sich zu geben, das wie »Raar-rr-rr« oder so ähnlich klang. Er knurrte weiter »rr-rr-r-r-rr«, und blieb dicht neben dem zusammengebrochenen Eindringling liegen. Der bedrohliche, starre Blick seiner großen grünen Augen war eindeutig hungrig. Hanse bewegte sich mit unfehlbarer Sicherheit durch die Finsternis und ergriff das mehrere hundert Fuß lange Seidenseil, ein unbeabsichtigtes Geschenk von Thuvarandis. Damit fesselte er geschickt die Handgelenke des Eindringlings, noch bevor Mignureal die Lampe angezündet hatte.

Hanse blickte auf Malingasa hinab.

Er kaute einen Augenblick auf seiner Unterlippe und musterte den Mann, bevor er das Seil nahm und es ein paarmal um die Fußgelenke des Bewußtlosen schlang und verknotete. Während er die Fesseln um Malingasas Handgelenke überprüfte, erzählte er Mignureal, wer der Mann war. Sie hatte eilig ihren Mantel übergezogen und setzte sich mit untergeschlagenen Beinen auf den Boden. Regenbogen kletterte über ihre Schenkel und ließ sich zwischen ihnen nieder. Mignureal begann, sie geistesabwesend zu streicheln. Nur Hanse bemerkte, wie Regenbogen den Mann auf dem Boden böse anblickte. Und dann zuckten er, Mignureal und beide Katzen zusammen, als es an der Tür klopfte. Hanse ergriff zwei Messer, streifte den Mantel über – nicht den schwarzen – und ging zur Tür.

Er öffnete sie einen Spalt und sah sich dem alten Böttcher gegenüber, der mit seiner Frau auf dem gleichen Stockwerk wohnte. Mignureal konnte hören, wie Hanse dem Mann erzählte, daß sie *alle* viel Glück gehabt hätten, in ihre Wohnung sei ein Einbrecher eingedrungen, aber Wunder hätte ihn angegriffen und den armen Teufel so erschreckt, daß er gleich wieder durch das Fenster verschwunden sei. Ihr Wohnungsnachbar versicherte ihm, daß er sich sicherer fühlte, seit er von Wunder wüßte, und verschwand wieder.

Kaum hatte Hanse die Tür geschlossen, als er auch schon Schritte vernahm, die die Treppe heraufkamen, doch dann hörte er, wie ihr Nachbar der Frau des Vermieters die Geschichte erzählte. Trotzdem kam sie zu ihrer Tür und klopfte.

Hanse sprach sehr leise und sagte ihr, daß Mignureal bereits wieder eingeschlafen sei. O ja, es ginge ihnen gut, ihnen beiden und ›diesen lieben Kätzchen‹. Und wieder zog er die Tür zu und verschloß sie. Als er ins Schlafzimmer zurückkehrte, war Malingasa schon wieder bei Bewußtsein und starrte ihn an. Sofort ließ Hanse sich in die Hocke nieder.

»Was soll das, Malingasa? Du und ich, wir sind nicht gerade Freunde, das stimmt. Aber nur wir beide sind Corstics Falle entgangen. Wieso bist du gekommen, um mich in meinem Bett zu ermorden?«

»Du Bas...«

Hanse preßte dem Gefesselten die Hand auf den Mund. »Sei leise, Malingasa, ein paar Leute in diesem Haus versuchen wieder einzuschlafen. Sprich leise und verhalte dich ruhig, sonst setze ich dir diesen Kater auf die Brust. Und jetzt sprich weiter. Du hast recht, daß ich ein Bastard bin, aber was hat das damit zu tun? Bist du ein genauso großer Freund von Bastarden wie von *Südländern*?«

»Hanse«, sagte Mignureal nachdenklich, »er glaubt, daß du die Falle gestellt hast, weil nur du überlebt hast. Jetzt fragt er sich gerade, woher ich das weiß.« Dann veränderte sich ihre Stimme plötzlich:

»Du heißt Malingasa, deine Mutter heißt Yorna, und dein Vater war Malint. Er starb an einer Krankheit, die deine Mutter die Grüne Seuche nennt. Das ist jetzt drei Jahre her, oder waren es vier? Du warst mit ... äh, mit Isna *verheiratet, stimmt das? – Ja, Isna, aber sie ist gerade erst vor einem Jahr bei der Geburt ihres Kindes gestorben. Oh, armer Mann! Das Baby war gesund, aber du wußtest, daß du nicht für es* – für sie – *würdest sorgen können, deshalb hast du sie einem jungen Pärchen gegeben, aber diese gemeinen Leute sind mit ihr aus Firaqa verschwunden. Bin ich jetzt der einzige Mensch, der davon weiß, Malingasa?«*

Malingasa lag zitternd auf dem Boden und verdrehte die Augen. »Zz-auberei ...«, stammelte er.

»Sie ist eine S'danzo«, erklärte Hanse. »Sie besitzt die Gabe, Malingasa. Sie hat das aus deinen Gedanken erfahren, oder aus deiner Leber, oder wie auch immer das funktioniert, das weiß nicht einmal sie. Bevor ich mich gestern auf den Weg gemacht habe, hat sie mich davor gewarnt, die Spitzen auf Corstics Mauer zu berühren, und mir gesagt, daß Perias mit Corstic zu Abend aß.«

»Das habe ich getan? Du hast mir nichts davon erzählt!«

»Ich hätte es dir noch erzählt, Mignue. Du weißt ja, in welchem Zustand ich war, als ich von diesem Hügel zurückgekommen bin.«

»Du ... warst da ... oben?« stammelte der Mann auf dem Fußboden.

»Aye. Ich hatte mich verspätet, weil Mignue mir hinterhergelaufen ist. Mitten auf der Straße, Malingasa! Diesmal sagte sie, ich solle nicht gehen, diesseits der Mauer bleiben.« Das hatte Hanse Mignureal bereits erzählt. Sie nickte. »Ich bin trotzdem gegangen«, fuhr Hanse fort. »Ich will dir die Wahrheit sagen: Ich habe mich nicht die Bohne um dich oder einen der anderen gesorgt, außer um Thuvarandis. Ich bin durch das Tor und den ganzen Weg zum Hügel galoppiert, weil ich hoffte, ihn davon abhalten zu können, über die Mauer zu steigen. Auf dem Weg kamen mir vier Pferde im vollen Lauf entgegen, gesattelt und aufgezäumt, aber ohne Reiter. Ich sah die Panik in ihren Augen und wußte, daß ich zu spät kam, aber ich bin trotzdem weitergeritten. Willst du wissen, was ich gesehen habe, als ich dort ankam? Willst du es wirklich wissen? Möchtest du es hören, Malingasa?«

Hanse schüttelte ihn. Regenbogen starrte ihn an, Wunder auch, sein Schwanz war unablässig in Bewegung. Malingasa stieß einen klagenden Laut aus.

»Möchtest du gleich jetzt zum Nordtor gehen und dir von den Wachen erzählen lassen, daß ich durch das Tor geritten bin und ihnen gesagt habe, ich wollte mein Pferd einmal richtig rennen lassen? Daß ich ungefähr eine Stunde später im Galopp auf einem schaumbedeckten Pferd zurückgekommen bin? Du und ich, wir hatten Glück, Malingasa, verdammt noch mal! Das ganze Grundstück war so hell wie der Tag – weil Kurzer vor dem Haus und Marll auf der Mauer Fackeln waren, nur noch weißgelbe Flammen, die zwanzig Fuß hoch züngelten. Irgend jemand kreischte, irgendwo da drinnen, schrill wie ein Kind. Ich habe ihn nicht gesehen.«

»Hör auf!« Malingasa zitterte. »Oh, hör auf! Ich glaube dir!«

»Wirklich? Kannst du dir vorstellen, daß Thuvarandis in der Luft hing, mit einem dicken Ast im Leib, *einmal quer durch den Körper gerammt,* Malingasa, und daß er trotzdem noch reden konnte und mich zu warnen versuchte? Dann brach der Ast ab und raste auf mich zu, und er hing immer noch daran. Mein Pferd jagte davon. Deshalb entdeckten wir einen anderen Mann. Wer immer es auch gewesen ist, sein gelbes Haar war viel zu lang, und er trug eine lederne Tunika über … nun, ich glaube, seine Hose war rot, aber ich bin nicht sicher. Ich will nicht lügen oder dir etwas vormachen; ich hatte entsetzliche Angst. Er hing über der Mauer, und gerade, als ich bei ihm ankam, ging auch er in Flammen auf, und Corstic hatte *drei* Fackeln. Deine Freunde, Malingasa, und du warst nicht einmal da, und ich konnte überhaupt nichts machen.«

»Hör auf!« flehte der jetzt heftig zitternde Mann. »Nein, nicht mehr! Ich glaube dir, es tut mir leid, ja, ja, das ist Corstic … ah, Flamme, o Mutter-r-r …« Er schlug den Kopf vor und zurück. »Jetzt wird er mich auch erwischen! Er muß es! Ah, nein, nein, oh …«

Malingasa verstummte, den Kopf zur Seite gedreht. Er weinte. Hanse sah angewidert auf seine Hand. Sie war von den Tränen und dem Speichel des anderen besudelt.

Er lächelte höhnisch. »Ich werde dir noch etwas erzählen, Malingasa. So klug und mutig, wie du bist, wirst du es bestimmt verstehen. Ich bin *geflohen,* Mann. So schnell ich konnte! Ich bin so schnell abgehauen, wie mein Pferd laufen konnte, weil sich ganze Äste von den Bäumen losgerissen haben und durch die Luft geflogen sind, direkt auf die Straße vor der Mauer zu. Ich glaube nicht, daß der Mann mich sehen konnte, den ich in einem der oberen Fenster entdeckt hatte, aber das war ihm egal, er wollte einfach jeden vernichten, der in der Nähe war! Ich weiß nicht genau, wie ich entkommen bin. Ich bin den ganzen Weg den Hügel runter im Galopp geritten, und ich habe jede Sekunde damit gerechnet, daß sich ein Baum in meinen Rücken rammen würde. Ich lebe noch, weil ich Glück hatte, Malingasa; Mignureal und Glück. Wegen ihr hatte ich mich verspätet. Und du lebst noch, weil du dich mir gegenüber so beschissen benommen hast, daß sie dich nicht mit den großen Jungen mitgehen lassen wollten. Und jetzt wirst du mir entweder erzählen, was es mit dieser Sache auf sich hat, oder mein Kater Wunder und ich werden mit dir ein bißchen Vivisezierer spielen.«

Hanse war klar, welche Wirkung eine solch furchtbare Drohung auf einen Mann haben mußte, der derart verängstigt wie Malingasa war.

Sein Messer blitzte vor Malingasas Augen auf, und Mignureal rief: »Hanse!«

Er warf ihr einen schnellen Blick zu und zwinkerte. Während sie noch zu ergründen versuchte, was das zu bedeuten hatte, begannen sich ihre Lippen zu bewegen.

»Mal... Malingasa«, murmelte sie, »war einer von ihnen. Thuvarandis auch, und Perias, und ein ... ein Ravas, ja, Ravas und andere.«

Hanse starrte sie an. Ihre Augen schienen klar zu sein, wenn auch etwas starr, und ihre Stimme klang völlig normal. Sie schien zu *sehen*, aber auf eine andere Art als sonst. »Einer von denen, die ... was, Mignue?«

Malingasa schluchzte auf, als Mignureal sagte: »Die Corstics Frau das angetan haben. Erzähl es uns, Malingasa, wenn du glaubst, daß du eine Seele besitzt und sie vielleicht vor Corstic retten kannst. Oder möchtest du lieber, daß es dir so ergeht wie ... wie ... Nuris! Möchtest du so werden wie Nuris?«

Malingasa zuckte bei diesen Worten heftig zusammen

und schrie auf, und Hanse preßte seine Hand schnell wieder auf den Mund des kahlköpfigen Mannes. Als er sie wieder wegzog, wischte er den Sabber an Malingasas Tunika ab.

»Ich werde … ich werde es euch erzählen«, brachte Malingasa mit leiser, kläglicher, erstickter Stimme hervor, die immer wieder von Schluchzern unterbrochen wurde. »O M-mutter, M… ich werde es euch erzählen … nein, nicht Nuris' Schicksal …«

»Wer ist Nuris?« wollte Hanse wissen, und Mignureal fragte mit normaler Stimme: »Wer?«, und Hanse sah sie scharf an. Plötzlich begriff er, daß Mignureal nicht nur *sah*, sondern daß hier sehr viel mehr passierte. Und er hatte recht.

Den größten Teil der Geschichte erzählte Malingasa unter Stocken und Schluchzen. Auch nachdem Hanse die Fesseln an seinen Fußgelenken durchgeschnitten hatte, bewegte sich der Mann nicht. Aber hin und wieder machte er eine Pause oder beantwortete eine Frage mit einem beinahe flehentlichen »Ich weiß es nicht!«, und dann *sah* Mignureal ganz plötzlich und schloß diese Lücken in der Geschichte, während sie auf dem Fußboden sitzen blieb und Regenbogen streichelte.

Sie und Hanse erfuhren eine Menge mehr, als sie erwartet hatten. Die Geschichte kam in Schüben und nicht in der richtigen Reihenfolge heraus, aber es gelang ihnen, sie vollständig zusammenzusetzten. Zuerst erfuhren sie durch Malingasa von der Massenvergewaltigung, aber Mignureal steuerte andere Aspekte und Einzelheiten und schließlich den Hintergrund bei, so daß der Ablauf der Geschichte verständlich wurde.

Vor Jahren wurde ein Bursche namens Nuris Zauberlehrling, er war ein angehender Magier mit der angeborenen Gabe der Vorahnung oder des Hellsehens. Schon sehr bald kam Nuris zu der Überzeugung, daß er mehr als nur das war. Zum Teil lag es an der Lehre selbst, daß er sich vorschnell wie ein wertvoller und fähiger Magier zu fühlen begann. Als Lehrling hatte er unter einem bösartigen, stets höhnischen und nie zufriedenen Mann zu leiden: dem Meistermagier Corstic. Nuris' Fähigkeiten wuchsen, ohne daß ihm dafür Anerkennung zuteil wurde, und so wuchs auch seine Unzufriedenheit und steigerte sich zur Verbitterung.

Die Frau seines Meisters mußte genauso leiden wie er, denn Corstic war ihr gegenüber ebenso gemein und lieblos. Er war ein Meister seiner Kunst und seines Könnens; ein großer und mächtiger Mann, der noch mächtiger wurde. Der Tag würde kommen, an dem er Firaqa beherrschen und Herr der Stadt genannt werden würde. Die Ehre, seine Frau zu sein, sollte ihr genügen.

Natürlich genügte ihr das nicht, und bald empfanden sie und der Lehrling Nuris Mitleid füreinander. Sie waren zwei mißhandelte Menschen, die sich gegenseitig trösteten. Dieses Verhältnis entwickelte sich weiter, ob sie es nun so gewollt hatten oder nicht, und es dauerte nicht lange, da führte es sie zusammen in ihr Bett. Wenn sie auch so ihre Probleme und Sorgen nicht ganz vergessen konnten, konnten sie doch wenigstens sich selbst und dem anderen ein wenig Freude bereiten.

Das taten sie, mehrere Monate lang. Bis Corstic ihnen auf die Schliche kam. Er mußte es schon einige Zeit gewußt haben, bevor er zur Tat schritt, denn sein Plan war nicht einfach.

Es fiel ihm nicht schwer, seine verängstigte Frau in ein Zimmer des Herrenhauses einzusperren. Dort überließ er sie sich selbst und vergrößerte ihre Angst noch, indem er ihr so finster wie nur möglich erzählte, daß er sich jetzt Nuris' Schicksal annehmen würde. Was für jämmerliche Fluchtversuche unternahm diese erbarmungswürdige Frau doch! Shurina brach sich die Fingernägel und prellte sich die Arme und den Körper, als sie sich immer wieder gegen die Tür warf. Diese Fluchtversuche brachten ihr nichts weiter ein als Schmerzen und Verzweiflung. Obwohl sie als Corstics Frau ein paar Zaubertricks und sogar einige Zaubersprüche gelernt hatte, hatte Shurina nicht die Kraft, sich zu befreien oder ihren Ehemann zu beeinflussen, der sich durch seine eigenen Schutzzauber gut abgesichert hatte.

Sie konnte auch nichts für Nuris tun und sich nur fragen, welches Übel ihr Mann dem armen Burschen zufügen würde.

Damit beschäftige sich Corstic gerade. Er hatte seinen Plan bereits ausgearbeitet. Manche wildgewordenen Ehemänner brachten den einen oder gleich beide der betrügerischen Liebhaber um. Ah, aber Corstic war ein Hexenmeister! Wie konnten Menschen dafür leiden, daß sie ihn in seinem Stolz derart beleidigt hatten, wenn sie schlicht und einfach tot waren?

(Hanse erschauderte, als er dies von Mignureal hörte – es war unerklärlich, woher sie dieses Wissen besaß. Er hatte erst vor Stunden Corstics Verteidigungsmaßnahmen und seine Vergeltung erlebt. Was für ein eiskaltes Gemüt mußte dieser Mann besitzen, was für ein Talent für Verderbtheit und Grauen!)

In seinem eigenen Zimmer sank der ahnungslose Nuris schon bald in eine durch einen Zauber hervorgerufene Bewußtlosigkeit. Nun löste Corstic das *Ka* des jungen Mannes aus dessen Körper und nahm es gefangen, diesen unsichtbaren Lebensfunken, den manche ›die Seele‹ nennen. Dieses menschliche Bewußtsein hexte der Magier in einen Körper hinein, den er schon vorbreitete und in einen Käfig gesperrt hatte: einen ungewöhnlich großen roten Kater.

Nachdem er den Käfig versteckt, den Körper seines Lehrlings aber zurückgelassen hatte, der deutlich sichtbar atmete, als stünde er lediglich unter Drogen, begab sich Corstic zu seiner Frau. Er schleppte sie in Nuris' Zimmer. Gefesselt mußte sie hilflos zusehen, wie ihr Mann ihren Liebhaber langsam, sorgfältig und blutig zerstückelte. Shurina hatte keine Ahnung, daß ein Teil von Nuris, die reine Essenz seines Seins, gerettet worden und im Körper eines Katers gefangen war. Dieses Wissen hätte Corstics Freude an ihrem Grauen nur geschmälert. Dann beseitigte der Magier auch noch geschäftig alle Spuren des Mordes, denn er wußte, daß es seiner gefesselten Frau noch mehr Qual bereiten würde, wenn sie gezwungen war, dazubleiben und ihm zusehen zu müssen.

Der nächste Teil der Rache und Vergeltung des Hexenmeisters bestand darin, die Rollen des leidenden Opfers und des hilflosen Zuschauers zu vertauschen. Zusammen mit dem lächelnden Corstic mußte der eingesperrte Kater zusehen, wie Shurina hilflos auf demselben Bett lag, in dem sie sich mit Nuris Trost gespendet hatte; »sich schamlos herumgewälzt hatte«, wie sich Corstic ausdrückte. Nun fielen zehn Männer über die nackte, weinende Frau her und mißbrauchten sie.

Jeder der Männer erhielt eine Silbermünze, nachdem er Shurina vergewaltigt hatte, und verschwand wieder. Als sie alle gegangen waren, ließen sie ein wundes und blutendes Trümmerfeld von einer Frau auf dem Bett zurück.

Hämisch warf Corstic für jeden ihrer Vergewaltiger eine Münze auf den bebenden Körper seiner Frau und fügte noch eine für sich selbst hinzu. Dann überließ er sie ihrem Elend und nahm den Kater mit. Obwohl er nicht befürchtete, daß ein Tier etwas ausplaudern könnte, dessen Zähne, Maul und Rachen so beschaffen waren, daß es auch durch keinerlei Bemühungen eines Magiers in der Lage gewesen wäre zu sprechen, wollte Corstic Nuris noch weiter zurechtstutzen. Nuris sollte sich seiner selbst immer bewußt bleiben, doch nicht in der Lage sein, wie ein Mann zu handeln, nicht einmal wie ein Mann im Körper einer Katze. Er wurde zum Gefangenen in diesem Körper. Er konnte ihn nicht steuern. Er war ein Kater.

Was die gemieteten Schänder anging, diese zehn Männer hatten gewußten, was sie taten, und sie erinnerten sich daran. Der einzige Bann, dem sie unterworfen waren, lag auf ihren Zungen; sie würden niemandem jemals erzählen können, was sie und Corstic getan hatten. Natürlich konnte das auch der Kater nicht, der einmal Nuris gewesen war – nein, der *die Essenz von Nuris enthielt*. Vor Angst oder Reue oder aus beiden Gründen flohen einige der Männer aus Firaqa. Andere blieben. Während die Zeit verging, gelangten einige zu Wohlstand, wie es einigen immer gelingt, anderen dagegen nicht. Mit anderen Worten, sie führten das, was das normale Leben normaler Männer zu sein schien.

Corstic ließ Shurina mit ihrem Schmerz, ihrer Angst und diesen Silbermünzen, die er als den Preis für ihren Körper bezeichnete, tagelang allein. Er genoß das Wissen, daß sie leiden mußte, körperlich und seelisch. Dann übertrug Corstic das *Ka* seiner Frau in eine andere Katze.

»Eine … gescheckte Katze«, murmelte Mignureal und streichelte Regenbogen.

Niemand wußte, daß ihr Körper bereits entseelt war, als Shurina aus einem hochgelegenen Fenster in Corstics palastartigem Haus ›fiel‹. Natürlich zeigte Corstic in der Öffentlichkeit große Trauer, aber jeder konnte sehen, wie er darum kämpfte, seine Fassung zu bewahren. Man nannte ihn tapfer.

Er hatte die Verschwörer besiegt, die er als Betrüger an seiner Güte betrachtete, die darin bestanden hatte, daß er ihnen Unterkunft gewährt und es geduldet hatte, daß sie zu einem Teil seines Lebens geworden waren und unter dem Glanz seiner Größe hatten leben dürfen. Er hatte ihre Bewußtseine in den Körpern von zwei Katzen begraben und ihre menschlichen Hüllen zerstört und in der Erde begraben. Er hatte sie getötet, sie umgebracht … aber *einen Teil ihres Menschseins, ihrer Menschlichkeit* bewahrt. Sie waren nicht vollständig zu Katzen geworden, und doch waren sie weniger als Menschen, die in Katzenkörpern gefangen waren.

Corstic hatte vor, sie als Haustiere zu behalten, Haustiere, die er körperlich und geistig quälen, die er an frühere Zeiten erinnern und verhöhnen konnte.

»Sie konnten fliehen.«

Hanse fuhr bei Mignureals gemurmelten Worten verblüfft herum. Sie saß auf dem Boden und starrte blicklos vor sich hin, während sie Regenbogen streichelte.

Hanse warf Wunder einen kurzen Blick zu, der die Augen fest auf Malingasa gerichtet hatte. Wunder sah eindeutig hungrig aus. Hanse betrachtete Regenbogen, die in Mignureals Schoß geblieben war, seit diese Geschichte langsam abwechselnd von Malingasa und Mignureal enthüllt worden war. Auch Regenbogen blickte den Mann auf dem Fußboden aus bösen Augen an. Hanse sah wieder zu den fünf silbernen Kaisermünzen hinüber. Sie lagen auf dem Boden, wo sie die ganze Zeit gelegen hatten, während der Befragung, Malingasas unvollständigem Bericht und der Worte, die Mignureal in ihrer Trance gesprochen hatte, die noch merkwürdiger war, als wenn sie gewöhnlich *sah*.

Die Katzen waren entkommen, hatte Mignureal gesagt. Unglücklicherweise hatte man das, was einmal Nuris gewesen war, als entlaufenes Tier aufgegriffen und in einer Karawane mit nach Freistatt genommen. Dort wurde er zu einer von Ahdios zwei Wachkatzen. Er war wild, und doch wurde er Ahdios Freund, Ahdios Kater. Er lebte als biertrinkender Kater und verhielt sich wie ein Wachhund und eine Alarmanlage von Fuchs' Kneipe. Er war nicht Nuris. Er war Wunder; er war ein Kater.

Und dann kam Hanse in dieses Hinterzimmer von Fuchs' Kneipe, von dieser ungewöhnlichen Aura umgeben, die von seiner Geburt und seiner Beziehung zu den Göttern und zu Mondblume und deren Tochter herrührte. Hanse trat in Wunders Leben und erweckte den Sinn für Magie in Nuris/Wunder und das Bewußtsein dessen, was er einmal gewesen war. Und er blieb Hanse treu.

Das war eine mögliche Erklärung, die andere lautete schlicht und einfach, daß eine Katze sich mit einem Menschen angefreundet hatte, besonders nachdem sie gemeinsam in den Statthalterpalast von Freistatt eingebrochen waren, wo sie beinahe von einer Schlange und einem menschlichen Wächter getötet wurden, bevor sie wieder aus dem Palast herausgelangten und die Mauer hinunterklettern konnten.

Daß die gescheckte Katze später am Rande der Wüste aufgetaucht war, beruhte nur teilweise auf Zufall. Regenbogen, die ziemlich verzweifelt nach Wunder gesucht hatte, war von den Tejana gefunden worden. Sie brauchte dringend Wasser. Die Tejana gaben ihr welches und fingen sie ein. Nur sie konnten wissen, ob sie sie als Haustier, als Mäusefänger oder als Nahrung hatten haben wollen. Hanse und Mignureal, murmelte Mignureal mit eintöniger Stimme, waren nur zu einem gewissen Grad *gelenkt* worden, sie waren nicht nur Werkzeuge und Automaten in dieser Angelegenheit gewesen.

»Und so sind sechs Münzen verschwunden«, sagte Hanse langsam, »und sechs Männer sind tot – sechs der Vergewaltiger! Eh, Malingasa?«

Der schluchzende Bursche zitterte und stöhnte nur klagend.

»*Ja*«, sagte Mignureal.

Hanse warf ihr einen kurzen Blick zu. »Und die elfte Münze, eine dieser fünf, steht für Corstic«, sagte er. »Und du, Malingasa, einer von denen, die mich ›eingestellt‹ haben, und der uns so viel aber nicht alles erzählt hat ... du bist einer von den Vergewaltigern. Aber etwas fehlt hier noch, Schurke. Wie kommt es, daß du den Bann überwunden hast, nichts zu erzählen, und immer noch lebst?«

»*Hanse!*«

Die Dringlichkeit in Mignureals Stimme ließ Hanses Kopf auf der Stelle herumfahren.

Sie deutete auf die Münzen. Obwohl sie unberührt auf dem Boden lagen, hatte eine von ihnen angefangen zu zittern.

Zur gleichen Zeit stieß ihr Gefangener einen erstickten Laut aus und begann, in häßlichen Krämpfen zu zucken. Während Hanse und Mignureal ihn mit zu Berge stehenden Haaren anstarrten, verdrehten sich seine Arme zu gräßlichen Zerrbildern von Gliedmaßen. Plötzlich vernahmen sie das Brechen von Knochen und sahen, wie diese zerstörten Arme zu grotesken, nutzlosen Gebilden wurden. Malingasas Haut schwoll an und zitterte, während er sich auf die Füße zu kämpfen versuchte. Und dann bildeten sich überall an seinem Körper scheußliche Beulen aus.

»Ga-aah«, brachte Malingasa hervor, und irgend etwas fiel aus seinem Mund zu Boden.

Wunder stürzte sich darauf und verschlang die noch warme, rosa Zunge mit Begeisterung. Hanse erbleichte, wandte den Kopf ab und würgte. Das half ihm wenig, denn nun sah er, daß sich eine der verfluchten Münzen in Kupfer umgewandelt hatte.

In weniger als einer Minute war Malingasa zu einer grauenhaften, übelkeiterregenden Gestalt geworden. Er taumelte, kam auf die Füße, und die abscheulichen Beulen dehnten seine Haut, bis sie glänzten, und schwollen noch stärker an.

Malingasa stieß entsetzliche, zungenlose Geräusche aus, stolperte wieder und verließ die Wohnung auf dem gleichen Weg, den er gekommen war: Er stürzte sich aus dem offenen Fenster.

Hanse, der ebenfalls stolperte, sprang an das Fenster, um hinabzusehen. »Könnte … könnte er den Sturz überlebt haben?« Er blickte Mignureal an.

Sie schüttelte stumm den Kopf. Wieder deutete sie auf die Münzen. Es waren vier geworden, alle aus Silber.

»Wieder eine verschwunden: Malingasa«, sagte Hanse leise. »Aber nur eine. Cor… das Ungeheuer hat Thuvarandis noch immer nicht sterben lassen.«

Er starrte Mignureal eine Weile mit unnatürlich runden und hellen Augen an. Er sah auf die Katzen, die Münzen, auf die Stelle des Bodens, wo Malingasa so lange gelegen hatte. Ein heftiges Zittern lief durch seinen Körper, und er wandte sich dem Bier zu. Während er sich einen Becher einschenkte, fühlte er, wie sich etwas gegen seine Beine drückte, und er blickte auf den roten Kater hinunter.

»Richtig, für dich auch, Junge! Ja, Wunder, ich …« Verwirrt brach er mitten im Satz ab. Dann rief er: »Mignue! Wie kommt es, daß Wunder und Regenbogen Katzen sind, und Regenbogen sich trotzdem erinnern konnte und sich auf den Weg nach Freistatt gemacht hat? Und was ist mit den Münzen … und, Mignue, *wie kommt es, daß du all diese Dinge weißt, die du erzählt hast?*«

Mignureal saß immer noch auf dem Fußboden und streichelte die gescheckte Katze, die auf ihren vom Mantel bedeckten Schenkeln lag. Ihr Gesicht war entspannt, als sie zu ihm aufsah.

»Ich *weiß es*, Hanse. Shurina war die Frau eines Meistermagiers. Sie hat ein paar Dinge seines Handwerks gelernt, einige unbedeutende Zaubersprüche. Sie war nicht untätig, als er sie nach der Vergewaltigung wieder in ihrem Gefängniszimmer einschloß. Sie wurde von ihrer Qual und Wut getrieben, die nicht zuließen, daß sie sich in einen Schock flüchtete. Sie band die Münzen mit einem Fluch an sich. Und sie belegte *sich selbst* mit einem Fluch, der sie daran hinderte zu vergessen. Selbst da wußte sie noch nichts von seinen Plänen, oder daß er eine Katze darauf vorbereitete, ihr *Ka* aufzunehmen. Es war nicht Nuris-Wunder, der das alles ins Rollen gebracht hat, Hanse. Es war Regenbogen. Shurina, meine ich.«

»Oh.« Nach einer Weile fragte er: »Aber wie kommt es, daß du ...?« Er verstummte.

Jetzt begann sich die gescheckte Katze zu regen, die Mignureal so lange gehalten hatte. Sie erhob sich und drehte sich um, um langsam an Mignureal heraufzuklettern. Regenbogen blickte ihr lange in die Augen, und dann konnte Hanse beobachten, wie die Katze ihre kleine, rosa Nase gegen Mignureals preßte. Er hatte in dieser Nacht eine ganze Menge akzeptiert, weil ihm nichts anderes übrig geblieben war. Nun akzeptierte er dies auch noch, und er begriff: Nicht Regenbogen, sondern Shurina hatte Mignureal gerade bestätigt, daß sie recht hatte, und sie hatte sie geküßt.

Mignureal drückte die Katze zärtlich gegen ihr Gesicht. »Alles, was ich heute nacht *gewußt* und gesagt habe, Hanse, das hatte nichts mit der Fähigkeit des Hellsehens der S'danzo zu tun. Shurina hat es mir irgendwie ... erzählt. Ich habe nur für sie gesprochen.«

Nach einer langen Zeit des Schweigens sagte Hanse: »Ich glaube, ich nehme mir lieber noch etwas Bier.«

»Äh, Hanse ... schenkst du mir bitte auch ein bißchen ein?«

»Wunder ist mein Freund«, sagte Hanse. Er saß mit dem Krug in der Hand auf einem Schemel und starrte blicklos vor sich hin. Die Aufmerksamkeit von Mignureal, Regenbogen-Shurina und Wunder-Nuris war ihm gewiß. »Er hat mir mindestens anderthalbmal das Leben gerettet. Thuvarandis kann ich zwar nicht als meinen Freund bezeichnen, aber er ist auch nicht mein Feind. Er kann einfach nicht verdient haben, was Corstic ihm antut; kein Mensch kann so etwas verdienen. Dieser Mann muß sterben dürfen. Nach all dieser Zeit hat er seinen Tod bestimmt verdient.«

Dann blickte er auf, und seine Augen waren wie schwarze Kohlen und schienen doch zu brennen. »Und auch Corstic muß sterben!« Er stieß einen Seufzer aus. »Jetzt muß ich doch noch in seine Höhle einbrechen, Mignue.«

»O *Hanse*!«

Shurina jedoch äußerte sich überzeugender als Mignureal. Sie eilte zu Hanse und rieb sich an seinem Bein. Hanse ließ seine Hand über den Rücken der gescheckten Katze gleiten. Plötzlich wandte er sich Wunder zu.

»Wunder! Kannst du mich verstehen? Verstehst du, was ich sage?«

Wunder blickte ihn an und drehte dann plötzlich den Kopf zur Seite, um sich mit Hingabe das Fell zu lecken. Dann setzte er sich und beobachtete Shurina, die sich an Hanses Bein rieb, und dann Hanse selbst.

»Ich glaube ... ich glaube, Shurina versteht uns«, sagte Mignureal. »Wunder *ist* ein Kater, denke ich, nur eine Herberge für Nuris' *Ka*. Aber Shurina ist sich in dem Körper der Katze ihrer selbst bewußt. Es muß so sein, Liebling. Ich *weiß*, daß sie durch mich gesprochen hat. Es ist anders als beim *sehen*, Hanse; ich habe die Worte gehört. Ich wußte, was ich sagte.« Sie überlegte einen Moment, und dann machte sie einen Versuch: »Regenbogen?«

Die gescheckte Katze rieb sich weiter an Hanses Bein und wölbte ihren Rücken seiner Hand entgegen. Und trotzdem war es bestimmt kein Zufall, daß sie ihren kleinen Kopf von Mignureal wegdrehte.

Mignureal sagte: »Shurina?« – und sofort blickte die Katze sie an. Hanse schluckte mühsam und hörbar. Mignureal nickte.

»Ja. Das ist eine Frau namens Shurina, die mich da aus diesen geschlitzten grünen Augen ansieht! Du verstehst mich wirklich! Du verstehst, daß ich Gewißheit haben muß, Shurina. Du weißt, wie wichtig das für dich ist. Deshalb – zeige mir, daß du mich verstehst. Bitte geh zu Wunder hinüber.«

Sofort drehte die Katze sich um und schritt zu Wunder hinüber, ohne ihr Hinterteil nach üblicher Katzenmanier ein letztes Mal an Hanses Bein zu reiben, als sie es verließ. Bei Wunder angekommen, drehte sie sich wieder um, um Mignureal anzusehen.

»Verdammt«, murmelte Hanse. Er starrte auf den Boden. »Es ist Zauberei, ich weiß, aber zum ersten Mal hasse ich sie nicht. Wer könnte Regenbogen denn hassen? Wer könnte Shurina hassen?« Er betrachtete die Katze. »Geht es nur bei Mignureal, Shurina, oder kannst du auch mich verstehen?«

Beide Katzen musterten ihn eindringlich, ihre Schwänze bewegten sich träge. Beide wirkten aufmerksam. Doch Hanse wußte, daß diese anscheinend gespannte Aufmerksamkeit und die von den Schwänzen abgesehene Reglosigkeit dem typischen Verhaltensmuster von Katzen entsprachen. Katzen konnten dieses Verhalten Minute um Minute aufrecht erhalten, auch wenn der Mensch längst schon wegsah. Auf der anderen Seite konnte eine Katze sich auch plötzlich für ein Insekt oder ein Jucken interessieren, für ein Geräusch oder einen Schmetterling, und den Menschen dann völlig ignorieren.

»Wenn du mich ebenfalls verstehen kannst, Shurina, dann geh bitte zuerst zu Mignureal, dann zu mir und dann wieder zu Wunder.«

Die Katze zuckte mit dem Schwanz, als sei sie beleidigt. Doch dann schritt sie etwas steifbeinig zu Hanse, um dort gleich wieder kehrt zu machen, ging weiter zu Mignureal und von dort zurück zu dem Kater. Wunder gähnte, was immer wieder einer der schrecklichsten Anblicke war, die Hanse sich vorstellen konnte. Ihm gefiel weder der Anblick dieser fürchterlichen Fänge, noch die Fähigkeit, das Maul so weit – so ... einladend – aufzureißen. Er dachte nicht gerne an die tödlichen Fähigkeiten, über die selbst eine kleine Katze verfügte, ganz zu schweigen von einer wie Wunder.

Nun kam er sich nicht einmal albern vor, als er sagte: »Es tut mir leid, Shurina, aber ich mußte Gewißheit haben. Du möchtest, daß ich mich um Corstic kümmere, das ist klar.« Er machte eine Pause, und die gescheckte Katze eilte zu ihm zurück und rieb sich an seinen Beinen.

»Ich glaube, ich habe schon Dinge getan, die genauso gefährlich waren, aber hier in Firaqa kenne ich mich nicht gut genug aus. Ich brauche deine Hilfe, Shurina. Weißt du ... uh.«

Die Katze hatte aufgehört, sich an ihm zu reiben, war geschmeidig einen Schritt zurückgewichen und hatte beide Vorderpfoten auf sein Knie gestellt. So blieb sie stehen und schaute ihm in die Augen, als ob ... als ob sie auf seine Anweisungen wartete.

Hanse nickte und streichelte das Tier seitlich am Kopf. Ob Shurina oder nicht, ihre Reaktion war die einer Katze, sie preßte ihre Wange gegen seine Finger.

»Shurina ... *lebt* in ihr«, sagte Mignureal. »Nuris ist ... Wunder. Und Wunder ist ein Kater.«

»Über die Mauer bei Corstic einzusteigen, ohne mehr zu wissen, wäre dumm«, sagte Hanse. Er erläuterte doch tatsächlich seine Überlegungen einer kleinen, gescheckten Katze. »Wahrscheinlich wäre es sogar Selbstmord. Auf der anderen Seite kann ich auch nicht hoffen, das Gelände erkunden und das in Erfahrung bringen zu können, was ich wissen muß. Aber ich könnte dich und Wunder mit dem Pferd dorthin bringen und euch auf den Ast eines Baumes heben. Ihr beide könntet alles auskundschaften und beobachten und euch später wieder mit mir treffen. Irgendwo, ich würde es nicht wagen, dicht neben der Mauer auf einem Pferd zu warten. Man würde mich zu leicht bemerken, es wäre zu offensichtlich, daß ich auf irgend etwas warte. Wirst du das tun? Kannst du das überhaupt tun? Und kannst du, äh, Wunder irgendwie kontrollieren, Shurina? Dich wie eine Katze mit ihm verständigen, damit er die Gefahr kennt und weiß, was er machen soll?«

»Hanse ...«, begann Mignureal, verstummte aber wieder. Die kleine Katze sprang mit der geschmeidigen Langsamkeit, die nur einer Katze zu eigen ist, von Hanses Knie und lief aus dem Zimmer.

Die beiden Menschen tauschten einen Blick und gingen zur Tür, um nachzusehen. Die gescheckte Katze stand vor der Eingangspforte und wartete darauf, hinausgelassen zu werden. Als sie einen leisen Laut von sich gab, schoß Wunder zwischen ihnen hindurch und eilte zu ihr.

Hanse legte Mignureal eine Hand auf die Schulter und fragte: »Was wolltest du sagen?«

»Nichts, glaube ich.« Sie seufzte. »Es wird passieren, das weiß ich. Du wirst es tun. Nur daß Mitternacht mittlerweile längst vorüber ist und es nicht mehr lange dauern wird, bis es dämmert, Liebling. Diese Sache muß noch warten. Wir müssen uns ausruhen.«

»Das ist wahr«, stimmte Hanse zu. »Morgen nacht also. Hmm ... ich meine, heute nacht, aber viel später!«

Zwei Leute kamen über die Hauptstraße von Stadthügel durch die Finsternis geritten und unterhielten sich, und sie bemerkten das große graue Pferd unter dem Hain aus Vogelbeerbäumen links von ihnen nicht. Der schwarzgekleidete Mann auf dem Baum interessierte sich weder für die Beeren, noch für die beiden Reiter, die zu dieser ungewöhnlich späten Stunde aus Firaqa heimkehrten. Er beobachtete, wie sie vorbeiritten, und sie merkten es nicht. Er hatte keine Ahnung, wer sie waren; sie hatten keine Ahnung, daß er da war.

Würde man das kleine Wäldchen fällen, hätte man die Straße halbkreisförmig erweitern können. Direkt hinter den Vogelbeerbäumen fiel das Gelände steil ab, deshalb war das Grundstück hier auch nicht bebaut worden, und das würde wohl auch nie geschehen. Wahrscheinlich hatte es einen Besitzer, aber das kümmerte Nachtschatten nicht. Der Besitzer würde auf keinen Fall Corstic heißen. Von hier bis zu der Stelle, an der sein ummauertes Grundstück am weitesten hügelabwärts reichte, war es eine halbe Meile die Straße hinauf, und das Anwesen lag auf der anderen Straßenseite.

Nachtschatten wartete. Er wartete bereits ziemlich lange. Was ihm am meisten zu schaffen machte, waren nicht Unruhe oder Besorgnis, sondern das Jucken an der Innenseite seines Schenkels. Er durfte sich dort nicht kratzen, denn das Jucken ging von der Wunde aus, die Wunders Krallen gerissen hatten. Hanses enge Hose hatte das seltsame grüne Zeug, das Mignureal ihm auf die Wunde geschmiert hatte, wahrscheinlich schon wieder weggewischt.

Direkt unter ihm rupfte das graue Tejanapferd Gras und knabberte gelegentlich an ein paar tief herabhängenden Blättern. Zusammen mit seinem Herrn wartete das Pferd hier seit mehr als einer Stunde. Nachtschatten harrte in der Dunkelheit auf dem Baum aus. Und er dachte nach.

Wie kam es, daß er an den Bäumen innerhalb von Corstics Mauern keine hellen, frischen Wunden gesehen hatte, dort, wo sich die Äste losgerissen und sich ihm entgegengeschleudert hatten, um ihn aufzuspießen, wie es mit Thuvarandis geschehen war? Warum hatte er, selbst nachdem er vom Pferd gestiegen war und genau nachgesehen hatte, keine Zweige oder Blätter entdecken können? Es hätten welche da sein müssen, denn er hatte die Äste auf den Boden und auf die Straße prallen hören. Aber er hatte nichts im Straßengraben oder auf dem Wall vor ihm finden können. Warum, im Namen aller Götter – die Flamme nicht zu vergessen –, hatte sich Corstic die Mühe gemacht, das Gelände säubern zu lassen? Angenommen, er hatte es getan, wie hatte er die Äste wieder an den Bäumen befestigt? Konnte irgendein Magier einen solchen Zauber bewirken, der die Bäume wieder zusammensetzte, indem er *ihre Äste wieder anwachsen ließ*?

Hanse schüttelte den Kopf, nachdem er eine weitere Stunde gewartet hatte. Wieder ging ihm der Gedanke durch den Kopf: *Was für einen Zauberleim hat er benutzt, verdammt noch mal?* Ihm fiel keine Antwort darauf ein. Er hatte länger als eine Stunde hier gesessen, ohne eine Antwort darauf finden zu können. Genausowenig konnte er sich vorstellen, daß selbst der Meistermagier von Firaqa solche Wunder vollbringen könnte.

Er wartete fast noch eine Stunde länger. Mittlerweile stand sein Pferd bewegungslos und still direkt unter seinem Sitzplatz; das namenlose Tier war eingeschlafen.

So leise wie Nachtschatten, wahrscheinlich sogar noch leiser, kamen die Katzen zurück, ohne daß er sie bemerkte, bis sie sich fast direkt unter ihm befanden. Von seinem Ast aus war Wunder in der Dunkelheit nicht zu sehen, Regenbogen war ein kleiner heller Fleck. Sie stieß mit ihrem leisen Stimmchen ein völlig normales »Miau« aus, und Nachtschatten schwang sich von dem tiefhängenden Ast zu Boden. Das Pferd, das augenblicklich wach war, warf den Kopf herum.

Nachdem Hanse sich kurz hingekauert hatte, um die beiden Katzen zu streicheln, benutzte er die Seilschlaufe, die er am Sattelhorn befestigt hatte, um in den Sattel zu gelangen. Er tätschelte das Pferd am Hals und sprach kurz mit leiser Stimme auf es ein, bevor er zu den Katzen hinabblickte. Mit gespitzten Lippen machte er ein leises Geräusch. Die gescheckte Katze sprang zuerst; ohne einen wahrnehmbaren Aufprall landete sie auf der Decke hinter dem Sattel. Dann schoß Wunder hoch und kam mit einem gurgelnden Laut auf Hanses Oberschenkel auf.

»Autsch! Verdammt«, grollte Nachtschatten und setzte den großen roten Kater vor sich auf den Sattel. Er erzeugte mit seinen Wangen das schmatzende Geräusch, mit dem er, wie er herausgefunden hatte, den Grauschimmel zu einer langsamen Gangart bewegen konnte. Er trottete den Hügel hinab nach Firaqa und in die Koschenillenstraße. Tip hielt ein kleines Nickerchen im Treppenhaus, war aber froh, als er geweckt wurde. Schließlich durfte er das schöne große Tier zurück zum Stall hinter der Grünen Gans reiten!

Mignureal hatte gewartet. Sie setzte sich auf den Boden, um Regenbogen-Shurina in ihren Schoß zu nehmen. Während sie die kleine gescheckte Katze unablässig streichelte, erzählte Shurina ihnen durch Mignureals Mund, was sie und Wunder herausgefunden hatten.

Zuerst einmal war der merkwürdige Fleck auf dem Rasen, den Hanse beobachtet hatte, eine sichere und keine gefährliche Stelle!

»Was?« blökte Hanse ungläubig.

Durch Mignureal fuhr Shurina fort. Nach den Erkenntnissen, die die zauberkundige Frau im Körper einer Katze bei der Erkundung des Anwesens gewonnen hatte, gab es nur einen Weg in Corstics Herrenhaus. Hanse lehnte sich wißbegierig vor und bekam erst einmal zu hören, was er *nicht* tun durfte.

Wenn er versuchen sollte, über die Mauer zu klettern, würde er getötet werden. Aye, das hatte er schon vermutet. Wenn er vom Rücken des Pferdes auf die Mauer treten würde, wie er es sich überlegt hatte, würde er sterben. *Soviel zu diesem brillanten Einfall,* dachte er und hörte weiter zu, weil ihm nichts anderes übrigblieb. Schließlich hatte er ja die Katzen losgeschickt, um diese Informationen einzuholen.

Und was Mignureal erzählte, die weiter die gescheckte Katze streichelte, kam von der Frau, die diese Katze war, von Shurina. Sie fuhr fort.

Wenn er versuchen sollte, sich auf den Sattel zu stellen und vom Rücken des Pferdes aus über die Mauer zu springen – was er heute schon stundenlang geübt hatte –, würde er auf entsetzliche Weise sterben. Sollte er versuchen, mit Hilfe eines der Bäume, die so einladend dicht an der Mauer wuchsen, auf das Grundstück zu gelangen, sagte sie ihm, würde es ihm so wie Thuvarandis ergehen.

Verdammt, dachte Hanse, *langsam gehen uns die Auswahlmöglichkeiten aus!*

Richtig und doch falsch. Er hatte gar keine Wahl. Er hatte eine und nur diese eine Möglichkeit, in das Haus von Corstic dem Magier zu gelangen: das Grundstück durch das vordere Tor zu betreten, auf kürzestem Weg zu dem breiten Säulengang zu galoppieren, zur Vordertür zu rennen und hineinzugehen!

»*Was?*«

Aye. Er mußte die Türklinke mit seiner behandschuhten Hand ergreifen, sie herunterdrücken und eintreten.

»Aber … aber ich bin ein *Dieb!* Wie um alles in der Welt könnte ich durch die Vordertür gehen!«

Mignureal wiederholte lediglich: »Drück die Türklinke mit der behandschuhten Hand herunter und tritt ein.«

Dann veränderte sich ihre Stimme, und die Katze in ihrem Schoß drehte den Kopf, um zu ihr aufzusehen. Ganz offensichtlich hatten Mignureals scharfe Ohren Worte vernommen, die nicht von Shurina gekommen waren. Diesmal war es das Hellsehen, die wahre Gabe der S'danzo, und nicht ihre merkwürdige geistige Verbindung mit der Katze, denn Mignureals Augen waren leer geworden, und ihre Stimme hatte diesen seltsamen Tonfall angenommen, den Hanse zu erkennen gelernt hatte. Er lehnte sich vor und lächelte in freudiger Erwartung. Während sie sprach, nahm sie sich das Medaillon vom Hals, das Strick ihr vor sechs Wochen im Mädchenkopfwald geschenkt hatte.

»*Hanse*«, begann sie, »*trage dieses Amulett.*«

Aber dann folgte der Rest, und er lauschte mit wachsendem Unglauben und Widerwillen ihren eindeutigen Anweisungen, die alles andere als erfreulich waren. Einige Sekunden später konnte er sie nur noch anstieren. Sein Mund stand weit offen, sein Unterkiefer hing herab.

Das war's, dachte er verzweifelt. *Jetzt hat sie ihre Gabe verloren. Es ist vorbei. Wenn ich das mache, dann bin ich tot, tot, tot!*

Ein weiterer Tag und ein Teil der Nacht waren vergangen, ohne daß Mignureal noch etwas *gesehen* hätte. Hanse hatte sie zu ihren Worten befragt, die in seinen Augen Schwachsinn waren, aber sie konnte ihm nicht helfen. Wie gewöhnlich konnte sie sich nicht an das erinnern, was sie ihm gesagt hatte, ja, sie wußte nicht einmal, daß sie überhaupt etwas gesagt hatte. Nun hatten er und die Katzen ihre Vorbereitungen getroffen und schickten sich an zu gehen, und noch immer hatte Mignureal Shurinas Warnungen und ihren eigenen Worten nichts hinzuzufügen. Ihre Unruhe und ihre Sorge um ihn waren offensichtlich, aber sie *sah* nichts Neues, hatte keine weitere Vision. Das trug nur dazu bei, daß er ihre Nervosität über das Wagnis in dieser Nacht teilte.

An der Tür fielen sie sich in die Arme. Er konnte ihre Fingernägel durch seine schwarzen Sachen hindurch fühlen.

»Mittlerweile wird Tip unten mit dem Pferd warten«, erinnerte er sie. »Da ich die Stadt schon zweimal durch das Nordtor verlassen habe und sich beim ersten Mal all diese … Ereignisse bei Corstic abgespielt haben, könnten die Wachen mißtrauisch sein. Deshalb werde ich zum Südtor hinausreiten, durch das wir nach Firaqa gekommen sind. Ich werde einmal um Firaqa herum und erst *dann* nach Stadthügel hinaufreiten.«

»Ich weiß, Liebling«, flüsterte sie.

Aye, er wußte, daß sie es wußte. Er hatte es ihr dreimal erzählt. Er hatte es getan, weil er immer noch hoffte, daß sie eine Vision haben würde, und er wollte nicht riskieren, daß sie ihm dann in der falschen Richtung hinterherzurennen versuchte! Was sie ihm gesagt hatte, war der reine Wahnsinn. Bestimmt hatte ihre S'danzogabe ihr einen Streich gespielt!

Aber jetzt wurde es Zeit, und sie hatte ihm nichts zu sagen. Er drückte sie fest, trat einen Schritt zurück und blickte sie eine Zeitlang an. Dann wirbelte er herum und lief zur Treppe. Die Katzen folgten ihm auf dem Fuß. Als er einen kurzen Blick zurück warf, wirkte Mignureal in der Tür ganz klein. Nachtschatten stieg die Treppe hinunter, von dem Tapp-Tapp-Tapp der Katzenpfoten auf Treppenstufen begleitet. Beide Vorderpfoten, Pause, dann beide Hinterpfoten und Vorderpfoten, Pause, und …

Tip wartete schon mit dem Pferd, das sichtlich aufgeregt war, obwohl diese nächtlichen Ausflüge den Hügel hinauf fast schon zur Routine in seinem Leben geworden waren. Der Junge ging ins Haus, um vor dem Treppenhaus zu warten. Er würde sich nicht langweilen. Nichts langweilte Tip, dazu besaß er nicht genug Verstand. Hanse bestieg das Pferd, der Mantel verbarg seine schwarze Kleidung. Die Katzen gesellten sich zu ihm. Als sie ihre Plätze eingenommen hatten, machte er sich auf den Weg zum Südtor. Er hielt ein gemäßigtes Tempo ein, indem er die Zügel, an denen das alte Eisenmaul zerrte, kurz hielt. Es lag nicht nur daran, daß das Tempo den gesetzlichen Vorschriften entsprach, heute nacht wollte er sichergehen, daß Mignureal genug Zeit hatte, um ihn einzuholen.

Den ganzen Weg zum Tor wartete er darauf, ihre Stimme zu hören.

Er hörte sie nicht.

Und dann war er am Tor, warf einen kurzen Blick zurück, und eine schläfrig wirkende Wache winkte ihm mit einer schlaffen Hand zu und forderte ihn auf, vorsichtig zu sein.

O sicher, dachte Nachtschatten. *Sei vorsichtig. Umklammere einfach das Medaillon – und marschiere mit geschlossenen Augen durch die Vordertür! Aber sicher doch!*

Er ritt in die Nacht hinaus. Während des ganzen Weges um Firaqas Ostseite herum wartete er auf Mignureal, obwohl er tief im Inneren wußte, daß sie nicht kommen würde. Nachdem er Firaqa fast ganz umrundet hatte, erkletterte der große Grauschimmel einmal mehr Stadthügel.

Sie hat es gesagt, und das war's, redete sich Nachtschatten zu. *Soll ich jetzt also damit aufhören, ihre Warnungen und Ratschläge zu befolgen, die schon immer völlig unglaubwürdig geklungen haben, oder sollte ich statt dessen vernünftig sein?*

Also, Hanse?

Er wußte es nicht. Er konnte sich diese Frage selbst nicht

beantworten. Das alte Eisenmaul näherte sich Corstics Mauer, und sein Reiter durfte es nicht wagen, vom Sattel aus auf die Mauerkrone oder einen Ast zu steigen. Genausowenig durfte er es wagen, sich auf den Sattel zu stellen und zu versuchen, über die Mauer hinwegzuspringen. Welche Wahl blieb ihm? Welche Möglichkeiten hatte er?

Und dort war auch schon Corstics Mauer mit all ihren Bäumen auf der anderen Seite.

Ich werde einen Versuch unternehmen!

Er lenkte das Pferd dicht an die Mauer, flüsterte den Katzen ein paar Worte zu, holte tief Luft, spannte seinen Körper und streckte eine Hand aus, über die er einen schwarzen Handschuh gestreift hatte. Er ergriff einen langen Ast.

Augenblicklich vernahm er ein lautes krachendes Geräusch und ließ sich so weit nach hinten fallen, wie es der Sattel und sein Rückgrat zuließen. Der abgebrochene Ast schoß über seinen Oberkörper hinweg. Blätter peitschten ihm ins Gesicht, und dünne Zweige kratzten über seine Brust. Wenn er sich nicht aus dem Weg gebeugt hätte, wäre er aufgespießt worden. Er hörte, wie der Ast mit rauschendem Laub auf die Straße klatschte. Er betrachtete ihn, ein großer Ast, der halb über die Straße ragte. Und wieder hörte er Blätter rauschen und erneut ein lautes Krachen.

In diesem Augenblick vernahm er im Geist wieder die Worte, die Mignureal in der letzten Nacht gesprochen hatte:

»Hanse. Trage dieses Amulett. Wenn die Äste anfangen zu zerbrechen und zu fliegen, dann umklammere das Amulett und schließe die Augen, bis du sie nicht mehr hörst.«

Hanse hatte nur noch wie ein Schwachsinniger stammeln können: »Die Augen schließen? Aber … *Amulett?* Aber …«

Wahnsinn! hatte er gedacht. War das etwa alles, was sie ihm zu bieten hatte? Er sollte das dreieckige Schmuckstück aus den vielfarbigen Schildkrötenpanzersegmenten mit dem goldenen Rand umklammern und die Augen dabei schließen, damit er sicher sein konnte, getötet zu werden? Er hatte nur stottern und Mignureal anstarren können, als sei sie übergeschnappt. Ihm fehlten die Worte. Angesichts dieses Schwachsinnes hatte sein Verstand sich verabschieden wollen. Diesmal mußte ihre S'danzogabe ihr mit Sicherheit einen Streich gespielt haben.

Nun dachte er ganz anders darüber. Wenn sie gewußt hatte, daß die Äste brechen und fliegen würden, dann …

Es war alles andere als einfach, aber Nachtschatten sog die Luft tief in sich hinein und riß sich zusammen. Den Blick immer noch auf den Ast auf der Straße gerichtet, schloß er die Augen. Gleichzeitig umklammerte er mit der Hand das Medaillon, das um seinen Hals hing und vor seiner Brust baumelte.

Wie lange soll ich die Augen geschlossen halten? fragte er sich, und dann wurde ihm bewußt, daß er außer dem Zirpen von ein paar Grillen und Laubheuschrecken nichts hörte. Keine krachenden Geräusche. Kein Zischen und Sausen in der Luft.

Er öffnete die Augen wieder. Den Kopf hatte er nicht bewegt. Er blickte immer noch auf die Straße. Und das war alles, was es dort zu sehen gab. Dort lag kein Ast. Als er den Kopf herumriß und auf den Baum starrte, war der Ast, den er berührt hatte, der abgebrochen und auf ihn zugeflogen war, immer noch da. Oder wieder da, genau dort, wo er sein sollte und wie es sich für ihn gehörte: am Baum angewachsen.

Verdammnis, Hölle und bei den Augen von Allvater Ils! Es war eine Illusion! *Mignureal hatte wieder recht gehabt!*

Und deshalb hatte sie sich wahrscheinlich auch mit dem Rest ihrer Warnungen und Anweisungen nicht getäuscht, die sie während ihrer Trance ausgesprochen hatte. Und jetzt kannte Hanse auch den Grund. *Weil alles eine Illusion ist! Auch eine Illusion kann mich töten … aber wenn ich sie nicht sehen kann, existiert sie gar nicht! Ich muß das Grundstück stürmen – und in das Haus spazieren!*

Ein Triumphgefühl stieg in ihm auf und ließ ihn erzittern. »Haltet euch fest, Freunde«, rief er den Katzen zu, »denn jetzt geht's los! *Haiya!*«

Das Klopfen an der Tür war eine unangenehme Überraschung für Mignureal, denn Hanse konnte in der Zwischenzeit seine selbstgestellte Aufgabe noch nicht erledigt haben. Deshalb machte sie sich in diesem Augenblick mehr Sorgen um ihn, als daß sie Angst um sich selbst gehabt hätte. Sie eilte zur Tür, öffnete sie und blickte den Mann im Flur fragend an. Seine großen Augen waren tiefblau und direkt auf sie gerichtet, und fast schien es, als könnten sie in Mignureal hineinsehen.

Er war von mittlerer Größe, ungefähr fünfunddreißig Jahre alt, vielleicht etwas älter, und um eine goldrote Haarlocke in der Mitte seiner Stirn herum gingen ihm langsam die Haare aus, so daß seine Stirn sehr hoch wirkte. Sein Schnurrbart war etwas heller als sein Haupthaar, ein an den Seiten herabhängender und sorgfältig gestutzter Bart. Der Mann war schlank und feinknochig aber nicht dünn, als sei er früher einmal dünn gewesen, würde aber gut essen und keine körperliche Arbeit verrichten. Diese Erscheinung wurde noch von dem hervorragenden Stoff und der herrlichen Farbe seiner mittelblauen Tunika betont. Sie wurde von einem lockeren Gürtel aus weichem weißen Leder zusammengehalten und über einer taubengrauen Hose und hohen, schwarzen Stiefeln getragen. Sie schienen aus gewendetem Leder oder aus Schweineleder zu bestehen, denn sie sahen weich aus und glänzten nicht. Sein Mantel war sehr lang und so schwarz wie Hanses Arbeitskleidung, und auch er war elegant gearbeitet, mit dunkelroten Borten versehen. Mignureal bemerkte, daß er keine Waffen trug, nicht einmal einen Dolch. Nur ein dünner Stab oder Stock, weiß und ungefähr eineinhalb Fuß lang, war durch seinen Gürtel geschoben. Diese Schlaufe in seinem Gürtel, erkannte sie, war extra für den Stab mit dem runden Knauf angefertigt worden. Aber er sah trotzdem nicht nach einer Waffe aus.

Sie hatte den Mann noch nie zuvor gesehen, auch die beiden bewaffneten Männer nicht, die rechts und links direkt hinter ihm standen.

»*Du* bist die Quelle der Ausstrahlungen?« fragte er mit

einer angenehmen, wohlklingenden Tenorstimme. »Ein einziges hübsches Mädchen?«

Plötzlich wurde sich Mignureal sehr deutlich des tiefen, tiefen ›Hals‹-Ausschnittes ihres Gewandes bewußt, das ein Geschenk gewesen war.

»Aber verzeih mir bitte meinen Gefühlsausbruch«, bat der Mann lächelnd. »Mein Name ist Arcala.«

Der schnelle Lauf des Tejanapferdes ließ seine Mähne im Wind flattern. Nachtschatten flog das Haar ins Gesicht, so daß er die Augen zu schmalen Schlitzen zusammenkneifen mußte. Das Fell der Katzen wurde zersaust, und sie duckten sich hinter den hohen Sattel, um dem Wind zu entgehen. Der große Grauschimmel hetzte die Straße parallel zur Mauer entlang. Als sein Reiter ihm die Fersen in die Seite bohrte und heftig an den Zügeln zerrte, änderte das Pferd schlagartig die Richtung und galoppierte wild durch das offene Tor und über Corstics Grundstück. Elf Fuß große Ungeheuer mit einem Fuß langen Fängen wuchsen gelb und schwarz und in der Farbe von hellgrünem Erbrochenen knurrend aus dem Boden, ihre Krallen schossen ihm entgegen, und Nachtschatten erschauderte, als er leise ausrief: »Vaspa!« Und trotz seiner Angst wagte er es, eine Hand um das Medaillon zu klammern und die Augen zu schließen, während er seine Beine mit aller Kraft um den Leib seines Pferdes schlang.

Eisenmaul galoppierte weiter, und alles, was sein Reiter spüren konnte, war der Wind. Nichts berührte ihn. Auch die entsetzlichen Wächter waren nur Illusionen.

Der Grauschimmel galoppierte über einen hübschen Weg dem in der Dunkelheit verschwommen erkennbaren, von Säulen eingerahmten Herrenhaus entgegen und weiter die breite Treppe aus rotem Stein hinauf, während Hanse an den Zügeln zerrte und rief: »Whoa! Mip, du verdammtes Vieh, *mip*! WHOA!«

Das Eisenmaul schlidderte über die Veranda, kam zum Stehen und riß im letzten Moment den Kopf zur Seite, bevor es gegen die hohe und breite Eingangstür von Corstics Haus prallen konnte. Nachtschatten sprang aus dem Sattel. Im gleichen Moment, als er leichtfüßig auf der Veranda landete, vernahm er ein schrilles Summen, dem ein dumpfer Aufprall folgte. Er entdeckte den Pfeil, der in der Tür zitterte. Das Geschoß hatte ihn nur verfehlt, weil er so schnell aus dem Sattel gesprungen war. Der Pfeil war keine Illusion.

Hanses Knurren klang kaum noch menschlich. Er wirbelte herum, ein Wurfgeschoß über die Schulter gehoben.

Im gleichen Augenblick entdeckte er den Mann, der zwanzig Fuß von ihm entfernt kniete und gerade einen weiteren Pfeil in den Bogen legte, und ohne einen Sekundenbruchteil nachzudenken, schoß Nachtschattens Arm vorwärts. Mit der gleichen Bewegung beugte er sich weit vor. Dies war kein gewöhnlicher Einbruch, es war ein Überfall auf einen Mörder, der Nuris und eine grauenhaft mißbrauchte Frau names Shurina umgebracht hatte, und dies war nicht der richtige Zeitpunkt für Nachtschatten, Skrupel zu empfinden, weil er bei seiner Arbeit Waffen einsetzte. Außerdem war diese bogenschießende Pestbeule der Angestellte eines Ungeheuers. In seiner Stirn steckte plötzlich ein stählerner Wurfstern, von dessen sechs Zacken nur noch drei zu sehen waren, und er stürzte wie ein gefällter Baum zu Boden.

Völlig aufgedreht und mit Adrenalin vollgepumpt, ließ Nachtschatten den zweiten Wurfstern sinken, der jetzt überflüssig geworden war. Er wirbelte herum, bereit, die Tür zu Corstics Villa einzutreten und hineinzustürmen. Er schaffte es gerade noch, sich wieder unter Kontrolle zu bekommen und mitten in der Bewegung einzuhalten. Er erinnerte sich wieder an Mignureals Worte, an den zweiten Teil der Anweisungen, die sie ihm in ihrer Trance gegeben, und die er für Schwachsinn gehalten hatte:

»Schließe die Augen, wenn du die Türklinke herunterdrückst und das Haus betrittst, und halte sie so lange geschlossen, bis du drinnen bist.«

Er atmete ein paarmal tief ein und blickte sich kurz um.

Die Katzen standen wachsam neben ihm und warteten. Nachtschatten ergriff die große Messingtürklinke mit der einen Hand, umklammerte mit der anderen Stricks Amulett und schloß die Augen. Dann drückte er die Klinke herunter und stieß die Tür auf.

Da er die Augen geschlossen hatte, erfuhr er nie, welches Grauen Corstic heraufbeschworen hatte, welche Illusionen die hohe Eingangshalle bewachten. Nachtschatten trat ein und spürte ein Prickeln auf seiner Kopfhaut und in den Achselhöhlen. Die weichen Sohlen seiner Halbstiefel riefen nur ein leises Wispern auf dem Marmorboden hervor. Er spürte, wie etwas an seinem Bein entlangstrich und wußte, daß gerade ein großer roter Kater an ihm vorbeigeschossen war. Mit hämmerndem Herzen machte er zwei weitere Schritte, als er den gräßlichen schrillen Schrei hörte, und er wußte, daß das keine Illusion war. Nachtschatten öffnete die Augen.

Er umklammerte das Medaillon so fest, daß seine scharfen Ränder trotz der Handschuhe in seine Hände schnitten, und kniff die Augen zu.

Als er eins dann doch wieder einen Spalt weit öffnete, war die oberschenkeldicke Schlange immer noch da, ein Dutzend Fuß lang und so grell grün und orange, daß es in den Augen schmerzte. Sie fuhr zurück, ihr Kopf pendelte hin und her, nur von einem großen fauchenden Kater auf Distanz gehalten, der den Rücken unglaublich weit hochgewölbt, den Schwanz steil in die Höhe gereckt hatte und einen fürchterlichen Anblick bot, das Fell so gesträubt, daß jedes einzelne rote Haar senkrecht von seinem Körper abstand. Schlagartig wurden Nachtschatten drei Dinge klar: Mignureal hatte nur die illusorischen Gefahren gesehen, war aber aus irgendeinem unerklärlichen Grund für die wirklichen blind gewesen. Das gräßliche Kreischen, das er gehört hatte, war von Wunder gekommen, der ihm wieder einmal das Leben gerettet hatte. Und diese übergroße Schlange war keine Illusion.

Nachtschatten vergaß das Amulett und griff nach seinen Waffen.

Mit zwei so schnellen Bewegungen, daß sein Arm unter dem schwarzen Stoff nur noch ein verschwommener Schemen war, schleuderte er ein Messer in jedes Auge des Reptils und traf beide Male, obwohl die Kreatur vor Schmerzen nach dem ersten Treffer wild zurückgezuckt war. Wunder stürzte sich sofort auf sie, das Maul mit den blitzenden Fängen weit aufgerissen, und Hanse folgte ihm ohne Zögern. Das Ilbarsimesser sauste durch die Luft und schlug zu. Die unwahrscheinliche Schlange wurde halbiert, aus beiden Hälften ergossen sich ihre Körpersäfte. Wunder grub seine Fänge in die eine Hälfte und schüttelte sie wie wild.

»Laß es sein, Wunder. Sie wird sich noch eine Stunde oder noch länger winden und um sich schlagen, aber der große Wurm ist tot, glaub mir. Los, auf geht's!«

Die Treppe war drei Schritte entfernt direkt vor ihnen. Als Hanse leichtfüßig über die eine umherpeitschende Hälfte der verendenden Schlange sprang, huschte die gescheckte Katze an ihm vorbei und rannte die Stufen hinauf. Wunder löste den Griff seiner Zähne und folgte ihr, und aus seinem Maul tropften die Körpersäfte der Schlange.

»Würdet ihr beiden Amateure wohl mal einen Augenblick warten?« rief Nachtschatten ihnen hinterher. »Einer von uns hat seine Waffen nicht eingebaut!«

Er zog seine Messer aus den Augen der toten aber wild um sich peitschenden Schlange, erhielt einen heftigen Schlag gegen die Beine und grunzte. Er ließ sich in die Hocke nieder, um die Messer an einem schönen, vielfarbigen, ovalen Vorleger abzuwischen. Gerade als er die Messer wieder in ihre Scheiden schob, stürzte sich der dicke Teppich auf ihn und versuchte, sich um seinen Kopf zu wickeln. Hanse nagelte ihn unter großen Schwierigkeiten mit einem Fuß am Boden fest, griff nach dem Amulett und schloß die Augen. Der wildgewordene Teppich kam zur Ruhe.

Eine Hälfte der toten Schlange schlug wieder gegen seine Beine. Da reichte es ihm. Wütend ergriff er sie, wirbelte sie herum und schleuderte sie durch die offene Vordertür. Als daraufhin ein Schrei ertönte, ließ sich Nachtschatten in die Hocke fallen und zog gleichzeitig das Ilbarsimesser und einen Wurfstern. Er sprang an der Türöffnung vorbei und blickte im Flug nach draußen. Ein heftiger Schauder lief durch seinen Körper, und gleichzeitig erhielt er einen weiteren Adrenalinschub.

Er hatte gerade Kurzer gesehen, der blindlings auf eine halbe Riesenschlange einschlug und einen Wurfstern in der Stirn trug.

»Zur kalten Hölle mit dem Amulett!« grollte Hanse.

Die Treppe und Corstic mußten noch etwas warten. Was er gerade gesehen hatte, konnte nicht wirklich existieren, denn es konnte nicht Kurzer gewesen sein, aber er konnte dem Spuk verdammt gut ein Ende bereiten. Er sprang zurück, durch die Türöffnung nach draußen und hieb so kräftig er konnte auf einen Schenkel des Mannes ein. Das Ilbarsimesser grub sich zitternd in einen Knochen. Nachtschatten mußte an der Waffe herumrucken, um sie wieder freizubekommen, während Kurzer ohne einen Laut von sich zu geben zusammenfiel. Hanse faßte den Griff mit beiden Händen und ließ die Klinge mit aller Kraft auf den zusammengebrochenen Mann oder die Erscheinung herabsausen, und der Schmerz schoß seine Arme empor, als die Klinge den Hals durchtrennte und auf dem roten Stein von Corstics Veranda aufschlug. Hell blitzten und tanzten die Funken in der dunklen Nacht. Sein Pferd wieherte.

Der Kopf rollte davon, er sah Kurzer jetzt überhaupt nicht mehr ähnlich, und Hanse hatte keine Lust mehr, seinen Wurfstern gleich jetzt zurückzuholen.

Er wirbelte wieder zur Tür herum und erblickte im selben Moment eine geifernde Spinne von der Größe eines Pferdes und der Farbe von Scheiße. So einen Witz von Spinne konnte es gar nicht geben, aber er duckte sich trotzdem vorsichtshalber zur Seite, bevor er nach dem Amulett griff und die Augen schloß. Als er kurz blinzelte, war die Spinne nicht mehr da.

Das Problem ist, daß der Körper nicht wissen kann, was eine Illusion und was Wirklichkeit ist, dachte er und wollte gerade durch die Tür schlüpfen, als er sich erinnerte: zuerst das Amulett greifen und die Augen schließen. Er sprang leichtfüßig – nachtschattenhaft – durch den Türrahmen und öffnete die Augen wieder. Es war wirklich angenehm, nur die Vorhalle zur Treppe und das zuckende Vorderteil einer halbierten Schlange zu sehen.

Er eilte die marmorne Treppe empor und nahm immer zwei Stufen auf einmal, bis aus der achten ein Mann mit einem fürchterlich langen und silbern glänzenden Schwert wuchs. Das konnte es nicht geben, aber Nachtschatten parierte automatisch, bevor er nach dem Amulett griff und – nur kurz – die Augen schloß. Als er sie wieder öffnete, war der Mann verschwunden, die Stufe war lediglich eine Stufe, und er eilte schnell weiter nach oben. Wäre er langsamer gewesen, hätte der sechs Fuß lange Stahlpfeil, der von der Decke über der Treppe herabsauste, sein Heldentum und seine Karriere beendet. Der Pfeil war keine Illusion.

Verdammt! Dieser Corstic hatte mehr Tricks auf Lager als eine Edelnutte in einem Wohnviertel!

»Wunder! Shu... Regenbogen! Verdammt noch mal, wartet auf mich!«

Zum Glück war es ihm noch im letzten Moment gelungen, nicht den richtigen Namen der gescheckten Katze auszusprechen. Den Namen von Corstics angeblicher verstorbener Frau zu rufen, wäre mit Sicherheit ein Fehler gewesen. Er hatte das Ende der Treppe erreicht, duckte sich vor dem Löwenkopf, der aus der Wand schoß, schloß die Augen und schickte ihn damit ins Nichts zurück.

Dann entdeckte er die kleine gescheckte Katze, die am oberen Ende der Treppe auf ihn gewartet hatte. Er lächelte ihr zu. Zumindest glaubte er zu lächeln; was die Katze sah, war eine dunkelhäutige menschliche Grimasse, die dem Gesicht einer fauchenden Katze entsprach. Mit steil aufgerichtetem Schwanz drehte sie sich auf der Stelle um und lief einen Gang entlang, der von nicht sichtbaren Lichtquellen schwach erleuchtet wurde.

Nachtschatten tat, was – wie er wußte – von ihm erwartet wurde: Er folgte ihr. Als er sah, wie sie weit nach links auswich, folgte er ihrem Beispiel. Er würde nie erfahren, was für einer Falle sie ausgewichen waren, einer illusorischen oder einer wirklichen. Ein Geräusch hinter ihm ließ ihn herumschnellen, und er erblickte Marll, der sich auf ihn stürzte. Der blonde Mann trug eine riesige Axt mit halbmondförmiger Schneide. Sekunden später trug er auch einen Wurfstern in der Brust und ein Messer im Bauch – was nicht beabsichtigt gewesen war – und kam immer noch näher. Hanse probierte den Trick mit dem Amulett und den geschlossenen Augen aus und konnte hören, wie seine Klingen zu Boden fielen. Als er die Augen wieder öffnete, sah er nur die Waffen und keinen Marll mehr.

Während er sich bückte, um die Waffen wieder aufzuheben, fragte er sich flüchtig, wie es möglich war, daß diese spitzen Gegenstände in einer Illusion hatten stecken können, durch die sie eigentlich hätten hindurchfliegen müssen. Aber das war jetzt nicht so wichtig, wie sich wieder umzudrehen und der gescheckten Katze hinterherzueilen.

Sie floh mit steil aufgerecktem Schwanz von einer Türöffnung, aus der sich ein Kopf schob, der ihr hinterherblickte. Der Kopf drehte sich in die andere Richtung, und seine Augen wurden groß, als er die Klinge herabsausen sah. Dieser Kopf mußte wirklich gewesen sein; das dumpf klatschende Geräusch, mit dem er zu Boden fiel, klang wirklich genug. Die gescheckte Katze blickte zurück.

»Hab' dich gleich eingeholt, Regenbogen!« rief Hanse. »Ich weiß nicht, wie es dir geht, aber in meinen Adern scheint nur noch Adrenalin zu fließen. Ich bin *noch nie* an einem Ort gewesen, an dem es derart von Schrecken und Todesfallen wimmelt!«

Die Katze lief weiter, blieb dann stehen und drehte sich um. Sie stand Seite an Seite mit dem großen roten Kater und beobachtete, wie Hanse zu ihnen aufschloß. Er keuchte ein bißchen. Die Katzen warteten mit zuckenden Schwänzen vor einer hohen, schmalen cremefarbenen Tür, die so eben in der gleichfarbigen Wand eingelassen war, daß man sie kaum bemerkte.

»Mignue hat mir gesagt, daß ihr Katzen Menschen nur deshalb ertragt, weil ihr keine Türen öffnen könnt«, murmelte Hanse und versuchte, nicht zu keuchen. »Das Problem ist, daß ich keine Möglichkeit sehe, diese zu öffnen! Ich wünschte wirklich, du könntest sprechen, Regenbogen.«

Die Katze antwortete ihm, indem sie ihren winzigen Körper gegen die Tür warf.

»Oh«, machte Nachtschatten, umklammerte mit einer Hand das Amulett, ergriff mit der anderen ein blattförmiges Wurfmesser und versuchte es auf Shurinas Art.

Die Tür flog nach innen, und er rannte noch vier Schritte weiter, bevor er zum Stehen kam. So begegnete er dem Mann, den er noch nie zu sehen geglaubt hatte: dem größten Zaubermeister von Firaqa.

Er erblickte Corstic im selben Augenblick, als der große, sehr langbeinige Mann in der schneeweißen Tunika und der engen beigefarbenen Hose den Kopf wandte und ihn anstarrte. Das flache Messer schoß in einem automatischen Reflex aus Hanses Hand, ohne daß er einen Gedanken daran verschwendete, weil er ein Meister seines Könnens war. Wenn er lange genug gewartet hätte, um das Gesicht bewußt wahrzunehmen, das er kannte, hätte er den Wurf vielleicht noch abgebrochen.

Nicht, daß das etwas geändert hätte: Das Meisterungeheuer von Firaqa entging ihm. Nicht durch ein majestätisches, herrisches, magisches Heben der Arme und Schnippen der Finger, sondern weil er sich völlig undramatisch und ohne irgendwelche Zaubereien in die Hocke fallen ließ. Das schlanke Stahlblatt zischte über seinen Kopf hinweg und schlug dumpf neben einem Fenster in die Wand. Es war dasselbe Fenster, in dem Hanse ihn erst vor zwei Nächten gesehen hatte.

»Das«, sagte Thuvarandis, »ist eine ausnehmend unhöfliche Art, sich dem mächtigsten Mann von Firaqa zu nähern, der davon abgesehen auch noch dein Bankier ist!«

Das große Zimmer besaß einen Holzfußboden und wurde von mindestens zehn Lampen erhellt, von denen sechs an den Wänden befestigt waren. Ein langer, breiter Eichenholzschreibtisch war mit Schreib- und Leseutensilien, einem Kelch, zwei Krügen, einer reich verzierten, großen Weinflasche und einem Teller überladen, auf dem ein Knochen und ein paar Essensreste lagen, wahrscheinlich die Überbleibsel vom Abendessen des Magiers. Auf zwei langen Tischen, die vor zwei verschiedenen Wänden standen, offensichtlich die Arbeitstische des Zauberers, stapelten sich alle möglichen Gegenstände. Aye, Nachtschatten konnte sogar ein paar Gefäße und verschlossene Töpfe entdecken, die wohl jeder Magier besaß und die wahrscheinlich Dinge enthielten, die nur Corstic sehen wollte. Wie man Hanse gesagt hatte, stand inmitten des Durcheinanders offen sichtbar eine glänzende, perlmuttfarbene kleine Statuette: eine Katze.

Rechts von diesem Tisch und ein paar Fuß von der Wand entfernt, hing ein smaragdgrüner Vorhang von der Decke bis zum Boden. Hanse vermutete, daß dahinter etwas verborgen war, ein weiterer Tisch, wahrscheinlich irgend etwas, das niemand außer Corstic zu Gesicht bekommen sollte. Vor einer anderen Wand stand ein mit schönem Stoff bezogener Diwan. Hanse sah einen hohen hölzernen Schemel und einen einzelnen Stuhl hinter dem Schreibtisch. Und er sah ... Corstic?

Dümmlich brachte er hervor: »Thu... varandis? Aber ...«

»Du willst mir doch nicht etwa sagen, daß das unmöglich ist, oder, junger Mann? Wenn du mich siehst, muß es wohl möglich sein. Da du hier mit Mordlust in den Augen und in Begleitung von zwei lieben Schmusekätzchen hereingestürmt kommst, die ich wiederzuerkennen glaube, muß ich annehmen, daß du ihre Geschichte kennst. Von dieser kleinen übersinnlichen Nutte, mit der du zusammenlebst, ohne Zweifel. Nein, nein, überanstrenge dich jetzt nicht, indem du versuchst, in deiner Wut einen weiteren Piekser zu ziehen und zu werfen. Du kannst deine Arme nicht bewegen, und du wirst sie so lange nicht mehr bewegen können, bis ich es wünsche. Versuch, deine Wut zu zügeln, und ich werde mir Mühe geben, meine Zunge im Zaum zu halten. Zweifellos ist sie ein nettes kleines Mädchen, deine Geliebte, hmmm? Es ist nur so, daß dies eine Stadt der Magier ist, und ich und ein paar andere Leute haben gewisse Gesetze und Regeln aufgestellt, die die S'danzo betreffen.«

Thuvarandis lächelte nur flüchtig und wirkte ruhig und zuversichtlich, als er einen Finger ausstreckte. »*Setz dich.*«

Im selben Moment wollte sich Nachtschattens Körper setzen. Er versuchte, gegen den Drang anzukämpfen. Er war unwiderstehlich. Es war nicht sein Geist, der gehorchen mußte, es war sein Körper. Obwohl er sich wehrte, kippte er rückwärts gegen die Wand und rutschte an ihr in eine Sitzposition auf den Boden – er kam ziemlich hart auf, weil seine Arme genausogut mit Ketten hätten gefesselt sein können, so wenig konnte er sie gebrauchen. Dieser Mann hatte die völlige Kontrolle über seine Muskeln und Reflexe.

»Du hättest zweifellos gerne eine Erklärung dafür«, fuhr Thuvarandis fort. »So würde es in der Geschichte eines Geschichtenerzählers geschehen. Nun, du kannst darauf pfeifen, Dieb! Für so etwas wie dich habe ich keine Zeit für Erklärungen zu vergeuden. Aber ich werde dir trotzdem etwas zeigen. Du wirst es zweifellos fesselnd finden, junger Mann, sogar lehrreich, wenn nicht gar wie eine Erleuchtung!«

Thuvarandis zog den grünen Vorhang zur Seite, und ein anderer Tisch kam zum Vorschein. Selbst aus seiner Sitzposition unten auf dem Boden konnte Hanse erkennen, daß ein entkleideter Mann auf dem Tisch festgeschnallt war. Nachtschatten sah, wie sich seine Brust unter flachen, zitternden Atemzügen hob und senkte. Es war ein weißhaariger Mann, der von breiten, schwarzen Bändern auf dem Rücken liegend festgehalten wurde. Er war unglaublich bleich. Der Magier drehte sich wieder zu dem Eindringling um.

»Steh auf«, sagte er und machte mit beiden Händen eine hebende Geste. »Auf die Beine. Komm hierher.«

Hanse wurde von Entsetzen ergriffen, als etwas ihn auf die Füße *zwang*. Sie bewegten sich, seine Beine bewegten sich. Er selbst hatte nichts damit zu tun. Seine Arme blieben unbrauchbar, völlig bewegungslos. Der Magier *steuerte* ihn, ließ ihn zu dem gerade zum Vorschein gekommenen Tisch hinübergehen, ein armloser Gefangener in seinem eigenen Körper. Er starrte auf das festgeschnallte Opfer und zitterte in einer Mischung aus Grauen und wildem Zorn. Eine geschlossene Faust hätte in das blutige Loch im Bauch des erbarmungswürdigen Mannes gepaßt. Illusion oder nicht, ein Ast hatte dieses Loch gebohrt, und Hanse hatte es gesehen, denn dieser Mann war kein anderer als Thuvarandis. Doch der Ast, der ihn aufgespießt hatte, konnte nicht dafür verantwortlich sein, daß der langbeinige Mann auch kastriert worden war. Und trotzdem atmete Thuvarandis immer noch.

Hanses Lippen bewegten sich, brachten aber kein Wort zustande. Er blickte wieder den Magier an – und keuchte. Sein Magen drehte sich um. Hanse sah in Marlls Gesicht!

»Nein, ich bin nicht dein freundlicher Mitverschwörer. *Das* da ist Thuvarandis, das verräterische Schwein. Illusion, hast du es schon vergessen? Ich hatte gedacht, daß dir dein Amulett vielleicht gestatten würde, durch meine äußere Erscheinung hindurchzusehen, bis du mich Thuvarandis genannt hast, und ich wußte, daß es das war, was du siehst. Ich kann als jede beliebige Person *erscheinen*, Wanze. Während der letzten Jahre hat mich niemand in meiner wahren Gestalt gesehen. Es macht mir Spaß. Es gibt mir etwas zu tun. Überlege, junger Mann: Bin ich vielleicht häßlich und mißgestaltet, hmm?«

»Im Namen aller Götter, Magier – *laß diesen Mann sterben!*«

Marll lächelte. »Oh, das werde ich. Aber noch nicht so bald. Er kann uns hören, er kann fühlen, er kann uns sehen, er fühlt seine Schmerzen. Wie er es soll. Der verräterische Bastard hat eine Verschwörung angezettelt, um etwas zu bekommen, das ihm nicht gehört und das ich mir sehr hart erarbeiten mußte. Er wollte mir sogar einen gewöhnlichen Dieb auf den Hals schicken, Dieb! Eine Wanze! Ich habe ihn in einer Falle gefangen, wie ich eine Ratte fangen würde – oder eine harmlose Maus!«

Erneut ließ ein Schauder Hanses Stimme erzittern. »Ihr Götter!«

»Die wirst du hier nicht finden, junger Mann. Und nun zum lieben Thuvarandis hier …«

Marll streckte eine Hand aus. Sein Finger berührte den rohen Rand der schrecklichen Wunde, berührte ihn lediglich sacht.

Nachtschatten erschauderte. Während er mit aller Macht und Willenskraft darum kämpfte, seine Arme zu bewegen, und es ihm nicht einmal gelang, den Daumen zu krümmen, sah er, daß auch Thuvarandis vor Schmerzen bei der bloßen Berührung erschauderte.

»Ich glaube wirklich, daß ich ihn eine lange, lange Zeit am Leben erhalten werde. Wie du siehst, hat der geniale Corstic alle hereingelegt, alle.« Marll, der Corstic war, berührte stolz seine Brust mit einer Hand, an der ein reich verzierter Ring funkelte. »Alle sind sie meine Werkzeuge gewesen. Jeder einzelne von ihnen. Meine betrügerische, lüsterne Frau und ihr Liebhaber, der mein Vertrauen und meine Güte mißbraucht hat, und alle zehn dieser ach so willigen Männer, von denen du gehört hast, junger Mann, junge Wanze!«

Er verachtet sie alle, begriff Nachtschatten, der innerlich raste und kämpfte, darum kämpfte, die Kontrolle über seine eigenen Arme zurückzugewinnen. *Er hat sie alle verführt und in die Falle laufen lassen. Und seither hat er ihr Elend genossen und sich daran geweidet!*

»Aye, ich glaube, ich werde ihn vorerst noch ziemlich lange am Leben halten. Du mußt wissen, daß die menschliche Essenz in diesen beiden Katzen, die du mir freundlicherweise zurückgebracht hast – gleichgültig, ob die Tiere leben oder sterben –, daß das *Ka* der beiden niemals Frieden finden wird, bis alle zehn von Shurinas Vergewaltigern tot sind. In der letzten Zeit sind schon zu viele von ihnen gestorben. Aye, ich glaube, ich werde Thuvarandis eine lange, lange Zeit am Leben erhalten. Ich mag Katzen, du nicht, junge Wanze?«

Hanses Verstand erzitterte, als dieser Mann ihm seine grenzenlose Heimtücke und fröhliche Grausamkeit offenbarte. Aber Corstic hielt noch einen weiteren Schock für ihn bereit:

»Natürlich! Du mußt Katzen mögen – fändest du es nicht einfach wunderbar, selbst eine zu *sein*?«

Und genau in diesem Augenblick erweckte irgend etwas Corstics Aufmerksamkeit, und sein Kopf fuhr wild herum. Was er sah, ließ seine Augen riesig und starr werden. Seine Stimme war beinahe ein Bellen. »Laß da... *Nein!*«

Unfähig, sich umzudrehen, nahm Hanse die undeutliche, schemenhafte Bewegung nur aus den Augenwinkeln wahr. Corstic hatte seine Absichten verkündet und seine Aufmerksamkeit dabei zu sehr auf Thuvarandis und auf Nachtschatten konzentriert. Aber es befand sich noch eine weitere Person in diesem Raum, die seine Worte gehört und verstanden hatte, obwohl sie in einem kleinen, vielfarbigen Körper gefangen war. Sie hatte reagiert, und sie handelte. Die gescheckte Katze sprang auf den Tisch neben dem, auf dem Thuvarandis Höllenqualen litt, und was sie dort tat, war gewiß kein Zufall. Während Corstic noch mit einem mißtönenden Schrei in einem verzweifelten Satz an Hanse vorbei auf Regenbogen-Shurina zusprang, gelang es ihr, ihr Vorhaben zu vollenden. Die gescheckte Katze stieß die perlmuttfarbene vom Tisch. Sie fiel zu Boden und zerschellte geräuschvoll. Porzellanscherben verteilten sich über den Boden.

Aus übernatürlich geschärften Augen erkannte der Dieb, daß es wirklich nur eine kleine Statue gewesen war; nichts rollte aus ihrem zerbrochenen Inneren hervor.

In Corstics Wutschrei klang echtes Entsetzen auf. Es bewies Hanse, daß die Statuette für den Magier außergewöhnlich wertvoll gewesen war. Selbst sein Gesicht und seine Gestalt begannen zu flackern, als sei seine ganze Aufmerksamkeit auf seinen Verlust und auf Shurina gerichtet, so daß er Marlls Erscheinung kaum noch aufrecht erhalten konnte. Hanse erkannte, daß Corstic ein großer Mann mit langem Haar war, dessen Stirn sehr hoch wirkte, weil ihm allmählich das Haar ausfiel.

Unglücklicherweise war auch Shurinas Aufmerksamkeit abgelenkt, sie hatte sich zu sehr auf ihre Aufgabe konzentriert. Der wutentbrannte Magier ergriff ihren kleinen Körper mit beiden Händen, und einen Augenblick später hatte er ihn auch schon über den Tisch und gegen die Wand geschleudert. Im selben Moment, als ihr kleiner Kopf gegen die Wand prallte, vernahm Hanse ein scharfes, knackendes Geräusch. Als er das Blut sah, das der Katze schon aus der Nase und dem Maul lief, während sie noch auf den Tisch zurückfiel, wußte er, daß sie tödlich verletzt war. Die Wut kochte schmerzhaft heiß in ihm auf, und in seinem Versuch, sich zu befreien, war er plötzlich schweißgebadet.

Seine Finger zuckten.

Ich kann mich be… ich kann mich beinahe bewegen …

Es spielte keine Rolle. Der schrille, gräßliche Schrei, der zur gleichen Zeit ertönte, als Regenbogen zurück auf den Tisch fiel, war nicht von ihr gekommen. Er klang ähnlich wie die Liebesschreie der Katzen in der Paarungszeit, aber noch viel schlimmer. Hanse drehte gerade mühsam den Kopf, als ein flammender Streifen durch die Luft zuckte und so heftig gegen den Magier prallte, daß der große Mann strauchelte. Aber es war keine Flamme, es war ein großer und wildgewordener roter Kater. Klauen fuhren in Stoff und Haut, gruben sich ein und zerrten, gekrümmte Fänge schlugen in Corstics Hals. In die Haut hinein und tiefer, während Wunder geräuschvoll zubiß. Als der Magier seine Qual herausschrie und das Tier von sich riß, riß er sich dabei ebenfalls Fleischfetzen aus dem Leib, die in den Krallen und Fängen des Katers hängengeblieben waren. Der Kater prallte auf den Tisch, und Gefäße und Schüsseln klirrten. Staub oder irgendein Pulver wurde aufgewirbelt und stieg in einer bleichen Wolke auf. Ein paar Zoll entfernt zuckte Regenbogen. Blutüberströmt breitete der Magier die

Arme aus, und der große Kater schoß mit aufgerissenem roten Maul steil nach oben und zwischen sie. Aus seiner erhöhten Absprungsposition auf dem Tisch landete Wunder diesmal in Corstics Gesicht, das das Gesicht von Marll war. Und Wunder zerrte und schlitzte und vergrub seine Fänge und schleuderte wild den Kopf hin und her, während er mit aller Kraft kämpfte.

Der Lärm, den der knurrende und fauchende Kater erzeugte, war so schlimm, daß Hanse sich wünschte, taub zu sein. Dieser Lärm und Corstics Stöhnen.

Nachtschatten stürzte beinahe zu Boden, als er schlagartig die volle Kontrolle über seinen Körper zurückerlangte. Er konnte kaum etwas erkennen, weil Corstic ihm den Rücken zugewandt hatte, während er mit dem dämonischen Kater kämpfte, den er selbst geschaffen hatte. Und jetzt bemerkte Hanse, daß sich der Kopf und die Gestalt des angeblichen Marll noch mehr veränderten, und er begriff, daß der Magier die Kontrolle über seine Zauberfähigkeiten verloren hatte. Der Meisterhexer war zu einem gewöhnlichen Mann geworden, der Qualen litt. Mit beiden Händen und seiner ganzen Aufmerksamkeit kämpfte er darum, sich aus dem Griff des Katers zu befreien. Er fügte sich dabei noch mehr Schmerzen zu, denn die Krallen und Zähne des Tieres hatten sich fest in seinem Gesicht und seiner Brust vergraben. Sie saßen fest und arbeiteten.

»Laß los, Wunder! Denn das Ungeheuer wird gleich *umfallen*!« schrie Hanse.

Der Magier wirbelte herum und riß den Kater aus seinem Gesicht, und Blut spritzte aus seinem zerrissenen Fleisch. Noch während er sich umdrehte, hob er den Kater hoch über seinen Kopf, um ihn als Wurfgeschoß auf den Mann zu schleudern, den er vergessen hatte, den Mann, dessen Waffen zu entfernen er sich nicht die Mühe gemacht hatte, weil er verständlicherweise auf seine eigenen Zauberkräfte vertraute.

Einen flüchtigen Augenblick lang sah Hanse, daß Corstic seine Züge nicht deshalb hinter Scheinbildern verborgen hatte, weil er häßlich oder mißgestaltet war; der große

Mann mußte gut ausgesehen haben. Doch jetzt nicht mehr, nicht, nachdem blutige Fetzen seines Gesichtes an den Klauen und Fängen des großen roten Katers baumelten.

Er kam nicht mehr dazu, Wunder zu werfen, denn Hanse bewegte sich zu schnell. Corstics Augen wurden sogar noch größer, als er sie ohnehin schon aufgerissen hatte, als ein Hieb sechs Zoll silbernen Stahl tief in seinen Bauch trieb. Fast gleichzeitig stieß Nachtschatten dem Ungeheuer mit der rechten Hand ein zweites Messer in die Seite. Von einem krampfartigen Zittern abgesehen, das durch seinen gesamten Körper lief, erstarrte Corstic. Nachtschatten, das Gesicht zu einer häßlichen Grimasse verzerrt, riß den Arm herum, um dem Dolch noch eine Drehung zu verpassen, bevor er ihn wieder herauszog. Schon als Corstic zu erschlaffen begann, sein Griff um den Kater sich lockerte und seine Arme herabsanken, ließ Wunder sich, alle Krallen ausgefahren, auf seinen Kopf fallen. Wieder begann er, seine Klauen in Corstics Fleisch zu bohren und zu nagen.

Nachtschatten trat zurück und aus dem Weg, denn der größte Zaubermeister von Firaqa brach zusammen. Immer noch zuckend, stürzte er zu Boden.

Hanse blickte auf ihn hinab. Er sah kein Gesicht, nur ein gesträubtes rotes Fell. »Wunder. Wunder!«

»Mei...h'er ... lö... he... mii...«

Nachtschattens Kopf ruckte herum, und mit erneutem Entsetzen starrte er auf den an den Tisch gefesselten Mann. Die grauenhaften Laute, fast Worte, waren aus einem zungenlosen Mund gekommen. Nachtschatten erzitterte, biß sich auf die Lippen, hob den Dolch. Mitten in der Bewegung hielt er inne und blickte die blutbeschmierte Klinge angeekelt an. Er wirbelte herum und schleuderte sie an die gegenüberliegende Wand. Es war das Messer, mit dem er das Ungeheuer Corstic getötet hatte. Er würde es nicht benutzen, um Thuvarandis' Qual zu beenden, er würde es überhaupt nicht mehr benutzen.

Er zog das lange Messer aus den Ilbarsihügeln. Er nahm eine andere Position und Fußstellung ein. Er visierte sorgfältig. Den Körper gespannt, um zuzuschlagen, biß er sich auf die Lippen. Langsam ließ er die schwertähnliche Klinge wieder sinken und schob sie in ihre Scheide zurück. Er brachte es nicht fertig. Jedenfalls jetzt noch nicht. Außerdem, redete er sich zu, war Thuvarandis einer von Shurinas Schändern gewesen, und jemand mußte sich um die verletzte Katze kümmern.

»Wunder«, sagte Hanse noch einmal, denn das große rote Tier hockte immer noch auf Corstics Gesicht und gab immer noch diese schrecklichen Knurrlaute von sich. Er überließ Wunder sich selbst. Er beugte sich über den Tisch und streichelte die gescheckte Katze. »Du hast uns gerettet, Shurina«, flüsterte er. »Jetzt mußt du durchhalten. Du wirst schon wieder gesund werden.«

Nein, das wird sie nicht, dachte er. *Nicht mit einem gebrochenen Rückgrat.* Er stritt mit sich selbst, ob es vielleicht schlimmer wäre, sie hochzuheben, als sie liegenzulassen, als er die vertraute Stimme vernahm:

»Hanse!«

Überrascht drehte er sich um und erblickte Mignureal. Mit ihrem Mantel bekleidet stand sie in der Türöffnung. Sie stürzte ihm entgegen. Hinter ihr entdeckte er vier weitere Gestalten, Männer. Einer war ein uniformierter Roter, und Hanse erkannte Gaise. *O Scheiße*, dachte Nachtschatten, aber er streckte trotzdem die Arme aus, um Mignureal an sich zu drücken. Kurz bevor sie ihn erreicht hatte, blieb sie plötzlich stehen, denn erst jetzt entdeckte sie den Körper, der zu seinen Füßen lag.

»Oh!« Sie starrte auf die Leiche hinab, und ein Kater mit rotem Pelz sah zu ihr auf. Dunkleres Rot tropfte von seinen Schnurrhaaren und färbte seine Nase. »O Wunder, was hast du ge... Hanse? Ist das ...?«

»Das ist Corstic. Das war Corstic.«

»Wie es scheint, sind wir ein kleines bißchen zu spät gekommen«, sagte Gaise fröhlich.

Er kam mit einem der drei anderen Männer näher, der von mittlerer Größe war, spärlicher werdendes rötliches Haar und einen blassen Schnurrbart hatte, in dem nur ein Hauch von Rot zu sehen war. Er trug einen prächtigen

Mantel mit scharlachroten Borten. Die beiden anderen Männer, die bewaffnet aber nicht uniformiert waren, blieben an der Tür stehen.

»Schon möglich«, sagte Hanse. »Zu spät wofür?«

»Zu spät, um dir entweder zu helfen, oder um Corstic gefangenzunehmen«, antwortete der Fremde. »Hanse, ich habe gerade deine tapfere Mignureal kennengelernt und mich mit ihr unterhalten, und ich schätze mich glücklich, einen Mann deines Mutes kennenzulernen, einen wahrhaft Adrenalinsüchtigen! Ich heiße Arcala.«

In Kürze erfuhr Hanse, daß Arcala ›Ausstrahlungen gespürt‹ hatte, die aus der Koschenillenstraße kamen. Er hatte sie bis zu Hanses und Mignureals Wohnung zurückverfolgt. Er war in freundlicher Absicht unterwegs gewesen. Die beiden bewaffneten Männer waren lediglich seine Leibwächter. Hanses Befürchtungen, als er Gaise gesehen hatte, waren unbegründet, er steckte in keinen Schwierigkeiten mit dem Rat, dem VZF oder dem Gesetz. Corstic dagegen schon. Besser gesagt, er hätte in Schwierigkeiten gesteckt, wenn er noch am Leben gewesen wäre. Mignureal hatte Arcala die ganze Geschichte über Corstic erzählt, und Arcala wußte genug über ihn, um sie als wahr zu erkennen. Sie waren zufällig auf Gaise getroffen, der gerade auf dem Weg gewesen war, Berichte über einen Mann zu überprüfen, er aus einem Fenster zu Tode gestürzt war. Er war mit ihnen hierhergeeilt, um zu versuchen, Hanse vor dem sicheren Tod zu retten.

Da Corstic unzweifelhaft der mächtigste Magier Firaqas war, wurde Hanse klar, daß Arcala, Gaise und Mignureal mutiger als er gewesen waren. Denn jetzt verstand er sich selbst besser. Er wußte, daß es stimmte, was Arcala gesagt hatte: Hanse, den man Nachtschatten nannte, war süchtig nach Adrenalin, nach Abenteuer und dem Kitzel der Gefahr.

Während Hanse diese Dinge erfuhr, blieb Wunder dicht neben ihm und leckte sich friedlich die Schnurrhaare.

»Ah«, sagte Arcala und blickte auf seinen Fuß hinab, unter dem eine perlweiße Scherbe knirschte, »die berühmte Porzellankatze! Gut, gut!«

Hanse war erfreut und gleichzeitig überrascht, er hatte angenommen, Arcala sei nur gekommen, um sie in Besitz zu nehmen. Er hatte gedacht, Corstics Rivale würde die Statuette begehren.

»Es gibt andere Dinge, über die wir uns unterhalten müssen«, sagte Arcala.

Mignureal, die die verletzte Katze gegen ihren Körper geschmiegt hielt, sah auf. »Nicht jetzt! Nicht an diesem Ort!«

»Da ist noch etwas anderes, das ich zuerst tun muß«, sagte Nachtschatten. Er zog die Ilbarsiklinge. »Gaise, versuch nicht, mich aufzuhalten!«

Gaise zuckte die Achseln. »Ich würde nicht einmal im Traum daran denken, dich davon abzuhalten, das ganze grauenhafte Zeug hier zu zerstören«, sagte er. »Allerdings könnte Lord Arcala etwas dagegen haben!«

»Ich habe nicht die Absicht, auf Corstics Sachen loszugehen«, entgegnete Hanse. »Ein Mann muß von seinen Schmerzen erlöst werden.«

Dann ging er zu Thuvarandis und erkannte sofort, daß der große Mann schon erlöst war.

»Corstic muß ihn mit einem Bann des Unlebens belegt haben«, vermutete Arcala. »Der Bann verging mit Corstic. Und mit ihm starb Thuvarandis.«

»Aber«, warf Mignureal ein, »aber die Katzen haben sich nicht verändert ...«

»Das«, sagte Arcala ruhig, »ist etwas anderes. Der Bann, der auf Thuvarandis lag, mußte *ständig erneuert* werden. Corstic hatte ihn nicht dauerhaft gemacht. Ich würde sagen, daß viele Zauber heute nacht geendet haben! Die Katzen sind allerdings nicht das Resultat irgendeines Zaubers; es sind ganz einfach Katzen. Der einzige Bann, der auf Nuris und Shurina lag, war offensichtlich der, sich ihrer selbst bewußt zu sein. Das heißt, daß sie sich ihrer Menschlichkeit jetzt *vielleicht* nicht mehr bewußt sind. Aber da es ein permanenter Fluch war, der Jahre überdauert hat, würde ich sagen, daß er weiter fortbesteht. Es kann auch kein Magier das menschliche Bewußtsein von den Tieren entfernen; beide Menschen, denen es gehört hat, sind tot.«

Hanse schob die zwanzig Zoll lange Klinge zurück in die Scheide und eilte auf die andere Seite des Zimmers, um das Messer aufzuheben, das er von sich geschleudert hatte. »*Zaubersprüche, Flüche!* Laßt uns aus diesem Loch verschwinden!«

Als sie die Treppen hinabstiegen – Mignureal hielt Regenbogen schützend in ihren Armen –, sagte Arcala: »Bitte begleitet mich in mein Haus. Wir haben noch etwas zu bereden.«

»Danke, Lord Arcala«, entgegnete Gaise. »Wie du dir bestimmt vorstellen kannst, warten andere Pflichten auf mich.«

»Hast du da ein paar starke Getränke?« wollte Hanse wissen.

»Aye.«

»Gut«, sagte Hanse. »Oh, wir müssen aber trotzdem zuerst zu unserer Wohnung gehen. Ich muß du-weißt-schon-was überprüfen, Mignue.«

»Wir haben die Münzen und die Tafel mitgenommen«, sagte Arcala über seine Schulter.

»Wunderbar«, versicherte Hanse ohne Begeisterung und dachte dabei: *Dieser Zauberer weiß einfach alles. Ihr Götter! O ihr Götter meiner Vorfahren, wie ich die Zauberei hasse!*

Arcala wohnte in der Stadt, in Nordtore. Sein großes Haus lag auf einem weiträumigen, mit Bäumen bestandenen Grundstück am äußersten Ende der Straße namens Bitterwald. Interessanterweise war er ein Nachbar von Tethras dem Wechsler. Wie Hanse und Mignureal bald herausfanden, zog Arcala mit Mosaikmustern geflieste Fußböden Teppichen und Sofas und Diwane Stühlen vor. Eine kleine und stattliche Frau teilte ihm mit, daß es den Kindern gut ginge und sie bereits schliefen. Irgendwie überraschte es seine Gäste, daß er Kinder hatte. Die Frau brachte ihnen Wein und erfüllte auch eine merkwürdige Bitte, sie brachte Bier und eine Schüssel. Schon bald leckte Wunder emsig seine Belohnung auf.

In der Zwischenzeit war Arcala mit der gescheckten Katze alleine. Er hatte ihnen klargemacht, daß er dabei keine Gesellschaft wünschte. Hanse war sofort mißtrauisch, Mignureal dagegen überhaupt nicht, und der Wein war gut.

Als der Magier zurückkehrte, blieb er neben dem niedrigen Tisch vor dem grün und golden bezogenen Sofa stehen und musterte die Gegenstände, die auf der mit einem Mosaik verzierten Tischplatte lagen. Arcala kannte ihre Bedeutung: eine zusammenklappbare, mit Bienenwachs beschichtete Tafel und zwei Silbermünzen. Abgesehen von einem Namen war die Tafel leer.

»Ein Mann namens Elturas bleibt übrig«, sagte der dunkle, geschmeidige Mann. »Und noch einer.«

Er sprach mit Mignureal oder mit sich selbst, aber sie sahen beide auf, als ihr Gastgeber wieder bei ihnen in seinem Empfangszimmer erschien. Hanse war mehr als überrascht, als er sah, daß der Mann, der jetzt der Meistermagier von Firaqa war, seine Stiefel ausgezogen hatte und nur auf Strümpfen durch sein Haus lief.

»Ihr Rückgrat ist gebrochen, wie du gesagt hast, Hanse. Ich habe ihr ein bißchen Weihrauch verabreicht, was in einigen Fällen gut bei Schädelbrüchen ist. Außerdem habe ich sie, was wahrscheinlich mehr nützt, mit einem Zauberspruch belegt, der ihr die Schmerzen nimmt. Vielleicht heilt ihr Rückgrat wieder, vielleicht auch nicht. Es tut mir leid, euch sagen zu müssen, daß ich nicht an eine Genesung glaube. Also, zwei Münzen sind noch übrig. Das sagt uns, daß zwei der von Corstic bezahlten Vergewaltiger noch irgendwo leben. Bedauerlicherweise habe ich noch nie von einem Elturas gehört. Es gibt allerdings noch ein paar Dinge, die ihr beiden tapferen Südländer wissen sollt.«

Arcala schenkte sich etwas Wein ein und setzte sich so, daß er Mignureal und Hanse ansehen konnte.

»Zuerst einmal habt ihr Firaqa einen großen Dienst erwiesen, und auf die Gefahr hin, daß es dramatisch klingt, wahrscheinlich auch der gesamten Menschheit. Seit einigen Jahren haben einige von uns gewußt, daß Corstic wahrhaft außerordentliche Kräfte besaß, und daß sich nicht einmal ein Zusammenschluß anderer Magier mit ihm messen oder ihn würde aufhalten können. Uns wurde klar, daß er die gesamte Macht in Firaqa an sich reißen könnte, wenn er das wollte. Wir wußten auch, daß er das tun würde und wie eine solche Herrschaft aussehen würde. Unter anderem, Mignureal, haßte und verachtete er die S'danzo. Alle S'danzo, gegen jede Vernunft. Fünf verschiedene Gesetze in dieser Stadt betrafen direkt die S'danzo und waren ausschließlich für, oder besser gesagt, gegen sie geschaffen worden. Es waren alles Corstics Gesetze. Er hatte sie mit so viel Nachdruck und Leidenschaft vorgeschlagen und durchgesetzt, daß es niemand wagte, sich ihm lange entgegenzustellen.« Er nippte an seinem vergoldeten, mit einem Silbermuster verzierten Deckelkrug. »Diese Gesetze, das gelobe ich im Namen der Flamme, wird es sehr bald nicht mehr geben!«

»Warum hat er die S'danzo so sehr gehaßt?« fragte Hanse.

»Ich weiß es«, antwortete Mignureal ruhig. »Shurina war … ist eine S'danzo.«

»Das hast du mir nie erzählt!«

»Ich habe es lange selbst nicht gewußt, Hanse. Es war eine plötzliche Erkenntis. Deshalb konnten Shurina und ich uns so gut verständigen. Aus diesem Grund und wegen der anderen Fähigkeiten, die sie erlernt hat, während sie Corstics Frau war.«

»Corstic war in vielen Beziehungen ein vernünftiger Mann, und in anderen wiederum unvernünftig«, sagte Arcala.

»Er war ein wahnsinniges Ungeheuer!« stieß Hanse hervor.

Arcala zuckte die Achseln. »Bedien dich, wenn dein Becher leer ist, Hanse.«

Hanse kam seiner Aufforderung nach.

»Vor zwei Jahren«, fuhr Arcala fort, »gelangten mehrere von uns zu der Überzeugung, daß Corstic entschieden hätte, sich zum Diktator von Firaqa aufzuschwingen, und daß er bald zur Tat schreiten würde. Zu dieser Zeit war einer meiner Partner bereits nach Baäbda geritten und kehrte mit einem Gegenstand zurück, den wir in unserem Versuch, Corstic aufzuhalten, heimlich hatten anfertigen lassen. Mit äußerster Vorsicht sorgten wir dafür, daß Corstic von einem *Gerücht* erfuhr: Ich sei in den Besitz eines gewissen Talismans gelangt, der mir gewaltige übernatürliche Kräfte verliehe. Es war amüsant, von Zeit zu Zeit zu bemerken, wie man mich äußerst behutsam und versteckt auszufragen versuchte. Ich tat heimlich, auch wenn ich rundherum alles abstritt, und sorgte gleichzeitig dafür, daß meine Worte unglaubhaft klangen. Dadurch erreichten wir, was wir wollten: Corstic und gewisse Leute, die auf seiner Seite standen, waren überzeugt, daß ich tatsächlich im Besitz eines solchen Gegenstandes sei. Das verunsicherte ihn so sehr, was meinen neuen Zuwachs an Macht betraf, daß er sich entschied, besser nicht zu seinem großen Schlag auszuholen. Jedenfalls so lange nicht, bis er mehr über meinen angeblichen Talisman wußte ... oder ihn besaß.«

Arcala machte eine Pause und lächelte. »Wir konnten es vermeiden, uns Corstics Alleinherrschaft zu unterwerfen, was für viele von uns den Tod oder zumindest die Vertreibung aus Firaqa bedeutet hätte, sobald er Diktator geworden wäre. Das nennt man, ein Machtgleichgewicht herstellen. Wir erreichten es durch ein Gerücht, das eine Lüge war. Der angebliche Talisman war eine kleine Statuette, eine ganz gewöhnliche Statuette einer kleinen Katze aus perlmuttglasiertem Porzellan. Ich umgab sie mit einer netzartigen, komplizierten mysteriösen Aura, mit einem Dunstschleier aus Magie, um die Tatsache zu verbergen, daß sie wertlos war. Ungefähr ein Jahr später war ich sehr glücklich, daß ich mir diese Mühe gemacht hatte, denn sie wurde gestohlen.

Das – ich gebe es ohne Umschweife zu – erfüllte diejenigen von uns, die sich zum Wohl von Firaqa verschworen hatten, mit nackter Angst, denn wir waren uns sicher, daß sich die Porzellankatze in Corstics Händen befand. Wir hatten recht. Aber wie es sich herausstellen sollte, kam auch das unseren Absichten zugute. Mehr als ein Jahr hat Corstic damit gezögert, zum letzten Schlag auszuholen und alle Macht in Firaqa an sich zu reißen. Statt dessen hatte er Tausende von Stunden bei dem Versuch zugebracht, das Geheimnis eines ›Talismans‹ zu entschlüsseln, dessen einziges Geheimnis darin bestand, daß er lediglich eine perlmuttfarbene Katze aus Porzellan war! In der Zwischenzeit berieten sich meine Partner und ich und versuchten, einen Plan zu entwickeln. Wir haben so ziemlich alles erwogen und ausprobiert – abgesehen davon, einen übernatürlich mutigen Mann mit einem auf Angriff gedrillten Kater damit zu beauftragen, einfach dreist in Corstics Haus zu stürmen.«

Sie warfen alle einen Blick auf Wunder, der friedlich neben einer leeren Schüssel schlief.

»Ich weiß die Klugheit dieses Planes zu würdigen und die Tatsache, daß du zweifellos dein eigenes Leben wie auch das von Firaqa gerettet hast«, sagte Hanse in seinem Bemühen, seine Worte sorgfältig zu wählen. Das lag sowohl an dem Wein, den er getrunken hatte, als auch an Arcalas Vorliebe für eine gewählte Ausdrucksweise. »Aber warum haben sich dann Marll, Thuvarandis und die anderen dazu verschworen, eine wertlose Statue zu stehlen?«

Arcala zuckte die Achseln. »Keiner dieser vier war einer meiner Vertrauten, deshalb kann ich das nicht mit Sicherheit beantworten. Mit Malingasa hatte ich nichts zu tun, und gegen Marll hegte ich eine tiefe Abneigung. Wir hatten unterschiedliche Ansichten, was den Gebrauch von Zaubersprüchen betraf. Wir drei können nur Vermutungen anstellen. Das Gerücht hatte sich ausgebreitet, wißt ihr, und andere glaubten an die Geschichte über die Katzenstatue, die ein mächtiger Talisman sein sollte. Vielleicht wollten sie sie aus genau dem Grund aus Corstics Händen holen, den Marll dir genannt hat: um Firaqa vor Corstic zu retten und das zu zerstören, was auch sie für einen Talisman hielten.

Wahrscheinlicher ist jedoch, daß sie seine *große Magie* selbst benutzen wollten, um die Kontrolle über die Stadt zu erlangen.«

Hanse seufzte und schüttelte den Kopf. »Dann war also alles ein einziges Mißverständnis. Corstic brauchte die Statue gar nicht, und dasselbe gilt für Thuvarandis und die anderen. Sie hätten mich nie anzusprechen brauchen, und ich hätte nie bei Corstic einbrechen müssen! Niemand hätte so grauenvoll sterben müssen.«

Er nippte nicht an seinem Becher, er trank.

»Offensichtlich hat alles einem Zweck gedient, Hanse«, widersprach Arcala. »Corstic ist tot. Firaqa ist gerettet. Ich versichere euch, daß ich kein Bedürfnis verspüre, Alleinherrscher zu werden. Es würde mir auch nicht meine Frau zurückbringen, und es würde mich noch mehr von meinen Kindern entfernen. Ich kann mehr für die Menschen tun, wenn ich mich um die Weiße Magie kümmere. Trotzdem bin ich in einer Position, in der ich dafür sorgen kann, daß niemand in meiner Stadt die totale Macht erringt, und das werde ich tun! Hanse ... was solltest du für den Diebstahl der Katze bekommen?«

»Wahrscheinlich einen frühen Tod.«

»Hanse«, bemerkte Mignureal »ist ein sehr mißtrauischer Mensch, Lord Arcala.«

»Das zahlt sich aus«, erwiderte der Magier. »Und ich habe dir gesagt, daß ich Arcala heiße, nicht Lord. Was ich fragen wollte, Hanse, ist, was haben sie dir versprochen?«

Hanse schien sich plötzlich intensiv für den Weinkrug zu interessieren. Als er seinen Becher wieder auffüllte, sagte er die Wahrheit: »Alles, was ich außer der Statuette mit herausgeschleppt hätte.«

Arcala lachte leise. »Entschuldige bitte. Ich hatte nicht vor, dich auszulachen. Es ist nur so, daß du und der Kater diese Stadt gerettet habt, und du hast dabei überhaupt nichts für dich selbst gewinnen können!«

»Es gibt mir ein gutes Gefühl«, erwiderte Hanse. »Und dieser Wein ist gut.« Er zuckte die Achseln und verspürte dabei ein ungewohntes Gefühl: Verlegenheit. Er berührte auch kurz den reich verzierten Ring, den der tote Corstic getragen hatte. Er befand sich jetzt gut versteckt in Nachtschattens verborgenem Geldbeutel.

»Ihr besitzt beide meine Bewunderung und Freundschaft«, sagte Arcala und wandte sich an Mignureal. »Und euch wäre auch die Bewunderung und die Dankbarkeit von vielen anderen gewiß, falls wir uns dazu entschließen sollten, alles, was heute nacht geschehen ist, bekanntzumachen.«

Hanse, dem ganz heiß wurde, sah auf. »Falls?«

Arcala gestikulierte mit gespreizten Händen. »Willst du, daß man in der ganzen Stadt erfährt, worin du sehr, sehr gut bist?« Er schwieg einen Augenblick lang, sah Hanse aus seinen großen tiefblauen Augen an, und auf seinem Gesicht lag die Andeutung eines Lächelns. »Und daß du es alleine warst, der das Unmögliche zustande gebracht hat: das Unzerstörbare zu zerstören?«

Hanse erwiderte den Blick. »Äh ... er hatte sicher eine Menge Freunde, alte Busenfreunde, nicht wahr? Magier und dergleichen.«

»Das haben solche Männer immer«, bestätigte Arcala. »Wer weiß, welche Versprechungen er anderen gemacht hat, was sie erwarten konnten, sobald er Diktator von Firaqa gewesen wäre!«

»Oder welche Drohungen er ausgesprochen hat«, warf Mignureal ein.

»Auch das«, sagte Arcala und nickte zustimmend. »So wie die Dinge liegen, hat dich keiner von Corstics Angestellten gesehen und die Nacht überlebt. Ich, meine beiden Leibwächter und Gaise wissen Bescheid, außerdem du, Mignureal und die Katzen. Gaise hat versprochen, den Mund zu halten, bis er sich morgen mit mir in Verbindung gesetzt hat. Wie es bis jetzt aussieht, ist Corstic auf geheimnisvolle Weise tot in seinem Haus aufgefunden worden, ermordet mit zwei seiner Wächter. Viele Leute werden sich über die Neuigkeiten freuen. Andere dagegen nicht.«

»Ermordet?« fuhr Hanse auf.

»So sieht es aus, nicht wahr?«

»Oh.«

»Aber Arcala«, wandte Mignureal ein. »Gaise ist ein Stadtbediensteter, ein Sergeant der Wache. Würde er denn lügen?«

Arcala erhob sich und ging ein paar Schritte hin und her, bevor er sich wieder seinen beiden Gästen zuwandte. »Nein, aber er könnte vergessen, daß er dich dort jemals gesehen hat, Hanse. Er und meine Leute würden sich lediglich daran erinnern, daß wir, nur wir vier, zu Corstic gegangen sind und ihn dort tot vorgefunden haben.« Er lächelte, als er bemerkte, wie Hanse ihn mit offenem Mund anstarrte. »Hanse, du bist auf deinem Gebiet einsame Spitze. Vertrau mir, ich bin auf meinem Gebiet genauso gut! Es würde mir bei meinen Fähigkeiten keine großen Umstände bereiten, und es wäre die Mühe bestimmt wert.«

»Das würde … es würde mich dir ausliefern.«

»Manchmal, Hanse, manchmal kann ein Mann auch *zu* mißtrauisch sein! Ich biete dir einen Gefallen an, das ist alles. Oh, ich möchte dich im Gegenzug ebenfalls um einen bitten: Tu mir den Gefallen und betrachte dieses Haus als verbotenes Terrain, wenn du dich entscheiden solltest, deine … Talente wieder einmal einzusetzen.«

Hanse konnte nicht anders, er mußte lachen.

Als er am nächsten Morgen die Augen aufschlug, dauerte es eine Weile, bevor ihm bewußt wurde, daß er bei Arcala geschlafen hatte. Sein dicker Kopf und das pelzige Gefühl auf seiner Zunge machten ihm klar, was mit ihm losgewesen war. Hanse blieb auf dem Diwan in Arcalas Empfangszimmer liegen und schwor sich einmal mehr, nie wieder Wein zu trinken. *Ich mag das verdammte Zeug viel zu gerne. Mehr als es mich mag.*

Er setzte sich auf, unterdrückte ein Gähnen und entdeckte Wunder auf dem Boden gleich neben seinem Sofa. Er streichelte das weiche Fell des Katers und dachte über die letzte Nacht nach, als Mignureal das Zimmer betrat. Sie hielt Regenbogen in den Armen, wie sie vielleicht ein Kleinkind gehalten hätte. Hanse zeigte ihr ein unsicheres Lächeln.

»Oh, sieh mich nicht so an, Hanse. Schließlich hast du eine *sehr* aufregende und fürchterliche Nacht hinter dir. Und erinnere dich daran, was Arcala gesagt hat: Du und Wunder, ihr habt Firaqa gerettet!«

»Und du«, gab er zurück. »*Und* Shurina *und* Stricks Amulett, nehme ich an.«

»Wie auch immer, Arcala und ich haben bereits gefrühstückt.«

»Oh! Ihr hättet mich aufwecken sollen!«

»Wir waren anderer Meinung. Und was willst du jetzt tun, Hanse?«

»Worüber ... ach, sein Vorschlag, sein Angebot. Zum ersten Mal werde ich die Zauberei begrüßen. Er soll die Erinnerungen seiner Leibwächter und Gaises zurechtbiegen. Ich glaube, ich will lieber Firaqas großer unbesungener Held als die Zielscheibe von zehn oder zwanzig wütenden Magiern sein.«

Sie nickte. »Das ist genau das, was Arcala und ich uns gedacht haben. Gut!«

Er schob die Unterlippe ein Stückchen vor. »Du und Arcala, hmm?«

»Ja.«

Hanse seufzte und beschloß, nicht weiter nachzubohren. Ihre gelassene, knappe Antwort und die Art, mit der sie ihm direkt in die Augen sah, waren ungewöhnlich für sie, ungewohnt selbstbewußt und beinahe herausfordernd. Er wollte heute keinen Streit provozieren.

Sie bückte sich, um die gescheckte Katze sanft auf die Tischplatte zu legen.

Es war derselbe Tisch, auf dem die beiden Münzen und die zusammenklappbare Tafel lagen, und Hanse musterte die Gegenstände.

»Es ist noch nicht vorbei«, murmelte er. »Was ist mit den beiden anderen Münzen? Wo sind diese Männer?«

»Oh, was ...!« Wie Hanse starrte Mignureal auf Regenbogen hinab.

Die unnatürlichste aller Katzen kroch mit schwachen Bewegungen auf die Tafel zu. Es war unglaublich und unheimlich zu beobachten, wie eine ausgefahrene Kralle ein zittriges und verunglücktes F in das Bienenwachs ritzte, dann ein R und ein E, und dann sackte Shurina in Regenbogens Körper in sich zusammen und lag keuchend da. Hanse fuhr sich mit einer Hand über die prickelnden Haare in seinem Nacken.

»Oh, mein armer Liebling, das mußt du nicht versuchen«, sagte Mignureal mit zitternder Stimme und streckte die Hände nach der Katze aus.

»*Mignue.*«

Sie zuckte ein wenig zusammen, erstarrte und wandte Hanse das Gesicht und große fragende Augen zu. Sie hatte diesen eindringlichen, warnenden Tonfall schon gehört, aber erst sehr, sehr selten.

Sie mochte ihn nicht, aber sie wußte, daß sie jetzt besser vorsichtig sein sollte.

Er nickte in Richtung der Katze. »Laß sie in Ruhe.«

Mignureal blickte wieder Regenbogen an, die genug Kraft gesammelt hatte, um mit ihrer Botschaft fortzufahren. I kratzte sie, ST, und Hanse keuchte, überzeugt davon, daß er den Rest kannte.

Die Katze brauchte eine weitere Minute Ruhe und mußte sich noch mehr anstrengen, aber es gelang ihr, das einzelne Wort auf der Tafel zu vollenden, bevor sie erneut zusammensackte.

Hanse und Mignureal starrten es an, und ihre Hand legte sich automatisch auf sein Bein.

FREISTATT

»O Scheiße.«

»O Hanse!«

»Das ist dasselbe.«

»Nein, nein«, brachte sie schluchzend hervor. »Ich meine Regenbogen! Sie hat aufgehört zu atmen!«

»Oh«, machte er, »nein ...«

Mignureals Stimme klang wehmütig und schwankte ein bißchen, als sie versuchte, das Weinen zu unterdrücken.

»Weißt du noch, als ich sie ein S-S'danzokätzchen genannt habe?«

Wunder lief zum Tisch und stellte sich auf die Hinterbeine, um beide Vorderpfoten auf die Tischplatte zu legen. Einen Augenblick später ließ er sich auf den Boden fallen und stieß einen langen Schrei aus, der klagend und gräßlich zugleich klang.

Regenbogen war tot, und wie lange Hanse sie auch betrachtete, sie verwandelte sich nicht in eine Frau, weder in eine schöne noch in eine sonstwie aussehende und auch nicht in irgend etwas anderes. Sie war und blieb ein kleines totes S'danzokätzchen.

Schließlich sagte er: »Regenbogen ist tot. Aber Shurina wird niemals Frieden finden, bevor nicht alle zehn ihrer Vergewaltiger tot sind.«

Mignureals blasses Gesicht war tränenüberströmt, als sie zu ihm herumfuhr. »Was?«

Er nickte.

»Das ist es, was Corstic gesagt hat. Und das Ungeheuer hat es ernst gemeint. Er hat sich an dieser Vorstellung geweidet, und ich glaube ihm. Das menschliche *Ka* in den Katzen wird nie Frieden finden, bevor alle zehn Vergewaltiger tot sind – unabhängig davon, ob die Katzen am Leben sind oder nicht.«

»Oh«, schluchzte Mignureal, und sie verbarg ihren Kopf in den Armen auf dem Tisch, berührte Regenbogen und weinte.

Hanse fuhr ihr mit der Hand über den gebeugten Kopf, ohne sie anzusehen. Mit schmerzerfüllten Augen starrte er auf die Tafel und das Wort, das so grob in sie hineingeritzt worden war.

Es war ein Wort, das er oft genug gesehen hatte, um es zu erkennen, selbst wenn Mignureal es nicht hervorgekeucht hätte, kurz bevor Shurina den letzten Buchstaben vollendet hatte.

»Freistatt«, sagte er. »Verdammt. *Freistatt!* Die Münzen sagen, daß zwei der Vergewaltigerschweine noch leben, und offensichtlich hat uns Regenbogen – Shurina, meine ich – gerade gesagt, wo sie sind: in Freistatt. Ich bin ein rachsüchtiger Trottel, Mignue, und ich mag diese Katzen, und es geht um Vergeltung und Gerechtigkeit. Verdammt! Ich ... ich muß zurück nach Freistatt, Mignue!«

ENDE

Band 20 107

**Robert Asprin und
Lynn Abbey (Hg.)**

Der Krieg der Diebe

**Deutsche
Erstveröffentlichung**

Invasion in der Diebeswelt.
Es beginnt damit, daß eine fremde Flotte im Hafen gesichtet wird. Dann dröhnen die Marschtritte fremder Soldaten durch die Gassen von Freistatt. Und die Stadt der Diebe befindet sich in der Gewalt einer fremden Macht, ohne daß ein einziges Schwert gezückt wird. Doch allmählich formt sich der Widerstand in den finsteren Winkeln der Stadt. Und die Diebe von Freistatt finden einen Verbündeten, mit dem sie nie gerechnet hatten – die Obrigkeit.

BASTEI
LÜBBE

Sie erhalten diesen Band im Buchhandel, bei Ihrem Zeitschriftenhändler sowie im Bahnhofsbuchhandel.